John Ernst Steinbeck

Courtesy of the Center for Steinbeck Studies,
San Jose State University

スタインベックを読みなおす

中山喜代市監修／有木恭子・加藤好文編

開文社出版

序にかえて

アメリカのノーベル文学賞受賞作家ジョン・スタインベックは、一九六八年一二月二〇日に享年六六歳で鬼籍に入ったが、二〇〇二年二月二七日に、めでたく生誕一〇〇年を迎える。そこでそれに先駆け、いま二〇〇〇年という節目に立って、二〇世紀におけるこれまでの研究を見なおし、かつ二一世紀に向けて、新しい意欲的な研究論文集を刊行したいという抑えがたい願望がその頭をもたげてきた。

スタインベックが作家として活躍したのは、処女作『黄金の杯』を出版した一九二九年から六〇年代にかけてであった。その間、アメリカ合衆国では、いや、世界じゅうのすべての国々では、人びとは三〇年代の大恐慌時代を堪え忍び、さらに一九三九年から四五年にいたる第二次世界大戦に巻き込まれ、そして戦後においては、その国土が戦火にまみれた国々では、人びとは飢餓に苦しみながらも辛うじて生きのびた。一九五〇年代初頭では、世界じゅうでおそらくアメリカ合衆国だけが、経済学者ジョン・ケネス・ガルブレイスの著書『ゆたかな社会』(*The Affluent Society*, 1958) の表題どおりの「ありあまるほどの豊かさ」を誇っていた。しかし、西側諸国と共産圏との対立が深刻化し、世界が不穏な空気に包まれたのもこの時期であった。アジアでは朝鮮戦争(一九五〇—五三)が勃発し、その軍需景気のおかげで、日本がようやく立ちなおることができたのは不幸中の幸いであった。その後まもなく、ヴェトナム戦争(一九五四—七五)が泥沼化し、アメリカ合衆国だけでなく、韓国、オーストラリア、フィリピン、タイ、ニュージーランドなどが南ヴェトナム側を軍事支援しても形勢は好転せず、とくにアメリカ合衆国は多大の犠牲を払った末、撤退を余儀なくされた。スタインベックも一九六六年には、ジョンソン大統領から特別に依頼され、イレイン夫人とともにヴェトナムおよび東南アジアの現状視察に出て、『ニューズデイ』紙（日本語訳は『毎日新聞』に連載された）に「アリシアへの手紙」を書き送ったことは記憶に生々しい。

このような激動の時代を生きたスタインベックは、みずからが生きた時代の社会問題を真摯に受け止め、彼の小説世界に反映させ、社会批評家としてゆるぎない地位を確立した作家のひとりであった。それゆえ彼は「社会派作家」と呼ばれたこともあったのだが、一般的に優れた文学作品は、その背景となる時代や社会情況と深いかかわりがある。彼の場合もその例外ではなかった。

スタインベックが初めて出版できた長編小説『黄金の杯』（一九二九）は、一七世紀にカリブ海を荒らしまわった大海賊ヘンリー・モーガンの一生を題材とした冒険小説ともいえるものであった。印刷部数は二四七六部、販売部数は一五三七部で、スタインベックが受け取った前渡し金は、当時の彼にとっては大金の四〇〇ドルであった。その後彼は、生まれ故郷はカリフォルニアの美しい自然を作品舞台とした小説を書くことに専念し、『天の牧場』（一九三二）、『知られざる神に』（一九三三）の出版にこぎつけたが、世評にのぼることはなかった。前者の印刷部数は二五〇〇部、発行部数一五〇〇部、販売部数六五〇部。後者の印刷部数は一四九八部、発行部数、販売部数は五九八部という記録が残っている（ゴールドストーン＆ペイン　一九、二一、二六）。それはまさに大恐慌のどん底、「ニューディール」政策が宣言されるころでもあり、庶民にとって本よりはパンの時代だった。

スタインベックがようやく作家として認められるようになったのは『トーティーヤ・フラット』（一九三五）によってである（初版四〇〇〇部）。そして、大恐慌時代を赤裸々に反映したカリフォルニア中部の果樹園におけるラディカルなストライキを描いた『疑わしき戦い』（一九三六）の後、しがない二人の農場労働者の悲劇を描いた劇小説『はつかねずみと人間』（一九三七）が出版されると、それは驚異的な売れ行きを示し、また演劇『はつかねずみと人間』はブロードウェイのミュージック・ボックス劇場にて上演され、ソーントン・ワイルダーの『わが町』を破ってニューヨーク演劇批評家協会賞を受賞し、スタインベックは一躍、有名作家となった。そして短編小説集『赤い小馬』（一九三七、収録作品は「贈り物」「約束」「偉大な山脈」の三編）、『長い谷間』（一九三八）が出版されたのち、彼は一九三九年一月にナショナル文学芸術院会員に選ばれ、四月に出版された代表作『怒りのぶどう』（一九三九）によって、彼の名声はいやが上にも高まった。日本においても、それは世界大戦前の不穏な時代であったが、同年一一月に新居格《いたる》による翻訳書『怒りの葡萄（上巻）』が出たほどで、今日までこの小説の邦訳書は八種類にのぼる。一九四〇年五月六日、『怒りのぶどう』はピュリッツァ賞を受賞、また同じころにアメリカン・ブックセラーズ協会賞をも受賞した。

一九四〇年代になると、スタインベックの作品は多岐にわたる。まず、ペア・ロレンツに刺激を受けた彼は、メキシコに滞在してドキュメンタリー映画『忘れられた村』を製作し、そのスチル写真とナレーションから成る『忘れられた村』（一九四一）を、次いで、エドワード・F・リケッツとの共著でメキシコのカリフォルニア湾の海洋生物採集調査旅行の記録『コルテスの海――旅と調査の悠長な旅行記』（一九四一）を出版した。その後、ヨーロッパにおけるレジスタンス小説『月は沈みぬ』（一九四二）の劇小説版と戯曲版を刊行し（劇小説版は奇しくも日本軍の真珠湾攻撃の日に脱稿した）、それはナチス・ドイツの侵略を題材としているだけに、時代の要求もあったからであろうか、『怒りのぶどう』をしのぐベストセラーとなった。戦争協力の一環として、『爆弾投下――爆撃機乗組員の物語』（一九四二）も出版された。そしてスタインベックは戦争協力を続け、一九四三年には『ヘラルド・トリビューン』紙の特派員としてヨーロッパ戦線から記事を書き送ったのであり、紙上に連載された記事のほとんどは、のちに『かつて戦争があった』（一九五八）として出版された。第二次世界大戦中に書かれたもう一つの小説は、『キャナリー・ロウ』(一九四五)で、これは「戦争のことを書いていない小説を読みたい」という兵士たちの要望に応えたものであった。一九四四年から続いて書かれた小説は『真珠』と『気まぐれバス』で、それぞれ一九四七年に出版された。前者は、一九四〇年に彼がメキシコのラパスで耳にした民話をもとにして書かれた小説で、寓話といえるものでもあり、後者はアレゴリーで、当時のアメリカ社会の風刺に富んだ小説である。そして一九四七年、スタインベックはロバート・キャパとソ連を訪れ、そのときの記録が『ロシア紀行』(一九四八)として出版された。

このようにスタインベックは、一九四〇年代にジャーナルを含めて八冊の本を出版しているが、三〇年代に活躍していた作家で、しかもこのような大戦前後にも着実な作家活動を続けた作家は、アメリカ合衆国においても意外と少なく、彼とウィリアム・フォークナーぐらいのものである。彼らはともに、一九四八年一一月二三日にアメリカ芸術院会員に選ばれている。

一九五〇年代においてスタインベックは、「ゆたかなアメリカ」という時代的社会的風潮とはほとんど無関係に道徳劇を手がけ、劇小説『爛々と燃える』(一九五〇)を出版し、その戯曲版による公演で失敗したが、その翌年は、彼の長年の夢であった大河小説『エデンの東』(一九五二)の執筆に費やした。スタインベックが一九四九年秋にスクリーン・プレイを書いた映画『サパタ万歳!』は、一九五二年二月七日にリヴォリ劇場で封切られ、同じくエリヤ・カザン監督の『エデンの東』は一九五五年三月九日、ニューヨークのアスター劇場にて封切られた。そして『たのしい木曜日』(一九五四)においてスタインベックは、ようやく同時代のアメリカ社会を描く作業にもどったが、それは『キャナリー・ロウ』の続編のような小説であり、次作『ピピン四世の短い治世』(一九五七)は、フランスにおける第四共和制から第五共和制に移るころの政治状況を風刺的におもしろおかしく描いた中編小説で、三〇年代における彼の小説のようなものではなかった。スタインベックが同時代のアメリカ社会の腐敗にたいして警鐘を鳴らしたのは、当時のアメリカ社会における倫理観の頽廃をテーマにした『われらが不満の冬』（一九六一）においてであり、そして一九六二年一二月、スウェーデン・アカデミーが彼にノーベル文学賞を授与する理由の一つとして挙げたのはこの作品だったのである。

一九六〇年九月二三日、愛犬チャーリーとキャンピングカーに乗ってサグハーバーを出発し、約三か月かけてアメリカ合衆国一周旅行を試みたスタインベックは、そのときに得たアメリカ観を『チャーリーとの旅――アメリカを求めて』（一九六二）において発表した。またその後彼は、アメリカ合衆国についてのエッセイ『アメリカとアメリカ人』（一九六六）を出版したが、ノーベル文学賞受賞後は長編小説を書くことはなかった。

一九六七年春、ヴェトナムからの帰途、イレイン夫人とともにホンコンに滞在していたスタインベックは、街なかで、ある中国人がビールを積んだ重い手押し車を押して石段を上がろうとしているのを見て、引っぱり上げるのを手伝ってやったところ、ぎっくり腰になり、身動きできなくなった。一週間後ようやく歩けるようになると、四月上旬、桜の美しいころに、彼はイレイン夫人とともに東京や京都にも立ち寄ったが、ひどい腰痛に悩まされつづけた。彼は帰国してからも体調が優れず、入退院をくり返したのち、一九六八年一二月二〇日、心不全で他界した。

さて、私事にわたるが、最近「米文学演習」というクラスで『エデンの東』を読み、小論文を書く課題を出してみて、はたと困った。一九九〇年代に日本で刊行された新しい研究書、論文集がないのである。『怒りのぶどう』についての最近の研究書には、ルイス・オウエンズ（Louis Owens）著 *The Grapes of Wrath: Trouble in the Promised Land.* Twayne's Masterwork Studies（Boston: Twayne Publishers, 1989）［邦訳名『「怒りのぶどう」を読む―

―アメリカのエデンの果て』（関西大学出版部刊、一九九三）」があり、ジョン・ディツキー（John Ditsky）編 *Critical Essays on Steinbeck's The Grapes of Wrath*（Boston: G. K. Hall, 1989）、さらには優れた論文も多いので、学生に薦めるのにあまり困らない。だが、他の作品に関する論文となると、『エデンの東』論を含めて、推薦のための文献リストを作成するのがかなり困難であることがわかった。テツマロ・ハヤシ（Tetsumaro Hayashi）編 *A New Study Guide to Steinbeck's Major Works, With Critical Explications*（Metuchen, NJ: Scarecrow Press, 1993）やドナルド・V・コアーズ（Donald V. Coers）他編 *After The Grapes of Wrath: Essays on John Steinbeck. In Honor of Tetsumaro Hayashi*（Athens, Ohio: Ohio UP, 1995）にも『エデンの東』論が含まれているが、学部の学生が読むには難解であるし、他の作品に関する論文は限られている。

それはつまり、わが国において入手可能なスタインベック研究書は、小著『スタインベック文学の研究―カリフォルニア時代』と『スタインベック文学の研究Ⅱ―ポスト・カリフォルニア時代』（関西大学出版部刊、一九八九、一九九九）を除いて、いずれも参考にするには「古すぎる」ということである。本国のアメリカ合衆国に一〇年ほどの後れをとらざるをえないとしてもである。これでは学生の論文はほとんど一九七〇年代にみられた「クリシェ」だらけ――「夢の崩壊」「根源的生命力」「民衆の連帯」「選択の行使」等々――になってしまう。これはなにもスタインベック研究に限らず、ホーソン、メルヴィルを始め、フィッツジェラルド研究などにも言えることかもしれないが……。

そこで、わが国における右のような状況に鑑み、本書は、「スタインベックの全小説を読みなおす」ことを第一義とし、さらに大学で卒業論文を書こうとしている学生に最適のモデルを示すことを第二の目的として企画された。寄稿論文はできるだけ新批評以後の批評理論を援用した、学術的であり、かつ魅力的なものでなければならないので、論文執筆者には比較的若い、有能な研究者に依頼した。論文のスタイルは『MLA英語論文の手引（第四版）』に準じた。したがって、文中におけるそれぞれの引用については、その著者名や書名が明記され、ときには簡略化されたかたちで言及されたのちに、括弧内に引用ページが明示されているが、引用された文献の詳細はすべて一括して、巻末の「引証文献」にまとめて記載されていることをお断りしておきたい。脚注に慣れておられるかたには不便かもしれない。

スタインベックは『黄金の杯』をはじめとして最後の作品となった『アメリカとアメリカ人』まで、生前に二四冊の著書を世に問うた。小説は、長・中編小説、短編集と合わせて一七冊、ノンフィクションは七冊、そのほか、死後出版されたものが七冊あり、合わせて三一冊となる（『ノーベル文学賞受賞演説』や『彼らの血は強し』などのパンフレット類は含めていない）。これらスタインベックの諸作品の原名は、「年譜」と「索引」に示してあるので、重複を避けるため、本書ではすべて邦訳名のみを記してある。読者のご了承を得たい。また、邦訳のない出版物、研究書などの名称は、原題のみを記し、それに相当する日本語訳はあまり意味がないので割愛した。それゆえ、表題の意味がわかりにくい場合もあろうかと恐れるが、ご海容をたまわりたい。ただし、論文や研究書の著者名は、発音しにくいものもあるので、仮名書きと原語綴りとを併用して便宜を図った。

本書は当初、主要作品論文集として企画したが、執筆者たちと話し合っていくなかで、一つ、また一つと章が増加した。そして「目次」にみられるとおり、スタインベックが書いたすべての小説についての論文一七編と、『はつかねずみと人間』『怒りのぶどう』『エデンの東』は論考を充実したいので、それぞれについて二編ずつ収めることにし、さらに『チャーリーとの旅――アメリカを求めて』と『アメリカとアメリカ人』にみられる「スタインベックのアメリカ観」についての論文を一編追加することにしたので、合計二一編の論文を収めることになった。本書に含まれていないスタインベックの小説は、短編小説集『長い谷間』（ただし『赤い小馬』論は本書に収録）のみである。

本書の性格上、ジャーナルやエッセイ、映画スクリプト、すなわち『忘れられた村』『コルテスの海』『爆弾投下——爆撃機乗組員の物語』『ロシア紀行』『かつて戦争があった』などのジャーナルは割愛した。そのほか、「スタインベックと短編小説」「スタインベックと演劇・映画」という章をも考えてみたが、割愛せざるをえなかった。

本書における諸論文のスタイルはおおむね、Tetsumaro Hayashi, ed. *A New Study Guide to Steinbeck's Major Works*（1993）にならい、まず作品の背景を紹介しつつ過去の研究について論評し、それらを踏まえながら各自の批評を展開するかたちをとった。梗概はできるだけ簡単なものを付するにとどめた。収録された諸論文はそれぞれ「スタインベックを読みなおす」という本書の表題にふさわしい、意欲的で、読みがいのあるものに仕上がっている。とくに、イギリスのスタインベック学者、ロイ・S・シモンズ氏から『ピピン四世の短い治世』についての論文を寄稿していただき、その日本語訳を所収できたのは、本書にとって極めて僥倖であった。それは、筆者がシモンズ氏と本書について意見を交換している折に、彼が『ピピン四世の短い治世』について一度きちんと評価しておかないといけない、と熱意を示されたからであった。「それなら、論文を書いてくださいな」と依頼したところ、スタインベックについて筆を折ったと言っていたにもかかわらず、本書のために貴重な時間を割き、寄稿してくださったのである。論文のスタイルは伝統的なそれであるが、ヨーロッパ人でないと気のつかぬ興味深い題材をカバーしつつ、アメリカにおけるこれまでの研究を踏まえた論文の典型となりうるものに仕上がっている。

編集は、有木恭子氏と加藤好文氏にお願いした。編集者には、各論文を原稿の段階で丹念に読み、編集の筆を自由に加えていただいた。監修の仕事はまず、編集者と協力して各論文をいかに「出版されうるもの」に仕上げるか、にかかっている。それゆえ各執筆者に、できるだけ読みやすい文章で書くように依頼し、また、原稿の再三にわたる推敲をお願いし、最終的には、全体にわたって用語、漢数字の書き方、送り仮名などの統一を図るよう心がけた。しかしながら、執筆者それぞれの文体の関係で、あまり手を加えてその全体を損なうことは避けたいので、許容範囲にあるものは、他の論文と異なった用字のものも残しておいた。

出版社を決める問題は、当初の方針よりも収録論文が多くなったので、条件がかなり難しくなったが、開文社出版が引き受けてくださることになった。契約の段階からすべてにわたってお世話くださった社長安居洋一氏に深く御礼を申し上げる次第である。

このように本書は、スタインベック生誕一〇〇年をひかえ、二〇世紀後半における先達たちのスタインベック研究の足跡をたどりつつ、「スタインベックを読みなおす」という仕事の成果である。このような仕事はミレニアムの年でないと不可能である。われわれ論文執筆者の真摯な努力が、今後スタインベック研究にかかわる人たちにとって一つのモデルとなるだけでなく、二一世紀へ向けてのスタインベック研究の新たなる指針となればこれ以上の幸せはない。

二〇〇〇年秋

監修者

スタインベックを読みなおす

〈目　次〉

作家の船出――『黄金の杯』を読みなおす

加藤好文

一　背景と評価

一九二五年から二六年にかけて、ニューヨークで作家として文壇にデビューするという淡い夢に破れ、故郷カリフォルニアに舞い戻った若きジョン・スタインベックは、その後二年間タホー湖畔の人里離れた山中に籠もり、学生時代に書いていた未完の短編小説「緋衣の女」（"A Lady in Infra-Red"）をもとにして改作を重ねた結果、『黄金の杯』を完成させた。そして翌年の一九二九年八月にロバート・M・マクブライド社からやっとこの処女作を出版にこぎつけたのだが、スタインベック自身の話によると、すでに七社に断られていたという（『書簡集』一四）。しかし、一九二〇年代を通じて作家を目指し、数多くの詩や短編を執筆しながら修行に励み、一九二七年には短編「アイバンの贈り物」（"The Gifts of Iban"）を出版して曲がりなりにもその道を歩み出した直後の長編小説第一作であってみれば、これにかけた彼の意気込みと期待のほどは十分に察しがつくというものである。玉石混交、彼のさまざまな特徴が秘められていることは間違いないであろう。

『黄金の杯』が出版された当時の書評は、ジョウゼフ・R・マクエルラス・ジュニア（Joseph R. McElrath, Jr.）他編の *John Steinbeck: The Contemporary Reviews* (1996) によれば、一七世紀後半カリブ海域でその名をとどろかせたウェールズ出身のヘンリー・モーガン（Henry Morgan, 1635-88）という海賊の史実にのっとった伝記的側面を認めながら、その多くがロマンチックな冒険物あるいは娯楽的読み物として簡単に触れているのみである（三一一〇）。時代は「狂乱の二〇年代」ともいわれ、人びとは一見華やかなものに憧れ、ハリウッド映画もそのような一般大衆の嗜好に合う映画作品を求めていたことを考慮すれば、たしかに『黄金の杯』にたいする当時の大方の見方にあながち非を唱えるわけにはいかないかもしれない。ましてや世界史における一大事件であるヘンリー・モーガンのパナマ征服が織り込まれていれば、石島晴夫氏の『カリブの海賊ヘンリー・モーガン』の興味深い解説（一二三―六四）を待たずとも、読者が期待する冒険物語の要素は十分に認められよう。一六、七世紀はスペインをはじめ、ポルトガル、イギリス、フランス、オランダなど、ヨーロッパ列強諸国が海外進出にしのぎを削り、とりわけ西インド諸島を含む南北アメリカ大陸は植民地争奪戦の格好の舞台であった。なかでも、カリブ海はイギリス本国政府を後ろ盾とした私掠船を操るモーガンのような海賊たちの活躍の場として注目の的だったのである。したがって、そのような時代を反映した海賊物によって、後代の読者は世界の植民地化の歴史を振り返りつつ、さまざまな人種・民族が入り乱れて多様な文化を生み出していたカリブ海地域に思いを馳せ、そして世界の海を股にかけた人物たちを思い起こしもするのであろう。スタインベックもそのような時代への憧れを胸に秘めたロマンチックな若者だったのかもしれない。

しかし、一九三〇年五月、友人アマサ・ミラー（Amasa Miller）に宛てた手紙に、スタインベックがつぎのように指摘している点は意味深い。

マクブライドは、前の本（『黄金の杯』）の扱いがひどかった。消極的で心のこもらぬ宣伝活動、小説の内容を取りちがえて読者層を見誤ったこと、遅々とした仕事ぶり、悪趣味なカバーと宣伝文。批評家たちは、あの作品を冒険物と読みとったから、出来の悪い冒険物といったのだが、それはまったく無理からぬことだった。あれは出来の悪い冒険物よりも出来の悪いものだった。冒険物なんかじゃ全然なかったのだからね。（『書簡集』　二四）

出版社が作者の意図を解せず、作品を子ども向けの海賊冒険物語として宣伝し、批評家たちもその線で軽く論評していることに不満を述べたのである。たしかにこの作品が、子どもの読者を対象にした、海賊の表面的な生涯を追っただけのものでないことは、つぎの事例からも理解されうる。同時代のスタンフォード *Daily*（一九二九年一〇月三〇日）の書評は、ヘンリー・モーガンが生き生きと、しかも真に自己省察的に捉えられていることを指摘したうえで、「この作品を読む者は、自分の人生でも彼と同じさまざまなことを経験したかのように感じるであろう。生まれ育った場所を出ていく際のヘンリーの気持ちはよくわかるというものである」（マクエルラス　五）と述べて、その内容の普遍性を看破し、この小説が人間の真理を突いていることを評価している。

そういえば一九二九年一二月、スタインベックはA・グローヴ・デイ（A. Grove Day）宛に、つぎのようにもしたためている。

あの本は未熟だった。ありとあらゆる（大学二年生がエピグラムと呼ぶ）警句や（吐き出してしまうまで人にとり憑いている）自伝的素材をぼくの体から吐き出す目的で書いた、青くさい実験だったのだ。本音をいえば、あの本は出版する気持ちはなかったんだよ。あの本は吐き出せる役目はみごとに果たした。ぼくはもう自分のことにあまり関心がなくなっているからね。これで他人のことが書けるというものだよ。（『書簡集』　一七）

この時期は、後の『知られざる神に』へと発展する、その初期段階の原稿執筆期と重なっており、新たなテーマにもとづいた作品作りに励む充実感がみなぎっていたのであるが、この手紙において、保身的なニュアンスで作品の未熟さを認めながらも、その自伝性を示唆している点は看過できない。ジャクソン・J・ベンソン（Jackson J. Benson）も彼の伝記のなかで指摘しているように、それはつまり、一人前の作家を目指す自分の姿を「黄金の杯」を探求するヘンリー・モーガンに重ねようとした証左であろう（『真の冒険』一一五）。そして最終的には自己中心的な考え方から抜け出せたと宣言するのである。つまり、この作品の上梓により、スタインベックは自己のあるべき姿を確認して、一作家として他者にも目を向けていく準備を完了したのである。その意味で『黄金の杯』は、実社会に入る前の自己探求の旅であり、ヘンリー・モーガンの姿を借りたスタインベック自身の自己との対話の書ともいえるものである。したがってまずは、この小説は歴史的素材を利用して、スタインベックにとっては夢物語の世界に属する人物の人生を凝縮して描きながら、その裏に彼自身の青春の軌跡を重ね合わせることを意図したものといえよう。このようにこの作品の成立背景には、作家志望の若き青年の苦悩する姿が投影されていることを忘れることはできない。

この作品の評価については、マーサ・H・コックス（Martha Heasley Cox）の“Steinbeck's *Cup of Gold* (1929)”をはじめとする多くの批評家たちの指摘を待つまでもなく、後の優れた作品に描かれることになるさまざまな人物や情景との類似点を見いだすことは容易である。特に、ウォレン・フレンチ（Warren French）が *John Steinbeck* (1961) において、そしてベンソンも指摘するように、作品中のマーリンに代表される芸術志向型の人物の系譜は、短編「アイバンの贈り物」の主人公をその先駆けとして、その後の作品群に繰り返し登場し、脇役的存在ながら、作者の芸術的意義を代弁する重要な役目を担っていることも忘れてはなるまい（三八、一一七）。また、スタインベックの最も優れた才能は夢想的世界を生き生きと描いたことにあるとして、その点から『黄金の杯』が最良の小説であるというアマサ・ミラーの主張を紹介したベンソン（『真の冒険』七九）や、個人の自由と社会の制約との緊張関係を豊かなイメジャリーでもって描出したことを評価するジョン・ティマーマン（John H. Timmerman）（*Fiction* 四二—五七）などがいることも納得できるであろう。また今後考えられる視座としては、最近のポストコロニアル批評を援用したカリブ海地域の歴史・文化の読みなおしであろうか。たとえば「〈海〉から歴史を読みなおす——カリブ海・日本海・地中海」のなかで、ガブリエル・アンチオープ（Gabriel Entiope）は、「一六世紀から一七世紀におけるカリブ海地域を、アフリカの労働力の受給地としてのみ受け入れるような帝国主義を誕生させた、新世界の征服者であるヨーロッパの、民族的、社会的、あるいは経済的な延長であるとか、分枝であるとだけ認識してはならないと思います。……当然そこには、多様な文化というものが混在した社会、すなわち今われわれがいうところの複数文化の社会というものが、創造され続けてきたと考えるべきです」（一三—一四）と述べて、島が閉鎖空間ではなく、海を媒介として外部に向かって開かれた開放空間として注目しているのも、一つの参考になるであろう。

二　ストーリーの読みなおし

『黄金の杯』については、前述のように積極的に評価する見方も一部にはあるが、全般的には、構成と素材とがうまくマッチしていないとするハワード・レヴァント（Howard Levant）の批評（一〇—三二）をはじめとして、今日にいたるまで小説単独としての評価は概して高くはない。たしかに、コックスが的確に指摘しているように、この作品の文体にむらがあることは否めない（三八）。しかしながら、作家のややもすると冗舌な語りからヘンリー・モーガンの心の動きを推測しつつ読みなおしてみれば、ストーリーの表層部分にみられるぎこちなさとは別に、この人物の行動の内的必然性が認められるように思われる。そのような問題意識にもとづいて、本論の目的は、構成の特徴と絡めてストーリー上で特筆すべき点を中心に再考しながら、モーガンの言動を詳細に分析し、ひいてはこの作品の再評価に微力を注ぐことにある。

*Encyclopedia Americana*による史実では、一六六〇年代以降、ヘンリー・モーガンは西インド諸島を中心に海賊として活躍し、特に強大な軍事力を誇るスペイン軍を打ち破って、「黄金の杯」と称される金銀財宝の宝庫パナマを征服したことで、一躍名を馳せた人物である。そして最後はイギリス国王よりナイト爵を授けられ、ジャマイカの副総督として一生を終えたとされている（四五一―五二）。作品構造の大枠はこのような歴史的事実にもとづいているが、展開するストーリーの大部分は作者の創作である。全体は五章からなり、各章はさらに四節から八節に分かれている。そして第二章から第四章では、節に先立つ冒頭部分で、当時の世界情勢や社会的背景などが記されており、いずれこの作家の特徴となる架空の物語をリアリティの薄い膜で包んで信憑性を高め、物語に広がりをもたせる工夫が早くもみられる。また、第一章を除けば、一度だけ舞台がヘンリーの故郷であるウェールズのカンブリアに戻される。それはストーリーの中間点を過ぎた第三章第六節で、時はヘンリーが出奔して一五年目のこととして、父のロバートと老賢者マーリンとの間で彼のことが話題にされる。ここで第一章の内容が発展的に再現されることで、その要点が読者に刻印されるし、また視点を移動させることで、ストーリーに変化を与えると同時に、鋭敏な読者にはヘンリーの心の進路が大きくUターンする兆しを感得できるであろう。登

場人物についても、ヘンリーをとり巻く人びとはほとんど実体が伴わないが、彼に最も大きな影響を及ぼす幼なじみの少女エリザベスを除いて、年の離れた人物か、もしくは彼とは共感できない人物たちが中心となっている。そこには、相手との間に距離を置いて現実的摩擦を除去することで、みずからの偉大さを装うという作為が込められているであろうが、他者とのこの絶対的距離が結局、彼を孤独の淵へと追いやり、ひいては人格的に破綻をきたすにいたる主要因となる。こうして、作家はヘンリー・モーガンを大胆な推理でもって内面に探りを入れ、その本質を見極めようとするのである。

まず第一章（一―七節）で、ウェールズのカンブリア地方に住むモーガン一家（祖母、両親、ヘンリー）が紹介されるが、一五歳になった一人息子ヘンリーは山々に囲まれた暮らしに息苦しさを覚え、広い世界へ出てみたいという止むに止まれぬ欲求を抱いている。そしてかつてモーガン家の作男だったダフィッドの西インド諸島での成功話に触発されて、ヘンリー少年がその地に向けて、淡い恋心を抱くエリザベスにも打ち明けずに家を飛び出していくまでが描かれる。もっとも、彼は気に留めていないようであるが、この成功者がもはや寒い気候のウェールズには住めないことを後悔している様子は後の伏線となる。第二章（一―七節）では港町カーディフにやって来た少年が、乗せてくれる船を見つけて西インド諸島に向かう船上での出来事と、五年間の契約奴隷の身ながら、バルバドス島の優しい主人ジェイムズ・フラワーのもとで、海賊になるための知識を広め、修業を積んでいく様子が描かれる。第三章（一―六節）において彼は、カリブ海の島々でバカニーアと呼ばれる海賊として暴れまわり、一〇年間で海賊の頂点に立つまでが語られる。だが彼はそのころから次第に孤独感をつのらせ、その解消のため、当時難攻不落とされ、「黄金の杯」と呼ばれていたパナマ征服と、そこに住む絶世の美女とうわさされるサンタ・ロハ獲得を決意することになる。しかしこの時点は、その外面的成功とは裏腹に、彼の精神的空虚感が徐々につのりはじめるという意味において大きな分岐点を迎える。しかも先に触れたように、この章の第六節で、故郷カンブリアへと舞台が移るのも意味深いことのように思われる。それは単に第一章の繰り返しというものではなく、彼の心がその故郷へと傾斜していくことを予示する一つの指標として機能していると考えてよいであろう。たとえばここで、黒アリが羽根を失って飛べなくなり、地上を這いまわるというたとえ話が挿入されていて、人生の転換点を迎えたヘンリー像を寓意的に表している。第四章（一―八節）では、彼が三五歳になっていて、パナマ攻略の臨場感あふれる物語が繰り広げられる。そしてついに、その地の金銀財宝を手中に収めることには成功するが、宿願のサンタ・ロハこと、イソベル（英語名エリザベス）の心を射止めることができず、結局、彼は失意のうちにパナマを離れることになる。最後の第五章（一―四節）で、ジャマイカのポート・ロイヤルに帰還した彼は、安泰な生活を求めて、不本意ながらも、いとこのエリザベスと結婚する。そしてその地で、副総督として海賊たちの横行を取り締まりながら余生を送り、故郷のマーリンや幼なじみのエリザベスに思いを馳せつつ、死を迎えるまでが描かれる。

このようなストーリーの展開から、ヘンリーが海賊としてパナマ攻略にいたる経緯、および副総督として西インド諸島の治安に当たる余生について、女性を絡ませて綴られた全体の流れをみてとることは容易である。そしてさらには、そこに人生の皮肉《アイロニー》を読みとることもできる。というのも、ヘンリーは正真正銘の「黄金の杯」探求をもくろみながらも、結局最後は、海賊の最高位についた者として、海賊取り締まりの役を担って生涯を閉じるのであるから。このようにみてくると、この作品はスタインベックが一〇年に及ぶ青春期の創作習練を経たものであるだけに、後の作品群の礎としての意味をもつばかりでなく、虚構化されたヘンリー・モーガンの人間としての真実の姿も垣間見えてくるようである。なるほど、主人公をとり巻く人物たち（たとえば、ヘンリーを契約奴隷として買いとることになるバルバドスの農園主など）の造形において、十分なリアリティを備えているとは言い難い部分もある。しかし、少なくともヘンリーの言動の必然性は跡づけられ、そこから作者の真の意図を読みとることができるように思われる。すなわちそれは、自己中心的に夢や理想を追う人間一般の内実、つまり世俗的成功とは裏腹に次第につのる孤独な内面、そしてその払拭過程で直面する自己洞察の実体を語ることにあったのではないだろうか。はにかみ屋のスタインベックゆえであろうか、同時代の若者ではなく、歴史上の人物をモデルにしたことから起こる一定の制約は否めないが、それでも人間の外面部分とは対照的に暗い影を宿すその内面に光を当てようとした作者の意図は、十分に伝わってくるのである。その意味では、フレンチが強調しているように、この作品がフィッツジェラルド（F. Scott Fitzgerald）の『偉大なギャツビー』（*The Great Gatsby*, 1925）を連想させるものがある（一九六一、三二）ことを最後につけ加えておきたい。

三　ヘンリー・モーガンと女性たち

スタインベックは一七世紀の海賊を素材にしながらも、実は、夢を媒介として幻想と現実とのはざまで翻弄されながら内的変化を遂げていく現代の人間一般を念頭において描いていることが分かる。ここからは、さまざまな出会いを通じて、特に、異なる状況下で登場する「エリザベス」という名の複数の女性たちとの遭遇によって、ヘンリーが「偉大なギャツビー」ならぬ、「偉大なモーガン」の道をどのように突き進み、そして踏みはずしていったのかを追ってみたい。

まず物語の冒頭で、おとなたちはヘンリーの出立を思いとどまらせようと図るが、野望に燃える彼の熱き思いを母のエリザベスをはじめ、誰ひとり抑えることはできない。彼はマーリンに向かって言う——「ぼくは戻ってきます。見ず知らずのものを求めるこの激しい思いが静まったら、きっと戻ってきます。でも、わかってください、行かなければならないんです。だって、ぼくは体を半分に切られ、ここにはその半分だけがいるように思えるんです」(二七)。このように遠くに思いを馳せ、体と心とが分離した状態のヘンリーは、結局のところ、心のおもむくままに突き進むしかないということであろうか。いっぽうマーリンは、「お月さまを黄金の杯にして飲みたいんだな。おまえはおそらく偉い人になるかもしれない——小さな子どものままでいさえすればな。世の中の偉い人たちはみな、月を欲しがった小さな子どものままだった。……おまえは偉くなるだろう。そして偉くなると、そのうち独りぼっちになり、一人も友だちはできないかもしれない。おまえを尊敬したり、恐れたり、敬遠したりする人たちだけになってしまうだろう」(二七—二八)と言って、彼に同情心を覚えていることに注目すべきである。ヘンリーの求める「偉大さ」のなかには「孤独」が宿ることを見抜いているからである。さらに物語の結末近くの、日記作者ジョン・イーヴリンのイギリス国王チャールズ二世に向かっての言葉、「愚行とゆがんだ見方が偉大さの土台なのです」(二五〇)から推察されるように、「愚行」と「ゆがんだ見方」とがヘンリーの行動の推進力になったということもできるであろう。言い換えれば、月でも手に入れることができると夢想する野心的な子どもが、願望成就に向かってひた走る姿を想像してみればいい。結局のところ極言すれば、この作品での「偉大さ」の追求とは、子どもがおとなになる過程を指し、孤独な実体験をとおして自己を知る道程だという、穿った見方ができるかもしれない。

さて、作者によって現実の呪縛を解かれたヘンリーは、バルバドス島でプランテーションを経営するフラワーの庇護のもと、経営術と人間のコントロール術を身につけていく。主人にたいしては柔順さを装うことで実質的な経営を任せられるし、また、「目下の者たちには冷淡で、よそよそしく、しかも侮辱的でなければならなかった。ほぼ例外なく、彼らは侮辱こそ彼が上位にあるしるしだと受けとってしまうのであった。部下たちは常に彼を外観と同じ人間だと信じ込んでいたし、おかげで彼は外観はほぼ何にでもなることができた」（八四）と語られているように、彼は「侮辱」という仮面をつけて、それを武器にすることで自己を高める術を会得していったのである。こうして彼は、契約奴隷の身ながら、実質的には、支配者階級に属し、プランテーション経営を掌握し、商品の売買を通じて、来るべき海賊としての船出の資金を蓄えるのである。まさに資本主義システムのはしりといえよう。

当時のカリブ海地域で、もう一つ注目しておいていいのは奴隷の問題であろう。主にプランテーションの労働力として、イギリス本国の浮浪者や罪人などが年季契約人として送り込まれたのは当然のこと、アフリカの黒人たちが奴隷として商品化されてきたのである。ヘンリーが買った奴隷女性ポーレットは、いわゆるクレオールで、語り手は、「このかわいそうな混血の小さな奴隷は、スペイン人、カリブ人、黒人、それにフランス人の血が混じっていた」（八九）と紹介する。彼女は、「快楽のために完璧につくられた精妙な機械、性的仕掛け、魂のない肉体」（八九）として扱われるのであるから、みずからの未来にたいする不安の声が、支配者ヘンリーの心に届くはずもないのである。彼女の境遇はつぎのように語られている。

彼が結局、自分を捨ててしまえば、一人になってしまうというだけではおさまらないだろうと、彼女はわかっていた。ほかの女たちと同じように、強制的に畑の畝にひざまずかせられ、指で作物のまわりを掘らなければならなくなるかもしれない。それから、ある日、筋骨たくましい大男の黒人がいる小屋へ連れていかれると、男はこの小柄な、金色の体を、獣のようにわしづかみにして傷つけ、黒人の子をはらませるのだ——たくましい黒人の子は成長したあかつきには、日が照るなかを、骨を折ってあくせく働くことになるだろう。これは島の他の奴隷女すべてに起こっていた。年の割に老けた彼女の心の半分は、そんな思いに身震いしたが、同時にヘンリーがいつかは自分を見捨ててしまうこともわかっていた。(九一)

隷属状態にある者に、恐怖心と諦観の念が共存している様子が如実に表れている。そして、彼女の不安が後に的中することはいうまでもない。ただここで見過ごせないのは、作家がこのように、「商品」として売買されてきた人たちの歴史的コンテクストをさりげなく織り込んでいることであろう。このあたりに、この作品がポストコロニアリズムやクレオール化の観点から読み解かれる余地があるように思われる。

だがここでは、ヘンリーが、いわば他人を私物化し、人間性を剥奪することで、みずからの心に孤独感を生み出す点に焦点を当てたい。そしてそこから、彼がグロテスクな存在へと変容していく様子を追い、さらにはどのようにして自己の限界を知るにいたるかをたどっていきたい。そのためには、作家による女性描写から、ヘンリーという人物を逆照射する必要があるだろう。そして女性像として最も重要な登場人物は、ヘンリーの心に生涯焼きついて離れることのない幼なじみのエリザベスであることに異論はないだろう。

物語の冒頭では、彼女は髪の毛の黄色い少女で、みすぼらしい小屋に住む貧しい小作人の娘として描写されている。しかし、ヘンリーを内奥から駆り立てる未知なるものにたいする探求心の前で、このような彼女の実像が次第に変容されていくのである。マーリンがヘンリーに向かって、「おまえは、わたしにではなくて、エリザベスに話したほうがいいと思う」(二四)と直観的に忠告するが、暗闇のなかにたたずむエリザベスの姿を遠くから眺めるだけで、結局別れの言葉をかけることもできないまま出発する。そこに、思春期を迎え、異性を意識しはじめた少年のデリケートな心理状態をみてとることができるし、また、自分が理解できない不可解なもの、自己を不安にさせるものを避けようとする意識が働いていることも確かであろう。そして、ピーター・リスカ(Peter Lisca)も指摘しているように、ヘンリーが未知なる夢を追い求め、成功の階段を登るにつれて、このエリザベスの姿が、そのときどきのみずからの身分にふさわしい幻の理想的女性へと変容されるのである(二九—三二)。しかし見方を変えれば、こうして彼は自分自身をだまし、虚像を拡大することによって、逆に精神的摩滅を大きくしていく。孤独を恐れてエリザベスの幻影にすがることで、みずからもグロテスクな存在へと追いやられていくことになるのである。それを突き詰めてみると、その根底には結局、ヘンリーのエリザベスへの回帰願望、故郷への帰属願望があるとみるのは読み込み過ぎだろうか。彼は最終的にエリザベスを四度の虚言によって順次肥大化させるが、それは帰還熱の高まりを意味すると思えるのである。

具体的にみてみよう。まず第二章第一節でカーディフを出港するに際して、船乗りのティムと酒を酌み交わしながら、ヘンリーは、「別れてきた女の子がいるんだ。エリザベスという名だ。髪は金髪で——目の覚めるような金色だ。……彼女は泣きじゃくってぼくにいてくれというんだよ」(五七)と言って、故郷への未練を垣間見せる。それにたいするティムの受け答えがしゃれている——「わかってるさ、女の子を残して海に出ていくことは男にはつらいことだからな。……酒はどんな女でもかわいくしてしまうのさ。……男は酒が入れば、女の不器量なところなど気がつかなくなるからな。とにかく、このすばらしい酒をもう一杯飲もうよ、みじめな顔だな、王女様になるかもしれんのに、後に残してきたのか」(五八)。この言葉はヘンリーの心を捕らえたのであろう。この後の彼の言動を誘導し、またみずからもこの言葉を利用することになるからである。つぎに同章第五節では、こ西インド諸島で、ポーレットを相手に酒を飲みながら、ヘンリーは、「裕福な地主の娘がいた。ああ！ 彼女は今夜の景色のように美しかった、あの月の下の細長いヤシの木のように物静かで美しかった。男が生涯で一度だけしか感じないあの愛でぼくは彼女を愛しているんだ」（九五）と潤色して、彼女にたいする愛の深さを強調する。

第三章第二節では、思いを馳せるパナマのサンタ・ロハにたいして、「彼女は自己の心の探求となり、ヨーロッパの浜辺に残してきたある美しい若い少女が、年月を経て、輝くばかりに美しい色を帯びてきた姿を心に抱くようになった」（一二三）と、故郷のエリザベスへのロマンチックな思いの代償役を負わせるのである。さらに同章第三節でも、海賊の頂点に登りつめ、次第に顕在化してくる心の隙間を埋めるための話し相手クール・ド・グリに向かっては、「そうだ、伯爵の娘だ。おれと彼女はこれ以上ないくらい愛し合っていた――とても熱烈にな。……ああ、ところが彼女の父親に知られてしまったのだ。ある暗い夜に、両腕を脇腹に動けなくさせられて、そして彼女は――ああ、いとしいエリザベス！――おれから引き離されてしまった。おれは縛られたまま船に乗せられて、バルバドス島で売られたのだ」（一三二―三三）と、故郷からの不可抗力的な追放を演出して、その熱き思いを吐露している。

最後の虚言は、第五章第二節において、拝謁を賜ったイギリス国王の面前で、「わたしは山々に囲まれたウェールズで生まれました。父は紳士階級でした。ある夏、わたしがまだ若かりしころ、フランスのかわいい王女様がわが山間の地に静養に来られたのです」（二四八）と、先に触れたティムが示唆した内容を再演することで、彼の話は自壊を承知の虚飾に彩られるのである。こうしたことからも結局、ヘンリーはまやかしの愛に彩られたエリザベスの幻影から逃れられず、故郷ウェールズへの愛着からも離れられず、そのような自己を再確認するために出奔したとみなすこともできるであろう。

だがこの作品は、そのような一面的な幻想の世界に安住しているだけではない。ここで、ヘンリーが現実との摩擦を大きくし、自信を喪失していくうえで重要な鍵となる箇所を、第四章および第五章のなかで検証してみたい。まずは、孤独感を癒すために選んだ副官、クール・ド・グリの存在は重要である。第四章第二節において、パナマ攻略の苦しい途上で、彼はヘンリーの自己中心性、うぬぼれ意識を非難してつぎのように言う。

「わたしにだってわかりますよ。ご自分の感情は新しいもので、新鮮で重要な発見だと思っておられることぐらい。あなたはこれまで一度も失敗したことがありません。その大きなうぬぼれがあるかぎり、背後に従っているあのコックニーが――そう、ときには、発作に見舞われて地面を転げまわるあの男だって――あなたと同じ希望や絶望を抱えているかもしれないということなど、信じられないでしょう。ここにいる連中だって、同じ程度に深くものを感じるのだということが信じられないんです。わたしが同じぐらいその女を望んでいるとか、おそらくあなたよりもうまく彼女に甘い言葉を囁くことができるとか言っても、あなたはそんなことをとても考えられないでしょうね」(一七六)

モーガン船長も部下たちと一人の人間として同類であるというクール・ド・グリのあからさまな指弾は、ヘンリーに初めて対等な存在としての他者を意識させ、自己省察を誘発する契機ともなるものであろう。さらにヘンリーに現実を突きつける第二の人物はイソベルである。彼はこのうわさの美女と実際に対面し、遠征途中にリハーサル済みの陳腐な甘い言葉を囁く。それにたいして、同じく第四章第四節でイソベルはつぎのような嘲りの言葉を返すのである。

「あなたのうわさを聞き、疾風のごとく海を縦横に暴れまわっておられるのを耳にすると、わたしにはどういうわけか、優柔不断なこの地上で、あなたが唯一の現実主義者だと思えたのです。いつの日か、並はずれた無言の欲望を武器にわたしのもとにやってきて、獣のようにわたしの体を力ずくで奪うのを夢想していたのです。言葉を弄しない、理性をなくした野蛮さというものを切望していました。……あなたはおしゃべり好きで、甘ったるい、いかにも頭で考えた言葉を弄ぶ人だとわかりましたわ。しかもそれがあまりうまくないんですよね。あなたは現実主義者などでは毛頭なくて、ぎこちない夢想家にすぎないのだと思います」（一九五―九六）

言葉を弄するだけの夢想家よりも無言の現実主義者を期待していたイソベルの落胆ぶりもさることながら、ヘンリーは彼女に侮蔑されて夢ははかなくも破れ、自己の力の限界を認めざるを得ないことは明らかである。なぜなら、相手を侮辱することをモットーとしていた者が、逆に侮辱されて、その仮面をはがされてしまったのであるから。それは一つには、その直後に、パナマの都の凄まじい破壊行為もその実質は極めて限定的なもので、山々は変わらぬ緑色を留めたままそびえているという背景描写が挿入されているし、さらにもう一つには、続く第五節において、略奪品のなかに見つけた黄金製のカップの外縁部を飾るグロテスクな子羊像は、ヘンリー自身の精神のいびつさを物語るものとして、そしてその底のほうに見えるイソベルに似た官能的な女性像は彼には知り得なかったリアリティを表象するものとして、それぞれシンボリックに紹介されていることからも推察できよう。最後に、彼はそのカップを投げ捨てている。こうして、同情され理解されることを恐れ、そして何よりも、先のクール・ド・グリの言葉にも明らかなように、嫉妬心にかられて、彼はコックニー、さらにはクール・ド・グリをも衝動的に射殺するのである。だが結局、この一連の出来事は、現実との摩擦から生じた彼の不安あるいは苦悩が頂点に達したことを物語る以外の何ものでもないだろう。

第四章第六節では、「凝視する彼の目は、かつては生き生きと輝くはるか水平線を見渡していたのに、今では心の内を向いていた。ヘンリー・モーガン自身を当惑した様子で見つめていたのだった。……彼は値打ちもなく、偉くもないように思えた。獲物を嗅ぎまわる猟犬のごとく、世界を股にかけたあの欲望も野心も、今の心の内を見つめてみると、何かみすぼらしかった」（二一七）と、様変わりしてしまったヘンリーの心境について語り手が冷静に注釈を施している。さらにその直後、実際ヘンリーはイソベルにつぎのように宣言するのである。

「もうおまえを欲しいとは思わない。おれは故郷の黒い山々や、そこに住む同郷の人びとの話をしのぶ郷愁の念に包まれているのだ。広々としたベランダに腰かけ、昔なじみの老人の話を聞くことに引かれているのだ。このような流血ざたや、静止することのないもの、その価値が両手に留まることのない品物を求めて争うことにすっかり飽きてしまった。ぞっとするんだ」（二二一―二二二）

こうして彼は完全に野性心を失い、望郷の念に駆られることになる。だがここで見逃してならないのは、ここにいたって、第一章のエコーを聞くことができるように思われることであろう。すなわち、かつてこの西インド諸島で成功したダフィッドが比喩的にほのめかしていたように、いわばカリブの熱帯の風になじんだヘンリーの体は、現実には、もはや寒いウェールズの気候のもとに戻ることはできない。その代償として、彼はジャマイカの副総督として、幼なじみのエリザベスの身代わりである、いとこのエリザベスと結婚し、故郷を夢みつつ西インド諸島で余生を送るしかないのである。

先述したように、心身の分裂をきたしたヘンリー少年は、彼にとっての「黄金の杯」を海のかなたに求めて船出し、そしていつの日か、健全な姿で帰郷することを誓っていた。しかしいくら年月を重ねても、彼の心は、結局最後まで満たされることはないのである。彼は副総督として、かつての海賊仲間を裁く役割を忠実に果たすだけの、世間的体面を守ることに腐心する人物になり下がってしまう。ヘンリーが、かつて手下にしていたアントワーヌとエミールの海賊行為にたいして、彼らに死刑を宣告する場面がある。第五章第三節の、法廷でのこの三人の会話を聞いてみよう。

「かつてあなたは、自分がやっていることを心得ておられました。ご自分に確信をもっておられました」

「そうなんですよ」ともう一人が口を差しはさんだ。「今はわかっておられないのです——もはや自分に自信がもてないんですよ。かつては、あなたは一人の人間でした。一人の人間を信頼することはできます。でも、今、あなたは何人かの人間なのです。おれたちはそのなかの一人を信頼しても、その他の人間を恐れるのです」

ヘンリー卿は笑った。「それは多少なりとも当たっているよ。それはおれのせいではないが、本当だな。文明は人格を分裂させるのだ、そして分裂を拒む者は破滅するしかないのだ」(二五四—五五)

自己の体面を保ち、世間が期待する義務を遂行するだけのヘンリーは、他者の目には、自己分裂をきたし、自信喪失の代償として恐怖政治を行っているとしか映らない。破滅を恐れて、自己を社会に迎合させる姿は魂の抜け殻同然である。そこにヘンリー・モーガンの大いなる悲劇があり、心身が分裂してしまった彼の人生最大の皮肉が凝縮されているように思われる。したがって、同じく第四節で、死の床に伏せるヘンリーが、朦朧とした意識のなかで、彼にたいする妻エリザベスの愛情を口にしているが、それも分裂した人間が見るもう一つの幻想に過ぎないといえよう。

このように、第一章の現実を離れたヘンリーは、「黄金の杯」の夢を求めて第二章から第五章にいたる間に未知なる幻想的世界を闊歩するが、華やかな海賊人生の諸段階でその夢は先へ先へと遠ざかっていき、彼のグロテスクな姿は覆うべくもない。そこには、文明の波に翻弄され、人格分裂を起こした現代人の姿が二重写しになっているようにみえる。だがそのいっぽうで、見方によっては、ヘンリーはそのような経験によって、孤独を知り、みずからの無知を自覚し、相対的な世界観を身につけていくスタートラインに立ったともいえよう。まさに人間の両面性が読みとれる構図である。そのような経緯がストーリー全体にわたって、エリザベスという名の女性たちを中心としながら、その他の人物たちも含めた周到な配置構成によって展開されていることは、これまでの読みで明らかとなったであろう。

四　結び

以上のような、作品の読みと考察をとおしていえることは、ヘンリーがそれぞれの人物との出会いや具体的事物による暗示などを経て、過去の自己中心的な心象風景に風穴を開けることができたということである。実体を伴わない夢の欺瞞性に思いいたり、自らの力の限界を知り、また自己のうぬぼれや過度の自信から見えなくされていた、他者の現実的存在に目を向ける可能性が開けたのである。物語の最後に暗示されているように、死が目前に迫ったなか、彼は肥大化したエリザベスの虚飾をはぎとり、自らも等身大に戻って、自然体で故郷の幼いエリザベスに思いを馳せることが許される。全五章のうちの第三章がストーリーの分岐点であるように、ちょうど折り返し点においてヘンリー・モーガンは単なる冒険の旅から離れて、自己発見の旅へと向かい、その渦中でグロテスクな自画像を刻みながらも現実に目を開く準備を整えるのである。だが、最初のヘンリーとエリザベスの暗闇での寂しい別離を再現するごとく、最後の暗い洞穴のシーンでは、分裂した人格を暗示するかのように、ヘンリーの死に際してさまざまな想念が淡い光となって明滅する。そして物語の最後は、「その火はパチッという乾いた、固い音を立てて燃えさしから消えた。どこにも光はなかった。一瞬、ヘンリーは荘重で、柔らかく美しい、あの音色の振動を意識した」（二六九）と結ばれている。エリザベスへの思いが途切れて、暗黒の死の世界を現出しながらも、ヘンリーの意識だけはその場に残されている。そこに、人間の再生を祈念する作家の意図を読みとりたい。このような意味からも、実質的に作家としての第一歩となるこの長編小説は、歴史上の人物伝の域を超えて、一人の若者の人生を物語る作品として、十分評価に値するものであることを強調しておきたい。

ヘンリーに、いやスタインベックにというべきであろうか、聖杯探求を想起させる「黄金の杯」探求の渦中で、パラノイアのようにとり憑いていたエリザベスという名前の女性たちはやっとその役割を終えて、いわば、それぞれの安息の場に退くことになる。母親のエリザベスは他界し、妻のエリザベスにたいしては理解不能な愛として幻想の世界に葬り去り、イソベル＝エリザベスにはヘンリーの甘ったるい愛を打ち砕かれて銀貨二万枚で縁を切り、そして幼なじみのエリザベスとは、死の床で混濁した意識のなか、お互いやっと自然体で心を通わすことができたのであるから。それは結局、比喩的にいえば、「黄金の杯」幻想から目覚めたことを示唆するものと考えられよう。このようにしてヘンリー・モーガン／ジョン・スタインベックは、それぞれの心の重荷を下ろし、過去の自己を清算できたのであり、ヘンリーのその後について、スタインベックは「カリフォルニア・ストーリー」として語り継いでいくことになるのである。

『天の牧場』を読む

西前　孝

一　評価・批評

ジョン・スタインベックの『天の牧場』に関する先行研究の主要な論点は、つぎのようなアプローチを含んでいる。

(一)　スタインベックの作家的発展と彼の文学全体における位置の問題。

(二)　この作品が短編の集合体にすぎないのか、それとも全体として固有のエンティティを成す独立した一編の小説とみなすべきかという問題。出版当初から一時期大きな関心事であったが、ハーバー・ウィン(Harbour Winn)によれば、フォレスト・イングラム(Forrest Ingram)の言う「短編小説サイクル」(short story cycles)の概念によって一応の決着をみた(九一)。

(三)　マンロー家の人びとによる介入・干渉の問題。これはもともとスタインベック自身の手紙のなかでの言及、「……それから一〇年ばかり前に、新しい家族が引っ越してきました。名前はM家です。彼らはごく普通の人びとで、彼らを取り巻く一種の非意図的な邪悪の雲を除いて、特に深みのある人物でも性格でもありません。彼らが触れるとすべてのものが腐敗し、彼らが加わるすべての団体は憎悪のためにばらばらになってしまいます。

大切なことは、これらの人たちにはとにかく悪意や残酷さや異常さはありませんでしたが、彼らの影響によって谷間のすべての人びとが他の人びとを憎むようになったことです」（四九、中山訳）に端を発している。

（四） イリュージョン（夢、幻想など）とその崩壊。

（五） 非目的論的思考の観点からの考察の必要性。例えば、リチャード・アストロ（Richard Astro）の指摘に注文をつけながらルイス・オウエンズ（Louis Owens）は *John Steinbeck's Re-Vision of America* (1985) のなかで、「『天の牧場』はスタインベックが当時大いに吸収しはじめていた［エドワード・F・リケッツ（Edward F. Ricketts）の］思想を反映しているというのは大いにありえることだ」（八九）と述べている。

（六） 出版の事情に関する諸問題。例えばジャクソン・J・ベンソン（Jackson J. Benson）は、「マッキントッシュ&オーティス（McIntosh and Otis）社は『天の牧場』の原稿を受け取ったが、表面上はあまり関心を持っていなかった。……が、実は二人とも内心ではその原稿にとても満足していたのだった。……スタインベックは三〇歳の誕生日に原稿受理を伝える電報を受け取った」（『真の冒険』二一九）という事情を伝えている。

（七） モデルの問題。例えばモリー・モーガンには作家の母が投影されている。

（八） オリジナル作品との関連の問題。よく知られているように、ウォレン・フレンチ（Warren French）は *John Steinbeck's Fiction Revisited* (1994) のなかで、「『天の牧場』はもともと一九三一年のはじめ、ベス・イングルズ（Beth Ingles）から着想を得たものであり……彼女は自分が少女時代を過ごしたコラール・デ・ティエラ（Corral de Tierra）の谷の人びとの話をしていたのだった」（四五）と記している。

（九） スタインベック自身の他の作品との関連性。例えばリチャード・F・ピーターソン（Richard F. Peterson）はテュラレシートについて、「『はつかねずみと人間』のレニーの先駆けである」（九八）と指摘し、中山喜代市は

『スタインベック文学の研究――カリフォルニア時代』のなかで、短篇『締め具』との類似性を指摘している。(二六七)

(一〇) 他の作家の作品との比較・影響など。構成についてはジェイムズ・ジョイス(James Joyce)の『ダブリンの人々』(*The Dubliners*)やシャーウッド・アンダーソン(Sherwood Anderson)の『ワインズバーグ・オハイオ』(*Winesburg, Ohio*)との類似性がよく知られているが、特定のエピソードに関する早い例として、例えばフレンチは *John Steinbeck* (1961) において、ホワイトサイドの物語の悲劇的なアレゴリー性について、「スタインベックはトーマス・マン(Thomas Mann)の『ブッデンブローク家の人々』(*Die Buddenbrooks*)やウィリアム・フォークナー(William Faulkner)の『アブサロム、アブサロム!』(*Absalom, Absalom!*)といった傑作を彷彿させる、王朝《ダイナスティ》建設の夢が崩壊する短編小説を書いている」(四五)と述べている。

(一一) 語り・視点など小説作法に関わる問題。モリー・モーガンにおけるフラッシュバックとフォークナーの『響きと怒り』(*The Sound and the Fury*)におけるイタリック体を使っての独白との比較の問題のほかに、例えばフレンチは、雑貨屋のT・B・アレンについて、「スタインベックの代弁者である」(*Fiction Revisited* 46)と断言している。

(一二) その他、現代的な観点から、例えばケヴィン・ハール(Kevin Hearle)は、バフチン(Mikhail Bakhtin)のディスコース論を借りて、「西部という国家的ディスコース」(四四)の概念のもとに、資本主義によるパストラルの破壊を論じている。一つのテーマやモチーフを中心に展開されているものがある一方で、これらを含めた多様な観点を柱としてテキストを再構築する論考もある。ジョウゼフ・フォンテンローズ(Joseph Fontenrose)の *Steinbeck's Unhappy Valley: A Study of The Pastures of Heaven* (1981)やジョン・H・ティマーマン(John H.

Timmerman）の *The Dramatic Landscape of Steinbeck's Short Stories* (1990) は後者の例である。

二　読みの試み

全一二章のうち第一章および最終の第一二章は、創作としての小説世界そのものの展開であるよりも、その成立と傍観にかかわる作家あるいは語り手による物語の枠組みに関する情報提供として意味を持つものであり、全知の視点からのプロローグとエピローグというべき内容になっている。この意味で、純粋のフィクション世界としての議論からは、しばしば除外あるいは特別扱いされてきている。ここでは、全体としてまとまりを持つ一編の小説であるか、それとも短編の集合体であるかという問題は、対象の在り方の問題である以上にそれと向き合う読者・批評家における問題発見の視点の問題として議論すべき事柄である、と考えたい。一〇編の物語の各々についての作品論がある一方で、その幾つかについて、いくばくかの共通性を認めた上で、グループ化して論じる折衷的な方法も行われている。いっぽう、本稿の方法は、作中人物だけでなく語り手の発言のある種の特質を、（1）スタインベックにおける動物・植物を含めた自然現象への思い入れ、（2）物理的な「家」が、「家庭」あるいは「家族」として比喩的・文化的に意味づけられていく過程、（3）生きることを根底で支えているイリュージョンとディスイリュージョンとのアイロニカルな関係に注意しつつ、ストーリー・ラインを確認していくものである。

第一章（プロローグ）

舞台となる場所の発見に関わる歴史的経緯が説明される。一七七六年ごろ、カーメル教会を建設中の出来事——スペイン人の軍人（伍長）が建築現場から逃亡した二〇人のインディアンたちを追跡して捕らえ、カーメルへ帰る途中に、ふとしたことから、谷間に緑したたる牧草地を発見した事情が説明される。その美しさに魅了された伍長はここを「天の牧場」と名づけ、余生をここで暮らしたという。彼の死は、皮肉にも、インディアンの女性から感染した疱瘡［原語"pox"の俗語的な意味は「梅毒」。フレンチは「性病」（*Fiction Revisited* 45）と明言している］のためであったが、ただ穏やかな最期であったという。それから一〇〇年以上の時を経て、今この地には、何家族もの人たちが主としてフルーツ栽培によって豊かに暮らしている。

これが、全知の語り手の報告する「天の牧場」の発見にまつわる歴史的経緯の概要であるが、注意深い読者は、この報告＝言語的構築物に貢献しているディスコースに、作家スタインベックの関心を読み取り、その後の展開をも予想するかもしれない。すなわち、伍長が追跡の旅をするその行程にあるカーメル・ヴァレーからわけ入った山あいの谷間、インディアンたちが寝ていたシダの茂った渓谷とそこを流れるせせらぎ、突然現れた一頭の鹿、彼の追跡を妨げるかのようなマンザニータの茂み、そして発見した長い谷間とその緑したたる牧草地、そこに生えているカシの木立、さらに、この地を霧や風から抱くように守っている丘陵。舞台となる谷間はこのような「自然」に関わる豊かな言葉によって導入されているのである。その丘は「抱き」また「抱擁する」ものとして、すなわち擬人法的用語が示しているように、人間的な感情のなかに息づいているのである。

第二章

前章がこの地の発見の歴史的経緯と自然的背景の紹介であるのにたいして、この第二章は、ここに住みついた家族にまつわる「呪い」（curse）の歴史と人間環境の紹介となっている。物語の現在の住人であるマンロー家の人びとがここに土地と家を求めて暮らすにいたったいきさつが、過去においてこの家に住んでいた二家族をつうじて語られる。文体は、最初のバトル家については完全に地の文のみによる全知の視点からの語りとして、二番目のマストロヴィッチ家および三番目のマンロー家については、すこしばかりの会話文を採用して小説ふうの部分も取り入れて語られている。会話部分は、後の章に登場する人物パット・ハンバートとこの地の雑貨屋T・B・アレンを導入することでリアリスティックな提示の試みとなっている。（もっとも、物理的には圧倒的に語り手による全知の視点からの叙述であり、このことが、この章を独立したクリエーションとみなすことを妨げている事情については先に触れた。）

章全体を貫いているモチーフは「呪い」である。呪いは土地と家系の両方にわたって染み込んでいる。

第一代目バトルの場合。バトル家はこの地に二世代にわたって暮らしていた。ジョージと妻マートル、そしてその息子ジョンである。ジョージ自身は一八六三年、ニューヨーク州北部からこの地に移り住んだが、呼び寄せた母親は、こちらへの船旅の途中で死亡し、海中に葬られるという不幸（呪い）にみまわれている。迎えた妻は軽い癲癇を患う独り身の女であったが、息子を産んだあと、病がこうじて、サナトリウムで余生をおくることとなる。妻を亡くしたあと、幼いジョンをほとんど顧みることのないまま、ジョージは畑仕事と家と庭の手入れに専心する。果樹、家、庭……これらがジョージの世界のすべてであった。彼の目は大地を離れることはほとんどなく、その固く黒い手のひらは小さなひび割れで覆われている。そしてこの身体が年を追うごとに曲がり、その手が湾曲して戻らず、農具がすっぽり収まる受け具になったというその表現は、肉体に関するフィジカルなレヴェルの描写であることを超えて、ほとんど比喩的あるいは寓意的次元に届いている。

息子ジョンも呪いの犠牲者である。母譲りの、すなわち遺伝によって受け継いだ癲癇と狂信がこうじて、いまではオブセッションとなってしまった悪魔の妄想との闘いが、毎夜繰り返される。うち捨てられた農場はついに荒廃し、自然の姿に戻ってしまう。悪魔の妄想との闘いは結局、彼の命取りとなる。藪のなかの悪魔は実はガラガラ蛇であった。ここで蛇は実体であると同時に比喩でもあろう。自らの内なる妄想の犠牲者となったということである。

第二代目の主は、マストロヴィッチ老夫婦と息子である。一九二一年のこと。黄色の皮膚に高い頬骨、ごわごわの黒髪に陰気な黒い目、その上、夫婦とも英語は話さない――すでに呪いの土地といわれるこの農場の所有者としては、むしろふさわしい人物像というべきか。一家は台所で寝起きし、他の部屋は閉じたまま、家の世話をすることがない。ただ息子だけは、朝の暗い時間から日の沈むまで、畑仕事に精を出した。やがてこの家の煙突から煙の出ない日が三日間続いた。村人三人が調べてみると、台所には食事の準備が整えられたままうち捨てられている。保安官が立ち会って調べてみるが、何も分からない。つまり、この家の者たち三人は、なんの予告もなく立ち去ったのであった。この農場にとりついた呪いは、謎めいたマストロヴィッチ家の人びとの謎めいた失踪によって増幅されることとなる。

第三代目、すなわち物語の現在におけるその農場を所有するのは、マンロー家の五人の人びとである。バートと妻、娘メイと息子ジミー、その弟マンフレッドである。語り手は、この地の連中の目ざとさに事寄せて、これら五人の人物を順次紹介してくれる。バートは、何はともあれ、荒れるがままに放置されている家屋敷の改築・改装にとりかかる。外装を終えると、家具・装飾品も整え、家は以前の幽霊屋敷のイメージをすっかり払拭する。物語は、以下、妻と娘と二人の息子を紹介し、最後にバートの人生を振り返っている。彼もまた、先のバトルやマストロヴィッチに似て、相次ぐ不運にみまわれてきた。ガレージ経営、乾物商、豆の相場師など、何ひとつ成功しなかった。そして、呪いこそ自分の人生の本質ではないかと思い込む。家に閉じこもる生活のなかで、庭を世話し、野菜を育てるうちに、「土地」(soil)へのノスタルジアが育まれ、そして農場経営こそ呪われた運命を断つ唯一の生活のかたちだと思いいたる。読者はここに、スタインベック文学の根底を成す土地への愛着のモチーフの一つの現れを確認するはずである。こうしてバートはこの地に旧バトル農場と家屋敷とを買い取るにいたったというわけである。これによって彼は、自ら呪いからの解放を味わう。生来の仕事熱心ぶりはやがて村人たちからも認められて、友人も得た。村人のなかには、バトル農場の呪いをかえって懐かしむあまり、マンローの到来、定住、そして繁栄を好ましく思わぬ者もいたが、それも三ヵ月も経ったころには彼は村に溶け込み、六ヵ月後には早くも教育委員会のメンバーにさえなっている。やがて村人たちも「バトルの呪い」を信じなくなっていく。バート自身に言わせれば、「二つの呪いが相殺しあった」(二五)のだ。全編を知る読者は、しかしここでバートをはじめマンロー家の人間が、本人の自覚の有無とは別に、結果的に多くの村人たちにたいして不幸の原因となった事情を重ねてみないわけにはいかないだろう。二つの呪いが相殺したのはよいとしても、その後みずからの存在が共同体の構成員への呪いとなったアイロニーはこの時点ではもちろん彼の予知する術はないのだが、語り手は、否、スタインベックは、ここでT・B・アレンの口をとおして予言する――「たぶんあんた[バート]の呪いと農場の呪いとがつがいになって、ガラガラ蛇の夫婦のように、ジネズミの穴のなかに逃げ込んだんですよ。はっと気がついたら、たぶん呪いの赤ん坊がたくさん生まれて、天の牧場じゅうをはい回っていることだろうよ」(二五)と。作者が仕掛けた、もう一捻りされたアイロニーであろう。

第三章
このエピソードを貫くモチーフもイリュージョンとディスイリュージョンの問題である。「シャーク」と呼ばれる「投資の名人」ウィックスには、二つのイリュージョンがあった。自分は投資家であると思い、また思われたいという幻想と、もう一つは、娘アリスは純潔である（なければならぬ）という幻想である。銀行口座の預金額は二万ドルを下らないと思われている幻想（実際には一度に五〇〇ドル以上の金を手にしたことがないという）。石油会社が近くで試掘を始めると聞けば「投資」し、引き上げると聞けば「二〇〇ドルの儲けを得たところで株を手放した」という幻想、そして数年後には一二万五〇〇〇ドルもの利益を得た、と出納簿に書き込む妄想。これで他人に損失を負わせたり傷つけたりでもすれば、幻想は虚偽として犯罪を構成するだろう。しかしウィックスの金持ち幻想は、他人には実害をもたらさなかったようだ。良くも悪くもこれは彼の個人的な幻想であり、生きがいの一つであったということである。人間は物理的にのみ（パンのみにて）生きているわけではないのだ、と言えば弁護のしすぎであろうか。

危うく他人に実害をもたらし、自ら損害の賠償金を払わされそうな羽目を導いたのは、彼のもうひとつのイリュージョン、「アリス純潔」である。一九三〇年前後のアメリカ（の田舎）で、結婚前の女性に純潔を期待するメンタリティは社会的にどれほどの意味をもつことであったのかは、社会学方面の問題でもあるかもしれないが、少なくともウィックスの異常な精神のなかでは、大きなウェイトをもつ価値であった。彼にとってマンロー家の放蕩息子ジミーは、何としても遠ざけておかねばならない彼の価値の破壊者である。アリスは誕生の時から親に似ず美しい赤ちゃんであった。成長するにつれてますます美しくなっていく。その肌をケシのように輝く鮮やかな肌と喩え、その髪にシダのようなやわらかさを見、その目を何かの兆しを伝える霧のかかった空と表現しているのは、父親ウィックスであると同時に、語り手＝作家スタインベックであるだろう。少なくともそこに見られる植物や自然界の現象を好んで活用する比喩表現は、スタインベック文学の特質の一つであることは確かだ。この娘はしかし、精神の発達に問題があった。父親の異常なまでの心配をそのことが一層増幅させているようである。アリスは父にとって宝物であり、貴重品であった。父の異常心理のなかで、娘はやがて人間性を忘れられてフェティッシュな存在へと化していく——「彼の愛は娘にたいする父親の愛ではなかった。むしろ娘を蓄えこんだというか、貴重な品物を持つことで悦に入っていた、とでも言うべきものであった」(三六)。

いつも目の届く範囲に娘を置いておく父ではあったが、ある日叔母の葬儀のために家を空けることになった。その留守中に「事故」が起きた。学校でのダンスの催しのときのことである。美しさがかえってアリスを壁の花にしていたのだが、かの遊び人ジミーが接近してきたのだ。ある女の告げ口によって二人のことを知った母が問い詰めると、アリスはジミーとキスをしたという。葬式からの帰途、雑貨屋に立ち寄ったウィックスがT・B・アレンから一部始終を聞き、彼の巧みな話術もあって、ウィックスの心配が煽られる。娘のキスの相手がこともあろうにジミーと知るや、逆上したウィックスは、陳列ケースに入っていたライフルと弾薬をもってマンローの家を目指して飛び出して行く。はじめから殺すつもりはなくても成り行きで殺してしまいかねない彼の心理状態は、それにふさわしく描出話法で表現されていることに注意したい。キスによって純潔をなくす（奪われる）ことが死ぬにも等しいと思うオブセッションは、もはや狂気の沙汰であろう。この罪でウィックスは保安官に咎められ、「金持ち」との噂も手伝って結局一万ドルの賠償金を支払うことで和解するよう提案される。すっかり落ち込んでしまった彼を慰め励ましたのは、妻のキャサリンである。夫にたいしてこれまで経験したことのない感情を抱き、考えてもみなかった態度に出る——「キャサリンはベッドの端に腰掛けて、しっかりした手つきでシャークの頭をひざに抱いた。本能的であった。そして同じく本能的に力強く、シャークの額に手を当てた」(五四)。

ここに示されているキャサリンの力強さは、よく知られているように、スタインベックにおける強い女性のタイプの早い例として、格好の性格分析の対象となっている。マー・ジョードの先駆けとして位置づけられているのである。そのことと併せて、われわれとしては、上の引用文が示すイメージにも注意しておきたい。それはかのピエタ像のイメージそのものであるからだ。それはまた少し先の、「このとき彼女は女神であった。……彼の身体は徐々に硬くなった」(五五)以下の表現のなかの、セクシャルなコノテーションのうちに読みとられることになる。

元気を得たウィックスはむっくり起き上がり、これからの生活に向けて意気込んでみせる――「つぎのチャンスを捕まえてやる。そして自分の力のほどをみんなに見せてやるのだ」(五五)と。この意気込みはその表向きの威勢のよさよりも、見栄が先走りしすぎているところが、かえって彼の性格の本質的な欠陥の表現となっていることがしばしば指摘されている。例えば浜本武雄は、この台詞は、「読者にいいようのない、人間の哀れさを覚えさせる」(三三)と述べている。

第四章

この章の物語のモチーフ(の一つ)は、非日常世界と日常世界との対立である。物語全体はそれを巡るひとつのアレゴリーと見てよい。中心人物の一人である少年は、テュラレシートすなわち「小さな蛙」[テュラレシートは「小さな葦」の意、と中山は説明している(七二)]と呼ばれているが、そのメタフォリカルなネーミングはアレゴリー世界への誘いとなっている。この少年の特異な才能は絵画と彫刻の才能として学校で注目の的となる。またその特異な性格は、自分の作品が傷つけられたときに発揮される異常なまでの反撃性・攻撃性となる。女教師モーガンのこれまた異常性格の現れともいうべき「地の精」(gnome)への関心に刺激されて、少年は大地に穴を掘り、本質的に自らそこに帰属すべきだと思う地中世界の住人たちと接触・交流を図ろうとする。そしてその土地がバート・マンローの所有する畑であったことから、彼を咎めたバートにたいして、少年はかの異常な反撃に出る。バートを打ちのめしたのである。非日常と日常との対立の行き着くべき終局の一つのかたちであろう。日常は非日常から新しい価値や発見を吸収しつつも、同時に、それの持つ秩序にたいする破壊性を認めず、これを封じ込めるのが常である。結局、テュラレシートは少年院に送られることになる。

モーガン先生の関心事を説明する語り手によれば、「アメリカの文化の貧困の原因の一部は、妖精の存在を無粋にまた頑固に拒否しようとするところにある」(六八)と言う。読者はここに一九世紀以来アメリカの文人たちが繰り返し述べてきたアメリカの文化的風土の希薄さへの嘆きと妖精の世界への志向性を重ねてみるはずである。[ホーソーン(Nathaniel Hawthorne)の『七破風の家』(*The House of the Seven Gables*)の序文やヘンリー・ジェイムズ(Henry James)の『ホーソーン論』(*Hawthorne*)の一節がよく知られている。]少年の名前はもちろんのこと、彼の描くものはすべて動物であるという事実、作品を傷つけられたときの彼の闘いぶりは、「彼は手と足と歯とそして頭を使って闘った」(六三)と表現されているが、それはほとんど動物が闘う姿であるということ、モーガンの前任者マーティン先生によれば、彼はずばり動物であると言っていたこと、そしてモーガンによって刺激された世界は地中の精霊たちの世界であるということなど、作家スタインベックの自然的世界への関心は、芸術的デフォルメを得てここにも現れていることに注意しておきたい。少年を地の精の世界へと誘うことに成功したモーガンの喜びは、人物の言葉と語り手の言葉と（さらに作家の言葉とも）重なった描出話法で表現されていることもそのことを証明している。怪異性、非日常性、動物性、大地（精霊）そして夜。スタインベック文学のアレゴリー性の一つのかたちをここに確認しておきたい。

第五章

作品をここまで読み進めてきた読者はすでに感じ取っていることであるが、「天の牧場」に住む多くの人は、何ほどか異常な行動をする人たちであり、もしその異常性をグロテスクと表現すれば、われわれはシャーウッド・アンダーソンの『ワインズバーグ・オハイオ』のすぐそばにいることに気がつく。その他の作品との比較研究もさることながら、ここでは母ヘレンと娘ヒルダの間の異常性のドラマを、イリュージョンと遺伝とに起因するファミリー・ロマンスの一つとして読む。

語り手はいきなりヘレンの人生の悲劇性から書き起こす。一五歳のときの、可愛がっていた猫の死、続く父の死、そして二五歳で結婚したが新婚三ヵ月にして夫を銃の事故で亡くした悲劇。ヘレンの人生は悲劇性と切り離しがたく結ばれていることが強調される。そして夫の死の六ヵ月後に生まれた娘は精神に障害のあることが判明する。思春期の複雑な問題も重なって、専門医は入院治療を勧めるが、母はこれを断固拒否し、転地を決意する。こうして母娘はこの地に立派なログ・ハウスを構える。使用人も雇い入れ、庭に木や花も植える。モクレンやカシの木、三色のシネラリア、そして青いロベリアなど、例によってスタインベックの植物への関心と知識が披露されることにも注意しておきたい。しかし娘ヒルダはこの家よりも、以前住んでいたサンフランシスコの家のほうがよかったと、不機嫌を募らせていく。そして不機嫌はやがて乱暴・暴力へとエスカレートしていくことになる。

近くに住むバート・マンローはもちろん、ログ・ハウスの建築工事以来、関心をもって眺めていた。それゆえ、ヒルダの暴力を知るにいたって、手伝いを申し出たことは不思議なことではない。妻の不信感を振りきってバートは、閉じ込められているヒルダの狂気じみた話からも事情を察して主人のヘレンを訪ねるが、ハウス・ボーイに追い返されてしまう。娘を閉じ込めている母親もまた自らの記憶のなかに、亡き夫の銃の手柄（トロフィーの数々）の思い出を病的なまでに閉じ込めている［ピーター・リスカ（Peter Lisca）の *The Wide World of John Steinbeck* によれば、彼女は夫にたいして愛は抱いていないし、またその思い出は痛ましいものである（六五―六六）］。読者はこの一節のなかに、例えばフォークナーの「エミリーへのバラ」（"A Rose for Emily"）のイメージを重ねてみるかもしれない。この新しい家で夫の思い出に浸るとき、ヘレンは穏やかな気持ちになれた。窓の外では丘の上から夕闇が迫ってくる。コウモリ、ウズラ、牛……ここでも動物たちがこの光景の造形に貢献している。発作もおさまったヒルダは、今日にも結婚相手がやって来て、いっしょにこの地を離れるつもりだというが、どうやら娘は現実と空想の境界が分からなくなっているらしい、と母は思う。しかしそれは母も同じであったようだ。夫の思い出の余韻のなかで、彼女は娘の逃亡の際の物音を、動物の立てる音としか聞くことができなかったのである。部屋に入ったときには、娘は去ったあとだった。そのあと彼女は、夫のショットガンを持ち出して娘のあとを追う。検死官とフィリップス医師は、ヒルダの死は自殺であった旨の報告書をまとめる。ヘレンを法の手で裁くことをよしとしなかったのである。つまり、彼女自身すでに加害者である以上に、何か宿命的な悲劇性の犠牲者であったし、また、すでに家庭的にも社会的にも心理的にも、充分に裁かれていた、ということであろうか。あるいはまた、この悲劇のファミリー・ロマンスは、法はもとより誰にとっても裁くことなどできない深刻な問題を読者に突きつけているということであろうか。

第六章

この一編は全編のなかでひときわ高い評価を得ているようである。例えばピーターソンは、マンロー家の人間と他の幸福なまでに単純な人びととの間のコンフリクトが最もよく描かれているという。マンロー家の介入はすでにお馴染みではあるが、この一編では、マンロー夫人の介入を受ける側のモルトビー親子(ジュニアスとロビー)のキャラクタライゼイションが評価されている。われわれとしては、この父と息子の生活ぶりと、自然児ともいうべき二人が結局ここを去ることになるその構図は、いわば超ミニチュア版の『失楽園』(*Paradise Lost*)として読むことができるという点に関心がある。

ジュニアスは病を得てビジネスの世界から退き、医師の転地療法の勧めに従ってこの地にやってきた。気候風土の心地よさがこの男を怠け者に変えたという。家主の未亡人と結婚して土地を手に入れ、未来はバラ色とみえたが、畑仕事には関心がなく、日がな一日読書三昧で過ごしている。そして数年後にはすっかり貧乏になる。衣服にも事欠く身でありながらも読書は続く。妻の妊娠、インフルエンザの流行・感染、妻の連れ子の二人の少年の死、そして妻自身も生まれてくる子を見ることもなく死んでしまう。少年たちが死の床にあったとき、彼はまるで浮世離れした物語を聞かせることに夢中になっていて、子どもたちの死の瞬間を知らなかったという。物語によっては病める人の命は救えないと知りつつも、彼には他に為すべき術がなかったのだ。生まれてきた子どもロビーの養育もままならない。乳を得るために買ったヤギが牡であったり、つぎに牝を手に入れても乳の絞り方が分からない。雇い入れたドイツ人に支払う賃金のことも分からぬありさまである。ジャガイモもソラマメも、トウモロコシもエンドウマメも、そしてキュウリも、まともに育てることができない。そして、やがて履く靴さえなくなる。そんな自分を彼はこう分析している――「自分は身近にあるものがかえって見えていなかった。わが家のことよりもパルテノン宮殿にかまけているのだ」(一一二)と。ここで「わが家」は家族と農園をも含んでいる。つまり、最も身近な物理的現実が、遠い昔の歴史や物語の世界のための犠牲にされたということである。息子は父の好きな作家の名にちなんでロバート・ルイスと名付けられたが(スタインベックのR・L・スティーヴンソン(Robert Louis Stevenson)への関心は短編 "How Edith McGillcuddy Met R. L. Stevenson" にもみられる)、「ロバート」は長すぎるという雇い人の意見を入れて、「ロビー」となる。ロビーはまともな養育のできぬ父親のもとで靴を履いたこともない。この家の三人は一日じゅう小川の流れに足を投げ出し、ぶらぶらと時間を過ごす。三人は水の大切さの話から三元素(ここでは水と地と光)にまつわる素人の俗説による比喩的意味づけの話へと、世間の人びとから見ればまるで絵空事の世界に生きている。

人びとはしかしロビーについては不憫に思う。就学年齢の六歳に近づいて、何とか普通の子どもにしようと考えはじめる。教育委員会から勧告されて父は息子を学校に入れる。珍しがられながらもロビーはリーダー格になっていく。ゲームを案出する才能もみせる。モーガン先生の関心も引くが、彼は文字を読む能力はあったものの、書くことができない。彼が始めた新しい「スパイ」ゲームは、日系人をスパイに見たてたものであることにはちょっと注意しておくのがよいだろう。現代の問題意識から人種差別のモチーフを抉り出すことができる。ハーバー・ウィンも同様の問題を示唆している(一〇二)。一方で、時代背景として、日本のアジア進出がアメリカ本土においても危険視されはじめた歴史的事情の反映と見ることができよう。[関東軍による張作霖(一八七三―一九二八)の爆殺は一九二八年、いっぽう、本書の出版は一九三二年であった。]インディアンに捕らわれた大統領を救出するというゲームにおいても、人種問題に絡めた議論もなされていることは先にも触れたが、ここでは深入りしない。

ロビーの影響力は、少年たちの靴と服装の点にも現れはじめる。事件は授業参観を機に起きた。親たちを迎えて行われた授業はモーガン先生にとって最悪のものに思われ、そのため彼女は解雇されることを覚悟したのだったが、教育委員ジョン・ホワイトサイドの評価は意外なものであった。ただ、ロビーのことに話題が及び、事態は予想外のほうに進んでいく。マンロー夫人がロビーのために衣服の提供を申し出る。モーガン先生は少年のプライドが傷つくことを心配するが、ホワイトサイドはマンロー夫人の善意を受け入れるよう主張する。手渡された包みをロビーは嫌々ながら紐解くと、なかはシャツとオーバーオールであった。事態が呑み込めたロビーは、顔を真っ赤にして飛び出して行く。マンロー夫人はロビーの当惑を解せない。モーガン先生の説明はこうである――「いいですか、私は思うんですが、あの子はいまさっきまで自分が貧しいなんて思いもしなかったのですよ」(一三七)。ホワイトサイドは己の無神経を詫び、マンロー夫人は自分の真意のほどをロビーの父親に伝えてもらいたいと釈明し、「あの子の健康のほうが、どう感じるかということより大切だと思いますわ」(一三七)と言う。彼女の考えに悪意はみとめられないだろう。しかし問題は悪意の有無ではない。むしろ逆に、与える側における善意に根ざした行為であっても、受ける側においては無条件に善意・善行であるのではないという、何ほどか有利な立場にいる者が陥りがちな盲点を抉り出している。(ここで、いわゆる先進国の途上国への援助が必ずしも相手国の国民の幸福にはつながっていない現実を考え合わせるのもあながち無駄なことではないかもしれない。それより前に、日常生活のレヴェルにおいても、親切は、それが押し付けになればもはや徳行ではないことをわれわれはときどき経験している。)マンロー夫人の「善意」は、人間を原点において慈しむとはどういうことなのかという問題意識を欠いた、自覚されない傲慢さに根ざしているといえよう。

第七章

不特定の人を相手にして、何ほどかの報酬あるいは利益と引き換えに性行為を行うことは売春であろうか。金銭などを求めて行うのではなく、例えば受けた何かの好意への感謝の返礼としての行為であれば、それは売春には当たらないのであろうか。あるいはまた、そのような行為は「売春」と呼ぼうと呼ぶまいと、社会的には制裁されるべき行為ではあるのだろうか。少なくともロペス姉妹は、直接金銭などを求めて性行為を提供したのではない、というのが当人たちの言い分である。これにたいする社会的・法的処置は、店の営業停止か、または、当人たちのこの地からの追放というものである。

貧しい境遇のなかで親をなくした二人に残されたものは、ほとんど不毛の土地であった。かろうじて食べていくだけの野菜を作っていたが、姉のローザの提案でメキシコ料理の店を出すことにした。母譲りの料理の腕前には自信があった。準備はすっかり整い、看板も揚げた。だがその後、商売はほとんど振るわなかった。そんなある日、妹のマリアが買い出しに出かけた留守に事件は起きた。言い渋るローザにマリアが問いただす。ローザの告白は、手作りの目玉商品であるエンチラーダを三個も食べてくれた客に、何とかして感謝の気持ちを表したくて、「身体を与えた」(一五〇)のだという。もちろん反省もあったし、聖母マリアと自身の守護聖人への懺悔の必要もあった。その直後、マリアにもアイデアが浮かぶ。自分も客を「力づける」(encourage)というのである。読者はここで唖然とするであろう。カトリックにおける告白・懺悔とゆるしのシステムについての知識の問題もさることながら、人間として、社会人として、そして生活人として、この姉妹の生き方をどう見るかという問題を読者は突きつけられているのである。しかし商売のほうは、いわばこの特別客への特別サーヴィスのおかげで大繁盛となる。

だがそれも長くは続かず、やがて噂が立ちはじめる。この村の女たちはいわば本能的に事態を察知したのである。彼女らはロペス姉妹を「悪い女」とみなしはじめる。そんなある日のこと、マリアがモントレーに料理材料の粉を買いに出た際、一人の村人（男性）を馬車に乗せてやる。（ここで読者は、猿に似たこの醜い男アレン・ヒューネカーと、嫉妬されることが生き甲斐であるその妻とについて、語り手による一方的な情報提供がなされるのだが、もちろんこれはその後の展開の伏線である。）たまたまこれをマンロー夫妻が目撃する。バートはこれをネタに、アレンの女房をからかおうと思いつく。

モントレーで買い物を済ませたマリアは、ローザへのプレゼントも買って幸せな気分で帰ってみると、家はいつもと様子が違っている。落ち込んでいるローザを問い詰めると、保安官がやって来たのだという。二人に残された道は、この「商売」（bad house）をやめるか、あるいはこのまま続けて逮捕されるか、二つにひとつ、ということである。思案の末に選んだ道は、店を閉めてこの地を去り、サンフランシスコに出て本物の「悪い女」（bad women）になろうというものであった。［*The Encyclopedia of American Facts and Dates* によれば、一九一七年一月、サンフランシスコでの売春反対運動の結果、約二〇〇軒の店が閉鎖されたという。ただ、その後なくなったと言う報告はないようである（四三七）。］

この姉妹の場合も、先のモルトビー親子の場合に似て、結局この地を出て行かざるを得なくなるのだが、その意味で、ここでの短い生活は、小さな楽園追放の過程であるといえよう。われわれはこれまでのところ、三つの家族について、それぞれ母と娘、父と息子、そして姉と妹という、三つのタイプのファミリー・ロマンスを読んできたことになる。

第八章

R・S・ヒューズ（R. S. Hughes）は *Beyond The Red Pony: A Reader's Companion to Steinbeck's Complete Short Stories* においてスタインベックの作品に登場する女性のタイプについて、しばしば言及される「主婦」（housewives）と「娼婦」（whores）に加えて、「女教師」の重要性を強調している（二一七）。むしろこのタイプのほうがその創造性と自己主張性という特質によって、より重要な役割を演じているという。テュラレシートの場合もロビーの場合も、モリー・モーガンは教師としての本分を尽くした。その意味で彼女は創造的であったし、またひとりよがりでもあった。この一編はしかし、モーガンの公的生活によりもむしろ私的・内面的生活に焦点が合わされる。「天の牧場」の学校に志願し、教育委員のホワイトサイドとの面接試験のやりとりを通じて彼女の過去と関心が明らかにされていく。内面の台詞は、例えばフォークナーの『響きと怒り』に似て、イタリック体で表現されていく。ホワイトサイドには分からないかたちで彼女の内面が読者に伝えられる。一種のドラマティック・アイロニーの実践である。

モーガンは父親にたいする特殊な感情を引きずって生きている。幼いころからのオブセッションである。数ヵ月に一度帰宅する行商人の父は、ある日消息を断ったまま生死が知れなくなった。だが娘は父の死が信じられない。こうしてオブセッションはイリュージョンともなる。面接のためにモーガンはサリーナスで汽車を降りてバスに乗り換え、村はずれまで来て、パット・ハンバートのトラックに乗せてもらう。前任の教師が辞めた理由は、うんざりするほど神経質であったからというハンバートの話は、この新任教師についての間接的な情報としても読まれることが計算されているであろう。やがてモーガンは目的のホワイトサイドの屋敷の前で降りる。通路からポーチに近づいて感じる印象は、家がとても威厳があるのと比べて、玄関は人間的な温かみがあるということ、また、ベランダは玄関みたいに広々していて温かみがあるという印象は、ほとんど擬人法的に、この家に住む人の性格の表現でもあるだろう。旅に疲れ、面接を前にして緊張しているモーガンにとっては、それは安らぎであった。そして玄関で応対してくれた夫人の優しさも有難かった。勧められて食事をとり、その後、主人の部屋に通される。立派な家具・調度品の数々に気後れするのを押さえながら、面接が始まる。ホワイトサイドからの質問に並行するかたちでモーガンの過去が、フラッシュバックすなわち内的独白として、数ページにわたって紹介されていく。ただし、叙述の人称は三人称であることに注意しておきたい。貧しかった幼いころのこと、二人の兄弟ジョンとトムのこと、母のこと、旅から帰った父のこと、父のお土産にはしゃいだときのこと、子犬が腕から滑り落ちて足を折ったときのこと、トムが子犬を打ち殺してしまったときのこと。そして目を上げてホワイトサイドを見ながら、一二歳のときに父が事故で死んだ、と明言する。しかし彼女の意識のなかでは父は死んではいなかった。やがて帰ることもなくなった父は死んだものと見なされるにいたったこと、家族はほとんど餓死するほどに困窮したこと、そしてその後、家族はばらばらになっていったこと。自分は教師になるために大学に行ったが、母は卒業を見届けることなく死んだ、と話す。愚かしいとは知りつつも、自分は父の死が信じられないでいること、そしていつかきっと帰ってくると思っている、とも話す。

その後採用が決まり、教師としての生活が始まる。生活は以前とは一変する。生徒たちから慕われ尊敬される。ただ、ホワイトサイド家の息子ビルとの関係は、夫人が期待するようには進展しないようである。伝説的盗賊であるバスケスゆかりの丘の上の山小屋へは、ビルの申し出を断ってひとりで出かける。山道に茂っている植物とその香り、山小屋のあたりに飛び交う小動物の羽音などへの目配り・耳配りは、生物学者スタインベックの面目躍如である。丘の上から下の谷あいを見下ろすモーガンは、そこで非現実世界へと心誘われる。伝説の人物と幻の父のイメージが重なったのである。それは常識人ビルの目には危なっかしいものに見えたとしても不思議ではない。

月日はめぐって、モーガン先生はすでに当地における教育面での重要人物となっている。教育関係者の会議にも出席する。そしてこの席で出会うバートの話が、彼女のその後の生活に重大な関わりを持つことになる。バートが町から連れてきた労務者についての話を聞くうちに、ひょっとしてその男が父ではないだろうかとの思いが募る。数週間後には、この思いのために精神に異常を来しかねない事態にいたる。そんななかでつぎの会議が開かれる。欠席だと思われていたバートが遅刻してやってくる。例の酔っ払いが外の車のなかで酔いをさましているという。堪えきれなくなってモーガンは外に出る。暗がりのなかの黒いものはバートの自動車……しかし車のなかの人物の正体を確かめるという重大事の直前まで来て、「これは自殺行為なのだ、すべてを投げ捨てることになるかもしれない」(一八七)という恐れに堪えられず、彼女は部屋に引き返し、閉じこもってしまう。しばらくして落ち着きを取り戻した彼女は、ホワイトサイドに辞職を申し出る。はじめ驚いた彼も、やがて事情を察して、問い詰めることなく彼女の希望を容れる。

モーガンはついにオブセッション＝イリュージョンを克服できなかった。その意味で彼女の精神は解放されないであろう。しかし、思い返すまでもなく、人はみな、何ほどかのイリュージョンによって生きていくことができる、とも言えそうだ。日々の生活のなかの小さなこだわりから、大は思想・イデオロギーにいたるまで、人は何がしかのイリュージョンあるいはオブセッションによってこそかえってこの現実を生きているのであろう。

第九章

収容所、刑務所、処刑場、墓場……生活者としての人間にとってこれらはいわば負の価値の記号である。しかし芸術家や文学者は、これらに多大な関心を寄せてきた。愛する者の死は堪えがたい苦痛であるが、しかし他人の死は、処刑の現場は、興味半分に見て楽しむものであろうか。この問題を不問に付して、例えば作品中の色のイメージの検討に終止するような論考は、その偏りが当然批判の対象となる。語り手はまず、レイモンド・バンクスの養鶏場がいかに清潔であるかを強調することから始める。いわば「モデル農園」だという。次いでバンクスの身体つき、容貌、また物言いに独特な雰囲気があって憎めない性格であることを紹介してくれる。子どもたちの人気者でもある、と。子どもたちの前で、例えば鶏のさばき方を披露して見せる。見事な手さばきで素早くやってのける。取り出された心臓がまだ動いているのを見て、子どもたちは驚きを隠せない。いや、読者も驚く。そして現代の読者なら、臓器移植や脳死問題に思いを致すはずである。バンクス夫妻はときどき鶏の料理と自家製のビールでパーティを開き、村人たちを招待して楽しんでいた。他方、バンクスには高校時代からの友人でサン・クェンティン刑務所で看守をしている者がいて、一年に二、三度、処刑の現場を見学させてもらっていた。これが彼の休暇の唯一の楽しみであったという。ただ注意すべきは、彼にとって重大なのは、処刑そのものよりも、それに伴う緊張感やその儀式的雰囲気のほうであったと語り手は言う。処刑される者への感情は、ちょうど鶏にたいするのと同じく、何も感じることがなかった、とも。

さてバート・マンローはこの地に越してきてほどなくバンクスのことを知る。鶏舎のことも刑務所見学のことも。処刑については、しかし、何もバンクスやバートだけが関心をもったのではない旨を語り手は明言している。

怖いもの見たさは人間に普遍的なのかもしれない。ただ実行するか否かの差がある、ということであろうか。

五月のはじめ、バンクス家でのパーティの席でのこと。二人きりになる機会を捕まえてバートはバンクスに見学に行きたい旨を伝える。バートにしてみれば、何か我知らずのうちの出来事であったという。言ってしまったあと、彼は吐き気を催しているが、それでいて行ってみたい気持ちを押さえきれないアンビヴァレントな心理状態におかれている。その後、見学の計画が具体的に進んでいることをバンクスから聞いて、興味が一層募る。鶏をさばくのを見るのと変わりはないのだ、と自分に言い聞かせながら。そうは言っても、バンクスも言うように、初体験の者は食事も咽喉を通らない、云々の言葉に、不安は隠しきれない。妻から顔色の悪いのを指摘されている。

二週間ほど経った土曜日のこと、バンクスがバートのところにやってくる。二人は畑で話をする。農夫は家のなかよりも戸外でお喋りをするものだという語り手の観察と、彼による畑の果樹の描写は、読者をして人物たちの会話をひとときはなれ、自然のほうに目を向けさせてくれる。バンクスによれば、看守をしている友人エドから見学了解の返事が来たという。バートはしかし、これを聞いてかえって不安を募らせる。子どものころに目撃したある出来事の話、そしてアリゾナでの女性の処刑に際しての事故のことを説明して、自分はもはや処刑見学をする気はないと言う。せっかくの努力・尽力を無駄にされたバンクスは怒って帰宅してしまう。妻を相手にバートの心変わりの不満をぶつける。エドにはつぐないのために家に招待するよう提案してくれた妻に感謝するいっぽう、バートの心変わりへの怒りは簡単には治まりそうにはなかった。

処刑の現場を見学（見物）することがそもそも人の道に適っているか否かは、倫理上の問題として大いに議論の対象となりうるであろう。そしてそれとは別に、そのことを趣味や楽しみにしている人間がいるということ。

「異常な」人間の存在と（「異常性」をめぐっては、先のスタインベックの書簡の見解を踏まえた上での議論である）、彼らが引き起こし、また経験する小世界を造形すること。『天の牧場』はそもそもそこに成立基盤をもつ作品であったのだ。バンクスの側に立てば、バートはイリュージョンを壊した破壊者である。ちょうど、ロビーの生活を己の生活倫理を押しつけようとして壊してしまったマンロー夫人のように。

第一〇章

教師モーガンにとって父の幻がオブセッションであったようにパット・ハンバートにとっては、いまは亡き両親と彼らにまつわる客間と居間がオブセッションである。彼の自立を阻んできた両親の権威は、老齢のイメージと死臭となってつきまとう。悪霊に取りつかれた家のなかで物音に耳をそば立てながらベッドで緊張しているハンバートの姿に、読者はエドガー・アラン・ポウ（Edgar Allan Poe）の世界を連想するかもしれない。堪えきれなくなったハンバートは、二つの部屋の窓のシャッターを閉め、釘づけにする。それでもなお悪霊の影響を排除することができない。いっぽう、生活習慣を変えるべく、できるだけ多くの人と交わるよう自ら努める。もともと見栄えのするタイプではなかったが、すすんで下働きなどをするうちに、一〇年後には教育委員に選ばれるまでになる。それでもまだ悪霊から解放されない。畑仕事を逃げ場にするいっぽう、家の世話をすることはほとんどなかった。やがて白いモッコウバラが玄関を覆いはじめ、ついには家全体を包んでしまう。ハンバートの意図とは別に、このバラの家が、彼のその後の人生を左右することになる。ここで「家」は、物理的次元から象徴的次元に達している。

マンロー家の娘メイがその家の外見の美しさに関心を示したのがそのきっかけとなる。四〇がらみの独身の醜男であるハンバートにとって、人並みの生活をするための最初で最後のチャンスと思えたのである。彼女の関心に合わせるために、彼は部屋の改装に取りかかる。そして涙ぐましい努力の甲斐あって、メイの気に入りであるヴァーモントの家のイメージに沿って改装を完了する。古い家具・調度品の処分は新しい世界へ踏み出す喜びでもあった。

受け入れ態勢が整ってみて、彼は困ったことに気づいた。独身の娘が独身の男の独り住まいを訪れてくるはずのないことに思いいたったのである。彼の逡巡は一週間続いたのち、ついに決心をし、マンロー家を訪ねることにする。彼は家の前に何台かの自動車を見て、今夜はパーティなのだと思う。プロポーズは別の日にしようと思いながら家に入った彼の腕をバートが掴んだ。つぎの土曜日、メイはホワイトサイド家のビルと結婚式を挙げることになったと聞かされる。

このアイロニーは、ほとんど短編作家O・ヘンリー（O. Henry）的どんでん返しである。メイの何気ない一言に触発されてハンバートは勝手に夢を膨らませてきた。そして夢は現実の前ではじけてしぼんだ。これは悲劇であろうか、喜劇であろうか。ここでもマンロー家の人間は自分たちの意図とはかかわらず、夢の壊し屋の役を果たしている。ハンバートにしてみれば、親の代から「家」に苦しめられ、やっと解放されて抱いた「自分自身の家」の夢からも裏切られた。「家」のトラジ＝コメディであろうか。

第一一章

「家」の夢は、ホワイトサイド家にとっては「王朝」（dynasty）建設のスケールで始まる。リチャード、ジョン、そしてビルと、三代にわたる物語である。よく言われるように、全体の構成の観点から見て、第一章と最終の第一二章がいわば外枠であるなら、第二章のマンロー家に至る三代の歴史とこの第一一章のホワイトサイド家三代記とはいわば内枠を構成している。

物語に関わる三代のうちの初代リチャードは、当時(一八五〇年代)のカリフォルニアには珍しく、この地に末代までも続く一家の礎を築きたいと決意する。他のどこよりも、丘の下に広がるこの地が気に入ったのであった。何か決断にきっかけを与えてくれるものが欲しいと思ったとき、丘の斜面に起きた小さなつむじ風が木の葉を運ぶ。これで決まった。やがて彼は二五〇エーカーの土地を入手、六ヵ月をかけて家を建てる。家のつぎには果樹園を手に入れ、そして妻を迎える。農場は栄える。牛も羊も育ち、いろいろな植物も根づき、花をつけ、妻アリシアも子を身ごもる。リチャードにはそれは、これからの一家代々の繁栄の始まりと思えた。リチャードの古代趣味を反映して生まれた子どもは、洗礼まではデイヴィッドと呼んだ。妻に聞かせた古代のある町の呪いと町からの住民脱出の話は、この一編の結末の伏線であることを、読者はしばらく先で知ることになる。妻は認めないが、医者によれば、彼女は今後子どもを生めない身体だという。彼女の希望でデイヴィッドの洗礼名はジョンとなる。読者はここで、怪異な笑みを浮かべるアリシアの姿に、『怒りのぶどう』の最後の有名なシーンにおけるローズ・オヴ・シャロンの笑みを重ねるはずである。ホワイトサイド家はリチャードの代においてこの地に一家を構えた最初の家族であった。教養があり、金持ちというのではないが農園経営も成功していて金に困ることもなく、その一家は何よりも家そのものがそれを象徴しているという。やがてアリシアは二度目の妊娠をするが、医者の予想したように、死産であった。ホワイトサイド家には男子は一人しか生まれないと言われた呪いの実現である。父は息子ジョンに古代の歴史の価値を説き、また、「家」(home)が「家庭」(family)の象徴であることを説いた。ジョンがハーヴァードの最終学年にいたとき、父が死んだ。その最期の言葉は、一家が幾世代にもわたって栄えるべく努力すべし、というものであったと母は言う。その後六年、母も老い、ようやくジョンは学友の妹ウィラと結婚した。これを見届けるのが夢であったかのように、母はその三日後、父と同じく一家が栄えることを祈りつつ息絶えた。こうしてリチャードの時代は終わった。

ジョンは父以上に家を守った。影響力において父には及ばなかったが、彼は村人たちにたいして、高みに立つのではなく、同じ地平に生きた。家は村人たちの相談ごとの場となった。古典特にヴァージルを好むジョンにとって、居間が家庭（home）であった。たった一つ不満であった子どもの問題も、ウィラが男子ウィリアム（ビルのこと）を生んだことで満たされた。ただビルは父ほどには古典には興味を示さなかった。彼はむしろ機械装置への関心と商売の才能を示した。読者はここで、アメリカ機械文明と資本主義の発展という歴史的事情を思い描くかもしれない。ジョンはやがて村の教育委員会の書記に選ばれる。父の場合と同じくここでも家はそこに住む主の個性を現わすものになったことが繰り返されている——「ホワイトサイドの家はジョンの人柄の具現したものである」（二七六）。

遅れてこの地に越してきたバート・マンローもここで有力者の一人となる。バートも教育委員に選ばれ、両家は接近する。ある夜、ビルはマンロー家の娘メイと結婚したいと言う。結婚後、ふたりはモントレーに出て、家を構えるつもりである。ひとり息子がこの地を出ることはジョンには許しがたいが、議論の末、父はいずれ戻ってくるであろうと期待して待つよりほかはない。こうして若い二人は結婚する。（その直前の事情については、第一〇章でパット・ハンバートの生活と触れるところのあったことを読者は思い出す。）

息子に去られたジョンは生きる張り合いをなくしていく。農園も家畜の世話も怠りがちになる。バートが、畑の雑草は火を放って焼き払うのがよいと言う。秋は足早にやってくる。ここでもスタインベックの自然観察が披歴される。炎のように黄色いヤナギ、群れなすカモ、マガモ、ムクドリモドキ、そして大気のなかの早い霜。ヤナギが炎のように見えたのはジョンであろうか、それともジョンより先に物語の結末を見越している語り手＝スタインベックであろうか。夜のうちの雨と、雨上がりの朝の美しい日の光。これが野焼きの好条件となった。灯油をかけられた雑草は勢いよく燃え広がる。予想外のつむじ風が丘を吹き下る。読者はここで、リチャードがこの地に永住を決意するしるしを与えたつむじ風のことを思い起こすはずである。［中山は二度にわたってこのことを指摘している（六七、六九）。］ひととき治まりかけるが、つむじ風のために家に火が燃え移りそうになる。突然、家から悲鳴が聞こえる。ウィラが飛び出してくる。家のなかにも火が回ったという。家具を少しでも運び出そうと言うバートの意見もむなしく、炎は家を包んでいく。燃えさかる家もまた擬人化されて描写されている——「古い家が命がけで闘っていた」（二八六）。そして家具も——「皮張りの椅子は熱のために生き物のように身をよじった」（二八六）と。こうして家全体が焼け落ちる。炎のなかに焼け落ちる家は、例えば沼のなかに崩れ落ちるポウのアッシャーの家やフォークナーのサトペンの家とコントラストをなしながら、読者の記憶のなかで二重写しとなる。それはリチャードが思い描いたホワイトサイド王朝の夢の末路であった。三代にわたる「家」を象徴の中心に据えて展開された、繁栄の夢とその崩壊のアイロニカルなファミリー・ロマンスである。

第一二章（エピローグ）

「天の牧場」が丘の上からロング・ショットで眺められる。観光バスの客たちとバスの運転手の感想が披露される。スタインベックはもちろん一面的な見解にならないよう配慮している。人生に成功した夫婦、若い聖職者、老人、そして新婚のカップルといった具合に、年齢、職業などにヴァリエーションを与えることで、いわばこれをアメリカ社会のミニチュアたらしめているのだ。その意味でこのバスは、『天の牧場』の世界そのものがアメリカン・ライフのミニチュアであるのと呼応している。とはいえ、彼らが抱く「天の牧場」の生活のイメージには大きなヴァリエーションはない。運転手が代弁しているように、アルカディアとみえるこの地で、遅かれ早かれ、余生を送りたいものだと、みんなが考えているのである。

三　結び

このバスの乗客たちはしかし、誰もがいわば部外者であって、この地のリアリティを生きてきた人ではない。つまり彼らは、経験者としてではなく、傍観者として見解を述べているにすぎないと言える。いっぽう、一〇編の物語を読んできた読者は、そのリアリティがどのようなものであるかを知っているし、夢のような余生などというものは実は見果てぬ夢でしかないことも知っている。それでいてまた読者は、イリュージョンなしには人間はほとんど生きることができないということも知っている。農園経営を中心とした生活のなかで、大地と植物と動物と、つまり自然と共生するなかで、人はみな幾ばくかのイリュージョンを精神的な支えとして持っている。多くの場合、夢は現実の破壊力の前に潰える。しかし、だからといってイリュージョンは持つに値しないのではない。われわれの生活とは、ときにささやかな、ときに壮大な、イリュージョンとディスイリュージョンの交錯のうちに営まれているという事実に、スタインベックは早くから関心を寄せていた。この人間観あるいは社会観は、その後、一方で『疑わしき戦い』や『怒りのぶどう』のシリアスな問題へと、他方で『キャナリー・ロウ』や『トーティーヤ・フラット』における悲しいユーモアへと展開していくことになる。

『知られざる神に』——カリフォルニア的神話の世界

加藤好文

一　背景と評価

一九三三年、スタインベックは『知られざる神に』を出版した。この小説は当初、一九二九年に出版した小説『黄金の杯』の不評を受けての第二作目として意識していただけに、彼としては相当の思い入れがあったにちがいない。『黄金の杯』は、カリブ海域で活躍した実在の海賊ヘンリー・モーガンという、海のヒーローがその勇猛な外見と孤独な内面の乖離に苦悩し、心安らぐ「港」を希求するなかで故郷の山々や人びとに思いを馳せるさまを描いた作品であった。その流れを引き継ぐかのように『知られざる神に』は、舞台を海から陸地に移し、いわば陸に上がったモーガンの分身としてのジョウゼフ・ウェインがアメリカの大自然を相手にして、そこに新たな共同体を建設する闘いをダイナミックに描出したものである。しかし、一九三二年に『天の牧場』が出版されており、『知られざる神に』はそれに次ぐ第三作目となった。

スタインベックが出版社のロバート・O・バルー（Robert O. Ballou）に宛てた一九三三年二月一一日付の手紙において、原稿を代理人に送ったことを伝えたうえで、「この原稿、書くのにおそろしく難渋しました。この原稿のために、メモを五年間ほど取ってきたのです。売るにしてもきっとむずかしい原稿でしょう」（『書簡集』　六九）と述べていることからも明らかなように、この作品が日の目を見るまでにはかなりの紆余曲折を経たことは否めない。そこで、まずはスタインベック自身が書き残した手紙などを手がかりに、この作品が誕生するまでの経緯を確認しておきたい。

最初に留意しておきたいことは、スタインベックの友人ウェブスター（トウビー）・F・ストリート（Webster F. Street）が書きかけて断念した戯曲「緑の女」（"The Green Lady"）がこの作品の原型として存在していたという点である。スタインベックは『黄金の杯』の脱稿と相前後して、ストリートから譲り受けたこの戯曲の原稿を小説へと改作する作業に着手し、約一年半をかけて一九三〇年なかばに、その時点での題名「未知なる神に」として一応の完成をみた。ストリートが構想していた、森にたいする主人公の異常なまでの愛着心が、ひいてはみずからを生け贄として捧げるにいたるという筋立ては、創作方法を模索していた当時のスタインベックの琴線にも触れるものだったのであろう（ヴァルジーン　一一六）。彼は樹木にたいする生来の畏敬の念や、一九二六年から二八年にかけて体験したタホー湖畔の森の生活をとおして、人間と周囲の環境との分かち難い運命的結びつきを改めて思い起こしたのかもしれない。たしかに、このモチーフはスタインベックの作品に継承されていくのである。

しかしながら「緑の女」の改訂版「未知なる神に」は、一〇社に上る出版社への打診も実を結ぶことなく、当分の間、買い手も見つからないまま宙ぶらりんの状態に置かれることになる。そこで一年後の一九三一年五月、スタインベックは知り合ったばかりの出版代理人メイヴィス・マッキントッシュ（Mavis McIntosh）にたいして、戯曲にはまったくの素人が小説への転換を試みたことで構成に難があったことを認め、その書きなおしの必要性を示唆するのである（『書簡集』　四二）。そしてその間に彼は、まずはカリフォルニアを舞台にした『天の牧場』

の執筆を優先させて、その土地にたいする作家的感性を育みつつ、機が熟す時を待つことになる。

『天の牧場』を脱稿した一九三一年暮れに、スタインベックはジョージ・オールビー（George Albee）宛の手紙において、「『未知なる神に』に戻ることにする。この題名は変えるかもしれない。物語をいくつかに分断し、それぞれの部分を書きなおすことになるだろうからだ。ほとんど原型をとどめない改作になるかもしれない」（『書簡集』五〇）と、本格的に大幅な書きなおしを開始する旨を伝えている。さらにマッキントッシュに宛てた一九三二年一月の手紙では、「この作品にちまちましたつぎはぎ作業をするつもりはまったくありません。ほぼ二年前に脱稿しているものですから、むしろかなりの外科手術が必要でしょう。大きく変わる部分で二つに割って、その前半を生かして手を入れようと考えています。……前半の題材を使って、新たな物語を仕上げることにします。最近の、ぼくにとってすごい印象となった出来事をとり入れた物語にするつもりです。……手を入れる小説は緊密な内容になり、『未知なる神に』の素材は大いに使うこともできます。だけど、結果として完成する作品は書きなおし版とはならないでしょう」（『書簡集』五二—五三）とも述べて、原作の単なる焼きなおしではなく、新たな小説の創作になることを示唆するのである。同じく、友人アマサ・ミラー（Amasa Miller）に宛てた二月の手紙においても、「ぼくは『未知なる神に』を相手にしている。舞台となる土地、登場人物、時代、テーマ、主題を変更し、書名も変えるから、これは、最初の内容とはずいぶんちがうものになると思う。ただし、かなりおもしろいものになるだろう」（『書簡集』五四）と言明し、進行中の小説に自信のほどをみせている。こうしてスタインベックは、一九三二年の大半を費やしてこの新作の執筆に専念し、先述したとおり翌年早々に完成させたのである。

スタインベックは一九三三年八月にカール・ウィルヘルムソン（Carl Wilhelmson）宛の手紙において、自分はリアリズムを支持する能力も、信用する能力ももち合わせていないとして、この本は夢想《ファンタジー》と呼ぶのにふさわしいと言っている。そして作中人物については、ユングのリビドーに近いものを内包した存在として、それが彼の英雄的行為につながるという趣旨の表明をしている（『書簡集』八七）。しかし、当時の評価は概してあまり芳しいものではなかった。たとえば、出版直後に書評を載せた*New York Times Book Review*では、この作品はリアリズムとシンボリズムとがうまく融合しておらず、神秘的レベルにおいても信じられる限度を超えているとして、成功作とは言えないと結論づけている（マクエルラス 二一五）。そのような世間の空気を察してであろうか、彼は同年一一月、この作品を評価してくれた知人のイーディス・ワグナー（Edith Wagner）にたいしてつぎのように語っている。

あの本（『知られざる神に』）を気に入っていただけてうれしいことです。個として存在する作中人物を出さず、ホメロスふうの普遍的・象徴的人物を登場させたことで、批評家連中は面食らっている様子です。聖書とか古典物を少し読んでみれば、あれがそれほど法外な設定ではないことはわかるはずなのですがね。いわゆるリアリズム崇拝というやつが近ごろのはやりで、これに追随しないというだけで、うさん臭い目で見られるのですね。……ぼくにとって真実とみえるものを書くべく努めています。その結果、ほかの人にもそれを真実と受けとめてもらう。それができなかったら、失敗作ということになります。（『書簡集』八九—九〇）

こうした文面からも、スタインベックは個人の表面的な行動をただリアリスティックに追うことよりも、読者が共有できる人間の本質についての理解につながるテーマや手法を模索し、苦闘していたことが分かるのである。

このような作品の成立過程をとおして、三〇歳になったばかりの若き作家のものの考え方や創作態度の一端をうかがい知ることができる。「ロスト・ジェネレーション」の作家たちが注目されるなかで、少なくとも、スタインベックにとって真実と思えるものを独自の視点から独自の手法で捉えようとする、その前向きで、真摯な態度を読みとることができるように思われる。

いずれにしても、以上のような経過をたどった『知られざる神に』はその後も、スタインベックがはじめて本格的にカリフォルニアを舞台にした作品ということで、多くの批評家たちがさまざまな角度から考察対象としてきたところである。ちなみに、ピーター・リスカ（Peter Lisca）やジョウゼフ・フォンテンローズ（Joseph Fontenrose）などをその先達として、聖書学的な解釈、原始主義的・神秘主義的解釈、古典作品との比較分析がなされ、また人類学的あるいは心理学的観点からの考察も行われてきた。そこでその延長として、ミハイル・バフチン（Mikhail Bakhtin）のカーニバル的見方などをとおして、既成のヒエラルキーの転覆をも内包するような民衆の根源的な欲求行動を拾ってみることで、作品解釈に新たな広がりを与えられるかもしれない。さらにその一方で、最近ではエコロジカルな視点からのアプローチもみられる。たとえば、ロバート・ドゥモット（Robert DeMott）はその研究書 *Steinbeck's Typewriter* 中の "Writing My Country: Making *To a God Unknown*" という章において、先述した作品成立の経緯を踏まえつつ、「スタインベック・カントリー」物語のスタートを飾るこの小説について、先行批評をもおさえながらさまざまな視点から詳細に分析している。そして最後に、「今後おそらく、ジョウゼフ・ウェインがエコ・ヒーローとして認められるようになるだろう」（一四〇）という、的確な予測で結んでいる。ここでは、ドゥモットの説に加えて、ルイス・オウエンズ（Louis Owens）の「ジョウゼフは最後に、『見知らぬ神』を理解できる環境『全体』にコミットできた」（*Re-Vision* 二〇―二一）という見解に依拠しつつ、以下、考察を深めていきたい。

二　場所の感覚

『知られざる神に』は二六章からなり、第一章はアメリカ北東部のヴァーモントが舞台であるが、その他の二五章はすべて西部カリフォルニアのヌエストラ・セニョーラという谷間を舞台としている。時は一九〇三年、ヴァーモントにあるジョン・ウェインの小さな農場からはじまる。ジョンにはトマス、バートン、ジョウゼフ、ベンジャミンの四人の息子がいて、上の二人には家族もいるが、ジョンは三男のジョウゼフの強さと思慮深さを最も信頼し、彼を農場の後継者にと考えている。しかし、三五歳になるジョウゼフは自分の土地を手に入れて牧場を建設すべく、翌年の春、単身カリフォルニアに移住し、緑豊かなヌエストラ・セニョーラの谷間に入植する。そしてそこにそびえる一本の大きな樫の木に心引かれ、そのそばに家を建てることにし、インディオのファニートを牧童として雇う。まもなくヴァーモントから、父が亡くなったことと、残りの兄弟たちとその家族がカリフォルニアの彼のもとに移住してくるとの知らせが届く。そのとき、彼は樫の木に父の霊が宿ったことを直観し、その木を一族の守り神であるかのように崇拝するようになる。その後、ジョウゼフとエリザベスとの結婚、子どもの誕生、それに次ぐエリザベスの死などの話題を織り込みながら、ウェイン一族が西部のこの開拓地でウェイン王朝の基盤を築く様子が語られていく。一方、その逆のベクトルも同時進行していく。ベンジャミンの死、樫の木の枯死、バートンの離脱、エリザベスの死、そしてこの地方を周期的に襲うという旱魃がやってくる。降雨と乾燥状態を交互に繰り返しながら、着実に大旱魃の方向へと傾斜していく。そこで、旱魃にたいするジョウゼフの恐怖心を癒してくれ、精神的に支えてくれる場所が、尾根の松の木立に囲まれた巨岩の下から湧き出る泉である。彼はこの泉を土地の生命線と信じ、その監視と保護に全力を傾注する。しかし生活可能な限度を越えたと判断した者たちは、この地の守護神を自認するジョウゼフを残し、最寄りの安全な緑地に引っ越していく。ついに泉からの流れが止まったとき、ジョウゼフは岩に登り、みずからの手首を切って血を滴らせながらそこに横たわる。するとそのとき、雨が降りはじめる。そして最後の場面で、アンジェロ神父は、住民たちが降りしきる雨に濡れながら異端的な踊りに興ずるのを黙認し、さらに「あの男は今ごろ、大喜びしているにちがいない」（三二五）とつぶやいて、ジョウゼフに思いを馳せるところで物語は終わる。

このようなジョウゼフと自然との関わりをどのように考えればいいのだろうか。スタインベックが『知られざる神に』を執筆するのに使用した簿記帳のなかに、カールトン（デューク）・A・シェフィールド（Carlton A. Sheffield）に宛てた覚書が残されている。

私はときどきこの小説がとても怖くなる。その包含するものがとても恐ろしく、私はこれを邪悪過ぎるものとして焼いてしまいたい誘惑に駆られるくらいだ。しかしこれは邪悪なものではないのだ。これは善なるものであり、時を超越したものなのだ。ジョウゼフはいくつもの時代を肩で押し分けて進み、神への道を開くため星を押し分けて進む巨人なのだ。そしてこの神は――これが一番大切なのだ。神に到達すれば――誰かがそれを信じるだろうか。そんなことは少しもかまわない。私はそれを信ずるし、ジョウゼフもそれを信じている。この物語は寓話なのだ、デューク。ある人種の生長と死の物語なのだ。小説中の各人物はそれぞれ特定の住民集団を象徴し、石、木、たくましい山は世界なのだ――しかしそれは人間と切り離された世界ではなく――世界と人間――人間プラス環境の、分かつことのできない構成単位なのだ。この世界と人間が別々のものとして誤って考えられてきた理由が私には分からない。人間は環境から生ずるといわれている。（ヴァルジーン　一二三）

ここには『知られざる神に』に盛り込まれた重要な事柄が記されている。ウェイン家の兄弟たちがそれぞれ別個の住民を象徴する寓話として構想されたということもさることながら、この作品は時を超越した人間の普遍的な物語として、ジョウゼフの英雄的行為はあらゆるものを包含する世界（環境）と一体のものであると述べるのである。そういえば、スタインベックは一九三三年一月のバルー宛の手紙でも、書名を「未知なる神に」（"To an Unknown God"）から「知られざる神に」（"To a God Unknown"）に変更する旨を伝えたうえで、「単語の位置を入れ替えるのは、意味を変えたいからです。この場合の『知られざる』は『未だ捜し求められていない』（unexplored）の意味です」（『書簡集』　六七）と述べていた。まさにここには、ジョウゼフをその先頭にして、未だ捜し求められていない新たな「神」を追求しようとする作者の意図が反映されているのである。

このような点を勘案すると、スタインベックとカリフォルニアの関係という、古くて新しい「場所」の問題をこの作品に当てはめて考察していく必要があるだろう。そこでまずは、先のマッキントッシュに宛てた手紙に言及されていた、「最近の、印象的な出来事」について確認しておきたい。引用文中の省略箇所にその「出来事」が紹介されているので、その部分を以下に補ってみよう。

三五年ごとに襲ってくるホロンの旱魃のことご承知でしょうか？　一八八〇年の旱魃として歴史に残っている旱魃以来、三五年ごとなのです。この一〇年というもの、ホロン地方は雨不足で年々土地がやせてきて、この雨不足でいろいろ不都合が生じてきました。病気が多くなり、風邪、熱病はもとより、異常な精神的疾患が多くなりました。暴力事件も増加しました。人はイライラし怒りっぽくなりました。こんなふうに長々と書いているのは、起きたことをそのままあなたにお話ししたいからです。この冬もいつものごとくはじまりました――雨なしではじまったのです。そして、一二月にその出来事は起こりました。豪雨が二週間続いたのです。川が氾濫し、家、家畜、土地を洗い流してしまったのです。穏やかな人たちが泥のなかで乱舞しているのをぼくは目撃しました。土地が流されたというのに、狂ったように笑い興じているんです。その混乱状態も今はおさまっています。当初の錯乱状態が、落ち着いた歓喜という状態になったわけです。今後は、あの地方から精神病院に収容される患者が去年のように週に一〇人も出ないでしょう。ともかく、これが背景になります。(『書簡集』 五三)

このように、最近カリフォルニアのホロン地方を襲った豪雨と人びとの反応を目の当たりにして、彼は最終的に、その地の自然界のサイクルと住民との関わりを『知られざる神に』創作の重要な背景として利用することを決心するのである。ホロン地方を周期的に襲う旱魃とそれが住民におよぼす後遺症、そして一〇年後に起きた豪雨とそれに狂喜乱舞する住民の姿に、自然界と人間の原初的なエネルギーの衝突を想像し、作家としての勘が働いたというほかはない。この小説の最後の場面でも、「大勢の声が歌う低い歌声がギターのリズムに加わり、高まったかと思うと、低くなった。司祭には心のなかで、人びとがはだしで柔らかい土を踏んでは泥をはねとばし、拍子を取りながら踊っている姿が目に見えた。彼らがなぜそういうものを身につけるのかもわからずに、動物の毛皮を身につけていることを彼は知っていた。激しく打つリズムは大きく、絶えることなく続くようになり、歌声は高まり、狂乱めいていった」(三二四―二五)と描写されているが、アンジェロ神父のカトリック教会を頂点とする村の秩序を無視して異端的なお祭り騒ぎに興じる人びとの原初的姿に、先のバフチンを利用した、この作品の重層的解釈を許す余地が残されているように思われる。踊り、歌、笑いなど、人間が必要とする本能的衝動ともいえる行動によって、既成の社会構造や価値観に揺さぶりをかけることを第一義としながらも、その先には常に、「既成品」に代わる新たなるものの創造欲求が内包されている。スタインベックの場合、そのためのいわば負の力としてカリフォルニアの自然が作動するのである。

ところで、スタインベックが『知られざる神に』を執筆中の時期を含めて、一九三〇年から三六年にかけて主に住んでいた所が、モントレー半島のパシフィック・グローブの一一番通りにある、彼の父が購入した小さなコテージであった。ここから出した一九三〇年夏のアマサ・ミラー宛の手紙でも、「キャロルがモントレー商業会議所の秘書課で秘書をやっていてね、モントレー半島の案内パンフレット類をごっそりきみに送らせることにするよ。ここは本当にいい所だと思っているんだ。……案内物に目をとおして奥さんに伝えてくれ、ここは世界で一番すばらしい土地だって。観光案内の文句みたいな言い方だけど、本音なんだよ。気持ちのうえでは、ぼくはこの土地にしっかり結ばれている。土地に魂がある。東部には魂なんかないね」(『書簡集』二七―二八)と、この地のすばらしさを吹聴し、魂をもったこの地域との強い結びつきを意識した発言をしている。また、同じくこの家からカール・ウィルヘルムソンに宛てた一九三〇年末の手紙において、家のそばにある大きな松の木が「ジョンの木」として知られ、その木にたいして彼は、「遊び心」(mental playfulness) から自分の肉親だと想像し、さらに自分の運命が詰まっている木だと思っていたとも述べている(『書簡集』三二)。このように、この土地には魂が宿り、樹木には血が通っているという思いが彼の感情回路に組み込まれているのである。ここに、『知られざる神に』解読上の重要なヒントを読みとることができる。同じく「遊び心」から、ジョウゼフは亡くなった父の霊が樫の木に宿っていると思い、その木を彼の牧場の象徴的存在として大切にする行為と重なるのである。作品中でも、樹木にたいする異教徒のような偶像崇拝的行為を非難するバートンに向かって、ジョウゼフは「単純に好きなことをしているだけだ……他愛ない遊びだ」(二〇四―〇五)と、うそぶいているが、これはその土地にたいする親近感を示すものであり、自分の最も身近なものに心を重ねたいという人間の本能的行為の一端のように思われる。キース・フェレル(Keith Ferrell)が、「この小説では、ジョウゼフ・ウェイン同様、カリフォルニアのこの土地が中心的なキャラクターになっている」(六九)と述べていることも首肯できよう。

このような、ある場所にたいする強い共感、環境と一体となることから生ずる高揚感あるいは充足感といったものが、スタインベックの想像力の源泉にあることは否めない事実である。たとえば一九三〇年以来の親友エドワード・F・リケッツ(Edward F. Ricketts)と一緒に、一九四〇年春、メキシコのカリフォルニア湾に海洋生物の採集旅行に出かけた際のスタインベックの言葉が参考になるであろう。彼はこのときの旅行記『コルテスの海航海日誌』のなかで、みずからもその地域の生態系の一要素になることを自覚したうえで、この海洋生物採集旅行をとおして、人間をあらゆる生命の型にしっくりと調和させる法則、物と物との関係やその相互関係を探し求めるのだという趣旨を記し(一一〇)、さらにつぎのように述べている。

ときどき人は充足感を、心暖まる満足感を味わうことがある。そんなときは目にするすべての物、存在するあらゆる物、漂う匂い、経験するすべてのものが融合して、一つの巨大な総体を構成するように思われる。今日はマングローブでさえその一部になっていた。おそらく、原始社会の人びとの間では人間を生け贄にすることで、こうした観念や情緒の総体をつくり上げていたのであろう――善悪、美醜、そして残忍さのすべてが一つに融合するのだ。全人的な人間ならこのバランスが必要だろう。かくてわたしたちはツノガイを見つけると、まるで金塊でも発見したかのように興奮したのだった。（一一二）

これは『知られざる神に』と共鳴し合う内容である。人間はその根源的欲求として、生きていることの証、つまり充足感を味わうことを希求する。ツノガイ一個で無上の喜びを感ずる類の満足感を必要とする。それは、さまざまな環境のなかで、人がその環境と一つに融け合ったと直観する瞬間に訪れるものなのであろう。異教的と呼ばれようが、原始的といわれようが、人間の心の奥底に内在する他との合一願望にほかならない。スタインベックはかねてより興味を抱いていた潮だまりの生物観察を媒介にして、人間と場所との結びつきの感覚をこの生地カリフォルニアで育み、それを創作上の秘密として、このような形で活かしていったといえるのではないだろうか。

三　スタインベック文学とカリフォルニア

アメリカでも、カリフォルニアの自然は特に変化に富んでおり、人びとが抱く風景観も独特なものがある。作家にとっても、この地は単なる文学的背景の域を超えて重要な役目を果たしており、実際、批評家の指摘するところともなっている。デイヴィッド・ワイアット（David Wyatt）は *The Fall into Eden* の序文において、文学の分野で先輩格に当たるアメリカ東部や南部地域と比べ、西部文学の活力は「風景との直接的接触」（xvi）から生まれるダイナミズムにあるとみている。たとえば、ニューイングランド地方や南部の歴史に内包された宗教（神）

や人種の問題は想像力を駆り立てるうえで重要な要因であるのにたいして、比較的歴史の浅い西部では、自然（荒野）そのものが大きな比重を占めている。人はさまざまな社会的しがらみを逃れ、文明の垢を取り除いた身軽な立場で荒野と直接対峙し、その気まぐれな自然をキャンバスにみたてて自己の魂を描出するのである。カリフォルニア出身のスタインベックもその例外ではなく、この地の自然環境は彼が独自の文学世界を構築していくうえで重要な役割を担っている。極論すれば、人間存在の痕跡を消し去ろうとする自然の（暴力的）行為と、その痕跡を文明（社会）という形で残そうとする人間の欲求との相剋を彼の作品の根底に読みとることができるように思われる。この構図がスタインベック文学の基本的枠組を形成しているといっても過言ではあるまい。ジャクソン・J・ベンソン（Jackson J. Benson）は、"Environment as Meaning: John Steinbeck and the Great Central Valley"のなかでつぎのような意見を述べている。

> カリフォルニアの海岸沿いにある小さな谷間は、スタインベックにとってはアメリカ的エデン神話の劇的なクライマックス、フロンティアの果てに楽園を求める最後のチャンス、を暗示しているように思われる。背景としての小さな肥沃な谷間が一つの小宇宙を形成しており、そこでは人間が土地や、さまざまな要因、植物、動物などと相互に影響を及ぼしあうことによって、強烈で創造性に富むドラマが生まれるのだ。（一二）

ベンソンが主張するように、スタインベックはエデンの神話に彩られた場所として、この谷間に夢を求めてくる人びとを描き、そしてその場所にひとたび足を踏み入れた者たちが自然の逆襲に遭い、皮肉にも幻想と現実との乖離に苦悩する実態を描くことで、人間存在の意味を問い、人間の真実の姿を捉えようとするのである。

このような系譜の、最初の壮大な実験が『知られざる神に』であるといえるだろう。最初に、ジョウゼフは二つの山脈によって外界から完全に遮断された楽園のごとき谷間に念願の土地を取得するが、そのときの彼の外見描写として、「その目はつば広の帽子の下で興奮してきらきら輝いていた。彼は飢えたように谷間の匂いをかいだ。彼は腰のまわりに真鍮のボタンのついた真新しいジーンズをはき、青いシャツと、ポケットが必要なのでチョッキを着ていた。踵の高いブーツは新しく、拍車は銀のように輝いていた」（七）とあるように、すべて真新しいものを身にまとっている点は象徴的である。人間の垢に汚されていない処女地への入植の儀式を行うかのように、彼は東部ヴァーモントでつけた過去の汚れを一掃し、新しく生まれ変わった姿を装っている。そしてつぎのような態度を示すのである。

ジョウゼフは尾根にたどり着き、新しい入植地の草地を見下ろした。そこではワイルドオートがそよ風に吹かれて銀色に波立ち、澄みきった月夜には青いルピナスの群落が、影のように横たわり、丘の斜面のケシは太陽の明るい光線のように咲き乱れていた。……長い間、彼はそこに座っていた。谷間を見ていると、ジョウゼフは体に熱い愛情がほとばしり、ほてってくるような気がした。「これはおれのものだ」と彼は感じたままを言った。彼の目は涙で輝き、頭は、この土地が自分のものになるのだという驚きでいっぱいであった。彼は草花にも哀れみを覚え、樹木は彼の子どもたちであり、土地は彼の子どものような気がした。しばらくの間、彼は空高く漂い、その土地を見下ろしているように思った。「ここはおれのものだ。だから、おれがこいつの世話をしなければならない」と彼は再び言った。（一一）

ジョウゼフは眼前に広がる豊かな自然、肥えた土地を所有したことで激しい興奮を覚える。しかしこのような大上段に構えた彼の所有者意識、あるいは保護者気どりからは、「環境の産物としての人間」の謙虚さはなく、自然の外観に魅了され環境に飲み込まれてしまった者の奢りのようなものが感じられよう。彼はその楽園的心象風景を慈しみ守り抜かねばならないという幻想の使命感にとり憑かれているようにみえる。

ジョウゼフを中心とするウェイン一族は、牧場建設を手初めとして、共同体の構築を目指すのであるが、この土地への定住が成功するかに見えたのもつかの間、牧場は解体の方向へと向かうことになる。末っ子のベンジャミンはその放蕩生活が祟って殺されるし、熱心なキリスト教徒のバートンは異教的雰囲気を漂わせるこの地の生活に恐れを抱き、別離を選ぶ。また、動物的習性をもち合わせた長兄のトマスは、より安全な緑地を目指して、家畜を引き連れ避難していく。(これらは、スタインベックが寓話として構想した、いわば異種的住民の共存のむずかしさを象徴するものなのであろうか。)さらに、妻のエリザベスは松林のなかの苔むした巨岩に登ろうとして足をすべらせ、転落死する。彼女の行為には自然を征服し、人間の足跡を残したいという根源的欲求が含まれていたが、その痕跡は、彼女の踵が苔を削りとった岩肌にわずかに「黒い傷痕」として残るに過ぎない。そのような傷痕はまもなく自然に覆い隠されてしまうものなのである。このように、この土地は人間存在の痕跡を徐々に消し去る方向へと傾斜していくことになるのだが、その最大の魔の手が旱魃である。いやむしろ、旱魃のうわさといったほうが適切だろう。というのも、現実にはにわか雨も降れば、さらなる雨を呼ぶ気象の変化も適宜描き込まれているのである。それに、原住民たちが再三話題にする過去の歴史を教訓に、自然のサイクルに合わせて実際的処置を講じつつ、好転する時期を待つことも可能であろう。ところが入植者のジョウゼフは幻想のなかに生き、現実遊離の状態から抜け出せない。一時避難を勧めるファニートにたいして、岩のそばで泉を監視するジョウゼフは、「おれは死ぬまでここに踏みとどまる。そしておれが死んだとき、すべてが滅ぶのだ」（二九九）と、自己を絶対視した言葉を発している。しかし、彼の行動で見逃してならないのは、その直後、ついに泉の水が涸れて土地の死を直感したときのことである。

太陽は輝きを失い、薄い雲に包まれた。ジョウゼフは、枯れかかった苔と木々の環を眺めた。「これはもう死んでしまった。おれはひとりっきりになってしまった」そのとき、パニックが彼を襲った。「なぜ、おれはこの死んだ土地に留まっていなけりゃならないのか？」彼はプエルト・スエロの向こうの緑の谷間を思い出した。岩も流れも、もはや彼を支えてくれなくなった今、彼には忍び寄ってくる旱魃がひどく恐かった。「行こう！」と彼は突然叫んだ。（三一〇―一一）

こうして初めて孤独を実感したジョウゼフは、新たな緑の楽園を目指す決心をしてその場を逃げ出そうする。共同体構築の夢はおろか、多くのものを失い、ついには土地の放棄も覚悟するのである。

ところで、牧場の崩壊に関連してワイアットはつぎのように適切な推察を行っている。

カリフォルニアの天候は、ぎこちなく家庭生活を試みるこの作家の実験を壊すことによって、それを宙ぶらりんの状態に向かわせる力として作用している。家庭は崩壊し、生活の場は路上へと戻る。スタインベックが、ここで、「想像力」と「場所」との間の緊張関係を小説にしたことは間違いない。しかし、そこでは確実に、定住性の想像力は旅に出る想像力に説き伏せられるのだ。（一三五）

スタインベックの場合、定住と放浪が拮抗した状態も、最終的には後者が優位を占めることが多い。理想が現実に勝ると言い換えることもできよう。エデン神話という特別なイメージを付与された「場所」の自然環境を巧みに利用して、常に現実のその先にある理想郷を探求する人間の姿を読者の心に焼きつけようとするのである。したがって、この作品も、ジョウゼフが「行こう!」と叫んだ時点において、ワイアットの説に合致しているようにみえる。なるほど、ある意味で自然の勝利にほかならない。しかしここでは、その直後のジョウゼフの行動に注目してみたい。彼はその場を立ち去るべく、鞍を持って馬のところに走り寄るのだが、馬が恐怖心に駆られて逃げ去ってしまう。そしてそのとき、彼が持ち上げた鞍がみずからの上に落ち、その際に手首を切ってしまうという偶然の出来事が重なるのである。そのときの彼の反応が以下のように描写されている。

しばらくのあいだ彼は、馬が空地から逃げ去っていくのを見つめ、笑いながら立っていた。静けさが彼の心に戻ってきた。恐れはいつしか消えていた。「岩に登って少し眠ろう」と彼は言った。そのとき、かすかな痛みを手首に感じ、彼は手を上げた。鞍の金具に当たって手が切れて、手首と掌が血だらけになっていた。小さな傷を見ているうちに、静けさはますます彼を包みこみ、澄んだ心が、林やまわりの世界から彼を切り離した。
「もちろん」と彼は言った。「おれはこの岩に登るのだ」彼は険しい岩の側面を注意深く登っていき、ついに岩の頂上の深く柔らかい苔に身を横たえた。しばらく休んでから、彼は再びナイフを取り出し、注意深くそっと手首の血管を切り開いた。……彼は横向きに寝ころび、手首を伸ばし、自分の体の長く黒い尾根を見下ろした。すると彼の体は、大きく軽くなった。それは空に昇っていった。(三二一—二二)

まさにジョウゼフにとっては高揚的瞬間であろう。しかも、清澄な心が全体を見据えた冷静な行動を誘発している。彼は亡き妻の意志を引き継ぐかのように、岩に登り、今生きている証として、みずからの血を注ぐのであるが、そこに以前のような自然にたいする人間の奢りは感じられない。思わぬハプニングのおかげで、彼はそれまでの恐怖心を拭い去り、平静な心的状態で世界（環境）と心を通わせることができるのである。

四　結び

この作品でよく問題視される言葉として、「おれが雨なんだ……おれは土地なのだ……しばらくすると、おれの体から草が生えてくるだろう」（三二二）という、ジョウゼフ最期の台詞がある。富山氏が『テキストの記号論』のなかで指摘しているように、なるほどそこには、「現実には実現しなかった夢を復元したいという祈念」（八二）が込められているのかもしれないが、すでにスタインベックの創作の秘密の一端を確認済みの私たちは、むしろインディオのファニートと同じレベルで、ジョウゼフがその地の自然のサイクルに身を委ねた姿を想像したい。つまり、彼が先の心象風景から離れ、苛酷な現実を受け止めることで、自己を自然の一部としてその全体的営みを全人的に直観するのである。まさに環境によるエピファニー現象といえよう。まもなく永遠の眠りにつこうとする人間の、土への回帰、自然との一体化を暗示するものである。

しかし、物語はそこでは終わらず、最後はアンジェロ神父が登場し、雨を歓迎する住民の異教的カーニバルを許し、ジョウゼフの喜ぶ姿を思い描くところで終わっている。この「祝祭」という、人間を興奮させ、心の鬱積を晴らす行為は、雨乞いのためのジョウゼフ生け贄説の真偽を超えて、この地に暮らす人びとの心の内に秘められた、いわば民衆中心の社会を指向するものであり、その魂の叫びとみなすことができるであろう。そして彼らの行為を神父も黙認していたということは、すなわちこの地域の環境に合わせた社会秩序が一部実践されていることを暗示するものと理解されよう。いずれにせよ、この作品には、ジョウゼフをその象徴的存在として、この地の自然と合一できた人間の充足感がみなぎっているように思われる。ただ神父には読みとれないこととして、ウォレン・フレンチ（Warren French）が *John Steinbeck's Fiction Revisited* においていみじくも述べているように、ジョウゼフは新たな「メッセージ」をたしかにもっていたのであるが、そのメッセージへの改宗者を獲得するには、その後のスタインベックの「カリフォルニア・カントリー」を題材にした物語を待たねばならないのである（四三）。『知られざる神に』と同時期に執筆した『天の牧場』のなかで、作中人物の一人、モリー・モーガンの口を借りて、「アメリカの文化的飢餓状態の一因は、アメリカが妖精というものの存在を鈍感にもそして迷信深くも否定することにある」（六八）と語っていることからも推察できるように、スタインベックは独自の文学活動を通じて、そのような文化的側面の充実に全力を傾注したと総括できる。そしてそれは、カリフォルニアという、大自然と人びとの夢とがぶつかり合う「場所」にこそ最もふさわしく、その先鋒役を果たしたのが『知られざる神に』ということになるだろう。

海賊ヘンリー・モーガンによって破壊され、廃墟と化したパナマの教会　(『黄金の杯』)

ミッション・サン・アントニオ　(『知られざる神に』)

『トーティーヤ・フラット』——アーサー王伝説のテーマとパラドックス——

上　優二

一　背景

スタインベックは処女作『黄金の杯』ののち『天の牧場』、『知られざる神に』とつづけて作品を出版し世に問うたものの、売れ行きはふるわず、評価もかんばしくなかった。しかし『トーティーヤ・フラット』は、出版社も驚くほど売れ行きは上々で、評価もおしなべて高かった。一般読者は大恐慌という暗い世相から少しでも目をそらし、この作品に描かれたパイサーノたち（paisanos）の素朴でユーモアにみちた暮らしぶりを楽しんだのであろう。スタインベック自身も、母親の死後、父親が倒れるという苦しい状況のもとで、パイサーノを戯画化して軽くて楽しい小説を書くことをめざしていた。彼はそのパイサーノについてその「序文」のなかで、つぎのように述べている。

パイサーノって、どんな人？　彼はスペイン人、インディアン、メキシコ人、そしてさまざまな白人種との混血である。その祖先は一〇〇年、もしくは二〇〇年前からカリフォルニアに住みついている。パイサーノ訛りで英語を話し、パイサーノ訛りでスペイン語を話す。人種について質問すると、彼は憤然として純粋なスペイン人だと言い張り、袖をまくりあげ、腕の柔らかい内側がほとんど白いと見せつける。海泡石のパイプのような立派な褐色の肌も、日焼けのせいにしている。これがパイサーノで、モントレーの町の、山の手の、まったく平地《フラット》ではないのに、トーティーヤ・フラットと呼ばれているところに住んでいる。（一一）

スタインベックはスタンフォード大学在学中、サリーナスのスプレックルズ精糖工場で働いていたときに、モントレー生まれのスーザン・グレゴリー（Susan Gregory）をはじめ、モントレー警察の警官たち、スプレックルズ精糖工場の同僚たちなどから聞いた話をもとにして、この『トーティーヤ・フラット』を書き上げた。とりわけ、スーザン・グレゴリーは多くのエピソードをスタインベックに提供し、この作品に大きく貢献したので、この本は彼女に捧げられている。もちろん、スタインベック自身もパイサーノたちを知っていて、「恋と喧嘩と、そして少しのワイン、これがあればいつも若く、いつも幸せ」（二四二）という彼らの素朴で自由奔放な生き方を愛していた。しかし、多くの読者は大量のワインを飲み、恋と喧嘩をもとめ、あるいは盗みを働くというパイサーノたちの無軌道な生活ぶりを知り、パイサーノたちに対する奇異な好奇心や侮辱を抱くようになった。一般読者はスタインベックが意図したサー・トマス・マロリー（Sir Thomas Malory）の『アーサー王の死』（*Le Morte d'Arthur*）との類似性《アナロジー》など気にもとめず、この作品のなかで語られたユーモラスな物語を楽しんだのである。そして、そうした読者のなかから、興味本位でトーティーヤ・フラットを見ようと、モントレーの町へと押し寄せて来る人びとが出てきた。ハワード・レヴァント（Howard Levant）はこうした状況とスタインベックの気持ちを *The Novels of John Steinbeck: A Critical Study* (1974) のなかでつぎのように説明している。

一般読者が彼の意図を誤解しただけではなかった。旅行者たちがパイサーノたちの愉快な生活を見るために、たぶんその生活の陽気さと活力の秘密をさぐるために、『トーティーヤ・フラット』の舞台に群れをなしてやってきた。彼らの滞在による被害を考えて、スタインベックはパイサーノの生活は二度と書かないと誓った。(七〇)

スタインベックは、一九三七年のモダン・ライブラリー版に寄せた「はしがき」のなかで、「もし私が彼らの物語を少し語ったことで、彼らに危害を与えてきたのならば、私は申し訳ないと思う。こうしたことは、二度と起こることはないでしょう」(iii)と遺憾の意を表した。その後、彼は再びモントレーを舞台に『キャナリー・ロウ』や『たのしい木曜日』を書いているが、主人公としてパイサーノたちを登場させることはなかった。

興味深いことに、モントレー商業会議所はこの作品に描かれているパイサーノたちの行状が町の観光事業に打撃を与えることを恐れ、この作品に書かれていることはすべて虚偽であると発表したが、そのことがかえってこの作品の売れ行きを押し上げる原因の一つとなったようだ。『トーティーヤ・フラット』は数ヶ月間にわたり売り上げベストテンにランキングされ、カリフォルニア作家によって書かれた、その年の最優秀作品に選ばれ、「カリフォルニア・コモンウェルス・クラブ金賞」を受賞した。そして、パラマウント社がこの小説の映画権を四〇〇〇ドルで買うことが決まった。こうして、スタインベックは最初の成功作『トーティーヤ・フラット』によって、作家としての地位とともに経済的安定をかち得て、その後大きく飛躍していくための足場を築いたのである。

二　梗概

物語はカリフォルニア州のモントレーに暮らすパイサーノたちが、第一次世界大戦の折り、酔った勢いで愛国心にかられ、陸軍に志願し（序文）、戦後（一九一八年）、モントレーに戻ってきたところから始まる。禁酒法が一九二〇年に施行されているが、モントレーで酒の密売を商う「トレーリの店を変えることはなかった」（一二三）とあり、パイサーノたちは禁酒法などお構いなしに、思う存分にワインを飲み楽しんだ。ちなみに、パイサーノたちがワインを草で隠して運んだりしているのは、この禁酒法のためでもある。『トーティーヤ・フラット』はエピソディックな作品ではあるが、つぎのように要約することができる。

ダニーは戦後トーティーヤ・フラットへ戻り、祖父の遺産として二軒の家を所有することになる。彼は小さいほうの家を仲間のピローン、パブロ、ジーザス・マリア・コーコランに貸すが、ワインをあおった仲間たちが火を出してしまい、この家は焼失してしまう。ダニーは一応仲間たちのまえで怒ってみせるが、本音では家を持つ重圧からいくらか解放されたと感じる。その後、ダニーとその仲間たちは残った家に住むようになり、友情を誓いあう（第一章―第六章）。ピローンはどのようにしてダニーに家賃を払おうかと思案したあと、ザ・パイレートの金に目をつけ、彼にダニーの家に住むように誘う。ピローンとその仲間は、パイレートとその犬たちがダニーの家に住むと、パイレートの金のありかを探すが、見つからず、結果的にパイレートに頼まれてみんなでその金の見張りをすることになる（第七章）。その後、エピソディックな話がつづく。ダニーの仲間たちは聖アンデレの前夜、不思議な宝を探しに出かけ、ピローンとビッグ・ジョウ・ポータギーがその宝物を見つけるが、それは測地学用のコンクリートで、掘り出しただけで一年の懲役と二〇〇〇ドルの罰金という代物だった（第八章）。ダニーがラミレスにモーターのついていない電気掃除機を買ってやると、ラミレスの社会的地位は高く上がる。だが、ピローンがダニーをラミレスのところから仲間のところへ引き戻すという理由で、その掃除機を盗み、ワインにかえてしまう（第九章）。自分の妻を大尉にとられた元メキシコ軍の伍長が、息子を大将にしたいと願うが、その息子は死んでしまう。のちに息子を大将にしたかった理由が、あだ討ちではなくて、物質的欲望の充足だということがわかる（第一〇章）。ビック・ジョウの恋の物語（第一一章）のあと、ビック・ジョウが仲間たちの連帯の中核となっていた、パイレートの金を盗んで、発覚し、仲間より制裁を受けるという話がつづく。その後、パイレーツは仲間たちに助けられ、彼が貯めた二五セント硬貨一〇〇〇枚で教会に金の燭台を寄進し、宿願を果たす。ここで、パイレートの犬たちが、森のなかで聖フランシスの神秘的な「聖像」を見たとされる（第一二章）。ダニーの仲間たちはコルテス一家が飢饉で飢えていることを知り、一致団結して食料を確保し、一家を救済する（第一三章）。老人の男が若い女の子の愛情を得るために、自分の息子のまねをして自殺をするふりをするが、本当に死んでしまうというエピソードなどが語られる（第一四章）。ダニーが仲間たちに対する責任の重さに耐えかねて、また昔の自由を求めて仲間たちのもとから去る。そして、仲間たちの物を盗むだけでなく、家も酒の密売人のトレーリに売ってしまう。しかし、ピローンがトレーリから家の譲渡証書を奪い、燃やしてしまう。そこへ疲れたダニーが家に戻ってくる（第一五章）。ダニーの仲間たちはダニーを励ますために、歴史に残る盛大なパーティを開く。それに町中の人びとも参加し、パーティはどんちゃん騒ぎとなる。なかでもダニーは、「ワインと恋、そして喧嘩」において他の者を寄せつけず、町に伝説を残すことになる。最後にダニーは、誰も自分に挑む者がいないと知ると、家の外に出て自分にふさわしい「敵」に挑み、谷底に落ちて死んでしまう

（第一六章）。ダニーの葬式が盛大におこなわれるが、ダニーの仲間たちは正装できず、葬式に参加できない。夜になると、仲間たちはダニーの家でワインを飲む。そして、そのときふと火を出してしまうが、もう誰も火を消そうとする者はいない。というのも、ダニーが死んだことで、もう仲間の連帯は崩壊していたことを知っていたからだ。こうして二つ目のダニーの家は焼失し、仲間たちは散り散りに去っていく。

三　アーサー王伝説のテーマとパラドックス

スタインベックは九歳の誕生日にマロリーの『アーサー王の死』（キャクストン版の縮約版）を叔母より贈られて以来、生涯アーサー王伝説の物語に魅せられてきた。その結果、このアーサー王伝説のテーマは『トーティーヤ・フラット』だけでなく、彼の数多くの作品のなかに形をかえて登場している。テツマロ・ハヤシ（Tetsumaro Hayashi）は、*Steinbeck and the Arthurian Theme* (1975) の「序文」のなかで、「スタインベックが拠り所にした、こうした典拠のなかで最も重要なものの一つに、彼が生涯にわたり夢中になったアーサー王伝説のテーマがある」（vii）と述べて、このテーマがスタインベックの作品に与えたその影響の強さを指摘している。さて、スタインベックは出版代理人に宛てた手紙のなかで、『トーティーヤ・フラット』のなかにこのアーサー王伝説のテーマを取り入れたけれども、「私が構成なりテーマを明確にしなかったから」（九七）、このテーマは不十分かもしれないという旨を述べている。そしてその後、『トーティーヤ・フラット』と『アーサー王の死』との類似性をより明らかにするために、後者にならい『トーティーヤ・フラット』の各章に表題をつけたうえ、その「序文」のなかで、後者に言及し『トーティーヤ・フラット』の構成やテーマがこの『アーサー王の死』にもとづいていることをつぎのように示唆している。

これは、ダニーと、ダニーの仲間と、ダニーの家の物語である。そして、こういう三つのものがどのように一つになったかという物語である。……ダニーの家といえば、男たちで構成される一つの集団のこと、つまり、楽しさ、喜び、博愛、そして最後には、神秘的な悲しさが生まれてくる一つの集団であると理解してもらえばよい。というのも、ダニーの家があのアーサー王の円卓に似ていないこともないし、ダニーの仲間たちが円卓の騎士に似ていないこともないからだ。だから、これは、その集団がどのように誕生し、どのように栄え、そして、美しくも賢明な組織体へと成長していったかの物語である。この物語は、ダニーの仲間の冒険、彼らがおこなった善行、彼らの思想、彼らの努力を扱ったものである。最後にこの物語は、どのようにしてお守り［ダニーの家］が失われ、どのようにして集団が解体していったかを述べたものである。（九—一〇）

このように、スタインベックが『トーティーヤ・フラット』を創作するにあたり、ファランクス（集団）の形成、発展、開花、そして崩壊というファランクス論（phalanx theory）とともに、アーサー王伝説のテーマを念頭においていたことは明らかだが、批評家のなかでも、このテーマをめぐって論争がつづけられてきた。

まず、ピーター・リスカ（Peter Lisca）は *The Wide World of John Steinbeck* (1958) のなかで「『アーサー王の死』との類似性はスタインベックが出版社に強い印象を与えるために述べたかもしれない」（七八）ので、あまり重要な類似性はみられないと論じている。いっぽう、ジョウゼフ・フォンテンローズ（Joseph Fontenrose）は、*John Steinbeck: An Introduction and Interpretation* (1963) において、両作品の類似性は逐一的なものではないが、たとえばダニーがいつもアーサー王で、ピローンがいつもラーンスロットであるとは限らないという前提のもと、両作品の細かな類似性を指摘した。興味深いことに、彼はアーサー王の騎士たちもパイサーノたちも戦いを好み、女性をめぐって戦い、食事とワインを楽しんでいることを指摘している（三八―四〇）。たしかに、アーサー王の騎士たちもピローンのいう「恋と喧嘩、そして、少しばかりのワイン、これがあればいつも若く、いつも幸せ」と言ってもよい生活を送っているのである。しかしレヴァントは、リスカにならい、フォンテンローズが指摘する類似性は表面的なものにすぎず、この作品を統合するという機能を果たしていないとした（五三―五四）。

ルイス・オウエンズ（Louis Owens）は *John Steinbeck's Re-Vision of America* (1985) のなかで、近年の批評の傾向として、『アーサー王の死』との類似性はあまり認めない傾向にあると分析した。そのうえで、ダニーの友人のアーサー・モラレス（Arthur Morales）が第一次世界大戦中に異国（フランス）の地で戦死していることを指摘し、この友人のアーサーこそ本物のアーサー王であるとしている。そして、スタインベックはアーサー王の世界のパイサーノ版を書いたのではなく、エデンの東に住むポスト・アーサー王の転落した世界を描いていると論じている。すなわち、彼は中心テーマがダニーと、ダニーの仲間、ダニーの家との「結合」（the unity）であり、「コミットメント」（commitment）であるとし、アーサー王伝説のテーマはこの中心テーマを強化するかぎりにおいて重要であり、あまりに細かな類似性を求めるべきではないと結論づけている（一六四―六七）。オウエンズの論は、きわめて説得力のある、そして興味のもてるものではある。

ただし、オウエンズのいう中心テーマの「結合」と「コミットメント」には、スタインベックがこの小説で描こうとしたファランクス（集団）の形成、発展、開花、そして崩壊というプロセスのうち、残念ながら崩壊の部分が欠落している。すなわち、「序文」のなかの「どのようにして集団が解体していったか」（一〇）という重要な部分が欠落しているのである。この崩壊へと向かうプロセスは、後述するが、この作品のなかにみられる「悲喜劇のテーマ」（the tragic-comic theme）のうち悲劇にあたるもので、この小説の根幹に関わるものである。もちろん、『トーティーヤ・フラット』と『アーサー王の死』との類似性は、逐一的なものではないが、スタインベックがアーサー王伝説の題材のなかに、ファランクスの形成、発展、開花、そして、崩壊というプロセスを読み取り、これをパイサーノたちのファランクスに当てはめていることは明白である。ちなみにリスカは、*John Steinbeck: Nature and Myth* (1978) のなかで先の立場を若干ひるがえして、「彼自身が考えているほど鮮明ではないが、スタインベックがアーサー王伝説の題材を使っていることは明らかである」（六一）と述べている。ウォレン・フレンチ（Warren French）はその論文"Steinbeck's Use of Malory" (1975) のなかで、両作品の類似性を認めたうえで、「読者の反応に影響をおよぼすほど、十分に明らかでない類似性を追求することに、あまりにも多くの才能が浪費されてきたと思う」（七）と述べている。いずれにしても、両作品の類似性は認められるが、あまりに細かいところまで求めるべきではないという意見ではほぼ一致している。ロイ・S・シモンズ（Roy S. Simmonds）は"The Unrealized Dream: Steinbeck's Modern Version of Malory"のなかで、『トーティーヤ・フラット』と『アーサー王の死』との類似性に関する評価の経過をたどったのちに、先のレヴァントの論に同調しながらも、スタインベックの潜在意識の中核にはアーサー王伝説のテーマや題材がたえず存在していると述べている（三三）。

スタインベックはその晩年、マロリーの『アーサー王の死』を現代英語に書き直すために長い年月を費やした。そして、『アーサー王と気高い騎士たちの行伝』（一九七六）が遺作というかたちで残されたが、彼はその「序文」のなかで、アーサー王伝説の魅力についてつぎのように述べている。

聖書やシェイクスピアや『天路曆程』はみんなのものだった。しかし、これは［トマス・マロリーの『アーサー王の死』（キャクストン版の縮約版）］は私のものだった。わたしは単語の古いつづりを愛した。……わたしはさまざまなパラドックスを発見して喜んだ——つまり、cleaveという語には「団結する」と「ばらばらになる」という両方の意味がある——hostという語には、「敵」と「歓迎する友」という意味があり、kingとgens（people）とは、同じ語源をもつ。（xi）

このようにスタインベックがいかに『アーサー王の死』に魅せられたか、また、パラドックスが彼にとって、その魅力の大きな要素となっていることがよくわかる。このパラドックスは、彼が『アーサー王の死』から学んだ大きな文学的技法、表現法であり、観察方法であり、そして彼の人生観の一端をよく示している。彼は『チャーリーとの旅——アメリカを求めて』や彼の最後の作品となった『アメリカとアメリカ人』のなかにおいても、「アメリカとはどんな国か、アメリカ人とはどのような人種なのか」と自問自答するなかで、現実のアメリカとアメリカ人はつねにパラドックスに満ちているとし、その真実の姿はこうであると決めつけることをさけている。これはスタインベックが現実を把握するときにつねに複眼的な視点に立っている証左であり、当然視されているものに対してもいつも懐疑の目を向けるという、彼のポストモダンな特質を示している。そして、『トーティーヤ・フラット』にもこうしたパラドックスに満ちた世界が描かれている。もちろん、そのパラドックスが『アーサー王の死』にみられるものと逐一対応するものではないものの、この作品の重要な要素となっているのである。

四　善と悪にみるパラドックス

スタインベックは『アーサー王と気高い騎士たちの行伝』の「序文」において、自分の少年時代をふり返りながら、善と悪の問題に関してつぎのように言及している。

気高い騎士と同様に邪悪な騎士がいることを知っても、私は驚きはしなかった。私自身の町に、私が悪人だと知っている男たちが、善の衣をまとっていたからだ。痛みと悲しみと混乱のなか、私は自分の魔法の本〔『アーサー王の死』〕のもとへ帰っていった。……私にはモードレッド〔悪人〕の暗闇を理解できた。というのも、私のなかにも彼がいたからだ。そして、たぶん十分ではないが、私のなかにはギャラハット〔善人〕もいた。(xii)

このようにスタインベックは少年時代から自らの経験や内省、あるいは『アーサー王の死』を読むことで、自分の魂のなかに善と悪が並存していることに気づき、生涯この善と悪との問題に取り組んだ。とりわけ、後期の大作『エデンの東』などで、この善と悪との問題に真剣に取り組んだことは周知の事実である。さて、彼は『トーティーヤ・フラット』においてもコミカルな表現ではあるが、語り手を通して、人間の魂には善と悪とが並存していることをつぎのように語っている。

ピローンは美を愛する者であり、神秘主義者だった。顔をあげて、空を見上げると、彼の魂は身体から抜け出して、夕焼けの空へ昇っていった。陰謀を企てたり、喧嘩したり、そして、酒を飲み、悪態をつく、あの欠点だらけのピローンはとぼとぼと歩いていたが、瞑想し輝くもう一人のピローンが、夕空に敏感な翼をひたしているカモメたちのところへと昇っていった。このピローンは美しく、その考えも利己心や強欲に汚されていなかった。（三八—三九）

ここで注目したい点は、語り手がピローンを二重の視点で眺めていることである。すなわち、ピローンのなかに、欠点だらけの人物と利己心や強欲に汚されていない人物とを同時に認めているのである。こうした二重の視点は、『キャナリー・ロウ』でも設定され、あるのぞき穴から見れば、キャナリー・ロウの住民たちは、「売春婦、ポン引き、ばくち打ち、ろくでなし」（一）と見えるが、もう一つののぞき穴から見れば、「聖人、天使、殉教者、聖者」（一）に見えると語られている。いずれにせよ、語り手は、このあと、悪いピローンが一瞬姿を消し、このときのピローンの魂ほど、純粋なものはないと語っている。しかし、ピローンの純粋な魂は長続きすることなく、空腹のために空から転落してしまう。その結果、ピローンはもとの善と悪の混ざったずる賢い存在に戻っている。そして語り手は、「最善をなしうる魂はまた最悪をなしうる」（四〇）と語り、人間の魂のパラドクシカルな特質を指摘している。

ところで、ピローンは、知能が遅れたパイレートの金をせしめるために、つぎのような独自の理屈を考え出す——「パイレートは金をもっているが、それを使う頭がない。おれにはその頭がある！　やつが使えるようにその頭を貸してやろう。いくらでもおれの頭を貸してやるとも。あのかわいそうなできそこないにとって、これこそが思いやりというものだ」（九八—九九）。語り手はこのピローンを「彼［ピローン］はあらゆる悪事には善が存在していることを人びとに明らかにする道を発見したのだ。また、彼は多くの聖人と同じように、善のなかの悪にも盲目ではなかった」（九九）と評している。つまり、語り手はコミカルな表現ではあるが、ピローンが善のなかに悪が存在し、また悪のなかにも善が存在するというパラドックスにみちた世界を認識していることを読者に伝えている。こうしてピローンはその金をねらって、パイレートと彼の五匹の犬をダニーの家に住ませることにする。そして、彼は仲間とともに金のありかを探し出そうとするが、結局、無垢で仲間たちを信じて疑わないパイレートが、自分の金を誰かが盗もうとしているので、仲間でそれを預かってくれと言われ、断りきれず引き受ける羽目になる。その結果ピローンは、その金を流用する機会を失う。無垢な心のパイレートが、策謀にたけたピローンとの勝負に勝つのが面白い。

そのほか、善と悪にみられるパラドックスを示す例として、ダニーとその仲間たちが突然襲ってきた飢餓からコルテス一家を救うために、すなわち善をほどこすために、モントレーの町であらん限りの盗み（悪事）を働くというエピソードがある。このエピソードはコミカルに描かれているものの、善と悪とが並存するという彼の人間観をよく表している。彼はこうした人間観を生涯保ちつづけ、『エデンの東』においても、「すべて小説、すべての詩が、人間を舞台にした善と悪との果てしない闘争を土台にすえて作られている」（四一五）と述べるなどして、人間の魂には善と悪とがつねに並存し、かつ葛藤していると論じている。

四　孤独と連帯にみるパラドックス

語り手はこの小説の冒頭付近において、ダニーとその仲間たちがアメリカ資本主義社会とはあまり縁のない生活をしていると、つぎのように語っている。

パイサーノたちは商業主義に汚されておらず、アメリカの複雑な売買制度にも縁がないので、盗まれたり、搾取されたり、抵当にとられるようなものは一切もっていないので、この制度のためにそれほどひどく痛めつけられずにすんできた。（一一）

また語り手は時間に拘束されることのない、いわば自然のリズムにそった、自由奔放な彼らの生活ぶりを語っている。たとえば、彼らは、通常の時計のかわりに、「太陽という大きな金時計」（二三七）を使っているのである。そして彼らは原則的に労働で賃金を得て食べ物を手に入れるという資本主義の原理を無視した生活を送っている。だから彼らは、一見すると自由で物に執着していないように見えるが、じつはそうではない。彼らは聖アンデレの前夜に、宝物を探しに行くなど、ときに物に取りつかれた姿をさらけだしている。アーサー・F・キニー（Arthur F. Kinney）は *"Tortilla Flat* Re-Visited" のなかで、この宝物探しのエピソードを「宝物を追い求めるという貪欲に対する風刺」（八五）と的確に評している。また、掃除機を手に入れたラミレスの社会的地位が急速に高くなることなども物質文化の痛烈な風刺となっている。要するに、彼らは一見物質文明を否定した生活を送っているようで、ときに物に取りつかれた生活をしているのである。また、ダニーが祖父の遺産である家を相続し、財産とそれに伴う責任の重みを味わっていることも見逃せない。彼はいわば、資本主義社会、あるいは物質文化の負の遺産を背負っているのである。ピローンとその友人たちはこのダニーの家に移り住み、連帯をむすび、友情の花を開花させることになり、いわゆるファランクスの形成、発展、開花というプロセスを歩むことになる。そして、ここで何よりも注目したいことは、彼らの友情の核になっているのが、このダニーの家とパイレートの金という点である。ここに、パイサーノたちの精神の連帯は、物や金で結ばれているというパラドックスが浮かび上がってくる。もちろん、スタインベックはパイサーノたちの生活を戯画化することで、アメリカの物質文明社会を批判していることは当然ながら、彼の脳裏にはつねにパラドックスを包含する世界が存在しているのである。

彼らの美しい連帯には、もう一つのパラドックスがみられる。まず語り手は、連帯が形成される前のパイサーノたちを孤独な存在として語っている。たとえば、語り手は、ダニーとピローンが戦後はじめて再会し、ブランデーを飲み干したあとのようすを、「まわりの松林のなかを、風が悲しそうにため息をついた。しばらくすると、ダニーとピローンは孤独に襲われた」（二三）と語っている。その後ダニーは一軒の家を失ったあと、仲間たちと一緒にもう一軒の家に住み、酒を飲み交わしているが、このとき「仲間がいるというのは、いいもんだな。一緒にブランデーをやる仲間がいなかったら、この世はずいぶん寂しいだろうな」（八八）と語っている。また、ダニーとその仲間たちは、パイレートが金の燭台を教会に寄進したあと、ダニーの家でパーティを開くが、語り手はこのとき「仲間たちは、この夜は孤独ではないということを知っていた」（二一〇）と語っている。ちなみにこの物語のなかで、このひとときが、彼らの連帯の最も緊密なときだったと言えよう。しかし、こうした連帯はスタインベックの作品においては長続きすることはまれであり、その連帯は人の人生と同じように、誕生し、成長し、成熟し、そして崩壊（死）へと向かうのである。

語り手は別のエピソードのなかで、ピローンとビッグ・ジョウが暗い浜辺を歩いている場面で、自然からの警告として、つぎのように語っている。

その夜は、冷えびえとよそよしく、そして温かい生気は吸い取られ、その結果、人間はこの世で孤独であり、仲

間と一緒にいても孤独であり、どこからも慰めなど得られないという、人間への警告で満ちていた。（一五一）

皮肉なことに、ダニーは集団の中心的人物でありながら、この「仲間と一緒にいても孤独である」という思いを誰よりも強く感じることになる。ダニーは一人で物思いに沈み、果ては発狂するのである。ダニーは彼を励まそうと集まってきた仲間や群集のなかにありながら、「おれはこの世で一人ぼっちなのか？」と叫んで、その直後に死んでいくのである。さらに皮肉なことは、お守りであるはずのダニーの家そのものが、彼らの連帯を崩壊へと導いていることである。というのも、ダニーはこの家をもつことからくる重圧から解放されるために、仲間たちのもとを離れているからである。ただし、ダニーが仲間たちのもとを離れた理由は、これだけでない。ダニーはまた仲間への責任という重圧から自由になるために、仲間たちのもとを離れているのである（二六〇―六一）。すなわち、ダニーは仲間をもち、一時的に孤独感から解放されているけれども、今度は仲間の存在が彼の自由を拘束することになるのである。ロバート・ジェントリー（Robert Gentry）は、“Nonteleological Thinking in Steinbeck's *Tortilla Flat*” のなかで、このときのダニーの状況を、「彼［ダニー］は集団のなかにあまりにも取り込まれていた」（三三）と端的に指摘している。要するに、集団というものは、個人の孤独感を癒すというポジティブな働きとともに、個人の自由を束縛するというネガティブな働きをあわせ持つという、パラドクシカルな性質を元来備えているのである。スタインベックは生涯にわたってこうした集団と個とのパラドクシカルな関係に関心を抱きつづけたのである。

五　悲喜劇というパラドックス

スタインベックは出版代理人に宛てた手紙のなかで、『トーティーヤ・フラット』において「悲喜劇のテーマ」がいささかなりともはっきりしてくると思うという旨（九七）を書いている。ここでは、第一四章で語られるエピソードを用いて、この悲喜劇について論じることにする。まずはダニーの語るエピソードである。このエピソードを単純化すると、エミリオが峡谷で子ブタを見つけ、コールネリアの歓心を買うために子ブタを彼女にプレゼントするが、結果的には彼女を大いに立腹させるという話である。ここで注目したい点は、このダニーの話を聞いたあと、パブロが「そいつが、人生というものさ。決して計画どおりにはいかないものさ」（一四四）と解説しているところである。この考えはスタインベックが生涯にわたり持論とした非目的論的思考（non-teleological thinking）を強く反映している。彼は『コルテスの海航海日誌』において、目的論者（teleologist）が自分の希望や夢をもとに物事がいかにあるべきか、いかにあって欲しいかと思い描くが、実際は必ずしもそうではないので、現実をあるがままに受け入れるという非目的論的思考が大切であるという旨を述べている（一三四―一三五）。まさに、先のパブロの考えはこうした非目的論的思考の立場に立っての発言となっているのだ。つぎにそのパブロがダニーの話を受けて、ボブ・スモークの計画がやはり自分の思いどおりにいかなかったというエピソードを語っている。ボブ・スモークは何をやってもみんなの物笑いとなるので、みんなの同情を買うために自殺するふりをしようと計画した。ところが、飛び込んできた男が彼からピストル奪う際にピストルが暴発し、その弾丸が彼の鼻先を吹き飛ばし、これがまた世間のいい物笑いとなったという話である。しかし、これには後日談があり、みんなは鼻の先がかけたボブ・スモークをはじめは笑っていたが、笑い心地がよくないことに気づき、笑ってはいけないと思うようになったとある。パブロは最後に、「それでも、あんな鼻をした男は幸せじゃない」（二四七）と、この話を締めくくっている。このエピソードには悲劇と喜劇とが混在する悲喜劇のテーマがあり、人生のすべてが自分の計画どおりに運ぶとはかぎらないという非目的論的思考の表明もある。いずれにせよ、これを聞いたジーザス・マリアは、「あざ笑われることは、鞭でうたれるよりもひどい」（二四八）と感想を述べている。その後ジーザス・マリアは、ちょっとした前置きのあと、素直には笑えないラヴァンノ爺さんのエピソードを語り始める。ラヴァンノ爺さんは息子のペティが結婚したあと、一人になり「孤独」（二五三）だった。彼は、息子のペティが自殺に失敗したおかげで、グラシエという娘と結婚できたことをまねて、グラシエの妹、一五歳のトーニアの心をつかもうと自殺をするふりをした。しかし、ラヴァンノ爺さんは本当に死んでしまったのである。ラヴァンノ爺さんは物置小屋で首に縄をかけ、人びとが来るのを見計らって、踏み台から飛び降りたところ、彼の予期に反して小屋のドアが閉まってしまったからである。この話を聞いて、仲間たちの顔にあからさまな笑みが広がっている。そして語り手は、彼らが「ときに、人生とはとてもユーモラスなものだと思っている」と語る（二五六）。このエピソードにも悲喜劇のテーマと非目的論的思考の表明がある。さて、このエピソードの後日談につづいて、ピローンは「こいつは、いい話じゃないね。意味だの、教訓だの、あまりに多すぎるね。教訓のなかには、正反対のものもある。……何も証明するものがない」（二五七）と言う。これにたいし、パブロは、「おまえにわかるような意味がないんで、おれは気に入ったね。それでも、何か意味がありそうに思えるね、おれには何だかわからないけど」（二五七）と言い返す。ここで、特に注目したい点は、「教訓のなかには、正反対のものもある」（二五七）というピローンの言葉である。これはまさに、現実の人生というものはパラドックスに満ちたものであるという視点であり、事象の意味を一義的に決定することはできないとするポストモダニズムの特質とも合致するものである。

六　ダニーの死にみる悲喜劇

語り手は「序文」のなかで、後世の学者たちが、「ダニーというのは自然神のことで、その仲間たちは風や空や太陽といった原始的な象徴である」（一〇）などと言えなくするために、この伝説群を書き留める、と述べるいっぽうで、伝え聞いた伝説としては、「……ダニーはいまでは神であると記憶されているにちがいない」（二九八）と語っている。そしてこのあと語り手は、ダニーが一人で三ガロンのワインを飲んだという噂は、「二、三年もたてば、三〇ガロンになるかもしれない」（二九九）と述べている。そして、二〇年も経てば、「雲が燃え上がって、巨大な文字でDANNYとつづった」（二九九）などと、人びとの記憶に残るだろうと語っている。すなわち、語り手は伝説や神話がどのようにして作られていくのかを語っているのである。そして語り手は、トーティーヤ・フラットの人びとの話として、「ダニーはたちまちにその姿を変えていった。彼は巨大で、恐ろしいものになっていった。その目は自動車のヘッドライトのように輝いた。……ダニーは世界に挑戦したのだ」（三〇〇）と続けている。このときダニーは人びとが語る伝説のなかでは、「序文」で語られた「自然神」（a nature god）へと変容しているのである。このダニーの変容に関して、ハワード・レヴァントは、「不思議なことに、『トーティーヤ・フラット』と『知られざる神に』は人間が神へと変容するところで終わっている」（六六）と指摘している。

しかし、ダニーの場合は、その描写にコミカルな要素が強い。酔っ払った男がテーブルの足をもち、そのテーブルを振り回しながら世界に挑戦している姿（三〇〇）は、やはりコミカルである。それでも、彼は「神」（a god）となって「世界」（the world）あるいは「敵」（the Enemy）に挑戦しているのである。フレンチはこの点について、「ダニーはこの敵――この個人的なモービー・ディック――に挑戦し、そして敗北した」（五九）と主張している。ダニーは一見享楽的に見えるパイサーノたちの生活のなかに、この世界に潜む不可解、虚無、不条理を感じていたにちがいない。とりわけ、仲間たちで語り合った、先の悲喜劇のなかにこうしたことを感じたのではないだろうか。ダニーはその後一人物思いに沈み、果ては発狂し、この世界に潜む不可解、虚無、不条理に挑戦し、そして敗北していくのである。

オウエンズは「……その笑いにも関わらず、それ［『トーティーヤ・フラット』］は、『疑わしき戦い』だけがその暗さにおいて対抗できるだけで、たぶんスタインベックの作品のなかで最も悲観的なものである」（*Re-Vision* 一七七）と述べている。この指摘は、『トーティーヤ・フラット』の本質をつくものである。すなわち、この小説は笑いのなかに虚無がみえかくれする作品である。喜劇のなかに不条理な死が浮かび上がってくる作品である。ダニーは孤独という重荷を背負い、深くて暗い孤独感に打ちひしがれている。彼は仲間たちの束縛から逃れ、孤独で自由な世界を求めて発狂し、仲間たちが自分を励まそうと開いたパーティで死んでいくのである。このように、『トーティーヤ・フラット』には、喜劇の仮面の下に悲劇の素顔をもつというパラドックスに満ちた世界が広がっている。

七　結びにかえて

『トーティーヤ・フラット』の主要なテーマは、何と言ってもダニーの仲間たちとダニーの家とで構成される、ファランクスの形成、発展、開花、そして崩壊ということになるだろう。ちなみに、作品の結末における盛大なパーティは、その寿命は短いが、彼らのファランクスに町全体が加わって大きなファランクスを形成し、発展し、開花し、そして崩壊したものと言えるだろう。結末では、ダニーの仲間たちはダニーの家が出火したにもかかわらず、自分たちのファランクスが崩壊したことを知っていたので誰も、火を消そうとはしなかった。そして、語り手は「ふたりで連れだって歩くものは誰もいなかった」(三一七)と述べている。

つぎに、アーサー王伝説のテーマも、先述したように、細かな類似性はさておき、この作品に大きなインパクトを与えていることは間違いなく、ファランクスのテーマを強化することにも大いに役立っている。また、『アーサー王の死』にみられるパラドックスが、スタインベックにとって、その魅力の大きな要素となっていることも見逃せない重要な点である。

本稿ではこのパラドックスの展開に重点をおいて論じたが、これは悲喜劇のテーマとも結びついている。というのも、悲喜劇のテーマは、コミカルな笑いの奥底に、人間の力の及ばない、面妖な悲しい現実の姿を浮き彫りにするというパラドクシカルな世界観を読者に伝えているからである。

『トーティーヤ・フラット』はスタインベックの最初の成功作で、彼の文学活動の基盤を築いた作品であり、これまでの評価もおおむね高い。彼はこの作品によって、ファランクス論、アーサー王伝説のテーマ、非目的論的思考、そしてパラドックスの展開など彼の文学的特質を大きく開花させ、その後の大舞台へと飛躍していくのである。

ハックルベリー・ヒル（「トーティーヤ・フラット」）からモントレー湾を望む　（中山喜代市撮影）

モントレーのサン・カルロス教会（『トーティーヤ・フラット』）　（中山喜代市撮影）

『疑わしき戦い』――「疑わしさ」の検証

有木恭子

一　作品の批評と評価

一九三六年に出版された『疑わしき戦い』の出版直後の書評は概してよかったが、*San Francisco Chronicle* 紙（一九三六年一月一日）、*Saturday Review* 誌（一三号）、*New York Herald Tribune* 紙（一九三六年二月二日）などは、総じてこの作品を「プロレタリア小説」と評している（マクエルラス　五一―六三）。しかしいっぽうで、*New Republic* 誌（八六号）の書評で、ハリー・T・ムーア（Harry Thornton Moore）は『疑わしき戦い』を単なるプロパガンダ小説として片づけるわけにはいかない優れた作品であることを強調している。「不正にたいする人間の永遠の戦いを描いた書」であり、主題に関しては、「かた苦しすぎず、劇的迫力に富む」ものだとしたうえで、真実を描いた真のストリーテラーの活力をもった作品であると絶賛している（マクエルラス　六三―六四）。

一九三五年一月、ジョージ・オールビー（George Albee）に宛てた手紙のなかでスタインベックは、脱稿したばかりの『疑わしき戦い』について述べたくだりで、「この物語は残忍です。……群集がもつほとんど狂気じみた攻撃性をこの本はもっていると思います。ここには混沌が書かれています」（『書簡集』　九八）と述べている。

たしかに暴力や流血の場面の多いこの作品に関して、マックスウェル・ガイスマー（Maxwell Geismar）は、「残酷さ、暴力の血生臭い行為、無知、敵意、残虐行為」の描写があまりにも多すぎることを指摘し（二六二）、W・M・フローホック（W. M. Frohock）は、「書かれなくてもよい暴力が書かれている」（一三四―三六）と評している。「群集のもつほとんど狂気じみた攻撃性」については、スタインベックが当時関心を寄せていた「集団人《グループ・マン》」という概念と密接に結びついている。グループ・マンとは個人が集団を形成するとき、その集団はもはや個人の寄せ集めではなく、まったく異なった性質と方向性をもつという概念である。『疑わしき戦い』のなかで、群集が一個の大きな動物――感情、空腹、怒りや希望が人間を結びつけるときはいつでも生まれる動物――と化すプロセスが活写されていることに言及している研究者は少なくない。たとえばベティ・ペレス（Betty Perez）は『疑わしき戦い』は、「『集団人』の誕生と成長を記録し、その特徴と動機、願望と不安を調査したものである」（五九）としたうえで、「力強く感動的で、スタインベックの作品中最上のものの一つとして位置づけられる」（六一）と、高く評価している。しかし、ペレスはこれに続けて、「しかし集団人への関心にもかかわらず、スタインベックは個人の重要性にも気づいている」（六二）と、作家の個人への関心も見逃してはいない。中山喜代市氏はこれに関して『スタインベック文学の研究――カリフォルニア時代』のなかで、「集団のみでなく、集団と関わりをもつ個人の苦悩する魂、すなわち社会のなかの個人の生きざま、集団のなかで生き、苦悩せざるをえない個人の心理的葛藤が丹念に、しかも劇的に描かれている」（一九二―九三）と、一層的確なコメントをしている。ピーター・リスカ（Peter Lisca）の *The Wide World of John Steinbeck* における「集団の価値より、個人の優位性を示している」（一二八）という示唆に富む見解もあることを付け加えておきたい。

この小説の重要なモチーフの一つとしてしばしば取り上げられるものに非目的論的視点があげられる。善悪の判断を持ち込まず、あるがままを観察するという視点である。作品中では医師バートンにこの役割が託されているかにみえる。「ぼくは全体像を見たいのだよ――できる限りね。『善』とか『悪』とかという目隠しをつけてぼくの視野を狭めたくないのだよ」（二四九）と言い、彼はマックやジムたちの活動にはコミットしないで、彼らの行動を冷静に分析する役目を引き受けている。ただし、あとで論じることになるが、マックやジムたちの活動をただ冷静に観察するだけの人物ではない。ヘレン・ロジェク（Helen Lojek）やジャクソン・ベンソン（Jackson J. Benson）らは、バートンを作者の「代弁者」（spokesman）の役割も引き受けている人物だと指摘している（ロジェク 一二八、ベンソン『真の冒険』 二四五）。さらに、ジョン・ティマーマン（John H. Timmerman）は、「バートン医師はスタインベックによって抜け目なく準備された」人物であることを見抜いている（*Steinbeck's Fiction* 九〇）。

『疑わしき戦い』をとくに構成という観点から論じた研究者として、ルイス・オウエンズ（Louis Owens）とハワード・レヴァント（Howard Levant）があげられる。オウエンズは、「スタインベックの作品のなかでも、もっとも構成のしっかりした作品だといえる。構造と素材のきわめて入り組んだ調和を表している。これはおそらく芸術的観点からみてももっとも成功した小説で、彼の全作品のなかでも重要な作品である」（*Re-Vision* 九〇）と、構成の緊密さを評価している。いっぽうレヴァントは、「パノラマ的広大な眺望が、個々の出来事が語られる限られた視野に奥行きを与えることによって、この二つが見事に融合し、『疑わしき戦い』というダイナミックなドラマを生み出している」（七四）と分析している。

さらにもう一つの研究の視点として、「疑わしき戦い」という表題とこの小説の関連性があげられる。この小説のタイトルはジョン・ミルトン（John Milton）の『失楽園』（*Paradise Lost*）の第一巻一〇一―一〇九行から引かれたものであることは、この小説のエピグラフから明らかである。引用されたこの一〇行の詩文が、小説『疑わしき戦い』にとってどのような意味をもつのかを論じた研究者の一人として、ジョウゼフ・フォンテンローズ

(Joseph Fontenrose) が真っ先にあげられるであろう。彼は *John Steinbeck* において、この小説と『失楽園』のプロットの類似性を逐一求めようとしている（四三—五〇）。しかしながら、彼の指摘した細かな類似点の多くは、小説の主題に関してさほど重要なものではないことも付け加えておかねばならない。

中山氏は『スタインベック文学の研究——カリフォルニア時代』において『疑わしき戦い』にみられる問題点を簡潔にまとめている。（一）社会問題への関心、（二）ファランクス論、（三）非目的論的思考の援用、（四）これら両概念の調和と対立、（五）二人組の主人公、（六）エド・リケッツをモデルとした人物の登場（一六〇）。これらの問題点については、これまで研究者たちによってさまざまな研究がなされてきた。筆者は本稿において、これらとは異なった視点から考察してゆきたい。つまり、これまであまり取り上げられることのなかった、「疑わしき戦い」という表題と、この小説の主題との関連性に焦点を定めて、論じてゆくつもりである。

二　物語の概略

「死んだような気分だ」と言う若者ジム・ノーランが、「もう一度生き返れるかもしれない」という希望を抱いて〈共産〉党に入党するところから物語が始まる。彼はマックという先輩党員とトーガス・ヴァレーへ行く。おりからの賃金カットで不満をつのらせている労働者たちを煽動して、ストライキを起こすためである。タルボット農園にりんご摘み人夫として潜入し、マックらとともに活動しストライキを起こすことに成功する。マックはアンダーソンという小農園主を巧みに口説き落として土地を借り、労働者たちのキャンプを設営する。いっぽうで、労働者たちの健康管理やキャンプ内の衛生を担当するバートンという医師が依頼を受けてやってくる。農園主組合の代表者がスト中止の条件をもって労働者たちの指導者であるロンドンを訪れるが、彼はこれを拒絶する。このことから労働者と組合の対立は一層悪化する。農園主組合による締めつけにより、食料が欠乏し、またアンダーソンの納屋が放火され、さらにバートンも拉致されたのか行方不明となってしまう。怒ったアンダーソンに立ち退きを命じられ、この闘いは敗北の危機に瀕することになる。こんなときジムは、自分の傷から血を流してでも労働者たちの闘争心をかりたてて、奮い立たせようとする。しかし、ついに彼は自警団員に撃ち殺される。マックはその血まみれの、顔の形のなくなったジムの亡骸を演壇に載せ、労働者たちに向かって「同士諸君！この男は自分自身のために何ひとつ望んでいなかった」(三四九)と呼びかけるところで物語は終わる。

三　主題——『疑わしき戦い』の「疑わしさ」——の検証

一九三六年に出版された『疑わしき戦い』は、『はつかねずみと人間』や『怒りのぶどう』に先駆けて、当時の移住労働者たちの実態をリアルに描いた最初の小説である。これら三作は、いずれも一九三〇年代のアメリカが抱えていた社会問題を素材として扱っている。一九三〇年代の労働者の賃金切り下げに伴って南カリフォルニアではストライキが頻発し、これを題材にした『疑わしき戦い』にはスタインベックの社会的関心が色濃く打ち出されている。したがって、この作品を社会的、歴史的コンテクストからまったく切り離して論じることはほとんど不可能ではないかと思われる。

カリフォルニアの一九三〇年代は、大恐慌に続く労働闘争の時代であったともいえる。この争議の大半はふ頭や缶詰工場、それに農園で発生したが、スタインベックがもっとも関心をもったのは、果樹園主と農場労働者たちの間で起きた賃金をめぐっての争いであった。アメリカ文学の歴史において、一九三〇年ほどマルキシズム的社会主義リアリズムの文学が脚光を浴びた時代はなかった。カリフォルニア農業の矛盾の一断面を扱った『疑わしき戦い』も、このような背景のなかで生まれた作品であるといえる。表題に引かれた「疑わしき戦い」はミルトンの『失楽園』からであるが、スタインベックはこの言葉にどのような意味作用を意図していたのだろうか。その借用の真の意図はどこにあったのかを検証するのが本論文の目的である。

そこで筆者はつぎの手順をふんでこの作品を論じていくことにしたい。

（一）一九三〇年代のカリフォルニアの農業事情
（二）一九三〇年代のスタインベックの社会的関心
（三）主題のからくりの検証──「疑わしき戦い」とはどんな戦いであるのか

（一）一九三〇年代のカリフォルニアの農業事情

一九世紀の終わりころからカリフォルニアの農業に始まった変化は、二〇世紀に入って一層顕著となった。それまでは小麦や牧畜中心の農業であったのが、もっと利益の大きい果実やレタスなどの野菜栽培へと移行していった。トラクターなどの機械を導入し、銀行と提携した大規模な農業経営は、作物の収穫時には膨大な数の労働者たちを必要とするようになった。農業形態の変化によってカリフォルニアの農家は、大規模な農園と五エーカーから一〇エーカーくらいのきわめて小規模の農場に二分されることとなった。おりからの大陸横断鉄道の完成によって失業した中国やメキシコなどからの労働者が季節労働者に転じたために、労働賃金の低下に拍車をかけることとなった。

農産物の生産高と価格は一九三〇年代の初めに上昇したにもかかわらず、労働賃金はこうして下落することになったのだ。またベンソンによれば、一九三〇年から三年間の間に四四件の農業ストライキが起こったといわれている（『真の冒険』二九三）。『疑わしき戦い』のなかで描かれているストライキは、一九三三年八月にカリフォルニア州チュラーレ郡のタガス桃園において実際に起こった「ピーチストライキ」をモデルにしたといわれている。アン・ロフティス（Anne Loftis）の論文によれば、収穫人夫たちの賃金は一時間一五セントだったので、これに怒った労働者たちは一九三三年夏に「これでは食べてゆけない」と声を上げ、結集したのであった（一〇）。このようなストライキは、共産党が結成した缶詰農業労働者産業別労働組合（Cannery and Agricultural Workers Industrial Union）によって動かされるのが常であった。この労働組合はストライキが起こると、経験ある指導者を連れて駆けつけ、自分たちの望みどおりにストライキを操ろうとしたのだった。

（二）　一九三〇年代のスタインベックの社会的関心

ベンソンによれば、スタインベックの友人の何人かは、缶詰農業労働者産業別労働組合の運動の支持に関わっていた。そのなかの一人、フランシス・ウィタカー（Francis Whitaker）は主として運動の資金集めや食料調達などにあたっていた。スタインベックはこのウィタカーという人物をつうじて左翼活動家たちと知り合うようになった（『真の冒険』二九四）。また、スタインベックが *MacClure's Magazine* に市会議員の腐敗を暴いたリンカーン・ステファンズ（Lincoln Steffens）やその妻のエラ・ウィンター（Ella Winter）などの急進派の活動家と知り合うようになったのもウィタカーをつうじてであった。ベンソンとロフティスの論文によると、スタインベックがステファンズ夫妻の住んでいたカーメルの家に出入りするうちに、*San Francisco News* 紙のジョージ・ウェスト（George West）と知り合い、のちに彼の依頼で「ダストボウルの移住労働者」についての連載記事を当紙に執筆することになるのである（ベンソン&ロフティス　一九七―九八）。

一九三四年の冬、スタインベックはサンウォーキーン・ヴァレーのストライキを手助けしたシースル・マッキディ（Cicil Mackiddy）という男とも知り合いになった。マッキディは第二次大戦後の最大のコットン・ストライキで活動した男でもあり、スタインベックは彼とその仲間たちに金を支払って彼らの体験を聞かせてもらったという（『真の冒険』一九七）。このようにしてスタインベックの当時の季節労働者への関心と、実際にストライキに関わった人たちから集めた情報が重要な素材となって、『疑わしき戦い』が生まれたのである。

最初スタインベックは農業構造の変化によって引き起こされた問題を冷静な科学者のような態度で観察していたが、しだいに移住労働者たちに心情的に共感するようになっていった。三〇万人もの飢えた移住者たちが一九三〇年代の後半になってカリフォルニアに移住してきたとき、彼のこの問題への関わりも一層強くなり、労働者たちの窮状を *The Nation* 誌に"Dubious Battle in California"と題して発表した（一九三六年九月一二日）。中西部の旱魃や砂嵐によってオクラホマ、ネブラスカ、カンザスなどの諸州から、カリフォルニアに流入した労働者たちはもともと自分の土地を耕す自作農を営む農夫たちであった。ところが今では人間らしい生活も保証されていなければ、団結して闘うという手だても閉ざされている。以上のような窮状を報告した後、スタインベックはつぎのように結んでいる――「カリフォルニアの作物を収穫するためにはどうしても欠かせない移住労働者たちは、まともな生活ができる権利を与えられることが急務とされる。……労働者たちがあまり痛めつけられ、苦しめられると、過去に虐待を受けたり、ひもじい目にあった何万人という人びとの復讐のために彼らは立ちあがるかもしれない」（七一）。さらに一九三八年に出版された『彼らの血は強し』（*Their Blood Is Strong*）においても、誇り高く生きてきたアメリカの農夫たちを飢餓と屈辱で踏みつけにするアメリカの農業システムや、ひいてはそれを指揮する政府を激しく攻撃することで結んでいる。

アメリカを世界一裕福な国にするのに力を貸してきた人びとに衣食住を提供することができないほど、われわれの国は愚かで、意地悪く、そして欲が深いというのだろうか。飢えが怒り（anger）となり、怒り（anger）が激しい怒り（fury）に変わるまでどんな方策も講じられないのだろうか。（三二）

経済大国を築き上げるのに大いに貢献してきたアメリカの自営農民たちの救済に乗り出すことに積極的でない政府への批判は、彼のつぎの小説『怒りのぶどう』を書く大きな動機となったことは明らかである。穀倉は満ちあふれているのに、道路には餓えた人びとがひしめいている。彼は小説のなかで書いている――「大会社は飢えと怒りとの間には、か細い一線しかないことを知らぬ。そして賃金となって出てゆくべき金は催涙ガスに、小銃に、代理人やスパイに……使われる。……そして憤怒が醗酵しはじめていた」（三八八）。さらに別の章でも「人びとの魂のなかに怒りのぶどう（the grapes of wrath）が実りはじめ、それがしだいに大きくなってゆく」（四七七）と書いている。この「怒り」は移住労働者たちの怒りであり、そして作者自身の怒りでもある。アメリカの開拓の歴史に貢献してきた農民たちが農業の機械化、商業化の波に呑まれようとしているのに、適切な方策を講じない社会体制をスタインベックは非難すると同時に、民衆の増大してゆく「怒り」のエネルギーの結集が引き起こすであろう改革を暗示しているのである。

これまで述べてきたように、西部で何十万人もの土地を失った農民たちが、生活苦にあえいでいるとき、南部の州でも同様な悲劇が起こっていた。南部では南北戦争以降農業経営は再編成を迫られつつあった。しかし、それを乗り切れない農家では次第に経営の困難から没落が始まった。土地を失った自作農は小作人に転落するか、移住労働者として地方を渡り歩くか、それとも都市へ流入して工場労働者の群れに身を投じるかの選択を迫られるのだった。このような一九三〇年代初めのジョージア州を舞台にして書かれた小説が、アースキン・コールドウェル（Erskine Caldwell）の『タバコ・ロード』（*Tobacco Road*, 1931）である。主人公ジータ・レスターも小作人に転落したプアー・ホワイトの一人であるが、今では荒れ地と化した畑に、もう一度タバコや綿花を実らせたいという夢が捨てきれないでいる。それゆえ彼は、土地を離れて移住労働者や工場労働者としての仕事にはどうしても就く気にはなれないのである。不毛の土地にしがみつき、貧困のどん底で悲惨な死をとげる老プアー・ホワイト、ジータを描いた『タバコ・ロード』は、社会構造上の矛盾を告発しようとするマルキシズム的な社会主義リアリズムのイデオロギー小説として読むことができる。この作品の底流には、『怒りのぶどう』と同様に、社会の底辺に生きる人びとが切り捨てられることへのコールドウェルの激しい憤りがあることに気づく。オーガスタの金融会社の悪どい商法について、小説のなかでジータは言う――「おめえさんたちオーガスタの金持ちどもは、おらたち貧乏人がくたばっちまうまで血を絞るだよ。自分たちはちっとも働きもしねえで、おらたち百姓の作る金をみんな取り上げちまうからな。……そんな話ってあるもんか、まったくのところよ」（一〇二）。ジータのこの発言は、コールドウェルの声を代弁しているといえるが、小説の最終章においては農業政策の失敗を告発する声が一段と顕著となっている。

だんだん落ちぶれて、暮らし向きが年ごとにますます悪くなってゆくのを自分でも感じ、ジータは今では神や土地への信頼もぐらつきはじめていた。……なぜ自分が無一物になったのか、なぜ何ひとつ手に入らないのか、彼にはどうしても理解できなかったし、それを知っていておしえてくれる者もいなかった。それは解くことのできない彼の生涯の謎だった。(一五三)

無知ではあるが、長年土地とともに生きてきた一農民の悲劇を描くことで、社会にたいしてその責任の所在を問い詰める作者の声が聞こえるのが『タバコ・ロード』である。

いっぽう、『怒りのぶどう』では、社会にたいする批判よりも民衆の怒りの結集がもたらすであろう将来の意味ある変化のほうに力点が置かれていることが読み取れるであろう。コールドウェルが社会や政府への批判に身を置いているのにたいして、スタインベックは苦境を生き抜くという民衆の能力に信頼を置いていると言い換えてもよいかもしれない。では、『疑わしき戦い』を書いたときのスタインベックは、当時の季節労働者たちが直面している時代にたいしてどのような問題意識をもっていたのであろうか。

(三) 主題のからくりの検証――「疑わしき戦い」とはどんな戦いであるのか

『疑わしき戦い』は一九三〇年代初め、カリフォルニア州トーガス・ヴァレーのりんご園を舞台に、マックやジムたち(共産)党員が労働者をかりたてストライキを起こす様子をリアリスティックな筆致で描いたものであることはすでに述べたとおりである。ヘレン・ロジェクらが指摘しているように、作者は主観を交えず、非目的論的態度で出来事を描写しているように思える（一二二）。しかし、本当にスタインベックはこの小説の語り手と同じ非目的論的立場からジムやマックの運動を眺めているだけなのであろうか。もしそうでないならば、エピグラフの『失楽園』からの一節はいったい、小説のなかでいかなる意味を持つというのであろうか。つまり、小説の表題として引かれた「疑わしき戦い」に作者が込めようとした意味はいかなるものであったのかということである。

「疑わしき戦い」というタイトルはジョン・ミルトンの『失楽園』の第一巻一〇一―一〇九行から引かれており、その箇所は小説の初めのエピグラフとして用いられている。

烈しき戦争《いくさ》に導けり。彼等は
彼の代《よ》を厭ひ、我を選びて、
敵力もて彼の極力に當り、天《あま》の
原にて勝敗《かちまけ》わかぬ戦ひに高御座《たかみくら》を
揺がせり。負け失《う》すとも何かあらむ？
總《すべ》ては失《う》せず――不抜の意志、
復讐の熱意、不滅の憎悪《にくしみ》、並に
屈せず譲らざる勇気、さて
この他に打ち勝ち難きものやある？（繁野天來訳）

フォンテンローズらが論じているように、『疑わしき戦い』と『失楽園』の類似点は明らかである。暴動の強力な指導者（マックとジム）が他の反逆者や追放者たち（季節労働者たち）を率いて全能の力をもつ神（社会）に謀反を起こすという点である。たしかにペレスが指摘するように、「より高い賃金を求めるストライキ参加者たちの闘いは天国の軍勢にたいする悪魔とその軍勢の争いとまったく同じように絶望的である」（六〇）という類似性を読み取るのは難しくない。しかしミルトンの詩からの引用の部分の後半部分にさらに重要な類似性の手がかりがありはしないだろうか。「闘いがたとえ敗れ去ろうとも、すべてが失われるわけではない。不屈の意志、復讐の情熱、不滅の憎悪、屈せぬ勇気——これらこそは打ち破られることなく残り、引き継がれてゆくのである」。このようなメッセージは、まさにマックやジムの目指すところではなかったろうか。小説の半ばあたりでマックはジムに言う——「この戦いにおれたちが勝てる見込みはないと思うんだ。……しかし、戦いそのものは広がってゆき、いつかは——うまくゆくんだ。いつかは勝てるんだ」（一六六）。また別のところでは、「たとえおれたちが負けても変わりがあるわけじゃない。ストライキのやりかたを知った男たちが一〇〇〇人近くもいるのだから」（二九〇）と。

つまりマックやジムたちの運動の真の目的は労働者たちの生活の改善や賃金引き上げではないのだ。ストライキを民衆に教えてゆく過程で、彼らの「復讐の情熱、不滅の憎悪」をかりたて、「革命と共産主義が社会不正を正す」（一五〇）という、党の活動を社会の根底に広げてゆくことにあるわけなのだ。したがって、マックやジムたちにとって、個人は党の目標を達成するための手段にすぎない。闘うための武器であると言い換えてもよい。トーガス・ヴァレーに入ったとき、マックはジムに教える。「おれたちはすべてを利用しなくちゃならないのだ。

……手に入るものはすべて利用しろ」（五四―五五）と。しばらくして労働者たちのリーダーであるロンドンの息子の妻ライザが産気づいたのを知ったとき、この機会を利用しようともくろむ。労働者たちに出産の手助けをさせることで、一体感をもたせようとみずから経験ある産婆になりすますのだ。あとでマックはジムに言う――「おれたちは手に入るものは何でも利用しなくちゃならないんだ。こいつはまさにチャンスだった。なんとしてもつかまねばならなかったのだ」（六六）と。また、同じ農園で働くダン老人と話をしたと言うジムに、マックは、「あんな年寄りに関わって時間を無駄にするな」（七九）と警告する。それでいて、腐っていた梯子の桟が折れて、そこから転落してダン老人が腰の骨を折ると、急に態度を変える。腐った梯子を使わせた農園主を相手に、「男たちをまとめるためにあの男を使わなくてはならない」（一六九）と、言いはじめる。こうして教育されたジムは、自分も利用してほしいとマックに頼むまでになる――「ぼくを利用してほしい。マック、ぼくはあんたを利用するつもりだ。ぼくは自分とあんたを利用するよ。たしかに今ぼくは自分のなかに力があると感じているんだ」（二八〇）。

このように人間が人間を闘争の手段として使うことがエスカレートしてゆくと、人間はもはや、強者が弱者を食い物にして生きている獣と化してしまう。眠っているジムの姿は、人間というより獣のイメージが強いことに気づくであろう。

唇がまくれあがり、歯が剥き出て、その歯は乾いていた。……目の周囲の頬が不安げにぴくぴくと動いた。一度からだの重みに逆らうように、ジムは口を開いてなにか言葉をしゃべろうとしたが、はっきりしないうなり声がその口から発せられただけだった。（二八六）

ここに描写されたジムはまるで眠っている獣のようである。それを裏づけるように、人間が手段の一部として集団化するとき、獣の群れと化すことはマックの口から語られている。

「その動物はバリケードを必要としない。何を必要とするのか、おれにはわからない。問題は、人間を研究しているやつらが、その動物が人間の集まりだと思うことなんだ。それは人間の集まりなんかじゃない。ちがう種類の動物なのだ。人間が犬ではないようにね。だからね、ジム、おれたちがその動物を利用できれば、すごいことなんだ。しかし、われわれは十分にはわかっていない。それはいったん活動を始めると、どんなことだってやるかもしれないのだ」(三二一三二)

右の引用は多くの研究者がグループ・マンの概念を説明している箇所として取り上げてきた箇所である。この小説を書いたころ、たしかにスタインベックはグループ・マンという現象に関心をもっており、「ファランクス論」("Argument of Phalanx")という文章も書いている。しかし、彼はたんにそれだけの理由で、グループ・マンの概念を小説の一テーマとして使ったのであろうか。そうではなく、むしろ手段や道具と化した人間たちが変わりうる姿として提示したとみるほうが自然である。つまり人間にとってもっとも重要な特性である自由意志が集団にコミットすることで失われるとき、個人は一匹の巨大な動物の一部へと組み込まれることになるからだ。

物語の最後で顔を打たれたジムは即死するが、彼の死体はマックによって労働者たちを結集させるための看板として使われることになる。『疑わしき戦い』は、労働者たちの集団を前にしてジムの死体にランプの光を当てながら、マックが演説するところで終わる。こうしてジムもみずから闘う武器となったのだが、このような戦いに勝利の予感はないし、まさに「勝敗のわからぬ戦い」でしかない。いな、読者はむしろ結局は失敗に帰するのではないかという危惧さえ感じてしまうのではないだろうか。

さて、ここでわれわれはこの作品の主題は何かという最初の問題に立ち返ってみたい。つまり小説の表題として取られた「疑わしき戦い」は、『失楽園』のなかで神に謀反を企てるセイタン同様に勝利の可能性が「疑わしい」だけでなく、個を抹殺する戦いの本質の「疑わしさ」にも向けられているのではないか。一九三〇年代のカリフォルニアの農業変革によってもたらされたひずみが、結果的に『疑わしき戦い』を生んだことを知るとき、そのひずみ是正に立ち上がっているマックやジムたちの活動はどのように評価されているかを知る必要がある。さらに作者は、みずから宣言した「単なる記録する意識」（『書簡集』九八）以上の存在であることも検証しなくてはならない。ここで、医師バートンという登場人物の果たす役割を検討しよう。

ロジェクやベンソンらが指摘しているように、医師バートンは作者のスポークスマンとしての役割を作品中で担っている（一二八、『真の冒険』二四五）。『疑わしき戦い』はまるで記録映画のようにマックとジムの動きを追って展開するので、作者はテクスト中に埋め込んだメッセージの手がかりを与える人物として、つまり、マックやジムたちの行動をコメントする人物としてバートンという人物を必要としたと考えられる。まず、彼は党の活動には加わらず、これを冷静に「眺める」立場にいる人物であることが知らされる。彼は言う――「ぼくはものごと全体の姿が――できるだけ全体に近い姿が見たい。『善』とか『悪』とかの目隠しをつけて、自分の視野を狭めたくないのだ。もしあることに『善』という言葉を使えば、そのなかに悪があるかもしれないから、それを十分に調べる資格を失うことになるから」（二〇七）。マックとジムにとって個人は目的を達成するための道具であり、手段にすぎないのにたいして、バートンは個人のほうこそが尊重されるべきだと思っている。だから、マックたちに利用され、痛手を負ったアンダーソンにたいして、「彼の自尊心は打ちのめされてしまった。とてもつらいと思うよ」（二〇七）と、同情するのである。実際、マックやジムたちによって利用された人たちを個人として扱い、身体のみならず心の治療もほどこしてやるのがバートン医師である。リサ、ダン老人、アンダソンの息子アル、そしてジムたちにたいして、彼は一人の人間として向き合い、治療していることに気づく。彼は党の掲げたスローガンの欺瞞性を見抜き、党の綱領のみを信じるマックたちにたいする発言は注目に値する。「ぼくは目的なんて信じていない。ぼくは人間を信じているよ」（二〇〇）と言い、獣が群れをなしたときの狂気を人間の集団にも起こし、その凶暴な力の利用をたくらむマックに、さらに言う――「労働者たちは人間であって、動物ではないとぼくは思っているからね」（二〇〇）と。このような発言から、バートンは中立の立場を守っているというより、マックやジムたちの行動をむしろ批判的に見ていることが感じられるはずだ。人間から個としてのアイデンティティを奪い、集団の一部に組み込むグループ・マンは、個人を破壊する力も持っていることを見抜いているのもバートンである。彼は言う――「きみたちはまさにグループ・マンの表現そのものだ。特別な機能を与えられた細胞、そう、目となる細胞だ。ちょうど目のようにグループ・マンから力を引き出し、同時にグループ・マンを導く細胞のようだ」（二五二）。しかもグループ・マンという新しい生き物は、個人をそのなかに取り込み、殺すことに喜びを見出していることもバートンによって指摘されている――「おそらくグループ・マンは戦争で個人が抹殺されるときに喜びを感じるのであろう」（二五二）と。このバートンの言葉は注目に値する。それは作者自身の言葉でもあるからだ。というのは、個人を破壊するグループ・マンの特性について、自分の考えをそっくりバートンに代弁させているからである。スタインベックは一九三五年二月一五日に、執筆中の『疑わしき戦い』について、ジョージ・オルビーに宛ててかなり長い手紙を書いているが、そのなかのある箇所の概念がそっくり、小説のなかでバートンの口をとおして語られている。その二つの箇所を並置して比較してみよう。

だが、人間は自分のなかにある何かを憎んでいるのです。彼は自然のなかのあらゆる障害物に打ち勝ってきましたが、自分自身は説き伏せることができず、ついにすべての個人を殺してしまうのです。(『書簡集』　九八)

「そして人間はただひとつのものを除いて、ありとあらゆる障害物、あらゆる敵と出会い、これを打ち負かしてきた。彼はしかし自分自身を説き伏せることはできないのだ。人間はなんと自分自身を憎んでいることか!……われわれは自分自身と闘って、すべての者を殺すことによってのみ勝つことができるのだ」(『疑わしき戦い』　二五九―六〇)

個人を抹殺することに喜びを見出すグループ・マンは、他人はおろか自分自身をも愛せず、憎んでいるということである。したがって、グループ・マンが勝利を治めるためにはすべてのものを殺さねばならないということになる。互いにそう考えているとすれば、行き着くところは敵味方の死体が散乱している地獄絵のごときものであろう。「[戦いには]終わりはない。これがすんだら、別の戦いに加わるのだ」(二六五)というマックの発言から明らかなように、最後の一人の敵を抹殺するまで闘いが続くことになる。ジョージ・オルビー宛の手紙のなかでスタインベックは、「わたしは何ひとつ判断せず、ただそのことを書き留めるという、たんなる記録する意識となりたかったのです」(『書簡集』　九八)と書いているが、判断する別の人物を小説内に入れることによってこれが始めて可能となるのだ。『疑わしき戦い』はマックとジムらの思想と行動の「疑わしさ」の物語として読めることがわかるであろう。が、さらに注意深く読めば、党の主要メンバーとして活動するジムではあるが、利用し、利用される「もの」にはなりきれない彼の人間性も描き込まれていることに気づく。

マックが恐れをなすほどの成長ぶりを見せたジムであるが、最終章でもらす言葉は、党員としてふさわしいとはいえない——「マック、ぼくは今まで物事を見る時間というものがまったくなかった。葉がどのように出るのか見たこともないんだ。……ときとして、一日じゅう座って虫を見ていたいと思ったりするよ。ほかのことは何も考えずにね」（三三三）。彼らの価値基準に従えば、植物の葉の伸び方や虫を観察することは人を好きになることと同じくらい無益なことである。これだけではない。ジムはリサと赤ん坊のいるテントに小説中で少なくとも六回も足を運んでいる。リサは、「あたし、おっぱいを飲ますのが好きよ。だって、とても気持ちがいいんですもの」（二一九）と言う。このようなリサが党の活動に貢献できているとは思えない。しかし、彼女ととりとめのない会話をすることによって、どれほど安らぎを感じているかということをジム自身が意識しているかは疑わしいものの、読者にはそれが明らかである。彼は赤ん坊を抱いたリサに、「ぼくはきみの側にいるのが好きだよ」（三一七）と言い、「きみが聞いていてくれると、ぼく自身がよく理解できるからね」と、自分の考えをリサを相手に話したりもするのだ。さらに死の直前に訪問したときには、「きみはぼくが好きだろう、リサ。ぼくもきみが好きだよ」（三四四）と、自分の気持ちを正直に打ちあけさえしている。すすんで党の忠実な一歯車となってきたジムにとって、このような彼のリサにたいする気持ちや行動は、まったく無益なはずである。しかし、あえてこのようなジムの一面を小説中に挿入することによって、人間はけっしてスローガンの一歯車にはなりえないことを伝えている。『怒りのぶどう』のジム・ケイシーや『サパタ万歳！』のエミリアーノ・サパタが、高邁なスローガンではなく、民衆の切実な願望達成のために身を投じた戦いと、マックとジムらの戦いの違いがここにはある。

四　結び

一九三〇年代のスタインベックの作品は、彼の社会的関心が核となって生み出されたものが多いが、『疑わしき戦い』にはそれが顕著に表れている。作者はカリフォルニアの農業の矛盾を素材として取り上げるだけでなく、農業労働者への適切な対策がなされぬままのアメリカの農業の現実を鋭く描き出すことに成功もしている。しかし、同時代の作家アースキン・コールドウェルと違い、スタインベックは社会機構や政府の失策の批判に焦点を絞ってはいない。それより、「いかに戦うべきか」ということに力点を置いていることに気づく。つまり、マックやジムたちの戦いが「疑わしい」のは、党の思想を広げてゆくのが目的であるゆえに、個人は使い捨ての武器として切り捨てられているからだ。個人の尊厳と切実な願望を踏み台にしたこのような戦いに民衆がいつまでも従事するはずがなく、行く手に勝利があろうはずもない。したがってその戦いの意義は「疑わしい」ものとなるのだ。さらに言えば、個人を犠牲にした集団優位の戦いそのものが「疑わしい」ものといえるからにほかならない。

では、望ましい戦いとはどのようなものであるのか。これはつぎの作品『怒りのぶどう』のなかで描かれている。個人が全体のなかで犠牲になるのではなく、個人が全体の一部として十分機能する集団なのである。『怒りのぶどう』で説教師ケイシーが、「一人の者が大きな全体に結ばれた者であるとき――そうだ、それが聖なのだ」

（一一〇）と言うときの個人と全体の関係である。これは小説の終わりでトムによって繰り返されている――「人間、自分だけの魂なんてものはもっちゃいねえ。ただ大きな魂の一部分をもっているだけなのかもしれねえ」（五七二）。つまり、民衆が自分の意志をもたず、党員たちに操られるままに流されるのではなく、自発的な自由意志をもった個人として集団を形成したとき、はじめて個の願望達成のために集団のもつ力が発揮できるのである。スタインベックは『サパタ万歳！』のなかでも望ましい集団のありかたを、サパタの口をとおして伝えている。サパタが農民たちに指導者について話す場面で彼は言う――「おまえたちは指導者を探してきた。欠点のない強い男だ。そんな男はいやしない。いるのはおまえたちと同じ男たちだけだ。その男たちは変わり、去っていく。そして死ぬ。おまえたちをおいてほかに指導者はいないのだ」（一〇四）。これこそが意味ある方向へと人びとを導いてゆけるファランクスとなりうるからだ。このように考えてくると、『疑わしき戦い』は一九三〇年代のスタインベックの強い社会的関心が反映されているだけでなく、彼の個人と集団にたいする考えが主題として扱われている作品であるともいえるのである。

フレズノ近郊のプルーン園　（『疑わしき戦い』ではりんご園）　（廣瀬英一氏撮影）

ストライキ中の労働者たち　（「スト破りするな」と書かれている）
Courtesy of the Center for Steinbeck Studies, San Jose State University

『はつかねずみと人間』（小説）——夢を生み出す力

有木恭子

一　背景

スタインベックは、一九三六年に『疑わしき戦い』を、一九三七年に『はつかねずみと人間』を、そして一九三九年には『怒りのぶどう』をそれぞれ出版した。これらはともに一九三〇年代後半に書かれ、舞台もカリフォルニアに設定されているだけでなく、一九三〇年当時深刻な問題となったカリフォルニアの農業労働者の実態をリアルに描き込んでいる。テツマロ・ハヤシ氏が、*John Steinbeck: The Years of Greatness, 1936-1939* において取り上げたように、これら三つの作品は、スタインベックの社会的関心を示す「偉大な」作品群としてこれまで注目されてきたものである。

『疑わしき戦い』は、カリフォルニア州テュラーレ郡のタガス桃園において実際に起きたいわゆる「ピーチ・ストライキ」をモデルに書かれたと考えられており、（共産）党員マックとジムが党の掲げる理想を遂行するために労働者たちを利用し、闘争に導くプロセスが描かれている。『怒りのぶどう』のフーパー農園も前作品の舞台と場所的にはきわめて近くに設定されており、故郷を追われた農民たちが、生き抜く道を求めて団結し、苦境から立ち上がる暗示で終わっている。そして、『はつかねずみと人間』の舞台もサリーナスから二〇マイルほど南にある農場に設定されていて、移住労働者たちの生活が活写されている作品である。しかし、先のふたつの作品がどちらかといえば個人の集団への関わりを問題にしたのにたいし、『はつかねずみと人間』は個人と個人の関わりに光を当てた作品であるといえる。

『はつかねずみと人間』は小説と戯曲の中間形式で書かれており、スタインベックはこれを「劇小説」(play-novelette) と呼んだ。また彼はこのような形式への試みを「実験」とも言ったが、ルイス・ガネット (Lewis Gannett) の"John Steinbeck's Way of Writing"によると、「読むことのできる劇、あるいは上演できる小説」(三〇) を創造する試みでもあったのだ。演劇版『はつかねずみと人間』は、劇小説出版後六か月ほど後の一九三七年の夏、ジョージ・S・コーフマン (George S. Kaufman) の助言を入れて完成し、同年一一月に刊行された。また、演劇版はコーフマンの演出によりブロードウェイで上演された。劇小説版と戯曲版には若干の相違はあるが、本稿では劇小説のほうを取り上げて、論じる。

一九三七年二月に出版された『はつかねずみと人間』の書評は、おおむね好評であった。たとえば、*Monterey Peninsula Herald* では、「プロットや登場人物がとくに傑出しているというわけではないが、それらは真実味にあふれていて、しかも最後までそれが持続している」ことや、「プロットにたいして人物の性格描写や物語が、効果的に肉付けされている」ことを高く評価している (マクエルラス　七四—七五)。また、*New York Times Book Review* も、「人間はパンのみで生きるものではないという、古くからのテーマを扱った劇小説で、騒々しい、俗悪なアメリカ社会で、スタインベックの小作品は、実にわれわれの琴線にふれる作品である」(マクエルラス　八〇—八一) と、絶賛している。

研究者による『はつかねずみと人間』研究の基本的構想としてこれまで取り上げられたのが、アントニア・セイクサス（Antonia Seixas）が“John Steinbeck and the Non-Teleological Bus”において指摘した、テクストに存在する四つのレヴェルである。すなわち、（一）リアリズム小説としての物語、（二）社会抗議、（三）寓話性、（四）非目的論的手法（二七六―七七）と、いうものである。この見解は、ピーター・リスカ（Peter Lisca）の *The Wide World of John Steinbeck* における示唆（一三八―四〇）と同様であり、レスター・ジェイ・マークス（Lester Jay Marks）、さらにはリチャード・アストロ（Richard Astro）にも支持された（リスカ　一三八、マークス　六二―六三、アストロ　一〇三―〇四）。

これら四つのレヴェルに加えて、中山喜代市氏は『スタインベック文学の研究――カリフォルニア時代』において第五のレヴェルとして「ファランクス論」を提示した。中山氏は、「クロード＝エドモンド・マニーが論じた『二人組の主人公』がスタインベックの小説における意義深い特色になっていることを考慮に入れれば、これら二人組のグループの関わりを比較検討することはスタインベックの『ファランクス論』を考慮するうえで極めて重要であり、かつ不可欠のことといわねばならない」（二〇七）と、述べている。さらに彼は、『疑わしき戦い』のマックとジムの関係に言及し、「ジョージとマックはレニーとジムにたいしてそれぞれ指導者の役割を担い、かつ相互的に友情の恩徳を分かちあっている」（二〇七）と主張し、ジョージとレニーの関係を「ファランクス」の一形態とみなし、その重要性を論じている。

この二人の関係をめぐっては、サンノゼ州立大学スタインベック研究センターが発行している *The Steinbeck Newsletter*（Winter-Spring 1995）の“*Of Mice and Men*: Steinbeck's Speculations in Manhood”と題するエッセイで、リーランド・S・パーソン・ジュニア（Leland S. Person, Jr.）は、プラトンの『饗宴』（*Symposium*）に言及しながら、アリストファネス（Aristophnes）が打ちたてたユートピア的な男性特有のアイデンティティを、『はつかねずみと人間』は探求しようとしていると論じている（一—四）。また、ジャクソン・ベンソン（Jackson J. Benson）編 *The Short Novels of John Steinbeck* に収録されているウィリアム・ゴールドハースト（William Goldhurst）の論文は、『はつかねずみと人間』の寓話性を重視し、ジョージとレニーの関係を「創世記」のなかのカインとアベルとの類似性によって解釈しようとしている（四八—五九）。

日本においても『はつかねずみと人間』に関する論文は数多く書かれてきた。それらは、先にあげたセイクサスが指摘した四つのレヴェルからの考察のほかは、「ジョージとレニーの夢」の研究が圧倒的に多い。たとえば、利沢行夫氏の「『はつかねずみと人間』——弱者の夢」、仁熊恭子氏の「『はつかねずみと人間』——夢をめぐって」、そして井上博嗣氏の「『はつかねずみと人間』における夢とその崩壊」などである。これらの研究は、いずれも夢の崩壊の原因とそのプロセスを論じることに力点が置かれている。

二　梗概

第一章　サリーナスの二〇マイル南、ソレダッドの近くの川岸に二人の男、ジョージ・ミルトンとレニー・スモールが現れるところから始まる。二人は数日前までカリフォルニア州北部のウィードで働いていたのだが、柔らかいものに触れるのが好きなレニーが女の着ているドレスに触って、その女が大声を上げ、騒動となってしまった。そこでジョージは、レニーを連れて新たな仕事にありつくためにサリーナス・ヴァレーにやってきたのだった。夕暮れの川岸で、ジョージはいつものようにレニーにふたりして土地を手に入れる夢を語って聞かせる。

第二章　翌日の昼前。前日に来る予定の二人が来なかったことで農場のボスは怒り、以前の仕事などを二人に尋ねる。ジョージはレニーにはしゃべらせないように、うまく切り抜ける。掃除夫のキャンディ老人や、そこで働く男たち、スリムやカールソンたちに会う。

第三章　同じ日の夕刻。ジョージは、レニーとの関係やウィードで起こった事件をスリムに話す。キャンディの老犬は臭いし、老いぼれているからとカーソンから犬の安楽死を迫られ、しかたなくキャンディはカールソンに銃殺させてしまう。ジョージとレニーの語る夢を聞いたキャンディは、自分の貯金三五〇ドルを農場購入の資金に申し出て、仲間に入れてもらう。ボスの息子カーリーはレニーに殴りかかって、結局片方の手の骨を握りつぶされてしまう。

第四章　土曜日の夜、馬丁クルックスの部屋で、クルックスとレニーが話しているとき、キャンディが入って来る。そして彼は、ジョージやレニーと土地を持つ夢をクルックスに話し始める。そこにカーリーの妻が入ってきて、三人の男たちは、さんざんけなされる。

第五章　納屋でレニーが死んだ小犬を見て、もうウサギは飼わせてもらえないと、悲しんでいる。そこにカーリーの妻が現れる。彼女は、話し相手さえいない寂しさをレニーに訴える。柔らかいものに触れるのが好きだというレニーに自分の髪をなでさせてやるが、強くなですぎるので抵抗すると、驚いたレニーはますます強く押さえつける。結局女は、レニーに首の骨を折られて死んでしまう。このことはすぐにカーリーの知るところとなる。拳銃を持ち出し、レニーを撃ち殺してやると言うのを聞き、ジョージはレニーをみずからの手で殺すことを決心する。

第六章　ジョージは、レニーが隠れているサリーナス川の岸辺へ行く。彼に小さな土地で暮らすふたりの夢を語りながら、後からレニーの頭を銃で撃ちぬく。

三 作品分析――序

スタインベックは『収穫のジプシー』で、毛布を背負って農場から農場へと渡り歩く男たち（bindlestiffs）の姿を描いているが、まさにジョージとレニーも一九三〇年代のカリフォルニア州に多く見られた移住労働者たちであった。おそらく彼らの多くが持ったであろうように、ジョージやレニーも「小さな家と二エーカーほどの土地をもつ」（二九）夢をもっている。『はつかねずみと人間』のなかで、ジョージとレニーはふたりのこのような夢を何度も繰り返し語りあい、それによってふたりの夢はしだいに現実味をもち、より堅固なものとなってゆく。しかし、知能の足りない、怪力をもつレニーが、農場のボスの息子であるカーリーの妻の首をへし折って死に至らしめたことで、ふたりの夢は消えてしまう。したがって、このようなプロットをもつ『はつかねずみと人間』はこれまで論じられてきたように、ジョージとレニーが抱いたささやかな夢と、その夢の崩壊を描いた物語であるといえる。けれども、もしジョージの夢が、「小さな家と二エーカーばかりの土地を手に入れる」ことにあるのなら、レニー亡きあとにキャンディの申し出を受け入れれば、実現したかもしれない。しかしながら、彼の夢の実現の条件には、レニーの存在が不可欠であったという点を見逃すわけにはゆかない。

ここであらためて、ジョージとレニーの関係がテクストのもっとも重要な要因であることがわかる。二人の関係の解釈には、「二人組の主人公」として論じられたり、「ファランクスとの一体感」という観点から論じられたりしてきた（中山　二一四―一五）。筆者は本稿において、少し異なった観点からこの問題をとらえ、ふたりの関係が主題と物語の構造にどのように関わっているかを考察したい。つまり、ジョージがレニーを守ることで、また、レニーがジョージといることで生み出される力とはいかなるものであるのか、またその力が『はつかねずみと人間』の登場人物たちを主題という土台にいかに有機的に結合させているかを、精神分析学者・社会心理学者であるエーリッヒ・フロム（Erich Fromm）の説を援用しながら明らかにしてゆこうと思う。

四　孤独な男たち

『はつかねずみと人間』に登場する人物のほとんどが、家族や帰るべき家を持たない農場労働者たちである。このような男たちがただよわせる孤独こそが、この小説に繰り返し現れるモチーフとなっている。主人公のジョージとレニーは、ふたりとも家族も頼るべき親戚もいない。農場で働く、あるいは働いていた男たちが紹介されるが、いずれも身寄りも友人も恋人もいない男たちばかりでる。たとえば、かつてこの農場で働いていた、極端にきれい好きな男ホワイティであるとか、雑誌に投稿するのが好きなビル・テナーという男など、孤独の影のつきまとう男たちである。農場の男たちの指導者的存在であるスリムも、他の男たちから一目置かれているものの、心を許せる仲間もいないようである。話し相手は老犬だけの、これまた身寄りのない掃除夫のキャンディ老人。馬丁のクルックスは黒人であるゆえに、常に孤立した存在である。カールソンとホイットも農場で働く男たちだが、せめてもの慰めは酒と売春宿で、帰るべき家も手紙を書く相手もないことを、語り手はそれとなく伝えている。登場人物はこれらの労働者たちのほかに、農場の親方とその息子のカーリー、そしてその妻がいる。カーリーとその妻は二週間前に結婚したばかりだというのに、夫のカーリーは常にいらいらしていて、妻は夫と心通わぬ寂しさから話し相手を求めて農場のなかをうろつきまわることになる。

ジョージとレニーは、このように孤独な男たちばかりの集まりである農場で働くことになるのであるが、ここで、語り手が「孤独」というモチーフを最大限に活用していることに気づかなくてはならない。まず、ふたりはウィードにいたのだが、レニーが騒ぎを起こしたためにソレダッドへやってきたと、紹介される。ウィード(Weed)という地名は「雑草」を連想させ、荒れ果てた、殺伐とした雰囲気を伝える。そして、ソレダッド(Soledad)はスペイン語で「寂しい場所」を意味する。つぎに、ジョージや男たちが「ソリテール」と呼ばれる「ひとりトランプ」を退屈しのぎにするが、「ソリテール」(solitaire)は「孤独」(solitary)という語からきている。このように語り手は物語の始まりから、「孤独」というモチーフを随所にちりばめることによって、基調となるトーンを伝えようとしているのである。実際、第二章と第三章で、ジョージがこのソリテールをする描写が執拗なほど繰り返される。たとえば第二章でキャンディと話しながら、「[彼は]トランプを少し集めて、切りはじめた」(五〇)、すぐ後に、「ジョージは、トランプを少し集めて、切りはじめた」(五一)、とあり、さらに、カーリーの妻のことを話しながら、「ジョージは、再びトランプを切って、ゆっくりと考えながら、ひとりトランプの札を並べた」(五三)と続く。さらに、第三章でもスリムと話しながら、「ジョージは、散らばったトランプを積み重ねて、ひとりトランプの札を並べはじめ」(七三)、すぐあとにも、「ジョージは、慎重にひとりトランプの札を並べた」(七五)と、繰り返されるし、しばらく後に納屋から戻ってきたレニーに、カーリーの妻には近づかぬよう言いながら、「ほとんど意識しないで、ジョージはトランプを切り、ひとりトランプの札を並べはじめた」(九八)という描写が続いている。この後にも「ひとりトランプ」の描写が何度か出てくるが、これほど「ソリテール」という語や「ひとりトランプをする」という動作が繰り返されるからには、語り手の意図を感じないわけにはゆかないであろう。
「孤独」のトーンは、男たちのわびしい住まいの描写によっても補強されている。

飯場は、長い長方形の建物だった。内部は、壁に水しっくいがぬってあるが、床にはなにも塗ってなかった。三方の壁には、小さな四角い窓があったが、残る一方には、木のかんぬきのついた頑丈なドアがついていた。壁に向かって八つの寝棚があり、そのうち五つには毛布があったが、後の三つには目のあらい厚手の麻布が見えていた。そしてこれらの棚には、ふたのないりんご箱を横にして釘で打ちつけてあり、寝棚の主の持ち物を二段に置けるようになっていた。(三四)

身寄りや友人もいない男たちの私的な空間は、粗末な寝棚とりんご箱の空間のみである。そしてすぐ隣の寝棚の男たちに関心などもちはしないのである。それは、スリムが言うように、「農場労働者なんてものは、ふらっとやってきて、寝床をあてがわれ、ひと月も働けばまたやめて、ひとりで出て行くもんさ。他人のことにかまっているものはいやしねえ」(七一)からなのだ。このことは、飯場で働くものたちの暗黙の了解であるらしく、キャンディも、「おれは、おまえたちの話なんかに興味はねえ。農場で働く人間は、他人の話なんぞ聞きもしねえし、尋ねもしねえもんさ」(四六)と、言っている。家族も、身寄りも、恋人も友人もいない、このような男たちが孤独をつかの間でも忘れるためにできることは、酒を飲むこと、賭博、トランプ遊びや蹄鉄投げの遊び、そして売春宿で女を買うことである。しかし、それでもたいがいの男たちは、やがて忍び寄る孤独に堪えられなくなり、再び毛布を丸めた荷物を背負って、別の農場へ向かうことになるのである。

孤独に押しつぶされそうになりながら、その日の生活だけで精一杯の男たちにも、胸で暖めている一つの思いがあるという。それは、小さな土地を手に入れて、そこで暮らすというささやかな夢である。男たちが一様に抱く「小さな土地を持ち、そこに暮らすこと」という夢は、たんなる物理的土地獲得の願望ではなく、孤独から逃れる効果的手段と考えるほうが自然である。つまり、それは、入れ物としての土地や家でなく、家庭であり、それゆえ当然——たとえ無意識にであろうとも——その生活を共有できる誰かを含んでいることにも気づくべきである。さて、男たちが一様に抱くそのような夢がいかに実現しがたいものであるかは、黒人クルックスの口から語られる。

「おれは背中に毛布の包みを背負って、それとおんなじことを頭のうちで考えながら、ほうぼうの農場を歩き回っている連中を大ぜい見ているんだ。大ぜいな。やつらは、ちょっとやって来ちゃあ、またやめて、出てゆくのさ——その一人ひとりが、みんな胸のうちに、小さな土地をもっているんだ。でも、それをほんとうに手にいれたものは誰ひとりいねえのさ。……」(一二九—一三〇)

ジョージとレニーもまさにそのような労働者たちにほかならないのであるが、ふたりは断固として、自分たちはそうではないと、胸を張って言いきるのだ。ジョージは、たしかに自分たちの境遇も似ていることを認めはしている。どこの土地にも属さず、農場から農場を移り歩く自分たちを、「おいらたちみたいに、農場で働いているものは、世の中で一番孤独な人間なんだ」(二八)と認めながら、ほかのやつらのように、酒場で金を使い果たして、挙げ句の果ては刑務所にぶちこまれたりして、だめになることはないと、断言するのである。自分たちは、そういう男たちとはまったく違うからだというのだ。つまり、「おいらたちは、そんなふうにはならねえ。おいらたちには、将来ってものがある。おいらたちには、ちっとはおたがいのことを気にする、話し相手があるんだ」（二八―二九）と、おたがい同士気遣う相手がいるからだとジョージは誇らしげに言う。ジョージのこのような言葉は、レニーによって引き継がれ、繰り返される。

「だけどおいらたちは、そうじゃねぇ！　なぜっていえば、ええっと――、おれには、おれの世話をしてくれるおまえがあるし、おまえには、おまえの世話をするおれってものがいるからだ、だからおれたちはそんなふうにはならねえ」（二九）

レニーに繰り返されることで、ジョージは自分の発言の正しさを確認し、今度は自分が、レニーにそれを繰り返し語ることで、その確信はいっそう深まってゆく効果をあげているといえる。後に触れるが、ふたりのたんなる願望であったものが、このようにおたがい繰り返し確認しあうことで夢となり、それはしだいに計画へとかたちを変えてゆくのである。

五　ジョージとレニーの夢

ジョージもレニーも、じつのところ、農場から農場へ渡り歩く幾多の男たちとなんら変わるところはないのである。このことは語り手によって周到に準備されている。物語の導入は、サリーナス川の周辺の描写から始まる。

ヤナギの木々や、スズカケの木々の間をぬって、一つの小道がついている。これは、農場から深い淵に泳ぎに来る少年たちや、川の近くに野宿しようと、日暮れに疲れきって街道からおりてくる渡り者たちが踏みならした小道である。大きなスズカケの木の枝が、低く横に這っているちょうどその正面に、たびたびたき火をした灰の山ができていた。（八）

この描写から、川の近くにできた小道は、毛布の包みをかついだ男たちの通り道だということ、そして彼らは川の近くで野宿をするのだということがわかるだろう。ここで野宿して夜を越そうとするジョージとレニーは、夕食のために火をおこそうとする。ジョージに言いつけられて、レニーはたきぎを集めにゆく。その場面は、「レニーは木の陰に行って、枯れ枝をひとかかえ持ってきた。彼は、それを古い灰の山の上に積むと、幾度も追加を取りにひき返した。……ジョージがたきぎを積んだところへ行って、火をつけた」（一三）と、語られている。つまり、ふたりは多くの労働者たちと同じ場所で、同じことをするのである。ここで早くもジョージとレニーの辿る運命は暗示されているのだ。同じ道を通り、まったく同じ場所で火をおこし、休息するという行為をとおして、彼らも多くの移住労働者たちの二人にすぎないということが。

けれども、先に述べたようにジョージとレニーは、けっしてそうは思っていないのである。否、違うと断言しているのだ。レニーは力だけは強いが、ひとりで生きていける知能はない。いっぽうジョージは、ひとりぼっちにはなりたくないと思っている。お互い同士必要としていることはたしかだが、ふたりのあいだにはどうもそれ以上のなにかがありそうである。ふたりの関係に言及して、ポール・マッカーシー（Paul McCarthy）は、「このような夢がもてるのは、ふたりの関係が特殊なものであるからにほかならない」（五八）と述べているし、井上博嗣氏は「ふたりの相互依存関係が夢の実現への力を生み出したのだ」（二六）と、二人の関係の特殊性を強調している。

ジョージがレニーを必要とするのは、孤独の恐怖に根ざしているといえる。ドイツの精神分析学者・社会心理学者、エーリッヒ・フロムは、彼の著書『愛するということ』（*The Art of Loving*）のなかでつぎのように述べている。

> さて、人間のもっとも深い欲求は、その分離を克服し、孤独という牢獄から逃れようとする欲求である。この目的達成に失敗することは、狂気を意味する。……人間――あらゆる時代の、そしてまた、あらゆる文化における人間――は、一つのしかも同じ質問、すなわちいかにして分離を克服するか、いかにして合一を成就するか、いかにして自分だけの個体的な生命を越えて、和合（at-onement）を見出すかという問題の解決に直面させられているのである。（八）

フロムによれば、人間は生まれ落ちた瞬間から分離した存在になるのだが、この分離という状態につきまとう孤独こそ、人間の生存を脅かすもっとも危険で、たちの悪い敵であるから、このやっかいな害悪を克服すべく戦うのが、もっとも重要な仕事であるという。そして、分離による孤独を克服するには四つの方法があるという。

（1）原始的な部族などにみられるように、宗教や祭礼に参加して一体感を得る。

（2）特定の社会集団や社会組織に所属することによって、ほかのメンバーとの「同一性」確認したり、同じ価値観をもつ。
（3）芸術のような創造的な活動に従事する。
（4）愛による対人間的合一、もうひとりの人間との融合を成就する。

フロムはこれらの方法を一つずつ検討していく。（1）の方法は、一時的な満足しか得られず、あとにはより大きな孤立感が残ること（一四）、（2）の「同調化」による方法は、部分的な解決にしかならず、さらに（3）の方法は「合一」の対象が人間ではなく、ものであるゆえに、完全な方法とはなり得ないとする（一四—一五）。完全な解決方法は（4）の「愛における対人間的、もうひとりの人間との融合の成就」にこそあるという（一五）。フロムはさらにこの「対人間的合一」（interpersonal fusion）について、つぎのように述べる。

この対人間的融合の欲求は、人間のもっとも強い欲求である。それはもっとも基本的な情熱であり、人類を一つにし、集団を、家族を、社会を保持するところの力である。この成就に失敗することは、発狂あるいは破壊——自己破壊あるいは他の破壊を意味する。愛なしに人間性は一日たりとも存在しえないのである。（一五）

ここでいう「愛」とは、フロムによれば、人間を同じ仲間から隔離する壁を破壊し、孤立と分離の感覚を克服せしめる力であり、彼を他の人びとに結びつける力である。それは、誰かから必要とされ、自分も相手を必要とし、それによって生まれる力が分離の感覚を排除するものである（一七）。

『はつかねずみと人間』のなかの黒人のクルックスは、だれからも関心を持たれることもなく、いつも孤独の恐怖に堪えている。あるとき、彼は相棒のいるレニーに孤独の恐怖を打ち明けている。黒人だからという理由で、ほかの男たちの仲間に入れてもらえないクルックスは、「人間は誰か相手が必要なんだ」と言い、「誰も相手がいないと人間はだんだん気が変になるんだ。……人間は寂しすぎると病気になるんだよ」（二一七）と、レニーには本音を言う。農場の親方はレニーのことに気を配るジョージのことを、「こんなに他人の世話をやくものを見たことがない」（四三）と、あきれるが、実際のところは、ジョージがレニーの無条件の信頼によって支えられていることは疑いの余地がない。たまたま気まぐれに、ふたりで小さな土地で暮らす夢をレニーに語ったところ、彼はそれを信じて、何度も話すようにとジョージにせがむ。夢の実現を信じて疑わないレニーの信頼によって、ジョージもまた、その夢が実現可能なものとして思えはじめるのだ。こうして、ふたりが夢を語るたびに、その夢はしだいに鮮明な輪郭をもち、ふたりの未来の希望となってゆく。この夢こそふたりの孤独の恐怖を消し、さらに互いの結合を深めてゆくものにほかならないのである。フロムは「愛による合一」について、述べている。

このように、自分の生命を与えることによって、その人は相手を富ませうるし、そこで自分が生きていることを強く感ずることによって、相手の生の感覚を強めている。彼は受けるためにまず与えるのではない。与えることはそれ自体が非常な喜びなのである。与えることにおいて、彼は相手の生命になにものかを必然的にもたらす。そして、自分以外の人の生命にもたらされたこのものは、また彼に戻ってくる。真に与えるとき、彼は逆に自分に与えられるものを受けざるをえないのである。（二一〇—二一一）

ジョージはレニーに与えることによって、レニーもジョージに与えることによって自分の存在の重要性を確認できるのである。井上氏はジョージとレニーの間に存在するものを、「きわめてまれで特殊な友情」(二二)と呼び、中山氏は「同胞愛ともいうべき、兄弟以上の強い友情または絆によって結ばれた」(二〇七)ふたりであると述べ、それぞれこのふたりの関係の特殊性を強調している。ジョージとレニーの間にあるものを別の視点からみると、フロムの言うところの「愛」にほかならないといえよう。「すべての形の愛の根本にあるもっとも基本的な種類の愛は、兄弟愛である。わたしのいう兄弟愛という言葉は、相手にたいする責任、配慮、尊敬、知識、そして自分の生命をのばそうという願望を意味している」(三九)という、フロムの愛の定義は、まさにジョージとレニーの関係にあてはまる。それゆえに、彼らがもっとも本質的な種類の愛を育んでいるとすれば、その夢がほかの男たちのものとまったく異なるものであることに異論はあるまい。

ここでスタインベックが、集団と個人との関係のみならず個人と個人との関係にも強い関心をもっていたことを思い出す必要があるだろう。彼は、人間個人の存在の必要条件としてファランクスに属する重要性をあげ、「ファランクス」("Argument of Phalanx")という文章を書いている。そのなかで、彼はファランクス、つまり集団の一員になることが個人の存在にとっていかに重要であるかを強調している。「人はファランクスに反抗すれば必ず自己を失うことになる」と、彼は断言し、人がファランクスから隔絶されると、「彼の心は干上がり、感情は彼を捨て、彼は喜びを奪われ、身体はやせ細り、飢え、ついにはファランクスへの参加によってのみ得られる食べものの欠乏により、餓死するであろう」(二)と記している。たしかに、人が生存するために集団に属することが不可欠であるが、集団の一員になりさえすれば個人の社会的生存の条件が満たされるということにはなるまい。人間の生存にとってファランクスへの所属の前提となる重要なものは、個人と個人の緊密な絆であり、共感である。これが、スタインベックの作品群の重要な主題となっていることを思い出す必要がある。彼の処女作『黄金の杯』は、まさにこの主題を扱っている。「月」を手に入れようとしたヘンリーが、結局自分が手に入れそこなったものを、死の床で悟るのだ。看病する妻を見て彼は思う。「この女は、おれを愛している。それなのに、おれはこのことを知らなかった。おれは、このような愛というものがわからないんだ」(二六二)と。個人が生きてゆくうえで求めてやまない「愛」は、それから一三年後に出版された小説『エデンの東』のなかで、「カインとアベルの物語」を枠組みとしながらテーマとして扱われている。また、『怒りのぶどう』では、妻の励ましで立ち直るジョード家の父親、母親の愛によって娘から強い母へと変わるローザシャーン、母親の言葉に勇気を得てより大きな目的のために家族のもとを去るトム、ウィルソン家との助け合い。このような個人の存在を根本で支える他者との愛が中核にあって、人びとは不屈の精神をもつ集団へと変わるものだというメッセージを読者は読み取るであろう。『月は沈みぬ』においても、個人同士が結びつき、意味ある集団を形成するとき、そして彼らに自由意志があればいかなる敵にも屈することはないのである。ここでスタインベックは、個人の間に欠かすことのできない愛情による合一を前提にしていると言えよう。

六　孤独な魂の求める夢

親子間の愛、異性間の愛、神への愛など、さまざまな種類の愛を人間は必要とするが、フロムは、もっとも基本的な愛である、「兄弟愛」(brotherly love)のもつ要素として「相手にたいする責任、配慮、尊敬、知識」をあげている。そして、この四つの要素はジョージとレニーの間に存在するものであることがわかる。フロムの定義に従えば、人間のもっとも基本的、普遍的愛であるゆえに、農場の孤独な男たち、キャンディ、クルックス、それからカーリーの妻まで、二人の関係が形づくる夢にひきつけられるのである。ジョージとレニーがふたりの夢を話しているのを立ち聞きして、キャンディは自分の貯金すべてと交換に彼らの夢に加えてほしいと申し出る。「そうさ、みんながほしがってるんだ。たいそうなことは望まねえでも、ちっとばかりの土地は、誰だってほしいんだ。多少でも、自分の土地がほしいのさ。そこで暮らしを立てて、誰からも追い出されねえようなところをな」(一三三)という、キャンディの言葉は、一見、土地の入手願望を表しているように聞こえるかもしれない。しかし、彼が片手のない、障害をもった老人であるということと、まったく身寄りも頼るべき人もないという境遇を考えあわせると、自分自身の土地で生計をたてたいというよりも、だれかと一緒に暮らせる生活のほうを切望していることは、容易に推測できる。このことは、たとえ自分が死んでも遺言でその金を二人に譲ることを約束することからも明らかである。つまり、三五〇ドル支払ってジョージとレニーの仲間に入る権利を購入したと考えても差し支えないかもしれない。ともあれ、キャンディの思いがけない申し出によって、ジョージとレニーの夢はにわかに現実味を帯びはじめてくるのだ。

ここで、クルックスの望むものもまったくキャンディと同じものであったことに気づかねばならない。土曜日の夕方、飯場の男たちが町に出かけているとき、レニーはクルックスの明かりのついた部屋に行く。黒人の部屋を訪ねる白人などいないので、誇り高いクルックスは、自分の部屋に他人は入れないのだと公言していたが、思いがけないレニーの訪問を驚きながら、喜ばずにはいられない。さらに、キャンディがやってくると、「みんなが入るんだったら、おまえだって入ったらいいだろう」(一三二)と言い、「クルックスはうれしくて、怒ったふりをするのに苦労」(一三二)するのだ。キャンディがジョージとレニーの仲間に入れてもらったことを聞き、クルックスは羨ましい気持ちを押さえることができない。そんな夢を実現させたものをこれまでひとりだって見たことはないと言いながらも、彼は「……もし、おまえたちが……ただで――食うだけのことで――手伝いが欲しいっていうんなら、おれが行って、いくらでも手を貸すぜ。その気になりさえすれば、おれだってそこいらの野郎くらいのことなら、やれねえほど身体が悪いってわけじゃあねえから」(一三四)と言う。誇り高く、ひとりで本を読んで過ごすのをよしとするクルックスの密かな願望は、彼が口では否定していた「土地を手に入れる」ことであることが、明らかになる。しかし同時に、キャンディの場合と同じく、自分の土地に定住することよりも、仲間と暮らすことであることもわかる。彼もジョージとレニーとの関係から放たれる、一種のぬくもりにひかれたと、みるべきであろう。

ところで、『はつかねずみと人間』のなかにはもうひとり孤独に苦しむ人物がいる。それは、カーリーの妻である。二週間前に結婚したばかりだというのに、夫と心が通じない彼女に名前は与えられずに、「カーリーの妻」として登場している。このことは皮肉であると同時に、名ばかりの妻としてむしろ、彼女の孤独をより効果的に伝える働きをしている。濃い化粧、赤く塗った爪、赤いスリッパと、彼女はかなり派手なかっこうをしているため、男たちばかりの飯場では異様に映り、「色目を使う」(五二)とか、「尻軽女」(五三)というふうに見られている。物語中第二章で、飯場を覗いた彼女は、「あたし、カーリーをさがしているのよ」(五六)と言い、同じく第四章では「ねえ、あんたたち、カーリーを見なかった?」が男たちに話しかける言葉である。彼女が本当に夫カーリーを探していたどうかは疑わしいが、夫と心が通わぬ新婚の妻が、せめて話し相手だけでも求めるとしたら、男たちしかいない飯場で、ほかにどんな言葉がふさわしいであろうか。

カーリーの妻は納屋にいるレニーにとうとう自分の心を打ち明けている――「あたし、どうしてあんたと話ができないの？　あたしはだれも話し相手がいないのよ。とても寂しいわ」（一五〇）。あんたとはしゃべるなとジョージに言われている、とレニーが答えると、彼女は続けて言う――「あんたは、だれとでも話ができるけど、あたしはカーリーよりほかに話し相手がいないのよ。ほかの人と話をすると、あのひとが怒るわ。あんたは、だれとも話ができなかったらどうする？」（一五〇）。ほかの男たちのように彼女を警戒しないレニーに、自分の身の上話をして、やわらかいものが好きだというレニーに自分の髪の毛を触らせるのである。こうして、このことが最悪の悲劇へと発展するのである。誰ひとりとも話をすることのできないカーリーの妻こそもっとも、孤独な人間であることがわかるであろう。そして、彼女もまた、ジョージという仲間がいるレニーを羨んでいることは明らかである。彼女は、一緒に土地を持つ夢に参加はしなかったけれども、自分の孤独を打ち明ける相手にレニーを選んだということは、彼女も二人の特殊な関係に引き付けられたひとりだということができよう。

七　結び

ジョージとレニーとで築き上げた関係は、あたかも、冬の夜の明かりのように、孤独な人びとに生きる希望と勇気を生む夢の源泉となったのだ。このぬくもりに引き付けられ、集まったのが、キャンディであり、クルックスであり、そしてカーリーの妻であったのだ。しかし、怪力のレニーが意図的ではないにしても犯してしまった罪によって、夢の実現という計画が狂ってしまうのである。ちょうど、ロバート・バーンズの詩にうたわれたハツカネズミたちの計画のように。夢を育む原動力の片方のレニーがいなくなっては、ふたりして育てた夢はたんなる夢物語でしかなくなる。これを一番よく知っているのがジョージである。ジョージは、自分の手でレニーを殺さねばならぬこと、そしてそのあとの自分がどうなるかを、キャンディに告げている――「おれは、ひと月働いて、五〇ドルもらったら、どこかのきたねえ淫売宿へ行こう。そうでなきゃあ、みんなが家に帰るまで、賭博場でねばっているんだ。そうして、帰ってきて、またひと月働けば、五〇ドルになるだろう」（一六四）。こうして、レニーを失ったジョージは、毛布を背中に背負って農場から農場へわたり歩く男のひとりに確実になるであろうことを語り手は伝えるのである。

　ジョージは、レニーを失ってはじめて、夢を計画へと変える力である愛をほかならぬレニーからもらっていたことに気づくのだ。レニーはジョージを信頼し、尊敬し、思いやることによって、そしてジョージもレニーを信頼し、気を配り、彼の願いを尊重してやることで、彼らの夢を「絵空事の夢」から「目標としての夢」へと変えたのである。これまで述べてきたように、ジョージとレニーの間にはほかの男たちにはない、人間にとって極めて重要なものが存在していた。まさにこれが、農場の孤独な男たちを彼らのもとにひきつけていったのだ。たしかに、『はつかねずみと人間』は移住労働者たちの夢とその崩壊を描いた作品であるが、それだけではない。この作品の主題にフロムがいうところの、人間の生存に欠かせない「愛による合一」への欲求が描かれていることを見逃してはならない。

　『はつかねずみと人間』は、素材としては一九三〇年代のアメリカの社会問題を取り上げたものであるが、孤独な男たちの夢とその崩壊を描いた作品に留まらない。この劇小説の主題と技巧がいかに計算された調和を生み出しているかは、ジョージとレニーとの関わりに注目するときはじめて明らかになってくる。男たちの農場のわびしい暮らしぶり、ジョージの繰り返すひとりトランプ、そしてけっしてかなうことはない孤独な男たちの夢。よるべのない老人キャンディに黒人クルックス、そして一見ちぐはぐな印象を与えるカーリーの妻も、個人の生存を支える愛情（フロムによれば愛による対人的合一）という主題のうえで考察するとき、実に無駄のない緊密な構成になっていることが初めて見えてくるのである。

カーリーの妻（クレア・ルース）とレニー（ブロデリック・クローフォード）ニューヨークのミュージック・ボックス劇場における初演
Courtesy of the Center for Steinbeck Studies, San Jose State University

海を越えた演劇『はつかねずみと人間』

藤田佳信

一　背景

英国はロンドンに、ゲイト・シアターという小劇場があった。ダブリンにも古くから同名の著名な劇場があるが、ここで取り上げるゲイト・シアターは、それとは別である。

The Oxford Companion to the Theatre によれば、オープンは一九二五年、客席数九六の小さな実験劇場であったらしい。一九六〇年代後半以降に、フリンジ・グループが活動する周辺劇場の、先駆的なものであったろうか。客席が多くても二〇〇までのそうした小劇場は、もともと劇場用の建物ではなく、繁華街をはずれた場所で、倉庫か工場の建物などを改装して使っていたようだ。演劇活動をする側からすれば、家賃が安い点が魅力であった。客層も、ウェスト・エンドで繁盛する商業劇場のそれとは、当然のことながら、異なっていたであろう。

スタインベックの劇小説『はつかねずみと人間』の戯曲版は当時、ニューヨークはブロードウェイのミュージック・ボックス劇場で上演され、興行的に大成功をおさめている。一九三七年一一月二三日の初演以来、公演は二〇七回を数えた。その芝居が海を渡り、ロンドンの小劇場ゲイト・シアターで上演されたのは、一九三九年四月、それはナチス・ドイツが九月一日にポーランドに侵攻し、第二次世界大戦が勃発した年のことであった。

作家スタインベックにとっても一九三九年は、画期的な年であった。一大叙事詩とも呼ばれた大作『怒りのぶどう』が同年四月に出版され、社会的にセンセーションを巻き起こしたのである。私生活においても、その年が人生の大転換期であったことは間違いないだろう。『怒りのぶどう』の印税に加えて、その映画化権もかなりの高額で売れた。名声はうなぎ登りに高まり、経済的にも大いなる余裕ができたのだ。そのためか、三七歳のスタインベックは、キャロルという糟糠の妻がありながら、ハリウッドで二〇歳の無名歌手グウェンドリン・コンガーと交際を始めている。グウェンドリンは、スタインベックの二番目の妻になる女性である。

当時、何かと多忙であったスタインベックが、海を越えたロンドンでの公演、演劇『はつかねずみと人間』の小劇場における興行に、それほど関心があったとは思われない。スタインベックは、諸般の事情があったとはいえ、ブロードウェイ公演すら観劇していないのであるから。

それでも、前年の一九三八年七月に、このイギリス公演にほんのわずかながら言及した手紙が一通残っている。演劇・映画の代理人アニー・ローリー・ウイリアムズ（Annie Laurie Williams）宛のものだ――「『はつかねずみ』のイギリス公演の許可はとれるのですか？　一般公演は無理な気がします。台本の変更はご随意にとジョージ・K氏に伝えてください」（『書簡集』　一六八）。

原文中の“George K.”とは、『はつかねずみと人間』を演出し、ニューヨーク公演を成功させたブロードウェイの大物脚本家・演出家ジョージ・S・コーフマン（George S. Kaufman, 1889-1961）のことである。『スタインベック書簡集』の編者の説明によれば、スタインベックのK氏への伝言は、将来のイギリス公演にむけてのことではなく、国内の地方巡業に関するものであった。公演する土地によっては、せりふの一部が観客にとって刺激的すぎるのではないか、と懸念されていたからである。たとえば、（ジョウゼフ・R・マクエルラス・ジュニア

（Joseph R. McElrath, Jr.）他編の*John Steinbeck: The Contemporary Reviews*に所収）一九三八年一月に*Catholic World*紙に掲載された劇評には、農場の飯場でかわされる会話が、あまりにもあからさまで、身の毛もよだつほどの嫌悪感をもよおす、と書かれている。観劇中、「二度指で耳に栓をしたぐらいであるから……そのひどさなどわかるはずがないが」（マクエルラス　一二三）と。

舞台は、今なお公然とリンチが行われているらしいアメリカは西部、カリフォルニア州サリーナス平野のとある大農場。主要登場人物というのが、作品中、「渡り者」（"bindle bums"）とか「流れ者」（"bindle stiffs"）などと呼ばれている移住労働者のジョージとレニーである。このような農場を渡り歩く男たちには、家も家族も恋人も、カネも車も学歴、技能、教養もない。何も無いのだ。おまけにジョージの相棒レニーの頭がわるいので、行く先々でトラブルの連続である。大男のレニーは、農場のボスの息子カーリーの手を、その怪力で握りつぶす。あげくは、そんなつもりは毛頭なかったのに、カーリーの新妻の首をへし折って殺してしまうのだ。要するに、『はつかねずみと人間』は、社会からあぶれた「流れ者」を主人公にしているのである。「ビンドゥル」という浮浪者の持ち歩く巻き毛布のほか何ひとつ所有しない男たちの話であるから、登場人物の言葉づかいに、英国では、英国人が多少の皮肉を込めて用いる修辞上の表現――ヴィクトリア朝ふうの上品さとか洗練された知性――を期待するわけにはいかないであろう。

ブロードウェイ初演の翌月、一九三七年一二月一〇日付の*Commonweal*紙に、この作品の劇評が掲載されている。そこでは、「流れ者（the flotsam and jetsam）」を登場人物とする話は、芸術の品位を保つのが難しい、と述べられている。ただし、同作品が幸いにして不快感を与えない理由は、「スタインベックが単に非情な写実主義者の同類ではなく、不幸で恵まれない人たちの窮状に敏感な詩人である」（マクエルラス　一一四）からだ、とある。

さて、スタインベックがアニー・ローリー・ウイリアムズに手紙を書いたころ、*Manchester Guardian* 紙や *Spectator* 紙に掲載された当時の劇評を読めば、スタインベックが自作のロンドン公演の許可がとれるかどうか不安に思ったとしても不思議ではない状況であったことがわかる。

スタインベックの作品は、当時イギリス演劇界で検閲にひっかかった芝居とはちがい、英王室のメンバーを登場させて風刺しているわけではない。アメリカ人が、アメリカ人の話を書いているのだ。結果的に、スタインベックの不安には根拠がなかったことになるのだが、宮内大臣管轄の検閲については、*Manchester Guardian* 紙（一九三九年四月一三日）の評者の意見は、つぎのとおりである。すなわち、過去に、オニールの『楡の木の下の欲望』（*Desire under the Elms*）に、公演許可がおりた例があるではないか。［シェイクスピア（William Shakespeare）劇の］シャイロックではないが、陸ネズミもいれば、海ネズミもいるのである。一方は不快で他方は不快ではない、オニールはよくてスタインベックはだめだという理屈はナンセンスである（マクエルラス　一二四）。

いずれにしても、演劇『はつかねずみと人間』は大戦前夜の一九三九年四月、海を渡って、イギリスに上陸したのである。

二　人間性についてのアメリカ的な見方

『はつかねずみと人間』が、悲劇であるか否か、という議論がある。同戯曲をセンチメンタルでメロドラマチックな逸話だとする評者がいるいっぽうで、古典的な物語と比較してその文学作品としての価値を高く評価する批評家もいる。*One Act Play* 誌（一九三八年一月）のアイザック・ゴールドバーグ（Isaac Goldberg）は、「正真正銘の悲劇」（"a true tragedy"）（マクエルラス　一一二）であるとする評者の一人で、この作品をギリシア悲劇、オイディプスやエレクトラと比較している。しかしゴールドバーグの述べるように、登場人物が破滅への「定められた運命をたどる」（"... tread their way to a predestined doom"）（マクエルラス　一一三）という意味ならば、後述するように、『はつかねずみと人間』を悲劇だとすることはできない。悲劇が、破滅をもたらす人間の情念や人間の魂の葛藤、避けがたい人間の運命などをテーマとして取り上げるものならば、この戯曲は「正真正銘の悲劇」とはいえないのである。

この作品が悲劇たりえない原因は、第一に主役の一人レニーの人物設定にあるだろう。ボスの息子カーリーの新妻を殺す怪力の移住労働者レニーは、批評家に「モロン」（"moron"）とか「モンスター」（"monster"）と呼ばれる頭の弱い、柔らかな物を撫で回すことに執着する大男である。対象がネズミや子犬であれ、柔らかな髪の持ち主カーリーの妻であれ、もてあそぶうちに殺してしまうのだ。レニーは善悪の区別もつかず、苦悩することも葛藤を生きることもない。

作者が「リトル・ブック」と呼ぶ『はつかねずみと人間』は、当初、"Something That Happened"というタイトルであった。そのほうがロバート・バーンズ（Robert Burns）の詩から引いた「はつかねずみと人間」という思わせぶりなタイトルよりも、タイトルとしてひねりはないにしても、解釈する上での混乱が少なかったかもしれない。

とある農場における出来事（something that happened）を描く『はつかねずみと人間』が、悲劇的であるよりもむしろ、哀れで《パセティック》メロドラマチックだとする批評家の一人に、*The Novels of John Steinbeck*を著したハワード・レヴァント（Howard Levant）がいる。レヴァントにすれば、レニーには事の重大さがまったく理解できないどころか、「死んだ小犬と死んだ女の区別もつかない」(一三八)のだ。目の前に、二つの死体がころがっている。レニーにとって、どちらか一方の死が絶対的な意味を持つわけではないのである。

他方、殺される側、カーリーの妻も愚かで哀れではあっても、悲劇性を帯びた人物とは言いがたい。彼女は、他の登場人物や批評家の目(男の目)に、男に色目を使う女として映るように描かれているのだ。彼女以外に女性は登場しないから、読者が他の女性との対比で、彼女の人物像を理解することはない。そもそも「カーリーの妻」と呼ばれる女には、名前がない。個人として、固有の人格が与えられていない。死んでも、身元証明になるものがないのである。その点では、たしかに彼女は、名前のない小犬やキャンディ老人の老犬と、なんら異なるところはないと言えるであろう。

ニューヨークでブロードウェイ公演が始まってまもないころ、一九三七年一二月一八日付の *San Francisco Chronicle* 紙に、ジョウゼフ・ヘンリー・ジャクソン(Joseph Henry Jackson)の筆で、つぎのような劇評が掲載された。先行する批評に反論しているのだ。すなわち、*Literary Digest* 誌の評者がカーリーの妻を「売女」(harlot)と呼び、ジョウゼフ・ウッド・クラッチ(Joseph Wood Krutch)が *The Nation* 紙で「淫乱女」(nymphomaniac)などと呼ぶが、彼女はそのいずれでもなく、多分に尻軽なところはあっても、悪い女ではなく、品のない愚かな、可哀そうな小娘である(マクエルラス 一一九―一二〇)と反論する。カーリーの妻が男ばかりの飯場をうろつくのは、彼女自身の言葉を借りれば、話し相手がほしいからなのだ。なるほどそのとおりに違いないかもしれない、とジャクソンは言う。ただ、「話す」(talk)という言葉の意味が違う、というのである。

この括弧付きの"talk"は、カーリーの妻役の女優クレア・ルース(Claire Luce)宛の手紙のなかで、スタインベックが用いた言葉"contact"と互換できるであろう。スタインベックは、「触れ合いを求める女の渇望は計り知れないが、彼女の生い立ちでは、何らかの性的なことを抜きにして触れあいなるものを考えることができないのです」(『書簡集』一五五)と書いている。このような見方は、ジャクソンのそれと通底している。その種の触れ合いの場では、女の性的な魅力、つまりジャクソンの言う「安っぽい肉体の魅力」(一二〇)が、文字どおり物を言うのです。

以上に述べたような男(レニー)と女(カーリーの妻)が二人きりになれば、事の成り行きは、容易に予見することができるであろう。それが、第三幕第一場での出来事、馬小屋の片隅での、レニーとカーリーの妻との触れ合いの場面である。ふたりはお互いが自分勝手な思いを口にしているだけで、相手を理解しようとしているわけではないから、それは会話と呼べるような代物ではない。それにもかかわらず、互いの距離はちぢまり、レニーの大きく無器用な手が、女の柔らかな手入れのよい髪に触れる。(女は暇をもてあましているのか、丹念にブラシをかけていて、柔らかな髪は彼女の自慢の種であった。)しかし、そこから男と女の関係に発展することはない。女が誘っていたわけではないのだし、作者の設定ではレニーは柔らかいものをもてあそびたいだけなのだから。

乳幼児期における脳の発育と指の分化は、大いに関連があるそうだが、レニーの場合、その指の分化が正常に発達せず、脳の発育も正常におこなわれなかったのかもしれない。女の髪がくしゃくしゃになる。激しく抗議されたり抵抗されても、レニーの無器用な指が、髪にからんで引き離せない。あとは、女の悲鳴でレニーがパニックに陥り、二人にとっては不測の事態、最悪の事態にたちいたるのである。結局カーリーの妻は、レニーに首を折られてしまう。そして逃亡したレニーは、相棒のジョージにピストルで撃ち殺されるのだ。ジョージはレニーを「安楽死」させたのである。レニーを哀れむジョージが、カーリーらに残酷なリンチを加えられたあげく、なぶり殺しにされる結末を恐れて、レニーを楽にしてやったということであろう。

ところで、この作品の結末を納得できないとする女性批評家がいる。*Theatre Arts* 誌のマーガレット・シェド（Margaret Shedd）女史で、彼女が観劇したのは、ブロードウェイ公演以前の、スタインベック自身が「劇小説」と呼ぶ原作をそのまま舞台にのせたものだ。スタインベックの大部な伝記を書いたジャクソン・ベンソン（Jackson J. Benson）によれば、それは、サンフランシスコの労働者演劇グループ《シアター・ユニオン》の公演、グリーン・ストリート・シアターという劇場における公演である。初演は五月二一日で、公演回数は（金・土曜の夜に上演され）、七月まで続いて一六回を数えた（『真の冒険』三五一—五二）。

マーガレット・シェドの劇評は、一九三七年一〇月付であるから、観劇後三ヶ月以上も経ってからのことである。ニューヨーク公演はまだ始まっておらず、ブロードウェイの商業劇場の公演とその出来栄えを比較したものではない。やはりまず、主役の一人レニーの人物設定の問題がある。レニーが愛撫する生き物を殺すのは、彼の異常なサディズムのせいか、それとも偶発的な事故なのか、作者スタインベックがその点をはっきりさせていない、とシェド女史は言うのである。レニーの生き物殺しについて、作者はたまたまそうなるのだと言いたいのかもしれないが、度重なると、それも説得力に欠け、作者の創作意図が不明瞭なために、せっかくの題材、壮大な叙事詩になるはずの題材を生かせず、したがって、偉大な劇作になりそこねているのだ、と。彼女の主張にしたがえば、仮に『はつかねずみと人間』を悲劇だとしても、そこには高邁さがなく、この作品は、古典の域に迫る力強い悲劇になっていたのかもしれないのに、そうはならなかった。また、もしレニーが孤立した奇怪な生きものではなく、万人の象徴的な存在であったならいかがか、またカーリーの妻が窒息死するのも適切とは思われない、と女史は指摘している。彼女は作者の小道具、意のままに動かせる手持ちの駒のような存在なのだ、とも女史は言う。それに、なぜ相棒のジョージはレニーを運命の手にゆだねず、カールソンのピストルでレニーを撃ち殺してしまうのか、と疑問視するが、筆者も同感である。「女を生かせて自分の本当の意見を言わせましょう。レニーを死なさないで。」（マクエルラス　一一二）なぜに作者は、この二人を急いで土の下に葬るのか。殺さなくてはならないのなら、せめてこれという理由もなく殺すのではなく、もっともな理由を付与すべきだとシェド女史の批評は続く。

『はつかねずみと人間』が人間の運命や魂の葛藤を描く悲劇たりえないのは、レニーやカーリーの妻の人物設定もさることながら、それ以上に重要な点は、作品の結末で問題が単純に解決されてしまうためではないだろうか。この演劇は、ジョージがレニーを射殺する場面で幕をおろすのだが、仮にジョージがレニーを殺さなかったらどうなるのか。その場合、レニーは裁判にかけられるよりも、カーリーらの残虐なリンチにあうだろう。パートナーのジョージは、レニーの命あるいは尊厳を守るために闘うか、それとも自身の無力さを思い知らされながら、相棒の死を最後まで見届けなければならない。レニーに加えられるリンチが壮絶であればあるほど、またふたりの情愛が深ければ深いほど、それに比例してジョージの苦悩は増したことであろう。たしかにジョージはレニーをひどい目にあわせたくはなかったであろうが、それ以上に彼自身が苦しみたくなかった、苦悩に耐える自信がなかった、それゆえ葛藤を回避するかたちで決着をつけてしまったのだと言えるだろう。結局、『はつかねずみと人間』には、死に直面したレニーの心の動きやジョージの心の葛藤を表現した場面がなく、それゆえに古典的な意味での悲劇たりえないのである。

さて、英国はロンドンの実験劇場ゲイト・シアターにおける『はつかねずみと人間』の公演をめぐる批評はいかなるものであっただろうか。一九三九年四月二二日付の *New Statesman and Nation* 紙に、デズモンド・マッカーシー（Desmond MacCarthy）署名の劇評が載った。タイトルは、「人間性についてのアメリカ的な見方」（"The American View of Human Nature"）であり、この劇評が掲載された六日後には、ナチス・ドイツがポーランドとの不可侵条約、イギリスとの海軍協定を破棄しており、近づく大戦の影におびえる英国民を強く意識して書かれたものだということは明らかである。マッカーシーは、『はつかねずみと人間』は「心をうたれはするが、魂を揺さぶるものではない」という意味で「センチメンタルな悲劇」（マクエルラス　一二七）であると書く。彼によれば、この演劇において破局をもたらすのは、人間の情念ではなく、事故ないしは偶然の出来事である。元はといえば、中心人物のレニーが、頭の弱い男であることに起因するものだ、とする意見である。評者は、つぎのように続ける――「われわれ観客の思いは、『まあ、気の毒ではある。が、しかし、この辛い世の中でだれもレニーにかまっているひまはない。レニーのような人間は危険だし、生きていて何もいいことはない』」（マクエルラス　一二七―一二八）

老いた掃除夫キャンディの老犬が安楽死させられたように、レニーも同じピストルで安楽死させられる。老犬の死は、明らかにレニーの死の伏線になっているのだが、たんなる伏線以上の意味があるだろう。レニーの死は、作者によって人間の都合で殺される老犬の死と同列に扱われているのである。

戯曲版にはないが、劇小説の最終場面で、老犬を安楽死させた同じ人物カールソンが、レニーを撃ち殺したジョージと、それに同情するスリムの後ろ姿を見送って、こんなふうに言う――「なあ、あの二人、いったい、何を気に病んでやがるんだ?」（一八六）。これは、『はつかねずみと人間』を締めくくる最後の一文である。カールソンは、マッカーシーの「観客」が思っていても口に出せないことを、あからさまに表現しているということだろう。カールソンは無神経な役回りの人物で、気の毒なのは、一人生き残ったジョージということになる。作品の結末に納得するならば、観客（あるいは読者）が、小説のスリムのように、相棒をなくした孤独なジョージに同情を寄せるのは自然な反応であろう。

「人間性についてのアメリカ的な見方」において、マッカーシーは、作品の底流に流れるこの「思いやりの心」（warm hearts）（マクエルラス　一二八）にたいする素朴で無邪気な信頼感がアメリカ的なものであり、それがシニカルなヨーロッパの人びとにはセンチメンタルに映るのだと述べているのである。マッカーシーは、そのアメリカ的なるものの体現者として当時の米国大統領ローズヴェルトの名を挙げて、健全なる人間の本性を肯定するアメリカ的なものが、「猜疑心に苛まれる現代世界」（a suspision-ridden modern world）においては何よりも人を勇気づけてくれるのだとしている。マッカーシーは、アメリカ的なるものの名のもとに、スタインベックの『はつかねずみと人間』とローズヴェルト大統領の声明を結びつけているのであるが、ナチス・ドイツの脅威にさらされ、近づく戦争の影におびえる情況下で劇評が書かれたことを思えば、演劇『はつかねずみと人間』と同劇評の時代性が伝わってくるであろう。

ところで、法治国家アメリカにおけるジョージの行為は、明らかに違法な殺人であるが、作品中ではその点が問題になる様子はまったくない。レニーのような人間は他人にとっては危険であり、レニー本人にとっても死は解放になると本気で信じられているということだろうか。たしかに、レニーは罪のない人間を殺しており、ジョージの解決法ならば、レニーはカーリーの妻の死をみずからの死で償ったことになる。しかも殺人の罪を犯したレニーはまったく苦しむこともなく。

ただし、これは殺す側の理屈でしかないと言わねばならない。そこにあるのは、あくまでも力の論理であり、力のある者が選択権を持つ。何が正義か、何が正当な行為かを決める権利を持つのである。例えば、カールソンに射殺された老犬が、農場のボスの犬であったならばどうであろう。ボスがその老犬に深い愛情を抱いていたなら、悪臭を放つからといって、カールソンは老犬をあっさりと射殺できたであろうか。飼い主の老掃除夫キャンディに力がなかったからこそ、老犬は殺されたのである。レニーの場合も事情はたいして変わらない。レニー自身に力がなかったから、彼は殺された。あるいは、レニーを保護しているはずのジョージが無力であったから、レニーは殺されたといえるのである。マッカーシーのいうアメリカ的なるものが、彼にはセンチメンタルと映りながらも彼を勇気づけるものであったのであれば、マッカーシーはそこにナチス・ドイツに対抗できる力の論理を同時に読みとっていたのではないのだろうか。

三　クレア・ルースと「カーリーの妻」

演劇『はつかねずみと人間』とともに、ブロードウェイで「カーリーの妻」を演じた女優、クレア・ルースも海を越え、ロンドンに渡った。

Dariel Blum's Theatre World, Season 1955-1956 の簡略な役者紹介によると、クレア・ルースは、ニューヨーク州中部の都市シラキュースを通過中の列車内で生まれた、とある。が、生年の記述がない。大部な *Who's Who in the Theatre* (1981) にもその記載がなく、シラキュース生まれとあるばかりだ。*Cambridge Guide to American Theatre* (1993) の人名索引が正しければ、ルースは、スタインベックとほぼ同年齢である。一九〇一年（あるいは二年）の生まれで、一九八九年の没。『はつかねずみと人間』のロンドン公演は一九三九年であるから、ゲイト・シアターの舞台に立ったとき、ルースはすでに四〇歳に手が届きそうな年齢であったことになるだろう。

ルースの役柄は、大農場のボスの息子カーリーと結婚したばかりの、分別のないうら若い女である。年齢は、二〇前後か、せいぜい二〇代前半というところか。ルース宛の手紙を読むと、作者スタインベックはカーリーの妻を、かなり若い女に想定していると思われる。

ブロードウェイの大劇場、ミュージック・ボックス・シアターで興行が続いていたある時期、ルースは役作りに窮していたらしい。そのことを戯曲代理人のアニー・ウイリアムズから伝え聞いたスタインベックは、女優に一通の手紙を書いた。一九三八年のことだが、詳しい日付は不明である。手紙のなかで、作家はカーリーの妻について、その生い立ちや家庭環境から説き起こし、あれこれと性格分析をしているのである。作品には書かれていないことだから、その当否についてはなんとも言いようがない。作家は「カーリーの妻」と呼ばれる名前のない女をルースに説明する。その際、彼は暑い夜セントラルパークにたむろする娘たちを引き合いに出すのだ。まだ社会的な責任も人生経験もなく、経済的にも自立していない年頃の夢見る娘たちのことであろう。体だけは大人になり始めているのに、それに見合うだけの分別がなく、我が身をもてあましているのだ。

カーリーの妻がレニーに語る話から、逆に、スタインベックが思い描くセントラルパークの娘たちを想像できるかもしれない。それは、どこにでもいそうな、ごくありふれた娘たち、横溢する若い生命力をあたりかまわず撒き散らしながら、セントラルパークで素敵な白馬の騎士か王子様を待つ年頃の娘たちの一人である。

カーリーの妻の場合、場所はリヴァーサイド・ダンスパレスである。そして、家庭や退屈な日常生活から彼女を救い出してくれる王子様は、ハリウッドで映画関係の仕事をしているらしい男である（その前は、旅まわりの劇団の男だった）。しかし、映画に出す約束をしてくれた男からの手紙は届かない。その後、農場のボスの息子カーリーと出会って（同じ晩に）、彼と結婚した（演劇では、「同じ晩に」という言葉がカットされている）。カーリーは王子様でなくとも、騎士ぐらいには見えたのかもしれない。

王子様は最悪の場合、死体を愛好するネクロフィリアであるが、そうでなくても手に入れたガラスの棺の白雪姫が、眠りから目覚めることを望んでいない場合が応々にしてあるのではないのか。ニコラス・ケージ主演のハリウッド映画『8ミリ』(*Eight-millimeter*, 1999)は、金銭欲とリビドーの渦巻くハリウッドの暗黒の王子様たちの犠牲になった、世間知らずな娘の悲惨な話である。『はつかねずみと人間』の前作、『疑わしき戦い』の主人公ジム・ノーランの姉、行方不明になった姉なども同じような年頃の娘であった。既出のマーガレット・シェドは、おそらく作家が実際に知っている(言葉を交わしたことがある)女の子がいて、手際よくメモ帳のなかから取り出したのではないか、と推測している。それと符合するように、スタインベック自身ルース宛の手紙のなかで、このような娘を知っていると書いているのだ。

原作の小説と戯曲を比べると、物語は大筋で変わらないものの、演出家コーフマンの助言もあって、大小さまざまな変更が加えられているのが分かる。例えば、最後の場面。戯曲では、レニーが拳銃で撃たれて幕がおりるが、その後農場の追っ手が集まってくる場面が小説にはある。登場人物については、カーリーの妻に加えられた変更は、彼女の人物像を解釈する際に、重要な意味を持つかもしれない。劇場での一般観客を意識してか、カーリーの妻は原作ほど挑発的ではないし、黒人クルックスを脅すリンチ云々のせりふもカットされているのだ。彼女は、そのあくどい印象を与える場面が変更されているので、より一層セントラルパークにたむろするありふれた匿名の娘たちに近い存在になったと言えるであろう。

結局、スタインベックのルース宛の手紙は、役作りの励みになるよりも、「カーリーの妻」という役柄の制約をあらためてルースに意識させたのではないだろうか。要するに、カーリーの妻には名前も個性もない。肝心の夫婦関係も、どうなっているのかよく分らない。お互いに探し合っているのに、同じ場面で会話を交わすこともないのである。仮にカーリー夫妻の関係が丹念に描かれていたなら、馬小屋におけるレニーとの出来事は深い意味を持っていたはずである。

クレア・ルースは、後にシェイクスピアの『じゃじゃ馬ならし』(*Taming of the Shrew*)のキャサリンや『空騒ぎ』(*Much Ado about Nothing*)のベアトリスほか、幾つかのシィクスピア劇に出演した演技派女優である。ニューヨーク公演におとらず、ロンドン公演も好評であったようだが、英国の実験小劇場ゲイト・シアターの舞台で、ルースは「カーリーの妻」をどのように演じたのだろうか。

New York Times 紙(一九三九年四月三〇日)に、"Steinbeck in London"と題されたロンドン発チャールズ・モーガン(Charles Morgan)署名の記事が載った。そこに、ルースの演技にふれたくだりがある——ルースの演技は見事なまでに抑制のきいたもので、感情に流されたり、無理に役作りをしない。大げさな演技をせず、自分勝手な解釈で一人芝居をしない。芝居の制約をきちんと守って演技をしていた、等など。ここでモーガンは、ルースの演技を「メタリック」だと評している。この言葉は、「ロマンチック」に対比して用いられており、甘い情感をあらわにしない冷めた演技という程度の意味であろう。モーガンではないが、『はつかねずみと人間』には、イギリス人好みのラブ・ストーリーは描かれていない。なるほど男と女の恋の火花はもちろん、ロマンチックな情感表現など全く見いだせないのである。女は、主体性のない人物、活動的でないネガティヴな存在であることを前提に芝居が成り立っているのである。もちろんカーリーの妻が重要な役割を担っているのはたしかだが、それよりも本筋として優先されるのは、あくまでもジョージとレニーの物語、排他的で親密な二人関係のドラマの方であろう。結局のところ、カーリーの妻は、その重要性にもかかわらず、ジョージのレニー殺害にいたるきっか

けをつくる役柄でしかないとも言えるのである。演技派女優クレア・ルースにとっての『はつかねずみと人間』という芝居の無視しえない制約と、彼女自身の情熱・演技力との葛藤あるいは格闘の産物が、モーガンの評する「メタリック」な演技であったのではないだろうか。ルースは、モーガンばかりではなく、*Manchester Guardian* 紙においても「ミス・クレア・ルースは彼女のブローウェイ公演の成功を再現してみせた」（マクエルラス　一一五）という高い評価を得ているのである。

四　ゲイト・シアター

この小論の冒頭でスタインベックの演劇代理人アニー・ローリー・ウィリアムズ宛の手紙に言及したが、『はつかねずみと人間』のイギリス公演が決まる経緯は、資料もなくよく分からない。ウィリアムズ女史がゲイト劇場側にはたらきかけたのか、それともゲイト劇場の主催者のノーマン・マーシャル（Norman Marshall）が先にコンタクトをとったのか。当時、ロンドンとニューヨークの両都市間で、演劇人の往来は盛んであったようだ。『はつかねずみと人間』について、マーシャルは回想記 *The Other Theatre* につぎのように書いている。

この芝居はニューヨークでは大成功を収めていたが、観劇したロンドンの舞台監督はみな話の中身がどぎつすぎてロンドンの観客向きではないと思った。私は当時の芝居をニューヨークで見なかったが、本で読みすぐれた芝居だと思った。それがウェスト・エンド向きの芝居かどうかは、私の知ったことではなかった。ゲイト劇場は試演のための劇場ではなかったのだ。（一二〇）

マーシャルの回想記につづられた文章をたどると、その「実験劇場」にかける非常な意気込みが自然に伝わってくる。マーシャルは行動力のある人らしく、ブロードウェイで芝居を見て、これと思う役者がいれば、楽屋を訪れて直談判していたようだ。スタインベックの代理人ウィリアムズ女史には、案外マーシャルのほうから接触を求めたのかもしれない。マーシャルは、商業的成功よりも演劇人としての自身の好みをつねに優先させていたようだが、結果的に彼の目に狂いはなく、ゲイト劇場での『はつかねずみと人間』の公演は大好評を博したのである。

さて最後に、ゲイト・シアターはどのような劇場であったのか、また『はつかねずみと人間』がどのように上演されたのかについて触れておきたい。

マーシャルの回想記によれば、ピーター・ゴドフリ（Peter Godfrey）が始めた最初のフローラル街の「劇場」は、倉庫のロフトに座席が八〇席ほどぎすし詰めにされた場所だったという。楽屋があまりに狭くて、役者の一部は幕間に、舞台の上で衣装替えをしなければならなかった。いつも資金不足で雑役婦さえ雇えず、演出家みずからが毎朝、リハーサル前に出勤して場内の掃除をしていたようだ。一九二五年にオープンしたゲイト劇場は、二年後にヴィリア街に移転した。英国式ボウリング場に使われていた小さな老朽化した建物を、ゴドフリが自身の設計で劇場に改装した。（この建物、ボウリング場になる前はレストランだったという）。スタインベックの『はつかねずみと人間』が、一九三九年の四月に上演されたのは、この二番目の劇場であった。

観客の収容能力は、ブロードウェイのミュージック・ボックス劇場の一〇〇〇席に比べて、およそ十分の一。サブスクリプション（会員制）の劇場であったから、客は目の肥えた好みのうるさい連中であっただろう。一九三四年にマーシャルがゴドフリから同劇場を引き継いだとき、会員は斜陽とはいえ一二〇〇人ほどいたらしい。

それがオーナーが替ったとたんに五〇〇名が登録を継続しなかったというのだ。

芝居が好評であっても、ゲイト劇場の興行収益はしれたものであった。したがって、役者の出演料も有名無名を問わず、わずかなものにすぎない。創設者のピーター・ゴドフリにしろ、その事業を引き継いだノーマン・マーシャルにしろ、ウェスト・エンドの商業演劇にあきたらず、自主独立の精神で劇場運営にたずさわったから、もとより金には縁がなかった。同劇場に出演する役者にしても、収入面で報われるなどとははなから期待していなかっただろう。『はつかねずみと人間』のクレア・ルースは、華やかなブロードウェイの商業劇場で成功した女優であった。その女優が十分の一の規模の実験劇場でも好評であったという事実は、まぎれもなく彼女の役者としての豊かな才能を証明するものであっただろう。

一九三九年四月一三日付の *Manchester Guardian* 紙に、つぎのような内容の劇評が掲載された——それにしても、劇場が小さすぎるのではないか。ミス・ルースがレニーに絞め殺されてから二〇分間、そのままの状態で倒れているなど、なんとも不自然である（マクエルラス　一二五）。この劇評によると、第三幕の第一場と第二場の間で幕が降りなかったことが分かる。第一場の最後で、キャンディ老人が死んでいるカーリーの妻の顔を眺めて、「哀れなやつめ」（"Poor bastard"）とつぶやいた後、幕が降りるはずなのだが。ノーマン・マーシャルの演出であるが、芝居の展開上の工夫というよりも、財政上の節約とかセットを用意するスペース不足のための簡略化ではなかったかと思われる。当の劇評はさらに、カリフォルニアの辺境であくせく働く労働者や殺人者の手が汚れてもおらず、爪の手入れが行き届いているなど、全くもって説得力がないと続くのである。たしかにゲイト劇場は舞台と客席が狭く近接しすぎて演技しにくい点があると、マーシャルは回想記に書いている——「長い感動的な場面を演じるのに、腕をのばせば届きそうな距離に客が座っているのは、役者は最初ぞっとしたものだ」（四六）。

ゲイト劇場には、舞台と客席を隔てるオーケストラ席も横並びのフラットライトもない。おまけに、同劇場の創設者ピーター・ゴドフリの設計で、舞台は相当に低かった。マーシャルによると、「わずか四五、六センチの高さであった」(四六)。舞台が低くて近いものだから、前列の客が舞台に両足をかけることができたし、実際、客が時折、足をかけていたのだという。

劇場が狭いということは、演出上なにかと制約があるということにはちがいない。しかし小劇場であるゆえに、他の大きな商業劇場にはない長所があるのだ、とマーシャルは書く。つまり、微妙に変化する役者の声音や表情が、ゲイト劇場の傾斜のきつい階段席の奥でも、聞き分けられ、見分けられたというのだ。狭い空間で舞台と客席が一体化しているため、役者は後部席を意識して声の通る大げさな演技をする必要はないが、逆に真摯できめ細かな演技が求められた。小手先のごまかしはきかないし、うわべを飾り立てた演技は簡単に見透かされてしまったというのである。

五　結びにかえて

すでに述べたように、ゲイト劇場における『はつかねずみと人間』の公演は好評であった。一九三九年五月二六日付の *Spectator* 紙に、再び、(今度は短い) 劇評が載った。ウェスト・エンドの商業劇場アポロに芝居が移って二日後の記事だ。ゲイト劇場での『はつかねずみと人間』の初演は四月一三日であったから、ゲイトでの興行は、約一ヶ月程度であったことになる。ゲイトでは、芝居の上演が連続四〇回を越えればロングランで、最高は『マヤ』(*Maya*) という作品の五三回であったという。スタインベックのこの作品がロングランになっていたとしても、収益のために上演され続けるということはなかったであろう。主催者マーシャルの運営方針が、一シーズンに少なくとも七作品を上演するというものであったからだ。

シャフツベリー街のアポロ劇場は、客席数七九六の著名な商業劇場である。地下鉄ピカデリー・サーカス駅で下車してシャフツベリー街を北東へ歩くと、リリック、アポロ、グローブ、クイーンズと順に大劇場が並ぶ大歓楽街のど真中にアポロ劇場がある。*Who's Who in the Theatre* の第二巻に、ロングランのリストが四つ載っていた。ロンドンで一九三九年までに連続一〇〇回以上上演された戯曲名二〇〇〇作弱のリストがその一つで、アポロの『はつかねずみと人間』も含まれていた。この作品は、海を越えた英国の商業劇場における興行にも成功していたのである。

アポロ劇場での初演は五月二四日で、カーリーの妻を演じたのはやはりクレア・ルースである。公演は一〇九回を数えた。この数字は、ブロードウェイのミュージック・ボックス劇場での二〇七回には遠く及ばないが、同作品の公演回数が第二次大戦の勃発の影響を受けているのは、想像に難くないであろう。*Who's Who in the Theatre* には、ロンドンとニューヨークそれぞれについて、ロングランのリストが二種類あった。一九三九年までと、一九四〇年以降と。要するに、第二次大戦の勃発を機に、演劇界、社会・時代が大きく変わったということであろう。ジョン・スタインベックの作家人生もまた、このころから大きく変わっていくのである。

「昔からの劇場の迷信がある」とマーシャルは回想記のなかで書いている。「緞帳《どんちょう》が新しくなれば、その運も変わる」と。彼は大戦が近いことを信じなかったので、緞帳をも含めて、劇場を改装した。その一、二週間後に第二次世界大戦が勃発したのである。

一九四一年の春、マーシャルは軍隊の会食室で、食後ラジオ放送のニュースに耳を傾けていた。ラジオは、前夜のナチス・ドイツの空襲で、ロンドン市内の建物があちらこちらで破壊された状況を伝えていたのである。そのなかに、ゲイト劇場があったのだ。「ロンドンの規模こそ小さいが名高い劇場の一つ」（一二二）というアナウンサーの用いた表現が、後々までマーシャルの頭に残ることになる。翌日、彼は許可を得てロンドンに戻った。チャリング・クロスからヴィリア街へと歩く。やがてマーシャルの目の前に、ゲイト劇場の廃墟があらわれた。爆撃で、建物の屋根が吹き飛ばされていたのである。

いっぽう、女優クレア・ルースは、アポロ劇場で引き続きカーリーの妻を演じた後、大戦中はそのままイギリスにとどまり、演劇活動を続けた。主に、シェイクスピア劇に出演していたようである。大戦後、アメリカに帰国。帰国後は、ニューヨークその他の地で、演劇活動に専念した。

ギャビラン山麓の風景、中央の山はフリーモントピーク　（中山喜代市撮影）

赤い小馬に乗っているジョンとメアリー
Courtesy of the Valley Guild, Salinas, California

『赤い小馬』とフロンティアの終焉

新村昭雄

一　背景

『赤い小馬』は一九三三年から一九三七年までの間にそれぞれ単独で発表された四つの短編小説――「贈り物」「偉大な山脈」「約束」「人びとを導く者」――から成り立っている。それゆえ、それぞれの作品は一個の独立した短編として読むこともできるが、現在では、まとまった連続した一つの作品としてみなされるようになった。「贈り物」は、最初「赤い小馬」(“The Red Pony”)として、一九三三年一一月、*North American Review*に発表され、「偉大な山脈」は同年一二月に同じ雑誌に発表された。「人びとを導く者」が出版されたのは一九三六年八月で、イギリスの雑誌*Argosy*においてであり、「約束」が出版されたのは、四つの短編では最も遅く、一九三七年八月、*Harper's Magazine*においてであった。『赤い小馬』が現在のかたちになったのは一九四五年九月のヴァイキング・プレス版『赤い小馬』からである。「赤い小馬」というタイトルのついた短編集は、一九三七年九月刊行のコヴィチ＝フリーディ(Covici-Friede)版が最初であるが、この版には第四部「人びとを導く者」は含まれていなかった。そして一九三八年九月、『長い谷間』が出版されたとき、『赤い小馬』の三編は前年と同じく三部構成で所収されたが、「人びとを導く者」は一番最後に独立したかたちで収録され、なぜか『赤い小馬』に含まれていなかった。以上の経緯から、『赤い小馬』四編を一連のまとまった作品として読むには問題がある。しかし、アーネスト・ヘミングウェイ（Ernest Hemingway）の初期短編集『われらの時代に』（*In Our Times*）のように作品の主題の統一と構成に関しては議論の余地があるが、ヘミングウェイが二〇世紀初頭のアメリカ中西部とヨーロッパの暴力と死に満ちた世界をニックという一人の若者の目から描いたのと同様、スタインベックは最後のフロンティアの面影が残るアメリカ西部をジョディという一人の少年の目から描いたのである。

『赤い小馬』には二つの面がある。一つはジョディ少年の成長――ウォレン・フレンチ（Warren French）が *John Steinbeck* (1961) で述べた「自己中心的な無知から他者への思いやりへの開眼」（八九）を統一テーマとした少年物語――を描いた作品であるという側面であり、もう一つは、ジョディが物語の中心から外れ、視点的人物となり、少年以外の登場人物が事実上主役を占めるという側面である。第一部「贈り物」と第三部「約束」においてはジョディが物語の中心であるが、第二部「偉大な山脈」と第四部「人びとを導く者」においてはジョディは後ろに退き、ヒターノ老人とジョディの祖父が中心人物となる。すなわち『赤い小馬』は少年の「開眼の物語」という側面と、西部開拓後の土地所有がはじまる前に自由に移動していたヒターノ老人やジョディの祖父のようなフロンティアズマン（frontiersman）の物語という側面をもっている。

二　「開眼の物語」としての『赤い小馬』

『赤い小馬』はマーク・トウェイン（Mark Twain）の『ハックルベリー・フィンの冒険』（*Adventures of Huckleberry Finn*）と同様に少年の物語であったために当初は注目されなかった。しかしエドマンド・ウィルソン

（Edmund Wilson）がスタインベックの生物学的特徴に注目して、やがてそれは『疑わしき戦い』や『コルテスの海』などにおいて顕著に具現化されている集団人《グループマン》理論（group-man theory）と関連のあるスタインベックの特徴であることがわかった。そして一九五八年に出版されたピーター・リスカ（Peter Lisca）の *The Wide World of John Steinbeck* は『赤い小馬』の評価を確立した。以来、『赤い小馬』は単なる少年の成長の物語というだけでなく、R・B・ウェスト・ジュニア（Ray B. West, Jr.）のいう、アメリカの少年物語特有の「悪と生存の限界の認知の物語」である「開眼の物語」（a story of initiation）（一四七）として解釈されてきた。そしてジョウゼフ・フォンテンローズ（Joseph Fontenrose）は「フォークナーの『熊』（"The Bear"）に匹敵するイニシエイションの物語である」（六三―六四）と評価した。スタインベックは"My Short Novels"のなかで、『赤い小馬』は家族の死をはじめて経験した少年の「なぜ？」という驚き、そして、「諦めと認知」から生まれたことを示唆したうえで、さらに、「『赤い小馬』は少年の喪失、受容、そして成長を記録したものである」（三八）と述べる。スタインベックがジョージ・オルービー（George Albee）に書いた手紙によれば、一九三三年、「赤い小馬」（『赤い小馬』の出版に際して「贈り物」と改題された）や「偉大な山脈」を執筆していたころ、彼の母は危篤状態で、妻とともに故郷のサリーナスで看病していた（『書簡集』八三―八四）のであり、母は翌年二月一九日に亡くなった。『赤い小馬』が母の病や死という悲しみから生み出されたという経緯から考えても、この短編集の統一するモチーフは、死――赤い小馬の死、老ヒターノと老馬イースターの象徴的な死、牝馬ネリーの死、そしてジョディの祖父の「人びとを導く者」としての死――であると思われる。

　右のスタインベックの言葉を待つまでもなく、ヘミングウェイの『われらの時代に』において描かれたニック・アダムズの暴力と死にたいするイニシエイションと、ジョディ少年の成長を描いた『赤い小馬』は、「悪と生存の限界の認知の物語」という点では類似している。だが、実際は二人の文体も内容も微妙に異なっている。ピーター・リスカの"John Steinbeck: A Literary Biography"によれば、スタインベックは、「私は子どもの世界を創造したい。妖精や巨人の世界ではなく、大人以上に鋭敏な子どもの色彩、嗅覚、感覚の世界を再創造したい」（四）と述べた。さらにスタインベックのいう「子どもを圧倒する奇妙な悲痛な感情」（"queer heart breaking feelings that overwhelm children in a moment"）を感じるような話とは、メルヘンチックな「妖精の子どもの国の話」でもなく、ヘミングウェイの『われらの時代に』のような暴力と血に満ちた「ハードボイルドの世界」のどちらでもない。スタインベックは二〇世紀の非情の世界にリチャード・チェイス（Richard Chase）のいうアメリカ小説のロマンスの伝統を持ち込もうとしたのであり、メルヘンチックな甘いロマンスではなく、少年の魂の奥底にまで達するような苦しい感情を描いたのである。彼の文体は、彼が生まれたカリフォルニアの自然のように、乾燥した砂漠のなかに暖かい自然のある、優しい、リリシズムあふれる文章と、大変に歯切れのいい、リズミカルなテンポの調子からできあがっている。その結果として、彼の文体は、ヘミングウェイの文体に似ているけれども、よりヒューマンで人間味のある温かい文章が基本となっている。その好例が『赤い小馬』の第一部「贈り物」の冒頭のビリー・バックという牧童の描写ではじまる文章である。それはフォークナーの「エミリーへのバラ」（"A Rose for Emily"）やヘミングウェイの「殺し屋」（"The Killers"）とはまったく異なる、温さと優しさを含む文体で書かれている。

まず「開眼の物語」としてジョディ少年の成長からみてみたい。『赤い小馬』の第一部「贈り物」で、少年は赤い小馬を父から贈り物としてもらう。少年の父カールは厳格な人で、贈り物とともに、将来の牧場主にふさわしい教育を施すためにある義務を少年に課した。少年は大好きな東方の山脈（the Gabilan Mountains）にちなみ、小馬をギャビラン（スペイン語で「鷹」の意）と名づける。ギャビランは少年にとって、朝日、夢と希望、最も大事なものの象徴であった。一方で、死肉を食らう黒いハゲタカは少年にとって不吉で恐ろしい死、人生の限界を表しているようにみえ、農場にある大きな糸杉のある場所と同様、彼が最も嫌悪するものである。少年にとって糸杉の木のある所は、その下で豚が殺され、黒い釜でゆでられる不気味な死を意味する場所なのだ。

ジョディは小馬のちょっとした動作、目や耳の動きから小馬の気持ちがわかるようになり、父のねらいどおりに成長する。しかし、少年は、父カールが牧場経営という実際的仕事のために喪失した感受性をもっており、毎朝早く起きて赤い小馬に会いに行くときの道のりを「夢の延長のような不思議な神秘的な旅」（一二）と感じる。少年の夢が実現する日、赤い小馬に乗れる感謝祭の日が近づくと、少年は雨が降らないことを祈る――一つは落馬したとき泥まみれにならないために、もう一つは小馬の美しい毛並みが雨で汚れないために。ところが、小馬はどしゃ降りの雨にうたれ、予期せぬ重体となり、ビリーは最後の救命手段として少年が自慢した赤い小馬の美しい毛皮にナイフを突き刺す手術をする。死を悟った小馬は死に場所を探して裏山にのぼり、ハゲタカの一羽が小馬の死の瞬間をとらえ、小馬の目の玉を飲み込もうとする。それを見た少年は無謀にも大きなハゲタカに襲いかかる。それにたいして父はジョディに冷静で客観的な事実を言う――「ジョディ、ハゲタカが小馬を殺したんじゃない。分からないのか?」（五〇）。父が言うことは論理的に正しい。小馬は病気で死んだのであり、ハゲタカが殺したのではない。ハゲタカはただ自然のサイクルに従って死肉を食らっているのだ。そのことはジョディにもわかっていた。しかしジョディは、ハゲタカの目に表されている「非情な、恐れを知らぬ、非人間的なもの」（五〇）を憎まざるをえなかった。少年は、父の無情な現実主義よりも、ビリーによって培われた赤い小馬との、単なるものを超えた神秘的な関係が好ましいと思う者へと成長していたのである。

少年は毎朝の「夢の延長」(an extension of a dream)(二二)のような赤い小馬との出会いをとおして、父が望んだ実用性を超えた関係を築き上げていた。だからビリー・バックは、ジョディを代弁して、あえて牧場主に「ちくしょう! あんたはあの子がどんな気持ちかわからんのか」と反論する。父の実利的意図とは別に、少年は、美しい夢を象徴する赤い小馬を理由もなく殺す暗黒の力、「生存の限界」があることを知る。そして、その目に見える醜悪なものとして少年はハゲタカを見ている。しかしそれでも少年は、「死ぬほど疲れきった馬であっても、目的地まであと少しだというと、元気に立ち上がる」(二三)というビリーのことばをとおして人間と動物の間に物と物の物的関係を超えたものがあることを確信するようになる。そして、まき割りをいいかげんに済ます無責任で臆病な少年から、課せられた自分の仕事を果たす者となり、最後には自分の好きな赤い小馬のために「非情な恐れを知らぬもの」へも果敢に立ち向かう者へと成長する。少年は、はじめのころ父親の権威に完全に屈服していたが、苦役とビリーが教えてくれた小馬との神秘的な関係をとおして、大きなハゲタカと闘う勇気をもつ少年へと成長するのである。

つぎの第二部「偉大な山脈」の冒頭で、ジョディは、投石でツバメの巣を壊し、ネズミ捕りの罠で犬に悪戯をして傷つけ、パチンコで鳥を射ち落として、頭をちょん切り、羽をもぎ取り、バラバラにして灌木の茂みのなかに捨てる残酷な少年として描かれている。しかし、ジョディは不良少年であるわけではなく、ふつうの田舎の少年である。作者がことさらに少年期の残虐性と非道徳性を描いたのは、老人ヒターノ(Gitano)に会った少年が成長し、「いいようのない悲しみ」(nameless sorrow)を知る少年へと変貌することを強調したいためである。ある日、ジョディの牧場にやって来た老人は、人間の存在の限界である老いと死を背負っていた。それまでジョディにとって大人は力強く、たくましい存在であったが、老人の出現によって、少年は強い大人もやがて老いていくことを知る。老人のもつ人間の存在の限界ということだけでなく、少年は西方にそびえる偉大な山脈のもつ神秘性に惹かれる。そして最後には未知の恐怖である死があることをも知る。老人は父カールにとっては役に立たない老いた浮浪者に過ぎなかったが、少年はそういう現実の姿以上のものを老人が隠し持つ短剣にみようとする。

カールの老人や老馬イースター（Easter）への冷酷な言葉は、当時の大人が弱肉強食の苛酷な時代を生きていたことが表されている。そんな牧場主にたいして、ビリーは老パイサーノを弁護し、「彼らは骨を折って一生働いてきたのだから休む権利がある」（六五）と言う。ウォレン・フレンチはこの作品をジョディ少年の成長と捉え、「少年の『いいようのない悲しみ』が彼のシンパシーを広げた」（一九六一、九一）と述べた。フレンチの批評は正当な解釈であるが、この作品のリアリズムだけでなく、そのシンボリズムに注目したピーター・リスカは *The Wide World of John Steinbeck* のなかで、「この悲しみは老人や老馬など個別的なものからくるのではなく、全体的なものからくる」（一〇二─〇三）と述べて、「老ヒターノ、老馬イースター、短剣、偉大な山脈などが合わさって象徴的意味」をもたらすと言う。第一部「贈り物」でジョディ少年は、ハゲタカのように醜悪で非情な存在を嫌悪した。しかし第二部では、老いぼれた老人や老馬にたいして「いいようのない悲しみ」を感じるようになる。第一部ではビリーが少年のイニシエイションにさいし「精神的な父親」（a spiritual father）の役割を果たしていたが、第二部ではビリーは後方へ退き、代わって老ヒターノが長い人生とカリフォルニアにおけるパイサーノの歴史を担う象徴的人物として登場する。ヒターノはビリーのように直接ジョディのイニシエイションに関わるわけではない。しかし、ジョディは、老人が偉大な山脈と同様に「神秘的に」感じられ、老人がいる使用人部屋を訪れ、そこで老人が隠し持つ黄金の柄をもつ短剣を見て、そして最後に老馬イースターと老人の姿を西方の山腹に見て人間の「生存の限界」という「いいようのない悲しみ」を知るのであった。

第三部「約束」で、少年のイニシエイションは完成する。父に呼ばれた少年は、びくびくしながら父のいる牧場へと向かったが、父は、「ビリーが言うには、おまえはよく赤い小馬の面倒をみたそうだ」(八一)と、厳しい口調ではあったが、褒美に新しい子馬をやると言う。うれしくなったジョディは、一人前のカウボーイと認められたかのように威張って肩を怒らせて歩く。父は「立派な馬の使い手になるための最良の方法は子馬を育てることだ」と言うビリーの助言を受けて、子馬を与える約束をする。それとともに種付け料の五ドルは夏の間手伝いをして返済する約束もさせる。古代社会において若者が社会の正式の構成員として認知されるためには通過儀礼(initiation)を経験しなければならなかった。ジョディ少年もその第一歩を踏み出したのだ。しかし、この約束は予想以上の労苦を伴うものであった。

冒頭でジョディは、学校帰りにヘビ、トカゲや太ったツノトカゲを弁当箱に入れ、母を驚かす悪戯少年として描かれている。しかし、子馬をもらう約束をしたジョディは、家事労働を手伝い、二度と弁当箱にヘビ、トカゲなど入れないと母に約束し、悪戯少年から脱皮し、第一のイニシエイションを通過する。そして父から借りた五ドルをもって、牝馬ネリーをつれてテイラー牧場の丘を登っていくと、突然、荒馬が駆け下りてきてネリーに一撃を加える。少年は黒い悪魔のような種馬の凶暴さに驚くとともに、牝馬ネリーの変化にも驚く。牡馬の猛々しさと牝馬のコケティッシュな変貌などの性的な関係の認識はイニシエイションの第二段階である。さらに種付け料を返済する約束を果たすために、彼は乳しぼり、干し草刈り、馬にレーキを引かせての干し草集めなどの苦役(peonage)を果たす。しかし、子馬が生まれるまでの一年間は長く、待つことがどれほど苦しいかを少年は知らない。その間、腺病で死んだ赤い小馬の悪夢が心に重くのしかかり、現在の苦役より苦痛を感じる。赤い小馬の死は少年の心に傷を残しただけでなく、ビリーの牧童としての誇りをも傷つけた。そんなとき、少年は裏山の泉の湧き水を引いてある水槽のところへと心の傷を癒すために登る。そこは今では少年の「人生の中心点」（a center point）（九二）となっていた。父から叱責を受けたとき、赤い小馬の悲しい思い出などで心が傷ついたとき、歌うような優しい泉の水音と周りの緑の小さな世界は少年の心の傷を癒してくれた。スタインベックの多くの作品において、人間がいかに文明化されようとも原始的生命力へと回帰することなしには生きていくことは難しいという観点がみられる。そしてそれは、多くの場合、泉、川、木、海として表される。ノースロップ・フライは、「雨、泉、川、海または雪の“Water-symbolism”の四サイクル」（一六〇）によって自然の四つの季節と、人生の四段階である少年、成人、熟年、死に対応させた。雨は春で、子馬が飛び跳ね、種付けの季節。泉は夏、最大の苦役と傷を負い、癒す場所である。そして、待つという忍耐の経験は少年のイニシエイションの第三段階を終える。

一月が過ぎても子馬は生まれず、不安が増していくなか、ジョディは夢にうなされ、真夜中に起きて馬屋に行くと、ビリーが馬屋に寝ていて牝馬のようすを見ていた。子馬は逆子であった。ふつう子馬を犠牲にして母馬を助けるが、ビリーには過去に、赤い小馬を助けられなかったという負い目があり、またジョディとの約束もあって子馬を助ける決意をする。彼はネリーを殺し、腹をナイフで引き裂く。馬屋全体にたちこめる異様な臭い、血しぶきを浴びたビリーの顔、腹を引き裂かれたネリーの死体を前に、ビリーは「約束」の子馬をジョディに差し出して言う――「熱いお湯とスポンジを。子馬を洗って母馬がするように乾かすんだ。おまえの手で子馬に餌を与えるんだ。さあ、約束の子馬だ」（一〇三―〇四）。約束は果たされたが、ジョディは喜びよりも苦しみを感じる。少年が母屋へ湯をとりに行くとき、うつろな目をして、全身を震わせながら血だらけの顔で子馬を差し出したビリーの姿が、亡霊のように彼に取りついて離れなかった。彼は、子馬の誕生の喜びよりも、苦痛が喉から胃まで下りていくのを感じる。最後のイニシエイションの完了である。誕生と死は裏腹である。誰かの誕生は誰かの死を意味するという自然の苛酷な摂理は、少年には実際に実感するのは難しく、また苦痛に満ちた真実であった。ここに少年のイニシエイションは完成するのだが、つぎの「人びとを導く者」で、少年は、死のもつ生物的な限界だけでなく、さらにその象徴的な側面、その社会的、歴史的な意味を感性的に知ることになる。

第四部の冒頭は、週の終わりとか、去年の干し草の最後の残りとか、終わりを暗示するイメージで始まっている。ジョディにとって、最後の干し草はハツカネズミにとっての「最後の日」(Doomsday)であった。また、この「最後の日」は、物語の最後において、西部開拓時代を生き抜いてきたジョディの祖父にとって一つの時代の終焉を意味する悲劇的な日となる。ジョディは西部開拓時代の話を聞くのが好きで、祖父の訪問を心待ちにしていた。一方、今現在牧場を経営していくのに精一杯の父は祖父の昔物語などには関心がない。ジョディが祖父をハツカネズミ狩りに誘うと、西部開拓時代にバッファロー狩りをした英雄である祖父は、新しい世代はそこまで低級になったかと嘆く。祖父たちがインディアンと戦ったとき、それは自分を守るための闘いであったが、のちに騎兵隊がインディアンと戦ったときには戦いの様相が変わってきたと祖父は言う。騎兵隊はインディアンの戦士だけでなく、女、子どもまでも殺した。祖父はジョディにまさかネズミの肉を食べるのではあるまいなと冗談を言う。祖父が問うたのは、自分たちがバッファローを殺したのは、幌馬車隊が生き延びるためであったのだが、いま少年は遊びのためにネズミを殺しているのではないのかということである。祖父はいま人間は柔弱になってしまったが、ビリーだけは近ごろの若者（祖父にとってはビリーも若者だ）にしては見どころがあるという。祖父はビリーのなかに、失われた西部の英雄の面影を見ているのだ。だから祖父がバッファローの肉を二、三キロ平らげたと豪語すると、ビリーも親父と二人で昔、鹿の股を丸ごと食べたと言う。しかし祖父が言うには、幌馬車隊には野牛や鹿や兎が捕まらず、飢えたときがやって来る。飢えた人びとは幌馬車の命である馬さえ食べてしまう恐れがあったから、そのときこそ祖父が最も注意すべきときであった。「人びとを導く者」とは、インディアンとの戦いの指導者であり、バッファロー狩りの指導者であり、幌馬車隊内部の規律の守護者であり、そして何よりも西部の荒野で生き延びる知恵を持つ人でなければならない。ジョディは寝床のなかで、幌馬車隊の隊長であった祖父の夢を見る。無限に広がる大草原のなかを、まるでムカデのように幌馬車隊は進んでいく。その先頭で、祖父は白い大きな馬に跨り、幌馬車隊を率いていた。しかしカールにとっては、すべて聞き飽きた昔話に過ぎなかった。だから彼は親指のタコをつつく。彼にとって祖父の開拓時代の話は現実のタコ以下のものにすぎなかった。カールの言葉に打ちのめされた祖父は、「もはや進むべきところはないんだ、ジョディ。すべてなくなった。しかし、それが最悪のことじゃない。最悪のことは西進の精神がみんなの心から失われたことなんだ」(二三〇)と悲しみながら言う。「それはもう終わったことだ」と言いながら、もっと悪いことは、人びとの心のなかから「大陸横断」のフロンティア・スピリットが失われたことだと言いたいのであった。ジョディは祖父の悲しみに困惑して、レモネードを作ってきてあげようと言う以外になかった。しかし少年は、祖父の姿と開拓時代の話をとおして、今はわからなくとも幌馬車隊のリーダーであった祖父の「フロンティアズマン」としての精神を継承する者となるであろう。

三　少年の夢とフロンティアの終焉

二〇世紀初頭には、ハックルベリー・フィンが活躍したフロンティアはすでに消滅し、ゴールド・ラッシュの夢と興奮も去った。しかしジョディ少年には、いつの時代にも冒険への期待と興奮があり、彼は自分が何か未知の世界へと向かっているという予感を感じている。そこで以下においては、『赤い小馬』のなかでジョディの「開眼の物語」というよりも、フロンティアズマンの物語であると思われる面を中心に、少年の夢とフロンティアの関係について述べてみたい。

ジョディは父から西部のホラ話を聞くのが好きな少年であったが、現実には消滅した西部のホラ話より、赤い小馬に夢中になった。父が小馬のことで息子の教育を頼んだ牧童ビリー・バックは、馬に精通したカウボーイで、いわば最後のフロンティアズマンである。彼はジョディに、馬と人との精神的な絆について、馬のもっている超自然的な認識力について教えた。彼はカールのように馬を単なる乗り物として、道具としてはみず、人間と同じように心のレベルで扱うことを教えた。「馬と会話すること、馬が理解するかどうかは別にして馬にそうする理由を言って聞かせること」(一二三)など、馬を人間と同様に心をもった動物として扱うことを教えた。そして少年は赤い小馬を育てることで自分の心と他のものとの心を通わせることを学ぶ。しかし、父カールは牧場主として実際的な教育のために赤い小馬を与えたために、馬として実用性のない馬を「芸達者馬」"trick horse"と呼んで軽蔑する。彼はリアリストであり、馬を道具とみなし、馬との心のコミュニケーションなど考えてもおらず、まして少年のように馬にロマンなどを求めない。しかし、最後のフロンティアズマンであるビリーの指導をとおして、ジョディは西部開拓時代の夢と精神《スピリット》を継承する者となる。

第二部「偉大な山脈」もジョディ少年の話ではあるが、この作品は主に牧場に「帰ってきた」という老パイサーノの話でもある。特に冒頭で少年期特有のジョディの残虐性が描かれ、少年は一連の残虐な行為のあと、牧場の裏山へ登る。そこは彼の大好きな場所で、荒野を表すヤマヨモギ(セージブラッシュ)の茂みと牧草地の境(the brush line)で、そこには泉から引いた水を貯めておく大きな桶が置いてある。ここは乾季でも緑の草で覆われていて、少年にとってのオアシス、楽園であった。彼は鳥を殺したあと、手についた血をこの泉で洗い清めることと、少年が好きなこの場所が、小規模ながらもフロンティアを示す荒野と牧場の境界線であることには意味がある。この荒野のイメージは、少年が驚異の念をもって見る西方の偉大な山脈に集約されている。ジョディが父にこの山脈について尋ねると、父は「乾燥した崖と茂みと岩」しかない危険で不毛の山だと言う。すなわち、そこは荒野であり、フロンティアであった。しかし、「あそこには何もない」(五六)と言う父にたいして、少年は「何かがある」と、直観的に感じ、「何かすばらしいもの」「何か秘密の神秘的なもの」(五六)があの山にはあると心のなかで感じている。かつて少年たちはフロンティアに夢を求めた。しかし今は学校帰りの山道での冒険にしかそれは存在せず、しかもそれはちっぽけなものでしかなかった。父の答えに不満足な少年は、父より感性豊かな母に西方の山脈について尋ねるが、母も「たぶん熊がいるだけ」(五六)と答え、少年は失望する。ジョディにとって東方のギャビラン山脈が、朝日、鷹、赤い小馬、夢を表すのにたいして、西方の山脈(サンタルシア山脈)は、荒野、不毛、驚異、恐れ、神秘を表していた。フォンテンローズが*John Steinbeck: An Introduction and Interpretation*で指摘した『黄金の杯』『知られざる神に』と続く「荒野(the Waste Land)のテーマ」(一五―一六)は、「偉大な山脈」では最も重要なテーマとなる。T・S・エリオット(T. S. Eliot)の「荒地」は第一次大戦後のカオスを表していたが、この作品では、ジョディにとって、死にゆく老人、老馬、そして何よりも恐ろしい不毛な「偉大な山脈」として表される。実際は、偉大な山脈は大人たちが言うように不毛な荒野であろうが、少年は自分の内部からそうではないという声を聞いた。第四部「人びとを導く者」のなかで、ジョディの祖父はこの大山脈を越え、そしてついに最後のフロンティアである太平洋岸に達し、老人は絶望的にたたずむようすが描かれる。

「偉大な山脈」についての答えが得られないとき、老パイサーノが「帰ってきた」。老人は手にずた袋を持ち、粗末なブルージーンズを着て、百姓のどた靴を履き、ぼろのステットソン・ハットをかぶっていた。ブルージーンズとステットソン・ハットは一九世紀の西部のカウボーイを連想させる代表的なものである。ヒターノ老人もまた、最後のカウボーイのイメージを担っていた。彼の髪は白髪で、顔は乾燥ビーフのように黒く、口髭を生やし、深みのある黒い瞳をしている。しかもこの老人は、アメリカ人がやって来る以前にこの辺りにあった農園(rancho)の使用人が住んでいた泥壁の家で生まれたパイサーノ(paisano)であった。パイサーノはインディアン、スペイン人、黒人、メキシカン、白人の混血で、アメリカ人がカリフォルニアへ侵入する以前から住んでいた土着の人びとである。今ではカールの牧場になったところでメキシコ人との戦争が起きたことが、この前で述べられており、もともとパイサーノたちが住んでいた。牧童ビリーはパイサーノを弁護し、カールも彼らがタフなことは認めている。しかし、父は牧場主として銀行に牧場を取られないために冷酷にならざるをえず、そのためにかえって老人への揶揄は痛烈であった。

しかし少年は、ヒターノに関心を抱き、老人が大切に保持してきた黄金の柄をもつ短剣を盗み見た。カリフォルニアはゴールド・ラッシュで誕生したが、その前に住んでいた先住民たちはアメリカ大陸に黄金の国インカやアステカ帝国などの古い文明を築いた。老人はこの剣は父から伝わってきたものだとしか言わない。ジョディは彼にとって最も重要な疑問である「偉大な山脈へ登ったことがあるか」と尋ねる。驚いたことに、彼は遠い昔に登ったことがあった。そこは「静かだったと思う——すてきなところだったと思う」(六三)と、はるか昔の記憶をたどりながら言う。しかし不毛な荒野も、老人には懐かしいすてきなところだったということは少年には大きな発見であった。翌朝老人はギャビラン山脈を登っていく。しかし少年は、老人は少年時代に父と一緒に上った記憶をもとに不毛な死の山へと登っていったと想像している。そして、少年がその山脈の最も遠い峰を「何か黒い点が這い上がる」のを見たと思ったとき、その山は不毛な荒野から、黄金の柄をもつ短剣と同様に、少年にとって象徴的意味を帯びたものへと変わる。このパイサーノの剣には彼らの歴史が、過去の彼らの勇気、名誉、美徳が凝縮されている。白人がもたらした銃によって、ちょうど老人や老馬イースターが役立たずとなったように、今ではパイサーノの黄金の剣も無用なものとなった。しかし、ジョディは少年らしい「黄金の剣」の夢をこの老人にもった。スタインベックが愛読した物語にトマス・マロリー（Thomas Malory）の『アーサー王の死』（*Le Morte d'Arthur*）がある。ちょうどアーサー王が宝剣エクスカリバーを得てブリトンの王となったように、はるか昔、パイサーノの剣は英雄のものであった。しかし、現実にはそういうことはなかっただろう。だがパイサーノの実体について、牧童ビリーは「彼らはいい奴だ。白人より年老いても働くことができる。私は一〇五歳のパイサーノに会ったことがあるが、まだ馬に乗っていた。白人はとてもパイサーノの老人のように二、三〇マイルも歩けない」（六八）と、彼らの持久力と忍耐力を賞賛する。老パイサーノと同様に老馬イースターも象徴的な意味をもつ。欧米人にとって復活祭は死と再生の古い神話であるだけでなく、現実的な問題である。だからこそ作者は、偉大な山脈、ヒターノ、短剣の三者の象徴的連関をとおして、われわれに「不毛の荒野」の不毛性の否定という逆説を訴えようとする。つまり、ジョディ少年は不毛な山脈にも、役立たずになった老人にも、過去の遺物となった短剣にも何かがあると直観的に知った。少年だからこそ、論理的な大人と違って「不毛だ」と言わずに、そこに「何かがある」と内部から感じることができた。少年が、老人と老馬に会い、人生（生きるということ）は死へ向かって進んでいるという矛盾した事実を知ったとき、「いいようのない悲しみ」を感じるのは当然である。二〇世紀になって、パイサーノの老人ヒターノの持っていた伝説が消え、フロンティアと同様、アメリカはまた一つ大事なものを喪失したのだから。

『赤い小馬』の第三部には「約束」という題名がついている。まず第一に約束は父カールと子ジョディの約束を意味した。これは実利的な約束、借りた金を働いて返すという約束である。しかし、メイフラワー号に乗って移住してきたピューリタンたちが新大陸を「約束の地」(the Promised Land)と呼んで以来、約束という言葉は、単に物質的な約束だけでなく、アメリカ人にとって広い精神的な意味を帯びてきた。さらに約束は父と子の約束であるばかりでなく、少年の指導者であるビリー・バックとの約束をも意味していた。子馬は少年が苦労して手に入れる夢であり、ビリーが約束したものであり、ピューリタンたちが数か月の苦難の航海ののちに到達した神に約束された新大陸と同等のものであった。

冒頭でジョディ少年が春の昼下がりに学校から山道を帰ってくる場面が描かれている——「その日の午後は春の緑と金色で満ちていた。あたり一面に新しい生命の息吹と新芽が「緑の香気」を放っていて、丘の上では小羊や馬が狂ったように跳躍し、子牛は角を突き立てる。」(七八)。ノースロップ・フライ(Northrop Frye)は『批評の解剖』(*Anatomy of Criticism*)のなかで「春の神話」(the mythos of spring)(一六三)を「コメディ」"Comedy"であると類型化した。事実、冒頭の動物のコミカルな描写と学校の帰路で少年が集めたトカゲ、バッタ、ヘビなどの詰まった弁当箱が母を驚かすエピソードは、コメディとして始まる。学校からの帰路の長い山道の間、少年は軍隊や猛獣狩りのハンターを夢見る。しかし、少年の自己中心的な夢は社会的正義実現の夢へと変わり、「ブラック・ディーモン」(Black Demon)と少年は合体して、西部の保安官から現代の大統領を助けるヒーローにつながる歴史的英雄像を形成する大きな夢へと昇華していく。そして、ジョディの夢のなかで、海から「海の英雄」(sea-horse)(九三)が誕生する。パトリック・ショー(Patrick W. Shaw)が"*Steinbeck's The Red Pony*"のなかで、

「スタインベックの生命力の象徴」として「泉と海が最も明白な象徴となっている」（二〇一）と述べているように、「泉の湧き出るところ」がジョディの傷を癒し、海から「海馬」が生まれる。「海馬」という神話上の動物は海の竜であり、少年が大好きだった泉の近くのヤマヨモギの茂みのそばで空想した白昼夢の産物である。すなわち、ネリーが生んだ子馬は成長し、ブラック・ディーモンと呼ばれる巨大な竜のごとき空飛ぶ馬となる。少年はブラック・ディーモンに乗って保安官や大統領をも助ける英雄となる夢を見る。フライがいう「夏の神話」（the mythos of summer: Romance）である。ジョディはブラック・ディーモンのロマンスをアメリカの西部開拓時代の英雄であった保安官から創造したのだ。そして、さらに真の西部の英雄である「人びとを導く者」が登場する。

『赤い小馬』の第四部「人びとを導く者」は、『長い谷間』においては独立した短編として扱われていた。この作品は、かなり早くから書かれていたにもかかわらず、当時『赤い小馬』に組み込まれなかったのには何か理由があるだろう。一つには他の作品ではジョディ少年がほぼ主役を占めるのにたいして、この作品ではほとんど脇役となり、主役を「人びとを導く者」であった祖父に譲っていることがある。いま一つには、他の三編では、赤い小馬の死、老パイサーノと老馬イースターの死（実際には暗示的な死）、そして母馬ネリーの死というように、死が共通したプロットであったが、「人びとを導く者」においては死という出来事が描かれていないからかもしれない。冒頭でジョディに「最後の審判の日」と運命づけられたハツカネズミの死さえ起きない。ただし、「人びとを導く者」であったジョディの祖父が追い求めた西部開拓の夢の終焉であるフロンティアの死（終焉）と幌馬車隊の指導者の精神的な死がここではテーマとなってくる。

スタインベックは一九三三年夏のジョージ・オールビー宛の手紙のなかで、「ファランクス論」（“the phalanx theory”）について詳細に説明した（『書簡集』七九―八二）。のちにこれは「グループ・マン理論」へと発展して、

「人びとを導く者」において、ジョディの祖父が指導者であった幌馬車隊がムカデのように大陸を横断する姿として象徴的に描かれる。

ジョディの祖父は西部開拓時代を生きた最後のパイオニアであった。西へ西へとめざして進んだ幌場車隊は最後に太平洋にその西進を阻まれ、祖父はいつも西の海のかなたを見ている最後の幌馬車隊の指導者であった。彼は開拓者のリーダーらしく、毎朝、白い顎鬚の手入れをし、黒の上等のラシャの服にブラシをかけ、黒のタイを身につけ、靴を磨き、手に黒のソフト帽を持って現れる。この祖父の姿は、まるで昔の時代の白黒の記録映画の登場人物のようで、時代物を見ているような錯覚を起こさせる。ただ祖父の目だけは異常に青い。西部開拓時代が終わりを告げても、彼の目はいまだその夢を追い求めている目をしていた。。今日の天気を心配し、牧場経営と銀行からの借金のことで頭がいっぱいの父カールは、現実にしか関心がなく、昨晩の西部開拓時代の昔話や朝の祖父の身だしなみには関心がもてない。カールは祖父の昔話にはもううんざりだと言う――「なぜ同じことをくどくど言う必要があるんだ。彼は大草原を横切ってきた。それでいい。しかしそれは終わったことだ。誰もそんな昔話なんて何度も聞きたくはない」(二二四―二二五)。カールの言うことは正しい。しかし、ばつの悪いことに丁度祖父が入ってくる。祖父は傷つき、ジョディが思いやりを示して開拓時代の話をせがんでも、話そうとはしない。祖父は西部の昔話は本当は大人への話なんだと言う。祖父は時間と時代を連続したものと捉え、過去、現在、未来を、「ムカデのように」(like centipedes) どこかを切ってもまた生えてくるもの、ジョージ・オールビーへの手紙のなかで言った「ファランクス」のようなもの、連続した節を持つ節足動物のようなものとして捉えていた。ジョディは待ちに待ったハツカネズミ狩りへと祖父を誘うが、傷心した祖父はそれも断り、まるで敗残者のように陽だまりのなかにたたずむだけである。

祖父は、父の言うとおりなら大陸横断は無意味に聞こえると言い、大陸横断の意義について少年に話す。二〇世紀になって、大草原とバッファローと幌馬車隊とインディアンの世界が消滅し、代わって白人たちがそれらを切り刻んで小さな農場を所有するようになった。大陸横断の目的は、インディアンと戦うことでもなく、西部の冒険でもなく、カリフォルニアへ到達することでもないと祖父はいう。その意義は、幌馬車隊の人びとが一体となり、「巨大な這うように進んでいく獣」(one big crawling beast) となって、「人びとを導く者」に率いられて大草原を横断し、ロッキーの大山脈を越え、西部に到着することにあった。「指導者」は祖父でなくてもよかった。この「巨大な這うように進んでいく獣」は、たとえ頭を切られてもすぐに誰かが代わりをして進んでいくのだから。祖父は大陸横断が西部に到達するという目的ではなく、運動それ自体に、西進それ自体に目的があったという。少年には難しい話であったが、ジョディはフロンティアの残影だけをおぼろげに知る。

実際の西部開拓史は白人の土地所有という小さな夢が目的であっただろう。しかし、祖父の西部開拓の夢のなかでは、土地獲得という小さな欲望ではなく、西部フロンティアをめざすという運動と精神、フロンティア・スピリットそのものが大事なのだ。貪欲な白人がインディアンやメキシカンから土地を奪い、二〇世紀にはフロンティアの精神は失われ、ただ切り刻まれた小さな土地だけが残った。祖父はそのことを嘆いているのである。しかし、パトリック・ショーが指摘したとおり、「心理的、感情的な『フロンティア』はまだ未開拓であった」(一九九)。そこでジョディ少年が、「たぶんいつかぼくも人びとを導く者になれるかもしれない」(一三〇) と言うことによって、「祖父――ビリー――ジョディ」とつながるつかの間の流れが完成する。

四　結び

『赤い小馬』という作品は二つの側面をもっている。一つはジョディ少年を中心とする「開眼の物語」であり、もう一つはジョディ以外の人物――自由な放浪者ヒターノ老人とかつてフロンティアズマンであった祖父とその系譜を継承する牧童ビリー――を中心とする物語である。

第一部「贈り物」は、若く美しい「赤い小馬」の生き生きとした生命感であふれていた。しかし、そんな美しい赤い小馬も不可解な病気に負け、醜いハゲタカに食われるという自然の不条理にたいしてジョディは激しい憤りを感じ、彼の不合理な怒りがかえって彼の「赤い小馬」への思いを表していた。そして、開拓時代の面影を残す牧童ビリーによってジョディは動物と人間との神秘的な関係を伝授される。

第二部「偉大な山脈」では、老いぼれた老人と老馬が死を予感した動物のように不毛の荒野へ向かっていくことにたいする「いいようのない悲しみ」(“nameless sorrow”)をジョディは感じた。しかし、そんな「不毛の荒野」にも「何かがある」と少年は直観し、老パイサーノがもっていた「黄金の柄をもつ短剣」にその夢を託す。

第三部「約束」では、新しい生である子馬の誕生という約束のために、父は五ドルを犠牲にし、少年は長い間の苦役を果たした。しかし、予期せぬ自然の罠によってビリーは牝馬ネリーを殺さねばならなくなり、少年は子馬を手に入れるという自己中心的な喜びを乗り越え、他のものの苦しみを共感できる少年へと成長する。

さらに第四部「人びとを導く者」で、ジョディは祖父の西部開拓時代の意義を悟り、祖父が残したいと望むフロンティア精神を直観的に知ることにより、ジョディが作った一杯のレモネードは最後のパイオニアへの見事なカタルシスとなっている。『赤い小馬』のなかで一つだけ異色だと見られていた最後の作品も、実は最後のフロンティアズマンの象徴的な死にたいするエレジーとなっていたのである。

キャナリー・ロウの歩道に建っているスタインベックの胸像。台座には『キャナリー・ロウ』の冒頭の一部が刻まれている。

（Art Ring氏撮影）

『怒りのぶどう』――資本システムのオーバーフロー

井上稔浩

一　背景

ジョン・スタインベックの『怒りのぶどう』はアメリカに激烈なインパクトをもって出版され、以来数多くの批評家たちがこの作品を論じてきた。初期の代表的な批評家としては、マルカム・カウリー（Malcolm Cowley）やジョウゼフ・ウォレン・ビーチ（Joseph Warren Beach）らの名が挙げられよう。そのなかで、特にエドマンド・ウィルソン（Edmund Wilson）は、*The Boys in the Back Room: Notes on California Novelists* において、自然主義的観点から各登場人物を細かく分析することで作品の評価を試みている（四二―四九）。*American Literary Naturalism, A Divided Stream* を著したチャールズ・チャイルド・ウォルカット（Charles Child Walcutt）もこの流れに属する（二六二）。

アメリカ的な思想との関わりでは、フレデリック・カーペンター（Frederic I. Carpenter）の"John Steinbeck: American Dreamer"や"The Philosophical Joads"が詳しい。彼は後者において、スタインベックは、ラルフ・ウォルド・エマソン（Ralph Waldo Emerson）の超絶主義や、ウォルト・ホイットマン（Walt Whitman）の民主主義、ウィリアム・ジェイムズ（William James）のプラグマティズムを『怒りのぶどう』のなかで、独自の哲学に融合させているのだと結論づけている（二四二）。ピーター・リスカ（Peter Lisca）は、*The Wide World of John Steinbeck* のなかで、作品の背景を細かく考察すると共に、キリスト教的シンボリズムの効果（一六八—七二）と、トム・ジョード、ジム・ケイシー両者の成長について詳しく論じている（一七三—七五）。

七〇年代以降においては、先の聖書的なシンボルハンティングから、批評の動向はハワード・レヴァント（Howard Levant）らの構造分析に移っていく。そして彼は詳細に作品の象徴性と寓意性を考察し、作品の構造とテーマを関連づけるスタインベックの技術上の欠陥を指摘している（一二八）。いっぽう、ポール・マッカーシー（Paul McCarthy）は、作品中のさまざまな象徴が、いかに中間章と物語章とを関連づけているかを論じている（七〇—八六）。作品の主題と物語章と中間章との有機的な結びつきについては、中山喜代市の『スタインベック文学の研究——カリフォルニア時代』のなかでもすぐれた分析がなされている（二八二—九二）。またウォレン・フレンチ（Warren French）は、彼の三冊目の研究書 *John Steinbeck's Fiction Revisited* において、物語の寓意性からジョード一家の心の成長を詳細にたどったのち、いかにジョード一家の物語が普遍化されているかを考察している（七七—八二）。

ルイス・オウエンズ（Louis Owens）は、彼の最初の研究書 *John Steinbeck's Re-Vision of America* において、「アメリカ神話」との関わりから作品を分析しており、特に、テツマロ・ハヤシ（Tetsumaro Hayashi）編 *A New Study Guide to Steinbeck's Major Works, With Critical Explications* 所収の論文 "Steinbeck's *The Grapes of Wrath*" において、作品のもつアメリカ性の周囲に「語り」の構造、キリスト教的シンボリズムを配置して作品分析を行い、スタインベックは『怒りのぶどう』のなかで「アメリカ神話」の欺瞞性を暴いているのだと結論づけている（一〇八、一一〇）。また『怒りのぶどう』のみについて書かれた研究書 *The Grapes of Wrath: Trouble in the Promised Land*

においては、さまざまな観点から作品が論じられており、従来は取り上げられることの少なかったネイティヴアメリカンにも焦点を当てている（五八—六四）。

ミミ・R・グラッドスティーン（Mimi Reisel Gladstein）は、"*The Grapes of Wrath*: Steinbeck and the Eternal Immigrant"において、ポスト・コロニアル的な観点から、作品に描かれている移住労働者の姿をアメリカのエスニック・グループに重ねて論じている（一三二—四四）。ネリー・マッケイ（Nellie Y. McKay）は"'Happy[?]-Wife-and-Motherdom': The Portrayal of Ma Joad in John Steinbeck's *The Grapes of Wrath*"においてフェミニズム的観点からマーに焦点をあて、彼女が常に他者の利益を願う「妻／母」として、崩壊した父権社会を補完する役割を担わされていると結論している（六六—六七）。

なお、『怒りのぶどう』に関する批評史についてはオウエンズの *The Grapes of Wrath: Trouble in the Promised Land* およびデイヴィッド・ワイアット（David Wyatt）編の *New Essays on The Grapes of Wrath* に詳しい。

二　梗概

一九三〇年代なかば、オクラホマの農村では、ある不作の年に銀行から借金をしたために土地に抵当権が設定され、砂塵あらしの被害で利息が払えなくなった農夫たちは、土地を追い出されることになる。ジョード一家もそのような境遇に陥った家族の一つである。彼ら——祖父、祖母、パー（父）、マー（母）、ノア、トム、アル、ルーシー、ウィンフィールド、ローズ・オヴ・シャロン、彼女の夫のコニー・リヴァーズ——は、元説教師ジム・ケイシーとともに、安定した暮らしを取り戻そうと、オクラホマ州東部から国道六六号をひたすらカリフォルニアへと向かう。

しかしオクラホマシティを過ぎたあたりで、まず祖父が他界し、ノアはコロラド河から離れようとしない。モハーヴィ砂漠を横断中に祖母が亡くなる。彼らが到着したカリフォルニアは「約束の地」ではなかった。最初の夜を過ごそうと入り込んだベイカーズフィールド近くのフーヴァーヴィルでは、トムがトラブルに巻き込まれ、その身代わりとなってケイシーが逮捕される。また、コニーがひとりローズ・オヴ・シャロンを残して姿を消す。その夜、キャンプ地が焼き討ちにあうというので、一睡もしないまま、急いで出ていかねばならない。彼らは運よく近くのウィードパッチ国営キャンプに入ることができるが、今度は仕事がない。

国営キャンプに一か月ほど滞在したのち、彼らは仕事を求めて旅に出る。そしてピックスレーの近くで桃摘みの仕事があると聞き、喜んでフーパー農場に行ってみると、そこでは臨時労働者たちがストライキをしていた。夜になって、トムが様子をみようと農場の外へ出ていき、奇しくもストライキを指導していたケイシーと出会う。だが、ケイシーは自警団員に殴り殺され、トムは彼を殺した男の棍棒を奪ってその男を撲殺する。翌日の夜、ジョード一家は急いでフーパー農場を出る。彼らはその後、綿摘みの仕事を得て一息つくが、お尋ね者となったトムはひとり、逃亡の旅に出ることになる。トムと母との離別の場面は印象的である。

やがて冬の雨が降り始め、残された家族が入っていた有蓋貨車のキャンプ地は洪水に襲われ、そのさなかにローズ・オヴ・シャロンは赤ちゃんを死産する。そして彼女は最終場面において、洪水から逃れて行き着いた納屋で出会った餓死寸前の五〇がらみの男に乳房を差し出し、神秘的な微笑みを浮かべる。このように、自分の子どもに与えるはずであった母乳を見知らぬ男に与えようとするところで物語が終わる。読者が目にするのは、さまざまなアメリカの失敗、豊かさのなかにある精神的、物質的貧困であるのだが、作品はそうした逆境のなかで生き続けるしたたかな人間の姿を描いている。

三　批評／研究

1

スタインベックは三〇年代を通じてアメリカ、特にカリフォルニアを描き続けた作家であり、『怒りのぶどう』は彼の膨大な作品群のなかにおける最高峰として永続的な魅力を誇るものである。作品の背景である三〇年代のアメリカといえば、未曾有の不況を迎え、近代工業によって成立する社会構造が瓦解した激動期であった。加えて、一九三三年にテキサス州からサウス・ダコタ州にわたって吹き荒れた砂塵あらしによってアメリカ中南西部は耕作不能のダスト・ボウル（the Dust Bowl）となり、土地を追われた約三〇～四〇万人の人びとは一路新天地カリフォルニアを目指して逃亡の旅に出ることを余儀なくされた。

スタインベック自身、作品執筆のためにこの移住労働者たちと生活を共にし、そこでの調査結果を、当初は「レタスバーグ事件（“L'Affaire Lettuceburg”）という形で完成させていたのだが、「プロパガンダ的」（レヴァント 九七）であるとしてそれを破棄し、後に『怒りのぶどう』へと昇華させて出版したのである。したがって、この作品は単なる社会抗議の書ではなく、根底には当時のアメリカ社会にたいしてスタインベックが抱いていた、より深い問題意識が流れているのである。スタインベックはこの作品執筆中に行われたインタビュー“John Steinbeck as Colorful as the Men He Wrote About”（*San Jose Mercury*）のなかで、彼が実際に目の当たりにした移住労働者の姿と西部開拓時代のアメリカ人の姿を重ね合わせている。そこで彼がジョード一家を中心とする移住労働者のフロンティア運動（オウエンズ、*Re-Vision* 一二九）のなかに、どのようなアメリカの姿を描き込んでいるかが重要な検討課題となる。

2

さて、物語は多くのスタインベックの他の作品同様、綿密な風景描写から始まる。舞台は中西部オクラホマの農村地帯である。読者が目にするのは、旱魃と砂塵あらしで荒れ果てたトウモロコシ畑を目の前にして途方に暮れる農夫たちの姿である。スタインベックは第二一章で、この人びとについて、「工業の発達と共に変化しなかった素朴な農民」（三八五）であると書いているが、この地域は、時代設定となっている三〇年代という資本主義の発達した当時のアメリカ社会からは取り残された、いわば時間の止まった周縁的世界として提示されている。

しばらくたつと、じっと見つめていた男たちの顔からは、物思いに沈んだ当惑の色が消え、けわしい、怒りの、抵抗の表情があらわれた。それで女たちは知った、彼らの生活は安全であり、気力がくじけなかったことを。（六）

農夫たちは自然の猛威に打ちのめされながらも、それに屈せず、再び立ち上がろうとするのだが、ここでの人びとの生活は、ドナルド・パイザー（Donald Pizer）が"The Enduring Power of the Joads"において論じているように、限定された自然の生態系内において、それと対峙する形でのみ保たれている（八六）。そしてある農夫は、「おじいさんがこの土地を手にいれなさった。そして彼は、インディアンたちを殺し、追っぱらはねばならなかった。そしておやじは、ここで生まれて、雑草と戦い、ヘビを殺した。……そしておれたちはここで生まれた」(四五)と語り、自分たちはそれ故に正当な土地の所有者であると主張している。つまり入植以来三世代目にあたる農夫たちにとっては、彼らの暮らす世界は先祖代々引き継がれてきた歴史によって既に意味づけられた世界として立ち顕れているのであり、これら二つの自然環境と歴史空間がそこに暮らす人びとの経験世界すべてを構成していたのである。

だが、時代の外に位置するこの空間は農業の資本主義化の波に洗われ、根底から崩壊することになる。三〇年代に始まるアメリカ社会の農業の近代化は、トラクターによる集約的な土地の耕作で利益を上げようとする機能優先主義であり、効率性、合理性を最優先するものである。スタインベックはトラクターの動きについて、「地面の上を走るのではなく、それ自身の路床を走っていた。丘も、谷も、水路も、柵も、家も、その眼中にはなかった」(四七—四八)と説明し、それらが大地を機械的にレイプしていくさまを描いている。

まぐわの後ろには細長い種まき機械——鋳物工場で勃起した一二の曲がった鉄製のペニス、歯車装置によって起こされたオルガスムス、規則正しくレイプし、情熱もなしにレイプをつづけていく。(四九)

このトラクターに代表される科学技術の発達は、自然を所与の対象としてではなく、操作可能な道具的対象として措定することで、それまで環境との共生関係に組み込まれていた人間とその活動を、その限界から解放する契機となった。第九章で、スタインベックは畑を追われたある女に、「過去がなくなってしまったら、わたしたちのことがどうしてわかるんだろう?」(二二〇)と語らせているが、機械的な大規模耕作方式による自然空間と歴史空間の破壊は、旧来からの農村に暮らしていた人びとの主体の破壊に直結しているのである(マッカーシー 七二)。

あくまで旧来の土地に固執して、そこを離れようとしないミューリー・グレイヴズは、「机の前にすわってるあのくそったれどもは、やつらのぎりぎりの収益のために、おれたちを二つにちょんぎっちまいやがったんだ」(七二)と語っているが、土地から切り離されたジョード一家の人びとは、中古のハドソン・スーパーシックス(Hudson Super Six)をトラックに改造し、一路カリフォルニアを目指すことになる。スタインベックは第一二章で、彼らが旅する国道六六号について詳しく描写しているが、ここで描かれている道路と車の発達は、アメリカ社会全体が流動体となったことを暗示している(フィッシャー 一五五、ティマーマン 一二八)。資本主義経済が貨幣を媒介とした市場システムのなかにモノや人の流れを組み込むことで作動する以上、社会全体は流動体でなければならず、そこに暮らす人びとも同じく流れるものでなければならい(マッカーシー 七二)。トム・ジョードは、「国全体が動いているんだよ。おれたちもまた動いているんだ」(二三六)と語っているが、スタインベックは作品の冒頭で土地に根ざした農民の姿とその破壊を描くことで、三〇年代中西部アメリカ社会の質的変貌、つまり固定的な古いアメリカの労働、生活様式はすでに流動的アメリカ社会では成り立たないことを示している。

3

銀行から借金をする以前のジョード一家は、四〇エーカーの土地で自足的な生を営んでいた。だが畑を追い出されることにより、彼らのそうした独立自営農民としての自負は大きな打撃を受けることになる。やむなくカリフォルニアへ出発する準備をしているマー・ジョードは、刑務所から帰ってきたばかりのトムに向かって、「わたしはいままで、自分の家をつぶされたことなんかなかったわ……自分の家族が道ばたへほうりだされたこともなかった。物を――何もかも――売るような目にあったこともなかったわ」（一〇四）と語っている。そして彼女の家を奪われたという憤りは、マーを筆頭に再び土地を手に入れ、時代の変化のなかで失われた自分たちを再構成することに向けられていく。ここで大きな役割を果たすのが、カリフォルニアで労働者を募集するという旨のビラ（"a han'bill"）（一二四）である。マーはこのビラに約束された豊富な仕事と収入から、また、取り壊された家にかけてあったカレンダーの写真（二〇三）から、カリフォルニアでの豊かな生活にたいする期待に胸をふくらまさざるを得ない。

「だけど、わたしは、たぶんカリフォルニアへいけば、どんなにすばらしいことだろうかって考えてみたいんだよ。一年じゅう寒いことはないし、それに、どこにも果物がなっていて、人びとはいちばんすてきなところに住んでいて、オレンジの木のあいだに小さな白い家がいくつもあってね。どうだかね――まあ、もしわたしたちが、みんな仕事にありつけて、みんなが働けるようになったときの話だけど――ひょっとしてわたしたちも、そういう小さな白い家を一軒、手にいれることができるかもしれないよ」（一二四）

マーは明らかに、自分たちの未来に、古来よりアメリカに伝統的なジェファソン的な土地神話を読み込んでおり（マッカーシー　七六）、オクラホマを追放された彼女の怨念をはらんだ意識は、オレンジに囲まれた「白い家」を手に入れることに結晶していく。彼女のこの意識がカリフォルニアの実体的現実からは遊離したものであることは、トムが人づてに聞いた話により暴露しているのだが、彼の言葉にも関わらず、彼女はビラによって生み出された仮構の実在空間を現実視している。こうしてこのビラはアメリカ的な神話に基づく人びとの共同幻想(オウエンズ、"Grapes" 一〇七)が共同幻想であること自体を隠蔽し、その結果、農民たちはカリフォルニアに実在しない完全な理想の地としての姿と、そこでの理想的な生活を思い描くことになる。

さて、ジョード一家をオクラホマから追い出したトラクターの背後にあったものは銀行であるが、この銀行というものが流動体としての資本主義社会を駆動する回転装置として重要な役割を担っていることは明白である。小作人たちに土地を明け渡すように迫る地主の代理人は、「銀行は――怪物は、しょっちゅう利益を得ていなくちゃならんのだからな。待つことはできないんだ。死んでしまうんだよ。……この怪物は成長をやめると死んでしまうんだ。いつまでも同じ大きさのままでいるわけにはいかんのだ」(四四)と語っている。彼のこの言葉は、銀行は資本の拡大再生産が自己目的的に行われ、自己が永遠に成長しつづけることに主眼を置いているということを示している。

スタインベック自身が生態学的な全体性に大きな関心をよせていたことはすでに多くの批評家が指摘するところである。冒頭に描かれた自然の世界、あるいは、第三章のカメに代表される細やかな自然の営みにたいする描写は、人間の意志による弁別を越えた(オウエンズ、*Trouble* 二四―二五)、生と死が相互に補完し合い、循環する自然のサイクルを読者に伝えている。だが、あくまで利潤を追求することで死を排除し永遠の生を追求する銀行と、その延長線上にあるトラクター、それを操作する人間は、自然から逸脱した、いわばフリークとして登場してくる。スタインベックは第一一章でつぎのように書いている。

自分の成分以上のものである人間は分析された成分より以上のものであるその土地を知っている。だが、死んだトラクターを走らせる機械をあつかう人間は、土地を知りもせず愛してもいない。ただ化学を理解するにすぎず、土地と自分自身を軽蔑している。（一五八）

ここでは科学技術によって自然のサイクルを超越した人間が、生のみを追求するその極点において死に等値されてしまうさまが描かれている（レヴァント　一〇九）。すなわち、人間を含めた世界全体が、利益追求のための対象世界として合理的に規律化されることは、それらが人工化され、生命性を失うことに直結しているのである。

4

ジョード一家は、こうした資本の一部に還元されたオクラホマの世界を逃れ、自分たちの理想を実現すべく、さまざまな苦難の末にようやくカリフォルニアに到着する。そしてテハチャピ（Tehachapi）を通り抜けた朝、彼らの眼前に姿を現したのは、すばらしく豊かな渓谷であった。

「すげえな！　見ろよ！」とアルはいった。ブドウ畑、果樹園、美しい緑の平坦な大平野、列をなして植えられている木々、そして点在する農家。

するとパーがいった。「すげえな！」はるか遠くに見える都市、果樹園地帯に点在する小さな町々、そして平野の

うえで金色に輝く朝の太陽。（三〇九―一〇）

スタインベックは続けて、「朝の光のもと、金色に輝くムギ畑」や「桃の木々」、「木々のあいだの赤い屋根」を描き、この地方の楽園的な様相を読者に提示している。ジョード一家はこの美しい風景に思わず心を奪われるのだが、この場面は彼らの理想追求の夢にたいしてはなはだアイロニカルであると言わざるを得ない。スタインベックはここカリフォルニアで暮らす農夫たちは、「もはや農夫ではなく、作物を扱う小さな店主、作りださぬうちに売らねばならぬちっぽけな製造業者」であり、「いまや農耕は産業」（三二六）となったと書いている。すなわちジョード一家が目にする風景は、一見牧歌的様相を呈するものの、その実は、資本主義が要請する生産手段の一環として自然の世界を対象化したものであり、生の自然からは遊離した疑似的自然でしかないのである。ゆえに彼らが到着した世界は、徹底的に人為化されているもう一つの人工空間なのである。

こうした空間のなかでは、例えば、「収穫はドルで計算され、土地は資本プラス利益で評価」（三一五―一六）されたとあるように、すべてが交換価値を持つモノと化している。したがって、マーの理想である「白い家」はジエファソン的理想からはかけ離れたものでしかあり得ない。ジョード一家がカリフォルニアへの途上で出会うアイヴィ・ウィルスンも彼女と同じ夢を持っており、彼はトムの父親に自分たちが夢見る土地について語っている。

「それに、そんなにいい賃金をもらえたら、たぶん、すこしばかり自分の土地を手にいれて、いくらか余分の現金もかせげるだろうよ。いや、まったく、二年もすりゃ、きっと自分の畑をもつことができるぜ」（二〇一）

ジョード一家の理想は、金銭と交換される商品として価値づけられたものなのであるが、ここで見逃してはならないのは、彼らの理想郷にたいする欲望は主体としての自発的な欲望ではないということである。元説教師ジム・ケイシーは、キリスト教的教義と性欲に関わって、「娘っ子というものは、恩寵を受ければ受けるほど、急いで草原へ行きたがるものなんだ」（三〇）と語っているが、対象が禁止されている度合いが高ければ高いほど、その対象に対する欲望もより強く作動する。すなわちマーは、住むべき家を奪われたことで、土地にたいする欲望を刻みつけられているのであり、与件として欲望の主体が先験的に存在しているのではなく、欠如を与えられることによって欲望する主体が人工的に生成されているのである。

一八世紀初期の西部開拓運動において、入植者たちは未知なる西部をユートピア実現可能な外部空間として、そこにみずからの意志を積極的に投影し、開拓を進めることで、徐々にそれを内的秩序に回収していった。同様に、マーも不確実な未来に位置するカリフォルニアでの豊かな生活を積極的に肯定し、それを現実化しようとしているのである。資本主義の運動形態の一つに、人間に未知への欲望を植えつけ、それを絶えず拡張することで自己を拡大しようとする形があるが、マーの人工化された夢は、「今、ここにないもの」を「今、ここ」に回収しようとする近代資本主義特有のダイナミズム、つまり外部の内部化が根底にあると考えていい。こうして恐慌時代のアメリカ社会はすべてを金銭で交換できる商品に還元し、溢れ出た労働者のなかに価値化された「白い家」によって作動する象徴的フロンティアを設定することで、新たに欲望を開拓し、彼らを資本主義社会の回路に吸収していったのである。

ここで読者は、マーが憧れる「白い家」が中産階級であることの証であり（グラッドスティーン　一三七）、同時に流浪者たちは「オーキー」（“Okies”）としてカリフォルニア内部での外部としてアメリカ中産階級のありようを規定する負の準拠点として機能化させられている事実に注意しなくてはならない。ジョード一家がカリフォルニア東南部のモハーヴィ砂漠を横断する直前に、ガソリンスタンドの男たちは彼ら「オーキー」と自分たちの差異について語り合っている。

「やれやれ、おれはあんなぼろ車でいくのはまっぴらだぜ」

「なあに、おまえやおれには分別があるさ。あのろくでもないオーキーのやつらには、分別も感情もありゃしねえ。人間じゃねえよ。人間なら、あんなふうな暮らしをするもんか。人間なら、あんな汚らしい、みじめな生活なんか、がまんできねえよ。あいつらはゴリラと大した違いはねえや」（三〇一）

「オーキー」という出身地名で呼ばれること自体が、カリフォルニアという都市内部における外部であることの証左なのであるが、彼らは排除されるべき対象に措定されることで、アメリカ中産階級の価値を確証するための犠牲者となっている（グラッドスティーン　一三五―一三六）。この中産階級についてスタインベックは、「多くのものを、すなわち富の蓄積、社会的成功、娯楽、贅沢、珍しい担保物件」（三一八）などを求めていると書いているが、この都市的な欲望を持つ人種こそが、資本主義経済のなかで、生産―流通―消費―再生産という回路の中心的役割を担うエレメントであり、「オーキー」に対比される「あるべきアメリカ人」の姿を表示しているのである。

スタインベックは第七章で、アルがハドソン・スーパーシックスを買い求めた中古車販売店での商取引について描いているが、この中古車市場の形成は当時のアメリカ社会が中産階級の人びとの消費欲を満たすために差異化された商品の大量生産、大量消費に支えられていたことを物語っている。そしてマーの「白い家」のみならず、アルの「金をためて、それから町へいって、ガレージの仕事にありつく」(四九九―五〇〇)という夢や、ローズ・オヴ・シャロンと夫コニー・リヴァーズの「町に住んで、いつでも好きなときに映画を見にいって、それから電気アイロンを買う」(二二四)という願いは、この消費社会において初めて成立可能なのである(レヴァント一〇七)。結局、自分たちの土地を願うジョード一家は、自分たちを否定する論理を逆に強化すると同時に、与えられた欠如にたいする意識を「中産階級的な欲望」に転化されているのである。

5

カリフォルニア内部において外部に措定された労働者たちは、自己の生存を確保するために、より強く貨幣を求めざるを得ないのだが、このこと自体が貨幣を貨幣として成立させる貨幣共同体としての資本主義社会の永続性を彼ら自身が求め、同時にその存立構造を強化することに接続されている。そして彼らは季節労働者という生産体制を構成する労働市場における一要素に還元されてしまうのだが、読者は流浪者たちが資本主義の回路に回収されることで内部分裂していくことに注意を向けなければならない。

スタインベックは、「一人分の仕事があると、一〇人の男がそれを求めて争った――低賃金で争ったのである」(三八六―八七)と書いているが、流浪者たちを雇う農場主は、彼らの利己心を最大限に開拓することで、労働と金銭の交換比率を極端に低く抑えている。ジョード一家がたどり着くフーパー農場(the Hooper ranch)は、「有刺鉄線を五本張りめぐらした柵」(五一九)の外部と内部の両方に労働者を確保している。トムはフーパー農場に着いた夜にキャンプを抜け出し、農場の柵の外でフーヴァーヴィル(Hooverville)で別れたケイシーと、彼の指導のもとにストライキに参加している労働者たちに出会う。

「おれたちはあそこへ働きにやってきたんだ。やつらは賃金は五セントになるだろうといった。おれたちの仲間はうんと大勢いたんだよ。あそこへはいってみると、やつらはいま、二セント半払っているんだ、とぬかすじゃないか。……そこで、おれたちはそいつは受けられないといったんだ。すると、やつらはおれたちを追い出しやがったんだ。……いま、やつらは、あんたらに五セント払ってはいるがな。このストライキをぶっつぶしてしまったら――やつらが五セント払うと思うかい?」(五二二)

利潤を蓄積しようとする強迫観念にも似た衝動に支配されている農場主は、労働者を柵の外と内に分離し、それらの差異を保つことで利潤を得ようとしているのである。スタインベックは第一四章で、かつての空間的フロンティアとその西への移動が雑多なヨーロッパ人を「アメリカ人」に統合していったのと同様、雑多な流浪者が「わたし」(“I”)から「われわれ」(“we”)へと変化するさまを描いてはいるが、この変化は資本システムのなかでは脆くも崩れ去ってしまう。

「おれたちは食う物がなかったんだ」とトムがいった。「今夜は肉が食えたんだぜ。たっぷりではなかったが、食べたんだ。ほかの人間のために、パーが自分の肉をあきらめると思うかい? それに、ローザシャーンはミルクを飲まなくちゃならないんだよ。何人かの人間が門の外でわめいているからといって、マーがあの赤ちゃんを飢えさせる気になると思うかい?」(五二四)

スタインベックは大所有者に向けて、「所有ということの特質が、永久にあなたを『わたし』のなかに凍結させ、永久にあなたを『われわれ』から切り離してしまう」（二〇六）と書いているが、ここでは労働者たちは資本システムによって仕事を「所有」して金銭を受け取るという欲望をかきたてられている。

こうして図らずも、ジョード一家はストライキ破りとして利用されることで農場の利益蓄積に一役買ってしまい、結局、賃金は次の日からは二セント半に下げられてしまう。そしてケイシーはストライキの指導者とみなされ、自警団員に撲殺されてしまうのだが、トムはその場でケイシーの仇を討ち、追っ手から逃れて綿農場近くのキイチゴの茂みのなかに身を隠すことになる。そこで彼はマーにケイシーの後を継いで労働者たちの指導者となり、自分たちのための共同社会の建設に身を投じる決意を表明する。

「おれ、考えていたんだよ、あの国営キャンプではどんなぐあいだったかってことをさ。……おれは、どうしてああいうことがどこでもできねえのかと、不思議に思っていたんだ。おれたちと同じ仲間でない警官なんかを放り出すのさ。みんながいっしょになって、おれたち自身のもの——すべておれたち自身の土地——のために働くんだ」（五七一）

ケイシーの死によってトムに芽生えたこの視点は未来にあり、彼はその一点から現在を見つめている。それまでのトムといえば、刑務所での生活で、「ただ毎日、その日のことだけを考える」（一二四）ことを学び、「ただ、だれにも迷惑をかけないで、やっていこうとしている」（一二三―一四）という個人主義者であった。こうした彼の視点は「今、ここ」に限定されたものであったのだが（マッカーシー　八〇）、この視点はケイシーの「おそらく、すべての人間が一つの大きな魂を持っていて、一人ひとりがその魂の一部なのだ」（三三）という超絶主義的大霊思想（カーペンター　二四三―四四）によって大きな転機を迎えることになる。

経済市場でも、個々は互いを出し抜いて利益を上げようとしているが、同様にカリフォルニアに溢れた労働者たちも、フーパー農場で見られたように、彼ら自身の個々別々の理想を持っている。だが、トムはここで外部を内部化しようとする資本の運動をそのまま継承しており、マーが自分の家族の個別性を撤廃し、他の家族を内部化していくのと同様に、他者を以前のように回避するのではなく、開拓可能な領域として措定し、ケイシーの死によって覚醒したみずからの内的秩序としての「大きな魂」に参入させようとしているのである。

そして彼自身の意識は、ケイシーの哲学を踏襲することで、すでに他者という外部性をみずからの内部として先取りしている。

トムは落ち着きなく笑った。「そうだな、たぶんケイシーさんがいってたように、人間は自分の魂なんかもっているのではなくて、ただ大きな魂のかけらをもっているだけなんだろうよ――そして、そうなら――」
「そうなら、どうなんだい、トム？」
「そうなら、そんなことはどうでもよくなるのさ。そうなりゃ、おれは暗闇のなかのどこにでもいることになるのさ。おれはいたるところにいることになるんだ――マーが見るどんなところにでもな。飢えた人間に飯が食えるように喧嘩が起こってるところに、おれはいるんだ。警官のやろうどもが人をぶったたいているところに、おれはいるんだよ」（五七二）

ここではトムの主体は時空に定位された中心性を解除されており、その存在は「ここ」であると同時に、それに対立する「あちら」でもあるという状態となって、彼の意識は彼自身と他者を循環している。マーはトムについて、「おまえのすることは何であろうと、おまえ以上のことなんだよ」（四八二）と語り、トムの意識的営為の下に前差異的な統一体が存在することを示唆しているが、それは普段は彼が自己と他者との差異を強く意識することで抑圧されていたのである。

だが、この自己の位置がそのまま他者の位置を占めるという自／他未分の状況においては、自己同一性は保ち得ない。トムは排水渠の近くに身を隠す直前に、「マー、おれは――いや、たぶん、このやろうは出ていかなくちゃならねえようだよ。……だけど、彼は何ひとつ悪いことをしなかったんだ。スカンクを殺したときほどの悪い気持ちさえしていねえんだからな」（五四五）と語っている。人間全体との結びつきを次第に認識していくなかで、トムが自己自身に向けている眼差しや、彼の顔が自警団員によって潰されているという事実、キイチゴの茂みの暗がりのなかでマーにもその顔が見えないという事実は、トムがもはや彼自身という個人性を離脱していることを示している。同様に、ローズ・オヴ・シャロンも、特定の子どもの母という枠組みを越えるためには、自分の子どもを死産しなければならないのである。

トムのこうした存在様態は、スタインベック文学の特徴の一つである「全体」（"the whole thing"）（『コルテスの海』 二二八）の概念を基盤に持っている。ここでは全体が直接一部となるホログラム的関係をなしており、トムの主体を構成するための事物を含めた他者の他者性が失われ、主体の存在自体が解消されている。第二八章のトムとマーの面会の場面において、トムが自然環境に内在化された相で表現されるのはこのためである。作品全体が流れのイメージで語られていることは明白であるが、最終章で堰を切って流れ出す川の水のごとく、トムは資本主義の回路に回収されたその極点で、図らずもその回路から溢れ出していく。スタインベックは「人間は、この宇宙における他のいかなる有機物や無機物とも違って、自分の仕事を越えて成長し、自分の概念の階段を踏みのぼり、自分の成就したものの前方に立ち現れるもの」(二〇四)であると書いているが、トムは彼自身を囲い込んだシステムを内部から崩壊させるべく、その基盤たる差異を無化する方向へと流れていくのである。

四　結びにかえて

入植以来アメリカ社会の発展の原動力となってきたものは、空間的フロンティアと、その消滅後は資本主義を基軸とする都市空間であった。そして二〇年代を通じて、この都市空間の発展はアメリカの産業化に大きく寄与し、大量生産、大量消費社会を出現させたのだが、その行き詰まりが二九年の恐慌であった。そこで瓦解した資本主義社会を再生すべく、アメリカ全体を再び資本の運動に巻き込むことは、当時のアメリカ社会にとって急務であったと考えられる。その結果が農業経営の徹底的な資本主義化であったのである。

アメリカ社会は中南西部の農業形態を機械化することで大量の移住労働者をつくり出し、彼らを当時の農業生産体制に適合する賃金労働者として回収していくと同時に、再び土地神話に根ざした中産階級的憧れを刻んでいった。その結果、労働者たちは自分たちを否定する都市的な論理を内在化することで二重化し、移住労働者全体が資本主義社会内部における新たな利潤の機会をもたらすフロンティア的外部として機能化させられていったのである。だがジョード一家の人びとは、そうした資本の運動に回収されることによって質的変貌を遂げ、資本の論理を逆手に取ることで、それぞれの個別性を撤廃し、資本の運動自体を御破算にしてしまう力を手に入れている。こうして彼らは、人間というものが、単に資本主義社会を維持するエレメントに還元しきれない、頑健な抗体を保持しているということを、身をもって読者に提示しているのではないだろうか。

ウイードパッチの国営キャンプ　（『怒りのぶどう』）

Courtesy of the Library of the Congress

『怒りのぶどう』——スタインベックのアメリカ

前田譲治

一　背景

『怒りのぶどう』批評においては、この作品とアメリカの著名な文人の思想との関連性が頻繁に言及される。例をあげると、フレデリック・I・カーペンター（Frederic I. Carpenter）は“The Philosophical Joads”において、ラルフ・ウォルド・エマソン（Ralph Waldo Emerson）の超絶主義、ウォルト・ホイットマン（Walt Whitman）の大衆民主主義、ウィリアム・ジェイムズ（William James）やジョン・デューイ（John Dewey）のプラグマティズムなどに連なる作品の側面を論じている（ドノヒュー　八〇―八九）。この議論は、後の論文によって頻繁に好意的に言及されており、この事実から、カーペンターの見解の妥当性が推察できる。他に、『怒りのぶどう』における主要登場人物のひとりジム・ケイシーの思想や行動とエマソン思想との関連性について、エリック・W・カールソン（Eric W. Carlson）が“Symbolism in *The Grapes of Wrath*”において（ドノヒュー　九八―九九）、また、ルイス・オウエンズ（Louis Owens）は『怒りのぶどう』のみを対象にした研究書 *The Grapes of Wrath: Trouble in the Promised Land* のなかで（八八）、さらには、ジョン・H・ティマーマン（John H. Timmerman）は *John Steinbeck's Fiction: The Aesthetics of the Road Taken* において（一一八、一三一）、それぞれ注目している。さらに、チェスター・E・アイシンガー（Chester E. Eisinger）は"Jeffersonian Agrarianism in *The Grapes of Wrath*"で、『怒りのぶどう』にトマス・ジェファソン流（Thomas Jefferson）の農本主義と民主主義が鮮明に読み取れると述べている（ドノヒュー　一四三―四九）。その後、ホースト・グローン（Horst Groene）は"Agrarianism and Technology in Steinbeck's *The Grapes of Wrath*"において、スタインベックのジェファソン的な農本主義への傾倒を認めつつも、その度合いがアイシンガーの主張ほど強くはないと指摘し、先行研究の修正を行なっている。ピーター・リスカ（Peter Lisca）も *The Wide World of John Steinbeck* において、土地と人間との関係にたいする見方が、ジェファソンと『怒りのぶどう』で共有点を持つと主張している（一五三）。対照的にオウエンズはその研究書において、『怒りのぶどう』がジェファソンの農本主義の個人主義的側面は否定していると判断している（五三―五四）。このように、『怒りのぶどう』とジェファソン思想との関係も繰り返し議論されている。

以上の批評の流れからわかるとおり、『怒りのぶどう』はアメリカの著名な文人の思想を多く連想させる。この事実から、作者がジェファソンらの著名なアメリカの文人の思想を執筆中に意識し、それを想起させる描写を積極的に作品に織り込んでいることは疑えない。さらに、『怒りのぶどう』には、アメリカの歴史的事実への言及もみられる。加えて、アメリカ人の典型的な美意識や活動様式も作中に頻出する。以上のような作品の、いわばアメリカ的要素へのこだわりがもつ意味を考察したい。

二　カリフォルニアの大地主の描写基調

『怒りのぶどう』のなかで、カリフォルニアの大地主は搾取により移動労働者の生命を脅かす。（本稿では、生来の土地を追われカリフォルニアに仕事を求めて移住し、「オーキーやアーキー」と呼ばれた元農民を、文脈に応じて、「移動労働者」「農民」「移民」のいずれかで呼称する。）スタインベックは作品のなかで、カリフォルニアの大地主が農業を行わず、工場を所有し実質的に商業を営んでいる事実を全知の視点から詳しく説明している（三一七、三八七）。唯一個別的に登場する大農場、フーパー農場の描写は、その説明を実証するよう緻密に計算されている。まず、フーパー農場内にある商店とその店員の描写に、マー・ジョード一人が短時間の買い物しかしないにもかかわらず、約四ページ半もの分量が割かれている（五〇九―一四）。ジョード家の七人が行なった長時間の果実の収穫作業に四ページ弱の描写しか割かれていない（五〇六―〇九）点を考えても、商店描写の綿密さは際立っている。対照的に、フーパー農場が、農業を行なう場である事実を伝える描写は少ない。具体的には、先の取り入れ作業の描写において、作物の詳細な描写は、「細い葉は黄色になりつつあった。桃は金と赤の小さな玉となって枝についていた」（五〇六）程度しかなく、農作物や農地の存在感は最小限に抑えられている。しかも、二日目にジョード家六人で終日行なった果実の取り入れ作業に至っては、描写が完全に割愛されている。これらの点を考えても、先にみた商店内部の描写の詳細さは均整を欠いている。この明確な偏向性からは、フーパー農場の商業色の強さ（農業色の弱さ）を印象づけようとする作者の意識を指摘できる。商店描写の際にもっとも焦点が当てられているのが、商品価格の詳細と、その設定のメカニズムである事実も、そのような作家の意識の存在を物語る。

カリフォルニアは州外に人手を募るほど、農業が盛んである。対照的に、ジョード家の故郷オクラホマ州では砂塵嵐が農業に壊滅的な被害をもたらし、農作業の描写もない。しかしながら、フーパー農場描写の場合よりもはるかに詳細な、一〇行程度のまとまった農作物や農耕地の具体的な描写がみられる（三七）。この描き分けからも、カリフォルニアの大地主に農業色が付与されるのを回避しようとするスタインベックの姿勢をうかがえる。

冒頭で確認したとおり、『怒りのぶどう』はジェファソン思想を読者に連想させる。そのジェファソンが、ジェイムズ・ロバートソン(James Robertson)の*American Myth, American Reality*(六一)、チャールズ・ミラー(Charles Miller)の*Jefferson and Nature*(二〇七)、そしてジョウゼフ・J・エリス(Joseph J. Ellis)の*American Sphinx*(三〇九)において述べているように、工場や商業にたいして敵対感情を示し続けていた事実はよく知られている。対照的に、彼が農業や農民を理想視していたこともよく知られている。ここで、ジェファソンのアメリカ人にとっての位置づけを考慮したい。例えば、ジェファソンは全人民の代弁者であり、彼らの考えや感情を表現したという神話が並外れて強烈なので、客観的にジェファソンを眺めようと努力する歴史家でさえ、その神話から脱却できないとロバートソンは指摘している(五九―六〇)。高名な歴史家、ヴァーノン・L・パリントン(Vernon L. Parrington)も、ヘンリー・スティール・コマジャー(Henry Steele Commager)の*The American Mind*によれば、ジェファソンをアメリカ人のなかでもっとも賞賛していた(三〇二)。また、エリスによると、ジェファソンはアメリカの政治的伝統の真髄とも評価されている(九)。このように、ジェファソン思想が現実的な実用性を持つか否かにかかわらず、アメリカ人はジェファソンを敬愛し、彼の思想を尊重する傾向を持っている。このようなジェファソンのアメリカ人にたいする存在感の大きさと、作品がジェファソンを読者に連想させる方向性を考えあわせれば、スタインベックはジェファソンの連想を利用して、工場を持ち実質的に商業を営む大地主に、アメリカ人にとっての否定的イメージを割り当てているとも推測できる。これが憶測でないことは、大地主の姿勢とジェファソン理念との対立関係に焦点を当てる作品の一貫性から分かる。

例えば、作品は大地主(実質的商人)と州警察との結託関係に焦点を当てている。具体的には、人手を求める請負人に反抗的な移動労働者を、保安官補は罪状を捏造して逮捕しようとする（三五九―六一）。また、快適な国営キャンプで生活した移動労働者は、待遇にたいする要求が高くなる。この状況を嫌う大地主の意向を汲んで、保安官補は国営キャンプつぶしにも加担している（四六八―六九）。また、フーパー農場におけるストライキを制圧するのに、州警察が助力を行なっている（五〇二）。警察が、大地主（実質的商人）の利益を一貫して守っている点が強調されている。ここで、ロッド・ホートンとハーバート・エドワーズ（Rod Horton and Herbert Edwards）がその著 *Backgrounds of American Literary Thought* において述べているように、ジェファソンも一員であるファウンディング・ファーザーズが、警察権力と商業との完全分離を主張した事実（一〇〇）を思い出したい。つまり、アメリカ建国に貢献したジェファソンらの理念と真っ向衝突する大地主の立場を、スタインベックは取り立てて描き出している。類似パターンはつぎに述べるとおり他にもある。

ジョード家が大地主側から具体的に受けた苦役の描写で印象的なのは、車の進路を強制的に変更させられた際に、トム・ジョードが覚えた屈辱感と精神的苦痛である（三八二）。その甚大さは、マーの抑制がなければ殺人に発展するほど猛烈な殺意をトムが覚えていることから推察できる。またトムが、極めて強靭な克己心を発揮する様子が繰り返し登場するが、行動を支配された際に、彼は例外的に涙を流している。このように、自由の剥奪が、尋常でない精神的苦痛をトムにもたらす様子が強調されている。その結果、自由の剥奪が、大地主側が農民に与えた苦役のなかでも際立たされている。

ここで、再度ジェファソンに目を向けると、パリントンの *Main Currents in American Thought* によれば、ジェファソンの人生は自由への奉仕に捧げられ、誰にたいしても否定しないほどに彼は自由を愛している（三六一）。さらに、ダニエル・J・ブアスティン（Daniel J. Boorstin）の *The Lost World of Thomas Jefferson* によると、ジェファソンはアメリカの独立宣言には、アメリカの英国からの独立のみならず、人間の他者からの独立も含まれるべきであると考えている（一九五—九六）。とすれば、自由を至高視するジェファソンと対立する大地主の姿を、スタインベックは目立たせている。彼は、大地主の姿勢が、アメリカ人の敬愛を集めるジェファソンの理念と衝突する事実を再三暗示し、大地主に否定的イメージを与えている。スタインベックが以上の脚色を大地主に行なった動機は以下のとおり説明できる。

『怒りのぶどう』におけるカリフォルニアの大地主は、仕事量と労働者数の大きな不均衡を意図的に作り出し賃下げを行い、移動労働者の命を危険にさらしている。この大地主の姿は、スタインベックのルポルタージュ『彼らの血は強し』のなかで、彼が伝えている現実（四）と完全に一致する。作者の現実認識においても、大地主は移動労働者の生命を脅かしていた。『怒りのぶどう』執筆前のスタインベックは、リスカによれば、移動労働者の惨状に強い同情の念を覚え、その窮状を緩和するための実際行動すら取ろうとしていた（一四六—四七）。つまり、移動労働者への同情が作品執筆に先行していた。スタインベックの移民への共感が作品に及ぼした影響は、以下のエピソードから推測できる。スタインベックには、カリフォルニアの移動労働者を描いたが、満足できずに原稿を焼却した、「レタスバーグ事件」（"L'Affaire Lettuceberg"）という中編小説がある。その作品に関して彼は、「不公平な理解によって、憎しみを喚起することが目的となってしまった」（リスカ　一四七）と反省している。この反省点は、ジェイ・パリーニ（Jay Parini）の伝記 *John Steinbeck: A Biography* によると、スタインベックが風刺的な姿勢をとり、移動労働者の利益に反した銀行、商人、反労働組合勢力を嘲笑したとされる（二四八）。このように、スタインベックの移民への同情の念は、移民の惨状の原因である大地主（商人）にたいする、作品内容を損なうほどに強烈な攻撃姿勢に連なっている。ここには、作品執筆をとおして大地主への批判的世論を形成することにより、移動労働者の生活環境の改善を目指そうとする作者の意識を指摘できる。そうであるならば、作者が『怒りのぶどう』において、大地主に否定的イメージを割り振っていたのは当然といえる。しかも、大地主らの行動様式とジェファソンの理念との対立軸を間接的に暗示する手法は、「レタスバーグ事件」の失敗を招いた、大地主への露骨な攻撃から作品を解放する結果にもつながる。これは、「レタスバーグ事件」での失敗を踏まえての手法とも考えられる。このように、ジェファソンの理念と大地主の生き方との衝突関係を示唆する手法を作者が採用した必然性を説明できる。移動労働者への有利な世論を暗示的な手法で形成しようとする作者の姿勢は、次章で考察するとおり、他にもある。

三　国営キャンプの描写基調

つぎは国営キャンプの描写に注意したい。まず、キャンプの規則が、その構成員によってすべて制定されている事実が繰り返され（三九二、四〇四）、キャンプ運営が自治を前提としていることが強調されている。そのキャンプの管理人的人物は「皆が仕事をするので、自分の仕事がなくなった。キャンプをきれいにし、秩序だててくれる」と述べている（四一五）。この発言は、自治の極めて円滑な運営状況を伝えている。円滑な運営は、「テントの周りにはごみがなかった。通路の地面は掃かれて、水がまかれていた」との形で、視覚的にも表現されている（三九三）。規則を破って追放された構成員が一ヶ月間で一名のみという、トムが紹介する具体的な数値も（五二四）、構成員の自治にたいする意識の高さを伝える。また、キャンプを破壊しようとする警察の陰謀を、構成員は連携によって未然に防いでいる（四六八―六九）。構成員の組織的行動が、警察力を上回る点も描かれている。

以上のとおり、国営キャンプ描写では、自治が極めて好結果を収めている点に一貫して焦点が当てられている。そこで、この一貫性の意味をアメリカ人の価値観と絡めて考察したい。

最初にアメリカに到着した移民は、皆が参加し統治する政府を作った。この自治をイギリスが破壊しようとしたことが、独立革命の原因であると解釈されている（ロバートソン　六六）。さらに、アメリカ人は、全国民が政府と政治に参加しやすくなるよう努力することによって、独立革命の理念を継承しているといわれる（ロバートソン　二六二）。このように、アメリカ人は伝統的に自治に価値を置く傾向を示している。そうであるならば、すでに確認した国営キャンプの描写基調は、アメリカ人の理想を体現しているといえる。また、ジェファソンは、人間には自治能力があると繰り返している（ブアスティン　一八〇―八一）。国営キャンプ描写は、アメリカ人が敬愛するジェファソンの理念とも調和している。このように、国営キャンプには、アメリカ人が歓迎しやすいイメージが割り当てられている。

さらに、リチャード・ホフスタッター（Richard Hofstadter）の著 *The Age of Reform* では、アメリカ人の国民性として権威にたいする不信の念があり、それはしばしば政府に向けられるという（二二九）。統治する権威があるので、政府にたいしてアメリカ人は不信の念を持つとも指摘される（ロバートソン　二六二）。ジェファソンが行政権の分散を主張したのも（ホートン&エドワーズ　一〇四）、行政に伴う権威への警戒感の現れと読める。このように、アメリカ人は行政がらみの権威を嫌悪する傾向がある。

他方、国営キャンプでは、「運営委員を投票で選出するのと同じぐらい簡単に、彼らを選挙で解職でき」（三九二）、運営委員の地位は不安定である。さらに、平等な交代制により、特定人物が委員会の議長を独占できない（四二七）。キャンプの構成員が、その交代制をいかに尊重しているかが、マーと婦人委員会との面談の描写で強調されている（四二七―三二）。このように、運営がらみの権威が存在する余地が国営キャンプにはない。つまり、国営キャンプは、アメリカ人が嫌悪する行政がらみの権威が完全に排除された理想的空間としても脚色されている。加えて、警察不在のキャンプで良好な秩序が自治により確立されているのとは対照的に、警察や保安官補は秩序を破壊する方向性を持つ（五二三―二四）。トムによると警察は、移民を「ひっぱたかれた雌犬のように、縮こまらせ這いつくばらせようとする」（三八一）。この指摘は、警察が行政に所属する権威的存在であることを強調する。そうであるならば、アメリカ人が嫌悪する、行政に属する権威の有害無益さを、国営キャンプ描写は実証していることになる。国営キャンプをアメリカ人が歓迎しやすい存在として、作者が一貫して造形しているのは間違いない。

国営キャンプとは対照的に、州警察は移動労働者を迫害し続ける。ジェファソンは連邦政府への権限集中に反対し、州政府の権限の強化を主張している（ホートン＆エドワーズ　九八、一〇四）。ガーレット・ウォード・シェルダン（Garrett Ward Sheldon）著 *The Political Philosophy of Thomas Jefferson* によれば、ジェファソンは中央集権化された政府に個人の権利にたいする最大の脅威を認めるいっぽう、地方や州の政府は住民が関与しやすく（一四二）、民主主義を支えるとみている（ホートン＆エドワーズ　一〇三）。つまり、国営キャンプと州警察の描写は、ジェファソンの理念と対立する。しかしながら、『怒りのぶどう』は、州によって法律が異なる事実を強調している（一八二、二五四）。さらに、オクラホマ州出身のマーはカリフォルニアの警官にたいして、「自分の国では」と発言し、警官は彼女に、「今やおまえは自分の国にいるのではない」と言い返す（二九一）。ミミ・ライゼル・グラッドスティーン（Mimi Reisel Gladstein）が "Steinbeck and the Eternal Immigrant" において論じているように、この場面において二人はお互いを同国人ではなく外国人と眺めている（一四〇）。その上、警察の発言がマーに通じない状況も描かれる（二九一）。このように作品は、州にたいして国のイメージを多く割り当てている。カリフォルニアがメキシコ領であった過去の強調（三一五）も同様の効果を持つ。対照的に、ルポである『彼らの血は強し』で、スタインベックは国営キャンプを、“federal camp”（米国家のキャンプ）と呼んでいるのにたいして、『怒りのぶどう』では“gov'ment camp”（行政設立のキャンプ）と表現している。このようにして、作者は『怒りのぶどう』で、国営キャンプの国のイメージを緩和している。つまり、アメリカ人が敬愛するジェファソンの理念との対立軸的な色彩が国営キャンプに加わるのを、作者は意識的に回避している。ここからも、スタインベックは国営キャンプをアメリカ人に好意的に受け入れられやすい空間として意図的に脚色していることが分かる。

作中の国営キャンプ描写は、『彼らの血は強し』で指摘されている現実を正確に反映している。具体的には、作品と同様に現実においても、国営キャンプでは清潔で快適な生活環境が移動労働者に提供され、彼らは人間としての尊厳を回復できた（一五―一六）。しかし、移動労働者の生活改善への動きは過激とみなされ、作品と同じく現実においても、国営キャンプは出版物や地主に攻撃された（一八）。つまり、スタインベックは移動労働者の生活改善に寄与した国営キャンプが攻撃されている現実を認識している。そうであるならば、すでに確認したとおり移動労働者を惨状から救おうとする意欲を持つ作者が、国営キャンプへの攻撃を緩和しようとするのは当然である。そうであれば、スタインベックはジェファソンの理念とアメリカの伝統的な美意識を利用して、国営キャンプへの好意的世論を喚起しようとしていると判断できる。国営キャンプの描写も移動労働者にとっての有利な世論の形成を狙っており、大地主の脚色と歩調を合わせている。

四　手作業の意味

以上に確認できたスタインベックの創作姿勢の一貫性は、農民描写のあり方と調和する。例えば、トムがウサギを解体する際に、"lifted," "slit," "put," "tore," "cut," "laid," "shook," "threw" などの手作業を表現する動詞が、八行中に一二も用いられている（六七）。彼がトラックを修理する描写の場合、会話が混入しているにもかかわらず、八行中に八つも手作業に関する動詞が登場する（二五〇）。マーが行なう食事の準備も多く描写され、同じく "dropped," "mixed," "stirred," "hung," "poured" などの手作業に関する動詞が頻出している（四一四、五四〇）。以上の農民描写における明白な偏向性は、彼らと手作業との密接な関係を印象づける。また、ジョード家が皆で豚を解体する際の手作業の円滑さも強調され（一四三）、中間章の一農民は自分の手で家を建築した過去を力説する（五一）。このように、農民が手作業に発揮する卓越性も伝えられている。加えて、出発前の重大な家族会議の最中や、トムが殺人を犯した直後の緊迫した状況にあっても、マーの手作業が中断しない様子が描かれ（一三八、一四〇、五三三）、その不断性も強調されている。また、無為の際に中間章の一男性は、棒を用いたいたずら書きを地面に繰り返す（七、四六）。同様に、無為の際に、無意味な手遊びをトムとパー・ジョードも再三行なっている（一八、三〇、一三八、二〇三、四七八）。これらは、彼らの手作業への欲求の強さを伝える。トムが指のタコでタバコを消す場面もある（一七）。このように、農民の手の描写は、手作業が彼らの生活の本質である点を一貫して伝えている。作者は、農民と手作業との緊密な関係を意識的に強調している。

つぎに、農民を搾取する人びとに注目したい。第七章の中古車販売業者は、彼の発言から判断して自動車整備を行なっている。しかし、作品は彼の発話のみを描き、手作業の描写を省略している。第九章の中古品の買い取り業者も、同じく動作の描写が省略された声のみの存在として造形されている。（対照的に、この章に登場する農民には手作業の描写が付随している。） 第一五章の商人も実際は車を運転しているのに、彼の発話と心理のみが描かれ、手の動作は描かれていない（二一一―一二）。カリフォルニアの大地主に目を向けると、彼らは「奴隷を輸入し」、「農場で働かなくなり」、「帳簿の上で農業を営むようになった」（三一六―一七）と説明される。さらに、大地主は、「帳簿をつける手間すら省くようになった」とも描写されている（三一七）。大地主の場合は、手作業との距離の拡大が一貫して強調されている。農民を搾取する上記の人びとと、農民との間には明確な描写の対照性がある。その描き分けにより、作者は、手作業との不可分な関係を農民固有のあり方として脚色している。このような作者の姿勢は以下のとおり、別視点からも確認できる。

不利益を承知で農民にパンを分けてやる、道路沿いの軽食堂の主人アルがいる。彼を描写する一文には、"Holding," "slips," "flips," "lays," "drops" と、五つもの手作業を表現する動詞が付随している（二一〇）。また、一三行の彼の描写に、一六もの手作業を表現する動詞が付随することもある（二〇九―一〇）。以上の描写のあり方は、手作業が彼の職務の本質であることを際立たせる。農民の子どもに思いやりを示すアルの相棒メイも、手の動作が詳述されている（二一〇―一一）。また、第一三章のガソリンスタンドの主人は、自分と農民との境遇の近さゆえ、比較的、農民に好意的である。具体的には、彼は、不満を覚えつつも物品との交換でガソリンを農民に提供し、轢死したジョード家の飼い犬に同情し処理を申し出る。彼の描写においても、「ポンプを押す手が鈍った」や「彼の手がクランクをゆっくり回し始めた」との形で、手作業に焦点があてられている（一七四―七五）。対照的に、第一八章のガソリンスタンドの従業員は、農民を動物的存在として露骨に蔑視している。先の主人の描写とは対照的に、彼らが実際には行なっている給油等の手作業の描写は割愛されている。農民と農民に好意的な人びとにたいしてのみ、重点的に手作業の描写が割り当てられている。つぎに、この描き分けの意味を考察したい。

アメリカ建国に大きく貢献した人びとに目を向けると、ジョージ・ワシントン（George Washington）は測量技師、ジェファソン、ベンジャミン・フランクリン（Benjamin Franklin）は発明家であり、ジェファソンは傑出した建築家も兼ねていた（ロバートソン　六二―六三）。建国に貢献し、後世のアメリカ人から尊敬されている人びとが、手作業が重大な意味を持つ生活を送っている。つまり、アメリカには手作業が肯定的イメージを持ちやすい歴史的背景がある。ジェファソンに至っては、手ではなく頭を使って生きたいと考える欲望がアメリカを悲嘆の巣窟にすると明言し（ブアスティン　一四七）、手作業を積極的に肯定している。歴史学者のジョン・ハイアム（John Higham）も *Send These to Me: Jews and Other Immigrants in Urban America* において、アメリカ人は手作業に常に過当な価値を見出すと指摘し、続けて彼は、フランクリンからチャールズ・リンドバーグ（Charles Lindbergh）に至る多くのアメリカ人の英雄は物を作ることに熟練しており、手で触れられないものを巧みに扱う能力のために尊敬された人はほとんどいないと述べている（一八〇）。同様に、ハワード・M・サチャー（Howard M. Sachar）が *A History of the Jews in America* において示唆しているように、フランクリン、ヘンリー・フォード（Henry Ford）、リンドバーグなどの手作業に秀でた人間を伝統的に尊敬する傾向を、アメリカ人は持ち続けた（二七六）のである。このような発言の一貫性からも、アメリカ人は手作業の価値を高くみる傾向にあると判断できる。

以上のとおり概観すれば、スタインベックは、農民と農民に同情的な人びとに、アメリカ人が一般的に肯定的に眺めるイメージを付与していることが判明する。対照的に、彼は、農民を搾取する大地主や商人の生き方が、アメリカ人にとっての理想から大きく逸脱していることを印象づけている。このような、農民のみに、アメリカ人から好意的に受け入れられやすいイメージを結びつけるスタインベックの姿勢は、次章のとおり他にもある。

五　農民の軍隊化

ジョード家の祖母は確たる理由もなく祖父に向かって散弾銃を発射し（一〇五）、祖父もアルのへらず口にたいして銃を持ち出す（一〇二）。アルも飛行船が飛来すると、即座に銃を発射する（一〇一）。このように作者は、ジョード家と銃との密接な関係を繰り返し強調している。また小説中には、「無断居住民の一一歳の息子が、二二口径ライフルで保安官補を射殺した」（三二二）という、記事の引用文の体裁を取る叙述が一度だけ登場する。つまり、農民へのライフルの浸透を最大限、強調する箇所を、作者は例外的で目立つ形式にしている。この手法も、農民と銃との密接な関係を作者が特に印象づけようとしていることを物語る。所有物の大半が売却されトラックが過重負担の状態でも、農民「全員が銃を持っている」（四七二）と説明される。やはり、農民と銃との不可分性を作品は強調している。

他方、迫害された農民が軍隊的存在となって、抑圧者側に反撃するイメージが繰り返されている。例をあげると、弱みに付け込んだ商人の搾取に無力感を覚える農民は、自分たちを「軍楽隊の鼓笛長」と比喩する。さらに彼は続けて、「恨みの軍隊が同じ道を歩むにちがいない。みなが一緒に歩き、そこから真の恐怖が生じるだろう」と将来を予見する（一一九）。ケイシーも農民を、「装備を伴わない軍隊」（三四〇）と表現している。同様に、農民を搾取する大地主も、農民が武装蜂起した際の様子を「軍隊」と表現している（三二三）。このような同一の比喩の反復から、作者は農民にたいして軍隊のイメージを意識的に付与していると判断できる。前段で確認した農民と銃との密接な関係の強調も、農民に与えられている軍隊のイメージを納得のいくものとしており、一貫した視点から農民の造形が行われている。ここで、アメリカの独立戦争の一般的なイメージに注意したい。

アメリカの独立戦争においては、農耕に携わる開拓者や辺境の住人が民兵となり、銃を使用する能力を独立と民主主義のために捧げたと解釈されている（ロバートソン　五五）。同様に、独立戦争は戦備を整えた農民集団による帝国にたいする勝利と、多くのアメリカ人の目に映ったとも指摘される（ホフスタッター　二八）。そうであるならば、作品中で反復されている農民の軍隊化のイメージが、独立戦争における農民の軍隊としての貢献をアメリカ人に連想させる可能性を否定できない。ここで、中間章の農民が祖先の独立戦争への参加を強調し（三一八）、加えて、マーも祖父の祖父が独立戦争に参加した事実を力説している（四二〇）点に注目したい。（農民の祖先も農耕を行なっている。）このように、作者は農民の祖先が独立戦争に参加した事実を繰り返し伝え、あえて描写の完全な重複を招いている。ここには、軍隊の比喩を繰り返し与えられている作中の農民と、独立戦争に軍隊として貢献した農民との類縁性への読者の注意を促そうとする作者の姿勢を指摘できる。

このように眺めると、アメリカの歴史や伝統的な美意識を活用して、アメリカ人であれば誰しもが肯定せざるを得ないイメージを作中の農民に割り振ろうとする作者の一貫性を指摘できる。この一貫性は、すでに確認したスタインベックの作品執筆前の姿勢から判断して、移民に有利な世論の形成を狙った結果と推論できる。しかし、それらのイメージは不分明な形で間接的に暗示されているにすぎない。それらが読者の移民への好意的認識を誘発するためには、移民に付与されたそれらのイメージを、読者がある程度、知覚する必要がある。この点を考慮すると、本論の冒頭で確認したとおり、『怒りのぶどう』がアメリカの伝統的思想への読者の注意を促す構成を多用している理由を説明できる。この構成は、作品が移動労働者とアメリカの伝統的価値観とを連鎖的に描いている事実に、読者が気づく可能性を高めるからである。以上のとおり、作品は、一貫した視点から創作されている。

六　他の著作におけるスタインベックの創作姿勢

他作品にみられるスタインベックの創作姿勢は、今までの議論を裏づける。『アメリカとアメリカ人』では、スタインベックの主観的なアメリカ（人）のイメージが連ねられている。例示すると、偉大な狩人や、ライフルやショットガンの名手であるのが「アメリカの夢」で、この夢がアメリカ人に非常に広く浸透していると指摘されている（三三）。加えて作者は、銃との密接な関係をアメリカ人の潜在的な国民性と位置づけている（三三）。『チャーリーとの旅』にも、「アメリカ人は、皆が生まれつきの狩人であるとの信念を先祖から受け継いでいる」との、同趣旨の発言がある（五一）。加えて、作者自身、この旅行に散弾銃一丁とライフル二丁を携え、道中で不審人物に遭遇した際には即座に銃を手にした様子を伝えている（七、五六）。彼は、自身の銃への依存関係も強調している。以上の叙述の一貫性から、スタインベックが銃との密接な関係をアメリカ人の特徴と認識しているのは間違いない。ここで、銃と農民との不可分の関係が『怒りのぶどう』で詳述されていた事実を思い出したい。（以上の銃は、すべて、ライフルや猟銃などの長い銃身を持つ銃である。）

『怒りのぶどう』の農民の武器がライフルか猟銃に統一されているのとは対照的に、農民を抑圧する側の武器は、毒ガス、催涙ガス、つるはし、こん棒と多彩である。当然、彼らは銃でも武装している。しかし、彼らが作中で唯一発砲する銃として、作者は短銃を選んでいる（三六二）。また、フーパー農場でケイシーが指導するストを制圧する集団は、ケイシーの殺害につるはしの柄を用い、暴力で反撃したトムをこん棒で殴っている（五二七）。彼らは、明らかに銃を携帯していない。大地主側は農民への銃の浸透を熟知し、さらに、フーパー農場の警備員は主に猟銃で武装している。それにもかかわらず、争議を伴う可能性が大きいストの制圧に、彼らが銃を持参していないのは極めて不自然である。加えて、『彼らの血は強し』でスタインベックは、移動労働者が大農場で安易に射殺された現実を伝えている（一二）。この叙述に読み取れる作者の現実認識も、ストの制圧に際して地主側が銃を携帯していない描写の不自然さを際だたせる。この不自然さも、大地主側の人間を典型的アメリカ人像から排除しようとする作者の意思が働いたために生じたと解釈すれば説明がつく。移動労働者のみが典型的アメリカ人像に含まれるように、慎重に計算する作者の姿勢を読み取れる。

さらに『アメリカとアメリカ人』に着目すると、スタインベックはアメリカの最初の入植者を、のこぎりとポケットナイフで馴染みの道具を間に合わせに作ろうとして、新しい道具を発明したと素描している。続けて彼は、日曜大工の工具が途方もなく売れている事実から、アメリカ人の間では手を用いた技巧への憧れがいまだに存続していると指摘する（一〇六）。アメリカ人は自分自身を、生まれながらの機械工や日曜大工を行なう人間と本当に思い込んでいるとも、作者は眺めている（三〇）。スタインベックは手作業との密接な関係を、アメリカ人の国民性と普遍化してみている。やはり、確認済みの移動労働者のイメージは、作者の主観的なアメリカ人像と複数、合致している。対照的に、大地主側の人間は、一貫してこの範疇から除外されるように計算されている。

『アメリカとアメリカ人』には、家《ホーム》という言葉でアメリカ人は涙を流し、アメリカ人の家にたいする夢は他国人を戸惑わせるとの記述もある（三〇）。スタインベックは、家にたいするアメリカ人の夢が国家を一体化し、アメリカを他国から区別するとも述べている（三二二）。彼は、家への夢もアメリカ人固有の側面と認識している。ここで、ジョード家の人びとの家《ハウス》に関する夢が、『怒りのぶどう』において反復されている点（一四九、二〇三、三五五、四一七、四九五、四九九、五〇九）に注意したい。作品は、家の所有を彼らの至高の夢と位置づけている。ところが、『彼らの血は強し』においてスタインベックは、移動労働者の唯一の圧倒的欲求は小さな土地の入手であったと報告している（三）。つまり、スタインベックが知る移動労働者の現実ではなく、彼が持つ典型的アメリカ人のイメージと合致する脚色がジョード家になされている。このあり方も、作者自身のアメリカ人像にジョード家を合致させようとする意識が働いたためと考えれば、合理的に説明できる。

また、『アメリカとアメリカ人』のなかで作者は、一九世紀のアメリカ人を、「大部分がプロテスタント」と形容している（八六）。キリスト教のプロテスタントがアメリカ人の間では、数的に優勢であると作者は認識している。他方、『怒りのぶどう』では、無気力と無能力のみが強調され、存在感が極端に希薄なジョン伯父が、過去にインディアンを改宗させている（五四〇）。つまり、無能な彼が、一転、キリスト教の拡大に寄与する活動には熱意を示し、能力を発揮している。このような状況の導入の背後には、移動労働者がキリスト教を至高視していることを強調しようとする作者の意識を読み取れる。この他にも、多様な形で、キリスト教がジョード家を含めた移動労働者の諸行動に絶大な影響を及ぼしている点が繰り返し描かれている。

このように、『怒りのぶどう』における描写の一貫性によって、農民固有と位置づけられている特徴が、『アメリカとアメリカ人』のなかの作者の主観的なアメリカ人のイメージと、精確かつ頻繁に合致している。この点も、スタインベックが、『怒りのぶどう』の農民を典型的なアメリカ人として読者に印象づけようとしているという本稿の主張の裏づけとなる。

『彼らの血は強し』にも注意すると、一ページに三回も移動労働者にたいして"American(s)"という表現が用いられている箇所がある（三）。スタインベックは明らかに、移動労働者の同胞性にたいして、アメリカ人読者の注意を促している。その直前にスタインベックは、外国人労働者がアメリカ人の前にカリフォルニアで雇用されていた事実を紹介している。続けて彼は、外国人労働者とアメリカ人労働者との差異の大きさを、家族構成、職歴、精神性などにわたって具体的に力説している（二―三）。ここには、アメリカ人労働者が、以前に同じ立場にいた外国人労働者と同列視されることを嫌うスタインベックの意識を指摘できる。それに加えて、現在の移動労働者はアメリカ人であり、それゆえ、理解をもって彼らと接し、彼らの問題をわがこととして理解すべきであると作者は主張している（三）。つまり、移動労働者がアメリカ人同胞であることが、彼らを惨状から救う理由になるとスタインベックは認識している。

以上のように、作者は『彼らの血は強し』において、移動労働者がアメリカ人同胞である事実を読者に訴え続けている。これは、当然、世論の喚起をとおしての、移動労働者の生活改善を意図してのことである。『怒りのぶどう』は、アメリカ人が肯定しやすいイメージを移民や彼らの利益に沿った存在に割り振ることにより、移動労働者に有利な世論を形成しようとしていると本稿は主張した。この解釈を行なった際に、『怒りのぶどう』と『彼らの血は強し』との間には鮮明な照応関係がみられる。この照応関係も本稿の主張を裏づけることになる。以上のとおり、他作品に指摘できるスタインベックの創作の傾向は、本稿の主張と調和するのである。

七　結び

『怒りのぶどう』は、時空を超えて通用する普遍的なメッセージの発信のみならず、出版当時の世論の喚起という、時と場所とが限定された時事的な目的をも抱えていた。それゆえ、移動労働者を『疑わしき戦い』の場合のように完全に客観的に描くと、時事的な目的の達成が困難になる。逆に、作者の読者にたいする感情操作があまりに露骨なものとなると、「レタスバーグ事件」における失敗の再来を招いてしまう。このような困難な事情を『怒りのぶどう』は抱えていた。しかし、すでに確認したとおり、アメリカ人が一般的に肯定する価値観や美意識と移民との連結関係を暗示する形で、あくまで間接的に読者の価値判断を誘導する手法を作者は採用していた。その結果、移民にたいする読者の共感の形成を促す要素はさまざまな形で作中に導入されながらも、それらは直接的には表出せずに、極めて不分明な形で作中に沈潜していた。このような手法であれば、作品の普遍性を損なわない形で時事的な目的を達成することができるだろう。このように『怒りのぶどう』の特殊な背景を考慮すれば、本稿で概観した作者の創作姿勢が生じてくる必然性が、より理解できる。

『怒りのぶどう』の出版直後には、現実に、作品の移民描写の真偽に関する大論争が生じている。それほどまでに、移民描写は、移民が置かれていた実情にたいしての読者の強い関心を喚起している。結果的に作品は、カリフォルニアの移動労働者にたいする社会の注目を大いに喚起している。このように、移民の生活環境の改善を熱望していた作者の意向に沿う形での影響を、作品は社会にたいして及ぼしている。この点で、作品が時事的な目的をあるていど達成していることは否定できない。同時に、作品の偏向性に焦点を当てる、作品出版直後の多数の攻撃的批評にもかかわらず、『怒りのぶどう』は文学史にキャノンとして確固たる地位を保ち続けている。本稿で概観した作者の創作姿勢が、これらの両立を達成する要因の一つになっているのは疑えないのである。

綿摘み用の袋と少女

Courtesy of the Library of the Congress

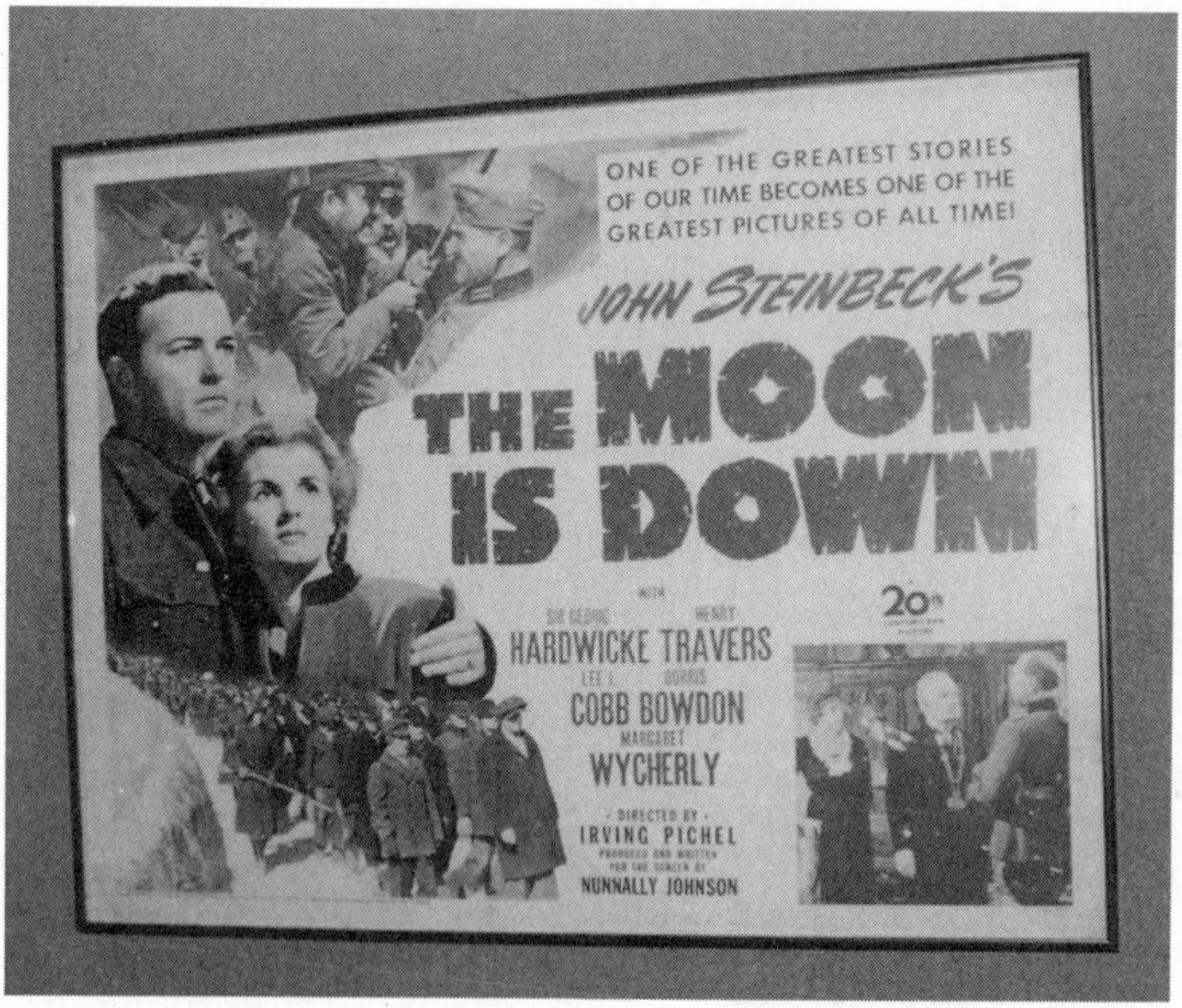

映画『月は沈みぬ』のポスター　（中山喜代市撮影）

『月は沈みぬ』の再評価に向けて

有木恭子

一　評価と批評

劇小説『月は沈みぬ』は一九四二年三月に出版され、当初この小説は『怒りのぶどう』をしのぐ売れゆきで、同年末までに一〇〇万冊まで記録をのばしたといわれている。McElrath, et al. 編 *John Steinbeck: The Contemporary Reviews* 所収の書評のなかで、*Library Journal* や *Christian Science* は、発売直後のこの劇小説の心理描写や文体を絶賛している（マクエルラス　二一七―一八）。同様に好意的なコメントをしたのは、*New York Times Book Review* で、「力強く素朴で、真実味があり、劇的である」と評している（二二〇）。さらに *Time* は「すばらしいプロパガンダである」と評し（二三四―三五）、*New York Times* も人間の内面描写を評価している（二四二―四三）。しかし、*New Yorker* では、「よからぬプロパガンダ」のメロドラマであるという論評も見受けられるし、さらにジェイムズ・サーバー（James Thurber）のようにかなり辛辣な調子で、ドイツ兵の描き方にまったく真実味がない、とこきおろす批評家もいた（二二五―二六）。

スタインベック研究のパイオニアである研究者たち、ピーター・リスカ（Peter Lisca）は *The Wide World of John Steinbeck* において、ジョウゼフ・フォンテンローズ（Joseph Fontenrose）は *John Steinbeck* (1963) において、ウォレン・フレンチ（Warren French）は*John Steinbeck* (1961) において、それぞれ人物描写や構成上の欠陥を指摘して、概して否定的なコメントをしている（一九〇―九一、九九、一〇六―〇八）。また、ジョン・ティマーマン（John H. Timmerman）も*John Steinbeck's Fiction* において、『月は沈みぬ』は言葉と文体技巧に失敗しており、そのほかのスタインベックの成功作にみられる複雑で力強い文章が見られないとしている（一八四）。いっぽう、中山喜代市氏は『スタインベックの研究Ⅱ――ポスト・カリフォルニア時代』のなかで、ランサー大佐、オーデン市長、ウィンター博士のそれぞれの役割を論述したうえで、創作上の問題点としてランサー大佐の人物像の矛盾を指摘している（一一六―一七）。

『月は沈みぬ』はこのようにスタインベック研究者たちには概して低く評価されている。が、いっぽうで、スタインベックの哲学を表明する作品として評価する論文もある。テツマロ・ハヤシ氏は*Steinbeck's World War II Fiction*, "*The Moon Is Down*": *Three Explications* 所収の"Dr. Winter's Dramatic Functions in *The Moon Is Down*"と題した論文のなかで、ウィンター博士がオーデン市長にたいしてだけでなく、小説全体に与える影響について論じるとともに、「なぜスタインベックは暴君と対立させるように医者・歴史家・人道主義者であるウィンター博士を置いたのか」（三二）を論じ、『月は沈みぬ』をスタインベックのもっとも重要な哲学を表明する作品として高く評価している。同じくハヤシ氏のもので、この小説のタイトルがシェクイスピアの『マクベス』（*Macbeth*）から引かれたことの意義を追求した、"Steinbeck's *The Moon Is Down*: A Shakespearean Analogy"と題された論文も注目に値する（一七―三〇）。いっぽう、スタインベックが描く指導者に関心をもつロバート・E・モースバーガー（Robert E. Morsberger）は、"Steinbeck's Zapata: Revel versus Revolutionary"において、「『疑わしき戦い』、『怒りのぶどう』と同様に、『月は沈みぬ』にはスタインベックが『サパタ万歳！』で描いたサパタのような指導者のルーツがある」として、この作品を「作家の知的関心の継続性を明白に表すもの」として位置づけている（二〇四）。またモースバーガーは、“Steinbeck's Films”では、「グループ・マン」に寄せる彼の関心が現れた興味深い作品であるとも評している（五五）。

これまでプロパガンダ小説というレッテルをはられて、一段低い評価に甘んじてきた『月は沈みぬ』に、逆にプロパガンダとしての再評価を試みたのが、一九九一年に出版されたドナルド・コアーズ（Donald Coers）の *John Steinbeck as Propagandist* である。文学が人間の精神の救済や高揚を一つの使命としてもっているなら、第二次大戦下にあったヨーロッパ諸国の人びとに勇気と希望を与えつづけたという功績ゆえに、この作品は高く評価されるべきであると、コアーズは主張するのである。コアーズによると、アメリカからこっそり持ち出された『月は沈みぬ』は、一九四二年にスウェーデンのストックホルムで翻訳出版され、ノルウェー国内に持ち込まれていた。実際、この書がノルウェー市民の士気をおおいに高めた功績を称えられて、一九四六年一一月、スタインベックはオスローでノルウェー王によってホーコン七世の十字勲章メダルを授与された。

いっぽうで、この劇を戦争完遂への協力とか戦争に関する解説的評論というような分類に当てはめるべきでなく、「スタインベックの戦前と戦後の小説をもっとも確実に結ぶ環のような作品である」（二〇〇）と位置づけるレスター・ジェイ・マークスのような研究者もいる。そのほかにも、『月は沈みぬ』を新しい視点から再評価しようとするチャールズ・クランシー（Charles J. Clancy）の論文がある。この小説における愛の主題は、スタインベックの小説『黄金の杯』から『われらが不満の冬』に至るまで繰り返される文学的、隠喩的テーマであるという主張は、きわめて示唆に富むものである。「報われない愛であれ、満たされる愛であれ、愛が存在するか否かにかかわらず、スタインベックは人を結合させ、離別させる、人間を人間らしくする、この特異な力を吟味するのである」（一〇七）と、クランシーは述べている。しかし、残念ながら彼はテクストに基づいた十分な論証を行っているとは言いがたい。

そのほかの注目すべき論文としては、ジャクソン・ベンソン編 *The Short Novels of John Steinbeck: Critical Essays with a Checklist to Steinbeck Criticism* に収録されているジョン・ディツキーの "Steinbeck's 'European' Play-Novella: The Moon Is Down" がある。また一九九六年に出版されたロイ・S・シモンズの *John Steinbeck: The War Years, 1939-1949* には『月は沈みぬ』の成立の経緯や批評が詳しく論じられている。

二　梗概

ノルウェーとおぼしき海辺の小さな炭坑町が、侵略軍によって一瞬のうちに占領される。侵略軍の司令官ランサー大佐は市長邸に司令部を置き、その町の食料と石炭確保のためにオーデン市長に協力を要請する。侵略軍の不当な命令に反抗した炭坑夫、アレックス・モーデンはつるはしでベンティック大尉を殴り、死にいたらしめ、市長は彼に処刑宣告をするように要請される。アレックスの処刑によって市民の無言の報復が始まる。北国の暗く寒い冬の訪れと市民の沈黙による抵抗にすっかり参ってしまった兵士たちは、しだいに精神的に追いつめられ、トンダー中尉は「ハエがハエ取り紙を征服した」（一一九）と叫ぶ。孤独と恐怖に堪えかねたトンダー中尉は、モリー・モーデンの家を訪れて求愛し、彼女が衣服の下に隠し持っていたハサミで刺殺される。イギリスへ舟で逃れたアンダーズ兄弟によってもたらされた市長の要請を受けて、イギリス空軍がチョコレートとダイナマイトの入った何百もの小さな落下傘の包みを落としていく。市民たちの密かな武装を知った征服者はますます追いつめられる。このようなかで市長が逮捕される。「われわれは人びとの数と同じだけの頭があり、必要な時がくれば、まるでキノコのように指導者が現れてくるのだ」（一七五）という予言的な言葉を残して、市長は処刑の場へと向かう。彼の友人で医師のウィンター博士とともにソクラテスの「弁明」からの一節を思い出し、確認したあとに。

三　主題とレトリック

スタインベックはまず『月は沈みぬ』の戯曲版を、一九四一年一二月七日に書き上げた。一一月には劇小説版も完成させている。劇小説版および戯曲版については、形式的な相違のほか、細部において興味深い相違はあるが、テーマなどはまったく同じである。本稿においては紙面が限られているので、劇小説について論じることをおことわりしておかねばならない。スタインベックがこの劇小説を書いた真意は、彼自身が“My Short Novels”というエッセイのなかで述べているように、独裁政権にたいする民主主義の勝利を描こうとしたところにあるといえよう（テッドロック&ウィッカー　三九）。ドナルド・コアーズによってプロパガンダ小説としては再評価されたものの、文学作品としてはこれまで積極的な評価は受けてこなかったことは、否定できない。コアーズが、「一見絶望的な夜にきらめく一条の希望の光」（一三八）と評したこの作品のなかに、レジスタンス小説以上の価値を見出すことはできないのであろうか。そこで、本稿の目指すところは、『月は沈みぬ』を文学のテクストとして再度読みなおすところにある。すなわち、この劇小説におけるスタインベックの手法やテーマに焦点を合わせながら、物語の表現技術としてのレトリックを分析しつつ、テクストを解読してゆきたい。

ここでいうレトリックとは、ウェイン・C・ブース（Wayne C. Booth）が *The Rhetoric of Fiction* (1983) において、「叙事詩、小説、または短編の作家が意識的であれ、無意識的であれ、自己の虚構世界を読者に押し付けようとする際に利用しうるレトリックの方策」(三二) にきわめて近いことをまず定義しておきたい。ブースによれば、一般に物語は読まれることを前提としているので、読者に最大の効果を与えるように作家が表現技術としてのレトリックに訴えるのは当然である（ここでいう作家とは、現実に生きている作家のことではなく、テクストのなかにしか存在しえない虚構の作家のことをいう）。そしてその効果は、作家がテクストを介して読者を説得する行為に明確に現れるはずであるという。それでは、劇小説『月は沈みぬ』のなかに存在する作家はどのようなレトリックを駆使して、自らが構築した虚構世界を読者に説得的に提示しようとしているのであろうか。まず、物語を支える主題を確認し、それから作家がいかなるレトリックを用いてテクスト内で読者とコミュニケーションを成立させようとしているのかを考察してゆく。つまり、作者がすでに作り上げているフィクション（虚構）の世界をいかに説得力をもって読者に「示す」試みをしているのかを検証してゆくつもりである。

よく知られているように、「月は沈みぬ」というタイトルはシェイクスピアの『マクベス』から引かれたものである。ダンカン王の殺害は月が沈んだ後に行われるのである。「月が沈む」というタイトルに使われているフレーズから容易に連想されるのは、まっ暗い闇で、闇は死につながり、ここではナチス・ドイツによる民主主義の抹殺を意味する。しかし、沈んだ月は再び昇ることが予想される。つまり、それは人間の自由な精神の復活を意味する。『月は沈みぬ』の主題は独裁政権にたいする民主主義の勝利であることは、ハヤシ氏やコアーズが主張しているところである。が、いっぽうでこの劇小説を支えるもう一つの主題は、人間の生存を可能にするところの愛、人間同士が逆境を乗り越えるときの武器となる愛にあると主張したい。個人と集団を結びつけたり、破壊したりする力をもつ「愛」は、『黄金の杯』から『われらが不満の冬』にいたるまでの登場人物たちに生気と活力を与える重要な一主題であったが、『月は沈みぬ』においても主要な主題となっている。つまり、町を瞬時に占領した侵略者たちは、被征服者のなかにあって孤立し、北国の物理的寒さと孤独のなかで、やがては敗北の運命をたどることになるのである。したがって、オーデン市長が最後に処刑場に向かうときの次の言葉は、二つの主題――自由意志の勝利と愛の不可欠性――によって解読されるべきである。

「市民たちは征服されることを好みません。だから、けっしてほんとうに征服されてしまうようなことはないでしょう。自由な人間は戦争を始めることはできませんが、いったん戦争が始まったら、たとえ敗北していても彼らは戦い続けますよ。羊の群れのような人びと、一人の指導者に追従する者たちには、そんなことはできません。だからいつも戦闘（battle）に勝つのは後者で、戦争（war）に勝つのは前者の自由人なんです。いずれあなたにもそのことがわかりますよ」（一八五―八六）

つまり、戦争が始まると、市民はおのおの自己の自由意志でもって戦い続けるので、市民がひとりでも生きている限り降伏はありえない。いっぽう、敵にたいしては、コミュニケーションの拒絶を武器にして孤独という奈落に追い込むという作戦に出るからだ。

プロット展開の仕掛け

劇小説『月は沈みぬ』は八章からなっている。第一章の侵略軍による市の占拠から第八章の処刑に向かう市長と市民の勝利の暗示にいたるまでのプロット展開において、興味ある構造的な仕掛けがほどこされていることに気づく。劇小説という性格上、テクストに有効に関与している侵略軍側の人物たちは、ランサー大佐、ベンティック大尉、ハンター少佐、ロフト大尉、プラックル中尉、トンダー中尉の六名のみである。これに対応して、市民側の登場人物も、市長夫妻、ウィンター博士、使用人アニーとジョウゼフ、モーデン夫妻、コレル、アンダーズ兄弟に限られている。これらの登場人物の間で、一方の側の他方の側による殺害を偶数章に配し（第一章は除く）、それが引き起こす変化が次の奇数章で展開され、さらなる行為へ繋がるよう仕組まれている。つまり、第一章の冒頭で起きる侵略軍による六人の市民の銃殺が引き金となって、第二章のアレックスによるベンティックの撲殺へとつながる。これが侵略者の弾圧を強化し、市民の沈黙による抵抗が始まる（第三章）。弾圧強化策として取られたアレックスの処刑（第四章）は、市民の沈黙による抵抗を強め（第五章）、沈黙と冷たい孤立の犠牲者としてモリーによるトンダーの刺殺（第六章）へと繋がる。これによっていっそう勢いを得た市民は団結して抵抗を続け（第七章）、市長の処刑の決定（第八章）により勝利の炎となって燃え広がる。このような必然的なプロットの連鎖は、先に指摘した二つの主題が効果的に織り合わされてはじめて有効に機能するのである。

イメージとシンボルによるレトリック——室内描写

『月は沈みぬ』は、「一〇時四五分までにすべてが終わった。市は占領され、防衛軍は敗北し、戦争は終わりを告げた」（一一）という文章から始まる。占領軍のランサー大佐は市長邸で市長に会見し、ここに司令部を置くことを要請する。このときの市長邸は、まさにこの市の平和と安定の中心であるかのように描写されている——「市長邸の応接間はなかなか美しく、居心地のよいものだった」（一三）。それは、後に書かれているように「あまりにも長い間市長の座に就いていたので、彼はこの市の理念そのもの」（一一）になっていたからだ。すりきれたタペストリーで覆われた金塗りの椅子、大理石の暖炉、花瓶の据えてある戸棚、落ち着いた色調の壁紙とさっぱりとした木造りの部分。そして壁に掛かっている幾枚かの絵は、この市が市長の力量によって守られていることを暗示するにふさわしい。

> 壁に掛かっている絵はどれもこれも、危機に瀕した子どもたちに出くわした大きな犬が、驚くほど勇敢に活躍している様子を描いていた。水も火も地震も、大きな犬がそばにいる限りは、子どもになにも危害を加えることはできないのだ。（一三）

『イメージ・シンボル辞典』によると、「犬」は勇気、保護、保護者のシンボルとしての機能を果たす。したがって、子どもをあらゆる危険から守っている犬は、市民から信頼と愛情で頼られている市長の姿そのものであるといえる（一七七）。長期にわたる在職ゆえに「市長の理念」（Idea-Mayor）となった市長官邸の応接間も、市の平和と秩序をつかさどるにふさわしい雰囲気をもっていることがわかるであろう。

ところが、侵略軍の有無を言わさぬ要請によってこの市長官邸に司令部が置かれることになる。大佐が市長と会見する前に、ベンティック大尉が武器の有無を調べるために応接間に入ってくる。「玄関の扉についたガラス窓から鉄兜をかぶった顔がのぞき、扉をコツコツと叩く音が聞こえた。なんとなく暖かい光が部屋から消え失せて、多少灰色かかった空気（a little grayness）が入れ替わったごとくに思われた」（一七）と描かれ、平和だったこの市に訪れた運命が予告される。やがて入ってきたランサー大佐は「中年の男で、灰色の髪、きつい、疲れたような様子をしていた」（三〇）と描かれている。「灰色」（gray）は「白髪交じりの髪をした」ともとれるが、「陰鬱な感じの」という意もある。このようにして作者は、これまで市民が手にしてきた自由と平和に暗い影が落ちるイメージをこの時点で早くも周到に準備している。

室内の描写にシンボリックな意味を付与する手法は、別の箇所にもみられる。第六章はモリーの家のなかが舞台となっている。市民と敵兵、つまり征服者と被征服者の関係の逆転がはっきりと示唆される重要な章である。その家の居間は、「暖かく、貧しいが気持ちのよい部屋で、床にはすりきれたじゅうたんが敷き詰めてあり、壁には古風な金色のいちはつ模様のついた濃い褐色の壁紙がはってある」（一二一）と描写されており、なんら特別な注意をひくものはない。ところが、壁に掛かっている三枚の絵がナレーターによって説明されると、読者はそこに特別な意味が仕掛けられていることに気づく。一枚の絵は、「シダの葉で作った皿の上に死んで横たわっている魚の絵」（一二二）で、次の一枚は、「モミの枝の上に死んで横たわっているライチョウの絵」（一二二）、さらにもう一枚は、「絶望しかかった漁夫のほうに向かって波の上を歩いてゆくキリストの絵」（一二二）である。平凡な居間に掛かった絵にしてはなにかしら違和感のあるものばかりではある。ところで、『イメージ・シンボル辞典』によると、シダの葉は死にたいする勝利を意味し（二三三）、古代ギリシアでは死者の魂は魚になり、将来母親になるべき女の人に食べられて、再生するという言い伝えがある（二四六）。つまり、この絵は射殺されたモリーの夫の魂の再生を暗示していると考えることができる。いっぽう、同じ辞典によれば、ライチョウはドイツやチロル地方では、脅迫あるいは決闘の申し込みを意味し、また勇敢に決闘に臨んだ先祖を意味すると言われ（三〇一）、モミの枝は「不死、再生」の象徴として使われているという（二四二）。モミの枝の上で死んだライチョウの絵から敵に果敢に挑み、命尽きたアレックスの精神が力強くよみがえるイメージが湧いてはこないだろうか。

さらにもう一枚の絵、すなわち波の上を絶望しかかった漁夫のほうへ進んでゆくキリストの絵は、苦境にある市民にやがて訪れるであろう救済を暗示していると理解できる。モリーの家にアニー、アンダーズ兄弟、そして市長とウィンター博士が集まる。三枚の象徴的な絵の掛かっているこの部屋で、いよいよ反撃戦を開始するのだ。他方、孤独の恐怖に堪えられなくなった侵略兵トンダー中尉がモリーに求愛にやってきて、彼女にハサミで刺殺されてこの章は終わる。

市民の意志描写にみられるレトリック――不屈の意志と北国の冬

アレックス・モーデンがロフト大佐の不当な命令に反抗してつるはしを振り上げ、それが誤ってベンティック大尉を直撃し、殺傷してしまう。このことから、アレックスの処刑が決定し、自由意志をもった市民が服従を強いられるときの屈辱が無言の抵抗となって現れ始める。まったく武器を持たない小さな町の市民が、実は、銃よりも強力な武器をもっていることがほのめかされる。北国（ノルウェーとおぼしき国）の秋から冬への季節の推移と重なり、市民の無言の抵抗が、支配する側とされる側の力関係を変化させてゆくからである。人間同士が日常なにげなく交わす会話は、たいした意味はもたないようにみえるかもしれない。しかし実は、これこそが人間にとって恐ろしい孤独から身を守る重要な武器であることを忘れるわけにはゆかない。市民たちは、侵略者たちに人間同士のコミュニケーションを拒絶するという手段にでる。第三章の冒頭の文はこのようなコンテクストにおいて一層意味をもってくる。

町のなかでは人びとがむっつりとして通りを歩いていた。驚きの光はその目からいくぶん消え去っていたが、それでもまだそれに代わって憤りの光はそこにはなかった。石炭坑のなかでは労働者がむっつりとした顔で石炭の車を押していた。（傍点は筆者　七二）

「むっつりと」（sullenly）には会話を拒否する態度がはっきりと示されている。そして、続く文――「お互いに言葉を交わし合うことはなかった」（no one communicated）や「人びとは短い言葉で話しあう」（the people spoke to one another in monosyllables）――には町の商人たちが客と言葉は交わさず、短い言葉で用件のみしか交わさないことが読み取れる。侵略者たちにたいしてコミュニケーション拒否という武器を行使する市民たちを援護射撃するものとして効果的に使われているのが、暗く寒い北国の冬である。「戸外は灰色にうす暗く（a gray day）、大気は霜を含んでいた」（七二）。そしてそれは、オーデン市長の官邸の応接間への寒々しい変化にも見られる。

作者は「この部屋そのものもある種の変化を受けつつあった」（七二）と書いたあと、タペストリーの覆いがかぶせてあった椅子は隅に押しやられ、大型の四角いテーブルがかわりに運び込まれ、平和と秩序の中心であった官邸の応接室は市民の感情と同じく寒々しい様相を呈してきたことを伝えている。やがてこの場所でアレックスの判決が言い渡されるのである。

「征服されることを好まない」（七七）人びとの抵抗は、陰鬱な季節の到来の予兆となって現れる。夫の処刑が避けられないことを察知したモリーは言う――「あれは雲ですわ。もうじき雪が降るってみんな言っています。それに今年はいつもより少し早く雪が降りそうですわ」（八〇）。彼女の言葉は、ウィンター博士に引き継がれる――「なるほど大きな雲だね。どうやらこの上を通りすぎるらしい」（八一）。自由意志の弾圧にたいする市民の感情は、もの言わぬ抵抗となって現れ、さらに彼らの怒りが招いたかに思える陰鬱な冬の訪れは、イメージのレベルで雄弁に機能している。ランサー大佐の有無を言わせぬ命令の前にオーデン市長が、「人間の精神を永遠に打ち砕く」という「世界中で唯一の不可能な仕事、とうてい成し遂げることのできない唯一の仕事」（八九）に自分は加担しようとしていると口にしたあと、続けて彼は言う、「もう雪が降り始めました。夜まで待てなかったのだ。わたしは雪の甘い、冷たい匂いが好きだ」（八九）と。市長がこのような場面で不意に天候の話題を持ち出すのはいかにも不自然である。市長が口にする「雪が降る」という言葉は、さきほどのモリーとウィンター博士の会話で暗示された市民の不屈の抵抗と結びつけるとき、初めて重要なメッセージを発する。さらに、その雪を「甘い」と形容し、雪の「冷たい匂い」が好きだという市長の発言は「雪」の果たす機能を予告しているかのようである。

続く四章以降の章で、アレックスの処刑が人びとのなかに引き起こした憤怒は、北の国に暗く冷たい冬の訪れと重ねられ、侵略軍のたどる運命を予告しはじめる。八章からなるテクストは、アレックスの処刑が扱われる四章から徐々にクライマックスに向かって上りつめる様相を呈しはじめるのだが、第四章~第七章の冒頭はすべて北国の風景描写と侵略者の心理風景によって構成されている。しかも、それらのレトリカルな技巧によって自由民のけっして解けぬ怒りと、沈黙という武器を行使されたことによる侵略軍の孤独と孤立感、およびそれがもたらすであろう彼らの敗北の運命が印象づけられるのである。

まず第四章の冒頭の三文を引用してみよう。

一一時には、もう大きなふんわりとしたぼたん雪がはげしく降っていた（the snow was falling heavily）。空はまったく見えなかった。人びとは降りしきる雪（the falling snow）のなかを、こきざみに早足で歩いていた。雪は戸口に積もり（snow piled up）、広場の彫像の上や、炭坑から港にいたる線路の上に積もった（piled up）。雪が高く積もって（Snow piled up）、押されてゆく荷車の車輪は空回りした。（九〇）

雪が激しく降り始め、そこここに積もってゆくさまは、まさに市民の反感と敵意そのものでもあるかのようだ。市民の怒りに比例するかのように雪が降り積もってゆく様子が snowと piled upの反復で表現される。これだけの短い文のなかに 接続詞 andが五回という頻度で使用され、ものうい、陰気なトーンが単に風景描写以上の働きをしていることがわかる。右の引用に続く文は次のとおりである。

そしてまちの上には雲の色よりさらに暗い陰気な空気（a blackness that was deeper than the cloud）がただよってい

た。まちの上には陰鬱な気分(sullenness)が覆いかぶさり、露骨な憎悪の念(a dry, growing hatred)が刻々に増していった。人びとは街路に長くは立っていなかった。彼らはいそいでそれぞれの家に入って戸を閉めた。そして、どこのカーテンのうしろにも、光る目がひそんでいるようだった。軍人たちが街路を通過したり、巡視兵が本通りを歩いたりするとき、その目は冷たく陰鬱に(cold and sullen)、その兵隊たちに注がれていた。(九〇—九一)

最初の文には市民の押し殺した怒りの比喩でもある「暗い陰気な空気」(blackness)、「雲」(cloud)、「陰鬱な気分」(sullenness)、「露骨な憎悪の念」(a dry, growing hatred)という語句が使用され、次の文では市民の激しい憎悪と陰鬱な態度(cold and sullen)が敵兵に冷たく向けられていることを伝えている。ここでは天候からくる暗さと市民のどす黒い憎悪の感情が相乗効果をもたらしている。さらに、原文は二つの文からなっているにもかかわらず、接続詞andが六回も使用され、引きずるような重苦しさを醸し出している。処刑に向かうアレックスに向かってオーデン市長は、人びとのなかにふつふつとたぎる怒りが一つになるとき、激しい力を発するであろうと予言する——「きみの行動は最初のはっきりした行動だった。きみの個人的な怒りは、一般市民の怒りの発端となったのだ。……きみのおかげで市民は一体になることができるだろう」(九六—九七)。

第五章に入ると状況はさらに緊迫の度合いを増してくる。アレックスの処刑によって、市民の怒りは一層固く凝結し、冷たい沈黙となって侵略者に向かう。市民は人間にとって一番恐ろしい孤立という武器を有効に使い始めたのだ。そして「いまや、征服者は無言の敵に取り囲まれ、部隊の兵士たちは無言の敵の間にぽつんと取り残されたかたちだった」(一〇二)。そして、彼らを追いつめるのは、住民の憎しみと沈黙、暗く、雪に閉ざされた寒さである。次の文は、侵略者である兵士たちを心理的に追いつめてゆく様子を雄弁に伝えている——「そしてまちの上空には死に神がうろつきまわり、餌食となるものを待ち構えていた。……冬とともに、冷たい憎悪、押し黙った陰鬱な憎悪、何かを待っている憎悪はますます大きくなっていった。……かくして、表皮の下で、人びとの目の奥深くで、憎悪の念がくすぶっていた」（一〇一）。兵士たちを追いつめる寒さ、暗さ、市民の敵意を伝える語は前章にも増して頻出している。たとえば第五章の最初のパラグラフに使われる語だけでも次のとおりである。snow（二回）、dark（一回）、silent（二回）、sullen（一回）、cold, coldly（三回）、death（一回）、hatred（五回）、winter（二回）、revenge（一回）と、あげることができる。このように天候と市民の怒りを表す語が前章に比べて程度、頻度とも増えていることがわかる。さらに、憂鬱な暗い雰囲気を作り出す効果をあげている冒頭の二文は繰り返しの多い単調な文である――「陰鬱な日が何日も何日もだらだらと続き、そしてやがて数か月が同じようにのろのろと過ぎていった。雪は降っては消え、また降っては消えて、おしまいには降った雪がそのまま残った」（The days and the weeks dragged on, and months dragged on. The snow fell and melted and fell and melted and finally fell and stuck.）（一〇〇）。かつ、これに加えて、冒頭のパラグラフで文や語をつなぐ接続詞andは一二回、第二パラグラフでは一四回にものぼり、陰鬱で単調、活気に乏しいトーンを生み出している。接続詞andの使用頻度については前章（第四章）の冒頭のパラグラフで一一回使われていたが、ちなみに第一章の最初のパラグラフでは三回、第二章、第三章の最初のパラグラフではそれぞれ四回と三回であり、市民の反抗と兵士たちの精神的孤立の度合いに対応して意図的に使用回数が増やされているとみてよいだろう。ロイ・シモンズはこのような言葉のレトリックを評して、のろのろとした、しかし、避けられない単調な調子で時間がだらだらと経過する様子を伝え、やがてやってくるであろう侵略軍の士気の低下によるヒステリックな精神的崩壊を効果的に伝えていることを評価している（一〇五）。

このように、支配者であるはずの占領国の兵士たちが、支配を受けている市民たちの間で孤立し、敗北してゆくさまが、伝えられる。

彼らの語り合うことといえば、自分たちを愛してくれる友人や親族の話であり、彼らのあこがれはあたたかい愛情であった。なぜなら、人間は一日のうちでほんの数時間、一年のうちのほんの数か月だけしか兵士にはなれないのであって、その時間が過ぎると、彼は再び人間にかえることを望み、女と酒と音楽と笑いと安逸を欲するようになるからである。(一〇二)

人間が生存してゆくうえで不可欠な愛情とぬくもりを奪われた侵略者たちは、被征服者たちの憎悪と敵意に囲まれて、しだいに追いつめられてゆくことになる。ナレーターが、「かくして、征服者たちの被征服者たちにたいする恐怖はつのり、彼らの神経は磨り減らされ、夜はもの影におびえて発砲するほどになった。冷たい陰鬱な沈黙がたえず彼らにつきまとった」(一〇四)と述べているように、征服者と被征服者の立場が完全に逆転する。「午後の三時にはもう暗くなり、朝は九時まで明るくならない」(一〇四)、冬という季節も被征服者に味方し、一日の大半を占める暗い寒さが兵士たちをますます追いつめてゆく。プラックル中尉やトンダー中尉の口に上る話題も母国のことばかりである。とうとうトンダー中尉は常軌を逸したように叫ぶ——「征服されているというのに、われわれは恐れている。征服していながら包囲されている」(一一八)。さらに、「ハエがハエ取り紙を征服するんだ。ハエは二〇〇マイルの長さにわたる新しいハエ取り紙をつかまえるんだ」(一一九)と口走る。そしてこの章(第五章)は、彼の「ぼくはうちに帰りたい」という悲痛な声で終わる。

『月は沈みぬ』の主題に即して考えるとき、第六章冒頭の二つのパラグラフはとくに重要である。市民の怒りと憎しみは踏み固められた雪となり、暗い沈黙の淵に取り残された兵士たちの孤独が効果的に伝えられる箇所だからである。ことに第一のパラグラフは注目に値する。語り手である作者は、兵士たちの堪え難いまでの孤独を視覚と聴覚に訴えて描き出している。

（一）雪は、歩道の上や車道の上では踏み固められていたが、塀の上ではうずたかく積もり、尖った屋根の上ではふくれあがっていた。（The snow was beaten down on the walks and in the street, but it piled on the fences and it puffed on the roof peaks.）（一二〇）

（二）夜は暗く冷たく、どの家の窓からも爆撃機をおびき寄せるような明かりはもれていなかった。（The night was dark and cold and no light showed from the windows to attract the bombers.）（一二〇）

（三）家々は白い雪を背景に黒い固まりのようであった。（The houses were dark lumps against the snow.）（一二〇）

（四）わずかな雪が、ほんとにわずかな雪が、米粒のように降っていた。（A little snow fell only a little, like rice.）（一二一）

（五）雪にかき消された彼らの足音が街路に聞こえ、凍りついた雪のうえで、彼らの靴がギュッギュッときしむような音をたてた。（The hushed tramp of their feet sounded in the street, the squeaks of their boots on the packed snow.）（一二〇—一二一）

右に引用した（一）から（四）の文は、視覚的な効果が大である。踏み固められた雪。夜の闇と明かりのつかない黒い窓。白い雪のなかにうずくまる黒い家のかたまり。視覚的イメージとしてはモノトーンの陰鬱な風景であり、これは兵士たちの心象風景でもある。引用文（五）は、凍りついた雪の上でギュッギュッと神経にさわる音をたてる靴は兵士たちの孤立感を一層深める働きをしている。

さらに、同じく第六章の第二パラグラフでは、「(～のことを）話す」（talk of ～）という語の繰り返しによって兵士たちの満たされぬ願望が列挙される。これによって彼らの感情的、精神的な危機が伝わる仕掛けになっている。

巡視兵たちは歩きながら話し合っていた。彼らが切望しているもの――肉とあたたかいスープとこってりしたバター、美しい女たちとその微笑、彼女たちの唇と目――そんなものを彼らは話題にしていた。そしてときどき、いま自分たちがしていることへの憎しみと、自分たちの寂しさをそれに交えて語り合っていた。（The patrol *talked* as they walked, and they *talked of* things that they longed for - *of* meat and *of* hot soup and *of* the richness of butter, *of* the prettiness of girls and *of* their smiles and *of* their lips and their eyes. They *talked of* these things and sometimes they *talked of* their hatred of what they were doing and *of* their loneliness.)（二二一、強調は筆者）

第七章の最初のパラグラフもまた風景の描写で始まる。

暗い（dark）晴れた晩で、白いなかばしぼんだ月（a white, half-withered moon）は、ほとんど地上に光を投げていなかった（brought little light）。風は乾いていて（The wind was dry）、雪の上をさらさらと吹き渡っていた。たえまなく寒い北極（the cold point of the Pole）からまっすぐ吹き降ろしてくる静かな風であった。地上に降りつんだ雪は非常に深く、砂のように乾いていた（the snow lay very deep and dry as sand）。家々は山なす雪の谷間（banked snow）におたがいに寄り添い、暗い（dark）窓には寒さを防ぐために鎧戸が下ろされ、ただわずかな煙が埋もれ火からたちのぼっているだけだった。（一四七）

ここには生命のしるしはほとんどなく、冷たく、暗い、無彩色の死の世界が横たわっているだけである。死のイメージは次の第二パラグラフに受け継がれる。このようななかで被征服者たちの反撃が始まる。イギリス軍が空からパラシュートでチョコレートとダイナマイトを落とし始める。征服者たちは孤独に加えて生命の危機にさらされることになる。

最後の第八章は市民たちの勝利を告げる章である。「市長が逮捕された」という噂がまちに広がり、「町じゅうは小さな沈黙の歓喜に、小さな激しい歓喜に打ち震える」（一七二）のだった。市民たちは、市長は処刑されるであろうが、それによって人びとは団結し、勝利へ至る力となることを知っているからだ。民主主義の勝利というもう一つの主題はウィンター博士の口を借りて表現される。敵は、「ただ自分たちが一人の指導者と一つの頭しかもっていない」（一七五）のにたいして、われわれは自由な人民なので、「人民の数だけ頭を持っている」（一七五）、つまり、一人ひとりが指導者であるということを。このモチーフはスタインベックの作品群を貫く重要な主題であり、『サパタ万歳！』で「サパタを殺せば、問題は解決する」（二〇八）と言ったフェルナンドは、まさに『月は沈みぬ』の征服者と同じ敗北者としての運命を与えられているのだ。

四　結論

ハヤシ氏が *Steinbeck's World War II Fiction* において述べているように、『月は沈みぬ』はスタインベック自身の自由と民主主義と独立の概念をはっきりと打ち出している作品である（三）。しかし、その一方で、作家は人間の自由意志と民主主義の勝利を描いたばかりでなく、人間が人間として生きてゆくために欠かせないもの――愛の存在――を同時に描き込んでいる。このふたつの主題を効果的に機能させるために、これまで論じてきたように、スタインベックは各章の始まりにその章のトーンを効果的に伝えるためにレトリカルな技巧を使ったのだ。とまどう市民が沈黙という抵抗を始め、やがて北国の暗い寒さを味方につけ、侵略軍を心理的に追いつめていく。その様子は言葉のレトリックを最大限に活用しながら章を追うごとに強化されてゆくのだ。さらに、部屋や部屋に掛かっている絵にもシンボリックな意味を付与し、『マクベス』から引かれたタイトル「月は沈みぬ」こそこの小説を支えるもっとも大きなメタファーとなっている。自由意志を剥奪された暗黒の闇のなかにはやがて再び上ってくる太陽の光を予感させずにはおかない。これまでもっぱらプロパガンダ小説としてしか積極的あまり評価を受けてこなかった劇小説『月は沈みぬ』であるが、作家がテクストを介して読者を説得する際に用いるレトリックを詳細に解読していくとき、『月は沈みぬ』はむしろ文学作品としての高い評価を獲得できるのではなかろうか。

ドック（エド・リケッツ）の研究所　（中山喜代市撮影）

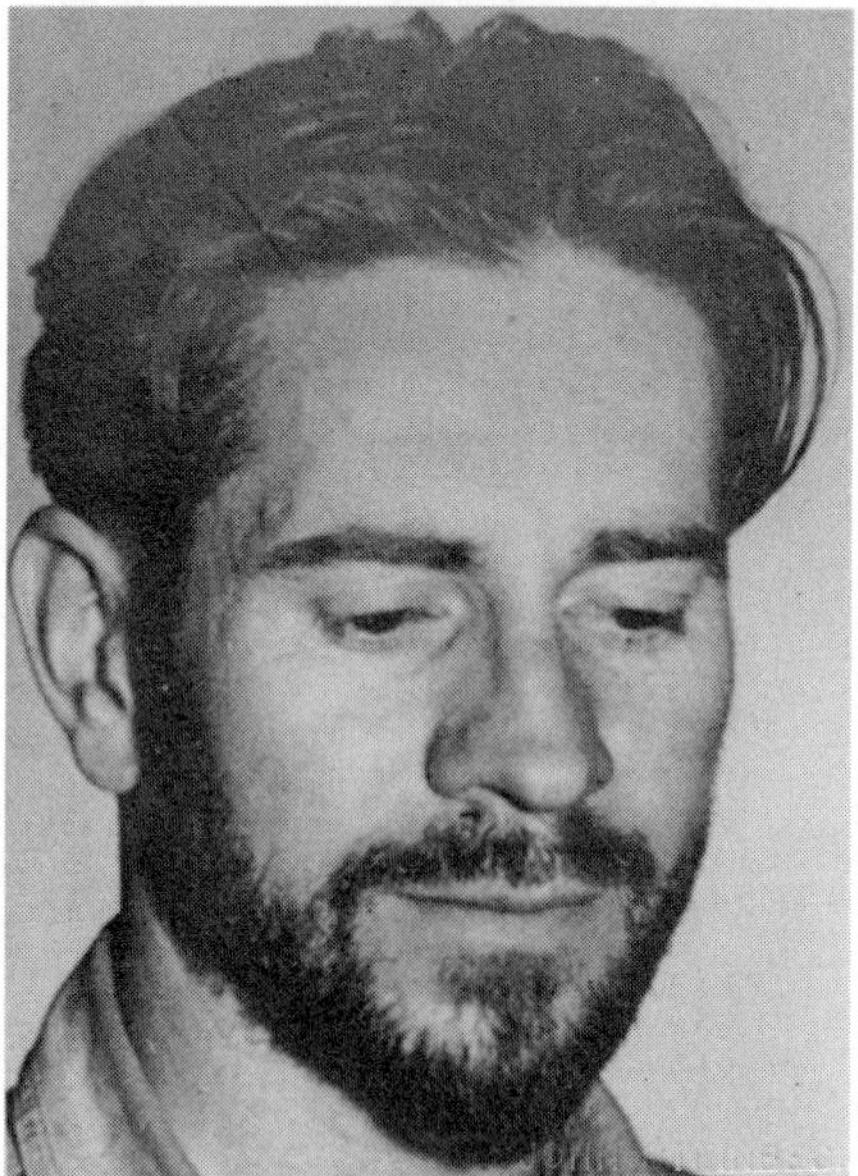

エドワード・F・リケッツ
Courtesy of the Center for Steinbeck Studies, San Jose State University

『キャナリー・ロウ』——近代個人のノスタルジー

立本秀洋

一　背景

スタインベックの『キャナリー・ロウ』は出版当時、必ずしも批評家たちの間で好意的に受け入れられたわけではなかったが、今日では広く読まれ、スタインベックの全作品中で最も人気の高いものの一つである。ピーター・リスカ（Peter Lisca）の *The Wide World of John Steinbeck* によれば、エドマンド・ウィルソン（Edmund Wilson）は、この作品をセンチメンタルで不適当な哲学のゆえに非難した（一九八）。いっぽう、マルカム・カウリー（Malcolm Cowley）は、スタインベックの親友、エドワード・F・リケッツ（Edward F. Ricketts）のパートナーだったアントニア・セイクサス（Antonia Seixas）の "John Steinbeck and the Non-Teleological Bus" によれば、「もし『キャナリー・ロウ』がシュークリームだとしたら、それは強い毒を含んだシュークリームだ」と結論づけたのであるが、後にそれを聞いたスタインベックは、「もしカウリーがこの本をもう一度読めば、それがどれだけ強い毒を含んでいるかわかっただろう」（テッドロック&ウィッカー　二七六）と答えたという。

『キャナリー・ロウ』はその作風、テーマにおいて、スタインベックの主要作品とは大きく異なる。そこには一九三〇年代にみられた社会性の強い抗議は影をひそめ、一九四三年に *Herald Tribune* 紙の特派員として第二次世界大戦中ヨーロッパ戦線に赴いていたスタインベック自身、“My Short Novels”というエッセイのなかで、「この本は、戦争に辟易し、戦争など出てこない何か面白いものを書いてほしいという兵士たちの声に応えて書いたもので、それはノスタルジックなものであり、戦争からの解放だ」(三九)と述べている。『怒りのぶどう』のような社会性の強いテーマを持った作品を書いていたスタインベックを賞賛した批評家の多くは、スタインベック自身がただ「面白い」本だというこの作品を軽視することになり、そのことにたいしスタインベックは、どの批評家もこの作品の構造を見いだしてはいないし、『怒りのぶどう』においても用いられている、「中間章」と呼ばれるこの作品に用いられた技法の意味を理解しているものは誰もいない、と不満をあらわにした(フェンチ 四三)。

作品の舞台設定は、第二次世界大戦前のカリフォルニア州モントレーの一画である。スタインベックによって「キャナリー・ロウ」と名づけられたこの通り(オーシャン・ヴュー・アヴェニュー)には、モントレー湾でとれたイワシの缶詰工場が建ち並ぶ。そこにはウェスタン生物研究所を営むドック、食料雑貨店を経営するリー・チョン、ベアー・フラッグ・レストランと呼ばれている売春宿の経営者ドーラ、通称パレス・フロップハウス・アンド・グリルに住むマックとその仲間たちなどが暮らしている。話の筋として一貫したものは、マックとその仲間たちがドックのために計画し、一度目は失敗に終わる二度のパーティがあるが、物語全体はさまざまなエピソードがちりばめられ、断片の集合が一つの構造をなしている。

スーザン・シリングロー(Susan Shillinglaw)は、ペンギン・二〇世紀クラシック版 *Cannery Row* の“Introduction”で、この作品において、スタインベックの一つの哲学的スタンスである「非目的論的思考」が、もっとも純粋なかたちで表現されていると述べている(ix)。キャナリー・ロウというコミュニティは、この「非目的論的思考」の体現者ともいえるドックを頂点とした秩序のもとに成り立っている。そしてそのあり方は、コミュニティの構成員としての人間よりも、個人としての存在が重要な意味を持つようになった近代以降の個人主義社会のそれとは異なったものである。したがってキャナリー・ロウというコミュニティのあり方を解明してゆくと、スタインベックのいう「ノスタルジー」が、近代以降の個人主義社会においていかなる意味を持つかということが明らかになってくるであろう。

二　非目的論的思考――受容

スタインベックの、またはスタインベックとエド・リケッツの哲学は、彼らが一九四〇年春に行った、メキシコのカリフォルニア湾における海洋生物採集旅行の記録『コルテスの海』のなかで説明されている。

非目的論的思考は「存在」思考から出てくるもので、ダーウィンのいう自然選択と結びついている。その思考は深遠さ、根本原理、および明快さを必然的に伴うものであり、伝統的あるいは個人的な観念を越えて思考することなのだ。この思考では、諸々の出来事を結果としてよりはむしろ、成長や発現とみなし、意識的に受容することを必要不可欠なこと、最も重要な先行条件とみなすのである。非目的論的思考はまず、いかにあるべきか、いかにありうるか、いかになりうるかではなく、実際に「ある（イズ）」ものとかかわっている。つまり「なぜ」ではなく、「なにを」や「いかに」という、その問い自体もすでに十分すぎるほど難しい問いに、せいぜい答えようとする試みなのである。（一三五）

ここで「存在」とは、原文では「イズ」（"is"）、つまり今在るということそのもののことである。非目的論的思考とは、ものごとを因果法則にのっとって解釈するのではなく、現状をあるがままに受け入れる姿勢である。因果法則にのっとって結果から原因へとたどってゆけば、それはものごとの究極の原因を突き止めてくれるかのようにみえるし、目的論はものごとの究極の目標、完成状態を示してくれるかのようにみえる。しかし『コルテスの海』によれば、目的論的思考がもたらしてくれるかのようにみえる明確な回答とは「願望充足がもたらす錯覚」であり、にもかかわらず人々は、この回答を明確な「理由」（because）として受け入れる。その回答は、「全体像を描くためのたんなる覗き見のようなものと考えられるべき」であるが、人びとは「それを真の『理由』の代わりとして受け入れ、決着がついたものとみなし、それに名称がつくと、関心も薄れて他のものへと移っていくのである」（一四一―四二）。

スタインベックの非目的論的思考はこのような目的論的思考と異なるが、現状肯定の享楽主義でもない。それは例えば神といった存在のよりどころを否定し、当然ものごとの究極の目標、完成もまたありえないということである。この「冷酷」ともいえる思考法は人間を、「自分ひとり宇宙に放り出されたよう」に感じさせる。しかし実は、「非目的論的思考は他の何にもまして思いやりがあり、すべてを受容する思考方法」なのである。この思考方法においては、「いったんある特定の状況が十分に理解されれば、弁明は全然いらない」（一四五―四六）。理由はもはや重要ではなく、ただあるがままに受容するのである。

『キャナリー・ロウ』におけるドックは、この受容、許しの能力を備えた人物である。彼はキャナリー・ロウというコミュニティにとって「哲学、科学、芸術の源」であり、まさにコミュニティの中心である。ナレーターは、「ドックはどんなにばかばかしい話でも耳を傾け、それを人びとのための知恵に変えた。ドックの精神には限界がなかった——同情には歪みがなかった」(三〇)と語っている。それゆえキャナリー・ロウの住人たちはすべて、ドックを敬愛し、彼に恩義を感じ、マックがそうであるように、誰もが自発的に、「ドックのために本当になにかいいことをしなくちゃならない」(三〇)と思う。ドックは、マックたちが愛他的精神から計画したにもかかわらず失敗に終わったパーティの後、めちゃくちゃに破壊された研究所内を見て怒りを爆発させた後は、マックたちに弁償を要求することなく許す——「きみの口を殴ったんで、すっきりした。このことは忘れようや」(一二五)。ドックは文明化された近代社会の枠外で生きるマックとその仲間たちのような人びとに、人種、民族を超えた普遍性をみている。このような認識を持つドックにとって、パーティが失敗に終わった原因、部屋が破壊された経緯などはあまり問題ではない。彼はリチャード・フロストに言う——「世界のいたるところに、マックとあの仲間たちがいるんだ。……あの連中がぼくのためにパーティを開こうとして、なにかおかしなことになってしまったことは、きみも知ってるだろう? しかし、とにかく彼らはぼくのためにパーティを開こうとしたんだ。それは彼らの衝動だったのだ」(一三五)と。

さらにドックは、フランキーという学校からも家族からものけ者にされた少年をも、歪みない同情で受け入れる。研究所の手伝いをしても失敗に終わるフランキーにとって、この世でできることは「何ひとつない」(五九)。フランキーは、「彼はいつも仲間たちの端っこにいた。誰も彼に気づかなかったし、注意もはらわなかった」(一六二)というナレーターの言葉どおり、キャナリー・ロウというコミュニティの末端にみえない人間としてあり、孤独である。そして彼は、ドックの誕生日パーティに素敵なプレゼントを贈ろうと盗みを犯し、彼を引き取ろうとするドックを困惑させる。

コミュニティに受け入れられるか、受け入れられないかに前もって規定があるわけではなく、コミュニティは実際のコミュニケーションを通じて、柔軟に拡大、縮小する。二度目のパーティで売春宿と間違えてパーティに割り込んできたマグロ漁船乗組員は、いわば部外者であり、マックたちとの格闘の末、いったんは追い返されるが、二度目に恐れ入ったように戻ってきたときには、パーティへの参加を許される。さらには警察官も加わる。キャナリー・ロウというコミュニティはドックを中心に拡大し、フランキーの存在はその広がり、大きさ、寛容を示している。すなわちそれは、ドックの寛大さ、非目的論的な受容能力を表している。

三　コミュニティと近代的個人

キャナリー・ロウの姿は、この小説のプロローグで示される。

カリフォルニア州モントレーのキャナリー・ロウは一つの詩、悪臭、騒音、いわば一種の光、調子、習慣、郷愁、夢である。キャナリー・ロウは離合集散するところ、ブリキと鉄と錆びと木の破片、舗装が欠けた道路と雑草の茂る空き地とがらくたの山、波型トタン張りのイワシの缶詰工場群、安酒場、食堂と女郎屋、品物がぎっしりつまった小さな食料雑貨店、研究所と安宿である。その住民はかつてある男が言ったように、「売春婦、ポン引き、ばくち打ち、ろくでなし」だが、それによって、彼は「万人《エヴリマン》」というつもりだったのである。もし、その男が別ののぞき穴からみたら、「聖人、天使、殉教者、聖者」だと言ったかもしれないが、その言わんとするところは同じだったろう。(五)

このことは、ロバート・M・ベントン（Robert M. Benton）が論じるように、「キャナリー・ロウはそのなかに存在する関係や相互関係を抜きにしては知られえないし、理解されえない」（一三三）ことを示している。キャナリー・ロウに暮らす人びと、そこに存在するものは、個人、個物を超えたより大きな有機体の一部であり、それぞれの関係は、互いに依存し合い利益をもたらし合う「共生的」関係である。リー・チョンが倉庫にしようと思っていた建物を、家賃を払う見込みのないマックとその仲間たちに住居として貸すのは、彼らが住んでくれることで、火事や略奪から守られるからであり、もしマックたちに金が入ったとしたら、その金を使うのは自分の店以外にないからである。ドーラの売春宿は違法ではあるが、彼女が人の二倍法律を守ることでキャナリー・ロウでは十分機能を果たしている。それは、「リー・チョンが店に置かない唯一の商品は、空き地をへだてたドーラの店で手に入れることができる」（九）からである。

キャナリー・ロウはその住人たちを構成要素とした、まるで生命を持つかのような一つの有機体としてある。ここにスタインベックの「グループ・アニマル」の思想が現れている。最初のパーティが失敗に終わった後、「黒い陰鬱な空気がパレス・フロップハウスを包んだ。一切の喜びがパレス・フロップハウスから去った」（一三二）。ここを病巣とするかのように、キャナリー・ロウ全体が沈鬱な雰囲気に沈んでいく。空き地に住むマローイ夫婦は喧嘩をし、ベア・フラッグの人のよい用心棒は酔客を放り出す際に骨折させてしまう。婦人グループの抗議によりベア・フラッグは閉店の危機にさらされ、ドックはパーティで壊れたガラス瓶を買うために銀行から借金をせねばならない。線路の上に寝込んだ者は両足を切断され、予期せぬ嵐で船が数隻高波にさらわれ、無残な姿で浜に打ち上げられる。挙げ句の果てにマックとその仲間たちの愛犬、ダーリングが病気になる。今やキャナリー・ロウ全体が病に冒される。

しかしある朝、ダーリングに回復の兆しがみえると、「禍いの壁にひび」が入る。漁船は再び海に浮かび、ベア・フラッグは再開する。そして二度目のパーティの計画が浮かび上がる。パレス・フロップハウスの暗雲が去ると、「いまや一種の漠然とした喜びがキャナリー・ロウに浸透し、拡がり始めた」（一四七）。そして誰もパーティのニュースを聞いたわけではないのに、「パーティの話がしだいに人びとのなかに育って」（一五六）いく。スタインベックの「グループ・アニマル」という考え方は、「それ自身の知性をもった集団と、その集団のなかでそれぞれが特別な機能を持った個体」（マークス　一七）という概念を提示する。

キャナリー・ロウというコミュニティのあり方は、一般にデカルト（René Descartes, 1596-1650）以降といわれる近代個人主義のあり方の逆をいくものである。一般的にデカルト以降の西洋における近代的世界観では、主観と客観は明確に分かれており、延長する物体は客観であり、非物質的な精神のみが主観である。「すなわち、人は『神』との共生、『神』と一体化した生活を脱し、この世界を『対象化』して見る眼差しを持ちはじめた。それが近代科学の精神を生み出し、産業革命をもたらし、近代市民社会の爛熟をまねいた」（車谷　一九一）のである。一般的なデカルト以降の「私」は、「全ての具体的なものを否定することによって成立するただ一つの抽象的な点」（河合　三七）である。しかし『キャナリー・ロウ』で描かれる世界は、動物も含めたさまざまな主体が同レベルで乱立し、その関係の総体が作り上げる一つのコミュニティである。この世界観は、この作品が持つ挿話的、断片的な物語構造で表されている。それは一見、物語のプロットに関係ないような中間章を織り交ぜることによって、ただ一つの絶対的な「私」という点の存在を崩してゆく。中間章に登場するのは、夕暮れどきに現れる謎の中国人、空き地に放置されたボイラーに住む夫婦、あるユーモア作家の死、パーティ好きの婦人、父親が自殺した子どもをいじめるその仲間、地ネズミなどである。スタインベックがノスタルジーをもって描く世界のなかではさまざまな主体があり、それぞれが要素となって、個人を超えた、より大きな有機体としてのコミュニティを形成している。

物体は三次元の延長体以外の何ものでもないとするデカルトの自然学は、世界を「ただ一定の大きさと形を持った粒子の機械的に運動する」世界と捉える。この世界観は、自然を「人間の実践的な福祉に役立たせるため」のものであり、「人間を『自然の主人かつ所有者たらしめる』ことを可能にする」（河野　七）。そして人間は「自己の欲求や要求に適合するように自然的環境に能動的に働きかけて」ある程度作り変えてきた。「それが文明を生み出し、近代科学技術文明の今日の驚異的な発展へとつながった」（河野　一三）。しかしドックが賞賛するマックとその仲間たちの美点は、彼がリチャード・フロストに語っているように、近代科学文明の枠内では測りえないものである。

「ぼくたちが人間のなかで称賛するもの、親切だとか寛大だとか、開けっぴろげの性格、正直、相手にたいする理解とか思いやりとかいうものは、いまの世のなかでは必ず失敗のもとになるのだ。ところが、ぼくたちが嫌悪する性質、抜け目なさ、貪欲、獲得欲、さもしさ、利己主義とか私欲というものは成功のもとになるのだ。しかも、人びとは最初の性質を称賛する一方、二番目の性質がもたらすものを愛しているのだ」（一二五）

近代自我がもたらした個人主義の世界では、個人の欲望は、発達した技術文明と手を携えて、無限に拡大してゆく。しかし近代自我がもたらす欲望にとらわれずに生きるマックとその仲間たちは「本当の賢人」であり、ドックがいうように、「この世の中では、他の人たちよりもうまく生き残っていくんじゃないかな。みんなが野心と神経過敏と貪欲で身をずたずたにしている時代に、彼らはのんびりしているのだからね。世間でいう成功者はみな病人だよ。胃を病んでいるし、魂も病んでいる。ところがマックやあの連中は健康で、奇妙に汚れていない」（一三三）のである。人間としての生存本能に従って生きるマックたちと、個人の欲望に衝き動かされて生きている近代人との間には大きく異なり、スタインベックがノスタルジーをもって描く世界はマックたちの世界である。それはつぎのように語られている

マックとその仲間たちもまた彼らの軌道の上を回転している。彼らはせかせかして、ずたずたになった、狂えるモントレーの天使、美神、精華なのだ。恐れを抱き、飢えた人びとが何がしかの食物を得る戦いのなかで胃を壊し、愛に飢えた人びとが周囲の愛すべきものをすべて破壊している宇宙的モントレーの精華、力天使、美神なのだ。胃潰瘍にかかった虎たちに支配され、狭窄症の雄牛に追いかけられ、盲目の山犬が腐肉を食っている世界で、マックとその仲間たちは優雅に虎たちと食事を共にし、半狂乱の若い雌牛たちをやさしく撫でてやり、パン屑を包んでいって、キャナリー・ロウのカモメに食べさせているのだ。たとえ全世界を手に入れ、財産をきずいたとしても、そのために胃潰瘍になり、前立腺が肥大し、遠近両用眼鏡を使うようになったら、元も子もないではないか？　マックとその仲間たちは罠に近づかず、毒を避けて歩き、罠をまたいでいくが、罠にかかり、毒を盛られ、手足を縛られた世代は、彼らをろくでなし、野たれ死にするやつ、町の面汚し、泥棒、悪漢、浮浪者と呼ぶのだ。自然にましますわれらの父は、コヨーテ、ドブネズミ、イギリススズメ、イエバエ、ガに生き残る本能を与え給うたが、ろくでなし、町の面汚し、浮浪者、そしてマックとその仲間たちに偉大な、圧倒的な愛を抱かれているにちがいないのだ。力天使と美神と怠惰と熱情。自然にましますわれらが父よ。（一七―一八）

スタインベックがノスタルジックに思い描く世界は宗教的色彩を帯びる。それは人間によって支配可能な自然を発見するデカルトの機械論的自然学とは正反対の、「それぞれが『私』と言いうるようにユニークに魂として主体になっている」(河合　三五)アニミズム的世界である。そこでは犬は「微笑」(九八)し、地ネズミは「女心をそそるように鳴いて」(一八一)みせる。それぞれが「私」という主体として存在し、有機体としてのコミュニティのなかにそれぞれの位置をしめている、という一つのコスモスを描くために、スタインベックは一見、話の本筋に関係ないさまざまな主体を並列に提示するという「中間章」という手法を必要としたのだろう。

環境に受動的に適応するだけの動物と違い、自然を支配し、文明を生み出し、驚異的な技術的発展を遂げた人間も、もとはといえば動物であった。ベントンが論じているように、「人間は伝統的に自分たちを動物以上のものとみなしてきたが、スタインベックは、人間は第一に自分たちを完全に動物として理解しなければならない、と提唱しているように」みえ、「人間を生という入り組んだ関係のなかの動物としてみるということにおいて、スタインベックは明らかに彼の時代の二〇年先を行っていた」(一三六)のである。人間ももとは動物であったということは、進化論的にみて周知のことであるが、スタインベックは『コルテスの海』において書いたように、この進化論的生物学を心理学と結びつける。

わたしたちは、心の奥底に残るこのような膨大な量の海の記憶、すなわち海の思い出についてしばしば思いを馳せた。もし無意識とは何かと問われたら、それをシンボルで答えると光がほんの短い距離までしか届かない暗い海ということになるだろう。また、人間の胎児がその発達段階で、退化した鰓《えら》の割れ目を持つ時期があるということについても思いを馳せた。もし鰓が人間の発達段階の構成要素であるなら、対応するものとして同時発生の心、もしくは霊魂の発達を想定してみるのも筋が通っていないわけではない。もし精神の痕跡器官の鰓にシンボルを刻むほどの強い生命の記憶があるとすれば、個人の無意識のなかに圧倒的に存在する水のシンボルはたぶん無意識全体の基盤となる集団精神の記憶を示しているのだろう。（三一二）

このような人間と動物の関係は、潮が引いた後に磯に現れる大潮だまり《グレイト・タイドプール》を、キャナリー・ロウというコミュニティのメタファーとして提示することに現れている。その小さな水の世界は潮が引くと、「静かになり、美しい愛すべきところになる。海水は澄み、水底はあわただしく動いたり、闘ったり、餌をとったり、生殖する生物たちのいるすばらしい場所」になり、「生命との匂い、死と消化の匂い、腐敗と生誕の匂いが重くのしかかる」（三一―三二）。そしてロバート・S・ヒューズが論じているように、「大潮だまりの生態は、キャナリー・ロウの人間コミュニティのメタファーとなる」（ベンソン、*Short Novels* 一二三―一二四）。それはキャナリー・ロウに住む人びとの関係も潮だまり同様、寄生的、共生的、捕食的だからである。

人間の生物学的発展と霊魂の発展をパラレルに捉え、個人の無意識のなかに集団精神の記憶を見て取るスタインベックは、個人的な無意識に立脚する理論を作ったフロイト（Sigmund Freud, 1856-1939）にたいし、個人を超えた無意識の世界を発見したユング（Carl Gustav Jung, 1875-1961）に近い。ユングの考え方では、「魂は個人の経験した記憶から成り立っているだけではなくて、ローマ時代から石器時代へと、経験したはずのない遠い過去にまで広がっていて、それどころか最後は『動物のたましいの活動と境を接して』」（河合 一一二）いる。人間コミュニティのメタファーとして提示されている大潮だまりには、一見、無秩序にみえて、動物たちの生命の営みのパターンがある。この大潮だまりのメタファーによってスタインベックは、人間世界のなかにもパターンがあることを示し、個人が自分より大きなコスモスの秩序のなかに位置を占めている世界をノスタルジックに描いている。その世界のなかにはマックとその仲間たちだけではなく、ダーリングや地ネズミも含まれる。

しかし、かつてありし古きよき時代を懐かしんでいるだけにもみえるこの作品にも、緊張感が生まれる。というのも、キャナリー・ロウのようなコミュニティを維持している共生的、相互利益的関係は、無限に増大する個人的欲求に支配される現代文明と相容れない。近代社会の基準によれば、マックとその仲間たちは「ろくでなし」であり、この世でできることの何もないフランキーは家族、学校からもはじき出され、ドックの研究所以外どこにも行き場所のない少年である。そこには圧倒的に強大な力を持った現代文明の前に敗北してゆく有機体としてのコミュニティが描かれている。

四　近代的ノスタルジー

近代個人主義以前の共生的コミュニティとしてのキャナリー・ロウは、皮肉にもただ一人ドックの孤独を必要とする。彼は長年にわたり、「自分でもこれでいいのかと思うくらいキャナリー・ロウの生活に入りこんで」(三〇)しまっていた。そして彼は、「人づきあいがよく、友人もいたが……孤独で、周囲から格別にみられている男」であり、「同じ仲間のなかにいても……いつも孤独にみえた」(九六)と語られている。彼は、「哲学、科学、芸術の源」でありながら、迷信を信じることができない「純粋な科学者」(一四七)でもある。彼のうちにはあらゆる対立が共存し、本質的にはキャナリー・ロウの住民たちからは、かけ離れた存在である。マークスは、「スタインベックの小説には、集団の外部や上部に超然と現れるもう一人の人物がいる。集団を公平無私な同情を持って眺めるのは、スタインベックに典型的な生物学者＝哲学者である」（一八）と論じているが、『キャナリー・ロウ』におけるドックはその一つのモデルである。彼は一人の人間として、キャナリー・ロウの生活にしっかりと根づいているが、生物学者として客観的に事象を観察する目を持ち、キャナリー・ロウに生きる人びとを集団《グループ》人《マン》として眺め、そこに生のパターンを見いだす。そして哲学者として彼は、科学的因果法則にのっとった思考法ではなく非目的論的思考により、今あるがままにすべてを受け入れる。あるとき、画家のアンリは、彼が住んでいる造りかけの船に若い男が現れ、横に座っていた赤ん坊の喉を剃刀で切りつけるのを目撃する。恐怖に駆られ、「幽霊だと思いますか？」とアンリが問うのをドックはまじまじと見つめ、どこまでが本当の恐怖かを見極めようとする。そして大部分が恐怖であることがわかると、「もしぼくが見たら、それは幽霊かもしれないし、そうなったら、ぼくは不安になるよ。ぼくは幽霊というものを信じないのだから。もう一度きみがそれを見たとして、ぼくに見えなかったら、それは幻覚だし、そうなったら、きみが不安になるだろう」（一二九）と答える。ドックは純粋な科学者として、幽霊など信じないし、一見、無慈悲な受け答えをする。しかし非目的論的にいえば、「恐怖心の実体が何なのかということは、恐怖心が現実に存在しているという事実に比べると、重要なことではない。つまり「恐怖心の善し悪し、つまり目的論的議論などは明らかに二次的なものである」（『コルテスの海』一四六―四七）。スタインベックの他の諸作品に現れるドックと同様の役割を担う登場人物は、マークスによると、『疑わしき戦い』のドック・バートン、『怒りのぶどう』のジム・ケイシー、『エデンの東』のリーなどがいる。彼らは皆、愛され、尊敬されるけれども、「集団の世俗的大義を完全には信じてはいないようにみえるアウトサイダーでありつづけ、その態度や手段が集団の理解を超えているがゆえに恐れられ、誤解される」（マークス　一八）のである。ドックの場合「畏れ」られるといったほうが適切であろう。彼はまさにキャナリー・ロウにおける神のような存在、ピーター・リスカのいう「コミュニティの神」（"local deity"）として、キャナリー・ロウに君臨している。

ドックはアンリの恐怖心を分かち合い慰めることもしなければ、恐怖心を因果的に解明することもせず、状況をあるがままに受け入れる理解と愛によって、コミュニティに君臨する。そのことによってキャナリー・ロウに住む人びとに、「ドックのために本当になにかいいことをしなくちゃならない」という自発的な動きが生まれ、コミュニティが一つの方向に動き出す。そしてキャナリー・ロウに住む人びとはパーティの話を聞いたわけではないにもかかわらず、「パーティの話がしだいに人びとのなかに育って」（一六六）いき、人びとは連帯し、コミュニティが一つの有機体として動き出す。

キャナリー・ロウのコミュニティはそろって、自発的にドックのために何かいいことをしようと動き出す。この自発性の現れがパーティである。それはまるで神にささげる祭式のようで、彼らは"local deity"たるドックにパーティをささげる。彼らの目指す先にはドックがいる。しかし個人主義が進んだ社会のあり方はそうではない。そこに住む人びとは個人的欲望に衝き動かされるが、そこには絶対的な目的があるのではなく、ただ人よりよくあろうとする相対的な欲望充足があるのみである。欲望が充足されれば新たな欲望が生じ、彼らは常に満足を先送りしつづけ、常にみずからのうちに不足を抱えて生きねばならない。

さらに、二〇世紀に入ると政治において、孤立しアトム化した人間は全体主義の到来を招く。コミュニティのなかでの位置を失ってしまった人間は、他人とのつながりをなくし、根無し草的存在になってしまった。ドイツで生まれ、ユダヤ系であったためにヒトラー政権樹立と共に最終的にはアメリカ亡命を余儀なくされた政治理論家、ハンナ・アレント（Hannah Arendt, 1906-75）の『全体主義の起源3』によれば、全体主義運動は、「共同の世界が完全に瓦解して相互にばらばらになった個人からなる大衆」（二四）を必要とする。全体主義はこのような他人との連帯を失った集団から、その運動にとって格好の献身と忠誠を引き出しえた。なぜなら、アレントはいう――「全体主義運動の成員にとっては、自分がおよそこの世界に存在し一つの場所を占めているのは、ひとえに自分が党に加わっているおかげであり、党が自分に与える任務のおかげなのである」（三六）。近代のアトム化した個人の孤立感は、全体主義がはびこる要因となった。第二次世界大戦中、スタインベックが特派員としてヨーロッパ戦線に赴き、戦争を目の当たりにしてきた後に『キャナリー・ロウ』が書かれたことを考えると、アレントの理論は興味ある符合として浮かび上がってくるだろう。『キャナリー・ロウ』は戦争など出てこない、ただ「面白い」本でありながら、キャナリー・ロウがノスタルジーを持って描かれなければならないところに近代人の抱える孤立感が表されている。「家郷への回帰は一つの時代精神でさえあった」（川崎　三五六）のである。

キャナリー・ロウというコミュニティの連帯のあり方は、共生的、相互利益的であること、それに共同で何かしようという意志である。その発露はドックのためになされるパーティである。キャナリー・ロウはその連帯のために、民族、人種としての過去、起源の同質性を必要としない。アトム化した個人に「血の共同体」を強調し、連帯へと導くのが全体主義だとすれば、スタインベックの描く「エヴリマン」が住む「離合集散するところ」であるキャナリー・ロウというコミュニティがその同質性として持っているのは、最後には動物とも境を接するという集合的無意識であり、無意識であるがゆえに住人はそれを知りえず、ただドックのみが大潮だまりのメタファーによって知っている。それゆえ、ドック一人が孤独な存在であるのは、一見、それぞれが無秩序に生命の営みを行っているかのようにみえる海洋生物にもパターンがあるように、キャナリー・ロウにもパターンがあることを知っており、一人コミュニティの枠外の、コミュニティ全体を俯瞰できる位置に存在しているからである。

五　結び

『キャナリー・ロウ』において描かれるノスタルジーは、近代人特有の病理のようなものである。アトム化の進んだ近代人は、自然を支配し作り変え、科学技術の発展と手を携えて近代文明を作り出してきた。しかしそのいっぽうで、他人とのつながりを失い、自分の世界における位置を確認することができなくなり、決して充足することのない欲望に衝き動かされる近代人の心には、空虚な孤立感が宿る。これが近代人の心にノスタルジーを生むのであるが、同時にその孤立感が全体主義の勃興を招いたとするならば、スタインベックのいうノスタルジーは、ただセンチメンタルなものとして片づけるわけにはいかない。スタインベックが『キャナリー・ロウ』のなかでノスタルジックに描く世界では、共生的関係にある個人が集まり、個人より大きな一つの有機体としてのコミュニティを成す。そしてこのコミュニティはドックをその頂点とした、いわば円錐形をなしている。その底面に集う成員すべては、自発的にドックを目指して動き出す。近代社会に生きるアトム化した個人が、ある一点を目指すのではなく、それぞれが欲望充足の絶えざる先延ばしという横方向の動きを必然とするのと対照的である。そしてコミュニティは拡大、縮小を繰り返すが、コミュニティどしてのキャナリー・ロウに連帯の精神を生み出すのは、現在において共同で何かしようという意志である。そこでは、自発的に参加するか否かが問われ、民族、国家としての同質性は問われない。そしてこのコミュニティの頂点に座するドックは、非目的論的思考によってあらゆるものを受け入れる。キャナリー・ロウに住む人びとが共通に持っているものは、民族、国家などという概念よりも普遍性のある、ユング心理学いうところの集合的無意識であるが、無意識であるがゆえに住人たちの意識上に上ることはない。ただドックのみが海をそのメタファーとして理解できる。

現代の視点からみれば、『キャナリー・ロウ』にもいくつか問題があることは否めないだろう。例えばいったんコミュニティが出来上がれば、つぎはコミュニティにとって異質なもの、他者と出会うことこそ重要な意味を持つのであるが、キャナリー・ロウというコミュニティにおいて異質なものは女性性として排除されている。キャナリー・ロウの連帯に加われる女性はドーラと彼女の下で働く女性たちだけであるが、ドーラは物分かりのいい連中やインテリから尊敬されるのと同じ理由から、女房連中に嫌われ（一九）、気高きご婦人たちのグループはベア・フラッグ撲滅運動を展開する（一三六―一三七）。ゲイは彼をひどく殴る妻のもとから逃げだし、パレス・フロップハウスに身を寄せ（三五）、アンリは女性が彼のもとを去るたびに、際限のない女性の生物的機能からしばらく解放されたことを喜ぶ（一二八）。しかし、アトム化した個人が抱える空虚感と孤立感は、現代においてより重大な問題になっているのではないだろうか。ある意味で全体主義との戦いであった第二次世界大戦の惨状を目の当たりにしたスタインベックが、ノスタルジーをもって『キャナリー・ロウ』を書いたことは納得のいくところであろう。しかし第二次世界大戦でナチスドイツは壊滅したといっても、その後の社会においても他人とのつながりはますます希薄になり、個人のアトム化は進んでいる。根無し草となった個人の精神は、何か自分に任務を与えてくれる組織に依存するという図式は現代においてもみられるし、その現れは全体主義とは違うとはいえ、時として非常に危険な現れ方をする。そのような時代にスタインベックの描く有機体としてのコミュニティは、もはやユートピアでしかないのかもしれない。

『真珠』——構造主義的分析

中山喜満

はじめに

ジョン・スタインベックの『真珠』は寓話性に富んだ作品であるといわれる。たしかに、作者はこの小説の「プロローグ」において、「寓話」に相当する"parable"（一二）という語を用いながら、「もしこの物語が一つの寓話であるならば、おそらく誰もがこの話から自分なりの意味をくみとり、自分自身の人生をそのなかに読み込むであろう」（一二）と述べている。多くの読者は、たとえば、キーノが最愛の息子を失ったことに、欲のおもむくままに突き進む人間の末路をみたり、最後に真珠を海に投げ返すキーノの姿に、物質主義にたいする批判を読み取ったりするにちがいない。

また、この小説は多くの民話や昔話が共有する要素を含んだ作品でもある。じっさいスタインベックは、「プロローグ」において、多くの民話や昔話がそうであるように、「この話は何度も繰り返し語られてきたので、すべての人びとの心の底に根を下ろしている」（一二）と記している。そのうえ、ルイス・ガネット (Lewis Gannett) の"John Steinbeck's Way of Writing"によると、作家みずから『真珠』について、「民話のような作品になっていればよいのだが。寓話のような白黒のはっきりした物語に」（三六）と語っているのである。さらに、スタインベックのエッセイ“My Short Novels”において、彼は、「私はメキシコで聞いた話を民話として書こうとした。そしてすべての民話にある、特別な、高められた感情をその作品に注ぎ込んだ」（四〇）と述べている。したがって、たとえ『真珠』が民話や昔話とは無縁な要素を内包していたとしても、読後に、こういう物語を以前どこかで聞いたり読んだりしたことがあるという印象をもつひとがいても不思議ではない。

そこで本稿では、『真珠』の寓話的、民話的要素をその物語構造の分析によって明らかにしながら、その構造がどのような物語内容や寓意を生成しているのかを論証し、さらに、その分析方法によって、逆に、物語の文法をゆるがせ、寓話というジャンルに特有な形式から逸脱する側面が露わになることを示したい。

一　『真珠』と「花咲か爺」の類似性

物欲にとりつかれた者が最終的に命を落としたり、何か大切なものを喪失するという物語を、誰もが一度は聞いたり読んだりしたことがあるにちがいない。たとえば「花咲か爺」は、そういったプロットをもつ物語のなかでも、とりわけ広く親しまれてきた昔話といえるだろう。この物語は地域によってさまざまに変奏されており、それぞれのプロットには多少の違いがあるものの、共通して、最終的に花咲か爺は幸せになり、対照的に、隣に住んでいた欲張り爺は不幸になる。小松和彦氏の『新編・鬼の玉手箱』によると、ある類話では、欲張り爺は、殿さまからのごほうび欲しさに、花咲か爺のまねをして枯れ木に花を咲かせようと灰をまくが、殿さまの目に灰が入ったため、立腹した殿さまに打ち首にされてしまうという（二一〇）。要するに、際限なく欲を突き進めていくと、結果として命を落とすことさえあるという教訓を、この物語は伝えているのかもしれない。

また、小松氏は、善良な花咲か爺に幸福をもたらし、欲張り爺に災厄をもたらす犬が水界からやってくることに注目し、この犬は竜宮から人間界に授けられた「竜宮小犬」であるとし、この犬にかぎらず、昔話に描かれている「富」をもたらすものの多くが、「他界」の産物であると強調している（二〇八―一一）。いっぽう『真珠』では、世界一の真珠は海に存在していたのだが、この海は象徴的に「他界」として描かれているのではなく、真珠も「他界」からの贈り物であるとはいいがたい。しかし語り手が、「真珠ができるのが偶然の仕業なら、その一つを見つけるのも運しだいなのであり、造物主かあらゆる神々に、またその両方に、背中を軽くたたかれなければならなかった」（二四）と語り、キーノが海に潜ってかごに真珠貝を満たしているときには、「たとえ好機に恵まれなくても、幸運と神々がそれを補ってくれるかもしれない」と述べ、さらに頭上のカヌーでフアナが、「神々の御手から幸運をむしりとろうとして……魔法の祈りをかけている」（二七）ようすを描いているように、神の意志の介在によって、世界一の真珠は生成され、キーノはそれを発見することができたのである。

そのうえ語り手は、真珠貝のなかに高価な真珠が宿っていることを期待するキーノのようすを描いたあとで、「一つのものをあまりにも欲しがるのはよくない。そんなことをすると、ときには幸運を逃してしまうものだ。ちょうど足りるだけ欲しがり、創造の神やあらゆる神々とほとんど如才なくやっていかなければならない」（二九）と述べている。また、真珠を手に入れたキーノが次々と妄想をふくらませて、真珠が約束する未来を語ったあと、語り手は隣人たちの口を借りて、もしキーノの計画や夢が実現しなかったら、「キーノが万物の法則に背いたので、神さまは彼に罰をくだされたのだ」（三九）と語り、さらに隣人たちが帰ったあとで、「キーノは次のことも知っていた―神々は人間の計画を好まない。さらに神々は人間の成功を、それが偶然によってもたらされないかぎり、好まないということを」（四二）と述べている。そしてキーノは、かつて真珠を高く売るために旅立った同族の人びとが行方不明になり、彼らの真珠も消失してしまったことについて語る――「真珠を失ったのは、自分たちの持ち場を離れようとしたものにくだされた罰なのだ。神父さまは、どの男も女も宇宙の城の一部を守るために神さまによって遣わされた兵士のようなものだ、と説かれたんだ。そして、あるものは塁壁のなかに、あるものは城壁のなかの暗闇の奥深くにいる。だが、その一人ひとりが自分の持ち場に忠実にとどまり、かけずりまわって飛び出すようなことがあってはならない。さもなくば、城は地獄の襲撃を受けて危うくなるのだ、と」(六三)。このようにして語り手は、神父の教えに疑念を抱くキーノに、「自分たちの持ち場を離れ」てはならないという、峻厳な「他界の掟」を意識させているのである。

ここであらためて注目しなければならないのは、『真珠』と「花咲か爺」が、登場人物や時代背景が大きく異なるにもかかわらず、どこか似ているという点である。そしてわれわれはなぜ、書かれた時代も地域も異なるこれら二つの物語に類似性をみるのだろうか。それは、民話や昔話が時代や地域性をこえて、類似した構造をもっているからにほかならない。つまりわれわれが両者から、他界から授けられたものを欲にまみれた手で扱ったものには罰がくだされるという教訓を読み取るからであろう。寓話的物語においては、「他界の掟」を破ったものは罰せられねばならないのである。

たとえばこの世界一の真珠は、「打出の小槌」のような代物だと考えることもできるだろう。だが興味深いことに、『お伽草子』に登場する一寸法師は、キーノとは対照的に、他界の産物である打出の小槌を振って、何もかも欲しいものを手に入れようとしたのではない。彼はこの魔法の道具によって、身長を人並みにしたあとは、必要最小限の飯と金銀しか出さなかったのである。小松和彦氏が述べているように、打出の小槌は、「際限のない人間の欲望を戒める呪具」(二〇七)なのであり、もし一寸法師が、大量消費社会にどっぷりとつかり、バブル経済華やかなりしころの日本人のように、あれよこれよと欲しいものを次々と出していったとしたら、いや、そういう想念を抱いただけでも、彼はそれまで得たものすべてを喪失していただろう。小松氏はいう、『すべてを望むものは、すべてを失なう』というのが、打出の小槌に託されているパラドックスなのだ」(二〇三)と。

とりわけ寓話的物語においては、「あまりにも欲しがる」ことや「自分たちの持ち場を離れ」ることは、神の掟や摂理に逆らうことを意味している。逆に考えると、登場人物には暗黙のうちに、「……してはいけない」という〈禁止〉が課せられているのであり、われわれは、さきほど引用した隣人たちのことばが示すように、〈禁止〉に〈違反〉したものには、罰として不幸な〈結果〉が訪れるという型《パターン》を、一つの法則のように、抵抗なく受け入れることができるのだ。

アメリカの民俗学者、アラン・ダンダス (Alan Dundes) の *The Morphology of North American Indian Folktales* によれば、この〈禁止〉—〈違反〉—〈結果〉という図式は、北米先住民の民話に頻繁にみられる構造であるという(二一九—三二)。ダンダスはそのなかで、〈禁止〉や〈違反〉などを「モティーフ素」と定義し、さまざまな北米先住民の民話が、こうした「モティーフ素」の連鎖を基軸にした体系的構造をもつことを論証している。「モティーフ素」は、出来事や登場人物たちの行為が作品全体のなかでどのように位置づけられ、それらの出来事や行為がたがいにどのように関係しているかを示すうえでもっとも基本的な単位であり、ロシアの民俗学者、ウラジーミル・プロップ (Vladimir Propp) が「機能」と称した物語の最小構成単位に相当するものである。

プロップの功績を発展的に踏襲しながら、ダンダスが研究対象にしたのは、北米先住民の民話である。だが重要なのは、『真珠』を先住民の民話と同類のものとみなすことではなく、それらを「モティーフ素」という概念によって読むことが可能であるか否かということなのである。

二　『真珠』の物語構造からみえてくるもの

それではここで、ダンダスやプロップの分析にならって、『真珠』において、「モティーフ素」や「機能」に共通する因子をとりあげてみる。『真珠』は次の三三の単位から成る物語であると考えることができるだろう。

1　〈欠乏A〉
2　〈加害〉
3　〈欠乏B〉
4　〈欠乏Bの解消〉のための〈課題A〉
5　〈課題Aの達成〉
6　〈欠乏Aの解消〉のための〈課題B〉
7　〈医者の策略〉
8　〈医者の策略の成功〉
9　〈課題C〉
10　〈襲撃1〉
11　〈妻の助言1〉
12　〈妻の助言1の拒絶〉

18　〈襲撃2〉
19　〈妻の助言2〉
20　〈妻の助言2の拒絶〉
21　〈妻による真珠の放棄〉
22　〈妻による真珠の放棄の失敗〉
23　〈襲撃3〉
24　〈殺人〉
25　〈財産の消失〉
26　〈兄の助言2〉
27　〈兄の助言2の拒絶〉
28　〈逃走〉
29　〈追跡〉

13〈真珠仲買人の策略〉
14〈真珠仲買人の策略の成功〉
15〈課題D〉
16〈兄の助言1〉
17〈兄の助言1の拒絶〉

30〈闘争〉
31〈結果〉
32〈帰還〉
33〈真珠の放棄〉

本稿において、これらすべての項目について詳述する余裕はないが、じっさいに、これらの要素がどのように物語のプロットに対応しているかを示しておきたい。

いつもと変わらぬ朝が訪れる。キーノ一家をはじめとする同じ種族の人びとは、粗末な雑木小屋や質素な食事からうかがえるように、貧しい生活を送っている（〈欠乏A〉）。

しばらくしてコヨティートがサソリに刺され（〈加害〉）、キーノとフアナはその治療のために医者のところに向かうが、ほとんど価値のない真珠しかもっていない彼らは、医者に門前払いされてしまう（〈欠乏B〉）。彼らは息子を医者に診てもらうため、高価な真珠が必要となり（〈欠乏Bの解消〉のための〈課題A〉）、海に出て、キーノが世界一の真珠を獲得する（〈課題Aの達成〉）。しかし皮肉なことに、フアナがコヨティートにあてがった海藻という自然の湿布剤のおかげで、彼はほとんど完治していた。

コヨティートの完治によって、めでたしめでたしで終わるところが、キーノは、彼の家族が背負っている貧しさという、新たな欠如の解消にむかって突き進んでいく（〈欠乏Aの解消〉のための〈課題B〉）。

すでに息子を治療してもらう必要がなくなっていたにもかかわらず、キーノとファアナは医者の奸計にひっかかり（〈医者の策略〉）、治療代を請求される（〈医者の策略の成功〉）。そのお金を捻出するため、真珠を高い値で売るという新たな課題がキーノにのしかかってくる（〈課題C〉）。そして医者が帰ったあと、彼は何者かに襲われる（〈襲撃1〉）。災いをもたらす真珠を捨ててほしいと、妻は夫に懇願するが（〈妻の助言1〉）、彼はそれを聞き入れない（〈妻の助言1の拒絶〉）。

二日目の朝、彼らはラパスに行き、真珠仲買人たちに真珠を高く買い取ってもらおうとするが、まんまと彼らの計略にひっかかり（〈真珠仲買人の策略〉）、真珠は高く売れない（〈真珠仲買人の策略の成功〉）。そこでキーノは、都に行って真珠を高く売ろうと決心する（〈課題D〉）。兄のファン・トマスは、その決意にたいして疑問を投げかけるが（〈兄の助言1〉）、キーノの意志は変わらない（〈兄の助言1の拒絶〉）。その夜、ふたたびキーノは襲われ（〈襲撃2〉）、ファアナはもう一度、真珠を手放すように促すが（〈妻の助言2〉）、彼はふたたびそれに応じない（〈妻の助言2の拒絶〉）。

夜が明けるまえ、ファアナはみずからの手で真珠を海に捨てようとするが（〈妻による真珠の放棄〉）、すんでのところでキーノに捕まり、真珠を奪い返される（〈妻による真珠の放棄の失敗〉）。その直後、ふたたび彼は襲われ（〈襲撃3〉）、格闘のすえ彼を襲った人物を殺してしまう（〈殺人〉）。それからふたりは、彼らのカヌーが壊され、自分たちの雑木小屋が炎で覆われていることを知る（〈財産の消失〉）。

キーノ一家は兄の家にかくまってもらう。そして兄はふたたび、真珠を手放すようキーノを説得するが（〈兄の助言2〉）、彼はそれに従わない（〈兄の助言2の拒絶〉）。キーノ一家は夜になるのを待ってそこを離れ、北へ向かう（〈逃走〉）。しかし三人の追跡者が彼らのあとを追ってくる（〈追跡〉）。一家は小さな滝壷のそばの崖の上のほうにある洞穴に隠れ、追跡者を待ち伏せし、キーノは三人の追跡者を殺害しようとするが、その直前、コヨティートの泣き声をコヨーテのそれと勘違いした追跡者のひとりが、泣き声にむかってライフル銃を発射していた。キーノは追跡者をひとり残らず殺害するが（〈闘争〉）、その直後、洞穴から死の泣き声が聞こえてくる。追跡者が放った銃弾がコヨティートにあたり、息子の命が奪われていた（〈結果〉）。

その後、キーノとフアナはラパスに戻ってくる（〈帰還〉）。そして最後にキーノが真珠を海に投げ込む（〈真珠の放棄〉）。

まず、〈課題C〉と〈課題D〉は〈課題B〉に含まれる単位として、省略することも可能であるが、〈課題B〉のより具体的な課題としてここに挙げておいたことに注意されたい。そしてこれらの単位すべてが、プロップやダンダスが挙げた単位とかならずしも同一のものではないことを断っておかねばならない。

だがたとえば、〈妻の助言〉―〈妻の助言の拒絶〉や〈兄の助言〉―〈兄の助言の拒絶〉という型が、プロップやダンダスの分析に触れられていなくても、これらを、さきほど述べた〈禁止〉―〈違反〉―〈結果〉という構造の変奏として読みかえることができるだろう。なぜなら、「真珠を持ちつづけてはいけない」（〈禁止〉）。もし真珠を持ちつづけるなら、災いがふりかかってくる」という妻や兄の忠告は、「……してはいけない（〈禁止〉）。もし……するなら（〈違反〉）、……になる（〈結果〉）」と書きかえられ、〈禁止〉―〈違反〉―〈結果〉という構造を暗示していることが明らかになるからだ。そして、〈助言〉―〈助言の拒絶〉という型が再三再四繰り返されることで、一目散に破滅に突き進み、〈結果〉として最愛の息子を失ってしまうキーノの愚かさ、頑なさが強調されているのである。

昔話や民話の主人公たちは申し合わせたように、彼らに課せられた〈禁止〉に〈違反〉し、〈結果〉として大切なものを喪失したり、災難にあってしまう。たとえば、「鶴の恩返し」や「浦島太郎」というタイトルで知られている昔話の主人公にかぎらず、「赤ずきん」という題で親しまれている童話において、おばあさんの忠告を守らない赤ずきんちゃんや、ギリシャ神話のオルフェウスや日本神話のイザナギ、旧約聖書「創世記」において禁断の木の実を取って食べたかどで楽園を追われたアダムとイヴ、うしろを振り返ったことで塩の柱にされたロトの妻、といったように、そのような例は枚挙にいとまがない。このように、〈助言〉―〈助言の拒絶〉という型は、すぐれて潜在的な物語の構成単位なのである。

つぎに、加害者が被害者を罠にかける、〈策略〉―〈策略の成功〉という型をみてみよう。一般的に、加害者の策略が成功することで、被害者は何か大切なものを失い、その獲得に奔走しなければならなくなる。〈課題〉が生じるのである。『真珠』では、医者と真珠仲買人の〈策略の成功〉によって、キーノに、治療代を支払わねばならないという〈課題C〉と、真珠を都まで売りに行くという〈課題D〉が生じる。このように、〈策略〉―〈策略の成功〉という型は、〈課題〉を導く要因となり、物語を展開させる推進力となっているのである。

また、そもそも物語を始動させる力についても、〈加害〉という「機能」を用いて説明することができるだろう。たとえば、*Morphology of the Folktale* において、プロップは〈加害〉を「敵対者が、家族の成員のひとりに害を加えるなり損傷をあたえるなりする」と定義づけ、「加害行為」があってはじめて、「実際に昔話が動き始める」ことを重要視している（三〇）。いうまでもなく、『真珠』における「加害行為」とは、サソリがコヨティートを刺すことにほかならない。そして特筆すべきなのは、この〈加害〉という「機能」が物語を劇的に始動させる動因であると同時に、〈欠乏B〉を生じさせる誘因としても機能していることである。

このようにわれわれは、「機能」や「モティーフ素」を、単に、継起的に配列されている、独立した単位としてみなしてはいけない。つまり、それぞれの単位がたがいにどのように連関しているか、そして、個々の単位が全体の筋のなかでどのような位置を占めているかが重要なのだ。そして物語のベクトルは、それぞれの密接不可分で有機的な結びつきに大きく依拠しているのである。

さらに、ダンダスがとりわけ重要なモティーフ素の連鎖として挙げているのは、〈欠乏〉─〈欠乏の解消〉という型である（一一三─一八）。つまり、何かが不足している状態が最終的に埋め合わされることで物語は帰結するのである。多くの民話は基本的に「不均衡」から「均衡」へ移行する構造を有している。われわれがそれらの物語に夢中になるのは、つねに物語は「均衡」へ向かわねばならないことを強く望み、「不均衡」が解消されることに何よりも満足感をおぼえるからにほかならない。たとえば、お姫さまが怪物や鬼にさらわれ（〈欠乏〉）、勇敢な若者が敵からお姫さまを救い出す（〈欠乏の解消〉）、といった筋は、これら二つのモティーフ素によって示すことができる。ダンダスによれば、この一対のモティーフ素のみによって構成されている民話もあるという（一一四）。そしてわれわれは、〈欠乏〉─〈欠乏の解消〉という型が物語構造の核となって、民話や昔話のみならず、マンガやファミコン・ゲームなどが提供する多くの物語においても反復され、再生産されていることに気づくだろう。

『真珠』においても、キーノの言動を支配しているのは、「不均衡」から「均衡」へ向かおうとする意志であるといえるだろう。彼は、貧しさという、富が不足した状態、また、書物や医学についての知識や武器がない状態を、真珠によって打開しようとする。そして、この「不均衡」を埋めようとする、彼の飽くなき執念こそが、物語の原動力となっているのである。とはいえ、いったん「不均衡」が解消され、つまり、コヨティートが完治したにもかかわらず、彼は新たな〈欠乏〉に気づいてしまうのだ。興味深いことに、真珠を得たことが皮肉にも、彼が抱えていた〈欠乏〉を再認識させ、彼をその〈欠乏の解消〉に駆り立てていくのである。

しかし、彼は最終的に「不均衡」を解消するどころか、かえって「均衡」と「不均衡」とのあいだの溝を深めているにすぎない。すなわち、彼を取り巻く状況は、コヨティートの死という、次元の異なる絶対的な〈欠乏〉に移行してしまう。すると、この取り返しのつかない〈欠乏〉をとおして、キーノが「不均衡」を打開する手段であった真珠を放棄することは、富や知識、武器の有無がもたらす「不均衡」を無化し、彼の「不均衡」にたいする認識を根底からくつがえす行為であるといえるだろう。つまり、「不均衡」そのものが無効になることで、彼は、「均衡」／「不均衡」という対立が無意味であるような境地に達するのである。

また、「物語の経済学」[1]の視点から見れば、彼らは息子の死と貧しさという二つの「不均衡」を抱えながらも、物質的次元ではなく精神的次元において新しい認識へといたることで、かろうじて「均衡」状態に達しているとも考えられる。したがって、物語はそれが次元の異なるものであるにせよ、「不均衡」から「均衡」へといたることで終息しているといえなくもない。

多くの民話では、主人公が不足していたものを最終的に獲得するのにたいして、『真珠』では、キーノは息子と真珠を失うことで、はじめて何かを得ようとしている。つまり、キーノに課せられた〈課題B、C、D〉が達成されないことが、かえって、主人公をして新たな「均衡」へと向かわせる契機となっているのだ。

以上のように、「モティーフ素」や「機能」の連動を意識して読むことで、『真珠』がきわめて潜在的で予測可能性に満ちた構造をもつ物語であることが理解できよう。

三　寓話性の強度――『真珠』と原話

よく知られているように、『真珠』にはその原話が存在している。スタインベックは、親友で海洋生物学者であるエドワード・F・リケッツと、一九四〇年の春、三月一一日より四月二〇日まで、カリフォルニア湾の海洋生物を調査する旅行に出かけ、その記録を『コルテスの海』(一九四一)として著している。その第一一章において、彼はラパスで聞いた話を次のように紹介している。

あるインディアンの若者が偶然、大粒の真珠、信じられないような真珠を見つけた。とても価値の高い真珠だったので、もう一生働く必要はないだろうと若者は思った。この真珠一粒さえあれば、好きなだけ酒を飲むことや、おおぜいの娘たちのなかから自分の望む娘と結婚することや、もっと多くの娘たちを少し幸せにしてあげることもできるだろう。この大粒の真珠には救済があった。というのも、前もってミサに必要な金を教会に寄付して、押しつぶされたスイカの種が弾け飛ぶように、煉獄からポンと放りあげてもらうことができるからである。さらに、多くの死んだ親類たちをほんの少し天国に近づけてやれるだろう。彼は真珠を手に持ち、彼の未来が永遠であることを確信して、ラパスへ向かった。彼はその真珠を仲買人に見せたが、あまりにも低い値段しかつけてもらえなかったので、腹を立てた。だまされていることがわかったからである。そこで彼は、別の仲買人のところへ行ってみたが、同じ値段しかつけてもらえなかった。数軒まわったあとで、彼は、仲買人たちが一つの頭しかもたない多くの手先にすぎないことと、それ以上高い値で真珠を売れないことがわかった。彼は真珠を持って浜辺に行き、石の下にそれを隠した。その夜、彼は棍棒でなぐられて意識を失い、衣服のなかを探られた。次の晩、彼は友人の家で寝たが、二人とも襲われて、縛られ、家じゅうが荒らされた。そこで彼は追跡者をまこうと奥地へと向かったが、待ち伏せされ、拷問にかけられた。そこで彼は激怒し、何をなすべきかを悟った。満身創痍だったが、夜の闇に乗じてラパスに這いもどり、猟犬に追われているキツネのように、こっそりと浜辺へ行き、石の下から真珠を取り出した。それから真珠に罵りの言葉を浴びせかけ、力のかぎり遠く、海の深いところへそれを投げ込んだ。彼はふたたび自由になったが、魂は危険にさらされ、食べ物や雨風をしのぐ住まいもままならなかった。だが彼は、そのことを大いに笑い飛ばした。（一〇二―一〇三）

まず、原話の主人公も先住民であることを確認しておきたい。

だがここで興味深いのは、スタインベックがこの原話について、「これは実話のようだが、寓話的すぎて、実話とはいえないだろう。このインディアンの若者は英雄的すぎるし、賢明すぎる。彼は物事をわきまえすぎるし、知識に基づいた行動をしている。彼はあらゆる点で人間の本来の姿とは相反する。この物語は実話かもしれないが、そのようには信じがたい。実話というにはあまりにも筋が通りすぎているからだ」（一〇三）と評し、一種の違和感を表明していることである。

これまで筆者は、堅牢な構造に縛られた昔話や民話を読むように、いくつかの構成要素を軸にして『真珠』を読みなおし、それらの連動によって一定の教訓や価値という「意味」、つまり「寓意」が生じていることを述べてきた。だがここでスタインベックのことばを信じるならば、われわれはいかなる理由で『真珠』が「寓話的すぎ」ることのない、「実話のよう」な物語だということができるのだろうか。

この問題を論じるまえに、原話の物語構造をみておきたい。原話は次のように一〇の単位によって成立する物語であると考えられよう。①〈真珠の発見〉、②〈課題〉、③〈真珠仲買人の策略〉、④〈真珠仲買人の策略の成

功〉、⑤〈襲撃1〉、⑥〈逃走〉、⑦〈襲撃2〉、⑧〈帰還〉、⑨〈真珠の放棄〉、⑩〈結果〉。

まず、⑩〈結果〉を除くすべての単位が、『真珠』の構成単位とほとんど等価であるといえるだろう。ただし、①〈真珠の発見〉は、『真珠』における第五の単位、〈課題Aの達成〉に相当していると考えられるが、それぞれの主人公が真珠を発見するにいたる経緯は異なっている。つまり、原話の主人公は「偶然」、真珠を発見するのにたいして、キーノは息子の治療費を捻出しなければならないという、確固たる動機に基づいて真珠を獲得するのである。

だが、ここで注目に値するのは、『真珠』において、物語構造を強化し、読者に教訓を伝えるのに寄与していた、〈助言〉―〈助言の拒絶〉の型が、原話では存在しないことである。つまり、原話では主人公は独身者であり、彼に〈助言〉をあたえる、ファナやファン・トマスのような援助者は描かれていない。さらに『真珠』では、真珠仲買人に加えて医者も、〈策略〉の首謀者として描かれている。彼はいわゆるフラット・キャラクターであり、「寓話的すぎ」る物語の登場人物にこそふさわしい悪漢だといえる。かくして、新たに寓意を生み出す型が組み込まれ、その図式の担い手となる類型的人物が描かれることによって、『真珠』は、作家の意図に反して、原話よりむしろ「寓話的すぎ」る作品になってしまっているのかもしれない。

しかしこのことの反証として、加害者である追跡者たちがキーノに殺害されてはいるものの、〈策略〉をおこなった医者や真珠仲買人が罰せられることはなく、逆にキーノが息子を失うことによって、結果的に罰せられていることを挙げてもよいだろう。つまり『真珠』は、〈策略〉は悪事に相当し、〈策略〉をおこなったものは罰せられねばならないとする、典型的な寓話や勧善懲悪の物語ではないともいえるのだ。そして本来、被害者であるはずのキーノがその我欲のあまり、神の掟に背き、まわりを敵にまわして、家族を苦難に巻き込むことで、純粋な被害者でなくなってしまうところに、この物語を単なる寓話とたがえている要素があるように思えてくる。

だが、このことのなかにさえ、われわれは新たな寓意を読み取ることができるかもしれない。キーノは、医者や真珠仲買人だけでなく同族の人びとをも含めた「すべての体制」（七四）に敵対してしまったのだが、彼が対抗しなければならなかったのは、家族や同族の人びとを搾取する社会やシステムであったはずだ。その社会は、「壺」（五四）のように彼らを封じ込め、「山」や「海」（八三）のように彼らの前に立ちはだかるのである。そして、第一章に描かれていたアリジゴクの罠にはまるアリのように、キーノというひとりの先住民が、スペイン系の征服者《コンキスタドーレ》たちが支配層を占める、「山」や「海」のような強大な社会のなかで、いかに弱小な存在であるかが示唆されているといえよう。してみると読者は、ひとりでそのようなシステムに対抗することがいかに無益であるかという教えを、読み取ることができるのではないだろうか。

さらに注目に値するのは、ミミ・R・グラッドスティーン (Mimi Reisel Gladstein) が "Steinbeck's Juana: A Woman of Worth" において指摘するように、フアナが実在するような人物として描かれているとはいえないことである（四九）。むしろ彼女は、「原型的な女性」（五二）として象徴的かつ神秘的に描かれているといえよう。フアナだけでない。ルイス・オウエンズ (Louis Owens) が *The Grapes of Wrath: Trouble in the Promised Land* において述べているように、『真珠』に描かれる先住民たちは「単に象徴」であり、「直観的、非合理性の例証となるような歩く影」（五九）にすぎない。このことだけからでも、『真珠』は「実話のよう」な作品であるとはいえないように思える。

以上のことから考えると、単純に、原話は「寓話的すぎ」る物語であり、いっぽう『真珠』は「実話のよう」な作品だと断定することは避けたほうがよいだろう。ここでは、『真珠』のなかに、かえって原話の寓話的特質がさらに発展的に補強されている側面があることを強調しておきたい。

四　寓話から遠く離れて

さてここで、原話と小説の結末をみて、新たな論点に目を移してみたい。いうまでもなく『真珠』はその結びにおいて原話のそれと大きく異なっている。原話には主人公が真珠を海に投げ込んだあとのことが描かれており、読者は、彼がふたたび貧しい生活を送らねばならなかったことと、そのことを「大いに笑い飛ばした」ことを知る。おそらく、スタインベックが納得できなかったのはこの箇所であり、それゆえ彼は、原話について「実話のよう」には思えないという印象をもち、主人公を「英雄的すぎ」て、「賢明すぎる」人物とみなしたのであろう。そして、真珠を海に捨てる両者の動機にも違いがみられる。原話では、若者が高く売ることができない真珠を持ちつづけていても、彼の夢が実現するどころか、襲撃を受けたり拷問をかけられたりと、災いばかりがふりかかってくるので、その元凶である真珠を捨てるにいたったと考えられる。作家がいうように、この行為が「英雄的」であるなら、いっぽうキーノは、「英雄的」で「賢明」な人物として描かれているとはいえないだろう。真珠を海に投げ返すというキーノの行為自体は「英雄的」であるかもしれないが、それ以前の彼の行動や内的感情はけっして「英雄的」には描かれていないからだ。

それではいったい、キーノはどのような心境の変化から、それまで死守してきた真珠を海に投げ返したのだろうか。語り手はこのことについて黙して語らない。しかし、真珠を投げ返すという行為にたいして読者に説得力ある動機を読み取ってもらうためであろうか、最愛の息子を失うというような過酷で悲惨な体験をとおしてしか、新たな認識に目覚めることができないとでもいわんばかりに、帰還後のキーノはそれまでの彼とはまったく別人のように描かれている。そして、このような認識にいたる過程に注目すると、キーノがいかに社会的環境に左右され、運命に翻弄される存在として描かれているかを理解することができるだろう。

ここで、遺伝や環境、幸運、本能といった自然主義小説に好んで用いられる概念を軸にして、『真珠』を読みなおしてみよう。するとこの小説は、たとえば、生来的に貧しい主人公が、世界一の真珠を発見するという幸運をつかみ、その結果、貪欲になり、被支配層という社会的環境に抗うが、運命にもてあそばれて悲劇的結末を迎える、というように読みかえることができるのだ。たしかに、キーノや彼の家族は自然主義小説に描かれる人物のように、あたかも社会構造という実験用の箱のなかで、決定論の理論を応用すべく飼育されているモルモットのようにみえなくはない。

さらに特筆すべきなのは、『真珠』が、善と悪といった二項対立を基軸に展開し、それぞれを極端に対置して描くことによって、読者や聞き手に教訓を伝える、典型的な寓話やそれに類する物語群とは相容れない作品であることだ。そもそも、「プロローグ」で、この物語には、「善いものと悪いもの、黒いものと白いもの、正しいものと邪なものがあるだけで、その中間のものはまったくなかった」(二)とある。しかし、このことはキーノには当てはまらない。なぜなら、彼こそは他者の手から真珠を守ろうとした時点から、善と悪の両面をもち、その二つの世界を往還する「人格」として描かれているからだ。

本稿の冒頭で述べたように、作者は「プロローグ」に「寓話」という語を記している。だがそこには、「もしこの物語が一つの寓話であるならば」とあり、作者も「もし」と仮定することによって、この物語が寓話であると断言することを回避しているのである。おそらく作者は、「寓話」という形式を意識したうえで、慎重にことばを選んでいるのだろう。いずれにせよわれわれは、『真珠』が一見、「寓話的すぎ」る作品にみえながら、同時にその形式を裏切る側面も合わせもっていることを確認しておこう。

五　結びにかえて

それではここで、われわれの視線を、キーノとフアナがラパスへ帰還する最終場面にふたたび移してみよう。きわめて不可解なのは、息子やカヌー、家などの財産を失ったキーノが、息子の生命を奪ったライフル銃のみを所持していることである。真珠を発見したあと、キーノはライフル銃を手に入れるという想念によって、「すべての障壁を打ち破った」（三七）のだが、息子を失ったいま、はたしてライフル銃を所有することにどれだけの価値があるというのだろうか。ライフル銃は、キーノ一家を苦境に落とし入れた人びとへの復讐の道具なのだろうか。

まず、なぜキーノは銃を持ち帰ってきたのか、また、そもそも真珠を海に投げ返したあと、彼がライフル銃を所有しつづけるのか、それとも海に捨ててしまうのか、さらに、殺人を犯してしまったキーノと、彼と運命を共にしてきたフアナが、これからいかなる事態に直面するのか、語り手はこれらの疑問や二人の心理について沈黙を守っているのである。そのうえ語り手の視点も二人の帰還を伝える実況中継者のそれのように変質しているのだ。これでは、物語が途中で一方的に打ち切られたような印象を読者にあたえてしまうだろう。

じっさい、この結末について違和感や不満を示している批評家たちもいる。たとえば、ウォレン・フレンチ（Warren French）は *John Steinbeck* (1961) のなかで、この結末では「あまりにも多くのことが取り残されたままになっている」（一四二）と述べ、ロイ・S・シモンズ（Roy S. Simmonds）も"Steinbeck's *The Pearl*: Legend, Film, Novel"

において、結末において読者が宙ぶらりんの状態におかれていることを指摘したうえで、キーノがライフル銃を持ちつづけることによって、「さらに多くの血が、最終的にキーノの血が流されることになるだろう」（一八二）と述べている。

しかし、『真珠』をその物語構造からながめることに慣れ親しんできたわれわれなら、ライフル銃をめぐる記述を、構成上の破綻であると考えることができるかもしれない。そして重要なのは、破綻とみえる結末によって、構造に呪縛された寓話的物語に、必然的に意味の空白が生じていることである。[2]

物語は、とりわけ寓話は、完結しなければならない。また、物語のなかで生じた問題は解決されねばならない。しかし、『真珠』は「寓話的すぎ」る結末、すなわち大団円による完結や、教訓や道徳的価値へと一元化するような終幕を避けることで、結果的にさまざまな読みの可能性を読者に提供しているのである。そして、それまでの筋が秩序だっていたからこそ、このような結末はよけいに非連続で不明瞭にみえるのではないだろうか。

それにもかかわらず、その豊かな寓意性ゆえに、これまでさまざまな教訓が『真珠』から導き出されてきたのも事実なのだ。たとえばマーサ・H・コックス (Martha Heasley Cox) は“Steinbeck's *The Pearl*”のなかで、いくつかの教訓のなかから支配的なものを次のように列挙している。「批評家はさまざまな方法で『真珠』を解釈してきた。それは価値の探究や人間の魂の探究、人間の願望の空しさの研究、略奪的な社会にたいするひとりの人間の闘いであると解され、人間は自分にふさわしい場所にいなければならず、他人の土地を侵略してはいけないという教訓を示しているとみなされてきた。そして最も多い解釈は、物質主義の否定ということである」（一二三）。

しかし、このような解釈が固定化してしまったこの作品が、今後、新しく読まれていく可能性があるとしたら、それは、『真珠』が内包する法則性と不確実性が拮抗する場に、つまり、潜在的に構造化された物語とその支配的なシステムから排除されるものとの相克のなかにあるように思えてならない。物語のそれぞれの最小単位に還元されつつも、完全に還元されることを拒絶する『真珠』のテクスト。それは、キーノの目にさまざまに映った真珠に似ている。おそらくいま、われわれに求められているのは、キーノが真珠から多種多様な物語を編み出したように、テクストの空白から新たな読みを織り紡ぐことにちがいない。

注

（1）この用語は、クロード・ブレモン（Claude Blemond）の『物語のメッセージ』、三三頁から借りた。一般的に物語の文法には、〈欠乏〉（＝負債）はいずれ〈解消〉（＝返済）されねばならないという力学が作用する。したがってキーノが抱える〈欠乏〉はなんらかのかたちで〈解消〉されると考えるほうが、物語の展開としては自然なのである。

（2）『真珠』に限らず、本来、いかなる物語も完結しないことを、ヒリス・ミラー（J. Hillis Miller）は"Narrative"のなかで論じている。彼は一般論として、「物語が、どれだけ完璧に構想され、どれだけ力強く書かれ、どれだけ感動的なものであっても、その期待された機能を首尾よく果たすことはない」と述べ、いかなる物語も「なんらかの不確実さ」や「未解決な問題を残したまま終わる」こと、つまり、「必然的な未完成性」を抱えていると指摘している（七二）。

＊　本稿は、『知の諸相——赤井養光・坂本悠貴雄両先生古稀記念論文集』（大阪教育図書、一九九九）所収の小論「『真珠』の形態論——物語構造とその破綻」に加筆を施したものである。

サリーナス川

『気まぐれバス』——人間的成長の可能性

牧野恵子

一　背景と評価

一九四七年二月上旬に出版された『気まぐれバス』は、ジョン・スタインベックが第二次世界大戦後に執筆した初の長編小説である。一九四五年七月ごろに、彼はその構想を立て、映画「真珠」の仕事が終了した一二月半ばすぎから執筆を続けて、翌一九四六年一〇月上旬に書き上げた。この小説は、『怒りのぶどう』以後の小説としては最も長いもので、戦後のアメリカ社会という新たな題材に目が向けられた作品でもある。しかし、この小説の書評は一般的にあまり芳しいものではなかった。

否定的な批評の一つは、寓意小説としては不完全だというものである。『気まぐれバス』は、題辞に中世の道徳劇 *Everyman* からの一節が引かれていることから、バスの乗客たちが罪を背負った状態から救済される状態にまで向上する巡礼者たちを表しているという寓意小説であると考えられている。問題はそこにおける登場人物の描き方にある。ロバート・E・モースバーガー（Robert E. Morsberger）は "Steinbeck's *The Wayward Bus* (1947)" のなかで、「罪は大きく認識されているが改悛の念はほとんどみられず、旅の終わりに至って出発時よりも救済に近づいている者は皆無である」（二一三）と、そもそも寓意小説になっていない点を指摘し、ジョン・H・ティマーマン（John H. Timmerman）も *John Steinbeck's Fiction* において、「『気まぐれバス』は『エヴリマン』の精密な寓意的相似形には、けっして近づいていない」（一九二）と述べている。またレスター・ジェイ・マークス（Lester Jay Marks）は、登場人物の描き方にも言及し、この作品の欠点をつぎのように論じている。

それは、感銘に乏しい本である。なぜなら、人間という動物に人間の本質を与え損ね、読者の感情を、自分との一体化や哀れみを通して巻き込むことに、失敗しているからである。生き生きとした登場人物を必要としない寓意小説だからという理由で、こうした弱点を擁護することも妥当ではない。たとえ寓意小説であっても、小説として成功するためには、読者が遠回しに寓意的な意味へ導かれるように、説得力のある筋と登場人物を創造しなければならない。（一〇七―〇八）

もう一つの批判は、作者の語りの部分が多すぎるという構成上の問題をついている。実際、どの人物もこの小説のプロットであるバスの旅に参加することになる前の説明にかなりの比重が置かれており、バスが出発するまでに小説全体の約半分が費やされている。マークスは、「登場人物は描かれる以上に説明されており、筋がその説明に従属したものになっている」（一〇八）と不満を述べ、ウォレン・フレンチ（Warren French）は *John Steinbeck* (1975) において、この作品の欠点として、「登場人物を通してというよりもむしろ、登場人物そのものを説明するのに時間をかけすぎている」（一三五）という点を挙げている。

いっぽう、肯定的な批評には、『気まぐれバス』を人間のもつ俗悪さの探求とそこからの改心による向上の物語であるとする観点がある。ピーター・リスカ（Peter Lisca）は、*The Wide World of John Steinbeck* において、この小説は『キャナリー・ロウ』や『真珠』とともに、「現代文明の底に流れる傲慢さの検証」（二三二）を目的としていると主張し、杉山隆彦氏も“Camille Oaks, A Heroine of Nonsense”において、この小説を「一九四〇年代後半のアメリカ人とその風俗や習慣の見事な風刺」（一三二）としてとらえ、「男女の現代の荒地をうまく再現した縮図」（一三二）である点を強調している。またモースバーガーは、寓意に依存している小説ではないとした上で、「『気まぐれバス』は、第一に人物の考察として機能しており、そのレベルでは、スタインベックの最も巧妙で成功した業績の一つである」（二一四）と賞賛し、ティマーマンは、「一般的、非寓意的な面では、『エヴリマン』に」匹敵しており、……ある意味では、人間の性格の非目的論的なところを暴き出すことを目的とした、目的論的なバス旅行である」（一九二）と述べている。以上のように『気まぐれバス』は、寓意小説であるということにとらわれなければ、現代社会に生きる人間の分析とその悪の部分を追求した風刺小説であると考えられている。

物語の梗概は、つぎのようになっている。

運転手ファン・チーコイは、食堂、雑貨屋、ガソリンスタンドを営みながら、路線バスの営業を行い、妻アリス、助手のピンプルズ、ウェイトレスのノーマと、片田舎のレベル・コーナーズで暮らしている。大雨の降った翌日、ファンは六人の乗客とピンプルズ、店をやめる決心をしたノーマを乗せて、バスを出発させる。乗客の内訳は、実業家のプリチャード氏とその妻バーニス、娘で大学生のミルドレッド、セールスマンのアーネスト、元ストリッパーのカミール、偏屈な老人ヴァン・ブラントである。川の増水で橋が危なくなったことから、バスは旧道を進むことになるが、今の生活からの逃避願望を抱くファンが、故意にバスを溝にはまらせて立ち去ってしまい、一行は立ち往生する。その間に、プリチャード夫婦間のいさかい、プリチャード氏とアーネストやカミール、ノーマとピンプルズの間の葛藤、ヴァン・ブラントの卒中の発作など、さまざまな事件が起こるが、ファンは結局、彼のあとを追ってきたミルドレッドとの情事を楽しんだ後、思い直してバスに戻り、皆と協力してバスを泥のなかから引き上げ、目的地のサン・ファン・デ・ラ・クルスへと向かう。

二　二つのタイプの人物像

『気まぐれバス』は、『はつかねずみと人間』や『怒りのぶどう』などのように移住労働者を扱ったものでも、『天の牧場』や『長い谷間』などのように特定の地域で生きる人々を扱ったものでもない。実業家、ストリッパー、セールスマンといった現代社会を象徴するような人物が一緒に旅をするという、スタインベックとしてはやや異色の作品である。ここで作者は、それぞれ悩みを抱えるさまざまなタイプの人間を一台のバスに同乗させ、それぞれ互いに会話を通じてその思惑をぶつかり合わせることにより、一人ひとりの本質を明らかにしていく。その過程で、何かを発見し、変化の兆しを示す者もいれば、まったく変化を示さない者もいる。この点についてリスカは「これらの人物の中で、旅を通して実際に変化する者はいないが、ファン・チーコイが一時的にバスの世界を見捨てる間に事件の連鎖反応が頂点に達するなかで、サン・ファン・デ・ラ・クルスに向かうそれぞれの人物は、ある程度の自己認識を成し遂げる魂の暗黒の夜を経験する」(二四一)と述べている。そしてそれは、プリチャード一家のようにいわゆる「お上品な」人びとも、ファンなどのような庶民の人びとも、変わりはない。どちらのタイプの人間も、何かに悩み、また何かから逃避しようともがいているのだ。

さてリスカは、プリチャード夫婦らを「救われない者」(the damned)、ファン・チーコイ、アーネスト・ホートン、カミール・オークスらを「救われる者」(the saved or elect)、ミルドレッドをその中間の「煉獄にある者」

（those in purgatory）とした。ここで、判断力や自主性を備えたファンらを、『キャナリー・ロウ』に登場する、「ゆったり」していて「健康で奇妙なほど汚れのない」（二四九）マックたちのような人間だとすれば、プリチャード夫婦は、ドックが『キャナリー・ロウ』のなかで、「野心と不安と強欲でみずからを引き裂き」、「胃も魂も傷ついた病人」（二四九）であると批判するような人間であると考えられる。中山喜代市氏は『スタインベック文学の研究Ⅱ』のなかで、「放浪者」が「物事の本質を認識している」（二四五）理想像であると述べ、その意味が「わかっている人間」がファン、アーネスト、カミールたちで「わかっていない人間」がプリチャード夫婦らであると論じている（二四〇）。そして、この正反対の二つのタイプの中間が、お上品な家庭の一員ではあるが現代的で奔放なミルドレッドということになる。

プリチャード一家は、『天の牧場』に登場するマンロー一家のように、乗客たちのなかでは唯一社会的に成功して、それゆえ立派な良家といえるかもしれない一家族として描かれている。実際には利己的で傲慢なプリチャード氏は、人間の価値は社会的に立派にみえることにあるという幻想に縛られているが、同じ会社同じクラブに所属する同じ種類の人間、つまり「立派な」人びとと一緒にいるときしか安心できない弱い男でもある。そして、自分たちの社会的地位にたいする誇りや周囲から称賛されたいという思いは人一倍強く、「社長とか何とかさんざん言い立て」（二三）て、ピンプルズに嫌がられ、帰ってから皆をあっと言わせてやりたいと、アーネストの扱う商品に関心をもつ。妻の高価なコートを大事に扱うのも、彼のそうした感情の表れであり、ナレーターはそれについて、「妻と同様に、彼にとっても、そのコートは自分たちの地位を示す象徴であった。これがあれば、成功した伝統ある確かな人間だと認められるのだ」（六九）と語っている。

いっぽうプリチャード氏は、性的欲望も下品なこととみなす妻バーニスとは違って、男ばかりのパーティで仲間とストリップショーを楽しんだりもする普通の欲望をもつ人間である。だがこれは、明らかに、彼が守ろうとしている立派な人間という体面に反している。そこでプリチャード氏は、同様に利己的なところがあるバーニスがいらいらをつのらせたときに起こす激しい頭痛を、自分に対する罰であると考えてしまうのである――「彼の獣性、肉欲、自制の欠如が原因なのだ。そしてそこから救われる手段は何もなかった」（二一一）。

こうして妻の頭痛は、プリチャード氏を抑圧する存在となるが、その本質を見抜いているのが、娘ミルドレッドである。

ミルドレッドは、それでもその頭痛を、まったく狡猾にまったく残忍に母が用いる武器であると考えていた。それは、母にとって苦痛であるのは本当だが、同時に家族を支配し、罰する。そして、みんなを服従させるのだ。（二一二）

進歩的な考えをもつ娘にとって、性的欲望に欠け物質的な事柄にしか興味を示さない母親が起こす頭痛は、自分を縛りつけ自由になることを阻むものであり、憎悪の対象となる。そして、そこからの解放を願う気持ちは、ミルドレッドだけではなく、プリチャード氏も潜在的に抱いていたのかもしれない。表面上は立派な人びとということになっているプリチャード一家ではあるが、この父と娘が現状から逃避したいと感じていることは、明らかである。

メキシコ人の血を引き、バスの運転を仕事としているファンは、プリチャード氏とは対照的な人物である。もっとも彼は『トーティーヤ・フラット』に登場するパイサーノたちとは違って、定職に就いて所帯を構え、「銀行預金とある程度の安心と幸福」（一二）を手にしている。したがって、高い地位こそ備えてはいないが、社会的弱者とまでは言えない。しかし、金になる仕事がないという理由で国をあとにしたファンにとって、白人が支配するアメリカは、それほど居心地の良い場所ではなかったようである。この点について、スタインベックは多くを語ってはいないが、メキシコ人のファンの白人にたいする複雑な感情が、つぎのように表されている。

ため息をついて背中を少し後ろにそらすミルドレッドを見たとき、ファンの心の奥底で憎悪の虫が動いた。わずかではあるが彼にもインディアンの血が流れているので、暗い過去のなかに、青い目と金髪にたいする憎悪が積もっていた。それは、肌の色にたいする憎しみと恐れであった。何世紀もの間、一番良い土地や馬や女を手にしてきた青い目をした人間たち。(八二)

生活に不自由が無いとは言え、アメリカは、あくまで自分たちを虐げてきた白人の国である。メキシコ人のように豆料理ができるという程度の理由でアリスを妻にしたのも、ファンがアメリカ人になりきれないことの表れである。実際彼は、妻を深く理解しているわけではなく、彼女が病身の母親と自分をもてあそんだ男という過去の不快な記憶にいまだに苦しんでいることにも、気づいていないようである。したがって、ファンがこの愛着をもてない国で妻と今の生活を続けていることを単に惰性だと考え、そこから逃げ出したいという思いを抱くのは、不思議ではない。ただ、満足できない妻とはいえ、自分を愛してくれているアリスを見捨てることは、どうしてもできなかったのである。

三　プリチャード父娘とファンの変化と成長

以上に述べたように、プリチャード氏、ミルドレッド、ファンは、何かから逃れたいという共通の悩みを抱えている。そして旅の過程で、本性は表すが人間的変化は示さないバーニスにたいし、彼ら三人は、それぞれなりの変化を遂げることになる。二つのタイプの人間が互いに接触しあうことによっていかなる変化を遂げるのかという点について、カミールやアーネストといった他の人物との関係にも触れながら、考察を深めたい。

人前で夫とののしり合うことによってリスペクタビリティ——お上品であること——を台無しにしてしまったバーニスにたいし、プリチャード氏はそのような「仮面」を周囲の人びとによってはぎとられていく。彼は、ファンの店で初めて他の人びとと顔を合わせたときに、不安を感じる。そこで出会ったのは、自分とはまったく違う種類の人間ばかりだったからである。

……彼は、食堂を見回して、自分が独りぼっちであることに気づいた。ここには、他のプリチャード氏はいなかった。……彼はこの人びとを憎み、今度の休暇さえ憎んでいる自分に気づいた。（四〇）

そんななかで、かろうじてセールスマンのアーネストとはいくらか話が合うようだと感じたプリチャード氏は、バスのなかで、気になるカミールの存在を忘れてしまうほど、彼と商売の話に夢中になる。だが、「あちこち動きまわっていろんな人と会うのが大好き」（一五〇）な、根っからの放浪者（tramp）の気質をもつアーネストとは、話がかみ合わない。フレンチはこの二人の相違について、アーネストが、「他人にどう思われているかにかかわらず、自己に忠実である」のにたいし、プリチャード氏は、「真の自己を隠してみずからをより社会的に魅力のあるものにするために、意識的に仮面を用いている」（一三三）と、述べている。またアーネストは、プリチャード氏が思っているほど商売に熱中しているわけでもなく、くだらないアイデア商品を売り歩くという仕事を冷めた目でとらえているようなところがある。マークスはアーネストをカミールとともに「煉獄にある者」に分類した上で、「嫌悪してはいるが、卑しい役割を受け入れることによって支えている社会を、拒絶する機会を提供されている」（一〇九）と論じている。実際、アーネストは、利益を上げるためには多少のずるさも辞さないプリチャード氏のやり方を「ゆすり」であると決めつけることによって、金儲け主義にどっぷりと浸かった彼が所属する社会を拒絶するのであるが、プリチャード氏はビジネスマンとしての誇りを傷つけられ、大きなショックを受ける。彼は常に高い名誉を保持していなければならないからである。そこで、自分は悪い人間ではないことを説明しようと躍起になる。

「そうだ、私は自分の会社では地位や名誉があるが、ここでは何もない。独りぼっちだ。この男は私をペテン師だと思っている。そんな考えが間違っているとわかるように、［彼を］チャーリー・ジョンソンの元に送ることもできない」（二二五）

このようにアーネストによって初めてみずからの誇りを傷つけられたプリチャード氏は、バスが立ち往生している間に、更にこの若者の言葉に追い打ちをかけられる。アーネストは彼に、自分で機械の修理ができるか、牛を屠殺して料理できるかと問いかける。だが、俗物のプリチャード氏にそのような独力で生きる力があるはずがない。また、プリチャード氏は、企業にとっては都合の良い昔の自由放任主義の政策を支持し、高い税金とビジネスにたいする政府の干渉を嫌悪しているが、アーネストは正直と倹約という信念が役に立たないことが問題なのであり、信念さえあれば政府のために働くことになっても構わないと言って、彼の考えを否定し、さらにつぎのように自説を述べる。

「私は、彼ら［わが国の高名な人たち］が言ったり行ったりすることは、新聞で読んでいますよ。あなたが放浪者と呼ぶような友人がたくさんいるんですが、この二種類の人たちの間にほとんど大きな違いはないんです。国務長官よりもあの連中のほうが、良いことを言っているように聞こえるときもありますよ」（二七八）

このようにここで、社会的に立派な人々が人間的にも立派であるとは限らないという、スタインベックの『キャナリー・ロウ』での主張が、アーネストの言葉を通して明らかにされる。自分は「高名な人たち」に属していると思っているプリチャード氏にとって、この一言は、みずからが信じ誇りにしてきたものが崩れ落ちてしまうような衝撃であったのかもしれない。同時に、これまで保持してきたアイデンティティの枠からはみ出して自由に生きたいという気持ちが、無意識のうちに生じたのではないだろうか。結婚以来妻以外の女性と関係をもったことのない彼が、この直後に「自分の言葉に驚き」（二八三）ながらも積極的にカミールに接近しようとするのは、その表れである。

ところでカミールは、普通の暮らしを望んでいるにもかかわらず、男性をことごとく魅きつける性的魅力のために、ストリッパーになることを余儀なくされた女性である。しかし彼女には、それを自分の運命として受け入れ、したたかに生きる強さが備わっている。前述のように、マークスは、カミールもアーネスト同様、偽善的な社会を拒絶する存在だとしている。そのことは、言い寄ってくるプリチャード氏にたいする反撃の言葉にもよく表れている。彼女はプリチャード氏に言う――「ワイングラスに入っている女を覚えているでしょう。あなたたちがどんな顔をしていたか見ていたわよ。それが何の得になるのかなんて知らないし、知ろうとも思わないけど、気持ちのいいものじゃないわね」(二八七)。こうしてプリチャード氏は、彼が最も軽蔑する放浪者に、仲間とストリップを眺めて楽しむという卑俗な一面を指摘されてしまう。そしてこのときついに、立派な人間であるという自分の幻想的な「仮面」が完全にはがされてしまうのと同時に、思うように生きたいという願いが表に現れ、「疲れ果てた、肉体的恐怖のような重苦しさを胸に感じ」(二八七)ながらカミールには果たせなかった情欲を妻にぶつけることで、彼はその思いを行動に移す。「病気の猫のように扱われるのにはもううんざりだ」(二八八)という言葉を吐く瞬間に、一時的にではあるにせよ、自分を押さえ付けてきた妻の頭痛に打ち勝ち、体面を守らなければという抑圧から解放されようとするのである。

このようにプリチャード氏は、自分とは異種の人びととバスの旅を続ける過程で、彼らによってその俗悪な面を暴かれ、リスペクタビリティという仮面をはぎとっていく。最後の場面で、「気が狂っているんだろうか。たぶん働きすぎなんだ。神経が参ってしまっているんだ」(三一一)と自己を否定するような姿は、成功者としての自信に満ちあふれた出発前のプリチャード氏とは、別人のようである。モースバーガーは、「幻想をはぎとられて、このアメリカ人の男性は、真の自己が暴かれたことに仰天している」(二一九)と述べている。さて、プリチャード氏に関しては、彼を現代社会の悪を象徴する人物として否定する見方がとられることが多い。たとえば中山氏は、この作品でスタインベックが批判しているのは「商業主義に毒された社会」や「お上品な伝統」であるという見地から、彼が「何ひとつ長所のない」（二五七）、「まったく同情に価しない」（二六一）人間のように描かれていると論じている。また、マークスも、「『気まぐれバス』は、悪を変化するものとして扱っており、それゆえ、変容は例証されてはいないが、意志の行使を通して、何人かの人物の再生の希望を抱かせている」（二〇八）と述べながら、プリチャード氏に関しては、「救われない人間」とした上で、つぎのようにその可能性を否定している。

エリオット・プリチャードは、あまりにも長い間ビジネス倫理という偽善にどっぷり浸かっているので、いまさら他人や自分自身に正直になろうとすることはできない。自らの残酷さや強欲を一瞬かいま見たとき、彼にできることは、せいぜい責めを妻に向けて、洞穴の中でレイプすることだけだ。（二〇八）

だがいっぽうで彼は、妻の世界から閉め出されたと感じたときに同じ種類の人間ではないはずのノーマやピンプルズを見て、「彼らの仲間に入りたいという強い衝動を感じ」（二六九）たり、卒中で倒れたヴァン・ブラントの世話を嫌々ながらも引き受け、バスを溝から押し出す作業も手伝っている。これらの点は、以前のプリチャード氏にはまず考えられないことであり、何の変化も示さないバーニスとは対照的である。バーニスは、人前で夫と激しく口論することで他の乗客から面白おかしく眺められる存在になってしまってもなお自分は「模範」であるとうぬぼれ、夫の苦悩などまったく理解できず、「エリオットが獣にまで堕ちたからといって、私が美しさと寛容さを失うことはない（三〇六）と考えるような、自己の本質を認識できない人間である。だがプリチャード氏は、体面に縛られた俗物から完全に脱しきれたとは言えないまでも、自分の弱い面を悟り自己の本質を認識するという大きな前進を見せている。また、妻をレイプすることで、自分に課した立派な人間というアイデンティティから逃れようとする兆しを一瞬わずかに示してもいる。どちらにしても、バスを押し出す作業を手伝う気などまったくなく、なかに乗り込んだままのバーニスと、自発的ではないにしろ、とにかく作業を手伝うプリチャード氏が、いつまでも同じグループに属したままとは思われない。バーニスが最後まで「救われない者」であるのにたいし、プリチャード氏は再生の可能性をわずかながら残している、「煉獄にある者」への途上に位置する人物であると、考えられないだろうか。

さてミルドレッドは、両親にたいして愛情を抱きながらも、この二人からの解放を願望する気持ちが、徐々に大きくなっていくようである。父親とは正反対のタイプの男性であるファンに性的魅力を感じながら、彼が語るメリーゴーランドの虜になって故郷を捨てた男の話に、彼女自身を重ね合わせている様子が、ファンの視点から描かれている――「そしてファンは、ミルドレッドが自分の話をみずからにたいする寓話としてとらえていることを、見て取った」（八五）。そしてそのような思いをより募らせたのは、カミールの存在である。ミルドレッドは、本当は普通の生活を望んでいる彼女の苦悩など知らぬまま、その一見自由そうな生き方に強く魅かれるのである。

彼女は、カミールがうらやましかった。あの人は流れ者なんだと思った。流れ者ならば、万事ずっと気楽なものだ。良心も喪失感もなく、すばらしくゆったりした、猫が背伸びをするような自由気ままな生き方があるだけだ。

（二一四）

だが、母親の頭痛に支配されている限り、自由な女になれないと感じるミルドレッドは、「母が死んでしまいさえすれば」（二一五）という願いと、それを「何とひどい考え方なのか」（二一五）と打ち消す母への愛情の間で、揺れ動くのである。

そして、バーニスがヒステリックな口論を始めて利己的な本性をさらけ出したとき、彼女はついに本心を両親にぶちまける。このとき娘は、今まで隠していた母にたいする憎悪を初めてむきだしにして、「あなたの頭痛は芝居だ」と言い放つと、両親の制止を無視して雨のなかを出て行く。もっともミルドレッドは、自分が本当にこのままどこかに行ってしまうのは不可能な話だと自覚している。彼女にできる唯一のことは、バスの旅が始まる前から強く魅かれていたファンに積極的に近づくことであった。

いっぽうファンは、ことごとく反対ばかりして面白がる偏屈な老人ヴァン・ブラントと自分の都合しか考えずに文句ばかり言うプリチャード氏に怒りを爆発させたことをきっかけに、今の生活からの逃避願望が急速に高まり、ついに、乗客を見捨ててメキシコに帰る決心を固める。彼は、アメリカでアリスと暮らしバスの仕事をしている現状を、「わな」にはまっているのだと考え、「いったいこの国でおれは何をしているんだ。ここは、おれにふさわしい土地じゃない」（二三五）と、望郷の念をいっそう強めるのである。

だがファンはまだ、心のどこかにアリスを見捨てられないという気持ちを残しており、もしバスが動かなくなったらその決意を実行すると、守り神として信じている「グアダルーペのマリア様」に運命を任せることにする。だからこそ、マリア様を裏切って故意にバスを溝にはまらせてしまった後、逃避願望とアリスにたいする思いの間で板挟みになって苦しむのである。自由になれたというのに、アリスのことばかり頭に浮かんで嫌な気分に襲われながら、それを必死で打ち消そうとするファンの葛藤がつぎのように描かれている。

ファンは、いい気分がしなかった。思っていたのとは違っていた。いい気分でもないし、楽しくもないし、自由な気持ちも感じなかった。（二四一）

「それ［アリスとの暮らし］は忌まわしいわなだ。人は、あるものに慣れると、それが好きなんだと思ってしまうんだ。風邪を治すように、そんなものも治してしまおう」（二四二）

こうして、現状からの逃避願望はあるもののどこかひっかかるものがあってそれを実行できないという共通点をもつミルドレッドとファンが、二人きりになった納屋の中で性的関係をもつことになる。ミルドレッドは、彼に性的欲望を抱くと同時に、ファンが今の生活からの逃避を望んでいることを本能的に感じとり、両親からの解放を願う自分の姿と彼とを重ね合わせていたように思われる。ファンが納屋に来ていることを知ると、「彼と一緒にメキシコに行ったとしたら」と想像し、「あなたはここでバスの運転なんかしている人じゃない。他にふさわしいところがあるわ」（二六五）と、ファンの思いを指摘し、情事の後には、「私をメキシコに連れて行かないの」（二八九）と尋ねる。だが、父親にはない「暖かさ」や「誠実さ」が感じられるこの男と、自問自答しながらも性的に結ばれたことで、ミルドレッドは、立派な一家という体面に固執する両親から精神的に解放される。そして、「救われる者」に一歩近づくのである。ちょうど同じころ、アーネストとカミールによって自己の弱さを認識させられたプリチャード氏が、妻をレイプすることで彼女の抑圧から逃れようとしている。父も娘も、自分とは違ったタイプの人たち、リスペクタビリティとは無関係な人びとの力を借りて、人間的に成長することになる。

ところで、プリチャード氏が否定されがちであるのにたいし、ファンは優れた人物として評価されることが多い。マークスは、彼を「救済者の役割を果たす者」として、「他の人間の邪悪な点を拒絶するだけではなく、文明社会の最良の部分（職人の技能）のみと昔の原始的、本能的社会の最良の部分（記憶と感情という宗教）を保持しているので、悪から免れている」（一一二）と称賛し、さらに、ミルドレッドとファンのセックスを、「完成した男性の代表であるファンとの結合に、完成していない現代の女性が充足感をみいだせるという、再生の象徴的な行為」（一一〇）であるとし、ミルドレッドにとってファンの魅力は「性的な事柄を超越している」（一一二）と説明している。また中山氏は、「人生や自然をあるがままに受け入れ」、「人生や人間を愛する」ことのできる「放浪者」として礼賛されている（二六一—六二）と、論じている。確かにファンは、人間的魅力や行動力という面においては、プリチャード氏よりもはるかにまさっている。だが、彼の逃避願望にとりつかれる姿からは、彼が人生をありのままに受け入れているとは言いがたい。ミルドレッドと結ばれて初めて、彼はメキシコに帰りたいという願望からふっきれる。葛藤から脱して現状を受け入れ、真の「救われる者」となるのである。ファンは、心の奥底では憎悪の対象である白人の娘ミルドレッドを性的に征服することによって、自分たちメキシコ人を支配してきた白人の国アメリカで生きていく強さを得ると同時に、自分が潜在的に抱いていたアリスにたいする愛情を再確認したのではないだろうか。つまり二人のセックスは、ミルドレッドのみならずファンにとっても、現実からの逃避願望を克服するための通過儀礼であったのだ。現実をありのままに受け入れ、その苦悩から精神的に解放されることによって、もはや、ミルドレッドは母親の頭痛を憎悪としてとらえることもなく、ファンはわなにはまっているなどと感じたりはしないだろう。二人はセックスという肉体的なつながりを通してお互いの苦悩を昇華し、人間的成長を遂げるのである。それはスタインベック流にいえば、「ファランクス効果」といえるかもしれない。バスに戻る時の二人の心は、まさに雨上がりの空のように晴れやかである。

四　結び

これまでのスタインベックの作品には、移住労働者に代表されるような弱者の立場にいる人間を扱ったものが多い。そして、彼の代表作『怒りのぶどう』では、そのような弱者であるジョード一家がやはり旅を通して大きく成長する姿が描かれている。もちろん、あらゆる困難と闘いながら生きるために続けられる彼らの旅は、『気まぐれバス』の乗客たちの旅とは比較できないほど苛酷である。そんな逆境のなかで、自分の家族の幸福を第一に考え、目の前にあることしか頭になかったトム・ジョードが、民衆全体のために社会不正と闘うことを決心し、利己的で愚痴をこぼしてばかりいたローザシャーンが、たくましく生きていく決意を固める。人間の不屈の精神を示すような二人のこの驚異的な成長に比べれば、自己の弱さを認識し妻の抑圧から解放されようとするプリチャード氏、両親の抑圧から解放されるミルドレッド、逃避願望を克服するファンの成長は、ごく個人的な、取るに足らないものかもしれない。一日の始まりが、食べるものの心配からでなければならない厳しい恐慌下の時代に生きたジョード一家とは違い、戦後の豊かなアメリカ社会に生きるこれら三人は恵まれている。良家の人びとプリチャード父娘はむろんのこと、一庶民のファンも、安定した生活を営み、メキシコ人であるとはいえ、移住民らが「オーキー」と呼ばれたような、あからさまな軽蔑と差別を受けることもない。彼らの抱える精神的な悩みなど、トムやローザシャーンの目には、単なる甘えに映るかもしれない。だが、豊かになった現代社会にも、プリチャード氏に象徴されるような商業主義と虚栄心、彼の一家やチーコイ夫婦が表す真に通じ合うことのない家族というような、むずかしい問題が生じている。そしてそこから何とか脱しようと懸命にもがいている彼らの姿は、一日一日を生き延びようとするジョード一家に劣らないほど真剣であるように思われる。だからこそスタインベックは、トムとローザシャーンが成長を遂げた場所と同じ場所を、この三人に与えたのではないだろうか。トムは洞穴のなかで、ケイシーから聞かされた言葉の意味を考え抜いてその意志を受け継ごうと決め、ローザシャーンは納屋のなかで、餓死寸前の見知らぬ男に自分の乳房をふくませることでマーに続いて全世界の母となる。同様にプリチャード氏もやはり洞穴のなかで妻に戦いをいどみ、ミルドレッドとファンは納屋のなかで交わって、それぞれの苦悩から解放されるのである。

時代や環境が変わっても、成長しようとする人間は常に存在する。『怒りのぶどう』では強者と対立する弱者の成長が描かれているのにたいし、『気まぐれバス』では、社会的弱者のみならずプリチャード一家のような強者の立場にいる人間にも焦点が合わされ、この二つのタイプの登場人物たちが互いに接触しあうことで見せる変化や成長が描かれている。そして、プリチャード氏が、収入の多さや社会的地位だけが人間の強さではないことを初めて認識させられるというように、社会的に立派であるとされる強者の欠点をあげつらうだけではなく、彼ら強者にも人間的成長の可能性があることを示唆している。もちろん、どの時代にも成長しない人間というものも存在し、現実から逃避してしまう『怒りのぶどう』のノアやコニーのように、まったく以前と変わらないバーニスのような女もいる。しかし彼女以外の人たちは、ヴァン・ブラントを除いて、みずからの苦悩と闘いながら、一歩ずつ前進しようとしている。バスを溝から押し出そうと協力する乗客たちの姿は、『怒りのぶどう』のなかで、「わたし」から「われわれ」へと意識が変わっていく移住民たちの団結を思わせ、彼らが『怒りのぶどう』のヒーローたちに近づこうとしているように思われる。程度に差こそあれ、人間的魅力のあるメキシコ人運転手ファンから、俗物のプリチャード氏に至るまで、さまざまなタイプの人間に許された成長の可能性は、『エデンの東』で展開される、悪との闘いのなかでの人間の可能性を予期させているようである。

テハチャピ峠から望むカリフォルニアの中央平野（『怒りのぶどう』第18章参照）
（中山喜代市撮影）

『爛々と燃える』――ハイ・モダンな劇小説と戯曲

中山喜代市

一　背景

スタインベックの現代版道徳劇『エヴリマン』(*Everyman*)――『爛々と燃える』の執筆中における表題――の構想についての言及は、彼の映画や演劇関係のエイジェントであったアニー・ローリー・ウィリアムズ(Annie Laurie Williams)宛の書簡(一九四九年九月三〇日付)が最初である。作家は、「その戯曲は頭のなかでほとんど出来上がっています。この冬にそれを仕上げたいと思っています」(未出版書簡、コロンビア大学)と記している。また同じくウィリアムズ宛の書簡(一〇月七日付)において、イレイン・A・スコット(Elaine A. Scott)と「この演劇についてじっくりと話し合った」とあり、また同じころ、パスカル・コヴィチ(Pascal Covici)への書簡(一〇月一一日付)にもこの戯曲についての言及があるし、イレイン宛の書簡(一一月七日付)――このころスタインベックは、グウィンドリンとの離婚が正式に決まった直後で、イレインに毎日のように手紙を書いていた――のなかで、「どうかニューヨークですぐに仕事に就こうとしないでください。私が戯曲を書きはじめたら――それもすぐにそうするでしょうが――あなたに、私といっしょに、または私が一ページを持ってあなたのところへ走っていけるほど近くに、いてほしいのです。これは私たちがいっしょにする最初の仕事であり、あなたがそれにかかわっていることが私にとって非常に大切なのです」(『書簡集』三八七)と記している。

一九五〇年一月九日、スタインベックは同年一二月に結婚式を挙げることになるイレインのために、当初「エヴリマン」と呼んでいたこの作品――このころまでにウィリアム・ブレイク(William Blake)の詩"The Tiger"から引かれた「夜の森のなかで」("In the Forests of the Night")と改題していた――の執筆に着手し、その第一稿を一月三一日に完成した。この日、デイヴィッド・ヘイラー・ジュニア夫妻(Mr. and Mrs. David Heyler, Jr.)に宛てた書簡には、「おそらく今日、私は演劇《プレイ》を書き終えます。一月九日に書きはじめましたから、かなり早くすすんだことになります」(四〇一)と記している。前年の秋から構想を練っていただけに、執筆期間はわずか二三日間であった。

三月に、リチャード・ロジャーズ(Richard Rodgers)、オスカー・ハマースタイン二世(Oscar Hammerstein II)たちとの話がまとまり、この演劇は秋に公演される運びとなった。それには当然ながら、かつてミュージカル『オクラホマ!』(*Oklahoma!* 1943)の舞台監督だったイレインの内助の功があった。そして七月下旬に、「夜の森のなかで」という題名は長すぎるし、文学的すぎるという理由で、プロデューサーたちから「爛々と燃える」("Burning Bright")という表題が示唆され、スタインベックもそれに賛成したのである。

試験興行はまずニューヘイヴンで始まり、その後ボストンにおいて一〇月九日から一週間あまりつづいた。スタインベックはリハーサルの段階ではあまり顔を見せなかったが、ボストンでは細部の修正のため献身的に努力したとのことである。そして試験興行が終わるころには観客の反応もよく、態勢づくりは万全と思われた。しかしながら、一〇月一八日、ニューヨークのブロードハースト劇場における初演では、好意的な批評が二編、好評と酷評の入り混じったものが一編出ただけで、その他のものはどれもこれも酷評だった。結局、『爛々と燃える』

の公演はたった一三回で打ち切りとなり、スタインベックがユージーン・ソロウ（Eugene Solow）に書き送ったように、文字どおり「批評家たちは私たちを殺した」（『書簡集』四一二）のである。彼が献辞に、"To, For, and Because of Elaine" と思いを込めてイレインに献じたこの作品を、スタインベックは勿論のこと、イレインもぜひとも成功させたかったにちがいない。憤懣やるかたなき気持ちから、彼は、"Critics, Critics, Burning Bright" と題したエッセイを *Saturday Review* 誌（一九五〇年一一月一一日）に発表し、遺憾の意を表明したのもむべなるかなであった。ところで、マーサ・ヒースリー・コックス（Martha Heasley Cox）は、「六万ドルの企画で、週に一万八〇〇〇ドルという当時としては法外な経費がかからなかったら、『爛々と燃える』の興行はなんとかして続いていたかもしれない」（四七）と述べている。

二　作品の形式と登場人物たち

『爛々と燃える』は最初から演劇のかたちで書かれたという説もあるが、まず、スタインベックが「劇小説」と呼ぶ形式で書かれたのちに舞台台本が書かれ、ブロードウェイで公演されたものである。「劇小説」版でさえ、"Burning Bright: A Play in Story Form" と題されたこの作品は、『はつかねずみと人間』や『月は沈みぬ』と同じく、劇小説と戯曲の両方の形式で書かれ、出版されたが、先の二作とは異なり、『爛々と燃える』は演劇のほうが先に一九五〇年一〇月一八日に初演となり、劇小説の出版は初演の二日後、一〇月二〇日であった。おそらくスタインベックは、小説よりも演劇そのものを優先して、イレイン夫人に贈りたかったのであろう。だが、ブロードウェイで不評だったせいか、この作品の戯曲版は一九五一年にドラマティスツ・プレイ・サーヴィス社から

Acting Editionが出版されたのみで、ヴァイキング・プレス社からはとうとう刊行されなかった。

劇小説『爛々と燃える』はその副題「物語形式の戯曲」が示すように、『はつかねずみと人間』や『月は沈みぬ』に比較して、劇小説というよりは、よりいっそう戯曲に近い形式の作品になっている。劇小説版についていえば、『月は沈みぬ』は『はつかねずみと人間』よりも状況の描写が少なく、より戯曲に近いかたちで書かれていたが、『爛々と燃える』はそれよりもいっそう戯曲に近く、まさに「読む戯曲」となっている。「章」でなく「幕」や「場」という語が使用されているほどである。

しかしこのような作品でも、当然ながら、戯曲版（台本）がなくては上演は不可能である。スタインベックは劇小説を仕上げてから戯曲版の完成までにかなりの改筆を余儀なくされた。芝居の台本というものは、なかなか劇作家の思いどおりにゆかぬ厄介なもので、俳優や演出家やプロデューサーとの合作でしかありえないであろう。ちなみに、アニー・ローリー・ウィリアムズがスタインベックに宛てた一九五〇年五月一六日付書簡に、つぎのようなことが記されている。驚くなかれ、戯曲版はほとんど彼女のアイディアどおりに改筆されたといってもよいほどなのである。

この手紙が着くころまでに、もうあなたはおそらくフレンド・エドとヴィクターの新しい場面をお書きになっているることでしょう。私はフレンド・エドがモーディーンを守るためにもどってきて、ヴィクターと争わねばならないのは正しいように思います。モーディーンはすでにヴィクターを殺さざるをえないと言い切りました。それでヴィクターは、フレンド・エドが登場する前に、モーディーンに言い寄ったのです。

私はこう思います。フレンド・エドがヴィクターに、もしもそういうことを止めねばおまえを殴らざるをえないと言うのです。ヴィクターはフレンド・エドを殴り、ひどい殴り合いが始まります。観客には争いが見えませんが、聞くことができます。ヴィクターはフレンド・エドに殴り倒され、頭を打って死ぬのです。フレンド・エドが彼を海のなかに投げ込むか、彼が落ちるのです。（未出版書簡、コロンビア大学）

執筆中の表題が中世の道徳劇を想起させるべく、「エヴリマン」であり、のちに「夜の森のなかで」と変更され、さらに出版間際になって「爛々と燃える」と改題されたこの作品の登場人物は、わずか四人のみであり、それは神話的、原初的に、人間の生活環境を象徴的に表していると考えられよう。ちなみに、四という数字は、ユング心理学では仏教の「まんだら」にみられるように、円とともに完全性を表し、極めて象徴的なのである（河合 二三二―三三）。スタインベックは『知られざる神に』において、ウェイン家の四人兄弟のそれぞれが一つの種族を象徴的に表し、また、ジョウゼフが家族の長としてヌエストラ・セニョーラの谷間にウェイン王朝を建設しようとし、その夢が崩壊するさまを描いたのであった。『爛々と燃える』における登場人物の四人については、ジェイ・パリーニ（Jay Parini）が示唆するように、ユング心理学の元型論的に、それぞれの登場人物が、夫、妻、友、アウトサイダーという元型であると考えてもよいであろう（三四二―四三）。そして「アース・マザー」像としてのモーディーンは、人類の子（イエス・キリスト）を出産した聖母マリアであり、ジョウ・ソールはマリアの夫ジョウゼフであるという聖書的家族像の引喩を想起することも可能である。

劇小説、戯曲とも三幕から成っているが、特異なことに、第一幕「サーカス」、第二幕「農場」、第三幕第一場「海」、第三幕第二場「病院」と、それぞれ舞台背景が変化する。ただし、登場人物の名前は同じで、プロットも連続していくが、登場人物の職業がそれぞれの場面によって変化するという、斬新でモダニスティックな戯曲となっている。これはスタインベックがテーマの普遍化を狙ったゆえの趣向であるが、観客によっては、不自然で、理解しがたいという不満を招くおそれもあり、登場人物たちの普遍性を強調するための非日常的な「言葉」とともに、この作品の不評の原因ともなった。しかし、「批評家、批評家、爛々と燃える」において説明したように、スタインベックは、「経験の普遍性を示そうとして、長く続いて伝統をもつ三つの職業、サーカスの芸人、農夫、船乗り、という職業をもつ人たちの手にこの物語をゆだねた」(四三)のであり、それはハイ・モダニズム的詩的効果、抽象化を狙った手段の一つでもあったといえよう。

ここで劇小説の梗概を述べるとつぎのようになるであろう。(劇小説と戯曲版との重要な相違点については後述する。)

第一幕 主人公ジョウ・ソール(Joe Saul)は年齢は五〇歳に近いぶらんこ乗りで、三年前に結婚した二人目の妻モーディーン(Mordeen)との間に子どもをほしがっている。だが彼は気づいてはいないが、子どものころにリューマチ熱にかかったせいで子種がない。いっぽう、モーディーンは結婚前に妊娠したことがあり、夫を喜ばせたいがために、ぶらんこ乗りの相手役ヴィクターの種を宿すことを考える。彼女はそのことを道化役者のフレンド・エド(Friend Ed)に相談してみるが、その賛同をえられず、結局、自分ひとりで危険な賭を実行する。

第二幕 ジョウ・ソールは農場主、ヴィクターは使用人、フレンド・エドは隣人という設定である。モーディーンは妊娠していることをジョウ・ソールに告げ、彼は大いに喜び、四人だけのパーティが始まる。やがて月日が経過し、クリスマスが近づく。ヴィクターはモーディーンが自分の子どもを宿していることを知っており、それを彼女に自分の子だ、と主張する。しかしモーディーンは、それはジョウ・ソールの子であると言って譲らない。ヴィクターは次第にモーディーンを愛するようになり、彼女に打ち明ける。彼女は彼に農場から出ていくように頼み、結局、ヴィクターは悩んだ末、みずから出ていくことを選ぶ。(戯曲版では農場から出ていかない。)

第三幕第一場　舞台は小さな貨物船の船室である。ヴィクターは航海士の制服を着ている。モーディーンはお産が近づいており、寝室からジョウ・ソールを呼ぶが、その声を聞きつけたヴィクターがやって来て、彼は陸に上がっていると彼女に言う。そして彼にとってモーディーンは自分の女であり、自分の子どもをここで産ませるわけにはいかないと主張し、一緒にここを出ていこうと彼女に言う。しかしモーディーンは、わたしはジョウ・ソールの妻であり、生まれる子どもはジョウ・ソールの子であると繰り返す。結局、ヴィクターが力づくで彼女を連れ出そうとするので、モーディーンは彼を殺そうと考え、スーツケースを寝室へ取りにいくようにと頼む。そして彼がいない隙に、壁にかかっているナイフを手に取るが、それを見ていたフレンド・エドがモーディーンに何もさせずに(戯曲版では、ナイフをモーディーンから取り上げて甲板に投げ捨てる)、ヴィクターを甲板へ連れ出して殺す。その後まもなく、ゾーン先生のところで真実を知ったジョウ・ソールが帰ってくる。フレンド・エドは彼に、モーディーンが産もうとしている赤ちゃんはジョウ・ソールの子であると説得して去っていく。

第三幕第二場　病室のベッドでモーディーンが寝ている。横には赤ちゃんが眠っている。ジョウ・ソールが舞台に登場し、モーディーンとの対話を交わす。彼は生まれてきた子どもを自分の子として受け入れ、モーディーンと子どもに愛を誓う。

ジョウ・ソールは当時のスタインベックとほぼ同年齢の五〇歳で、作家自身の姿を彷彿させるとともに、コックスが示唆するように、「さまざまな姿をしたエヴリマン」(五四)を象徴する人物となっている。彼は『エデンの東』のアダム・トラスクに似て、善人であり、正直である。だが、あまり賢明ではなく、優柔不断で、融通のきかない、頼りない男という印象が強く、あまり魅力的な人物になりえていない。また彼は、『月は沈みぬ』のオーデン市長に似たところもあり、市長が事あるごとにウィンター博士の友情と叡知を必要としたように、ジョウ・ソールにもフレンド・エドの友情と助言が不可欠である。アダム・トラスクも中国系アメリカ人のリー――ハウスボーイ、乳母、相談相手、友人の役目を果たしている――の献身的な援助によってはじめて生きのびることができた。スタインベックは一九三〇年代においては、「英雄のみが描くに値する」(『書簡集』六九)とよく主張していたのであるが、一九五〇年代になって、かつての考えを変えてしまったのであろうか。ジョウ・ソールもアダム・トラスクも英雄として描かれているとは言いがたい。

モーディーンはイレイン夫人を想起させるのは当然であるが、前述のように、「エヴリマンの子ども」をクリスマスに出産する聖母マリアを具現している。彼女は子どもをもつ母親たち――『知られざる神に』のラーマ、『怒りのぶどう』のマー・ジョード、『真珠』のファアナなど――と同様に、気丈夫な、強い女であり、「アース・マザー」――母なる大地、あるいは地母神――を具現化したような存在である。

フレンド・エドは「友情」そのものの具現化であり、その名が示すように、一九四八年に早世したスタインベックの親友エドワード・F・リケッツ(Edward F. Ricketts)を想起させる人物である。ただ、作品の最初から最後までジョウ・ソールがフルネームで呼ばれるのと同じように、必ず「フレンド・エド」と呼ばれるのは、「フレンド」が固有名詞でないだけに、いかにも不自然に聞こえる。また、ヴィクターでさえ第三幕第一場において、ジョウ・ソールによってミスター・ヴィクター("Mr. Victor")と二度にわたって呼ばれる。この場ではそれがいかに意図的、揶揄的な発言であるとはいえ、読者(観客)にとってその響きはあまりにも不自然で耐えがたいのではなかろうか。このあたり作家の意図は不可解である。

ヴィクターはモーディーンの肉体を一度は獲得するが、結果的には敗者である。彼は肉体的には強い若者であるが、指導者であり、雇い主でもあるジョウ・ソールを侮辱したり、その妻モーディーンに言い寄るというふうに、粗野で、感受性や知性の欠如をみずから暴露するアウトサイダーとして描かれている。一九四五年にスタインベックがメキシコで雇っていたハウスボーイもヴィクターであり、ふたりは一二月の凍るような寒さのなか三日間、故障した自動車を一八〇〇マイルも押して歩いた（『書簡集』二八六）という経験をともにしたのであるが、作家はこのようなかたちで彼の名を永遠に残したかったのかもしれない。

ところで、ジョウゼフ・フォンテンローズ（Joseph Fontenrose）は、「ジョウ・ソールはマリアの夫、ヨセフであり、また、イスラエルの初代の王サウルである。ヴィクターはダビデである」（一一六）と考え、サウルとダビデの関係を詳細に説明し、このふたりによる「年長者と若者とが競い合う物語の原型」（一一六）としての『爛々と燃える』とトマス・ハーディ（Thomas Hardy）の『カスターブリッジの市長』（*The Mayor of Casterbridge*, 1886）との類似性を示唆しているが、ここでは彼の主張の紹介のみにとどめたい。

三　劇小説から戯曲へ

『爛々と燃える』の劇小説版と戯曲版とを比較すると、目立った改筆・削除に限ってみても、第一幕において少なくとも一三箇所の修正があり、第二幕においては九箇所、第三幕第一場では四箇所、第三幕第二場では原型をとどめないほどの改筆がある。いくつかの場面においては、プロットも変えられている。スタインベックは初演までに、後の劇小説版の批評において厳しく批判されることになる「普遍的な言葉」――「妻喪失」(wife-loss)などのハイフンつきの語を含めて――を戯曲版において修正したり、普遍性を強調するためにジョウ・ソールの先妻キャシーが三年前に亡くなったという明確な言及を避けるなどの細部における配慮をして、それなりにかなりの効果をあげているといえよう。ただし、ここではそのような単語のレヴェルでの改筆についてではなく、極めて顕著な改筆の例をいくつか挙げ、私見を述べてみたい。

(一) 劇小説の第一幕において、「ここを出ようや。おやじさんは飲んだくれている。映画へ行こう。町へ行って、食事をしようよ。ねえ、車を借りてドライヴするのはどうだい?」(六九) と誘うのはヴィクターであるが、戯曲版では、モーディーンが、「ヴィクター、行かないで。お話があるの。たぶん……たぶん、わたしたち、町へ行って、食事をして……静かにお話しできるわ」(一一) と言って、彼女のほうから彼を誘う。このように、ヴィクターの言動には劇小説版と戯曲版においてかなりの相違がある。つまり、戯曲の第一幕では彼は無知ではあるが、無垢な第三者として描かれている。それゆえ、かえってモーディーンのほうが楽園におけるイヴのように、あるいは子種を求めるロトの娘たちのように、誘惑する立場にある。第一幕に関する限りにおいてであるが、戯曲版におけるヴィクターは、劇小説版におけるほど生意気で、憎らしい青二才のようには描かれてはいないという印象をうける。

(二) 第二幕の最後のほうで、劇小説では、ヴィクターが農場を去ったあと、ジョウ・ソールが生まれてくる子どもへの贈り物、証として精密検査を受けるという思いつきを口にして、フレンド・エドをびっくり仰天させる。戯曲版では、ジョウ・ソールによって農場に残るように説得されたヴィクターが、彼に向かって、いかにも揶揄的に、医者に行って身体検査を受けるように勧める。

（三）第三幕第一場においてヴィクターが殺害される場面は少なくとも三回にわたって書き換えられている。「夜の森のなかで」という表題のついたコロンビア大学レアブック・アンド・マニュスクリプト・バトラー図書館が所蔵する「タイプ原稿」（劇小説版）には、モーディーンがヴィクターを彼女自身の手で殺す場面がつぎのように描かれている。

ゆっくりと彼女［モーディーン］は彼［ヴィクター］の後についていった。彼女は船べりに沿って歩き、海をのぞき見た。そして彼女の声がもどってきた。「ヴィクター、波を見てごらん。あのように砕けて、光が波のなかできらきら輝いているわ」と彼女がいった。

「急ぐんだ！」と彼はきつい調子で言った。

彼女は彼のほうへと船べりを歩いていき、彼女の声がもどってきた。「ねえ、黒い波だけでも見てごらんよ」彼女の口調には底しれぬ深い悲しみがこもっていた。「桟橋の下の、黒い波を見てごらんってば」

静寂があり、それから殴打の一撃の音、少ししてから海に大きな水音が聞こえた。

モーディーンは船室にもどった。彼女はかがみこみ、昆虫のように体を曲げてくずれおちた。歯をしっかりと唇の上でかみしめて、その目は苦痛のいろでうるんでいた。彼女は壁のほうへと苦痛をこらえながら歩いていき、黒いこぶ状の先端部と、短い、太い握りのついた棍棒を注意深く上着でぬぐった。彼女はその上にかがみこみ、うめき声をあげた。それから彼女は、それを元どおり壁に掛け、少し動かして木製のパネルの元の場所にきちんとおさまるようにした。彼女は振り向いて、部屋を見まわした。そのとき、大きなけいれんが彼女を襲って打ち倒し、またつぎのけいれんが体内を突っ走り、彼女はひざまずいた。彼女は床の上でもがき苦しみ、陣痛の苦しみの叫び声をあげた。

この一節は作家が第一稿として書いたもので、このようにモーディーンが直接手を下すことになっていた。スタインベックは劇小説版にみられるような場面を書いた後、前述のようなアニー・ローリー・ウィリアムズからの示唆もあり、フレンド・エドとヴィクターの台詞を中心にかなりの加筆修正をほどこした戯曲版の場面を書いたのである。

劇小説版と戯曲版におけるこのクライマックスの場面を要約すれば、つぎのようになる。

ヴィクターが寝室へ入院用のスーツケースを取りにいった隙に、モーディーンはナイフを壁から外し、外套のなかに隠し持つ。そのときフレンド・エドが現れ、首を横に振る。ヴィクターがもどってくると、フレンド・エドは彼女に、「この前は助けようとしなかった。責任を取ろうとしなかった。だが今は責任を取る」と言う。彼はヴィクターを甲板へと誘い出す。殴打の音とうめき声が聞こえ、少しあとで水音がする。フレンド・エドが船室にもどり、彼女からナイフを取り上げ、「ジョウ・ソールはどこにいる？　お別れを言いにきたんだ」と言う。ほどなくして、ジョウ・ソールが登場する。（劇小説版　一三六―一三七）

ヴィクターが寝室へ入院用のスーツケースを取りにいった隙に、モーディーンは東洋ふうの短剣を壁から外す。その様子を見ていたフレンド・エドが短剣を彼女の手からもぎ取って甲板に放り投げ、彼女に、「前のとき、おれは断った。責任を取ろうともしなかった。だが今は責任を取る」と言う。彼は戻ってきたヴィクターに説得を試みるが、無駄だと知ると、彼女に幸せになってもらいたいので、彼女が知らない秘密を話したいと言う。するとヴィクターは、

「それなら甲板に出て、おれに話せ」と言って、フレンド・エドを誘い出す。舞台の外から「ノー」という叫び声が聞こえ、その後しばらくしてフレンド・エドが舞台に現れる。モーディーンの、「彼は死んだの?」という問いにたいして、彼は、「ヴィクターはおれといっしょに船出するだろう。彼のために寝床を用意してあるんだ」と言う。しばらくふたりの会話がつづいた後、ジョウ・ソールが登場する。(戯曲版　四五―四七)

ここで筆者が強調したいことは、どちらの場面がコンテクストに即して最も適切かという議論は、あまり重要ではないということである。つまり問題は、邪魔者ヴィクターの殺害の是非にあり、その場面をいかようにコンテクストに合わせようと手直ししたり、演出しようと試みても、それはやはり嘘をいかにして固めるかに似て、いかにも必然性あるいは迫真性に乏しいということである。そこには正当性などあり得ないし、いかなる点からみても普遍性を見いだすこともできない。当然ながら観客の同情や感動などを期待できないであろう。『はつかねずみと人間』においてジョージがレニーを射殺した場面では、レニーの死の必然性は明白であり、ピストルの引き金をひくまえに、ジョージはただレニーに、ふたりの、いや、レニーの夢が実際に川岸の向こうに見えるように語るだけでよかった。レニーの死は「つくりごと」を超えた夢の世界への飛翔であった。だが、ヴィクターの死は、いかに辻褄を合わせようとしても、「つくりごと」を「ほんものらしく」信じてもらえるようにという願望の表現でしかなく、作家がいかに心をくだいてつくりあげても、それは観客の心の琴線を打つものとはなりえなかったであろう。

ところで、劇小説の第三幕第一場の最終場面において、モーディーンの陣痛が始まり、ジョウ・ソールが大声でヴィクターの助けを求める行為は、戯曲版では削除されている。劇小説版のこの場面におけるジョウ・ソールの声は、いかにもぶざまに響くが、戯曲におけるこの場面の終わり方——ジョウ・ソールとフレンド・エドの対話——は、つぎの場面におけるジョウ・ソールの変革を引きだす過程として不可欠であり、その機能を充分果たしているようである。

（四）さらに、戯曲におけるスタインベックの加筆、修正について、その概略を最終場面の第三幕第二場に限ってたどってみると、モーディーンは、「ジョウ・ソールは死んだの？」と尋ねずに、「ジョウ・ソールは死んだわ」と言う。するとジョウ・ソールは、「ジョウ・ソールの一部は死んだ。彼の一部は闇のなかで死んだ」と答え、ここで彼は自分の精子が死んだこと、だが彼自身は新しく象徴的に再生しえたことを示唆している。

削除された部分に関してであるが、モーディーンが、「ヴィクターが死んだ」と言ったとき、ジョウ・ソールは、「そうではないよ、モーディーン。彼のほんの一部だけ死ぬことがありうるにすぎないだろう。ヴィクターは決して死んではいない。ここに、いつも生きている」と言う。ここでスタインベックは、意味深くも、非目的論的に現実のあるがままを受容し、「全体」を知った人物として成長を遂げたジョウ・ソールの「一部」となって、ヴィクターが生きつづけていくことを示唆しているのである。それゆえ、少なくともヴィクターの死は、実際には血生臭い事件であるが、再生が約束された象徴的なレヴェルに昇華されているといえよう。しかし戯曲版においては、ヴィクターへの言及を避けるほうが賢明であると考えられたのか、この部分は削除されている。

もう一つ重要な相違点は、モーディーンの台詞、「あなたのお顔はどこ？　ジョウ・ソール、あなたのお顔はどうなったの？」の削除である。それゆえ、ジョウ・ソールの、「それは重要ではない。顔だけの話じゃないか。……よろめきながらもつづけていかねばならないのは、人類であり、種《しゅ》なのだ」という返答も削除され、劇小説において強調された非人称性が姿を消している。

このように、最終場面において台詞が徹底的に見直され、思い切った修正、削除が施された結果、コロンビア大学所蔵の「タイプ原稿」で九三〇語あったものが、出版された戯曲版では驚くなかれ、四九六語にまで削減されている。それは「タイプ原稿」の五三パーセントでしかない。『はつかねずみと人間』が劇小説版から戯曲版に脚色された際に、八五パーセントになった（ムアー　四九）として、仮にその数字が正しいとしても、それは『爛々と燃える』にみられるような主要部分における大幅なカットではなかった。このようなカットをよしとして、なおかつ作品そのものはスタインベックの期待に反して最悪だったわけであるから、この作品そのものに、劇小説版であれ戯曲版であれ、いかんともしがたい根本的な欠陥が潜んでいたと言えるのではなかろうか。

以上のような改筆からも明白なように、スタインベックはまず劇小説を書き、それを基にして戯曲を書き、それを大幅に修正して出版された戯曲版を完成したのである。これは、彼が『はつかねずみと人間』や『月は沈みぬ』の戯曲版を書いたときと同じプロセスである。スタインベックは小説家であり、はじめから戯曲が書ける劇作家ではなかった。『爛々と燃える』に限らず、「プレイ」を書くと言っていても、それはスタインベック流の劇小説のことであり、「いずれのちにプレイに書き直されるべき小説」のことだったのである。

いずれにせよ、『爛々と燃える』の場合、スタインベックは戯曲の改筆にあたって、劇小説版を大幅にカットし、演劇のテンポを速め、緊迫感を高めようと試みたのであったが、戯曲版はあまりにも短くなりすぎた感が強い。クライマックスにおいてヴィクターが殺害されたのち、芝居の幕がおりるまでの間、ウィリアム・ホーキンズ（William Hawkins）が彼の劇評において記したような印象、「すべての展開が芝居の最後の数分間でなされている」（二三九）を観客に与えたことは否めないであろう。

四　批評／酷評をめぐって

スタインベックが旧友ウェブスター・F・ストリート（Webster F. Street）宛の書簡にしたためたように、この劇は、「演劇界での新しい傾向――古くて価値ある考えへの回帰、あるいは、まったく新しいもの――の始まりとなるかもしれない」（『書簡集』 四〇八）と、道徳劇として期待を高くしていた。ところが、残念なことに、彼の願望に相反して大失敗作となってしまった。ジャクソン・ベンソン（Jackson J. Benson）の伝記 *The True Adventures of John Steinbeck, Writer* によれば、のちにスタインベックは、「この劇は駄作でした。批評家たちによって抹殺されたのではなく、失敗の原因は私にあったのです」（六六四）と、みずから認め、彼は公演が打ち切られた一一月二八日に、ワグナー兄弟（Jack and Max Wagner）へつぎのように書き送った。

あれはよい作品でした。批評家たちがあの作品を殺したことに怒っている人が大勢います。そのことについてよく考えてみました。私やイレイン、ガスリー・マクリンティック（演出家）、オスカー・ハマースタイン、ディック・ロジャーズ、その他大勢の人たちがよい芝居だと思った芝居がここにあります。そしてたしかに、彼らは自分たちの芝居をよく知っている人たちなのです。……批評家たちを責めるのはとても簡単なことです。彼らが悪いのではなかったのです。

あれはよい芝居ではありませんでした。文学作品としてはすごくよかったのですが、あれには、誰も明確にしたことのない奇妙なもの、芝居を芝居たらしめるものが欠けていたのです。それがどんな性質のものかわかりませんが、舞台で聞けば私にもわかります。われわれは、「演劇の魔術」というクリッシェにもどる必要があると思います。あの作品は読むとすばらしかったのですが、舞台ではちょっと無理でした。そういったことはわからないものです。（『書簡集』 四一三―一四）

いっぽう、オスカー・ハマースタイン二世は、「われわれはこれを製作したことをとても誇りに思っている。製作してしかるべき芝居だからだ。この種の芝居はほとんど書かれないし、上演もされないからだ」（四七）と述べたが、『爛々と燃える』はこれまでスタインベックの最悪の作品とされてきたことは確かであり、その評価はいかんともしがたい。

作品のテーマについて考えてみると、最近では体外授精は単なる医学的処置にすぎず、それが夫の精子である限り、多胎児に関する問題以外に何ら禍根を残さないのであろう。しかし、半世紀前ではそういう便利な方法となく、妊娠するためには、モーディーンのような方法をとらざるをえなかったのかもしれない。ただしこういうことは、アメリカ文学においては初めてではなく、当時の批評家たちも指摘したように、ユージーン・オニール（Eugene O'Neill）の『奇妙な幕間狂言』（*Strange Interlude*, 1928）においても同様に、若い妻が第三者と共謀の上でその男性の種を宿している。

ところでモーディーンの場合、問題が複雑なのは、夫が不毛であることであり、彼自身それを知らないことである。それゆえ彼女は、血統を残したいと望む夫の渇望に報いるべく、彼と同じような技能に秀でる相手を選んでその種を宿し、夫と同じ職業を継ぐべき子どもをもうけるという選択をとる。モーディーン自身も、第三者の種を宿してでも子どもを産みたいと希求し、心ならずもそれを実行に移したのは、成り行きとはいえ、かなり危険の伴う賭である。それは必然的に何らかの犠牲を伴う——英雄的でさえあるが——突飛で、非日常的な、いわゆる不倫行為といえるものであり、結果的に彼女はそれ相当の精神的犠牲を払わざるをえない。彼女は心から夫を尊敬し、愛する実直な妻であるにもかかわらず、世俗的な意味においては不貞の妻であり、不義の子を育てていく母として生きていかねばならないからである。だがその結果、アウトサイダーであるとはいえ、たった一度の不倫以外の罪を何ら犯していないヴィクターを葬り去らねばならぬほど、物語は深刻で悲劇的なものとなってしまう。

観客は第一幕の終わりまでにモーディーンが不義の子どもを生むであろうことを知っている。それゆえ、事実を知らないのは夫のジョウ・ソールだけという芝居が最後まで続けば、それはしらじらしく退屈なだけであり、あとは夫がいつ、いかなる認識に達するかという興味が残るのみとなる。ジョウ・ソールは自分が不毛であることを第三幕第一場でようやく知り、それによる彼の衝撃と苦悩はフレンド・エドとモーディーンの前で吐露されるものの、それは彼の弱さの露呈に近く、観客が参加しうるドラマティックな場面とはなりえないように思われる。それだけにそのとき、ジョウ・ソールにたいして投げつけられるフレンド・エドの叡知と友情にあふれた激励の言葉のほうが、第三幕第一場の最終場面を圧倒して、観客の耳に心地よく、力強く響くのではなかろうか。とすると、逆に、第三幕第二場におけるジョウ・ソールの英雄的に響くはずの言葉が、それが超絶主義的で、直観的な覚醒によるものであるだけに、かえって不自然に響くことになりかねない。

つぎに、スタインベックが試みた「言葉」の問題がある。彼はかつて『はつかねずみと人間』において、移住農民の自然で日常的な言葉を使用して、ピーター・リスカ（Peter Lisca）が *The Wide World of John Steinbeck* において引いたマッキントッシュ&オーティス（McIntosh and Otis）宛の書簡（一九三六年九月一日付）にあるように、

「狂人をではないが、すべての人びとの口では表現できない強力な夢を表しているレニーのような人間の土地への願望」(一三四)の普遍化に成功したのであったが、皮肉にも一九五〇年に、普通の人びとの「普遍的な言葉」と彼が考えた言葉を使用して、子種のない夫に子どもを贈ろうという妻の夢や、クリフ・ルイス(Cliff Lewis)とキャロル・ブリッチ(Carroll Britch)が"*Burning Bright*: Shining Joe Saul"において論じた「憎しみと愛という人間的な問題」(二二一)を普遍化しようとして失敗したのである。

『爛々と燃える』は、もしも最初から小説として書かれていたとすれば、かなり違った作品になったかもしれないが、演じられる舞台をあまりにも意識して書かれた劇小説であるがゆえに、筆運びが限定され、自由を失い、不自然さが目立つ作品となってしまった、といっても過言ではあるまい。それはおそらくスタインベックが、「完全に時間や場所を超えた道徳劇」(『書簡集』四〇八)を意識しすぎたゆえであり、また当時としては新しい、洗練された芝居を書こうと意気込みすぎたゆえかもしれない。プロットそのものの失敗もあるだろう。『爛々と燃える』は、オニール劇のような複雑で長時間の芝居にならないとしても、あまりにも単純化されすぎたきらいがある。のちにスタインベックが記したように、「ドラマティックな緊張や驚愕がなかった」(『真の冒険』六六四)のも失敗の理由の一つであり、観衆の不満は、『月は沈みぬ』におけると同様に、スタインベックの言葉を借りれば、「退屈で、ドラマとしておもしろいものではなかった」(『書簡集』二四四)のであったし、それは主なドラマティックなアクションが「舞台の外で」行われたからであった。テネシー・ウィリアムズ(Tennessee Williams)の『欲望という名の電車』(*A Streetcar Named Desire*)の結末近くでスタンリーがブランシュを犯す場面は極めて印象的であるが、演劇の場合、そのような場面も必要ということであろう。

五　結びにかえて

『爛々と燃える』は劇小説としても戯曲としても失敗作であったが、公演よりも劇小説のほうの失敗が、よりいっそう致命的だったように思われてならない。もしも劇小説版の出版がブロードウェイにおける公演の二日目でなく、数か月後だったら、公演がたったの一三回で閉じるという惨めな結果に終わらなかったかもしれない。『はつかねずみと人間』の公演数が二〇七回、『月は沈みぬ』が五五回とかなり長く続いた理由の一つは、それぞれの劇小説版の評判がよかったからである。かなりの酷評をも受けた劇小説版『月は沈みぬ』でさえ（一九四二年三月六日に出版され、芝居の初演は四月七日で五月二三日まで続いた）、『怒りのぶどう』をしのぐ売れゆきで、一九四二年末までに一〇〇万冊売れたともいわれている。『爛々と燃える』についてコックスが、「批評家たちは芝居の上演のほうに称賛の要素を見いだした。最終幕での感動的な演技、演出、舞台装置、照明、そしてスタインベックの真摯で、独創的な戯曲を創造した試みなどに。事実、批評家たちは芝居に関しては小説よりもよりいっそう親切であった。両者にたいするコメントはどちらがどれか判断しがたいほどではあったが」（四七）と指摘しているように、スタインベックの反応にもかかわらず、まだしも演劇のほうが概して好評だったようである。劇小説版『はつかねずみと人間』の爆発的ともいえる人気が演劇のロングランに拍車をかけたのに反して、『爛々と燃える』の劇小説版の出版がこの演劇の寿命をたったの二週間に縮めてしまった要因であったのではなかろうか。

『エデンの東』——創世記の語りなおし

中山喜代市

一　背景

ルイス・オウエンズ（Louis Owens）がテツマロ・ハヤシ（Tetsumaro Hayashi）編 *A New Study Guide to Steinbeck's Major Works* (1993) 所収の論文 "Steinbeck's *East of Eden* (1952)" において主張しているように、「『エデンの東』はスタインベックの全作品のうちで最もひどく誤解された小説」（八五）である。この小説の批評史については、ダニエル・バーガー（Daniel Buerger）の "'History' and Fiction in *East of Eden* Criticism" が詳しい。それは一九八一年、*Steinbeck Quarterly*誌上にて発表されたものであるが、彼はそのなかで、『エデンの東』出版以来の批評を総括し、来たるべき『エデンの東』批評／研究の方向をも示唆している。

『エデンの東』にたいする批評は当初、ほとんどすべて否定的な調子のものであった。唯一、マーク・ショアラー（Mark Schorer）が *New York Times Book Review* における書評のなかで、サミュエル・ハミルトンとハウスボーイのリーは、「作品中で最も感動的な人物描写である」と評価しているが、それでも彼は、「怪物《モンスター》」キャシー・エイムズの物語については、「信じがたい」し、「仮に受け入れるとしても、民話や空想的な社会脅威の物語や女性を超越した魔女の物語のレヴェルにおいて」（マクエルラス　三九二）というふうに、条件をつけている。

ピーター・リスカ（Peter Lisca）はなぜかその先駆者的研究書 *The Wide World of John Steinbeck* (1958) において、『エデンの東』をこき下ろした。彼はショアラーと対照的に、サミュエルやリーの人物像が気に入らなかったらしく、「スタインベックが失敗しているのは、その登場人物たちが個人として信じがたいし、またタイプとしても効果的ではない」（二七三）と批判した。リスカの酷評は新聞雑誌の書評ではなく、研究書におけるものであっただけに、極めて長いあいだ『エデンの東』にたいする評価にマイナスの影響を与えた。その後のすべての批評は、リスカの意見を踏襲するかたちでなされてきたからである。ウォレン・フレンチ（Warren French）の *John Steinbeck* (1961) における反応も同様だった。

スタインベック研究書において『エデンの東』の肯定的な読みが示されたのはその一〇年後で、レスター・ジェイ・マークス（Lester Jay Marks）の *Thematic Design in the Novels of John Steinbeck* (1969) が最初である。この作品を高く評価しているのはロバート・ドゥモット（Robert DeMott）で、彼は、一九七九年一二月にサンフランシスコにおいて開催されたＭＬＡ大会でのスタインベック・ミーティングのパネル "Mapping *East of Eden*" を企画立案するとともに、その会議録（論文五編）を編集し、それらは *Steinbeck Quarterly* 14（Winter-Spring, 1981）に収録された。彼はまた、*Sunday Peninsula Herald* 紙に寄せたケヴィン・ハウ（Kevin Howe）の記事によれば、一九八五年八月三日、サリーナスにて開催されたスタインベック・フェスティヴァルの基調講演において、批評家はこの小説を「誤読してきた」と述べ、メルヴィル（Herman Melville）の『白鯨』（*Moby-Dick*）との類似点として、「個人的ナラティヴ、メルヴィルが芸術のレヴェルにまで引き上げた余談《ダイグレッション》、もっともらしさのために最善を尽くしたプロット、抽象的／象徴的登場人物や作品舞台、真理の発見者／黙示者としての作家の役割」を挙げ、彼はさらに、「『エデンの東』は創世記の語りなおしであり、ユダヤ・キリスト教的神話であり、その全体はナレーターの意識によって統合されており、リアリスティックではまったくなく、フィクションであり、個人的・自伝的神話であり、リアリティの幻想ではなくリアリティの創造であり、道徳を口先だけで振りかざすようなものではなく道徳そのものである」と力説したのである。ドゥモットの *Steinbeck's Typewriter: Essays on His Art* (1996) には、『エデンの東』に関する論文三編と長年にわたる他の研究成果、それにスタインベック関係書誌も収録されている。ルイス・オウエンズもこの作品を高く評価している一人で、九〇年代において、既述の論文を含めて、『エデンの東』に関する優れた二編の論文を発表した。このように二〇世紀の最後の一〇年において、『エデンの東』は一定の評価を得たとみなしてよいであろう。

スタインベックは一九三三年という早い時期に、それは短編小説「赤い小馬」("The Red Pony") を書いているころであるが、ジョージ・オールビー (George Albee) 宛の書簡 (日付なし) のなかで、「ぼくはこの流域全体 (this whole valley) の物語、すべての小さな町や、未開のままの丘に点在するすべての農場や牧場についての物語を書きたいと思っています。それは世界の流域 (the valley of the world) であるでしょうから、ぼくがどういうふうにそうしたいかは分かっています。だがそれは、いつか未来のことにならざるをえないでしょう。とてつもないほど先のことになるでしょう」(『書簡集』七三―七四) と、夢を描いていた。そしてその願望がようやく結実しはじめたのは、一五年後のことであった。

『エデンの東』の執筆に関する彼の最初の言及は、一九四八年一月二日付フランク・レッサー (Frank Loessor) 夫妻宛の書簡においてで、彼は、「二月一日ごろモントレーへ行き、しばらく滞在したいと思っています。調査をして、バッテリーを充電しなければなりません。資料収集をしたり、かつて私が知っていた山々や農場へ行きたいのです。たぶん六週間は滞在するでしょう。……今年の夏、長い物語を書きはじめるつもりです」(『真の冒険』六〇九）としたためた。また、五月一日付レッサー夫妻宛の書簡には、「私のビッグ・ブックはどんなことがあろうとも、秋には書きはじめられるでしょう」（『真の冒険』六一四）と伝えている。

だが不運にも、一九四八年五月にリケッツが他界し、その直後にはグウィン（Gwyn）からの離婚話、別居とトラブルが相次ぎ、結局、彼は九月上旬から、一九三〇年代以来住みなれたパシフィック・グローヴ一一番通り一四七番地のコテージに移り住むことになった。成りゆきとはいえ、こと志に反して、彼は「スタインベック・カントリー」に住みながら、「スタインベック・カントリー」の物語を書けないという、皮肉な、暗い人生のトンネルに入りこんでしまったのである。

スタインベックが『エデンの東』の執筆を開始したのはその三年後、三人目の妻イレインと結婚したあとの一九五一年一月二九日だった。しかし作家は、この日には小説を一行も書かず、パスカル・コヴィチ（Pascal Covici）宛の書簡のかたちで、ノートの左ページに書くことにした「創作日誌」に、「二日後に七二番通り［二〇六番地］の小ぎれいな家に引っ越す」（三）と記し、そして、「ぼくは彼ら［息子たち］に、最も偉大な物語のうちの一つ、いや、世界じゅうで最も偉大な物語——善と悪、強と弱、愛と憎、美と醜についての物語——を語ろうと思う。これら二つ一組のものがいかに不可分なものか——いかに一方が存在しなければ他方もまた存在しないか、そしていかにこれらの各グループから創造力が生まれるかを彼らに具体的に立証してみるつもりだ」（四）、さらに、「だからぼくは、ぼくの本を息子たちに呼びかけることから始めるつもりだ。おそらくこれが、ぼくが今までに書いた唯一の本なのだ。一人の人間には、一冊の本しかないと思う。一人の人間が変わったり曲がったりして、まったく別な人間になり、その人がまったく別の本を書くということはあるだろう。だが、ぼくの場合はそうはならないと思う」（五）と締めくくった。スタインベック夫妻が新居に引っ越したのは二月二日で、本腰をすえて作家が創作開始日として選んだのは、二月一二日、リンカーン・バースデイであった。

スタインベックは当初、この作品の表題を"The Salinas Valley"としていた。『創作日誌』に、「私はこの物語を、私が育った郡、そのほとりで育った、よく知っているが、あまり好きでない川を背景にして語ることになるだろう」（四）と記している。表題については、「マイ・ヴァレー」「カインのしるし」（"Cain Sign"）などを考えた時期もあったが、六月一一日、作家は旧約聖書を読んでいて、最適の表題「エデンの東」を見つけた。彼の描くサリーナス平野はまさに、堕落したアダムやイヴがエデンの園から追放されて住んだ土地、さらには殺人を犯したカインが神によって住むように定められた土地、つまり罪を犯した生身の人間の住む「エデンの東」だったからである。

スタインベックはその後、六月中旬からナンタケット島シアンスコンセットの灯台に隣接した崖の上に建っていて、大西洋を眼下に見下ろせる別荘「フットライト」（Footlight）を借りて執筆を続け、九月一六日からはニューヨークに戻って執筆し、予告どおり一一月一日には一応の完成をみた。しかしながら彼は、エリザベス・オーティスに最終場面を書きなおすように説得され、結局、その一週間ほどのちに二六万五〇〇〇語もの第一稿を完成したのである。スタインベックの執筆活動と平行して作成されていた「タイプ原稿」を担当したのはパスカル・コヴィチ夫人であった。作家はその後さらに四か月間、「タイプ原稿」に推敲を重ね、翌年三月ようやく脱稿し、スタインベック夫妻は予定していたヨーロッパ旅行へと出発したのである。ヴァイキング・プレス社による『エデンの東』の出版は一九五二年九月で、限定版を別にして、初版本の発行部数は一一万部だった。

二　構成と梗概

スタインベック自身にとって「ビッグ・ブック」である『エデンの東』は、四部、五五章から成り、ヴァイキング／ペンギン版で六〇二ページもの長編小説である。スタインベックは当初、彼の息子たち、トムとジョン宛の書簡という形式をとりながら、彼の母方の祖父サミュエル・ハミルトンをはじめとする三代にわたるハミルトン家の歴史やエピソードを語る物語と、フィクションとしてのアダム・トラスクを中心とする、やはり三代にわたるトラスク家の物語とを交互に重ね合わせた物語にするという構想をもって書きはじめたが、結局、その枠組みを外し、トラスク家の章を中心にした小説を書くことになった。このような経緯から、トラスク家の物語とキャシー・エイムズの章を物語章とし、ハミルトン家の物語の章を中間章と考えることは充分可能である。だが本稿では、『怒りのぶどう』の中間章のように、歴史的、地理的、自然的背景のみが紹介されているゆえに、また各部の冒頭において序章の役割を果たしているゆえに、明らかに中間章とみなされうる幾つかの短い章と、ハミルトン家の人びとを語る章とを別個に考え、さらに、キャシー・エイムズ——アダム・トラスクと結婚するが、のちに第一九章からケイトと名前を変え、フェイの店で売春婦として働き、ついにはこの女主人を殺害して店を乗っ取り、女将となる——の章とトラスク家の物語章とを別の物語章として分類し、作品全体をこれら四種類の章に分けて考察をすすめたい。

このように分類すれば、『エデンの東』における四種類の章の数はそれぞれ、左記のようになる。ただし当然ながら、「トラスク家の章」のうちの数章に、キャシー／ケイトだけでなく、サミュエルやウィルを始めとするハミルトン家の人びとがプロットに組み込まれている部分もある。

中間章——一、一二、三四、四二、四六（合計五章）
ハミルトンの章——二、五、一四、一六、二三、三二～三三（合計七章）
キャシー／ケイトの章——八～九、一九～二一、四〇、四五、四八、五〇（合計九章）
トラスクの章——三～四、六～七、一〇～一一、一三、一五、一七～一八、二二、二四～三一、三五～三九、四一、四三～四四、四七、四九、五一～五五（合計三四章）

五つの中間章のうち最初の三つの章（一、一二、三四章）は、『怒りのぶどう』の第一章や第一二章と同様にプロローグの役割を果たし、それぞれ第一部、第二部、第四部の冒頭に置かれている。そして残る第四二章と第四六章は、第一次世界大戦にかかわる歴史的社会的状況を伝えるために挿入された中間章で、それぞれ第四部に含まれている。特異なのは、第三部のプロローグとしての第二三章で、それはハミルトンの章ではあるが、プロローグと中間章を兼ねた機能をもった章となっており、この章から作品舞台のキングシティからサリーナスへの移動が始まる仕掛けとなっている。

第一部（第一～一一章）におけるハミルトン家の物語は第二章と第五章のみである。入植者であり、パイオニアであるサミュエルとライザ・ハミルトンはサリーナス平野にやって来るが、肥沃な低地はすでに「取られた」（九）後なので、キングシティの東南の、モントレー郡の地図に「ハミルトン・キャニオン」と記されている二つの丘に挟まれた草地に入植する（次のページの写真参照）。そこは表土が薄く、地味のやせた土地で、サミュ

ハミルトン牧場　（中山喜代市撮影）
5月だが、緑はほとんどなく茶一色のカリフォルニアらしい自然

サミュエル・ハミルトンが作った風車
（中山喜代市撮影）

エルは決して金持ちにはなれなかった。第五章においては、彼らの子どもたち、四男五女が紹介されている（ただし、ナレーターの語りは必ずしも正確ではなく、例えば、作家スタインベックの母オリーヴは四女とされているが、正しくは五女である）。

トラスク家の物語は第三章から始まる。一八六二年、場所はコネチカット州の片田舎。アダムが出生する半年前に、農夫の父サイラスが北軍兵士として出征し、アダムが生まれた六週間後に、右足の膝から下を失って帰還する。アダムの母親（名前は与えられていない）は、夫に淋病をうつされたことが引き金となって、自分が犯してもいない数々の罪を告白した手紙を残して入水自殺をする。サイラスは一か月もたたぬうちに一七歳のアリスと結婚し、チャールズが生まれる。そして兄弟が一五、六歳になったころ、アダムは弟によって二度にわたり、暴力によって半死半生の目に合わされる。それは、いつか父の誕生日に、アダムが植林地で拾った雑種の子犬を、チャールズが自分で稼いだ七五セントで買ったドイツ製ナイフを贈ったのだったが、サイラスは子犬のほうをかわいがり、ナイフは引き出しに入れたまま一度も使わなかったことが、チャールズの嫉妬と憎悪をかき立てたからであった。二度目のとき、アダムは四日間も寝込む。そしてその三日目に、父によって騎兵隊に入隊させられる。五年後アダムは除隊するが、弟の待つ家には帰らず、騎兵隊に再入隊し、一〇年間も弟から逃避しつづけ、除隊後さらに四年間もの放浪生活を送ったのち、ようやく帰郷する［今日、問題化しているPTSD（心的外傷後ストレス障害）を思わせる徴候である］。そして彼は、サイラスの陸軍軍人会における成功とその死、また一〇万ドル以上もの莫大な遺産のことを知らされる。

他方、キャシー・エイムズの物語が第八章から始まり、第九章まで続く。キャシーは良心の欠けた怪物《モンスター》として生まれた金髪の美しい娘で、一四歳のときにラテン語の先生を自殺に追いこみ、一六歳をすぎたころ、両親の束縛から解放されたいがために家に火を放って彼らを焼死させ、ハックルベリー・フィンが父親から逃げたときのように、自分も死んだようにみせかけて出奔する。そして彼女はボストンへ行き、キャサリン・エイムズベリーと名前を変え、売春婦たちのチームを田舎へ派遣しているエドワーズの囲われ者となる。ところがある日、エドワーズが彼女の素性と素行を知る。彼はキャシーをコネチカットの田舎へ連れていき、鞭で打ちすえ、拳や石で殴りつけたまま彼女を放置して立ち去る。

翌朝、ポーチの踏み段のうえで息たえだえのキャシーを見つけたアダムは、彼女を警察へ連れていこうと言うチャールズに反対して医者を呼び、手厚く看護をする。こうしてアダムの庇護のもとに傷を癒したキャシーは、巧みに彼の心を操り、結局、アダムはチャールズの反対を無視して彼女と結婚する。しかし、結婚の登録をすませたその日の夜、キャシーはアダムに阿片を飲ませて眠らせ、チャールズと同衾する。

第二部（第一二〜二二章）において時は一九〇〇年、アダムはチャールズに農場を譲り、サイラスの遺産の半分を懐にして、キャシーとともにカリフォルニア州サリーナス・ヴァレーへと移住する。そして彼は、キングシティの近くで九〇〇エーカーもの肥沃で広大な土地を購入し、サミュエル・ハミルトンに井戸掘りを頼んだり、家を改築したりして、アダムの名に恥じぬ楽園の建設に着手する。だが、イヴならぬ妻のキャシーは、双子を出産後、一週間して体力を取り戻すと、押しとどめようとするアダムの肩を拳銃で撃って出奔する。アダムはこれで三度目の暴力を受けたことになる。そして双子とともに残された彼は、呆然自失状態に陥り、一年三か月たっても息子たちに名前すらつけようとしない。子どもの世話はハウスボーイのリーに任せきりである。リーの懇願を受けたサミュエルは、勇気を振り絞ってアダムの家を訪れ、彼を殴りつけて蘇生させ、双子にはようやくカレブ（キャル）、アロンという名前がつけられる。

第三部（第二三〜三三章）において、第二三章は中間章ではなく、ハミルトンの章で、そこではユーナ・ハミルトン・アンダーソンの不幸な死が報じられ、彼女の早死を悼んだサミュエルが急に老けこんでしまう。そこでハミルトン家のジョウを除いた兄弟姉妹が感謝祭に集い、老いた両親に隠居してもらう方策を練り、まず作家ジョン・スタインベックと同名の父ジョンと母オリーヴが、彼らにサリーナスの家に来るようにと招待状を出す。第二四章においてキングシティを去る決意を固めたサミュエルは、別れを告げるために隣人たちを訪問したあと、最後にトラスク家を訪れ、そこで彼はアダムに、キャシーがケイトと名を変え、サリーナスで娼婦として生きているという事実を伝える。彼のこの意図的で強烈な衝撃が、アダムに新たな人生を始めさせる誘因となる。そして彼とアダムは、リーの旧約聖書「創世記」における神のカインにたいする言葉、「ティムシェル」（ヘブライ語で*"timshel"*と綴られているが、*"timshol"*が正しく、英語では"thou mayest"の意）についての説明を聞く。リーはこの言葉は「選択」を意味すると言う。このように第二四章（トラスク家の章）は先の第二三章と密接に関連し、サミュエルは小説のプロットの発展に中心的な役割を演じている。そしてつぎの第二五章において、サミュエルがサリーナスで他界し、アダムはスタインベック家で行われた葬儀に参列する。その後彼は、ケイトの店へ行って彼女と再会し、この対決によって覚醒を得て、解放感を味わう。そして第二六章以降では、キングシティに帰ったアダムが、ウィル・ハミルトンからフォードを一台購入するエピソードや、シエラネヴァダ山中での大陸横断鉄道工事現場におけるリーの両親の苦力《クーリー》としての苦難と彼自身の悲劇的な誕生が語られる。その後チャールズが死亡し、遺産の半分をキャシーに残したので、アダムが再度キャシー／ケイトと会う場面が描かれる。そしてアダムは、スタインベック家に身を寄せているライザ・ハミルトンをも訪れるが、そのとき、オリーヴが玄関に出てきて、「ドアを細めに開けたが、母親の両側からメアリーとジョンが顔を覗かせていた」（三八五）とあり、幼いころの作家がその情景を垣間見ていることになっている。アダムはライザの勧めでデシーと会い、彼女の家を買う。第三二章と第三三章はハミルトンの章で、デシーとトムの悲しい愛の物語が語られ、ふたりは相次いで他界する。

第四部（第三四〜五五章）では、トラスク家がサリーナスに引っ越し、子どもたちはすでに一三歳になっている。そしてアダムのレタス冷蔵運送事業の失敗、キャルの母親探しとケイトとの対面、レタスの運搬で失敗したアダムの損失を補填したいキャルが、リーから借りた五〇〇〇ドルもの資金をウィル・ハミルトンに預け、インゲン豆の先物投機で一万五〇〇〇ドルを儲けるエピソード、アロンのスタンフォード大学への進学などが語られる。アロンがスタンフォードへ去ったあと、アブラがトラスク家を毎日のように訪れるようになり、リーと彼女は父娘のように親しくなるとともに、彼女とキャルとの仲が急接近する。そしてアロンが大学から初めて帰ってくる感謝祭のパーティにおいて、キャルが贈ろうとした一万五〇〇〇ドルをアダムが受け取らなかったので、キャルは報復のためにアロンをケイトの店へ連れていく。母は天国にいると思い込んでいたアロンは、実母の姿を目の当たりにして衝撃を受け、なかば狂乱状態に陥り、年齢を偽って志願兵となり、ヨーロッパへ送られ、戦死する。その間、ケイトにも四つの章（四〇、四五、四八、五〇章）が割かれていて、身辺のトラブルや痛風に悩む彼女は、キャルやアロンと会ったのち、アロンに全財産を残して自殺する。いっぽう、アロンの戦死の報に接したアダムは、卒中で倒れ、再起不能となる。キャルは罪悪感に苦しむが、リーとアブラが彼を支えて立ち直らせようとする。最終場面では、アダムのベッドのそばで、罪を悔いるキャルをアダムが、「ティムシェル！」と言って許し、祝福を与える場面で物語が終わる。物語がカバーしている期間は、一八六二年から一九一七年ごろまで、約五五年間である。

三　「カインとアベルの物語」の語りなおし

スタインベックは『エデンの東』において、主要登場人物を「創世記」の「カインとアベルの物語」に基づいた人物像が暗示されうるように、すなわち主要登場人物が「アベル型」人物と「カイン型」人物とに容易に識別されうるように、それぞれA（アダム、アロン、アブラ）あるいはCで始まる名前――サイラス、チャールズ、キャシー、カレブ（キャル）――をつけた。つまり『エデンの東』は構造的に、「カインとアベルの物語」の反復を内包する小説であり、登場人物たちはそれぞれの記号に準じたパターンを反復することが運命づけられているのである。「アベル型」人物は善良であるとともに愛されて生まれ育ち、「カイン型」人物は「悪」の化身であり、愛されることがなく、それゆえ愛を求めることになる。

しかし、このような作家の象徴性、寓意性のための戦略には、当然ながらかなりの批判があった。一例を挙げると、F・W・ワットは、「スタインベックは彼のテーマを明白にしようとするあまり、おもしろくもない明白さに陥る失敗を犯している。……この重装備をさらに重々しくするために、キャシーとチャールズの額に生々しい傷跡のあること、カインの贈り物が拒否される話が二度、カインの罪が五度も繰り返される」（二六八）と、不満をもらしている。

そもそもカインのような弟殺しという罪を犯した者が追放される土地が「エデンの東」であるからには、この小説のテーマとの関連でより重要となるのは、殺された「アベル型」人物ではなく、追放され、生きながらえ、その末裔を後世に残す「カイン型」人物であり、とりわけカレブ・トラスクとその母キャサリン（キャシー）・

エイムズ・トラスクである。

しかしながら物語は、アダム・トラスクの誕生についてのナレーターの語りから始まり、最終章の第五五章では、危篤状態に陥ったアダムが、「ティムシェル！」と言って、眠るところで終わっているゆえ、この「アベル型」人物、というよりは、「カイン型」人物キャシーの夫であり、アロンとキャルの父親としてのアダム・トラスクから考察を始める必要があるだろう。

佐野實氏は『『エデンの東』再評価の試み』においてアダム像をつぎのように要約している。

アダムは最初はサイラスを父とするアベルであり、カインであるチャールズの憎しみを受けるが、キャシーと結ばれ、双子をもうける段階では、人類の始祖としてのアダムであり、同時に新天地アメリカを開拓するアメリカのアダムであり、息子のキャルの愛を拒むアダムであるが、最後には父としてまた預言者として、善と悪の選択における人間の戦いに希望をさしのべる者である。（五三）

旧約聖書において、カインの捧げ物よりはアベルの捧げ物のほうを好むのは神であってアダムではない。『エデンの東』のなかでキャルの愛を拒むのは父としてのアダム、すなわち全能の父なる神に近い立場にあるアダムなので、アダムの父親像と旧約聖書における神をどのように考えるかが一つの問題点とならざるをえない。佐野氏の要約にはその問題については言及されていないが、「預言者として」のアダム像を示唆しているところなど、正鵠を射て意味深い。けだし、スタインベックのシンボリズムは、ジョン・C・プラット（John C. Pratt）が論じているように、「混合主義的《シンクレティック》」（一四）であり、単純に割り切れないのがその特徴である。

さて、この小説におけるアダムは残念ながら、魅力的な人物として描かれているとは言いがたい。彼は、「いつも従順な子」で、「暴力を振るわず、闘争しないことによって、自分が望む静けさに貢献した」（二〇）が、彼の抱く夢は「灰色」（二一）であり、彼は「灰色のなかで成長し」（一三二）た。彼自身、サミュエル・ハミルトンに、「灰色の生活を送ってきました」（一六九）と、口にするほどである。そのようなアダムに「栄光《グローリー》」（一三二）をもたらすのがキャシーであるが、彼女の容貌は蛇（サタン）を、小さい足はゲーテ（Johann Wolfgang von Goethe）の『ファウスト』（*Faust*）におけるメフィストフェレス（Mephistopheles）を想起させるようなイメージで描かれているし、彼女がサリーナスの売春宿の女将になってから作らせた彼女の部屋も「暗灰色」（四六二）で、しかも窓がなく、蛇の住処そのものである。彼女は本能的に光を避けて、限りなく黒に近い灰色の人生を生きている。このように、スタインベックの主要登場人物はどうしても灰色っぽくなってしまうのだが、彼の描く自然の多くは「緑」に包まれている。ちなみに、エリヤ・カザン（Elia Kazan）が映画『エデンの東』において基調とした色は「緑」であり、彼にとって「緑」は、「スタインベックのサリーナス平野の描写」（Ciment 33）の色であった。緑はまた、アイルランドの色であり、引いてはハミルトン家の色である。小説の冒頭において示唆されているように、サミュエル・ハミルトンはサイラスとまったく逆の立場の人生を歩んできた男であり、対照的に、「嘘」のない人生を真面目に、清く、貧しく生きてきた。ハミルトン家の生活はギャビラン山脈のように明るく緑色であり、トラスク家のそれはサンタルシア山脈のように暗く灰色である。

　悪を知らず、善良なアダムが、「悪魔のような男」（一四）サイラスの子であることは極めてアイロニカルである。さらにアイロニカルなことは、アダムがサイラスの「嘘」（六八―七一）によるとみられる多額の遺産を相続し、キャシーの過去を知ろうともせずに結婚し、ふたりはカリフォルニア州のサリーナス・ヴァレーにやって来て、九〇〇エーカーもの肥沃な農地を購入し、ひとり「楽園《エデン》」建設を夢見て、財政的に何不自由のない人生を送ることである。さらにアダムはのちに、早世したチャールズの遺産の半分をも相続する。トラスク家の物語世界は「虚構」のなかの「嘘」の世界であり、それも物語の冒頭におけるサイラスから始まる「嘘」と「悪」の世界なのである。

『エデンの東』のアダムは、ほとんど無一文で西部へやって来たサミュエルのような開拓者とは違ったタイプの移住者であり、いわゆるアメリカの夢を求めて切磋琢磨して成功した「アメリカのアダム」ではない。彼はサイラスという「セルフメイドマン」の父をもった金持ちの息子であり、頑固ではあるが、ひ弱い人間である。彼はチャールズ（カイン）によって殺されることのない「アベル型」人物、双子の父親として生きながらえるにすぎない。孤独のなかで早世したチャールズは、彼が犯した暴行の罪を償うかのように、アダムに遺産を残し、その余生を助ける。双子の息子たちアロンとキャルは、彼らの母親キャシーの言葉を信用すれば、彼女がチャールズとのたった一度だけの同衾によって孕んだ子であって、アダムの子ではない（三二四―二五）。キャシーはまた、アダムに体を許したのは、「たったの一度だけ」（三二四）と強調する。アダムが双子の父親である可能性は五〇パーセントである。作家は、アダムがアロンの父親であり、チャールズがキャルの父親である、という非現実的な現実を暗示しているようでもある。

これら双子のそれぞれの特徴は、両親とチャールズの三人の特徴を混合したものとなっている。アロンの「眼と眼の間はとても広く、唇はふっくらとして美しかった。青い眼と眼の間隔が広いことが、彼の顔に天使のようにあどけなさを与えていた。髪は美しい金髪だった」（三三六）という容貌は母親似である。またナレーターは、「アロンは誰からも愛された。彼は内気で繊細な感じの少年だった」（四二二）と語っている。アブラ・ベイコンが初めて双子と会ったとき、アロンのほうを好きになったのも、キャシーがアロンにすべての遺産を残したのも、このような彼の風貌・特質によるところが大であるだろう。いっぽうキャルは、「アダム似であった」(三三六)とあるから、容貌は「アベル型」である。「髪は暗褐色」で、「アロンよりも体は大きく、骨太で、肩はがっしりとしていて、顎もアダムに似て、がっちりとして頑固そうだった」(三三六)。しかし「キャルの手は、体の他の部分の割にはとても小さかった。指は短く、ほっそりしていて、爪がきれいだった」(三三六)という特徴は、母親に似ている。つまりキャルは、体格はアダム似であり、肌の「浅黒い」(二七二)ところはチャールズに似ていて(四六、二六〇)、手だけがキャシーと同じように華奢なのである。また彼は頭がよく、「誰からもあまり好かれなかったが、みんなから恐れられ、恐れられていたので敬意を払われていた。……彼は鈍感で無神経で、冷酷にすらみえた」(四二一―二二)という特徴はチャールズやキャシーに似ている。

リーはサミュエルに、「[ふたりは]まるでメダルの表と裏のよう」に異なると言い、さらに、「キャルは鋭敏で、むっつり屋で、用心深いのですが、[アロン]は……あの子が何も言わないうちからみんなあの子を好きになってしまうし、話しだすと、もっと好きになるような子」(二九四)であり、「気がつくとわたしは、キャルをかばっているんです――わたしひとりで。あの子は必死になって戦っていますが、[アロン]のほうは戦う必要がないのです」(二九四)と言う。かつてチャールズは父親の愛を求めて苦闘していたのであるが、同様にキャルも、愛を求めて苦闘しなければならぬ宿命にある。

チャールズがアダムにたいして直接に暴力に訴えたのとは対照的に、父によって贈り物を拒絶されたキャルは、すでに見抜いていたアロンの精神的に壊れやすい弱点の傷口を大きくあけようと、アロンをケイトの売春宿へ連れていき、彼に母親の生身の姿を目撃させ、報復を果たす。

全能の神の拒絶がカインの罪の動機となったように、アダムの拒絶はキャルの報復の動機となる。「カインもアベルも自分の持っているものをお供えしたのに、神様はアベルを受け入れ、カインを拒絶したんですから。私にはどうしてもそれが公正なことだとは思えませんでした」（二六九）と言うアダムがなぜ、キャルの贈り物――インゲン豆の相場で儲けた一万五〇〇〇ドル――を受け入れず、それを奪った農夫たちに返却せよと言ったのか。その解答はない。理由はただ、キャルの金は農夫から「奪った」（五四三）汚い金であるという彼の判断につきる。もともと平和主義者で非戦闘的なアダムは、徴兵委員会の一委員であり、自分のサインによってサリーナスの若者たちが戦場へと送られ、何人かは二度と故郷の土を踏むことがないという立場に苦慮していたのがその要因であるようだ。キャルが父の損失の穴埋めをしようと思い立ったのは、ひとえに父への愛情の証であるが、彼がそんなことをしなくても愛の証を表現できたかもしれないのである。しかし、そうせざるをえないのがキャルの意識下の衝動であり、才能でもあった。けだし、人間の世界とはそうしたもので、キャルは人に好かれない子どもとして、好かれたいがために余計なことを試み、悲しい性《さが》と闘いながら生きのびていかねばならぬ運命にある。スタインベックはパスカル・コヴィチへの書簡のなかで、「キャルは私の赤ちゃんであってほしいと思っています。彼はエヴリマンであり、善と悪の闘いの戦場であり、最も人間らしい人間であり、非運な人間なのです」（『書簡集』四二九）としたためている。

キャルの贈り物にたいするアダムの拒絶は、罪とはいえないまでも、過ちであることは確かであろう。それはアダムが善人であるからというよりはむしろ、アロンと同様に、無垢あるいは無知による過ち、すなわち「自己中心的な判断による過ち」を犯したという意味においてである。善は美徳であっても、悪を知らない善は、真の善ではありえないのであろうし、人は善と悪の両方を熟知したうえで善を行う必要があるのではなかろうか。

しかしアダムの拒絶は、基本的には、旧約聖書における神とカインとの関係、またサイラスとチャールズとの関係、つまり父が子の贈り物を拒絶するというパターンでは同じである。ただ、サイラスは「カイン型」人物であり、アダムは「アベル型」人物であるという相違があり、するとそれは、善悪や判断の問題ではなく、別の基準、別の判断の問題となりうるであろう。

キリスト教の神だけでなく、東洋的な神をも受け入れることのできるリーの疑問は、旧約聖書のなかの神がなぜカインの捧げ物を可としなかったか、ということであった。彼は言う——「私は、この物語は羊飼いの民によって羊飼いの民のために書かれたものだと記憶しています。その人たちは農夫ではなかったのです。羊飼いの神様なら、麦の束よりも肥えた子羊のほうを貴重なものだと思うのではないでしょうか？　神様への捧げ物は最良で最高に価値あるものでなければなりませんからね」（二六九）。とすると、キャルの贈り物は、「最良で最高に価値あるもの」であるべきなのに、そうではなかったといえるのである。だがキャルは、そのことをいかにして知りえようか。

四　「ティムシェル」

スタインベックが「ティムシェル」という言葉を知ったのは、『「エデンの東」創作日誌』の一九五一年七月六日に記されているように、パスカル・コヴィチの貢献による。だがその二週間ほど前の六月二一日に、スタインベックは『「エデンの東」創作日誌』につぎのようにしたためている。

きみがくれたあの物語の新しい訳には非常に重要な相違点が一つある。それは三つめの聖書訳なんだ。欽定訳聖書には、戸口にうずくまっている罪について、"Thou shalt rule over it."と書いてある。アメリカ標準訳には"Do thou rule over it."とある。ところでこの新しい訳では"Thou mayest rule over it."となっている。これは極めて重大な相違だ。最初の二つは、一つめが予言で、二つめは命令だが、三つめは自由意志を認めるということなんだからね。ここには個人の責任と良心（善悪の観念）の創造がある。意志あらばなしうる、ただしそれはその人次第、ということだな。ぼくはその句を徹底的に調べてみたいんだ。きみ、それをやってくれないか？　そこの正確な語を突き止めたいんだ——もしそこのところが"thou mayest"であって、それで論争の余地がないのなら、それが旧約聖書のなかで最も重大な誤訳の一つだということになるから、これをぼくの物語の議論のなかに書かねばならない。そのヘブライ語を見つけてくれないか。……これは重要だ。この小さな物語は、世界で最も意味の深い物語の一つだということになるんだから。（一〇八）

そして七月六日、「ティムシェル」（"timshel"）という語が日誌に記される——「きみが送ってくれたヘブライ語訳においては、"timshel"は単純未来時制とは考えられていなかったことを忘れないでくれたまえ。彼らはそれを"Thou mayest"と訳したのだ。これは少なくともこの語の解釈では意見の相違があることを物語っていて、ぼくにはそれで十分だ」（一一二）。

小説中において"Thou mayest"という英語訳をヘブライ語にさかのぼって研究し、それが「ティムシェル」であることを見いだした一人であるリーによると、「もしも人がその言葉を利用したいと思えば、それは彼に人間の偉大さを与える」（五二二）と言う。けだし「ティムシェル」という言葉は、神による「救済」や「選択」そして「自由意志」を示唆する。サミュエルにとっては、それは「栄光」であり、「勝利の選択」（三〇九）であった。リーによれば、サミュエルは、「その言葉によって自由になった」し、「その言葉は彼に一人の、他のどの人とも違った、ひとかどの人間になる権利を与えた」（五二三）のである。それゆえにこそサミュエルは、アダムを救うことができたのである。リーもまた、最終場面において同様に、瀕死のアダムにたいして、アダムが死なないうちにキャルを救済してくれるように懇願するという頑な選択を選び、アダムから「ティムシェル！」という言葉を引きだす。

第五五章第三節、この小説の最終場面において、リーがアダムに、「あなたの息子は罪の烙印を押されて、自分を失っています……ほとんど自分では耐えきれないほどに。彼を拒絶して押しつぶさないでください」と言い、また、「アダム、彼にあなたの祝福をあたえてください」、そしてさらに、「彼を助けてください……彼にチャンスを与えてやってください。彼を自由にしてやってください。これこそが、人間が動物にまさる点なのですから。自由にしてやってください！　祝福してやってください！」と懇願する。すると、「精神の集中のもとに、ベッド全体が揺れたように思えた」のち、「アダムの呼吸はその努力で速くなり、それから、彼の右手がゆっくりと上がった――一インチ上がって、それから落ちた」（六〇二）のであるが、それはアダムのキャルにたいする祝福を表していることは明白である。それゆえ、

リーはささやいた。「ありがとうございます、アダム――ありがとうございます。唇を動かせますか？　唇を動かして、彼の名前のかたちをつくってください（口でカレブと言ってください）」

アダムは病人のものうげな眼差しで見上げた。彼は唇を開いたが、うまくいかなくて、再び試みた。それから、

彼の肺に空気がいっぱい満たされた。彼はその空気を吐き出し、そして彼の唇からさっと吐息がもれた。そのささやいた言葉は宙に浮いたまま漂っているように思えた。

「ティムシェル（アダム）［！］」

彼は目を閉じ、そして眠った。［六〇二、（　）内は「タイプ原稿」による］

この部分でとくに興味深いことは、作家は改訂稿の執筆時に、「タイプ原稿」に書いてあった“Adam”を二本の線で消して“Timshel”（感嘆符はついていない）と書いたあと、「タイプ原稿」の左の余白に、“center”（中央に）という指示を記したことである。（「ティムシェル」という語は中央に印刷されなかった。）「タイプ原稿」ではリーが、「口でカレブと言ってください」と言う。するとアダムは、彼を「アダム」と呼ぶ。なぜ「カレブ」でなく、「アダム」と呼んだのか。読者の疑問は必定であろう。それゆえの「ティムシェル！」への変更なのであろう。

一九八九年五月のある日のこと、テキサス大学オースティン校ハリー・ランサム人文研究所において『エデンの東』の「タイプ原稿」を読んでいたとき、その最終ページに、右記のように、“Adam.”とタイプされているのを二本の線で消して“Timshel”と手書きで修正された文字を発見したのだったが、それは筆者にとって世界がひっくり返るほどの大事件であった。「アダム」と「ティムシェル」とでは、ずいぶん違った解釈が可能であり、かつ異なった解釈が要求されるではないか。これらの二文字を見たとき、一瞬、驚愕というか、きわめて大きな衝撃を受け、同時に一種の当惑さえ感じたことを覚えている。

この「タイプ原稿」におけるパリンプセスト——スタインベックは『気まぐれバス』においてファン・チーコ

イの乗り合いバスのバンパーに「スウィートハート」と「神の偉大なる力」というパリンプセストを記したことがある——は、いかなる意味を伝えようというのか。〔筆者はこの事実をすべてのスタインベックの読者および研究者に知ってもらう必要を感じたので、ホノルルのハワイアン・リージェンシーホテルにおける第三回スタインベック国際会議で"Steinbeck's Creative Development of an Ending: *East of Eden*"という研究発表をしたときに、マッキントッシュ&オーティス社から許可を得てハリー・ランサム人文研究所から送ってもらった「タイプ原稿」のコピーを回覧して見てもらった。同名の論文は、*John Steinbeck: Asian Perspectives*（大阪教育図書刊、一九九二）に収録されているのでご参照いただけると幸いである。〕

アダムがキャルを「アダム」と呼ぶことによるメッセージは何か。それはキャルの、カインの、完全なる「否定」ということであろう。さらに深く考えれば、それは、「おまえは今から、アダムと呼ぶ」というキャルのアイデンティティの変更を、この作品における「A」—「C」による善人、悪人の区別を超越し、「AとCの合一」を意味するということでもあるだろう。つまり、死に瀕したアダムが、「C」によって象徴されるカインの重荷を背負うキャルを、その重荷から解放し、新たなる「アメリカのアダム」として彼に生きることを命じた、あるいは、それは「堕落の前のアダム」として、エデンの楽園における「無垢な人間の祖先」としての新しい出発をキャルに命じたといえるのである。かくして、われわれ人間は、過去の古い固定観念「カインの末裔」でなく、新たなるロゴスによる「アダムの末裔」となる。

いずれにせよ、このアダムの言葉は、それが「ティムシェル」であれ、「アダム」であれ、キャルに「善」を選んで「善人」として生きるよう示唆していることには間違いない。やや不自然なひびきがあるものの、「アダム」のほうが「ティムシェル」よりも、キャルをアダムとして再生させ、新たなアイデンティティを与えるという意味で、よりいっそう強い主張を表現しているように思えるのは筆者だけではあるまい。

五　結びにかえて

『エデンの東』を読んでまず気づくことは、善と悪、強と弱、愛と憎、美と醜というテーマに加えて、アダムやキャル、アブラを中心とした主要登場人物の人間的成長も描かれていることである。サミュエル・ハミルトンやリーは知性ゆたかな人格者であり、心身ともに健全で、ほとんど全き人間、理想的な人物として描かれているので、彼らはほとんど成長を必要としないようであるが、それでも彼らは旧約聖書「創世記」における神のカインにたいする言葉、「ティムシェル」の意味を知り、それをそれぞれの状況に応じて、みずからの重要な意志決定のさいに「選択」し、行動に移すという人間的成長がみられる。彼らは、レスター・ジェイ・マークスのいう「スタインベック・ヒーロー」（一八）として、主要登場人物たちの成長を援助する役目を担っている。

作家が『「エデンの東」創作日誌』において、「ここ［第四部］には力《パワー》と成長《デヴェロップメント》がみられると思う。アロンはある程度までは成長するだろうが、力強くて新しい人物はキャルとアブラと生まれ変わったアダムだ。……アブラは……キャシーとは対照的に、強くて本質的に善なる女性である。……アブラは戦う人であり、また有能で役に立つ人間だ。彼女は戦いの場で積極的な役割を担うことになる」（一四六）と記しているように、サミュエルの死後においてアダムにも成長がみられ、キャシーとの対決に打ち勝ち、ユング心理学における元型の一つ、「老賢者」に近い存在となる。

このようなアダムという登場人物の特徴からみても、『エデンの東』はリアリズムや自然主義小説ではなく、

「カインとアベルの物語」の語りなおしというアメリカの神話的叙事詩であり、ロマンスである。メルヴィルの『白鯨』となぞらえられるのも故なしとしない。

本稿は『エデンの東』のテーマ論を中心にこの小説についてほんの一部を考察してみたにすぎない。テーマ論に限ってみても倫理観だけでなく、バーバラ・マクダニエル（Barbara McDaniel）が"Alienation in *East of Eden*: The 'Chart of the Soul'"において論じているように、「疎外感」についても論を深める必要があるだろうし、さらにまた、文学作品としての『エデンの東』の全体像を捉えるためには、ナラティヴ論、すなわちこの小説における一人称ナレーターについて、また、この小説のポストモダン性の議論も必要であろう。二一世紀におけるこの小説の新たな読みなおしがたのしみである。

スタインベック・ハウス（カリフォルニア州サリーナス）　（中山喜代市撮影）

ナショナル・スタインベックセンター（サリーナス）のグランド・オープニング
（1999年6月27日）　（井上稔浩撮影）

『エデンの東』――キャシー・エイムズの自由への長い旅路

大須賀寿子

一　背景

一九四七年一一月一七日付のウェブスター・F・ストリート（Webster F. Street）宛の手紙において、スタインベックはこれから取り組む予定の長編小説の存在をほのめかしている。

来年のぼくはかなりたくさんの仕事を抱えることになるが、夏までには消化してしまいたい。そのあとは、これまで長くノートを取ってきた材料をふまえた長編にかかりたいからだ。考えてみると、ここ何年かはとりとめのない小さな仕事、たいして一貫性のない仕事ばかりやってきた。それで、ゆっくりでいいから腰を据えた作品に取り組んでみたいのだ。（『書簡集』　三〇一）

その腰を据えた作品が『エデンの東』である。スタインベックは『「エデンの東」創作日誌』において『エデンの東』に託している思いを語っている――「それでぼくは、最も偉大な、いや、世界じゅうで最も偉大な物語

――善と悪、強さと弱さ、愛と憎しみ、美と醜についての物語――にしようと思う」（四）。またさらに、一九五一年一一月一六日付のボウ・ベスコウ（Bo Beskow）宛の手紙では、「脱稿したばかりのこの作品に、ぼくはこれまでの人生において書きたかったもののありったけを投入した。その意味で、これは"the book"だ。この作品のできがよくないとしたら、ぼくはこれまでずっと自分を偽ってきたことになる」（『書簡集』四三二）と記している。

だが、スタインベックが『エデンの東』にたいして示した情熱や自信とは裏腹に、厳しい評価をくだした批評家もいた。たとえば、*The Wide World of John Steinbeck* (1958) でピーター・リスカ（Peter Lisca）は、「スタインベックは一度に多くのことを言いすぎて作品の集中力をまとめるのに失敗している」（二六三）と指摘し、二〇年後に刊行された *John Steinbeck: Nature and Myth* (1978) でもその態度を貫いている（一七〇）。いっぽう、レスター・ジェイ・マークス（Lester Jay Marks）は *Thematic Design in the Novels of John Steinbeck* (1971)（邦訳名『ジョン・スタインベックの小説――その主題と構想』）において、「『エデンの東』は彼の最も完成された技巧を備える作品である」（一一四）と述べている。また、ルイス・オウエンズ（Louis Owens）は *Rediscovering Steinbeck: Revisionist Views of His Art, Politics and Intellect* (1989) 所収の論文"The Story of a Writing: Narrative Structure in *East of Eden*"において、「私が思うには、『エデンの東』はスタインベックの最大の実験であって、われわれのうちの何人かが期待している以上に成功した作品である」（六二）と評価している。

『エデンの東』は前述のように、「善と悪、強さと弱さ、愛と憎しみ、美と醜についての物語」であるため、国内の研究論文も善と悪や、それに向かって闘う人物について分析したものが多い。そして、フェミニズム批評の影響もあって、この作品のなかでひときわ目立つ悪の怪物、キャシー・エイムズに関する論文が数多く発表されてきた。

そこで、ここでは、主としてキャシー・エイムズについて考察したいが、その前に批評家たちがどのようにキャシーについて考えてきたのかを提示したい。リスカは、「キャシーは非常にサタンに似ていて、信じられるような人間ではない」（*Wide World* 二七三）と書いている。オウエンズは*John Steinbeck: Re-Vision of America* (1985)において、キャシーについて、「絶対的でゆるぎのない悪」（一四七）と述べている。また、ミミ・ライゼル・グラッドスティーン（Mimi Reisel Gladstein）は*John Steinbeck: From Salinas to the World*（邦訳名『ジョン・スタインベック——サリーナスから世界に向けて』）所収の論文"From Lady Brett to Ma Joad: A Singular Scarcity"（邦訳名「レディ・ブレットからマー・ジョードへ——女性の異常な少なさ」）で、キャシーについて、「アメリカ小説のなかで最も忘れがたい悪女」（三二）であると記している。

そして、ストダード・マーティン（Stoddard Martin）は*California Writers: Jack London, John Steinbeck, and the Tough Guys* (1983)においてキャシーについて詳しく分析し、「キャシー・トラスクはスタインベックの作家生活における汚点であると同時に、彼の最も啓発的な創造物である」（一〇四）と主張している。ジョン・ティマーマン（John Timmerman）は*John Steinbeck's Fiction: The Aesthetics of the Road Taken* (1986)において、キャシーを「小説のテーマと構成の中心」（二一八）として捉え、「スタインベックの道徳的な見解の核」（二四七）としてみなし、積極的な評価をしている。

日本における諸論文では、鈴江璋子氏は、「鏡の中のキャシー——『エデンの東』研究Ⅲ」で、こうした素朴なキャシー像に疑問を投げかけている。鈴江氏が指摘するように、「スタインベックの叙述は見かけほど単純ではない」（二三七）。『エデンの東』第八章の冒頭で語り手は、「世のなかには、人間を親として生まれた怪物が存在するとわたしは信じる」（七二）と述べているが、第一三章では「キャシーがはたしてわたしが怪物と呼んだようなものであったかどうかは重要なことではない」（一三二）と判断に変化がみられる。さらに、第一七章ではつぎのように書かれている。

わたしがキャシーは怪物だと言ったとき、わたしにとっては彼女がそのようなものに思えたのだった。しかし今、虫眼鏡を片手にかがみ込んで、彼女について書かれたスモールプリントに向かい、そして脚注を読み直してみるとき、果たしてそれは正しかったのだろうかということがわたしの頭をよぎる。……彼女が悪女だったと言ってしまうのはやさしい。だが、その理由がわからなければ、そのような言葉にはほとんど意味がないのである。（一八四）

このように、章を追って、語り手のキャシーの捉え方は変わっていく。語り手が自分自身で信じていた怪物像がしだいにゆらいでいくのである。

テツマロ・ハヤシ（Tetsumaro Hayashi）編 *A New Study Guide to Steinbeck's Major Works, With Critical Explications* (1993) 所収の論文 "Steinbeck's *East of Eden*" において、オウエンズは「登場人物の『スモールプリント』や『脚注』をこのようにほのめかすことによって、キャシーは言葉で作られていること、彼女はページの上や作者の意識のなかでのみ、存在するということをスタインベックはわれわれに思い起こさせる」（八二）と述べている。キャシーのもつ冷酷さや残酷さは非常に理解しがたいため、それに、彼女は言葉では説明しにくいタイプの人間であるから、オウエンズの解釈が成立するのだろう。だが、言葉では、説明しにくいからこそ、キャシーの言動をとおして、われわれは彼女の秘められた心理や人間的側面を理解する必要があるのだ。

そこで、本稿においては、キャシーを怪物と断定することなく、語り手の微妙な態度の変化を念頭に置き、キャシーの人間的な側面を重視していきたい。その際できる限り、怪物や悪の権化としての固定的なイメージからキャシーを解放し、彼女を生身の人間として捉え、彼女の言動の背後に隠された内なる声に耳を傾けていきたい。

二　怪物に仕立てられたキャシー

全五五章から成る『エデンの東』で、中間章は二章、ハミルトン家を扱う章は一三章、トラスク家を扱う章は二一章、そしてキャシーを扱う章は一九章である。ここでは、何がキャシーを怪物に仕立て上げたのかについて考察していく。

キャシーは美しい金髪と無邪気な顔、少年のように華奢な身体、やさしい声で人びとの興味をひいた。彼女の眼と眼の間の広さ、伏し目がちに下がったまぶた、華奢で薄い鼻、高くて広い頬骨、ハート型の輪郭、異常なほどに小さい口と耳たぶといった顔の特徴はまさしくエデンの園の蛇を彷彿させる。また、その美貌の下には他の子どもと異なる性質が潜んでいる。たとえば、彼女は服装や行動でも何かに従うことは決してなく、嘘を巧みに操って、日々を過ごしてきたのである。また、夫のアダムが自分の土地におさまっている様子が猫にたとえられているいっぽうで、「キャシーもやはり猫のようであった。彼女は手にいれられないものを断念して、手にいれられるものを待ちうけるという人間離れした性質を備えていた」（二五九）と語り手によって語られている。猫はそのまま怪物とは結びつかないが、猫の比喩が用いられることによって、キャシーの非人間性が強調されている。

アルフレッド・コラッチ（Alfred Kolatch）の *The Name Dictionary: Modern English and Hebrew Names* (1967) によ

ると、Cathy（Catharine, Kate）という名前は「ギリシャ語で『純粋、清らかさ』を意味し、『高潔な、正直な』という包括的な意味もある」（一八二）。だが、キャシー・エイムズはそのような美徳を象徴するどころか、「人間を親として生まれた怪物」（七二）、そして「知的あるいは精神的な怪物」（七二）として呼ばれている。さらに、語り手は怪物についての説明を加えている。

怪物とは、程度の差はあっても、要するに正常と認められている型の変種なのだ。片腕のない子どもが生まれることもあるように、親切心や良心の可能性をもたないものが生まれることもあるだろう。事故で腕をなくした男は、腕のない状態に順応するのに大変な苦労をするけれど、生まれながらに腕がない者ならば、これを変だと思う人たちに悩まされるだけだ。……奇怪な存在にとってはふつうの姿が奇怪に見えるのだということ、これを忘れてはならない。（七二）

「親切心や良心の可能性をもたない」で生まれてきた彼女にとっては、他人が自分にたいしてやさしさや愛情を示すことが理解できないのである。キャシーは、リーがキャルに言っているように、「一つの謎」であり、それは、「彼女には何か欠けているものがある。それは思いやりかもしれないし、良心かもしれない」（四四八）のである。そして有木恭子氏が「キャシー・エイムズは謎の怪物か――『エデンの東』におけるキャシーと主題との関わりについての一考察」において論じているように、キャシーは、「本質的な何かを欠いて生を受けた」（五四）と言えよう。有木氏はさらに、「キャシーの欠いている良心、親切心、道徳観、思いやりこそ人間の本質を成すところの要素ではあるまいか」と述べ、「彼女に欠けているもの」は「愛」であると力説している（五四―五五）。要するに、彼女には他人が異常だと思うことは正常であり、他人が正常だと思っていることが異常なのである。つまり、われわれにとって残忍で犯罪だと思える行動――一四歳の少年二人を自分にたいする強制わいせつ行為で少年院に送るように仕向けたこと、ラテン語の教師を自殺に追いやったこと、自宅に火を放ち、両親を焼死させたことなど――も怪物である彼女にとって、全然残忍なことでも犯罪でもないのだ。

怪物としてのキャシーの誕生について、加藤光男氏は、「スタインベックはあたかも科学者が実験室で実験をするかのように生物学的決定論に基づいてキャシーを誕生させた」（二二五）と述べているが、スタインベックはキャシーを生まれながらの怪物、あるいは「生物学的決定論に基づいた」怪物という解釈だけで片づけていない。スタインベックはこうした怪物像に加えて、さらに二つの怪物のイメージをキャシーに付与している。

第一の怪物はスタインベックが憎しみという個人的感情で作りあげた怪物であり、第二の怪物はキャシーを異質なものとして捉える周囲の目が作り出した怪物、すなわちキャシーが生きた時代である一九世紀後半にみられたヴィクトリア朝的な父権制によって生み出された怪物である。このような怪物のイメージを用い、蛇のように彼女の容姿を描くことによって、スタインベックはキャシーがもつ悪の要素を読者に浸透させようとしている。

第一の怪物が誕生する要因は『エデンの東』を執筆する前のスタインベックの私生活に関係している。ジェイ・パリーニ（Jay Parini）の *John Steinbeck: A Biography* (1994) によると、スタインベックは二番目の妻グウィンドリン（Gwyndolyn Conger Steinbeck）と一九四八年に離婚している（三七五）。また彼は、一九四八年一一月一九日付のベスコウ宛の手紙で、「生粋のアメリカ女は愛せない――男であり、政治屋であるのがアメリカ女だから。……アメリカ女との結婚生活は売春宿への入り口だ……今ぼくはアメリカの社会通念を客観的に眺め始めていて、目に入ることが気に入らないし、ぼくの子どもがそんな女たちに育てられるのはごめんだね」（『書簡集』三四三）

というように、グウィンやアメリカ女への憎しみをあらわにし、ベスコウに宛てた一九五〇年一月二四日付の手紙では、グウィンについて、「どういうわけかぼくと張り合う」（『書簡集』 四〇〇）人間であると述べている。つまり、キャシーの冷酷さや残忍さはグウィンをモデルにし、キャシーにたいしてグウィンへの憎しみを注ぎこんだ結果であるといえるだろう。

第二の怪物が誕生する要因はキャシーが育った時代と地域に関係する。一九世紀後半のアメリカ東部はお上品な伝統（Genteel Tradition）やピューリタン文化が浸透し、ヴィクトリア朝的父権制も非常に強く、厳格な地域であった。もちろん、キャシーが育ったマサチューセッツの郊外でも同じことがいえるだろう。彼女の父親は厳格であり、他人が悪事をした際に鞭で叩くことは美徳であると信じているような種類の人間である。そして社会は、女性にたいして〈家庭の天使〉――「家庭という場で両親に仕える従順な娘であり、夫を支える良き妻であり、子どもを慈しむやさしき母であり、かつ召使を統べる賢い女主人である女性」（川本 八）の役割や、ベティ・フリーダン（Betty Friedan）の *Feminine Mystique* (1963)（邦訳名『新しい女性の創造』）の表現を借りるならば、「女性にとっての最高の価値と唯一の誓約は女性性を満たすこと」（四一）を強いるのであり、それにたいして女性は何の疑問も抱かずに、黙って従うのである。

当然、キャシーにたいしても〈家庭の天使〉つまり、「家庭という場で両親に仕える従順な娘」であることを両親をはじめとして周囲の人びとは期待し、彼女もそのような娘の役を演じる。だが、キャシーには金めっきのような、虚飾に満ちた社会や人びとの裏を見抜く能力があるのだ。語り手は彼女をそのように描写している。

世界じゅうのほとんどすべてのひとは、表層を一皮むいたすぐ下にいろいろな欲望や衝動、引き金となる激情や、自己中心性の塊、性欲などをもっている。そして、たいていの人間はそういうものを制御するか、あるいは、ひそかにそれを満足させるか、しているのだ。キャシーは他人にそういう衝動があることだけではなく、それを彼女自身の利益になるように利用する方法を知っていた。……キャシーはごく幼いころから、性の世界が、それに付随する憧憬や苦悩や、嫉妬や禁制などすべてをふくめて、人間を最も激しくかき乱す衝動なのだということを知っていた。（七五）

ヴィクトリア朝的父権制に順応している人びとのあいだでは、性の話題が避けられていたことをふまえると、人間の秘められた性衝動を利用して人間を操る彼女はきわめて異質である。だが、このように、人間の悪い面とはいえ、人間のありのままの姿を理解しているという点を考えると、キャシーはものごとのありのままを見つめる非目的論的な人物であるといえる。キャシーが軽蔑しているものは秘められているもの自体ではなく、秘められたものを隠して、彼女に善を強いる人間なのである。彼女は彼らのもつ偽善や本音を見せない態度に嘲りを示し、彼らの目には異常にみえる行動をとることによって、彼らに反抗したのである。事物の表面しか見ることができないキャシーの周囲にいる人びとが彼女を異常なものとみなし、自分たちの倫理観に合わないものを怪物とみなすのは当然のことである。いや、本当のキャシーを見ようともせずに、彼女を怪物に仕立て上げた社会こそがむしろ非人間的で怪物的なのである。

三　フェミニン・ミスティークから逃げるキャシー

ライザ・ハミルトンは娯楽を罪と考える厳格な性格であるが、家族を飢えさせることがないように、自らが「強さの塔」（三二九）として行動しており、「家庭の天使」の役目を十分に果たしているといえる。アダムの生母は、「世間の病を治し、自分の病気を治療するために宗教を利用」（一五）し、サイラスに淋病をうつされたことをきっかけに、罪の意識に苦しみ、自殺する。継母のアリスは、家事をきちんとこなすが、自分からは口を開くことはなく、一人になったときに、あたかも解放感を示すかのように、そっと微笑みを見せる女性である。サミュエルの長女ユナは結婚してから、実家には元気であるという内容の手紙を送り続けてきた、けなげな娘である。だが、その遺体が実家に送り返されてきたときは、手も足も傷だらけであり、嫁ぎ先で苦労したことは一目瞭然であった。三女のデシーはサリーナスで洋裁店を経営し、自立していたのだが、失恋については決して誰にも語ることなく、店を閉めて、故郷に戻り、最後にはトムが間違えて飲ませた薬によって、命を落とす。こうしてみていくと、『エデンの東』にみられる女性には男性にたいする我慢と沈黙が強いられている。サンドラ・M・ギルバート（Sandra M. Gilbert）とスーザン・グーバー（Susan Guber）の *The Madwoman in the Attic* (1979)（邦訳名『屋根裏の狂女』）で男性作家について述べられているように、スタインベックも男性作家であるがゆえに、「自分が作った女性たちに生命を与えておきながら、その女性たちから主体性、すなわち、自立して発言する力を奪うことによって、彼女たちを沈黙させるのである」（一四）。また、独身であったデシーを除いて、『エデンの東』にみられる妻や母はフェミニン・ミスティークを遵守しているのである。フェミニン・ミスティークとは、フリーダンによると、「女性の世界は自分自身の身体や美しさ、男性を魅了すること、赤ちゃんを育てること、夫や子どもたちの身体に注意を払うことや世話をすることなど、家庭に限られている」（三六）ことをアメリカの女性に正しいと信じこませ、家庭以外の世界に目を向けることを許さず、妻として母としての理想像を強制する神話である。

「主体性、すなわち、自立して発言する力」を奪われることがなく、フェミニン・ミスティークを拒む唯一の女性はキャシーである。キャシーはあまり多くの言葉を語らないが、たとえその行動が悪意に満ちていたとしても、行動で自分の意思を主張する。また、*Steinbeck's Women: Essays in Criticism* (1979)（邦訳名『スタインベックの女性像』）所収の論文"A Study of Female Characterization in Steinbeck's Fiction"（邦訳名「スタインベックの小説における女性の性格描写の研究」）において、サンドラ・ビーティ（Sandra Beatty）が指摘しているように、「彼女はスタインベックの理想の妻がもつすべての特質——現実主義、信念、実用主義、そして忍従——を共有しているが、妻の役割を拒否」（四）している特異な存在である。キャシーは妻でありながら、アダムを気にかけることもなく、家事をリーに一任している。彼女がアダムと結婚した理由は彼の愛に応えたからではなく、「保護の手と金が欲しかったからである。アダムはその両方を彼女に与えることができる。それにアダムなら、彼女が操縦できる」（一二一）からである。両親の支配と保護を拒んで逃げてきたにもかかわらず、彼女は冷静な判断力を働かせて、金に困らないように結婚を選んだのである。ビーティのいう理想の妻の資質をもちながら、どうして彼女はフェミニン・ミスティークを拒むのであろうか？　キャシーにとっては、妻となり、母となったことは保護の手と金を得た代償にすぎなかったからである。彼女にとって、妊娠は予想外の出来事であり、胎児をみずからの手で中絶しようとする。さらに、キャシーの小さな胸、妊娠中であっても、年月を経て他の部分が太っても、決して大きくならなかったその胸は母性の欠如を意味する。そして、彼女は人間同士のつながり——少女時代は娘であることを、結婚してからはアダムの妻であることを、そして出産後は母親であること——を拒否している。その人間関係を保持していくことにキャシーは苦痛を感じて、脱出を企てるのである。なぜなら、そこには「保護の手と金」の裏に秘められた、束縛という罠があるからだ。

キャシーには幼い頃から、「ものを見つける際の驚くべき幸運」(七八)があったので、彼女はしばしば金やきれいなものを手に入れていた。彼女の年齢を考えると、それは盗んだものであると容易に解釈できる。そして、両親の死後、エドワーズの愛人になると、彼のふところから金を盗むようになる。キャシーにとって、金やきれいなものをひそかに持っていることは自分だけの世界を保持しようとすることを意味し、彼女が感じている束縛感から逃れようとする試みである。また同時に、独立したいという願望の現れである。

キャシーが逃れてくる人びと――両親、エドワーズ、アダム、フェイ――はすべて、彼女に「人間の最も美しい〈何か〉(愛情)――しかし彼女にとっては正体不明の恐ろしい〈何か〉」を注いだ人達」(有木　五六)である。彼らはキャシーへの愛があまりにも深すぎたために、彼女の冷淡さにたいして、盲目になり、彼らの心のなかで作り上げたキャシーの虚像を愛したのであるが、いつのまにか虚像と本物のキャシーの区別がつかなくなったのである。その結果、もともと感情をもたないキャシーは、彼らが与える愛を束縛とみなしたのである。キャシーがアダムの家を出て行く際の会話から、後述するように、二重の意味が読み取れる。


キャシーは彼に話す暇を与えなかった。「今から出て行きますからね」

「キャシー、何を言ってるんだ?」

「前にも言ったわよ」

「聞いてないよ」

「聞こうとしなかっただけよ。そんなことどうだっていいわ」

「出て行くなんて信じないよ」

キャシーの声は感情がなく、金属的だった。「あなたが何を信じようといっこうにかまわないわ。あたしは出て行くんだから」

「赤ん坊たちは――」

「あなたの井戸のなかにでも放りこんでおいたら？」

アダムはあわてふためいて叫んだ。「キャシー、おまえは病気なんだ。行っちゃだめだ――わたしから離れちゃだめだよ――離れちゃだめだめだ」

「あたしはあなたにどんなことでもできるのよ。女ならだれだってできるわ。だってあなたはばかだもの」（二〇一）

鈴江氏も「Cathyを考える――『エデンの東』研究Ⅱ」において、同じ箇所を引用し、「この現実世界がキャシーにとって居辛い場所」（五）であることを認めている。だが、この会話には、出ていきたいというキャシーの願いのみならず、アダムの本心が表れている。アダムの「わたしから離れちゃだめだよ」という発言には、愛する女性を自分のもとから離したくないという男性の願望とともに、彼がキャシーにたいしてフェミニン・ミスティークを強いていることを感じとることができる。「わたしの父はひとつの型をつくって、無理やりにそのなかにわたしを押しこんだんだよ」（四五四）とアダムはのちに、一七歳になったキャルに語っているが、サイラス同様に、アダムもキャシーを自分の家のみならず、自分のつくった型に押しこもうとしているのである。また、アダムはキャシーにたいして、「おまえは病気なんだ」と言っているが、実はこの言葉には、自分には理解できない行動をとるキャシーが異常だという非難がこめられている。アダムの家、そして、かつてエドワーズもキャシーに家を与えたことを考えると、家を与えてしまえば女性は決して逃げないのだという神話を男性のほうは信じているのである。それゆえに、彼女が保護と金の象徴となる家から逃げるという行動は男性には不可解に思えるのであろう。だが、女性にとっては、家は保護と金を意味するだけではなく、閉じこめられていることを意味し、「徹底的に、心身ともに他者に所有されているからこそ、あらゆる権利を剥奪されている」(ギルバート&グーバー八四)と考えられるのである。

ところで、短編小説「菊」のイライザ・アレン、「白いうずら」のメアリー・テラー、『はつかねずみと人間』のカーリーの妻には、どこかキャシーにつながる点がある。イライザは庭の菊を子どものように愛情をかけて育てるが、外の世界への憧れを捨てきれない。メアリーは自分の庭がすべてであり、自分の世界を崩そうとする敵にたいして残酷になる。カーリーの妻は話し相手を探すために、しばしば飯場にいき、「あたし、カーリーを探しているの」(三二)と言って、男たちの気を引こうとする。彼女たち三人は家に閉じこめられていると言ってもいいだろう。イライザやメアリーは、庭という自分の独自の世界をもち、カーリーの妻は夫にたいして沈黙し続けるのである。彼女はこの嫁ぎ先の農場での寂しさに耐えるしかないのだ。キャシーもアダムと共に暮らしているときには、彼に心を開いていなかった。そして売春宿での生活は何かを避けるかのように光の入らない小部屋が中心だった。家という束縛から逃れられないのなら、女性独自の世界——他者つまり男性を締め出す世界をつくって、ひきこもるしかない。ひきこもったり、何かに同化したりすることによって、彼女たちは願望をあらわにするのだ。また、女性独自の世界は「女性に独立と力を与える」(鈴江、「鏡の中のキャシー」一三九)がゆえに、男性はそれに恐怖を抱くのであるといえよう。

他の女性たちとキャシーの違いは、キャシーが自分を束縛する状況――両親のもとから、アダムのもとから、そしてフェイとの関係――から必ず脱出していることである。ただ脱出するだけではなく、彼女はそうすることによって、金や地位を得ているのである。彼女はどんな状況になろうとも、自分の都合のいいようになるまで待つが、脱出するときだけ自分の意志で、行動するのである。スタインベックは脱出する女性の行動に、一九四八年八月一七日付のストリート宛の手紙で述べているような「ぼくが彼女を妨げて、彼女はぼくに耐えられなかった」(『書簡集』三二〇)というグウィンの状況を思い出し、彼自身も作品の女性に逃げられる恐怖を抱いていたのではないか。

キャシーはアダムのもとを去ってから、ケイト・オールビーと名前を変え、フェイの売春宿で働くようになる。売春について、篠田靖子氏は『アメリカ西部の女性史』(一九九九)において、「アメリカでは一九世紀後半が売春婦の全盛時代であったといわれている。女性が選びうる職業が極端に限られていた時代に、売春は最も手軽に女性が経済的に自立できる手段であった」(一五〇)と述べている。キャシーが自分の職業として売春婦を選んだ理由は、篠田氏が述べているように、「売春が最も手軽に女性が経済的に自立できる手段」であったからであるとも考えられるが、この仕事が人間の本質を暴露するものであり、またこの職業を軽蔑するヴィクトリア朝的父権制にたいするキャシーなりの反抗という可能性もあるのではなかろうか。

キャシーがもつ理想の妻の資質が生かされるのは、主婦業ではなく、売春婦という職業を選んだときである。彼女は、「他の女たちが自分たちの部屋をきれいにしておく手助けをした。彼女たちが病気のときは看病をし、悩みごとがあれば耳を傾け、恋の問題では相談にのり、そして貯まったお金は彼女たちに貸してやった」(二一二)というやさしさを示している。トラスク家で、アダムと暮らしていたときには、キャシーの手が家事や仕事のために動くことは決してなかった。キャシーの家事をした跡がない手をライザは、「金と怠惰、そして悪魔の道具」(一八二)と表現している。そのようなキャシーの手はドロンワークをしたり、売春宿での生活に十分にいかされるようになった。そして、フェイがいたころには、ピューリタンの美徳である倹約を彼女は見事に実践していた。だがやがて、残忍な手口でフェイを毒殺し、「地の果てまで行っても見つからないような、堕落して腐敗した」(三〇六)売春宿の女将の座に収まった。

売春宿の女将として、キャシーの発揮する現実主義、信念、実用主義、そして忍従はやはり一九世紀の女性の精神の独立に非常に重要なものであるといえよう。

四　人間性獲得の可能性

ここではまず、キャシーが、アダムやトラスク家の人びとと関わりをもつことによって、しだいに人間的相貌を獲得していく過程をたどってみよう。第一三章において語り手は、「大きな美徳をなしとげ、大きな罪を犯す能力」(一三二)という人間の二重性を前提として、人間が秘める悪について、つぎのように述べている。

たぶん、わたしたちはみな、心のなかに、邪悪な醜いものが芽ばえて強力になっていく秘密の池をもっているのだろう。しかし、この培養池には柵がめぐらされているのであり、孵化した悪は表面に浮かび上がってきてもまたすぐに沈下してしまう。ところがある人びとの暗い淀みのなかでは、邪悪が強く成長しすぎて柵をのりこえて、自由に泳ぎまわるということがあるのではないだろうか？　そういう人がわたしたちのいう怪物なのであり、わたしたちは自分の内に隠された水によってその怪物と結びついているのではないだろうか？　わたしたちが天使と悪魔を発明したのだから、その両方を理解できないというのはおかしい。（一三二―一三三）

つまり、アダムがもつ善の性質もキャシーがもつ悪の性質も人間の一部なのである。アダムとキャシーの夫婦関係は、善と悪、互いにこの二つを補い合うかのような夫婦関係なのである。

キャシーはそれまでのアダムを変えるという重要な役割を担っている。アダムは幼少期からサイラスとチャールズを恐れながら生きてきた。アダムはサイラスに強引に軍隊に入隊させられて、一〇年間の軍隊生活ののち、コネティカットの家に戻ったり、また放浪したりの繰り返しで、無為に日々を過ごしていた。目的もなく、悶々とした日々を過ごすアダムの前に、エドワーズの暴力で大怪我をしたキャシーが現れる。彼はチャールズの反対を押しきって、彼女を献身的に看病する。キャシーとの出会いによって、アダムは命令に従うだけの今までの自分を捨てて、初めて責任感を抱き、彼女を愛し、守ろうという気持ちを抱くのである。そして、彼はカリフォルニアに移住して、自分の王国を作ろうと決心する。このようにアダムが積極的に行動するようになったことを考えると、キャシーはアダムにたいして、妻としてポジティヴな役割を果たしたといえる。

だが、キャシーがトラスク家を去ったあと、アダムは落胆し、一年三ヶ月もの間、子どもたちに命名することなく、無気力な日々を過ごす。キャシーの脱出から一一年後、サミュエルの導きで、アダムはキャシーの本当の姿を知るために彼女の店に向かう。キャシーは彼に自分の過去を初めて語り、サリーナスの名士たちのいかがわしい写真を見せる。そして、彼女は、人間を「嘘つきで偽善者」だとみなし、「この世には悪と愚かさしかない」と信じており（三二二）、「そんな人間になるのなら犬になったほうがましだわ」（三二三）と彼に本心を打ち明ける。するとアダムは、彼女にたいして、「[おまえは] おまえに理解できないものを憎んでいるのだ。……自分にはわからない、あの男たちのなかにある善を憎んでいるのだ」(三二三) と言い放ち、彼女のもとを去る。これによって、アダムはありのままのキャシーを理解し、自分でつくりだしたキャシー像を崩したのである。

アダムはチャールズの遺産相続の件で、もう一度彼女に会いにいく。キャシーはその話は仕組まれた罠だと疑ってやまない。アダムは彼女にたいして、「おまえは今までに、自分のまわりには何かみえないものがあるような気がしたことがないだろうか? あるとわかっていながら、それを見たり、感じたりできないとしたら、恐ろしいだろうな」(三八四―八五) と言って、彼女のもとを去っていく。

ここで、ある変化がみられる。キャシーとの二度の再会はアダムにとって、新しい人生を始めるきっかけとなる。また、キャシーはアダムにたいして、初めて本心や自分の過去を話す。アダムは彼女の話に初めて耳を傾け、彼女がどんな人間なのかを理解する。アダムはキャシーの話を聞こうとした唯一の人間なのである。そして、彼は彼女にたいして、有木氏が「『エデンの東』主題の構想をめぐって――キャシーの役割を中心に」において述べているように、「他の人はもっているのに自分にはない何か」(四一) が存在することを意識させる。そのことによって、アダムはキャシーに夫として、「保護と金」以外のものを与えることができたと考えられる。

アダムが帰ったとき、キャシーは初めて涙を流すと同時に、恐怖心を抱くようになる。夫に本心を語ること、涙を流すこと、恐怖心を抱くようになること、それらはキャシーの人間性が現れてきた証拠である。

関節炎による肉体的な痛みが増せば増すほど、彼女が抱く恐怖心が増大する。あれほど両親の束縛を嫌っていたのに、皮肉にも彼女は母親からの遺伝性の関節炎に苦しめられるのである。キャルがキャシーのもとを訪れたときに、彼女は彼に遺伝の話を強調する。そうすることによって、彼女は自分の血を受け継ぐがゆえにキャルも悪人なのだと間接的に告げていると同時に、自分は子どもたちの母親であることを認めるのである。キャシーはキャルにアロンについて尋ねたり、アダムを捨てた理由を話したりして、心を許そうとするが、キャルは、「ぼくはぼく自身です。あなたである必要はないのです」(四六六)、「あなたの目は光のせいで痛むのじゃないと思いますよ。あなたは怖いのだとぼくは思います」(四六六)と言って、彼女のもとを去っていく。キャシーに会ったことでキャルは自分が人間としてどう生きるのかという指針をつかんだのであるから、皮肉な言い方をすれば、キャシーは母親の役目を果たしたといえるであろう。

キャシーは教会に行き、最後列左端の席に座って、聖歌隊のアロンを見ることが多くなる。彼を教会で見つめたり、店の部屋で彼を思い出したり、ニューヨークに一緒にいくことを空想したりして、キャシーは母親の幸せを味わっている。だがいっぽうで、彼女はフェイ殺しに関するエセルのゆすりにたいして恐怖を抱き、キャルの見透かした態度におびえている。実は彼女がおびえているのは、過去に自分が犯した犯罪が暴露されることではなくむしろ、自分を見透かす他人の視線が存在することである。人の表層の下を読むことができるキャシーは、その鋭い感受性ゆえに、鋭い目をもつ他人を恐れるのである。

キャルがアロンを連れてきて、アロンに事実を知られてしまったキャシーは、アロンを思い出しながら、そして恐怖におびえながら過ごしていた。キャシーをこのような不安に陥れたのは、「自らに欠けた〈何か〉」(有木五五)であり、彼女をその不安から解放するのは現実に存在する人物でなく、子どものときからの友、不思議の国のアリスなのである。彼女は孤独でさびしかったが、他人より賢くて、際立っていた。それなのに、彼女は最後まで「自らに欠けた〈何か〉」を知ることができなかったのである。彼女が他人より目立つのは彼女が他人より優れているというよりもむしろ、彼女の劣等のためなのだ。彼女は不安と恐怖のなかで、アリスとともに洞穴へ旅立った。死のみがキャシーを呪縛から解放して、彼女を自由にすることができたのである。

ところで、キャシーとアロンは悪と善という対極にみえるが、実は共通している点がある。二人とも愛されるのであるが、決してその相手に愛を与えない。有木氏もアロンについて、「愛を知らない点ではキャシーと同類である」（五九）とみなしている。そしてアロンにも、「欠けているもの」があるのだ。それは、悪である。キャシーが人間の善を受け入れることができないことと同様に、アロンも人間の悪を受け入れることができなかったのである。それぞれ善、悪、一方しかもっていないため、二人は選択の可能性の〈ティムシェル〉の意味を理解できず、最終的には死の道を選ぶしかなかったのだ。

キャシーがアロンにのみ財産を残すことに関して、鈴江氏は、「アロンへの愛よりもむしろ、もう一人の息子カレブの相続権を廃除する効果が強いのではないだろうか」（「Cathyを考える」九）と解釈し、また有木氏は、「キャシーがアロンに財産を残したのは親としての愛情からとは想像し難い。アロンと自己を同一視した結果の行動」（一九八五、五九）とみなしている。私見では、「自分に欠けているもの」を探そうとして思い悩むキャシーが母親として、「あの子は自分を守れやしない」（五一三）とアロンを思いやった結果であると考えている。

また、キャシーは封筒に入った名士のいかがわしい写真を投函せず、結婚証明書を金庫に残しておいた。写真を投函しなかったことでサリーナスの平和は守られた。そのことは、キャシーがアダムに指摘された「自分にはわからない、あの男たちのなかにある善」の存在を意識していることを示している。そして、結婚証明書を残しておいたことは、彼女が本当はまだトラスク家とつながっていたい願望を意味する。それは、アダムがキャシーに捧げた愛情にたいする彼女なりの答えだとみなしたい。

キャシーの生涯はいつも何かから逃げ回っている生涯であった。何かとは自分を束縛するもの、たとえば、子どものころからの両親の束縛や周囲の人びとの視線、両親やエドワーズ、アダム、フェイが与えてきた愛、そしてエセルやジョウのゆすり、恐怖感、キャルやサミュエルの見透かした顔などである（有木、一九八五、五五―五六）。彼女が何よりも逃げたいと思っていたのは、怪物的な要素をもち、悪しか理解できず、「何か欠けているものがある」と意識せざるを得ない自分自身だったのではないだろうか。

テツマロ・ハヤシ編 *A Study Guide to Steinbeck*（*Part II*）（邦訳名『スタインベック作品論Ⅱ』）所収の論文 "Steinbeck's *East of Eden* (1952)" において、リチャード・F・ピーターソン（Richard F. Peterson）は、「スタインベックの怪物であるキャシー・エイムズはあまりにも邪悪すぎるために現実味がない。精神的にぞっとするような奇形である彼女は、その信じがたい邪悪な行為のために、スタインベックの『ティムシェル』という教義にたいしてほかの人物よりも反抗しているようにみえる」（七五）と論じているが、キャシーはそのような批判を受けるべき人物ではない。

キャシーが生きてきた一九世紀後半の社会は女性にとっては、偏見と闘わねばならない時代だった。キャシーがフェミニン・ミスティークを拒む様子は、一九世紀の閉じこめられ、虐げられた女性の叫びを象徴していると解釈できよう。キャシーは、他人と異なった点があるために、怪物とみなされながら生きてきた。しかし、彼女は生きていく過程において、怪物性を保持しながらも、トラスク家の人間たちとの関わりで徐々に人間性を獲得する方向に向かう。たとえ売春婦という職業を選んだとはいえ、彼女は時代の厳しさのなかで必死に生きてきて、自分の人生を切り開いていった女性である。彼女の内なる声とは、彼女の残酷さに秘められた寂しさ、真摯さなのである。

キャシーは残酷で悪の権化であるが、『エデンの東』の登場人物のなかで、最も偽善を憎んできたし、周囲の視線におびえながらも世間と闘い、自分の心に正直に生きた。そういう意味で彼女は、その名前キャシーが象徴するように、「純粋で正直」だったといえよう。

『たのしい木曜日』——ポストモダンなカーニバル

中山喜代市

一　背景

一九五〇年四月二二日、「夜の森のなかで」の原稿（出版前になってから表題が「爛々と燃える」と変更された）が手を離れ、映画『サパタ万歳！』の最終的な改筆も完了し、スタインベックは『コルテスの海航海日誌』（一九五一）に序文がわりに掲載すべく、一九四八年五月に急逝した親友の追悼文「エド・リケッツのこと」を書いていた。そして彼は、ジャクソン・ベンソン（Jackson J. Benson）の伝記 *The True Adventures of John Steinbeck, Writer* によれば、フランク・レッサー（Frank Loesser）に、「エド・リケッツのスケッチをなかば書き終えました。……それが済んだら『キャナリー・ロウ』をプレイに書き変えるつもりです。構想はちょうど出来上がったところで、うまくできていると思います。きっといいプレイになるでしょう」（六五八）と伝えた。これが『キャナリー・ロウ』のミュージカル化、あるいはその続編としての新しい長編小説『たのしい木曜日』、そしてその翻案によるミュージカル『白昼夢《パイプ・ドリーム》』（*Pipe Dream*, 1955）にかかわる最初の言及である。

そしてその二年後、カールトン・シェフィールド（Carlton A. Sheffield）宛の書簡（一九五二年一〇月一六日付）に、「非常におもしろそうな仕事をしようとしています。フランク・レッサーと私とで、『キャナリー・ロウ』のミュージカルコメディをつくるのです」(『書簡集』 四五九)と記した。それは『エデンの東』の執筆という長い精神的かつ肉体的緊張をほぐすには、うってつけの仕事だった。同年一二月、スタインベックはシェフィールドに、「生き返ったようです。鉛筆を持つ感じが好きです」としたため、さらに、「きみが言ったように、『キャナリー・ロウ』を戯曲に翻案するのは困難です。私はそういうふうにはしていません。まったく新しい物語があるのです。それはただ、かつての作品舞台が同じだけなのです。……本を書く過程はその苦しみからのがれる過程です。私はいま二五年前と同じように恐れています」(『書簡集』 四六二)と、新たな期待に胸をふくらませている。

一九五三年夏、スタインベックはもともとニューヨークの夏の暑さ——大阪と同じような蒸し暑さ——を嫌っていたにもかかわらず、どこへも行かずに『キャナリー・ロウ』の後日談となるべき小説「ベアー・フラッグ・カフェ」("Bear Flag Cafe")を書きすすめた。そして九月には、ロングアイランドのイーストハンプトンにいたアーネスト・マーティン(Ernest Martin)の世話でサグハーバーに家を借り、一か月間二人の子どもたちとともに生活しながら執筆していたスタインベックは、九月一四日、エイジェントのエリザベス・オーティス(Elizabeth Otis)に、「ベアー・フラッグ」についてつぎのようにしたためた。

作家間ではこのような考え方があります。それは、楽しみながら書かれたものはつまらぬものにきまっているので、屑籠に捨てられるべきである、ということです。私はこの考えに賛成しかねます。「ベアー・フラッグ」はあまりよくないにしても、それ自体申し分のない作品だと思います。また私は、それが『エデンの東』の「重み」とうまく均衡を保っていると思います。それは軽くて、陽気で、ほろ苦いところもあります。いくらかましなことも書かれています。

「ベアー・フラッグ」を書き終えるのは悲しいことです。私はそれをずっと愛してきました。最後の二章を書きはじめるのがいやですが、仕上げるつもりです。やや好き勝手なことを書いているかもしれませんが、あなたがこの作品を好きになってくださるよう望んでいます。好きになってください。(『書簡集』 四七二―七三)

『たのしい木曜日』は結局、彼女に好きになってもらえなかったようだが、献辞にあるように、「愛をこめてエリザベスに」("For Elizabeth with love") 献じられた。

一九五四年一月、この小説のミュージカル化にさいして作曲を担当する予定だったレッサーが手を引いたあと、リチャード・ロジャーズ (Richard Rodgers) とオスカー・ハマースタイン二世 (Oscar Hammerstein, II) がミュージカルを制作することになった。そしてその後、小説の表題も、ハマースタインが書いていた曲名に合わせて「たのしい木曜日」と変更された(『真の冒険』 七四五)。ちなみに、この小説には四つの章の章題に"Sweet Thursday"という言葉が使われていて、そこではそれぞれ明るく楽しいエピソードが語られている。いっぽうミュージカル『パイプ・ドリーム』は、一一月三〇日にブロードウェイのサム・S・シューバート劇場で初演となった。ジェイ・パリーニ (Jay Parini) の伝記*John Steinbeck: A Biography*によれば、前売券の売り上げは一〇〇万ドルを越えるほどの評判だったが、批評は生ぬるいもので、それでも翌年の六月末まで二四六回続いた(三八六)。

『たのしい木曜日』は一九五四年六月一〇日に出版され、そのころスタインベック夫妻はパリにいた。ベンソンによれば、パスカル・コヴィチ (Pascal Covici) はスタインベックに幾編かの書評を送り、九〇パーセントは好評であり、それはベストセラー・リストにも入ったと報告した。六月二一日付コヴィチ宛の書簡において、スタインベックは、「批評家たちはあまり注意して読んでいないという事実に私はいつも感心させられます。彼らはいつも、それはそうあるかもしれないとか、それはそうあったかもしれない、という先入観のもとに読んでいるようです。そして彼らは、なぜ私が不滅であることにそれほど強迫観念をもっているのか不思議でなりません。彼らは、私がそのことであまり困惑しないので、がっかりしているのです。また彼らは、私が楽しむのを望まないのです。私が『たのしい木曜日』を楽しんで書いたのを、ある種の罪であるかのように言っています」(『真の冒険』七六〇)と記している。

ところで、ロバート・ドゥモット(Robert J. DeMott)の『たのしい木曜日』に関する二編めの論文"*Sweet Thursday* Revisited: An Excursion in Suggestiveness"によれば、この作品の出版後、八月上旬に、「作家が批評家と会う」というテレビ・ショウにおいて、『たのしい木曜日』についてのディスカッションがあった、スタインベックはパリにいたので出席しなかったが、ルイス・ガネット(Lewis Gannet)とジョウゼフ・ベネット(Joseph Bennett)が肯定派と否定派を代表するかたちで是非を論じ合い、ガネットが勝ったということである(一七四―七五)。

二 『キャナリー・ロウ』の続編としての『たのしい木曜日』

スタインベックは『たのしい木曜日』と『キャナリー・ロウ』とのつながりを明示する戦略として、この小説の冒頭にマックによる「プロローグ」を考案した。

テキサス大学オースティン校ハリー・ランサム人文研究センター所蔵の「スタインベック・コレクション」のなかに、『たのしい木曜日』に関するものとして、「修正済みタイプ原稿」(三五七ページ)、「未修正初校刷り」(一九〇ページ)、および「廃棄されたページ」(二八ページ)がある。これらを読むと、スタインベックがこの小説の創作過程において、とりわけ「プロローグ」(原稿には"Introduction"とある)にかなりの推敲を重ねたことがわかる。それは出版された「プロローグ」よりもかなり長いもので、「マックの貢献」("Mack's Contribution")という見出しがついている。ところで、ルイス・オウエンズ(Lewis Owens)とロバート・ドゥモットがそれぞれの論文"Critics and Common Denominators: Steinbeck's *Sweet Thursday*"と"*Sweet Thursday* Revisited"において紹介した未出版の文章「マックの貢献」は、彼らがそれぞれ初校のゲラから引用したもので、カットされた大部分を占めるが、それはスタインベックが書き残したすべてではない(詳細については、小論「『その間に何が起こったか』――『たのしい木曜日』の原稿とテクスト」を参照されたい)。

このナレーターの語りから成る「マックの貢献」のなかで、マックは、「批評家というものについて充分時間をかけて考えてきた」が、その結果、「彼らのなかには、読んでいるあいだ、他人の言うことに耳をかさない者がいると思う」と言ったあと、彼らは、「野心的すぎる」「ロマンチックだ」「自然主義的逸脱だ」と言ったり、「すべてのものは偉大な本であるが、それは失敗作であると言ったりする」(「タイプ原稿」)と、彼なりの不満をぶちまける。それはまるで、ドゥモットが"*Sweet Thursday* Revisited"のなかで示唆するように、「今ふうのハック・フィンのような調子で」(一七七)あり、ユーモアにあふれたエピソードとなっているが、残念ながらこの部分はカットされ、日の目を見なかった。

出版された「プロローグ」では、マックはちょっとした批評家気取りで、『キャナリー・ロウ』という本のことでは満足していないと述べ、各章に見出しをつけよとか、登場人物の言葉でもってその人物の性格や考えを知りたいとか、読みたくなければ飛ばせるような「フープトゥドゥードゥル(1)(hooptedoodle)」という見出しのついた章を少しばかり入れたい、などと注文をつける。それまで（いや、生涯にわたって）批評家たちに酷評を受けてきたスタインベックらしく、マックのような人物をひとかどの批評家に仕立てあげ、本物の批評家の鼻をあかそうとしているかのようである。そのうえ、読者が第三章「フープトゥドゥードゥル（その一）」を読んでいくと、この章は決して「フープトゥドゥードゥル」すなわち「お祭り騒ぎ」「カーニバル」あるいは「中間章」ではなく、作者にうまくかつがれたことに気づくという寸法になっているのだ。つまり第三章は、その見出しとは大違いで、物語の発展上もっとも重要な一章といっても過言ではない必要不可欠な章なのである。この章においてドックは、自分自身、さらには自己をとりまくあらゆるものの変化のせいで自意識過剰となり、彼を蝕む不満や孤独感にさいなまれた末、問題解決のための一方策として、ある若い娘とサンディエゴ近郊のラホイヤまで往復一二〇〇キロの海洋生物の採集旅行に出かける。採集そのものは小ダコを二〇〇匹も捕獲し、大成功だったが、若い娘のほうは、タコばかりに関心を払って自分のことをかまってくれないドックにだんだん嫌気がさしてきて、ついには研究所にやって来なくなる。いっぽう、実験用器具の不備がドックの不満をつのらせる。ドックのようすを気にしたマックが、第二章の最後でフォーナに言ったように、「彼は一緒にいる女《デイム》が必要なんだ」（一五）と世話をやこうとするのにたいし、ドックは「妻」を世話しないでくれと拒絶し、男に必要なのは「方向」であって、書こうとしている研究論文の表題を「頭足類動物の卒中に類似した諸徴候について」とすると宣言する。このように『たのしい木曜日』という小説は事実上、この第三章からその循環を開始するのであり、とすると、この小説そのものもこの章の見出しどおりの「フープトゥドゥードゥル」、すなわち「カーニバル」であることが暗示されているのである。こういうところにもスタインベックらしいひとひねりのきいたユーモア、諷刺が窺える。ところで、「フープトゥドゥードゥル（その二）」、またはパシフィック・グローヴ蝶ちょう祭」という見出しのついた第三八章は、純然たる「お祭り騒ぎ」が描かれた奇談で、中間章といえる章であり、ここでは作家は批評家マックの意見を尊重しているようである。最後にもう一つ、第八章「ゲートボール大戦争」も、第三八章と同じくパシフィック・グローヴにおけるカーニバル的なエピソードで、「中間章」というべき章となっている。

『キャナリー・ロウ』の時代的背景は一九三七年ごろであるが、『たのしい木曜日』はそれから約一〇年後、第二次世界大戦後のキャナリー・ロウが描かれている。この小説の執筆にあたって、作家はドックやマックやヘイズルという主要登場人物はそのままとしても、新たな小説世界を創造するため、その背景や登場人物を時代や世相に合わせる必要があった。そこでキャナリー・ロウの歴史的推移(2)を、その流れを自然な調子で読者に伝えるために、スタインベックは「プロローグ」だけでなく、第一章「その間に何が起こったか」をも書き添えた。「その間」に起こったこと、それは具体的にはマックの愉快な語りによるキャナリー・ロウの戦後の姿ではあるが、帰還兵のドックにとっては彼が埋め合わせねばならない「変化」という深い溝であり、ヘミングウェイふうの――この小説では第一次大戦後ではないが――「喪失感」「虚無感」といえるものでもある。

そしてスタインベックは『たのしい木曜日』において、中国人のリー・チョンをメキシコ系アメリカ人のジョウゼフ・アンド・メアリ・リヴァス(通称「パトロン」)に変え、ベアー・フラッグ・レストランの経営者は妹ドーラから姉のフォーナ(本名はフローラ)へと代替わりさせて雰囲気を一新し、そして新たにヒロインとしてスージーを登場させたのである。ベアー・フラッグのコックにトルーマン・カポーティ(Truman Capote)を彷彿とさせる風変わりな作家の卵、ジョウ・エレガントを配したのも奇抜であるし、ドックの友人として、騒がしく陽気な科学者で金満家のジングルバリックスの登場も愉快である。浜辺に住むシーアー(予言者)もヒッピーふうで特異な存在である。マックの仲間たちの顔ぶれは、ロンドンで戦死したゲイの代わりにホワイティ二号が加わっていることを除いてほぼ同じである。

『キャナリー・ロウ』は、パレス・フロップハウスに住みついたばかりのマックと仲間たちが、敬愛するドックのために何かよいことをしたいと考え、二度にわたってにぎやかなパーティを「贈る」のが主な筋立てであった。

いっぽう、『たのしい木曜日』の概略はつぎのようなものである。

第二次大戦中、四〇歳を越えていたにもかかわらず召集され、モントレーにある基地プレシディオで軍務に就いていたドックは、戦後二年たってからようやく解放され、ウェスタン生物研究所《バイオロジカル・ラボラトリーズ》に帰ってくるが、イワシは戦時中の乱獲で漁獲量が極度に減少し、ほとんどの缶詰工場は閉鎖に追い込まれ、町は死んだように静かである。戦争のせいでキャナリー・ロウのすべてが変化し、知らずしらずのうちにドックも変化を受けていた。彼はかつてと同じように手慣れた仕事をやってみるが、不満がつのり、孤独感に苛まれる。そんなようすを見かねたマックが遠回しに、結婚してはどうかと彼にすすめると、ドックは、男に必要なのは「方向」であり、頭足類に関する科学論文を書くと宣言する。

あるとき、スージーという余所者がふらっとモントレーにやって来て、ベアー・フラッグで働くようになる。彼女は流れ者だが、正直で、気位が高く、気性もはげしい。ベアー・フラッグの女主人フォーナは最初から、彼女は店には向かないとにらんでいる。そこでマックから相談を受けたフォーナは、スージーとドックを結びつけようと考える。まずスージーに研究所へケーキを持って行かせたり、ドックを口説き落としてスージーとデートをさせる。ふたりはフィッシャマンズウォーフで食事を楽しみ、デートそのものは成功だった。しかしドックはスージーを口説かなかった。その後、マックとフォーナが主催した大仮装パーティで、白雪姫に扮したスージーは、ドックの真剣な眼差しを見て、「ドックとだけは結婚できない」と言って、外へ飛び出す。驚いて、あとを追って出てきたフォーナに、スージーは「彼を愛している」と打ち明ける。

その後スージーは、ベアー・フラッグを辞め、空き地に放置されている大きな古ボイラーのなかに住み、ゴールデンポピー・レストランでウェイトレスとして働くようになる。ふたりの仲をとりもつことを真剣に考えたヘイズルの示唆にしたがい、ドックはまず花束をボイラーの前に置き、そしてしばらくのちに、ケーキを持って彼女のボイラーを訪問すると、スージーは私を本当に必要とする人となら結婚すると言う。ヘイズルは悩みに悩んだあげく、ドックが眠っているあいだにソフトボール用のバットで彼を殴りつけ、右腕を折る。ゴールデンポピーでドックが骨折したことを聞いたスージーは、ラホイヤへタコを採集にいく予定のドックが本当に必要としているのは自分しかいないと考え、急いで研究所に駆けつけ、ふたりはめでたく結ばれる。そしてスージーは自動車の運転をマックたちに教えてもらい、どうにかこうにかドックの自動車を発進させ、ふたりはラホイヤへと向かう。このように、ヘイズルの献身的、愛他的な「貢献」のおかげで、ふたりの仲はめでたく修復され、物語はハッピーエンドとなる。

三　主題——創造性とカーニバル、そしてコミックストリップス

スタインベック研究の先達たち、ピーター・リスカ（Peter Lisca）やウォレン・フレンチ（Warren French）の研究書における批判を含めて、一般的に不評だったこの作品を擁護して、一九七一年に“Steinbeck and the Creative Process: First Manifesto to End the Bringdown Against *Sweet Thursday*”（「スタインベックと創作過程——

『たのしい木曜日』にたいする酷評を終わらせるための最初の声明」と訳すべきか）という勇ましい表題の論文を発表したロバート・ドゥモットは、「『たのしい木曜日』において、ドックは潜在的に芸術家が創造のために必要とする二つの相反する原理、主観性と客観性、感情と思考を結合している」（一六二）と主張し、この小説の「主題とその深い構成上の原理は、創造性ということであり、芸術家の条件である」（一六二）と論じた。思うに、ドゥモットのいう主観性とは、一つには、ドックがスージーへの愛を容認することを指し、客観性とは、彼の科学者としての本分、論文の作成を意味すると置き換えてもよいであろう。この物語において、ドックは科学者であって芸術家ではないが、第六章「創造の十字架」や、それに続く幾つかの章において克明に描かれているドックの苦悩は、主観性の最たるものであり、すべての芸術家が共有する苦悩に匹敵するものとみなせよう。この小説のドックのほうが、『キャナリー・ロウ』のドックと比較した場合、そのモデルとなったエドワード・F・リケッツ（Edward F. Ricketts）よりはむしろスタインベック自身を彷彿させる理由は、主としてこの点にある。

ドゥモットはさらに、先に言及した"*Sweet Thursday* Revisited"のなかで、ジェイ・クレイトン（Jay Clayton）の *The Pleasures of Babel: Contemporary American Literature and Theory* を援用しながら、スタインベックの小説は、一九五〇年以降の諸作品には、「引喩」「言葉の遊び」「芸術的枠組み装置《アートフル・フレイミング・ディヴァイス》」などの特徴をとおして、「初期ポストモダニズム的傾向――そこでは書く行為がすべてのその逆説的な表明のなかでそれ自体の正当な目的となる開放性《オープンネス》という条件――を示している」（一七九）と論じている。

一九三〇年代から四〇年代にかけてのスタインベックの初期の作品における主要テーマは、ドゥモットが提唱しているように、「カリフォルニアの経験」（西漸運動の過程やエデンの楽園に関するアイロニカルな観点を含む）、「ファランクスあるいはグループ・マン理論」（一七八）は、小著『スタインベック文学の研究――カリフォルニア時代』（一九八九）における主張とほぼ同じであり、異論を差しはさむ必要はないが、彼がさらに、第三のテーマとして「創造性《ザ・クリエイティヴ》」（一七九）を主張していることは傾聴に値するどころか、まさに卓見であるといえよう。この「創造性」はまさに、『エデンの東』ならびに『たのしい木曜日』の主要テーマの一つといえるからである。また、急いで付け加えておかねばならないことは、作家が小説の創作過程を作品のなかで描いていくことは、メタフィクションの手法にほかならない。

『たのしい木曜日』のドックは、まさにスタインベック自身を想起させる人物として描かれている。ドックがスージーを追い求めたように、スタインベックがスージーのような女性――イレイン夫人に似通っていても不思議ではない――を求め、そのような女性像を描いたかどうかは別としてである。いみじくも「創造の十字架」と題された第六章の冒頭近くにはつぎのような一節がある。

ドックは黄色い用箋数冊と鉛筆を二ダース買った。彼はそれらを自分の机の上に並べた。針のように先を尖らせた鉛筆が黄色い兵隊のように整列していた。最初のページの書き出しに「観察と考察」と大文字の活字体で書いた。鉛筆の先が折れた。彼はつぎの鉛筆を取りあげ、OとBの字のまわりにレースのような飾りをつけ、Sの字を太くして、両端に釣り針のような鉤模様をつけた。……

モルモットが彼のやった餌をあさっているのを見て、ドックは自分がまだ食事していないことを思い出した。一、二ページ書き終えたら目玉焼きでも作ろう。待てよ、あとで思考の流れが中断されないように、まず食べておくほうがよくはないか。この平和の時、この中断されない思考の時間こそ、ここ何日も求めてきたものだった。平和と知的生活、これらこそが彼の心の動揺にたいする答えだった。まず食べるのがよかろう。彼は目玉焼きを二つ作り、ぶら下がっている電灯の下の黄色い用箋をじっと見つめながら食べた。……彼は黄色い用箋の前に再びすわり、標題のすべての文字のまわりにレースのような飾りをつけ、そのページを破って捨てた。もう五本も鉛筆の芯が折れていた。彼はそれらを尖らせ、兄弟たちのそばに整列させた。(四二一―四二二)

このようなドックの姿とニューヨークにおける作家の執筆生活とを重ね合わせることは極めて容易であり、いずれにしてもそれは想像の域を出ないが、ユーモアにあふれた、いかにもほほえましい世界である。ドックが「創造の十字架」を背負わねばならなくなったのは、前述のように、マックの言葉にたいする反動からであるが、戦後における自我の変化、あるいは喪失感、虚無感といえるものがその根底にあった。彼のそのような精神状態は、第三章においてつぎのように語られている。

ドックが夜更けに古いくたびれた顕微鏡を使って、プランクトンを慎重にスライドガラスに並べ、ガラスの細線でプランクトンを動かしているとしよう。すると、彼のうちに、三つの声が同時に歌をうたうのだ。思考の層からの最上層部の声がうたう、「なんと美しい、小さいものよ。植物でも動物でもなく、なぜか両方だ。この世のあらゆる生きものの源、万人の食物の供給源だ。もしこれらが全滅すれば、その結果、あらゆる他の生きものが死ぬことも当然ありうる」。より低い感情の層からの声がうたう、「小人よ、おまえは何を探しているのか。自分の正体をば見定めようとしているのか。大きなものを避けて、小さなものを見ているのではないか」。彼の心の奥底から出てくる第三の声がうたう、「寂しい、寂しい。なんの役に立つのだ。だれが利するのだ。思考は感情からの逃避だ。おまえは、寂しさが漏れ出ないようにと封じ込めているだけだ」。(二二四―二二五、強調は筆者)

ナレーターはこのように、ドックの胸のうちから発する三つの声によって彼の精神的苦悩の相克を表現する。それは『真珠』において主人公キーノがいろんな場面に応じて聞く「家族の歌」や「悪の歌」などと同じように効果的な状況表現の装置である。ここでは、最上層部の声は「思考」であり、より低い感情の層からの声、つまり真ん中の声といわれる声は「感情」、さらに心の奥底から出てくる第三の声、すなわち最も奥底の髄から発する奥底の声は「下意識」ともいうべきものである。それらはドックの「変化」による「不満」の虫の叫びでもある。

　これらの声は、一見、フロイト心理学的な「イド」「自我《エゴ》」「超自我《スーパーエゴ》」の関係にみられる深層構造を表しているようであるが、それよりはむしろ、ユングの「心理機能」における「思考」「感情」という二つの機能、および「自己《セルフ》」を表しているとみなすほうが、より適切であろう。スタインベックのアレゴリーの方法は、ジョン・プラット（John C. Pratt）が*John Steinbeck: A Critical Essay*において論じたように、「混合主義的《シンクレティック》」（一四）なのであるが、心理描写においても同様であり、作家はここで、「内面的思考型」のドックにたいし、第三の声によって、「思考は感情の逃避である」（二五）と諌め、思考と感情、主観と客観の適応、調和というゴールを目指したユング心理学的意味での「個性化の過程」の一例を示しているとも考えられるのであり、この点においてよりユングに近い立場をとっているといえるのである。

　プロットからみれば、この小説は、ロイ・シモンズ（Roy S. Simmonds）が彼の論文"Steinbeck's *Sweet Thursday* (1954)"において主張しているように、「まさに人間の孤独と、愛にたいする個人の渇望と、その絶対的欲求についての感動的な研究である。その愛は、たとえそれが究極的には個人的、肉体的な意味におけるものであろうと、また、最も広い、普遍的な意味においてであろうと、一人の人間がその同胞にたいして示すことのできる、いたわりや尊敬のなかにあらわれる愛である」(一五三)。しかし、この小説の主題を考える場合、読者はドックとスージーだけでなく、彼らをとりまく多くの、素朴で、正直で、献身的な脇役たち、マック、フォーナ、ヘイズル、それにジョウゼフ・アンド・メアリ、いや、キャナリー・ロウに住むすべての人びとの存在を充分考慮に入れる必要がある。この小説は、執筆当初の表題「ベアー・フラッグ・カフェ」が暗示しているように、この娼家を舞台の中央に据えた物語であり、かつて『キャナリー・ロウ』という小説がそうであったように、いかにもカリフォルニアらしいキャナリー・ロウというコミュニティ全体の物語といえるものなのである。

この小説にはさらに、三〇年代に顕著であったスタインベックの「ファランクス」の概念が強調されていることをも見逃してはならない。つぎの一節には、「ファランクス」あるいは「グループ・マン」的観点、すなわち全体論的観点からなる描写がみられ、注目に値する。

何気なく見る人の目には、キャナリー・ロウは自給自足的、自己中心的な構成単位がいくつか並んでいて、それぞれが他に構わず独自に機能していると見えたかもしれない。ラ・アイダの店、ベア・フラッグ、食料雑貨店……パレス・フロップハウス、ウェスタン生物研究所の相互間には、目に見えるつながりはほとんどなかった。だが、本当は、一つひとつが全体とごく細い鋼の糸で結ばれていたのだ――一つを傷つければ、全体が敵意を抱いた。一つに悲しみが襲ったら、全体が泣いた。

ドックは、キャナリー・ロウの名誉市民以上の存在だった。彼は魂の傷を癒してやった。法律を守ることを固く信条としてはいたが、友人たちが困っているのをみては、法律を犯さざるをえない羽目にいつも陥っていた。そして、誰でもやすやすと彼から一ドル騙し取ることができた。ドックに問題が起こると、それはみんなの問題だった。(五

七―五八）

「一つに悲しみが襲ったら、全体が泣いた」というのは、キリスト教的な意味での「コンパッション」というよりは、仏教的な意味での「慈悲」の概念そのものであることは意義深い。そしてこのパラグラフによって作家が強調しているのは、『真珠』第三章の冒頭において強調されているラパスという町そのものの機能――「町は群生動物のようである」（三二）で始まるパラグラフにおいて語られているもの――と同じく、町全体が一体化しているさまを表現した「ファランクス」的観点による描写と同様であり、特に『たのしい木曜日』においてはキャナリー・ロウの人びとの愛他的で、ふんわりと包みこむような温かい心情なのである。キャナリー・ロウでは、ドックの問題は「みんなの問題だった」のであり、そのためにはみんなは一致団結して事に当たる必要があるのだ。

こうして物語は一つの転換を迎え、ドックの不満を癒すための努力がキャナリー・ロウ全体の宿願となる。ドックと隣人たちのようすはつぎのように語られている。

さあ書きなさいと、招くような黄色い用箋が、彼の敵となった。一匹また一匹と、タコが水槽のなかで死んだ。まともな顕微鏡がないという口実が効き目を失った。最後のタコが死ぬと、彼はつぎの口実に飛びついた。友人がやって来ると、彼は説明した。「わかるだろ、標本がなければやれないんだ。それに、大潮がくるまで、もう標本は手に入らない。標本と新しい顕微鏡が手に入りさえすれば、ぼくはすぐにも論文が書けるさ」
友人たちは彼の苦痛を嗅ぎつけ、それに感染し、身につけて持ち帰った。彼らは自分たちが彼に何とかしてやらなければならぬ時が近づいたことを知った。

パレス・フロップハウスでちょっとした会合が生じた――生じたと言ったのは、誰も召集しないし、誰も立案したわけではないのに、みんながその会合の議題を知っていたからだ。(五八―五九)

ここには、創作中あるいは執筆中の作家の姿がリアルに描かれているとともに、パラグラフの後半においては、ファランクス論的、全体論的概念を織りまぜることによって、そのような概念がパレス・フロップハウスにおいて会合を自発的に「生じ」せしめることの重要性を示唆しているのである。

それゆえ『たのしい木曜日』の主題の一つ、それも最も重要なものの一つは、『はつかねずみと人間』や『キャナリー・ロウ』の主題と同様に、「男と男の友情」、すなわち個人と個人、あるいは個人の集団への緊密なかかわりのなかから生まれる「心と心の結びつき」であるといえるであろう。ヘイズルがソフトボールのバットでドックの腕を折るときの心情は、『はつかねずみと人間』においてジョージがレニーを撃つときのそれと相通ずるものである。これらふたりの行為は極めて英雄的であり、かつその友情の深さは計りしれない。ヘイズルはまた、レニーと同様に、天性の聞き手として、話し手の孤独感を癒すという重要な役割を演じていることをも銘記すべきである。ついでながら、ヘイズルの役割としてさらに重要なことは、『たのしい木曜日』における彼は、ドックの言うように、「罰を与えない聴問僧であり、診断をしない精神分析医」(二一七)ではあったが、レニーとは異なり、ただ聞くだけでなく、聞いたことを「頭に入れる」(二一八)という長足の進歩を遂げることである。彼はまた『怒りのぶどう』におけるジム・ケイシーのように、そして引いては、『仏教聖典』において称えられているインドのスダナ(善財)童子のように、人びとの考えを聞いてまわり、そして帰納的に最善策を引きだすのである（一六五―六七）。

『キャナリー・ロウ』にあっては、第一章の最後の文章、マックの友情の証ともいえる言葉、「あのドックはいい男だ。おれたちは彼のために何かいいことをしてあげなくちゃあいけねえ」（一六）がこの物語の方向を定め、マックと仲間たちが一丸となってその言葉の実現に取り組み、一度は失敗するものの、二度めのパーティが大成功をおさめ、ドックに喜んでもらえたのだった。『たのしい木曜日』においても同様に、繰り返すことになるが、第二章の最後のマックの言葉、「じゃ、あんた、女の子をものにしなよ」（"Now you get yourself a girl."）（一九）が、まわりまわって、第三九章におけるスージーの言葉、「あなた、女の子をものにしたのよ！（＝わたし、あなたのものよ！）」（"You got yourself a girl!"）（二七〇）となって大団円に至る。ということは、この小説にも、『キャナリー・ロウ』においてとまったく同様に、「言葉」が意味深い象徴の一つとして機能しているのである。

『たのしい木曜日』には複雑な筋もなく、それはありきたりのラヴ・ロマンスであり、いかにもミュージカルコメディらしいどたばた喜劇で、突飛な事件がおもしろおかしく語られているにすぎないと、こき下ろす人もいるであろう。たとえば、一見して首をかしげたくなるのは、最終章でマックがドックに望遠鏡を贈る場面である。だが、清水氾氏が「顕微鏡と望遠鏡――*Sweet Thursday*をめぐって」において主張しているように、それは『願わくは、目を潮だまりから星へとあげ、また潮だまりへと戻さんことを』との『コルテスの海』に寄せたスタインベックの祈りなので」（二〇―二一）あり、そこには彼とリケッツの世界観の引喩があるのだ。望遠鏡を贈られたドックは、唖然としながらも、「要するに、下を見ようと、上を見ようと、見ることでは同じだな」（二七三）と言う。ここには、「ミクロの世界」（下を見ること）から「マクロの世界」（上を見ること）へ目を向けることの意義を、さらには人間（の世界）と宇宙との調和を志向するふたりの世界観の呈示があると考えてよい。ドゥモットはまた、この小説とアル・キャップ（Al Capp, 1909-79）のコミック・ストリップス「リル・アブナー」（"Li'l Abner"）との関連を詳細に論じている（一八五—八九）ことを付け加えておこう。

もう一つの風変わりな場面、スージーが大きなボイラー——缶詰工場から出た廃棄物——に移り住むというくだりは、これにはすでに『キャナリー・ロウ』におけるマローイ夫妻の先例があるが、明らかにスージーの再生を象徴的に示している。スージーは、娼婦の罪を悔い、許されたマグダラのマリアと同じく、救われたスザンナ（「ルカ書」第八章第二節）である。ちなみに、スザンナという名前は、ヘブライ語では「ユリ」であるから、スージーは『怒りのぶどう』のローズ・オヴ・シャロンと同じく、「谷のユリ」（「雅歌」第二章第一節）を想起させる含蓄深い名前なのである。このように、一見突飛で喜劇的に思えるエピソードのなかにも、一つひとつ深い意味合い、真理が秘められているのだ。ドックとジングルバリックスとの会話のなかで繰り広げられる人口過剰問題や、寄付行為と課税の矛盾に関する討論なども、いまだに今日的な問題であり、永遠の問題ですらある。

最後に、ミミ・R・グラッドスティーン（Mimi R. Gladstein）が彼女の著書において強調する「不滅の女」（九一—九二）としてのスージーの存在を無視するわけにはいかないであろう。彼女はまさに独立心旺盛なアメリカ人に特有の「セルフメイド・ウーマン」であり、「自己信頼」をもって苦難を乗りきっていく女性である。彼女の育ち、環境、結婚、そしてその破綻がいかなるものであったにせよ、ドックと知り合ってからの彼女は、いじらしいばかりの献身的な女性性をもって彼に接し、何度も口喧嘩を繰り返しつつ、ついには彼と結ばれるに至る。ドックの腕が骨折したと聞き、必要とされているのは自分しかいないと確信する彼女は、ドックの研究所に駆けつけるが、そのときのナレーターの言葉どおりに、「階段の上で彼女は息を切らして、恥じらう乙女となったが、誰もがご存知のように、恥じらう乙女ほど不滅で、すごいものはない」（二六八）のである。しかし彼女は、それまでに幾多の問題をみずからの力で解決してきた。一例をあげると、ジョウ・エレガントとの何度かの口論におけるように、最後に勝つのは必ずスージーであり、ジョウは結局、彼女にお世辞を言ってお茶をにごすか、称賛の言葉を彼女に浴びせざるをえなくなる。あるとき彼は、いま書いている小説は彼女にわからないだろう、その理由は、「それは大衆（mass）向きじゃない」（八三）からだ、と言う。すると、スージーは言い返す――「わたしが大衆っていうわけね。へえ、なかなかご立派なことをおっしゃるじゃない。きっとご大層なものが書けるでしょうよ」（八三）。この場面は結局、ジョウが気持ちを切りかえて、スージーが理解できなくても小説の一部を「読みながら説明してあげる」と言ったあと、さらに、「［チョコレートケーキ］を作ってあげる」とか、「いつか午後におれの部屋に来なよ。お茶の一杯ぐらいはご馳走するよ」と態度を変える。そして彼女が、「もっとコーヒーある？」と尋ねると、「新しいのを入れてやるよ」（八三）と気のいいところをみせる。

『たのしい木曜日』のスージーは、グラッドスティーンも強調するように、まさに「大衆」であり、「普通の人びと」つまり「庶民」の象徴的存在であり、庶民の「自然さ」を、草の根のような「強かさ」を、そして「お上品な伝統」にどっぷりと浸かっている人びとからみれば、「下品さ」を兼ね備えているのである。その庶民性はマックと仲間たちも同様であり、またキャナリー・ロウの世界に住む人びとにも同様に当てはまるものである。グラッドスティーンは、「物語のレベルではスージーは、ドックが女性に望むであろうと彼女が考えるものになるために、強い決意と意志をもって仕事（売春婦）を辞め、古いボイラーのなかで尊敬に足る存在になろうとするがゆえに、不滅さを示している。象徴的なレヴェルにおいて読者は、スージーは女性性をだけでなく、社会のすべての最下層の人びとをも代表していると示唆するいくらかの手がかりを与えられている」（九二）と論じている。

四　結びにかえて

『たのしい木曜日』は複雑さを排し、素朴さを称賛するという、真に科学的な原理を背景に、主人公ドックの心理的葛藤と創造の苦悩をとおしてユング的個性化への過程が描かれた小説であり、マックと彼の仲間たちやフォーナの愛と友情の物語であり、スージーの生き方をとおしてみられる虚飾にみちた現代社会への諷刺や批判が明示された作品でもある。それは、思考や知性よりはむしろ、感情や心情の讃美の書でもある。一九五〇年代初めとしては新しいポストモダンな筆致がみられるかと思えば、一九三〇年代に芽生えたスタインベックの「ファランクス論」という全体論的概念が強調されている作品でさえある。

総合的にみて、リチャード・アストロ（Richard Astro）が主張しているように、親友のエド・リケッツ亡きあとに創造されたこの作品は、「スタインベックの全作品系譜のなかで最も重要な作品のうちの一つ」（一九七三、一九三）であり、この小説によって、スタインベックはようやくリケッツの「霊を永遠に寝かしつけた」（二〇六）といえよう。ひょっとすると、寝ているドックを起こしてしまったかもしれないが。

一九六一年にアメリカ合衆国一周旅行をしたさいに、モントレーやサリーナスに立ち寄ったスタインベックは、『チャーリーとの旅――アメリカを求めて』（一九六二）において述懐したように、トマス・ウルフ（Thomas Wolfe）の小説『汝、再び故郷に帰ることあたわじ』（*You Can't Go Home Again*, 1940）をつくづく実感したのであったが、『たのしい木曜日』を最後にカリフォルニアを描くことはなかった。スタインベックはこの小説によってリケッツの霊を葬っただけでなく、生まれ故郷にたいする抑えがたい彼自身の郷愁をも永遠に葬り去ったのである。

この物語の最終場面においても、ドックとスージーはラホイヤへと旅立つ。数日後、ふたりはキャナリー・ロウに戻ってくるのであろうが、ドックが研究論文を仕上げた暁には――このような憶測はあまり意味がないかもしれないが――再びキャナリー・ロウを飛び出し、ジングルバリックスが用意したカリフォルニア工科大学頭足類研究所長の地位を得るため、ロサンゼルス近郊のパサディナへと去ってしまうのかもしれない。とすれば、このふたりにとっても、キャナリー・ロウはやがていつかは、ありし日の追憶、郷愁となってしまうことになるだろう。キャナリー・ロウという街は、そのような郷愁を誘う懐かしいカーニバル的な街なのである。

注

（1）「プロローグ」の「改訂済みタイプ原稿」と「ヴァイキング版」のテクストとを比較してみると、最も意味深いことの一つは、スタインベックは原稿には“hoopla”と書いたが、最終的にはみずからの造語“hooptedoodle”（「どんちゃん騒ぎ」「大騒ぎ」「お祭り騒ぎ」の意。清水氾、小林宏行、中山喜代市訳『たのしい木曜日』『スタインベック全集』第九巻では「ふざけた話」と意訳した）を使ったことである。この語は“whoopdedoodle”を発音しやすいように「d」を「t」に変えたもので、それはマックの計画するカーニバル的な「大仮装パーティ」、さらにはこの小説中にもみられる「中間章」をも示唆し、この小説の特徴を、ひいてはテーマの一つを暗示している。

（2）キャナリー・ロウという通りはモントレー湾沿いに走っているので「オーシャン・ヴュー・アヴェニュー」と呼ばれていたが、一九四五年以来スタインベックの『キャナリー・ロウ』で有名になったので、一九五八年一月七日（ヘンプ　一一九）、モントレー市が「キャナリー・ロウ」と改称した。『キャナリー・ロウ』におけるドックのモデルは、スタインベックが師と仰ぎ、『コルテスの海』（一九四一）の共著者であり、無二の親友だったエドワード・F・リケッツ（Edward F. Ricketts）

である。彼は一九四八年五月八日に自動車を運転中、ドレイク通りの踏切でサンフランシスコ発の急行列車「デルモンテ号」と衝突事故を起こして瀕死の重傷を負い、三日後の一一日に他界した。あと三日で満五〇歳になるところだった。彼の住居でもあったパシフィック生物研究所（Pacific Biological Laboratories）はキャナリー・ロウ八〇〇番地に今なお実在し、一九九三年にモントレー市が一七万ドルで買いあげて保存している。「ベアー・フラッグ」について記せば、キャナリー・ロウに実在した店の名は、その経営者フローラ・ウッズ（Flora Woods）の最初の夫がテキサス・カウボーイだったので、テキサス州の異名のひとつ「ローン・スター」（Lone Star）だった。店は一九二三年から一九四一年まで二〇年ちかくつづいたが、ジョウゼフ・W・スティルウェル将軍（Joseph W. Stilwell）が第二次大戦中フォート・オードの陸軍基地の兵士たちにキャナリー・ロウへの立入を禁止し、それに同調してモントレー市も売春禁止条例を出したので、フローラ・ウッズは店をたたまざるをえなくなった。そして彼女は奇しくも、エド・リケッツと同じく、一九四八年に七二歳で亡くなった（ノックス&ロドリゲス　七六、七八）。つまり、ドックが研究所に帰ったときには、「ベアー・フラッグ」のような店はすでになかったのである。

ついでながら、今日、キャナリー・ロウには世界じゅうから観光客が集まり、街は賑わっている。そして毎年二月二七日のスタインベックの誕生日には、キャナリー・ロウでは「スタインベック・バースディ・パーティ」が華やかに開催され、街はお祭り騒ぎ一色になる。それもこのパーティが一九七〇年から続いているというから驚きである。そして一九九九年になってから、エドワード・F・リケッツの誕生日、五月一四日にも、パーティが開かれることになった。カリフォルニア州モントレーのキャナリー・ロウはいつまでもスタインベック精神の旺盛な、おもしろくて楽しい、そして郷愁を誘うカーニバル的な世界なのである。

『ピピン四世の短い治世』を読みなおす

ロイ・S・シモンズ
中山喜代市（訳）

一

『ピピン四世の短い治世』はジョン・スタインベックのヨーロッパを舞台にした二編の中編小説のうちの二番目の作品である。もう一つの小説、第二次世界大戦中に書かれ、出版された『月は沈みぬ』は、ノルウェーの海に面した、ナチス・ドイツの占領下のある小さな鉱山町を舞台にした、残忍な（幾人かのアメリカの批評家によれば、それが初めて出版されたころは、大して残忍なものではなかったとのことだが）物語であった。いっぽう『ピピン』は明らかに、フランスにおける第四共和制のころの政治についての愉快で気楽な風刺小説である。『月は沈みぬ』を書くにあたってスタインベックは、占領下の町での生活を直接経験することはなかった（もちろん彼は、戦時情報局［ＯＷＩ］において彼が読んだ報告書から作品の信憑性のある背景は得ていた）が、『ピピン』については彼は、一九五四年、実際にパリ生活を体験したことがあった。当時フランスでは、安定した政府などは不可能な政治的な夢であり、しかもそれは、シャルル・ドゴール将軍が大統領になって第五共和制が確立した一九五八年になってようやく実現した夢であった。

『ピピン』は一九五七年に出版されて以来、スタインベックの批評家や研究家たちからあまり注目されてこなかった。そしていろんな伝記や研究書のなかにみられる短い概要を別として、この小説にたいする本格的な論文はほんの一握りしかみられない。一九八〇年代に *Steinbeck Quarterly* において発表された二編の論文、ジョン・ディツキー（John Ditsky）の "Some Sense of Mission: Steinbeck's *The Short Reign of Pippin IV*" とルイス・オウエンズ（Louis D. Owens）の "Winter in Paris: John Steinbeck's *Pippin IV*" ぐらいのものである。

『ピピン四世の短い治世』が出版された一年後に、スタインベック研究の先駆者ピーター・リスカ（Peter Lisca）は、*The Wide World of John Steinbeck* (1958) のなかで、この小説にたいする「たわいのない狂想的音楽劇《エクストラバガンザ》」という出版社の評言を引用したのち、この作品と前作『たのしい木曜日』を「今日におけるこの作家の衰退の証拠」（二八八）と断言した。しかしながらウォレン・フレンチ（Warren French）は、彼の最初のスタインベック研究書 *John Steinbeck* (1961) において、この小説をスタインベックの下降に終止符を打つ可能性があり、事実上、好転であるとみなした（一六五）。だが彼は、一九九四年までに、彼の三冊目の研究書 *John Steinbeck's Fiction Revisited* (1994) において、「この面白い、心あたたまる物語をシリアスな文学作品とみなすことは難しい」（一二五）と述べ、さらにそれは、「スタインベックのシリアスなフィクションというよりはむしろ、彼のジャーナリズムの記事に属する」（一二六）と示唆した。一九六二年に、F・W・ワット（F. W. Watt）は『ピピン』について、「洗練された知的なコメディ」（一〇一）であり、「かつての主題やテーマからの意図的な回避ではなくむしろ、意気盛んな余談」（一〇二）であると書いた。リチャード・アストロ（Richard Astro）は *John Steinbeck and Edward F. Ricketts: The Shaping of a Novelist* (1973) のなかで、それを「生気のない、迫力に欠ける」（二一三）と呼び、それが好転を表しているというフレンチの主張を退けた。いっぽう、ハワード・レヴァント（Howard Levant）は *The*

Novels of John Steinbeck: A Critical Study (1974)のなかで、その「しっかりと有機的に関連づけられたプロット」(二七三)を称賛し、留保つきではあるが、「その時代の愉快なコメディであり、その時代のためのシリアスな評論」(二八七)であると述べた。スタインベックの伝記を書いたジャクソン・J・ベンソン(Jackson J. Benson)はスタインベックの小説に関する彼の研究書*Looking for Steinbeck's Ghost* (1988)において、この作品を作家の「非常に不出来な作品」(一八三)の一冊に挙げている。最後に、ジェイ・パリーニ(Jay Parini)は*John Steinbeck: A Biography* (1995)のなかで、『たのしい木曜日』におけると同様に、『ピピン』にミュージカル・コメディの影響を認め、「ある部分は、よき人生に関する瞑想」(よく知られたスタインベックのテーマの一つ)であり、「ある程度は、政治的、社会的腐敗の研究」(四〇〇)であると記している。

『ピピン』の由来は、一九五四年五月中旬から九月初旬の間、家族とともに楽しんだパリ滞在に辿ることが可能である。スタインベックはパリの中心部、マリニー通り一番地「大統領のパレスの真向かいの非常に際立ったアドレスで、シャンゼリゼ通りから半ブロック」(『書簡集』四七八)という邸宅を借りたのである。彼はそこで、七月から九月の間に、一五編の記事を書き、それらはフランス語に翻訳され、パリの週刊紙『ル・フィガロ・リテレール』(*Le Figaro Littéraire*)に発表された。

幾つかの点で、スタインベックのパリ滞在は彼にとって(健康に)よい影響をあたえる経験となった。というのは、一九五四年五月一四日にパリに到着するとすぐに、お祭り気分を味わったからである。一週間のちに、フランスの出版社のデル・デュカがフランス語版『エデンの東』の出版を祝って、彼のためのパーティを開いたのである。ほんの少数の人たちしか出席しないと言われてスタインベックが出席してみると、それはなんと五〇〇人ものゲストが招かれたパーティであり、出席者のすべてがただ彼に会いたいがためにやって来たのだった。驚いたことに、彼はこのパーティを大いに楽しむことができたし、その夜、『エデンの東』を買った一〇〇人以上の人たちにサインをしたのであった。また六月一三日、スタインベックはチュイルリー・ガーデンでの野外チャリティー・フェアに出て、ケルメス・オー・エトワールで小さなテーブルに四時間も座り、本を持って訪れる人びとと会話を交わしながら過ごした。フランスにおいて作家が受ける尊敬の念は、彼にとってまったく思いがけないことであり、このような読者との一対一のふれ合いは、彼にとってそれまで思ってもみなかったほど楽しいものであった。

パリに着いてしばらくして、『ル・フィガロ・リテレール』からのインタビューを受けた彼は、マリア・クラポー（Maria Crapeau）に、アメリカの現代作家たちは、ヨーロッパの作家たちと違って、なぜ過去のことについて書くことが多く、現在について書かないのか、と質問された。スタインベックは、その質問によって不意をつかれたと答え、その正当性を評価し、その問題にたいする自責の念を認めた。彼の戦後の作品が大部分、郷愁への旅（『キャナリー・ロウ』や『エデンの東』）、あるいは寓話やアレゴリーの実験（『真珠』や『爛々と燃える』）から成り立っていることを彼は否定できなかった。『気まぐれバス』だけが、それは人を納得させにくい登場人物たちや無作為な寓意的引喩の重圧に煩わされていたが、現代アメリカの風景を検証したものだった。彼の最も最近の作品『たのしい木曜日』において、彼は少なくとも現代における生態学的諸問題にふれはしたが、フランスに来る前に彼が計画した一連の短編小説［「あの夏」（"The Summer Before"）はそのうちの一編］は彼自身の子ども時代について書くことにしていた。クラポーの指摘は、彼の言葉によれば、以前には思いつかなかったことであるが、熟考に値する重要なことであった（Steinbeck "Assez" 3）。クラポーによる指摘の衝撃は、このインタビューののち、パリから彼のエイジェントであるエリザベス・オーティス（Elizabeth Otis）に宛てた書簡のなかで、「かなりのショックを受け、私は長い間、現代について何も書かなかったことに気づきました。われわれは現在についてあまりにも困惑しており、それがはっきりとしないので、それを避けていると思い至ったのです。しかしなぜ、それは抑止力になるのでしょうか？　仮に現在が混乱の時代ならば、そうであればこそ、もしも作家がみずからの時代について書くならば、それは彼のよき主題となるでしょう。私はこのことについて考えねばなりません」（『真の冒険』　七五八—五九）と表現されている。

しばらくの間スタインベックは、彼の作品がとるべき針路について真摯に悩みつづけたのである。なぜなら彼は、他人の目にも自分のスタイルや手法であると認識されうるものを発展させてきたこと、そしてそれが一種の拘束服——「何」を書いてきたかよりはむしろ、「いかに」書いてきたかについての疑念——となってしまっていることを恐れ始めたからである。同年九月、ロンドンにいたとき、彼はその関心事をエリザベス・オーティスに書き送った——「作品を書くのが容易であるとき、それはいい兆候ではないということは、真実であるように思えます。……私は自分の手法を地面の上にぶちまけて、引き裂き、もう一度最初からやり直したいと思っています。このことをずっと考えつづけてきたのです。私はいま、一つの答えを持っていると思いますが、それを書き留めるほど充分なものではありません」（『書簡集』　四九七）。

彼の執筆の実験は、完成されず誰にも見せなかった「パイ・ルート」（"Pi Root"）という小説を含め、一九五六年の最初の数週間まで続けられた（『真の冒険』　七八五）。しかしながら、彼はこの年の初めごろに、新しい短編小説、「ホーガン氏はいかにして銀行強盗をしたか」を完成させ、*Atlantic Monthly* 五月号に発表した。現代アメリカ文学の郷愁的性格を指摘したマリア・クラポーに反論するかのように、この短編の最初の文は、「一九五五年の労働感謝日前の土曜日午前九時四分三〇秒に、ホーガン氏は銀行強盗をした」（五八）で始まっている。そしてこの短編小説が出版された同じ月に、スタインベックはついに新しい作品（一九五四年におけるパリ滞在によって誘発されたもので、時間的にはやや遅しの感があるが）、『ピピン』となるべきものに取りかかったのであった。彼はもともとそれをもう一つ別の短編小説として考えていたが、時間の経過とともに物語の構想が大きく成長し、ついには中編小説となったのである。この小説の文学的価値については、スタインベック自身、それを書いているときでさえ、確信してはいなかった（パリー二 三九一）。彼がウェブスター・ストリート（Webster F. Street）に打ち明けたように、「それは、長さや主題がよくないし、それが面白いこと、私が書くのを抵抗しえないことを除いて、その他すべてよくありません」（『書簡集』 五二四）と思っていた。

四月の終わりまでに彼は第一稿を仕上げ、八月までに原稿を改訂し終えたのち、ケンタッキー州ルイヴィルの *Courier-Journal* 紙に依頼された記事の取材のため、シカゴにおける民主党大会とサンフランシスコにおける共和党大会に出ることにしていた。ところが折悪しくも、彼は一時的にスランプに陥り、この小説の完成を後回しにせざるをえなくなり、一一月中旬になってようやく完成稿を仕上げたのである。

ヴァイキング・プレス社の編集者パスカル・コヴィチ（Pascal Covici）は、『たのしい木曜日』のすぐあとに、引きつづいてスタインベックがまたこのような気楽な作品を出すのは得策ではないと考え、最初から不満を表明していた。スタインベックはエリザベス・オーティスに、コヴィチは私に、もう一冊の『怒りのぶどう』を書くことによって、過去の栄光を取り戻させようとしており、『天の牧場』のなかの登場人物たちに起こった後日談を語ることによって、その続編のようなものを書いてはどうかという示唆までしている、と不満をもらした。ストリートへの書簡に書いたように、スタインベックはこの小説を書くのを楽しんだ。そしてそれが完成したものの、彼は出版社のひどく冷たい反応に戸惑い以上のものを感じることになった。コヴィチはこの本は売れないだろうと確信し、再びスタインベックに、気楽で、ユーモアに富んだ作品を書くのをそろそろ止めるころだ、と書き送ったのである。エリザベスはその意見に賛成した。スタインベックはヴァイキング社に、自分はただ単に批評家たちを喜ばすために作品を書いているのではなく、読者に自分の本を読んでほしいからであり、彼らがそう望んでいるからであるという主旨の手紙を書いた。

『ピピン』は一九五七年四月に出版された。この本のカバーと扉には、「あるつくり話《ア・ファブリケーション》」という副題がつけられていた。この副題についてはつぎのようなエピソードがある。出版に先立って一月に、ヴァイキング社が出版前の近作の宣伝をした際に、*New York Times Book Review* の批評家ハーヴェイ・ブライト（Harvey Breit）は、その小説はスタインベックの作家としての二つの明確なジャンル――「大きな重苦しい作品と小さいコミックな作品」――からの一つの躍進を約束すると書いた（一九五七年一月二〇日）。そしてブライトは、副題の意味を明確にするために、その表現をグレアム・グリーン（Graham Greene）が彼の作品のいくつかを「娯楽」と称したのと同じような意味で使っているのかどうかと思い、スタインベックに電話で尋ねてみた。そしてスタインベックから回答をもらった彼は、その二週間後に同じコラムでつぎのように取り上げたのである。つまり、スタインベックはその語を、他の本なら「長編小説」「詩」「伝記」と呼ぶことがあり得るかもしれないが、彼の潜在的な読者へのガイド、ないしは警告として使ったのであり、また、オックスフォード英語大辞典から“fabrication”という語の八つの定義を引き、これらすべてが『ピピン』に当てはまると示唆した。そしてスタインベックは、「それを読む人なら誰であろうと、その人がいかに想像力をたくましくしてみても、誤った情報をもらったとか、欺かれたと主張することはありえない。私が最初に思いついた副題は、『真っ赤な嘘』であったが、それは冷たく、不公平であるように思えた」（一九五七年二月三日）。

アメリカ合衆国以外の国を舞台とした小説のうち『ピピン』は、その選ばれた外国の雰囲気の本質を最も効果的に捉えた作品である。『ル・フィガロ・リテレール』のニューヨーク特派員レオ・ソバージュ（Leo Sauvage）とのインタビューにおいて、スタインベックは、「私の最初の考えは、ウィンふうのオペレッタのように、ある想像上の国ですべてのプロットを構築することでした。たぶん、このアイディアに固執しなかったことは、私の間違いだったでしょう。しかし冒頭のページから、私が描いているすべてはフランスであると気づいていたのです。そして突然、もしそれがフランスでなければ、それはちっとも面白くない、という印象をもったのです」（一九五七年四月二〇日）と述べた。彼はフランスの読者の反応を気にかけていると率直に認めたが、それは彼らに面白がってもらえると思っていたからだ。だが、最も重要な問題点は、彼らにたいして外国人が書いたそのようなユーモアを彼らが受け入れるかどうかということだった。

スタインベックがこの小説についてのインスピレーションを得たのは、第二次大戦以後の一〇年間にフランスが一連の政治的危機に悩んでいたという事実からであった。ある政権が崩壊しては、新政権が樹立される。それも急ごしらえで、痛々しい継ぎはぎ細工のような構成の政権で、寿命も数か月でしかない。そこでスタインベックは明らかに、想像上の奇妙な名称をもつ政党を、それも当時フランスにおいて実際に存在したいろんな政党とおそらく同数の変化に富んだ政党を楽しんで創造したのであった。

二

物語は一九××年二月に始まる。フランスにまたもや新たな危機が訪れ、内閣は総辞職。大統領はエリゼ宮殿において全政党の党首から成る歴史的な議会を招集する。この窮境にあって、共和制が解体され、王政が復興するという決定がくだされる。そして長い長い議論の末、王として、シャルルマーニュの聖なる血統を引くピピン・アルヌルフ・エリスタル氏が選ばれる。彼はマリニー通り一番地に、妻マリー、娘クロチルドと三人で住んでいる――「それは大きな四角いの家で、暗く古びている。マリニー大通りがガブリエル大通りと交差する角地にあり、シャンゼリゼ大通りから一ブロックと近く、大統領官邸のエリゼ宮とは道を隔てた向かいにある」(一一)。それは当然ながら、スタインベックと彼の家族が一九五四年パリ滞在中に住んだ家と同じ家である。

ピピンはアマチュア天文学者で、一九五一年に新しい彗星の同時発見者という名声を保持している。年齢は五四歳、これはこの小説を書いていたときのスタインベックと同年齢である。彼は「細身で、ハンサムで、健康で」(一三)あり、「いかにもフランス人のなかのフランス人であり、同時にフランス人以上でもあった」。すなわち、「フランス語を話さないことを罪とも思わなかったし、フランス人が外国語を学んでもきざとは思わなかった」(一四)。彼は、「プログレッシヴ・ジャズには学究的な関心をもち、『パンチ』誌の漫画は大好きだった」(一四)。スタインベック自身も *Punch* 誌にかなり多くのエッセイや短編を寄稿していることを銘記すべきであろう。そしてピピンは、「イギリス人の強さと、バラ、競馬馬、そしてある種の行動にたいして情熱的であることを称賛していた」(一四)とある。彼の収入源はロアール川に臨むオセールに近い東向きの斜面にある二つのブドウ園で、それは、「エリスタル家とアルヌルフ家の巨大な荘園の最後の名残り」(四五)である。妻のマリーは、「家の切り盛りも上手で……胸はふくよかで、気立てがよく……夫を理解しようとするまでもなく敬服していた」(一四)。彼の二〇歳の娘クロチルドは、「強く、激しく、美しく、太りすぎ」(一六)で、一五歳のときに、『わがいのちよ、さようなら』というベストセラーの小説を書き、映画化された。彼女は、「カフェ『三匹のノミ』に指定席があり、たくさんの崇拝者たちに囲まれていた」（六七）。そして二作目の小説、「死者の春」を書きはじめていたが、それは完成されることはなかった。崇拝者たちによるクロチルド派と称する一派ができて、聖職者たちからは非難され、「六八名の若者に凱旋門の頂上から無我夢中で飛び降り自殺をさせることにもなった」（六八）。ここでスタインベックは明らかに、一九五四年に一八歳で『悲しみよ、今日は』（*Bonjour Tristesse*）を出版してセンセーションを巻き起こしたフランソワ・サガン（Francoise Sagan）を風刺しているのである。

ピピンは、議会から派遣された委員たちの訪問を受け、自分がフランス王に選ばれたと聞き、それもその提案がまじめなものであるとわかると、びっくり仰天する。そこで彼は、エリスタル家の非嫡出子である、伯父のシャルル・マルテルを訪れ、相談に乗ってもらう。彼はピピンの友であり、相談相手であり、セーヌ通りでささやかな画廊を経営し、怪しげな美術品をアメリカ人旅行者などに売りつけていい暮らしをしている。彼はピピンに、自殺以外に逃げ道はないと諭し、そして「かもにされた王」にさせられる事態を受け入れるように忠告する。

ピピンとマリーはヴェルサイユ宮殿の王家の居室に住むようになるが、そこは隙間風が入るし、寒々としていて、孤独感を味わう。特にマリーは、話し相手、相談相手の必要を痛感し、旧友のシスター・イアサントに来てもらうことにする。イアサントは王家の居室に近い、すてきな小部屋をもらう。彼女はかつて、フォリー・ベルジェールのストリッパーであり、バレーの先生でもあった。しかし彼女は働きすぎて偏平足になったので、足を休ませるため、「長時間の正座を要求する黙想で知られる」（二一六）修道院に入っていた。

王様として、ピピンは絶対君主制よりは立憲君主制を強く望む。議会運営手続きを決めるために招集された全政党の会合はそのまま審議会となり、共和制から君主制への移行はいくつかの諸問題を引き起こす。いろんな種類の宮廷人が任命され、美術館からは馬車、衣装、旗がかき集められ、硬貨が新しく鋳造されねばならない。フォリー・ベルジェールは王の側室選びのコンクールを開催する。七月一五日の戴冠式が近づくと、フランスとアメリカはともに熱狂にわきあがる。『ニューヨーク・デイリー・ニューズ』紙の第一面はでかでかと「フランス人ピピンを王に」と大見出しをつける。コンラッド・ヒルトンは新しいホテル、ヴェルサイユ・ヒルトンをオープンする。ルエラ・パーソンズが、「クロチルドはハリウッドを訪問するか」という記事を書き、フランスでは、セラミックスのビジネスやギロチンの模型販売が大繁盛、いっぽう、ランスの大寺院で行われる戴冠式のためのランス街道の交通渋滞は、ツール・ド・フランスのゴールインのとき以上の大混雑となった。

戴冠式ののち、フランスでは著しい経済の隆盛がみられ、国民は誰も彼もがその繁栄にあずかった。「フランスが共産主義に断固反対できるようにアメリカからフランス政府への援助金を要請し、世界平和のために共産主義諸国から同額の援助金を要請し」、「アメリカ議会が要請額を上回って貸しつけたばかりか、学童から集めたラファイエット基金のおかげで、ヴェルサイユ宮殿の王の居室の改装をはじめることもできた」(五九)のである。「このように安定した政府にたいして、アメリカが融資する借款は際限なく、アメリカ資金の流入は、ポルトガル、スペイン、そしてイタリアの王党を強化する効果を伴い、イギリスは不機嫌に傍観していた」(九一)。

クロチルドは若いアメリカ人、トッド・ジョンソンと会い、恋に落ちる。トッドはカリフォルニア州ペタルーマの鶏卵王、H・W・ジョンソン――二億三〇〇〇万羽の白色レグホンを飼っているという評判がある――の御曹司である。彼は、「ヨーロッパでの六か月にわたる試運転期間が終わると、ペタルーマに帰り、養鶏業を下積みからはじめ、いずれはトップに登りつめて、家業を引き継ぐことが期待されていた」(七二)。トッドと彼の父とがダラスとシンシナティ、それにビヴァリーヒルズに画廊を開こうとしているのを知って、シャルル伯父は大儲けができると考えている。ピピンはそれを聞いてびっくりするが、いっぽうトッドもまた、大儲けをたくらんでいる。それはアメリカで爵位を売ろうというのだ――「ダラス公爵の爵位ですか――欲しがる億万長者が一〇人はいますよ。秘密入札でやろうと思えばやれます」（一二二）。

ピピンは、王として、一般市民から孤立していることに気づき、お忍びで臣民と会い、話しをするためスクーターに乗ってあちこちと走り回るようになる。それはスタインベック自身が一九六〇年に試みたアメリカ合衆国一周のチャーリーとの旅と重なり合って興味深い。トッドからアメリカの企業倫理の講義を受けたのち、ピピンはいろんな政党の身勝手な要求のことはさておき、スクーターでの探検中に会った人たちの考えや欲求に痛感して、彼は王としての最期はいかにあるべきかを決意する。そして彼はシスター・イアサントに相談し、彼女から為さねばならないことを為す勇気を与えられる（一五〇―五一）。

一二月五日に憲法制定――ピピン法典の制定――のための議会が招集される。王はこの歴史的な議会の開会式における言葉を述べ、すぐさま退席し、代議員によって憲法が起草されたら、その内容を読まずに、サインをすることになっていた。ピピンは平服を着ることを望むが、王としての正装はもはやままならず、フランス陸軍大元帥の制服を着るように提案される。だが、舞台衣装屋から借りたその制服はサイズが大きすぎて、ようやくアーミンの縁飾りのついた紫のビロードのケープの裾を二人の小姓が持ってかしずくことによってその場をつくろうことができる始末である。彼のスピーチは、政治家たちが期待した陳腐な言葉の限界を超えたものであった。というのは、ピピンの提案は低い税金、利潤に合わせた賃金、統制された物価、貧民のための改善された住宅づくり、最小限の歳出、公的健康保険と老齢年金の導入、大土地所有の解体であったからだ。さらに彼は、「フランス国民の標語は今後、自由、平等、友愛、そして機会となるべきものとします」と宣言したのである。彼を待っていたのは、拍手でなくて沈黙であった。そこで彼は、我を忘れて激しい非難を浴びせる――「私は王にしてほしいと頼みませんでした。王にしてくれるなとお願いしました。あなたがたは王などほしくなかったのです。かもがほしかったのです。……しかし、あなたがたは王を選びました、そして、ああ、なんたることか、あなたがたは王を──というよりは、とんでもない物笑いの種を手に入れたのです」（一七四）。こう言って、壇上から下りようとしたとき、小姓の一人がケープの端を踏んでいて、ケープが彼の肩から落ちる。すると、元帥服の後ろを留めてあった安全ピンの列と、膝のあたりまで垂れ下がっているだぶだぶのズボンが露わになる。この光景は、議員たちをとらえていた衝撃と罪悪感を解き放す。ピピンがありったけの威厳をもって退場したとき、彼の耳に聞こえたのはヒステリックな哄笑の渦であった。

スタインベックが非常にうきうきとではあるが、説得力をもって築き上げた起こりそうもない出来事、あるいは「真っ赤な嘘」のすべては、このようにして崩壊し、同じように創意に富んだその余波に取ってかえられる。モワシントンのアメリカ国務省はただちにフランスの在米資産を凍結する。ルクセンブルクは戦時体制をとる。モナコは国境を閉鎖し、一隻のソ連潜水艦がサンフランシスコ湾で発見され、スウェーデンとスイスは中立を宣言する。イギリスはもちろん事の急転に大喜びで、フランス王室に伝統的な亡命を申し出る。ローマ法王が調停を申し出る。パリの街々では暴動が始まり、王旗が焼かれ三色旗が掲げられる。共産主義諸国は、エジプトも、英雄的なフランス人民共和国に祝電を打つ。その夜のうちに、代議員たちは国民会議を成立させ、共和制を宣言する。王は追放され、非合法化される。連立政権が結成され、二か月間続く。明らかに、フランスの政局は元どおりの混沌状態に戻るのである。

クロチルド、トッドそしてシャルル伯父はアメリカへ逃亡する。しかしピピンは、道化にすぎないことを示し、新体制の脅威ではないという態度をとり、忘れられた。彼は比較的知られていない場所、マリニー通り一番地へ戻ると、そこには妻と望遠鏡が待っていた。

三

数人の批評家はこれまで、『ピピン』とその前に出版された『たのしい木曜日』の「ミュージカル・コメディ」性に注目してきた。人によっては、この作品と前作との間に、望遠鏡というもう一つの細い関連――『たのしい木曜日』では物語の最終場面でマックと仲間たちがドックにプレゼントするし、この作品ではそれはピピンが命よりも大切にしているものである――に気づくかもしれない。しかし全体論的見地については、ピピンは天文学者として、「全体像」にはまったく無関心であり、天空の探検に心を奪われてタイドプールを探検することなどは思いもよらない。それゆえアストロは、『ピピン』にたいする彼のなぜか否定的なアプローチにおいて、それはまさしく正鵠を得ているのであるが、つぎのように述べている――エドワード・F・リケッツ（Edward F. Ricketts）の考えや哲学はスタインベックの小説にかなりの影響を及ぼしているのであるが、かつてのそのような影響はこの作品のなかに探ることはほとんど不可能であり、また、「そこにあるとすれば、それはほとんど後知恵のようにして含まれたものである」（二一三）。確かにシャルル伯父は、ピピンが王にならないですむことはできないとか、現況を最もよく利用しなければならないだけだと言うとき、あまり明白ではないが、非目的論的態度をとっているようにみえる。同様に、ピピンがヌーヴィーユ城のアシの茂った堀の水のなかから彫像を持ち上げている老人に会ったとき、その老人はいくぶん取り違えているようであるが、正真正銘のリケッツの非目的論的思考を披露する。人びとはいろんな違ったことをする、堀に物を突き落とす連中がいる、引き上げるのが仕事という人がいる、つまりそれがもののありようである、と彼は説明する。もののありようは善いのか悪いのかとピピンが尋ねると、老人は困惑して、わからないと答え、「人はさまざま――人のすることもさまざま」（一四七）と言う。ここでは「困惑して」という言葉だけが、リケッツの「存在（Is）思考」の真の意味を減じ、あるいは弱めているように思える。人は自分の運命をコントロールしないという非目的論的概念は、スタインベックにとって充分に受け入れがたいことであり、またおそらく完全に受け入れがたいことだったのではなかろうか。

ジョン・ディツキーとルイス・オウエンズはともに、『ピピン』におけるスタインベックの風刺の主眼は、当時のフランスの政治的風景にたいしてよりはむしろ、同時代のアメリカ人の道徳観に向けられているという事実について論じてきた。そしてウォレン・フレンチや他のスタインベック研究者たちも同意見なのであるが、スタインベックがアメリカ的生活様式のなかでみた道徳的頽廃に関して、『ピピン』はその最初の攻撃であったし、四年後の『われらが不満の冬』は本格的で、激しい攻撃であった。アメリカ社会がとったコースについての彼の関心事は、彼の二度にわたる国外での長期滞在の間に具体化したものと考えられうる。遠方から、すなわち一九五四年にはパリから、一九五九年にはイングランドから、彼はアメリカ人の生活の全体像をより的確にみることができたのではなかろうか。一九五四年に彼がエリザベス・オーティスに宛てた書簡のなかに、彼の増大する不安を辿ることが可能である――「私がしたいことが一つあります。家に帰ったら、心のなかをきれいに掃除して、私が計画していたある仕事をしたいのです。それから、春遅くに、私は中西部や南部をドライブし、わが国が今どうなっているか、聞いてまわりたいのです。私は非常に長い間アメリカから離れていました。そして私は、そうすることが大切であると思っています。……そしてそれは、政治というよりはむしろ、全体像についてなのです。私はそれを見失ってしまったように思います」（『真の冒険』七六七）。彼は再度、今回は公に、アドレー・スティーヴンスン（Adlai Ewing Stevenson）宛の公開状のかたちで、イギリスのサマセットにおいてその年の最もよい季節を過ごしたのち、一九五九年一二月二二日に*Newsday*紙上で、これらの関心を表明したのである。彼はアーサー王に関する研究や、のちに『アーサー王と気高い騎士たちの行伝』として出版された原稿の執筆のため、一九六〇年になるまで腰を落ち着けて『われらが不満の冬』を書くことができなかった。また、この小説の執筆のため、彼が一九五四年一〇月にエリザベス・オーティスに書いたときに考えていた、そして『チャーリーとの旅――アメリカを求めて』の主題となったアメリカ再発見の旅への出発は、翌年の九月まで延期せざるをえなかった。この旅についての最初の熱意から実現に至るまでの六年もの歳月の間に、スタインベックはピピンをスクーターに乗せて彼自身の真理の探究をさせたのである。

『ピピン』は出版されるやいなや、彼の本が受けるいつもの好評と酷評の混ぜ合わせた批評が出た。それはブック・オヴ・ザ・マンス・クラブの選書となってベストセラーとなるのがわかり、スタインベックは大いに喜び、コヴィチはほっとした。奇妙なことに、それはアメリカにおけるよりも英国においてより広い層からの称賛を受けた。おそらくそれは、スタインベックが『月は沈みぬ』によって経験したような反応と関連があるのかもしれない。『月は沈みぬ』はアメリカにおいて批評家たちから酷評されたが、戦時中の英国において、ナチス・ドイツの占領下にあった国々においてさえ、歓迎されたのであった。

『たのしい木曜日』は、ほぼ間違いなく、スタインベックの小説のうちで最もユーモアにあふれたものであり、『ピピン』はほとんどそれと肩を並べるほどの第二位の作品である。それは楽しい、洗練されたコメディであり、味わい深く、「おもしろい」小説であり、疑似フランス的なウィットと英知にみちた、その意味深いフランスとアメリカの両国の政治と企業倫理に向けられ、何度も何度も的に命中した風刺小説である。しかしながらそれは、スタインベックの他の小説とは異なり、ある時代の特徴をはっきりと示した作品である。クラポーのいう「最新の現在」は事象の自然律によって遠い過去となってしまい、この作品の主題について、ほぼ間違いなくいえることは、時間の経過を無傷で生きのびるには充分に現実的でないということである。今日ほんの少数の読者しかこの小説を読むことはないであろうが、そういう人たちだけが、作家によって食卓に供された、こってりした料理を味わうように、今日ではおぼろげになっているフランスにおける政治的、社会的、系図学的引喩を充分に味わうことができるであろう。そういう点でこの小説は、すべてのスタインベックの作品のなかで最も鑑賞しやすいとはいえない作品の一つである。また、飛び抜けて流行の先端をゆくユーモアほど非常に早くさびれてしまうものであり、スタインベックの控えめな風刺はおそらく、その標的への辛辣さを失ってしまっている。この小説の称賛者といえども、われわれはおそらく、リケッツの引喩、非目的論的、全体論的言及が明快である『たのしい木曜日』のような小説をよりいっそう気持ちよく受け入れる傾向にある。これがなぜ、『ピピン』が批評・研究の対象として、二〇世紀アメリカ文学の最も偉大な作家の作品の一つとしての資格をあたえられるような注目を受けてこなかったかという理由、それも主要な理由の一つであるかもしれない。

ところで、スタインベックの作品のいくつかは、長年にわたり批評・研究という重荷をあまりにも多く積まれすぎてきたと筆者が示唆しても、おそらく大方の賛同を得ないかもしれない。だが幸運なことに、このささやかで、陽気な、しかも美しく語られたこの小説をいまだに楽しみ、評価しうる人たちのために、『ピピン』はそのような運命を免れてきたのである。それは決して傑作ではない。が、それにもかかわらず、そのあるがままを受容され、称賛される必要のある作品である。それは、スタインベックが膨大なアーサー王伝説のリサーチに取りかかる前に、十分に値する気楽な文学的ホリデーを楽しみ、彼の一九五〇年以降における二つの重要な作品である『エデンの東』と『われらが不満の冬』の間において、『たのしい木曜日』とともに創造した一編の幕間《まくあい》の出し物であった。

ピピン四世が住んでいたとされるパリのマリニー通り一番地の家
（ここをスタインベック夫妻が長期にわたって借りていた）
（山本　圭《きよし》氏撮影）

『われらが不満の冬』——高度な技巧性とその功罪

金子　淳

一　背景

『われらが不満の冬』（一九六一）は、評価が難しい作品である。なぜなら、当初低かった評価が次第に上がっていったとはいえ、依然として低い評価を与える批評家もいるからである。出版当初、この作品はかなり酷評を浴びた。グランヴィル・ヒックス（Granville Hicks）やベンジャミン・ドゥモット（Benjamin DeMott）は、人物が紋切り型であることや、偶然の連続による不自然さがリアリティを損なっている、と批判した。一九六二年にスタインベックはノーベル文学賞を受賞したが、その受賞にアーサー・マイズナー（Arthur Mizener）は疑問を投げかけ、一九三〇年代の作品に比べると、『われらが不満の冬』は技巧的であるが生気がない、と不満を漏らした（*New York Times* 9 Dec. 1962）。一九六三年、ジョウゼフ・フォンテンローズ（Joseph Fontenrose）は、神話的な要素を指摘したり、聖書やシェイクスピアの『リチャード三世』（*Richard III*）との関連に触れているが、高く評価していない。一九六五年、ウォレン・フレンチ（Warren French）は“Steinbeck's Winter Tale”において、『われらが不満の冬』は、そのもとになった短編『いかにしてホーガン氏は銀行強盗をしたか』（“How Mr. Hogan Robbed a Bank”）より、出来がよくないと結論づけている（六六）。

しかし同年、ドナ・ガーステンバーガー（Donna Gerstenberger）が論じたあたりから、風向きが変わってくる。彼女は、T・S・エリオット（T. S. Eliot）の『荒地』（*The Waste Land*, 1922）の影響を指摘し、その後続く肯定的評価の先鞭をつけた（五九）。一九六七年、中山喜代市は「*The Winter of Our Discontent* について——成功と失敗の問題」のなかで、『われらが不満の冬』によって、スタインベックは一時低迷した時期を乗り越え、カムバックしたのではないかと述べ、イーサンの転身を内的・外的原因から分析し、成功とその報酬について詳細に論じた（五二—七〇）。

一九七〇年代は、『われらが不満の冬』が最も盛んに論じられた時期だった。さまざまな批評がなされ、評価も次第に上向きになる。一九七二年、トッド・M・リーバー（Todd M. Lieber）は、スタインベックの作品に、魔除けの石《タリズマン》のようなものが象徴として使われているとし、それが『われらが不満の冬』において最も明確に表れていると述べている（二六二—六三）。一九七四年にケヴィン・マッカーシー（Kevin McCarthy）は、『われらが不満の冬』において魔術やフォークロアなど、迷信や儀礼が豊富であることを述べ、それらを一種のパロディであると結論づけている（二一〇）。しかし、完全に肯定的な評価ばかりが続いたわけではない。同年、リロイ・ガルシア（Reloy Garcia）は、道徳意識を語っているという意味で啓発的であると認めたものの、作品の欠点を列挙している（二五四）。ウォレン・フレンチ（Warren French）もそれほど高く評価してはいない。一九七五年、彼は他の文学作品と比較しながら論じているが、一九九四年には、長所と短所をそれぞれ指摘しており、全面的に高く評価していないことを匂わせている。一九七八年、ドナル・ストーン（Donal Stone）はユング心理学の観点から作品を分析し、『われらが不満の冬』における「個性化の過程」におけるアニマや影などを指摘し、魔除けの石を全体性の象徴とみなしている（八九—九四）。一九七九年、テツマロ・ハヤシ（Tetsumaro Hayashi）は、『われらが不満の冬』における『マクベス』（*Macbeth*）や『リチャード三世』などシェイクスピアからの引喩の性質と程度を判断し、その引喩とアレゴリーの機能や重要性の評価を試みた（一〇七―一五）。そして同年、ロバート・ドゥモット（Robert DeMott）の論文"The Interior Distances of John Steinbeck"が出たが、それはおそらく『われらが不満の冬』に関する最も価値ある批評の一つであると言えよう。彼はスタインベックの作品にある内的要素に着目し、包含的イメージや夢などの観点から分析を行なっている。

一九八〇年代も肯定的な評価が続く。一九八二年、ダグラス・ヴァーディア（Douglas L. Verdier）は、タロットカードでイーサンの将来を占う場面の重要性に注目し、占いが示す運命にとらわれないイーサンの自由意思による選択が、将来を作ることになると論じている（五〇）。一九八三年、キャロル・アン・カスパレク（Carol Ann Kasparek）は、比較神話学者で、スタインベックの友人でもあったフォークロアの権威、ジョウゼフ・キャンベル（Joseph Campbell, 1904-87）の英雄神話の構造があることを指摘した（一〇五―三九）。一九八六年、ジョン・H・ティマーマン（John H. Timmerman）はさまざまな観点から論じているが、アーサー王伝説との関連を指摘していることは特筆すべきである（二四八―五七）。

一九九〇年代において論文の数は減少するが、おおむね肯定的な評価が下されている。一九九三年、マイケル・J・メイヤー（Michael J. Meyer）は、当初批評家が酷評したものは、洞察に富んだ革新的技巧だったのであり、『われらが不満の冬』はよく造られた物語の例であると述べ（二六八）、さらに一九九五年、聖書のカインとアベルの物語に着目した論文を書いている。

つい最近、二〇〇〇年秋に、バーバラ・ヘヴィリン（Barbara A. Heavilin）編 *Steinbeck Yearbook: The Winter of Our Discontent*（Volume 1）が刊行された。この書は、『われらが不満の冬』についての論文集というかたちで、全部で一一編の論文から成り、それぞれユング心理学、男性性、アーサー王伝説、クイズ・スキャンダルなどの観点から論じられた実に興味深い多様な論文が収められている。これは近年、文学研究の方法論が多様化する傾向にあるが、それがそのまま反映されているように思われる。いずれの論文も『われらが不満の冬』の新たな面を切り開いた意欲作であり、この書においてこの小説が読みなおされ、再評価されたとみなしてよいであろう。この書を手にしたのはほんの二日前で、すべてを紹介し論じる時間的余裕はないが、一例をあげると、ローレライ・シーダーストロン（Lorelei Cederstron）の論文"The Psychological Journey of Ethan Allen Hawley"は、そのような論文の一つであり、彼女はカスパレクとストーンの研究成果を受け継ぎ、キャンベルの英雄神話を下敷きにして、ユング心理学の観点から再度分析を試みている。そしてそれは、ストーンよりもユング心理学にたいする理解が深く、それだけいっそう精緻な分析となっている（一一二三）。他の一〇編の論文については、別の機会に譲りたい。

二　梗概

主人公はイーサン・アレン・ホーリーである。ハーヴァード大学出身で、かつて自分が所有主だった小さな食料雑貨店の店員をしている。妻メアリーと二人の子ども、アレンとエレンがいる。もともとホーリー家はこのニューベイタウンでは名家だったが、今では没落している。四〇歳になったいま、経済的にも、精神的にも、彼は行き詰まっている。それから抜け出すため、銀行強盗を思いつく。その途端、強盗に使うピストルやミッキーマウスの面などが、偶然、手に入る。すべての物事が、強盗に都合がよいように起こるようになったのだ。それらをもとに、彼は綿密な計画を練る。そして、いざ実行しようとした矢先、思わぬ訪問客があり、中止を余儀なくされる。強盗計画は失敗した。しかし、結果的にはそれでよかったのである。なぜなら、働いている店が思いがけず自分のものになったりするなど、その後の状況が好転していったからである。しかし、事がすべてうまく運ぶとは限らない。アレンは論文コンテストに応募して入賞したが、その論文が剽窃であったことが明らかになる。イーサンは、これまでの自分の行いと照らし合わせ、衝撃を受ける。彼は自殺を考え、海岸の洞穴のなかへ入っていく。しかし、娘のエレンが彼のポケットに入れていた魔除けの石に触れたとき、それをエレンに渡すことを決意し、自殺を思いとどまる。

三　評価

『われらが不満の冬』を評価する場合、否定的な評価が先に来るのは否めない。一読した後、何か奇妙なものを感じるからである。この奇妙さはどこから来るのか。それはつぎの二点にまとめることができる。

一つめは、物語の展開が非現実的だということである。この点につき、特にヒックスは、「スタインベックが小説を工作する際に用いる、賢しらな方法には同意しかねる。まともには信じられない偶然が次つぎ起こり、そのおかげでイーサンはハッピーエンドを迎えてしまう。未遂に終わった強盗の計画さえも、あらかじめイーサンのためにプログラムされているみたいだ。アレンが論文を盗作し、すんでのところで上手く行きそうになる設定にしても、現実にはありそうにない。盗作であると告げにきた男は、こんなことが起こるなんて信じられないと言ったが、彼の言葉をそっくり、スタインベックに返させてもらう。その上、超常現象の扱い方も気になるし、時代考証もうさん臭い」(四五九)と批判した。彼の戸惑いは当然である。偶然の連続が多すぎる。何の説明も与えられず、もっともらしい理由もない。最も奇妙なのは、イーサンが消極的なことである。強盗を決意し、実行しようとする意志の強さは微塵もない。積極性や熱意も感じられない。むしろ、何かに操られ、気がついたら強盗をすることになっていたという感じである。強盗の計画や準備もイーサンが意図的に行なったというより、何か外部の力が道具を与え、導いたかのようである。小説としてみた場合、作者が、物語の展開に都合がよいように出来事を並べているようにすらみえる。極端な言い方をすれば、素人が書いた下手な小説のようである。ご都合主義的な話の展開は、ヒックスのみならずとも一般の見識ある読者なら、リアリティが欠けていると思い、失敗作だと断じるのは当然だと思われる。

物語には物語であるがための一定のルールがある。それから外れた場合、物語らしくなくなる。すなわち、おかしいと感じることになる。偶然による出来事が連続しすぎる場合もそうである。ナラトロジーで著名なジェラルド・プリンス(Gerald Prince)は物語性という概念で、そのルールの説明を試みている。プリンスは、ある物語が他の物語に比べて、より物語らしく感じられる場合があり、それは前者が後者よりも物語性が高いからだとしている(一四五―四八)。言いかえれば、物語性とは、物語にある物語らしく感じられる何かということである。物語性には四つの要素があるが、そのうちの一つに、「物語の方位」がある(一五五―五八)。それは、二つに分離しているようにみえる事象(の連鎖)が、実際には因果関係や従属関係や補完関係にあるということを意味する。具体的には、「ジョンは馬で夕日の彼方に駆けて行った。それからメアリーは大金持ちになった」よりも、「ジョンは馬で夕日の彼方に駆けて行った。それからメアリーは大金持ちになった。なぜなら彼女はすべての持ち物を賭け、ジョンは五〇万ドルを賭け、彼女がその賭けに勝ったからである」のほうが、前後の因果関係がはっきりしているぶんだけ、より物語らしく感じられるというのである。言いかえれば、前者より後者のほうが、物語性が高いということである。逆に言えば、出来事のつながりが因果関係で結びついていなければ、物語らしく感じられないことになる。『われらが不満の冬』の場合、次つぎと起こる出来事が、この因果関係によって結びつけられていない。したがって、『われらが不満の冬』の物語は、現実にはありえないと感じられ、物語として受け入れがたいと感じられてしまうのである。

しかし、『われらが不満の冬』の物語が非現実的であるのは事実だが、ただ無意味に連ねられているわけではない。何か別の原理で出来事が結びつけられ、展開している。それをイーサンはつぎのように感じている。「何か外部の力や意図が出来事をコントロールして、牛が自動積載器に載せられたように、次つぎと運ばれていくような感じだった。これとは逆の場合も起こりうることも、わたしは知っている。そうした外部の力や意図が、たとえ注意深く入念に計画を立てても、それを歪め、破壊するように作用することもある。それが、われわれが幸運や不運が存在すると信じる理由なのだと、わたしは思う」(二一四)。何か外部の力が、イーサンを強盗へ導いているというのである。強盗をするということを否定的な意味で捉えれば、この外部の力は自分を無理やり押し流していくものだと感じ(一〇〇)、逆に肯定的な意味で捉えるなら、この外部の力は自分に協力しているようだと感じることになる(二二六)。そして、なぜか、すべてのものが相応しい場所に収まっていくのである。「それは、食料品店に勤務しながら行われる遊びであって、起こったことはすべて、このゲームの相応しい場所に収まっていくように思われる。それらは、水のもれるトイレ、アレンが欲しいと言ったミッキー・マウスの面、金庫を開けるときの話などである。新しい曲線や角が、それぞれの場所に収まっていく。裏口のドアの鍵穴にハンカチが押しこんである。少しずつゲームは成長していったが、この日の朝まで、あくまで想像上のことに過ぎなかった。分銅をトイレットの鎖にぶら下げたことは、想像上のバレーに、わたしがはじめて現実の手を加えたことなのだ。そして、古い拳銃を取り出したことが、第二の加工だった。わたしは実行のタイミングを考え始めた。ゲームは次第に具体性を増してきた」(一五一—五二)。これと同様の言葉が何度か繰り返される(二一一、二四二)。これらの記述は、『われらが不満の冬』は確かに非現実的に物語が展開されているが、それは作者の失敗によるものではなく、意図的なものだということを示している。しかし、それでも結局、この作品が非現実的に描かれていることにちがいはないのである。

二つめは、作品世界が特定の価値観の上に構築されていないという点である。具体的にいうと、完全に悪が描ききれていない、あるいは善に向かうことが最終目的となっていないということである。『怒りのぶどう』があれだけの迫力を持ちえたのは、作者が移住農民の側から、徹底的に抑圧的な社会の悪を暴き、告発したからである。言いかえれば、ある一つの価値観で物語を描ききったからである。しかし、『われらが不満の冬』の場合、そうではない。善人だったイーサンは悪に身を染めたようであるが、完全に悪人になったわけではない。また完全に道徳を遵守する善人になったというわけでもない。善であろうが悪であろうが、それ自体が問題なのではない。どちらかの価値観を選択し、一貫して描いたほうが物語としての迫力が増すということなのである。マイズナーが、『われらが不満の冬』は三〇年代の作品に比べ、技巧的であるが生気がないと評したのは、まさにこの点だった。

しかし、スタインベックはまったく意味もなく、特定の価値観に立つことを拒否したのではない。これは、作者の思想や作品の主題に由来する。自明のことであるが、彼は非目的論的思考という観点を持っていた。この観点にはさまざまな面があるが、その一つに、特定の目的を持たないという意味で、世界に絶対的なものはなく、すべてが等しく、相対的な関係にあると捉える傾向がある。ならば、当然、道徳も絶対的なものではなく、相対的だということになる。イーサンはつぎのように考える――「しかし、もうちょっとのところだ――評価の基準――そうだ、これだ。もし思考の法則が物の法則なら、道徳もまた相対的になる。そして礼儀や罪もまた、相対的な宇宙のなかで相対的な存在となるわけだ」（六五）。道徳が相対的であるがゆえ、混乱しているというのは、この作品の主題でもある。この作品では、道徳は相対的であるという前提に立っているから、善も悪も同じなのであり、一つの価値観に立って描くということは、最初から眼中にないのである。『われらが不満の冬』が特定の価値観に拠って書かれていないのは、作者が何も考えずに書いた結果、そうなっているのではない。意図的に、特定の価値観に拠らないという観点で書かれたのである。この観点は、一つの観点としては、十分意味がある。しかし、物語を描くという点からすれば、大いに問題となる。『月は沈みぬ』で、スタインベックが特定の立場に立たず、侵略者と被侵略者を公平に描いたことを批判されたのも、まさにこの点なのである。特定の価値観の側から一貫して描かないことは、たとえ意図的であったとしても、結果として、物語の迫力をそいでしまうことになる。

この二つの点からすれば、たとえスタインベックが意図的に仕組んだことだったとしても、『われらが不満の冬』が物語として致命的な欠陥を抱えていることになる。それゆえ、この欠陥は、短編の『いかにしてホーガン氏は銀行強盗をしたか』を無理やり引き伸ばした結果だという批判もされてきた。フレンチが、『われらが不満の冬』は本来短編なのであり、短編のままでよかったのではないかと批判するのは、まさにこの点に由来する。

しかし、この作品がまったく評価できないかというと、そういうわけではない。この作品でもっとも評価すべき点は、象徴やイメージの活用法である。肯定的な評価を下した批評家は、ほとんどこの点を高く評価している。

『われらが不満の冬』で多用されている象徴やイメージは、それぞれがバラバラにあるのではなく、一定の意味を持って相互に結びつくように巧妙に配置されている。マッカーシーも指摘しているが、水、海、船にまつわるイメージが豊かである。それは、この小説の舞台であるニューベイタウンが港町であることや、イーサンの祖先が海賊あるいは捕鯨船の船長だったことに由来すると言える。レスター・ジェイ・マークス（Lester Jay Marks）は、『コルテスの海』において、水や海はユングの集合的無意識を思わせると言っている（一四）。水や海が無意識を象徴することは、『われらが不満の冬』においても同じである。「わたしは以前から物事の決定を先延ばしにすることをよくしてきた。そして、いざその問題に直面すると、それはすでに完結し、解決され、評決が下されていることに気づいたものだった。このようなことは誰にでも起こるにちがいないのだが、それを知る手立てはない。あたかも暗く荒涼とした心の洞穴のなかで、顔のない陪審員が会合し決定したというような感じなのだ。わたしのなかにある、この秘密の眠らない領域を、暗く深い波のない水であり孵化する場所だと、わたしはいつもみなしてきた。そこからは、ほんの少しの物だけが表面に浮かび上がってくるのだ」（九八）。ほんの少しの物だけが表面に浮かび上がる孵化する場所という表現は、無意識の内容が夢という媒体を通じて、意識へと浮かび上がってくることを連想させる。

無意識＝海のイメージは、船との関連でみると、さらに興味深い。海とそれに浮かんでいる船を一組で見るということである。船の状態は、海に左右されやすい。ユング心理学的にみれば、情動的な無意識の上にかろうじて意識が乗っかっており、人間の意識は無意識に大きな影響を受けるという比喩が隠されているようにみえる。すなわち、船は意識、海は無意識ということである。無意識は、時には意識の領域に侵入し、外面からは、その人間が理性を失い、正常でないようにみえることがある。イーサンはつぎのように考える——「計器、ダイヤル、登録機などの集合体である人間とは、何とおそるべき存在なのだろう。それでいてわれわれの読めるのはほんの幾つかにすぎず、それとておそらく正確なものではあるまい。わたしの腹のあたりに、焼きつくすような赤い苦痛の炎が燃え上ったかと思うと、それが上のほうへ動いて来て、しまいに肋骨のすぐ下のところを突き刺したり引き裂いたりした。耳のなかで烈風がたけり、わたしは帆を減らす間もなくマストを奪い去られ、なすすべもない船のように翻弄された。口のなかは塩辛く、部屋が脈を打って膨れ上がってゆく。あらゆる警報器が、甲高い音をたてて危険を叫び、崩壊を伝え、衝撃を報じた。わたしは、女たちの椅子の後を通り過ぎようとしたときに、その嵐に捕らえられたのである……。とり憑かれる！すべての神経がこぞって抵抗しながら戦に破れ、打ち負かされ、その侵入者と和睦した結果、自分とは本質的に違ったものが新しく誕生するのである」（八八）。メアリがイーサンは一晩で変わったと言ったが、彼はそれを聞き、突如激情に襲われる。その様子が、荒れ狂う海に翻弄される船というイメージで表されている。ユング的には、情動的な無意識が意識の領域に侵入し、自我が翻弄される場面である。人間の意識は、所詮か弱いものであり、圧倒的な無意識の上に乗っかり、振り回される存在なのである。イーサンは、この船や海のイメージで描写されることが多い。それは、彼が無意識と強い関係を持っている人間だからである。彼が強盗に入ることを決意する様子が、大きな船がたくさんの小さなタグボートに押されたり、引っ張られたりして、針路を変えていく比喩で表現されている（一〇六）。また、その決心を再考する時も、やはり海と船のイメージが用いられている。「いったん航路を決めたが、この方向を変えることはできるか、あるいは九〇度、羅針盤に逆らうことができるか、わたしは自問した。そうすることはできるだろう。しかし、そうはしたくなかった」（一三九）。

海は無意識を表すが、その無意識と最も密接なのは夢である。人間は無意識そのものを知ることはできない。

無意識を意識することは文字どおりできないからである。無意識の内容は、睡眠中に夢の形を借りて、人間の意識に昇ってきたものを、象徴として知ることができるのみである。『われらが不満の冬』で、イーサンはよく夢を見る。例えば、ダニーの体が溶けていく夢などである（一一七）。また、夢ではないものの、夜にベッドで横になりながら取りとめもなく考えること（night thoughts）も、夢に酷似している。イーサンは、「ときどき、わたしは夜にめぐらされた考えの本質を知ることができたらと思う。それらは夢に非常に近い。ときどき、わたしがそれらを思うように操ることができることもあるが、逆に、それらが自主性を獲得して、手に負えぬ悍馬のようにわたしめがけて突進してくることもある」（一〇二）と述懐している。夜の思考が夢に近いのは、夜になると、肉体は疲労し、理性や意識も衰え、無意識の内容が意識の領域に侵入しやすくなるからである。それで、夜の思考は、夢と同じく、人間の意志と関係なく勝手に進展していく。ダニーについての考えが割り込んできたり（一〇二―六）、マージーや魔除けの石について考えたり（一三八―四五）、ジェット機の騒音から考えが展開したり（一七四―七六）、祖父を引っ張りだしてきて、船は誰かに燃やされたのだと話をしたりする場面などである（二七六―七七）。夢は夜の睡眠中に現れる。夜の思考も夜に行われる。これは、夜の場面が『われらが不満の冬』に多いことを裏づけている。

その夜に関連して、夜によく眠る人ということでメアリが挙げられている（二三七―三八）。これは、メアリが女性ゆえに持つ特質でもある。この作品において、マージーに例をみるまでもなく、女性が果たす役割は重要である。イーサンが最後に魔除けの石を息子のアレンではなく、娘のエレンに渡そうとしたのは象徴的である。女性性は、その包含性から、夜や無意識とつながる。夜や無意識は、この作品において重要な部分を占めるから、『われらが不満の冬』は女性的なものが優位性を持っている小説であるともいえる。

女性的なものは、直観的なものと結びつき、占いや予言と結びつく。イーサンはダニーの夢を見るが、その翌日、ダニーが死んだことが明らかになる。これは予知夢である。ダニーの夢の直前に、かつてエジプトの王の夢が占われたと語られているが、これは夢占いである（二七八）。他に未来を予知するものとして、占星術（五四）やタロットカード占いも挙げられる（九三）。将来を占う者は、霊や魔術的な力を帯びた者でなければならない。タロットカードで、イーサンの将来を占うのは、マージーであるが、魔術的な雰囲気を帯び、魔女だといわれている（一七〇、一七二）。占いは、将来を予測するものだが、本質的には、直観的な把握である。直観は、マージーにみられるように女性性と結びつく場合が多いが、銀行の出納係であるモーフもまた、職業上、得意としている。彼が「一瞬にして、すべてがふさわしい場所に収まる」（一四九）と感じることは、直観的に全体を把握することを意味している。直観的に把握することは主観的なことである。主人公のイーサンもすべてがふさわしい場所に収まると感じている（一五一―五二）から、そのとき彼は直観的かつ主観的に世界をみているのである。それが、この作品が一人称で書かれる所以である。一人称での語りは、意識の流れのようなとりとめのなさで語られ、ますますこの作品の物語展開は非因果的に繰り広げられていくことになる。

これらから、『われらが不満の冬』には、水、海、無意識、夢、夜の思考、夜、予知夢、夢占い、占星術、タロットカード占い、魔女、魔術、女性性、直観、主観などが用いられ、それらは、非定形、流動的、曖昧、不明瞭、不透明、非合理的、前近代的、非科学的、非因果律的なものとして、一つにつながっている。これらのイメージや事柄は密接に関連し合い、相互作用を及ぼすことにより、『われらが不満の冬』の作品世界に、何やらはっきりとしない、曖昧な、混沌とした雰囲気を帯びさせる機能を果たしている。これを端的に象徴しているのが、つぎのような魔除けの石である――「わたしたちの家のは――何といったらよいか――山形に盛り上った半透明の一つの石である。水晶か翡翠か、石鹸石かもしれない。円形で、直径四インチ、山の一番高いところで厚さが一インチ半ほどある。表面には、動くようでいて、それでいてどこにも動かないような、入り組んだ象が彫刻されている。それは生きているが、頭も尾もなく、始めも終わりもない。磨いた石でありながら、すべすべせず、人肌のようなしっとりした触感を持っていて、触ると常に暖かい。なかまで見えるが、透明ではない。……色や渦や触感は、こちらの要求が変わるにつれて、変化した。かつて一つの乳房と思ったこともあったが、年頃になっては、充血して疼く女性器に思えた。さらに後年になると、脳あるいは、頭も尾もなく、動きがあるだけのわけがわからないもの――これを破壊する答えを必要とせず、それを制限する始めや終わりも必要としない、それだけで完結した謎、とみるようになった」(一四三)。魔除けの石の模様は独特である。そのときどきで違う。そのときそのときで違って見えるからである。デボラおばさんは、タリズマンは欲するものを意味すると言った(二二八)が、それは見る者の心理状態により、乳房に見えたり、脳に見えたりするからである。しかし、実際は、何か曖昧で混沌とした、よくわからないものなのである。

ここまでみてくると、『われらが不満の冬』への否定的な評価と、肯定的な評価とでは、観点が異なっていることがわかる。すなわち、否定的な評価は、この作品の物語として失敗している点を批判する一方、肯定的な評価は象徴とイメージを活用した小説技法を賞賛している。通常、傑作と呼ばれる小説は、その両方を兼ね備えているものである。『怒りのぶどう』は傑作であることに異論はない。それは、技巧的に卓越していると同時に、物語としておもしろい小説なのである。この点からすれば、『われらが不満の冬』は明らかに傑作ではない。むしろ、小説において物語的な要素はもっとも重要なものだから、物語らしく感じられないこの小説は、失敗作とそしられても仕方ないだろう。しかし、たとえ失敗しているとは言え、スタインベックは非現実的な物語展開や相対的な価値観で描くことを意図的に行なっていることに気づかなければならない。『怒りのぶどう』や多くの短編をみるまでもなく、スタインベックはストーリー・テラーとして一流であることは疑うべくもない。ならば、スタインベックはどのような小説が物語として優れているか、十分に知っていたはずである。しかし彼は、『われらが不満の冬』を書く際に、敢えて物語として成り立たなくなるような書き方を選択している。なぜ、物語として破綻するような書き方を意図的に行なったのか、それを確認しておく必要があるだろう。二つめの批判は、スタインベックが非目的論的思考という観点から小説を書こうとした点にあることは既に述べた。では、一つめの点は、何によるものなのだろうか。

この点を検証するにあたり、原点に立ち返り、スタインベックが生涯にわたって影響を受けたものを考えることから始めてみよう。スタインベックが作家として自己の世界観を形成していった時期は、一九三〇年代前半のことであった。この時期、スタインベックは多くの人と交わり、彼らから多大なる影響を受けた。そのうち、もっとも重要な人物は、親友であり海洋生物学者のエドワード・F・リケッツ（Edward F. Ricketts, 1897-1948）であることは言うまでもない。さらにもう一人挙げるとすれば、それは神話学者キャンベルであろう。実はこの二人には意外な共通点がある。それは二人ともユング（Carl G Jung, 1875-1961）の影響を強く受けているということである。ドゥモットの *Steinbeck's Reading: A Catalogue of Books Owned and Borrowed* によれば、一九三〇年代から一九四〇年代の初めまで、スタインベックは頻繁にリケッツを訪れ、共にリケッツの蔵書を読み、『コルテスの海』の根本的理念を形成していったとされる（lxxii）が、そのリケッツの蔵書のなかに、多数のユング関連の本があったことが確認されている。さらにユング関連の本は、スタインベック自身も多数所有していたとされる。ティマーマンの "The Shadow and the Pearl: Jungian Patterns in *The Pearl*" によれば、「アーサー王伝説、聖書、シェイクスピア、ミルトンの『失楽園』（*Paradise Lost*）と同様、ユングの影響はスタインベックの全生涯に及ぶ」（一四四）と言っているが、それを裏づけるかのように『知られざる神に』から『われらが不満の冬』まで、生涯のあらゆる時期に創作された作品がユングとの関連で論じられてきている。これらを考慮すると、スタインベックとユングの関係は密接なものであるといえ、ユングとの関連から『われらが不満の冬』をみていく意味が十分あるといえる。

しかし、ユング心理学で『われらが不満の冬』を分析することは、ストーンやシーダーストロンがすでに試みている。ここで敢えてもう一度、ユングで分析する意味があるのだろうか。ストーンは『われらが不満の冬』をユングで読む可能性を開き、ユング的な要素があることを指摘したという点で、高く評価されるべきである。シーダーストロンは、ストーンの成果を受け、さらに分析を微細に行なったという点で意義のある研究を行なったといえる。しかし、彼らのユング心理学の援用の仕方には、多少問題があるように思われる。なぜなら、ユング心理学を用いて分析するほとんどの研究者に当てはまることでもあるが、シンボルを抽出し、ユング的タームを当てはめるという機械的な作業に終始している感があるからである。ユング心理学で作品を分析する場合、たいていはそれで十分だろう。しかし、ユングがスタインベックに生涯にわたって影響を与え続けたことを考慮に入れるならば、安易にユング心理学の概要を仕入れ、それで切ってしまうのではなく、きちんとユング心理学全体を理解した上で、何がどのようにスタインベックに影響を与えたかを検証しつつ、『われらが不満の冬』を見ていく必要があるように思われる。すなわち、簡単にアニマやアニムスなどと言う前に、ユング心理学の持つ世界観を正しく理解し、ユング心理学のどの点がどのように関わっているかという観点から見なければならないということである。その場合、ストーンやシーダーストロンが援用した方法と異なるから、彼らの分析では現れない何かが出てくる可能性がある。したがってここでは再度、ユング心理学で『われらが不満の冬』を読みなおしてみたい。

ユング心理学の本質は、人間が人生において果たすべき究極の目的を追求することにある。それは具体的にいうと、「個性化の過程」を達成することである。「個性化の過程」とは、個別的存在になること、すなわち、自分自身の本来的自己になることである。この「個性化の過程」を達成する途上で起こるさまざまなことが、ユング心理学の世界観を形成しているといえる。「個性化の過程」の途上で特徴的なことは、少年期や青年期という人生の前半よりも、三五歳から四〇歳以降の中年期や老年期という人生の後半を重視することである。これは、人生の前半を重視する他の心理学とは異なり、ユング心理学に独特のものである。人生の前半において、人は金を儲け、社会的地位を得ようとする。自分が社会で生きていく土台を確立するのに全力を注ぐ。精神的にも物質的にも、自己を確立する時期なのである。しかし、中年を迎え、体力の衰えや両親の死に直面し、自分の人生が「盛り」や「折り返し点」を過ぎたと感じたとき、人生の後半に入る。すると、自分に残された時間が残り少ないことに気づき、このまま人生を終えてよいものかどうか悩み始める。なぜなら、人生の前半において、生活の基盤を確立するためとはいえ、本当は自分がやりたかったことを捨ててしまい、本来の自分の姿を曲げてしまっていることに気づくからである。そうなると、前半において獲得したものが無意味に感じられ、捨ててきたものが大切に思えてくる。ここで価値観が逆転するのである。その結果、前半で捨てたものに飛びつくことになる。突然、職業を変える。倹約家が浪費家になる。堅物の道徳家が身を持ち崩す。正反対の行動に出ることは、前半において地道に築いてきたものを破壊する恐れがあるため、場合によっては、人生を台無しにしてしまう。それゆえユングは、他の心理学と異なり、人生の後半を重視したのである。彼はこの時期を「危険な年齢」と呼び、いかに乗り切るかが重要だと考えた。

この時期をうまく乗り越えたとき、人は「文化目的」の段階に入る。「文化目的」の段階は、具体的に言えば、未開民族の老人が例として挙げられる。彼らは密儀と掟の番人であり、民族の文化を体現している。彼らはその文化を後代の人に伝える役割を担っている。現代人も、自分が同様の役割を担っていることを自覚するならば、失いかけた生きる「意味」を新たに見つけることができる。文化を子孫に伝える役割があるのだという、新たな希望が心の大部分を占めることにより、これまでの苦悩は相対的に重要性を失う。その結果、それまで抱えていた苦悩は苦悩として感じられなくなる。もちろん、必ずしも苦悩が完全に解消されたわけではない。しかし、苦悩を苦悩と感じないようになることは、精神的に一つ上の段階に上がったことを意味する。この精神的な高みに至ることにより、人は豊かな人生の後半を過ごすことができるようになる。

「危険な年齢」という時期が壁のように立ちはだかったとき、ある意味で、人は「行き詰まりの状態」になる。そのとき、常識では説明しがたいことが起こるとユングは述べている。彼はある例として、がちがちの合理主義者であったゆえに、治療に行き詰まったある患者のケースを挙げている。彼女が黄金のカブトムシをもらった夢を見たと話したとき、突然、窓からカブトムシが入ってきたというのである。この出来事に彼女は驚く。その結果、合理主義で凝り固まった心が和らぎ、それ以降の治療が順調に進むようになったのである。この例では、カブトムシが彼女を良い方向へ導いたことになる。夢のなかで見たカブトムシの話をしたら、カブトムシが飛んできたというのは、常識からすれば、単なる偶然の一致である。両者に原因と結果という、因果関係がないからである。しかし、心理療法の現場に身をおいたユングは、このような例を何度となく体験する。その結果彼は、因果律では説明しきれない、何かがあるという確証を持つに至る。それは、中国の易のような、西洋の科学的・因果律的世界観とはまったく異なる世界観である。その世界観の原理をユングは、シンクロニシティ（Synchronicity）――共時律あるいは共時性――と呼んだ。シンクロニシティとは「時間的に意味のある偶然の一致」ということである。

ユングがシンクロニシティを自己の理論として体系づけた論文は、一九五四年の“Synchronicity: An Acausal Connecting Principle”（邦訳名「非因果的連関の原理としての共時性」）である。しかし、シンクロニシティの概念は、すでに「個性化の過程」との絡みで二〇年以上も前に提示されていた。それは一九二九年に出版された『黄金の華の秘密』（“The Secret of the Golden Flower”）である。この本はドイツ人の中国学者リヒャルト・ヴィルヘルム（Richard Wilhelm）が、『太乙金華宗旨』をドイツ語に訳したものであり、東洋の宗教思想を深層心理学の観点から理解するための視点や方法が示されたものである。これにユングは、「リヒャルト・ヴィルヘルムを記念して」（“Richard Wilhelm: An Obituary”）という序文と注釈をつけた。そのなかで彼は、“synchronistic principle”（共時律）という言葉を使い、その概念の核心を説明しているのである。ロバート・ドゥモットによれば、リケッツの蔵書に『黄金の華の秘密』があったことが確認されている（*Reading* 100）。それは一九三九年一〇月七日にキャンベルから贈られたものであった。この二人がスタインベックに大きな影響を与えたことを鑑みれば、スタインベックがこの本を読んだだか、もしくはリケッツからその内容を聞いた可能性が高い。さらにストーンが指摘したように『われらが不満の冬』がユング心理学と深い関連があることも鑑みれば、スタインベックはシンクロニシティという言葉や概念を知っていた可能性は非常に高いと考えられる。

人生の前半において、自己を確立するということは、お金や社会的地位を得ようとするのが一般的である。しかし、イーサンの場合は少し異なっている。大学で語学や一般教養の授業を受け、古いものや美しいものに耽っていた（四八）ことからわかるように、若いころ、物質的なものよりも精神的なものに重きを置いていた。それゆえ、お金や社会的地位を得るという世俗的なことよりも、正直かつ善良であるという高邁な精神性を重視した。彼は、精神的なものを拠り所にして、自己を確立させるタイプの人間だったのである。したがって、イーサンは、人生の前半を、道徳的に清く正しく、正直かつ善良に生きてきた。しかし、それは裏を返せば、金や名誉に無頓着で、狡猾さやしたたかさとは無縁な生き方をすることになる。その結果、店の経営に失敗してしまう。

イーサンが四〇歳を迎えたとき、さまざまな問題が襲いかかる。銀行の頭取、ベイカー氏は、落ちぶれているイーサンに「這い上がれ」と煽る。マージー・ヤング・ハントが肉体の誘惑をちらつかせつつ、イーサンは、「将来成功する運命にある」と告げる。店主のマルロは商売の秘訣を教え込もうとし、セールスマンのビガーズが賄賂を贈ろうとする。妻のメアリが今の零落を嘆く。子どもたちはお金を欲しがる。彼は、この状態から脱しようと考えをめぐらすようになる。もはやまともにやっていたのでは無理だ。手っ取り早くお金や地位を得るには、悪事を働くことだ。これは道徳からすれば悪いことではないか。ところが、たとえ悪事を働いても、いったん成功して力と富を得たら、すべて正当化されるではないか。失敗した場合だけ、悪として罰が下されるにすぎないのだ（二一一）。結局、善と悪の違いはない。道徳は相対的なのだ（六五）。これまで道徳的に正しく生きてきたイーサンは、正直や善良さよりも、お金や地位を得ることを重視するようになったのである。ここに至って、イーサンの価値観は完全に逆転する。彼はまさに「危険な年齢」という時期の真っただ中にいると言える。

ここで、精神的にも経済的にも「行き詰まりの状態」にあるイーサンに、奇妙なことが起こる。覆面用の面《めん》が偶然、手に入る。そして偶然、アリバイ工作としてトイレの水漏れを利用することに気づく。偶然、錆ついたピストルが見つかる。偶然、犯行を決行するのに都合がいい休暇が迫ってきている（二四一）。これらはまるで、イーサンが強盗に入るのを手助けしているかのように、都合よく配置されている感じがするのだ。これらの出来事はイーサンをある方向に導く。いろいろな出来事や経験が、イーサンを真っ当な生活、すなわち、食料品店の店員の生活とは逆の方向へ引っ張っていくように、起こるのである。ユングの例は、カブトムシによって患者が良いほうへ導かれているが、イーサンは強盗という悪いほうへ導かれているようである。しかし、最後まで読めば、そうでないことがわかる。強盗を計画させたことにより、イーサンの意識下に沈んでいたお金や地位への欲望をはっきり意識化させた上で、最後に自分のしようとしたことの是非を悟らせ、結果的にイーサンをより高い精神的境地、よい方向へと導いているからである。

ここまで、何かの力が導くということを、イーサンに限ってみてきた。しかし、実はイーサンだけに働いているわけではない。マルロの場合もそうなのである。イタリア移民のマルロは不法入国の密告で捕まった後、店をイーサンに譲るといい、役人がその旨をイーサンに告げにくる。役人はマルロが言った言葉として、つぎのように言う――「それは、人がある方向へある道を進められているようなものだ。もし、その方向を変えるなら、何か勃発し、調子が狂い、病気になったりするのだ」(二五六)。マルロはやり手で、強欲な人間のように描かれているが、本当はそのような人物ではない。彼はアメリカに入国する前、独立宣言の言葉に感動し暗記するほど、純粋な人間だったのである。しかしアメリカに入国したとき、彼は全財産を巻き上げられてしまう。そのときから、彼はお金や自分を中心に考えるようになる。その結果、彼は金銭的に成功する。しかし、それは彼本来の姿ではなかった。成功したとはいえ本来の自分を偽っていたため、本人もはっきり意識していなかったものの、その心の中は満たされてはいなかったのである。それが、イーサンをきっかけとして、彼は本来の自分に戻る。店をイーサンに譲るのは、本来の自分を偽っていたゆえの罰金だというのである。彼は、このような自分の一連の行動を、「人がある方向へある道を進められているようなものだ」と言ったのである。これはイーサンが、何かの力に導かれていると感じるのと同じものなのだといえる。

アレンの剽窃を知り、衝撃を受けたイーサンは、自殺しようとする。しかし、娘のエレンが彼のポケットのなかに入れてあった魔除けの石に偶然手が触れ、思いとどまる。イーサンに生きる決意をさせたのは、「わたしは是が非でも帰らなくてはならなかった――例の魔除けの石を新しい持ち主に返さなくてはならない。さもなければ、また一つ、灯が消えてしまうかもしれない」(三二一)という使命感である。イーサンは魔除けの石をエレンに渡すことで、何かを次の世代に伝えようとした。この使命感は、絶望したイーサンに新たに生きる意欲を芽生えさせる。言いかえれば、彼は生きるための「意味」をみつけたのである。何かを後代に伝えるという意味で、イーサンは「文化目的」の段階に入ったのである。これで、イーサンは「危険な年齢」という時期を乗り越えることができたと言える。

ユング心理学で『われらが不満の冬』を読めば、それは人生の後半に入ったイーサンの「個性化の過程」を描いた物語だということになる。そして、物事が不自然なほど、都合よく起きるように書かれているのは、シンクロニシティという世界観によるものだということになる。

しかし、ここで注意しなければならないのは、スタインベックにたいするユングの影響をことさらに強調しすぎてはならないということである。これは他の作家の場合にも言えることであるが、スタインベックは決して、ユングの心理学や理論を小説化しようとして、『われらが不満の冬』を書いたのではない。そうではなく、ユングの心理学や理論に触れることにより、何らかのインスピレーションが沸き、彼独自の思想、もしくは思想よりも根源的なヴィジョンやイメージを形成していったものと思われる。その思想あるいはヴィジョンやイメージは、ユングの影響を受けているため当然のことであるが、ユング心理学が提示する世界観に類似しており、それゆえ、ユング心理学で『われらが不満の冬』を分析した結果、その理論で説明できる分析結果が出たと考えるべきであろう。

四　結び

『われらが不満の冬』の根底には、ユングのシンクロニシティや、非目的論的思考がある。その混沌とした非因果性や相対性を表す技法として、象徴やイメージが多用されている。この点を考慮すると、この作品は小説における物語という面よりも、思想やそこから派生する技法の面が先行した作品になってしまったといえる。その結果、思想や技法が先行したがゆえ、物語がないがしろにされ、それが小説としては大きなマイナスになった。しかし、それでも、『われらが不満の冬』が危うさの背中合わせである高度な技巧で書かれていることは、正当に評価しなければならないし、事実、評価に価する。また、そのような危険な技法を使ってまでも、書かずにはいられなかったスタインベックの信念も正当に評価しなければならないし、実際、評価に価するのである。結局、『われらが不満の冬』の場合、高度な技巧性がもたらすそれぞれの功罪を正しく把握しておく必要があるということになるだろう。

イレイン夫人とスタインベックの書斎（サグハーバー）

（中山喜代市撮影　7/ 17/ 1984）

『チャーリーとの旅』と『アメリカとアメリカ人』
――スタインベックのアメリカ観――

上　優二

はじめに

『チャーリーとの旅――アメリカを求めて』は、整然としたルポルタージュの形式で書かれているわけでなく、旅行中のさまざまな経験、人間観察、個人的な回想、アメリカの神話、そして風刺のきいた、ときにユーモアを交えた文明批評等々を、いわばモザイクふうに収録した旅行記である。スタインベックは、この旅行記のなかで「アメリカとは何か?」「アメリカ人とはどんな人種なのか?」というテーマを掲げその探求を試みたが、彼自身が認めているように、この作品において「アメリカとはこういう国である」とか、「アメリカ人とはこういう人種である」と具体的に定義することはなかった。あまりに多くのパラドクシカルな現実が存在するために、どんな定義も現実を映しだす鏡にはなりえないと判断したためである。この点、ロナルド・プリモー（Ronald Primeau）はスタインベックの認識のあり方にポストモダニズムの要素を読み取り、つぎのように指摘している。

彼［スタインベック］が真実の姿をこれだと決定することをたえず拒否したことは、相反するものに没入することから、あるいは知覚された経験のカオスからさえさまざまな真実が構築されるというポストモダニストの考えを強

固なものにしている。（一一三）

こうした認識のあり方は、スタインベックがジョウゼフ・オールソップ（Joseph Alsop, 1910-89）とともにプラハを取材し、それぞれまったく異なったプラハの現実をアメリカに持ち帰ったという経験と深い関係がある。彼はその異なったプラハの現実が両方とも真実であると認めたうえで、自分が旅先で経験したことを自分のサイズと形に合わせて再構築するしかないという立場に立つことになる。

さて、スタインベックは『アメリカとアメリカ人』を執筆し、再び「アメリカとアメリカ人」の探求を試みた。彼はこの作品のなかで植民地時代から一九六〇年代までのアメリカの歴史を振り返りながら、エッセイふうにアメリカ社会が抱えるさまざまな問題を取り扱っている。そして、痛烈な文明批判と祖国への愛情とを織りまぜながら「アメリカとアメリカ人」の姿を捉え、さらに未来のアメリカの可能性を探求しようとした。ところが、またしても彼が捉えようとした現実の「アメリカとアメリカ人」の大半が、パラドックスのなかに姿を現すこととなり、これが「アメリカとアメリカ人」の姿だと明言することにはならなかった。そして、彼は「アメリカ人には一連の普遍性が認められるが、そのどれもが、別の普遍性によって相殺されてしまう。アメリカ人はパラドックスによって生き、呼吸し、機能しているように思える」（三〇）と述べている。こうした彼の姿勢は、彼が現実を把握するときにつねに複眼的な視点に立っている証左であり、当然視されているものにたいしてもいつも懐疑の目を向けるという、彼のポストモダンな特質を示している。いずれにせよ、彼は『チャーリーとの旅』と同様に、一九六〇年代のアメリカ社会が抱える諸問題、たとえば物質主義、拝金主義、道徳の腐敗、老後の問題、覚せい剤の氾濫、画一化された社会、人種問題、核の脅威、環境破壊等々、数え上げればきりがないほど多くの現代的問題に言及し警鐘を鳴らしている。スタインベックは『アメリカとアメリカ人』のなかで一九六〇年代のアメリカ社会の現実を目の当たりにしてしばしば慨嘆することになるが、「人間の偉大で神秘的な心と魂」(一四三)にたいする信頼を失うことはなかった。そして、彼は祖国を愛し、最後まで祖国の未来に希望を失うことはなかった。

なお『アメリカとアメリカ人』にはスタインベックの本文を補足するかたちで、当時の著名なカメラマン五五人が撮った写真が一〇五枚も掲載され、当時のアメリカ社会の表情を鮮やかに伝えている。

本稿では『チャーリーとの旅』と『アメリカとアメリカ人』の二つの作品を取り上げ、スタインベックのアメリカ観を探ることをそのねらいとしている。しかし、前述したように、これらの作品において彼が捉えたアメリカは、パラドックスに満ちており、彼自身が明言をさけているのでその定義はかなり難しい。また、あまりにも多くの問題を扱っているので、すべての問題を網羅する紙面の余裕もない。ただし、『チャーリーとの旅』と『アメリカとアメリカ人』はともに同じテーマを扱っているため、彼が強い関心を示す問題は重複することになり、その重複する問題をどのように扱っているかを探っていけば、スタインベックのアメリカ観の特質を探ることができるはずである。また当然のことながら、一九六〇年代のアメリカ社会の様相が、彼のアメリカ観に決定的な影響を与えているので、その時代背景を考察することもそのアメリカ観を探るうえで大いに役立つことだろう。いずれにしても、まずはスタインベックが当時のアメリカ社会をどのように捉えていたかについて言及しなければならない。

スタインベックは当時のアメリカ社会が物質文明の頂点にあると考えていた。そして、多くのアメリカ人、とりわけ多くの白人が画一化された物質文明のなかで、物にとりつかれていると指摘している。また、彼らが安逸な生活をおくることで怠惰で冷笑的な考え方に蝕まれ、精神的解体、道徳的な解体を引き起こし、そのために生きる力を失いつつあるとしばしば慨嘆している。

スタインベックは『アメリカとアメリカ人』の末尾で、「われわれは不透明な変化の時代にある」(一四三)と述べているが、まさに一九六〇年ころのアメリカ社会は先の見通せない変化の時代であり、それゆえに当惑と対立と危機の時代でもあった。スタインベックは『チャーリーとの旅』と『アメリカとアメリカ人』のなかで、黒人(アフリカン・アメリカン)に関わる人種問題に大きな紙面をさいて言及しているので、その関心の強さがうかがわれる。おりしも、スタインベックが旅をした一九六〇年のアメリカ社会は、マーティン・ルーサー・キング牧師(Martin Luther King, Jr., 1929-68)が指導した公民権運動の渦中にあり、『チャーリーとの旅』にも大きなインパクトを与えている。彼は南部白人の黒人にたいする非道な仕打ちや反人権の行動を目の当たりにして激怒しながらも、いくぶん当惑しているかのように思われる。そして、ふたたび『アメリカとアメリカ人』の第四章「生まれながらにして平等」のなかで、彼はアメリカの歴史をひもときながら、奴隷制度、そして人種問題を大きく取り扱いアメリカ社会の病んだ姿を提示する。

また、スタインベックは核の問題にも強い関心を示し、両作品のなかでさまざまに言及している。一九六〇年ころのアメリカは、厳しい冷戦体制のもと、ベトナム戦争、キューバ・ミサイル危機、ベルリン封鎖などで旧ソ連と厳しく対立し、核の脅威にさらされていた。当然のことながら、この核の脅威はスタインベックだけでなく、ジョン・F・ケネディ(John F. Kennedy, 1917-63)、キング牧師等々を含めて、多くのアメリカ人が深刻な危機感をつのらせていた問題だったので、一九六〇年ごろのアメリカ社会の特質を示すもののなかでもとりわけ際立っている。

さらに、スタインベックは両作品のなかで、人間の欲望の肥大化をうながす物質文明が環境破壊を起こしていることを再三にわたり言及し警鐘を鳴らしている。アメリカ杉の伐採などはスタインベックにとってよほど腹にすえかねた事件だったようで、両作品に大きくとりあげられている。興味深いことに、『チャーリーとの旅』とほぼ時を同じくして、レイチェル・カーソン（Rachel Carson, 1907-64）が、*Silent Spring* (1962) を出版し、環境問題に大きな一石を投じ、環境問題が大きくクローズアップされ始めることになった。スタインベックは、「進歩というものが、なぜこんなにも破壊に似ているのだろうか」（一六二）と慨嘆し、警告を発している。

こうした時代背景とスタインベックの関心の高さをかんがみ、本論では一九六〇年代のアメリカ社会が抱えたさまざまな問題のなかから、〈一〉黒人に関わる人種問題、〈二〉核の問題〈三〉環境問題にしぼり、スタインベックのアメリカ観の特質を探ることにする。

一　黒人に関わる人種問題

一九世紀後半、生物学の生存競争と適者生存との理論を人間社会にあてはめようとするソーシャル・ダーウィニズム（Social Darwinism）が登場し、アメリカ社会に広まっていく。スタインベックはアメリカ社会を観察するときに、その出発点としてこのソーシャル・ダーウィニズムを取り入れている。

そこで、このソーシャル・ダーウィニズムという理論を通して、アメリカの歴史を振り返ってみると、適者に当たるのは、ヨーロッパからアメリカに早い段階に渡ってきて多数派となった、いわゆるＷＡＳＰ《ワスプ》（白人、アングロ・サクソン民族、プロテスタント）という人びとということになる。そして、彼らより遅れてアメリカに渡ってきた人びとは、少数派のよそ者として迫害や弾圧を受け、ワスプ的文化への同化を強いられてきた。こうした過程のなかで、新しい人種アメリカ人が誕生したという歴史認識をスタインベックはもっている。スタインベックは『アメリカとアメリカ人』のなかで、こうした新しい人種アメリカ人が誕生する過程をつぎのように説明している。

ピルグリム・ファーザーズはカトリック教徒のまねをして、両者でユダヤ人をこっぴどく殴った。そのつぎにアイルランド人がむち打ちの刑を受ける番となり、さらにドイツ人、ポーランド人、スロヴァキア人、イタリア人、インド人、中国人、日本人、フィリピン人、メキシコ人とその番がつづいた。……まさに新参者にたいするこの残酷さが、民族的、国民的よそ者が「アメリカ人」に急速に溶け込んでいったその速さを説明するのに役立つように思える。（一五）

当然のことだが、それぞれの民族はそれぞれの文化や伝統を保持しているが、とにかく先のような過程を通して「アメリカ人」という新しい人種が誕生したということである。しかし、さまざまな人種の民が対立しながらも同化し、新しい人種アメリカ人になっていくなかで、二つの民族集団が他の民族と比べると特異な過程、歴史を歩んできた。つまり、激しい侵略に耐え、同化を拒んできたネイティヴ・アメリカンと、奴隷として強制的にアメリカへ連れてこられ、偏見と差別ゆえに同化することが許されてこなかった黒人である。ここでは黒人に関わる人種問題を扱うことにしたい。

スタインベックは『アメリカとアメリカ人』の第四章「生まれながらにして平等」の冒頭で、「現在、われわれは奴隷制度が自分たちの制度のもとでは、経済的に不健全であるばかりでなく、犯罪であり罪であると信じている。さらに、われわれは、初期のあるころは無視されたけれども、それはつねに犯罪であり、罪だったと信じている。これほど真実から離れていることはない」(五七)と記している。彼はこの第四章で奴隷制度の歴史と一九六〇年代のアメリカ社会の現実をふまえて、「生まれながらにして平等」というのはアメリカの幻想にすぎないこと、いかに黒人が歴史上残虐非道な扱いをうけてきたか、そして現在もそれがつづいていることを読者に伝えている。

キング牧師は、アメリカの歴史に大きな足跡を残すことになったワシントン大行進の基調演説「私には夢がある」("I Have a Dream")のなかで、黒人の置かれた状況をつぎのように語っている。

> 黒人の基本的な移動が、より小さなスラム街からより大きなスラム街であるかぎり、われわれは決して満足できない。「白人専用」と書かれた看板によって、われわれの子どもたちの人格がはぎ取られ、彼らの尊厳が奪われているかぎり、われわれは決して満足できない。ミシシッピの黒人が投票できず、ニューヨークの黒人が投票するようなものが何もないと思っているかぎり、われわれは決して満足できない。(大谷　一〇四)

さて、一九六〇年一一月、ニューオーリンズの二つの小学校にそれぞれ一人の黒人児童の入学が許可された。これに白人の父母たちが反発し、自分たちの子どもを登校させないばかりか、連日のデモを行い、登校する黒人児童を罵倒した。こうした白人の群集のなかから、ある少数の一団が悪口雑言の名人となり、「チアリーダーズ」(Cheerleaders)(二二〇)として知られるようになった。スタインベックの言葉を借りれば、中年女性の「狂気の芸人たち」(crazy actors)(二二八)である。この「チアリーダーズ」は信念をもって、自分の子どもを学校に登校させる白人の親たちにも、きびしい罵声を浴びせかけた。

スタインベックは、旅の途中、こうした事件を新聞やテレビで知り、そのようすを視察するために、ニューオーリンズに立ち寄っている。そして、この「チアリーダーズ」と、これに喝采をおくる群集の姿をつぎのように記している。

彼女たちは拍手喝采を浴びると、幸せそうに、ほとんど無邪気な勝利に酔って、愚かしく笑っている。そこには、自己中心的な子どもの痴呆的な残酷さがあった。なぜかそのため、その愚かな残酷さがいっそうわれわれの心を痛めることになる。彼女たちは母親でもなく、女性でさえもない。彼女たちは狂気の観客の前で演じる狂気の芸人にすぎない。

バリケードの後ろの群集は吠え立て、喝采し、喜びのあまりお互いに叩き合った。(二二八)

スタインベックは自らを感光板に見立てて、できるだけ冷静に、また客観的にアメリカの姿を写し取ろうと努めているが、その感光板に写った映像はときに彼の心を大きく揺さぶり、客観的な立場に立てないようにした。とりわけ、この南部で見た白人の群集は彼の心を大きく乱し、動揺を与えている。彼はこの「チアリーダーズ」とこれに喝采をおくる群集に強い憤りを覚えると同時に、こうした南部の厳しい現実を目の当たりにして、いくぶん当惑しているようでもある。南部の大地に根づいた歴史の重みを痛感させられ、そう簡単に南部人の心から人種差別という偏見を取り除くことはできないということを思い知らされたようでもある。

スタインベックはこの「チアリーダーズ」による「いわばおぞましい魔女の宴」(a kind of frightening witches' Sabbath)(二二八)の後、ミシシッピ川のほとりで、ムッシュー・シ・ジ(Monsieur Ci Gît)という人物に会い、人種問題の将来についてつぎのような会話を交わしている。ここは、スタインベックが感光板の役割として、質問を提示し、ムッシュー・シ・ジが意見を述べるという構図になっている。

「つまり、吸収ということですね——黒人たちは消えてしまうのですか?」
「もし彼ら[黒人]が数でわれわれ[白人]にまされば、われわれのほうが消えていくでしょう、いやたぶん、両方とも消滅し、何か新しいものが生まれるでしょう」(二三三)

この出会いの後、スタインベックはさらに三人の南部人と出会っている。一人は、老黒人で、すっかり南部黒人としての習慣が身についてしまい、白人のスタインベックを信用することはなかった。二人目は、三〇代くらいの白人で、例の「チアリーダーズ」を賛嘆し、スタインベックと口論となり、彼のことを「ニガーびいき」(nigger-lover)(二四〇)と罵る人物である。そして、三人目はバスボイコット運動や座り込みデモに参加したことのある黒人学生である。この学生はキング牧師の無抵抗、不服従のレジスタンス運動に一定の理解を示しながらも、その成果があまりに少なく、時間もかかりすぎると、涙ながらに自分の思いを語っている。

こうしたなか、スタインベックは、「将来、白人も黒人も両方とも消滅し、何か新しいものが生まれる」というムッシュー・シ・ジの意見に賛意を表している。すなわちこれは、これまでのアメリカ人とも異なったさらに新しい人種、新アメリカ人の誕生を示唆しているのである。もちろん、彼も、「問題は手段である——その手段が恐ろしいほど不透明である」(二四二)と述べ、その道のりが単純で容易なものではないことを認めている。そのうえで、彼は自分自身の経験から、教育にこの人種問題を解決する方途を見いだそうとしている。これは、スタインベックが自分の故郷、サリーナスで知り合った黒人家族、クーパー家の思い出と深く関わっている。彼は『チャーリーとの旅』のなかで、クーパー家の人びとがいかに勤勉で清潔で、いかに優秀だったかを紹介している。たとえば、クーパー家の長男は、サリーナスはじまって以来の棒高跳びの選手であり、次男は算数やラテン語に優れていた生徒であり、三男は素晴らしい作曲の才能の持ち主だった。こうしたことを踏まえて、スタインベックはつぎのように述べている。

南部の問題に関するさまざまな議論のなかで、私がこれまで述べてきたのは、人種差別撤廃運動……によって誘発された暴力だけに限られていた。私は、とりわけ学校の問題に興味をもっている。というのも、何百万のクーパー兄弟が現れて、はじめてこの病根がなくなるように思えるからである。(二一九)

このように、スタインベックは人種差別問題の混乱を極めた状況のなかで、教育こそがこの問題の暗闇を照らす光であると考えていた。すなわち、学校教育を受け、素晴らしい才能を発揮するクーパー兄弟が、何百万人と出現することが、この病根を退治する鍵となると彼は考えていた。それだけに、スタインベックは例の「チアリーダーズ」とこれを賛美する白人の群集に心を痛めたのである。

二　核の問題について

厳しい米ソ対立のさなか、一九五九年にキューバ革命が起こり、一九六一年にアメリカはキューバに侵攻するが、これに失敗している。その間、一九六〇年六月コンゴ動乱が勃発。そして一九六一年八月、ベルリンの危機で米ソ間の緊張はさらに高まる。翌年の一九六二年の夏、アメリカはソ連がキューバにミサイル基地建設の計画を進めていることを知り、米ソ間の緊張は頂点に達する。ケネディはその年の一〇月二二日、キューバを海上封鎖し、キューバから発射されるミサイルが、アメリカのソ連にたいする全面報復攻撃への根拠を与えるものと宣言している。いわゆるキューバ・ミサイル危機である。その後、ニキータ・フルシチョフ（Nikita Khrushchev, 1894-1972）がキューバのミサイル基地を撤去し、このキューバ・ミサイル危機は回避される。こうした厳しい米ソ対立や全面核戦争の危機は、『チャーリーとの旅』に強いインパクトを与えている。

一九六〇年九月、スタインベックは全米一周の旅に出かけてほどなく、フルシチョフがニューヨークの国連本部で、抗議するために靴を脱いでテーブルを叩いたというニュースを聞いた。このエピソードは『チャーリーとの旅』だけでなく、旅の途中、妻のイレインに宛てた手紙などでも言及されているので、スタインベックはこのエピソードがよほど気に入ったものと思われる。ちなみに、なぜフルシチョフがこんなことをしたのか、その経緯が『大統領たちのアメリカ――指導者たちの現代史』のなかでつぎのように説明されている。

六〇年の国連総会に出席したフルシチョフは、国連事務局をニューヨークからスイスかオーストリアかソ連に移せと要求し、総会が却下すると、登壇する各国代表をやじったり、嘲笑したりして、議事を妨害した。やがて、イギリスのマクミラン首相が登壇すると、世界各国代表の面前で片方の靴を脱ぎ、自分の机をガンガンたたいた。(五六)

また、ちょうどこのころ、ケネディとリチャード・M・ニクソン(Richard M. Nixon, 1913-94)が激しい大統領選を演じている。スタインベックはこの大統領選においてケネディのほうを支持し、自分の姉妹たちと激しい口論をしたことが『チャーリーとの旅』のなかに記されている。結果的には、この大統領選では、ケネディが勝利するが、彼はその就任演説のなかで、「最後に、私たちは敵対する国々にたいしては、誓約ではなく、要請をする。科学がもたらす恐るべき破壊力によって、全人類が意図的にせよ偶発的にせよ自滅してしまう前に、再び平和をともに希求しよう」(三二)と述べている。この演説などもケネディが、米ソ核戦争によって人類が絶滅するかもしれないという強い危機感をもっていたことを如実に伝えている。実際、その後も前述したようにキューバ・ミサイル危機などが勃発し、米ソの対立は厳しさを増し、人類は核全面戦争の危機に直面することになるのである。[1]

さて、スタインベックは『コルテスの海航海日誌』のなかで、「ヒトという種を一つの種として考えることがどうしてそんなに怖いのだろうか?」(二六四)といった表現を用いるなどして、「人類が一つの種にすぎない」という立場を強調している。彼は『チャーリーとの旅』のなかでも、この立場に立ち、核の問題を語っている。たとえば、彼は明らかに核戦争を念頭においたうえで、「最も多才な生命体である人間が、これまでどおり生存競争のために戦うならば、人間自身だけでなく、他の生物すべてを滅ぼしてしまうことだろう」(一九二)と述べている。また、つぎの一節も「人類は一つの種にすぎない」という視点から、核の問題と先の人種問題に関して述べたものである。ちょっときわどい表現になっているが、ユーモアを交えながらの風刺のきいた論となっている。

……チャーリーはわれわれの抱えている問題とは無縁である。原子を分裂させることができるほど利口なくせに、共に仲良く暮らすことができない種に属していないからだ。チャーリーには種族なんてまったく関係ないし、妹の結婚相手のことで心配することもない。まったくその反対である。そうそう、かつてチャーリーは胴長で短足のドイツ犬、ダックスフントに恋をしたことがあった。そのロマンスは人間の目から見ると、種族的にも不釣り合いだし、肉体的にも滑稽だし、機能的にも不可能である。しかし、チャーリーはこうした問題をすべて無視した。チャーリーは心から相手を愛していたし、犬として立派に振る舞った。だから、チャーリーのような犬に、一〇〇〇人もの人間が集まって来て、一人の小さな黒人少女に罵声を浴びせかけている、その目的の正当性や道徳性を説明するなんてできないことだろう。私は犬たちの目のなかに、ある表情を見たことがある。それはすぐに消え去ったけれど、驚き呆れた軽蔑の表情だった。犬たちは基本的に人間のことを馬鹿《ナッツ》だと思っているのだ。(二三七—三八)

ここでスタインベックは例の「チアリーダーズ」をはじめとした白人の群集が、小学校へ通う幼い黒人少女に向かって罵声を浴びせている場面に言及し、こうした行為にはどんな大義名分も立たないことをチャーリーの目を通して語っている。また、犬の目を通し、核を分裂することができるほどの知恵をもちながら、お互いに仲良くできず、軍拡競争に狂奔しながら、絶滅の恐怖に脅える人間という種を馬鹿《ナッツ》だと断罪しているのである。

このように、一九六〇年ころの米ソ対立という厳しい国際情勢は『チャーリーとの旅』に大きな暗い陰を落としている。ユーモラスな筆致で描かれていることもあるが、その内容は核戦争、そして人類の破滅という恐怖を含んでいるので、やはり深刻である。スタインベックは実際に核戦争が勃発した場合にまで思いをめぐらせ、人びとが「避難ルート」をパニック状態で逃げ惑う姿を思い描いたり、砂漠が生命再生の母胎になるかもしれないと推論したりしている。ともかく、こうした論議のなかで、スタインベックは人類を「われわれ道を誤った種」(our own misguided species)(一九二)という表現などを用いて、「人類が自然界のなかにあって一つの種にすぎないこと」、また「どの民族も人類という同じ種に属している」という認識を示している。この認識は、二一世紀へと突入したわれわれ人類にたいし、核戦争をふくむあらゆる戦争を回避するための重要で不可欠な視点を提示している。というのも、「あらゆる民族が人類という一つの種に属している」というこの認識は、国家や民族や宗教の違いを乗り越えた「地球市民」という意識を生みだす土壌となる可能性を秘めているからである。当然、戦争、紛争を回避するためには、錯綜する政治経済の諸問題などを解決していくことが不可欠である。しかし、この「地球市民」という意識は世界各地で起きている紛争や戦争を解決し、かつ予防するための大きな下支えとなっていくにちがいない。

三　環境問題について

スタインベックは核戦争が最大の環境破壊になるという認識をもっていたが、同時に一九六〇年ころのアメリカ国土で現実にすすんでいた環境破壊にも強い危惧を抱いていた。彼は、実際に起きたアメリカ杉の「大量伐採」

を紹介し、この行為を聖なるものへの冒瀆だとした。アメリカ杉の森を切りだし、材木として売り、地面に「大量伐採」の跡を残した男は、周りの人びとから憎しみの目でにらまれ、死ぬまで異端視されたという。この話は、前述したように『チャーリーとの旅』のなかだけでなく、『アメリカとアメリカ人』においても、環境問題を語るなかで、もう一度語られているので、アメリカ杉の伐採は彼にとってよほど腹にすえかねた事件だったにちがいない。

彼はこのアメリカ杉だけでなく、文明の名のもとに多くの森林が伐採されていることを嘆いている。また、空気や水の汚染などにも深く心を痛め、環境破壊という問題を強く意識し何度となく警鐘を鳴らしている。そうした一節を『チャーリーとの旅』と『アメリカとアメリカ人』とからそれぞれ一箇所ずつ紹介したい。まず、『チャーリーとの旅』において、スタインベックは都市化したシアトルを訪れたときに、つぎのように述べて、その自然破壊のようすを嘆いている。

いたるところに、狂気の発展とガン細胞に似た成長が広がっている。ブルドーザーが緑の森林をなぎ倒し、出てきたくずを燃やすために積み上げていた。……進歩というものが、なぜこんなにも破壊に似ているのだろうか。（一六二）

『アメリカとアメリカ人』では、第七章「アメリカ人と国土」のなかで、アメリカ人がその国土の自然のバランスを破壊してしまったことを以下のように指摘している。

……アメリカの河川は下水や有毒な産業廃棄物の無謀な投棄で汚染され、都市の空気は呼吸するには汚れていて危険である。石炭、コークス、石油、そしてガソリンの燃焼からくる制御できない物質の噴出のためである。……一つの敵にたいし無制限に殺虫剤を散布することで、私たちは自分たちが生き残るために必要な自然のバランスを破壊してしまった。（一二七）

こうした指摘は当時スタインベックがいかに環境問題にたいし敏感であり、危機感を抱いていたかを示すものだが、ジャクソン・J・ベンソン（Jackson J. Benson）は、スタインベックの環境問題の先見性を認めて、*Looking for Steinbeck's Ghost* (1988) のなかでつぎのように述べている。

早や一九三〇年代半ばに、彼［スタインベック］は人間が自然と調和して暮らすことに言及し、進歩という錯覚を非難し、愛と受容を唱え、ほとんど避けがたい暴力の行使を糾弾し、まだ多くの科学者でさえ気にとめていないころに、生態学を説いた。（一九六）

たとえば、『コルテスの海』（一九四一）の以下の一節などは、その先見性を示す好例である。

一つの個体がもう一つの個体に溶け込み、群れが生態学的な群れに溶け込み、ついには生命体と思われているものが、非生命体と見なしているものと出会い、そのなかに入り込む。たとえば、フジツボと岩、岩と大地、大地と木、木と雨と空気。そして、個は全体のなかにおさまり、それと不可分になる。（二一六）

右の一節は、個が小集団を形成し、その小集団がより大きな集団へ、しかも生命と非生命の垣根は取り除かれ、果ては「全体」へと、あるいは「一なるもの」へと不可分に結びついていくというスタインベックの考えをよく示している。ここで特に注目したい点は、生命と非生命（物質、あるいは自然環境）とを一体と捉える彼の自然観である。つまり、生命は非生命とは確かに別の存在かもしれないが、非生命から独立した存在ではなく、非生命と不可分に結びつき存在しているという自然観である。

この自然観は当然、生命体が、とりわけ人間が自分の生命の拠り所である自然環境を破壊することは自殺行為であるという論に向かうことになる。そしてスタインベックはここでも、「人間は自然界にあって一つの種にすぎない」と考え、欲望に突き動かされた人間中心の自然観を拒否している。

興味深いことに、『チャーリーとの旅』（一九六二年七月出版）とほぼ時を同じくして、環境問題に大きな一石を投じたレイチェル・カーソンの『沈黙の春』が一九六二年の六月に*New Yorker*に掲載され始め、同年九月に出版されている。カーソンもまたスタインベックと酷似した立場に立ち、一つの種にすぎない人類が、他の種を滅ぼし地球を破壊しているという認識を示し、環境問題を以下のように論じている――「人間は自然を征服するという公然の目標に向かって突き進み、無残な破壊の記録を記してきた。その矛先は自分が住みついている地球に限らず、地球上でともに暮らしている生物にも向けられてきた」（八七）。

人類はいま、二一世紀を迎え、スタインベックが旅した一九六〇年ころのアメリカ社会よりもさらに深刻な環境問題と直面している。しかも、地球温暖化現象など一国にとどまらず、地球規模で取り組まなくてはならない難問が山積している。スタインベックは、『チャーリーとの旅』や『アメリカとアメリカ人』のなかで、人類を

「われわれ道を誤った種」などといった表現を用いて、「人間は一つの種にすぎない」という認識を繰り返し表明している。確かに、この「われわれ道を誤った種」という表現は、直接は核戦争の危機感からきた表現ではあるが、これには環境問題に直面している人類にたいする警告という意味も明らかに含まれている。

近年になって環境問題を討議するうえで、スタインベックの自然観、人間観が注目を集めている。たとえば、*Steinbeck and the Environment: Interdisciplinary Approaches* (1997) の出版などは、その好例である。本書の特徴の一つは、その副題が示すように、スタインベック研究者、アメリカ文学研究者だけにとどまらず、スタインベックの作品に興味を示す生物学者、自然環境問題の研究者等々がその論文を発表し学際的なアプローチがなされている点にある。

編集者の一人で、生物学者のウェズリー・N・ティフニー・ジュニア（Wesley N. Tiffney, Jr.）は、本書の「序論」のなかで、「スタインベックとリケッツの思想の優れている点は、小世界と大世界が相互に作用する存在であり、人間社会を包含する大きな、織り合わされた集合体の一部であるとしたところである。この集合体のなかでは、いかなる部分も全体なしでは存在しえない」（七）と述べ、スタインベックの人間観、自然観を高く評価している。そして、文学や文学批評家が科学的な観念や産物から分離することはないし、科学者のほうも文学的な概念や現実と離れて暮らすことはないと論じている。まさに、学際的な論点である。本書のもう一人の編集者で、もう一つの「序論」を担当したスタインベック研究者、スーザン・シリングロー（Susan Shillinglaw）は「スタインベックは、それぞれの作品のなかで、人間を中心とした世界観を拒否し、相互に結びついた全体のなかでの共生的な関係を描いた」（九）と述べ、スタインベックの世界観の卓見に注目し、高く評価している。そして、本書によってスタインベックの描く人物が動物的だとする根深い評価がくつがえされ、スタインベックにたいする健全な理解がもたらされるだろうと結んでいる。また、編集長で、アメリカ文学研究者のスーザン・F・ビーグル（Susan F. Beegel）は、「国土の運命はそこに住む人間の運命と緊密な関係にあり、逆もまた同じである」（一七）と述べたのち、その例として『怒りのぶどう』の「砂あらし」（dust storms）をあげている。すなわち、スタインベックが大地（自然）と人間が運命共同体であることを正しく理解していたことを指摘している。もちろん、この理解は当然、人類と地球はまさに運命共同体という認識へ向かうことになる。近年、環境問題を論じるなかでヘンリー・D・ソロー（Henry David Thoreau, 1817-62）の思想が高く評価され、さまざまに論じられているが、スタインベックの作品もまた環境問題を論じるうえで貴重な示唆を与えてくれることは間違いない。

結びにかえて

以上、『チャーリーとの旅』と『アメリカとアメリカ人』を中心に（一）黒人に関わる人種問題、（二）核の問題、（三）環境問題について述べてきた。

スタインベックは一九六〇年ころの暗い危機的なアメリカ社会を冷静に見据えながら、あるいは慨嘆しながら、その再生を目指す道を模索し続けてきた。そして、上記の三つの難題を解く鍵として、「人類は一つの種にすぎない」という視点をわれわれに提示している。すなわち、人種差別問題においては、白人も黒人も黄色人種も、「あらゆる人種が人間という同じ種に属している」という考えに立てば、あらゆる人種が平等であるという認識が生まれ、ある人種にたいする偏見や差別は解消される方向へ向かうはずという論点である。もちろん、スタインベックが主張しているように、これには教育が大きな役割を果たさなければならない。また前述したように、

「人類は一つの種である」という認識には、国家や民族や宗教の差異を乗り越えた「地球市民」という意識を生みだしていく土壌となっていくことだろう。当然、民族や宗教等にかかわる紛争や戦争を回避するためは、錯綜する政治経済の諸問題を解決していくことが不可欠ではある。しかし、この「地球市民」という意識は、こうした紛争や戦争を解決し、かつ予防するための大きな下支えとなるだろう。さらに、環境問題にも「人類が自然界に存在する無数の種のなかの一つにすぎない」という認識は、不可欠で重要な論点である。この認識こそが自然破壊を生みだしてきた人間中心の傲慢な自然観をあらため、自然と人間との共生を目指す自然観を生みだしていく出発点となっていくからである。

スタインベックは、アメリカ物質文明社会にあって、肥大化していく自我、利己心、抑制できなくなった欲望といった人間の性《さが》を概嘆しつつ、「人類が一つの種にすぎない」という認識に立つことでアメリカの再生を希求したのである。(2)

注

(1) ちなみにスタインベックは『アメリカとアメリカ人』のなかで、アメリカが実際にヒロシマとナガサキに原爆を投下したことについて、その正当性を唱える人びとをつぎのように断罪している。

戦争の圧力でわれわれはついに原子爆弾を製造し、当時正当だと思える理由から日本の二つの都市に投下した――……私は原爆について知らず、確かにその使用には無関係だったが、私は恐れおののき、恥ずかしいと思う。……声高に憤慨してヒロシマとナガサキを正当化する人びとがいるが――もちろん彼らこそ最も恥じなければならない。（一二〇）

（2）本稿は、小論「社会批評家としてのスタインベック――『チャーリーとの旅――アメリカを求めて』を中心として」（『英語英文学研究』第二四巻第二号、創価大学英文学会、二〇〇〇）に、大幅な加筆修正を加えたものである。

引証文献

洋書

Astro, Richard. *John Steinbeck and Edward F. Ricketts: The Shaping of a Novelist.* Minneapolis: U of Minnesota P, 1973.

Astro, Richard, and Tetsumaro Hayashi, eds. *Steinbeck: The Man and His Work.* Corvallis: Oregon State UP, 1971.

Beatty, Sandra. "A Study on Female Characterization in Steinbeck's Fiction." Hayashi, *Steinbeck's Women* 2-12.

Beegel, Susan F., Susan Shillinglaw, and Wesley N. Tiffney, Jr., eds. *Steinbeck and the Environment: Interdisciplinary Approaches.* With a foreword by Elaine Steinbeck. Tuscaloosa: U of Alabama P, 1997.

Benson, Jackson J. "Environment as Meaning: John Steinbeck and the Great Central Valley." *Steinbeck Quarterly* 10.1 (Spring 1977): 12-20.

——. *Looking for Steinbeck's Ghost.* Norman: U of Oklahoma P, 1988.

——, ed. *The Short Novels of John Steinbeck: Critical Essays with a Checklist to Steinbeck Criticism.* Durham: Duke UP, 1990.

——. *The True Adventures of John Steinbeck, Writer.* New York: Viking Press, 1984. （本書においては『真の冒険』と略称する。）

Benson, Jackson J, and Anne Loftis. "John Steinbeck and Farm Labor Unionization: The Background of *In Dubious Battle.*" *American Literature* 52 (1980): 194-223.

Benton, Robert M. "The Ecological Nature of *Cannery Row.*" Astro and Hayashi 131-39.

Blum, Daniel. *Daniel Blum's Theatre World: Season 1955-1956.* New York: Greenberg, 1956.

Boorstin, Daniel J. *The Lost World of Thomas Jefferson.* Chicago: U of Chicago P, 1993.

Booth, Wayne C. *The Rhetoric of Fiction.* Chicago: U of Chicago P, 1983.

Bordman, Gerald. *The Oxford Companion to American Theatre.* New York: Oxford UP, 1984.

Buerger, Daniel. "'History' and Fiction in *East of Eden* Criticism." *Steinbeck Quarterly* 14.1-2 (Winter-Spring, 1981): 6-14.

Caldwell, Erskine. *Tobacco Road.* New York: Signet Book, 1953.

Capps, Al. *The World of Li'l Abner.* Introd. John Steinbeck. Foreword by Charles Chaplin. New York: Ballantine, 1953.

Carlson, Eric W. "Symbolism in *The Grapes of Wrath.*" Donohue 96-102.

Carpenter, Frederic I. "John Steinbeck: American Dreamer." Tedlock and Wicker 68-79.

——. "The Philosophical Joads." Tedlock and Wicker 241-49.

——. "The Philosophical Joads." Donohue 80-89.

Carruth, Gorton, ed. *The Encyclopedia of American Facts and Dates.* 10th ed. New York: Harper Collins, 1997.

Carson, Rachel. *Silent Spring.* New York: Penguin Books, 1991.

Cederstron, Lorelei. "The Psychological Journey of Ethan Allen Hawley." Heavilin 1-23.

Ciment, Michel. *Kazan on Kazan.* 1973. Tokyo: Gaku Shobo, 1981.

Clancy, Charles J. "Steinbeck's *The Moon Is Down.*" Hayashi, *Study Guide (Part II)* 100-21.

Clayton, Jay. *The Pleasures of Babel: Contemporary American Literature and Theory.* New York: Oxford UP, 1993.

Coers, Donald V. *John Steinbeck as Propagandist: "The Moon Is Down" Goes to War.* Tuscaloosa: U of Alabama P, 1991.

Coers, Donald V., Paul D. Ruffin, and Robert J. DeMott, eds. *After The Grapes of Wrath: Essays on John Steinbeck. In Honor of Tetsumaro Hayashi.* Athens, Ohio: Ohio UP, 1995.

Commager, Henry Steele. *The American Mind.* New Haven: Yale UP, 1950.

Cox, Martha Heasley. "Steinbeck's *Burning Bright* (1950)." Hayashi, *Study Guide (Part II)* 46-62.

——. "Steinbeck's *Cup of Gold* (1929) ." Hayashi, *Study Guide (Part II)* 19-45.

——. "Steinbeck's *The Pearl* (1947)." Hayashi, *Study Guide* 107-28.

DeMott, Benjamin. "Fiction Chronicle." McElrath., et al. 475.

DeMott, Robert J. "The Interior Distances of John Steinbeck." *Steinbeck Quarterly* 12.3-4 (Summer-Fall 1979): 86-99.

——. "Steinbeck and the Creative Process: First Manifest to End the Bringdown Against *Sweet Thursday*." Astro and Hayashi 157-78.

——. *Steinbeck's Reading: A Catalogue of Books Owned and Borrowed.* New York: Garland, 1984.

——. *Steinbeck's Typewriter: Essays on His Art.* Troy, New York: Whitston Publishing Company, 1996.

——. "*Sweet Thursday* Revisited: An Excursion in Suggestiveness." Coers, Ruffin, and DeMott 172-96.

Ditsky, John. "Some Sense of Mission: Steinbeck's *The Short Reign of Pippin IV*." *Steinbeck Quarterly* 16.3-4 (Summer-Fall 1983): 79-89.

——. "Steinbeck's 'European' Play-Novella: *The Moon Is Down*." Benson, *Short Novels* 101-10.

Donohue, Agnes McNeill, ed. *A Casebook on The Grapes of Wrath.* New York: Thomas Y. Crowell, 1970.

Dundes, Alan. *The Morphology of North American Indian Folktales.* Diss. Indiana U, 1962. Ann Arbor: UMI, 1986. 87305442.

Eisinger, Chester E. "Jeffersonian Agrarianism in *The Grapes of Wrath*." Donohue 143-50.

Ellis, Joseph J. *American Sphinx: The Character of Thomas Jefferson.* New York: Vintage, 1998.

Encyclopedia Americana. Vol. 19. Danbury, Conn: Americana Corporation, 1980. 451-52.

Fensch, Thomas, ed. *Steinbeck and Covici: The Story of a Friendship.* Middlebury, VT: Paul S. Eriksson, 1979.

Ferrell, Keith. *John Steinbeck: The Voice of the Land.* New York: M. Evans & Company, 1986.

Fisher, Philip. *Hard Facts: Setting and Form in the American Novel.* New York: Oxford UP, 1987.

Fontenrose, Joseph. *John Steinbeck: An Introduction and Interpretation.* American Authors and Critics Series. New York: Holt, Rinehart and Winston, 1963.

——. *Steinbeck's Unhappy Valley: A Study of The Pastures of Heaven.* Berkeley, California, 1981.

French, Warren. *John Steinbeck.* Twayne's United States Authors Series. New York: Twayne Publishers, 1961.

——. *John Steinbeck.* Twayne's United States Authors Series. 2nd. rev. ed. Boston: Twayne Publishers, 1975.

——. *John Steinbeck's Fiction Revisited.* Twayne's United States Authors Series. New York: Twayne Publishers, 1994.

——. "Steinbeck's Use of Malory." Hayashi, *Arthurian Theme* 4-11.

——. "Steinbeck's Winter Tale." *Modern Fiction Studies* 11 (Spring 1965): 66.

Friedan, Betty. *Feminine Mystique.* New York: Laurel, 1984.

Frohock, W. M. *The Novels of Violence in America.* Dallas: Southern UP, 19.

Fromm, Erich. *The Art of Loving.* New York: Harper & Row, 1974.

Frye, Northrop. *Anatomy of Criticism.* New York: Atheneum, 1969.

Gannett, Lewis. "John Steinbeck's Way of Writing." Tedlock and Wicker 23-37.

Garcia, Reloy. "Steinbeck's *The Winter of Our Discontent.*" Hayashi, *Study Guide* 244-57.

Geismar, Maxwell. "John Steinbeck: Of Wrath or Joy." *Writers in Critics: The American Novels, 1925-1940.* Boston: Houghton Mifflin, 1942. 260-63.

Gentry, Robert. "Non-teleological Thinking in Steinbeck's *Tortilla Flat.*" Benson, *Short Novels* .31-38.

Gerstenberger, Donna. "Steinbeck's American Waste Land." *Modern Fiction Studies* 11 (Spring 1965): 59-65.

Gilbert, Sandra, and Susan Guber. *The Madwoman in the Attic: The Woman Writer and the Nineteenth-Century Literary Imagination.* New Haven: Yale UP, 1979.

Gladstein, Mimi Reisel. "From Lady Brett to Ma Joad: A Singular Scarcity." Yano, et al. 24-33. （邦訳、グラッドスティーン、ミミ・ライゼル・

「レディー・ブレットからマー・ジョードへ——女性の異常な少なさ」『ジョン・スタインベック——サリーナスから世界に向けて』矢野重治他編、濱口脩、有木恭子、加藤好文訳．東京、旺史社、一九九二）

——. "*The Grapes of Wrath*: Steinbeck and the Eternal Immigrant." *John Steinbeck: The Years of Greatness, 1936-1939*. Ed. Tetsumaro Hayashi. Tuscaloosa: U of Alabama P, 1993. 132-44.

——. *The Indestructible Woman in Faulkner, Hemingway, and Steinbeck*. Studies in Modern Literature, No. 45. Ann Arbor, Michigan: UMI Research Press, 1986.

——. "Steinbeck's Juana: A Woman of Worth." *Steinbeck Quarterly* 9.1 (Winter 1976): 20-24. Rpt. in Hayashi, *Steinbeck's Women* 49-52.

Goldhurst, William. "*Of Mice and Men*: John Steinbeck's Parable of the Curse of Cain." Benson, *Short Novels* 48-59.

Goldstone, Adrian H., and John R Payne. *John Steinbeck: A Bibliographical Catalogue of the Adrian H. Goldstone Collection*. Austin: Humanities Research Center, U of Texas at Austin, 1975.

Groene, Horst. "Agrarianism and Technology in Steinbeck's *The Grapes of Wrath*." *Twentieth Century Interpretations of The Grapes of Wrath*. Ed. Robert Con Davis. Englewood Cliffs: Prentice, 1982. 128-33.

Harvey, Breit. "In and Out of Books." *New York Times Book Review* 20 Jan. 1957: 8.

——. "In and Out of Books." *New York Times Book Review* 3 Feb. 1957: 8.

Hashiguchi, Yasuo, ed. *The Complete Works of John Steinbeck*. 20 vols. Kyoto: Rinsen Book, 1990.

Hawkins, William. "Heir's the Thing in 'Burning Bright'." *New York World-Telegram & The Sun*. 19 Oct. 1950. in *New York Theatre Critics' Reviews 1950. XI-29*. Ed. Rachel W. Coffin. 31 Dec. 1950. 238-40.

Hayashi, Tetsumaro. "Dr. Winter's Dramatic Functions in *The Moon Is Down*." Benson, *Short Novels* 95-101.

——, ed. *John Steinbeck: The Years of Greatness, 1936-1939*. Tuscaloosa: U of Alabama P. 1993.

——, ed. *A New Study Guide to Steinbeck's Major Works, With Critical Explications.* Metuchen, NJ: Scarecrow Press, 1993.

——, ed. *Steinbeck and the Arthurian Theme.* Steinbeck Monograph Series No. 5. Muncie, Ind.: Ball State U, 1975.

——. "Steinbeck's Winter as Shakespearean Ficiton." *Steinbeck Quarterly* 12.3-4 (Summer-Fall 1979): 107-15.

——, ed. *Steinbeck's Women: Essays in Criticism.* Steinbeck Monograph Series No. 9. Muncie, IN: Steinbeck Society of America, 1979.（ハヤシ、テツマロ編『スタインベックの女性像』山下光昭訳：東京、旺史社、一九九一）

——. *Steinbeck's World War II Fiction, "The Moon Is Down": Three Explications.* Steinbeck Essay Series No. 1, 1986. Muncie, IN: Steinbeck Research Institute, Ball State U, 1986.

——, ed. *A Study Guide to Steinbeck: A Handbook to His Major Works.* Metuchen, NJ: Scarecrow Press, 1974.（ハヤシ、テツマロ編『スタインベック作品論』坪井清彦監訳：東京、英宝社、一九七八）

——, ed. *A Study Guide to Steinbeck (Part II).* Metuchen, NJ: Scarecrow Press, 1979.（ハヤシ、テツマロ編『スタインベック作品論Ⅱ』井上謙治監訳：東京、英宝社、一九八二）

Hearle, Kevin. "The Pastures of Contested Pastoral Discourse." *Steinbeck Quarterly* 26.1-2 (Winter-Spring 1993): 38-45.

Heavilin, Barbara A., ed. *Steinbeck Yearbook: The Winter of Our Discontent.* Vol. 1. Lewiston, New York: Edwin Mellen Press, 2000.

Hedgpeth, Joel W., ed. *The Outer Shores, Part 1: Ed Ricketts and John Steinbeck Explore the Pacific Coast.* Eureka, CA: Mad River Press, 1978.

——, ed. *The Outer Shores, Part 2: Breaking Through.* Eureka, CA: Mad River Press, 1978.

Hemp, Michael Kenneth. *Cannery Row: The History of Old Ocean View Avenue.* Monterey, CA: The History Company, 1986.

Hicks, Granville. "Many-sided Morality." McElrath, et al. 458-60.

Higham, John. *Send These to Me: Jews and Other Immigrants in Urban America.* New York: Atheneum, 1975.

Hofstadter, Richard. *The Age of Reform.* New York: Vintage, 1955.

Horton, Rod, and Herbert Edwards. *Backgrounds of American Literary Thought.* Englewood Cliffs: Prentice, 1974.

Howe, Kevin. " 'Whipping Boy' Novel Likened to 'Moby Dick'." *Sunday Peninsula Herald* 4 Aug. 1985. 8A.

Hughes, R. S. *Beyond The Red Pony: A Reader's Companion to Steinbeck's Complete Short Stories.* Metuchen, NJ: Scarecrow Press, 1987.

Hughes, Robert S., Jr. *John Steinbeck: A Study of the Short Fiction.* Boston: Twayne Publishers, 1986.

——. " 'Some Philosophers in the Sun': Steinbeck's *Cannery Row.*" Benson, *Short Novels* 119-31.

"John Steinbeck as Colorful as the Men He Wrote About." *San Jose Mercury* 2 March 1969. 9.

Jones, Lawrence William. *John Steinbeck as Fabulist.* Steinbeck Monograph Series, No. 3. Ed. Marston LaFrance. Muncie, Indiana: John Steinbeck Society of America, 1973.

Jung, C. G. *The Collected Works of C. G. Jung.* London: Routledge & Kegan Paul, 1960.

——. "Synchronicity: An Acausal Connecting Principle." *Collected Works* Vol. 8. 417-519.

——. "Richard Wilhelm: An Obituary." *Collected Works* Vol. 13. 56.

Kasparek, Carol Ann. *Ethan's Quest within a Mythic Interpretation of John Steinbeck's The Winter of Our Discontent.* Diss. Ball State U, 1983. Ann Arbor: UMI, 1984. DA8401282.

Kinney, Arthur F. "*Tortilla Flat* Re-Visited." *John Steinbeck.* Modern Critical Views. Ed. Harold Bloom. New York: Chelsea House, 1987. 79-90.

Knox, Maxine, and Mary Rodriguez. *Steinbeck's Street: Cannery Row.* San Rafael, CA: Presidio Press, 1980.

Kolatch, Alfred J. *The Name Dictionary: Modern English and Hebrew Names.* New York: Jonathan David, 1967.

Levant, Howard. *The Novels of John Steinbeck: A Critical Study.* Columbia, MO: U of Missouri P, 1974.

Lewis, Cliff, and Carroll Britch. "*Burning Bright*: Shining Joe Saul." Benson, *Short Novels* 217-34.

——, eds. *Rediscovering Steinbeck: Revisionist Views of His Art, Politics, and Intellect.* Studies in American Literature Vol. 3. Lewiston, NY: Edwin Mellen Press, 1989.

Lieber, Todd M. "Talismanic Patterns in the Novels of John Steinbeck." *American Literature* 44 (May 1972): 263-75.

Lisca, Peter. *The Wide World of John Steinbeck.* New Brunswick, NJ: Rutgers UP, 1958.

——. "John Steinbeck: A Literary Biography." Tedlock and Wicker 3-22.

——. *John Steinbeck: Nature and Myth.* New York: Thomas Y. Crowell Company, 1978.

Loftis, Anne. "John Steinbeck's Connection with Lincoln Steffens & Ella Winter." 7 July 1959.

Lojek, Helen. "Steinbeck's *In Dubious Battle.*" Hayashi, *New Study Guide* 115-38.

McCarthy, Paul. *John Steinbeck.* New York: Frederick Ungar Publishing, 1980.

McCarthy, Kevin. "Witchcraft and Superstition in *The Winter of Our Discontent.*" *New York Folklore Quarterly* 30 (1974): 197-211.

McDaniel, Barbara. "Alienation in *East of Eden*: The 'Chart of the Soul.'" *Steinbeck Quarterly* 14.1-2 (Winter-Spring, 1981): 32-39.

McKay, Nellie. "'Happy[?]-Wife-and-Motherdom': The Portrayal of Ma Joad in John Steinbeck's *The Grapes of Wrath.*" *New Essays on The Grapes of Wrath.* Ed. David Wyatt. Cambridge: Cambridge UP, 1990. 47-69.

McElrath, Joseph R., Jr., Jesse S. Crisler, and Susan Shillinglaw, eds. *John Steinbeck: The Contemporary Reviews.* Cambridge: Cambridge UP, 1996.

Marks, Lester Jay. *Thematic Design in the Novels of John Steinbeck.* The Hague: Mouton, 1969.（マークス、レスター・ジェイ『ジョン・スタインベックの小説――その主題の構想』神戸春樹、木下高徳訳　東京、北星堂、一九八三）

Marshall, Norman. *The Other Theatre.* London: John Lehmann, 1947.

Martin, Stoddard. *California Writers: Jack London, John Steinbeck, the Tough Guys.* London: Mcmillan, 1983.

Meyer, Michael J. "Citizen Cain: Ethan Hawley's Double Identity in *The Winter of Our Discontent.*" Coers, et al. 197-213.

——. "Steinbeck's *The Winter of Our Discontent.*" Hayashi, *New Study Guide* 240-73.

Miller, Charles A. *Jefferson and Nature: An Interpretation.* Baltimore: Johns Hopkins UP, 1988.

Miller, J. Hillis. "Narrative." *Critical Terms for Literary Study.* Eds. Frank Lentricchia and Thomas McLaughlin. 2nd ed. Chicago: U of Chicago

P, 1995. 66-79.

Mizener, Arthur. "Does a Moral Vision of the Thirties Deserve a Nobel Prize?" *New York Times Reviews.* 9 (Dec. 1962): 4+.

Moore, Harry T. *The Novels of John Steinbeck: A First Critical Study.* Chicago: Normandie House, 1939: 2nd ed., with a contemporary epilogue, Port Washington, New York: Kennikat, 1968.

——. "Though the Field Be Lost." *New Republic* 86 (19 Feb. 1936) : 54. Rpt. in McElrath, et al. 63-64.

Morgan, Charles. "Steinbeck in London." *New York Times* 30 April 1939. Section 11, 3.

Morris, Alice S. "Inheritance for a Child." *New York Times Book Review.* 22 Oct. 1950. McElrath, et al. 346-47.

Morsberger, Robert E. "Steinbeck's Films." Yano, et al. 45-67.

——. "Steinbeck's *The Wayward Bus* (1947)." Hayashi, *Study Guide (Part II)* 210-31.

——. "Steinbeck's Zapata: Revel versus Revolutionary." Astro and Hayashi 43-63.

Nakayama, Kiyoshi. "Steinbeck's Creative Development of an Ending: *East of Eden.*" Nakayama, et al. 193-208.

Nakayama, Kiyoshi, Scott Pugh, and Shigeharu Yano, eds. *John Steinbeck: Asian Perspectives.* Osaka: Osaka Kyoiku Tosho, 1992.

Owens, Louis D. "Critics and Common Denominators: Steinbeck's *Sweet Thursday.*" Benson, *Short Novels* 195-203.

——. *The Grapes of Wrath: Trouble in the Promised Land.* Twayne's Masterwork Studies. Boston: Twayne Publishers, 1989.（オウエンズ、ルイス・『「怒りのぶどう」を読む—アメリカのエデンの果て』中山喜代市、中山喜満訳、吹田、関西大学出版部、一九九三）

——. *John Steinbeck's Re-Vision of America.* Athens, GA: U of Georgia P, 1985.

——. "Steinbeck's *East of Eden* (1952)." Hayashi, *New Study Guide* 66-89.

——. "Steinbeck's *The Grapes of Wrath* (1939)." Hayashi, *New Study Guide* 90-114.

——. "The Story of a Writing: Narrative Structure in *East of Eden.*" Lewis and Britch 60-76.

——. "Winter in Paris: John Steinbeck's *Pippin IV*." *Steinbeck Quarterly* 20.1-2 (Winter-Spring 1987): 18-25.

Parini, Jay. *John Steinbeck: A Biography.* London: Heinemann, 1994.

——. *John Steinbeck: A Biography.* New York: Henry Holt, 1995.

Parrington, Vernon L. *Main Currents in American Thought.* Vol. 1. New York: Harvest, 1954.

Perez, Betty. "Steinbeck's *In Dubious Battle*." Hayashi, *New Study Guide* 47-68.

Person, Leland S., Jr. "*Of Mice and Men*: Steinbeck's Speculations in Manhood." *The Steinbeck Newsletter.* 8.1-2 (San Jose State U, 1995): 1-4.

Peterson, Richard F. "Steinbeck's *East of Eden* (1952)." Hayashi, *Study Guide (Part II)* 63-86.

——. "The Turning Point: *The Pastures of Heaven* (1932)." Hayashi, *Study Guide* 87-106.

Pizer, Donald. "The Enduring Power of the Joads." *John Steinbeck's The Grapes of Wrath.* Modern Critical Interpretations. Ed. Harold Bloom. New York: Chelsea House, 1988. 83-98.

Pratt, John Clark. *John Steinbeck: A Critical Essay.* Contemporary Writers in Christian Perspective. Grand Rapids, Michigan: William B. Eerdmans, 1970.

Primeau, Ronald. "Romancing the Road: John Steinbeck's *Travels with Charley*." *The Steinbeck Newsletter* 12 (Winter 2000): 21-23.

Prince, Gerald. *Narratology: The Form and Functioning of Narrative.* New York: Mouton Publishers, 1982.

Propp, Vladimir. *Morphology of the Folktale.* Trans. Laurence Scott. 2nd ed. Austin: U of Texas P, 1990.

Robertson, James. *American Myth, American Reality.* New York: Hill & Wang, 1994.

Sachar, Howard M. *A History of the Jews in America.* New York: Alfred A. Knope, 1992.

Sauvage, Leo. "Steinbeck is uneasy 'What Will the French Say?' *The Short Reign of Pippin IV* makes French politics the subject of a satire." *Le Figaro Littérraire* 20 Apr. 1957 n.p.

Schorer, Mark. "A Dark and Violent Steinbeck Novel." McElrath, et al. 391-93.

Seixas, Antonia. "John Steinbeck and the Non-Teleological Bus." Tedlock and Wicker 275-80.

Shaw, Patrick W. "Steinbeck's *The Red Pony* (1945)." Hayashi, *New Study Guide* 186-210.

Sheldon, Garrett Ward. *The Political Philosophy of Thomas Jefferson.* Baltimore: Johns Hopkins UP, 1993.

Shillinglaw, Susan. "Introduction." *Cannery Row.* New York: Penguin Books, 1994.

Simmonds, Roy S. *John Steinbeck: The War Years, 1939-1945.* Lewisburg: Bucknell UP, 1996.

——. "Steinbeck's *The Pearl*: Legend, Film, Novel." Benson, *Short Novels* 173-84.

——. "Steinbeck's *Sweet Thursday* (1954)." Hayashi, *Study Guide (Part II)* 139-64.

——. "The Unrealized Dream: Steinbeck's Modern Version of Malory." Hayashi, *Arthurian Theme* 30-44.

Steinbeck, John. *The Acts of King Arthur and His Nobel Knights.* Ed. Chase Horton. New York: Ballantine Books, 1971.

——. *America and Americans.* New York: Viking Press, 1966.

——. "Argument of Phalanx." Two-page typescript (copy), n.d., 2. U of California at Berkley.

——. "Assez parlé du 'bon vieux temps'! . . ." *Le Figaro Littéraire* 9 (7 Aug. 1956): 3.

——. *Burning Bright: A Play in Story Form.* New York: Viking Press, 1950.

——. *Burning Bright: Play in Three Acts, Acting Edition.* New York: Dramatists Play Service Inc., 1951.

——. "Burning Bright." ts. (1950). The Rare Book and Manuscript Library, Butler Library, Columbia U, New York.

——. "Burning Bright." ts. First copy. (1950). The Rare Book and Manuscript Library, Butler Library, Columbia U, New York.

——. "Critics, Critics, Burning Bright." *Saturday Review* 33.45 11 Nov. 1950 20-21. Rpt. in Tedlock and Wicker 43-47.

——. *Cannery Row.* New York: Viking Press, 1945.

——. *Cannery Row.* 1945. New York: Penguin Books, 1994.

——. *Cup of Gold: A Life of Henry Morgan, Buccaneer with Occasional Reference to History.* New York: Robert M. Mcbride, 1929.

——. *Cup of Gold: A Life of Henry Morgan, Buccaneer, with Occasional Reference to History. 1929.* Kyoto: Rinsen Book Company, 1985. Vol. 1 of *The Complete Works of John Steinbeck.* Ed. Yasuo Hashiguchi. 20 Vols.

——. "Dubious Battle in California." *Nation* 143 (12 Sept. 1936) : 302-04. Rpt. in *In Years of Protest: A Collection of American Writings of the 1930's.* Ed. Jack Salzman. New York: Pegasas, 1967. 66-71.

——. *East of Eden.* New York: Viking Press, 1952.

——. *East of Eden.* 1952. New York: Penguin Books, 1992.

——. "East of Eden." ts. (T & Tccms with A emendations). Harry Ransom Humanities Research Center, U of Texas at Austin.

——. "Foreword." *Tortilla Flat.* New York: Random House, 1937.

——. *The Grapes of Wrath.* New York: Viking Press, 1939.

——. "How Mr. Hogan Robbed a Bank." *Atlantic Monthly* 197 (Mar. 1956): 58-61.

——. "I Go Back to Ireland." *Collier's,* 131.5 (31 Jan. 1953): 48-50.

——. "Introduction." *The World of Li'l Abner.* By Al Capp. [i-iv].

——. *In Dubious Battle.* New York: Covici-Friede, 1936.

——. *Journal of a Novel: The East of Eden Letters.* New York: Viking Press, 1969. （本書では『創作日誌』と略称する）

——. *The Log from the Sea of Cortez.* New York: Viking Press, 1951.

——. *The Long Valley.* 1938. New York: Penguin Books, 1986.

——. *The Moon Is Down.* New York: Viking Press, 1942.

——. "My Short Novels." *Wings: The Literary Guide Review* (October, 1953): 4-8. Rpt. in Tedlock and Wicker 38-40.

——. *Of Mice and Men.* New York: Covici-Friede, 1937.

——. *Of Mice and Men: A Play in Three Acts.* New York: Covici-Friede, 1937.

——. *The Pastures of Heaven.* 1932. Kyoto: Rinsen Book, 1985. Vol. 2 of *The Complete Works of John Steinbeck.* Ed. Yasuo Hashiguchi. 20 vols.

——. *The Pearl.* New York: Viking Press, 1947.

——. *The Red Pony.* New York: Viking Press, 1945.

——. *The Short Reign of Pippin IV.* New York: Viking Press, 1957.

——. *Steinbeck: A Life in Letters.* Eds. Elaine Steinbeck and Robert Wallsten. New York: Viking Press, 1975. （本書においては『書簡集』と略称する）

——. *Sweet Thursday.* New York: Viking Press, 1954.

——. *Sweet Thursday.* A and Tms/discarded pages [28 pp.]. Harry Ransom Humanities Research Center, U of Texas at Austin. n.d.

——. *Sweet Thursday.* T and Tccms with A revisions [357 pp]. Harry Ransom Humanities Research Center, U of Texas at Austin. n.d. (Printer's copy)

——. *Sweet Thursday.* Unrevised galley proofs (190 pp). Harry Ransom Humanities Research Center, U of Texas at Austin. n.d. (Bound)

——. *Their Blood Is Strong.* San Francisco: Simon J. Lubin Society of California, 1938.

——. *To a God Unknown.* 1933. Kyoto: Rinsen Book, 1985. Vol. 3 of *The Complete Works of John Steinbeck.* Ed. Yasuo Hashiguxhi. 20 vols.

——. *Tortilla Flat.* New York: Covici-Friede, 1935.

——. *Travels with Charley in Search of America.* New York: Viking Press, 1962.

——. *Viva Zapata!* New York: Viking Press, 1975.

——. *The Wayward Bus.* New York: Viking Press, 1947.

——. *The Winter of Our Discontent.* New York: Viking Press, 1961.

Steinbeck, John, and Edward F. Ricketts. *Sea of Cortez: A Leisurely Journal of Travel and Research.* New York: Viking Press, 1941.

Stone, Donal. "Steinbeck, Jung and *The Winter of Our Discontent.*" *Steinbeck Quarterly* 11.3-4 (Summer-Fall 1978): 87-96.

Sugiyama, Takahiko. "Camille Oaks, A Heroine of Nonsense: A Reassessment of *The Wayward Bus.*" Yano, et al. 130-36.

Tedlock, E. W., Jr., and C. V. Wicker. *Steinbeck and His Critics: A Record of Twenty-Five Years.* Albuquerque: U of New Mexico P, 1957.

Thurber, James. "What Price Conquest?" *New Republic* 16 (Mar. 1942). Rpt. in McElrath. 225-26.

Timmerman, John H. *The Dramatic Landscape of Steinbeck's Short Stories.* Norman: U of Oklahoma P, 1990.

——. *John Steinbeck's Fiction: The Aesthetics of the Road Taken.* Norman: U of Oklahoma P, 1986.

——. "The Shadow and the Pearl: Jungian Patterns in *The Pearl.*" Benson, *Short Novels* 143-61.

Valjean, Nelson. *John Steinbeck: The Errant Knight.* San Francisco: Chronicle Books, 1975. （ヴァルジーン、ネルソン・『J・スタインベック——遍歴の騎士』佐野實訳．京都、山口書店、一九八一．）

Verdier, Douglas L. "Ethan Allen Hawley and the Hanged Man: Free Will and Fate in *The Winter of Our Discontent.*" *Steinbeck Quarterly* 15.1-2 (Winter-Spring 1982): 44-50.

Walcutt, Charles Child. *American Literary Naturalism, A Divided Stream.* Westport, Connecitcut: Greenwood Press, 1956.

Wilmeth, Don B., and Tice L. Miller, eds. *Cambridge Guide to American Theatre.* New York: Cambridge UP, 1993.

Williams, Annie Laurie. Letter to John Steinbeck. 16 May 1950. The Rare Book and Manuscript Library, Butler Library, Columbia U, New York.

Wilson, Edmund. *The Boys in the Back Room: Notes on California Novelists.* San Francisco: Colt Press, 1941.

Winn, Harbour. "The Unity in Steinbeck's Pastures Community." *Steinbeck Quarterly* 22.3-4 (Summer-Fall 1989): 91-103.

Washington, James Melvin, ed. *I Have a Dream: Writings and Speeches that Changed the World.* New York: Harper, 1992.

Watt. F. W. *Steinbeck, Writers and Critics.* London: Oliver and Boyd, 1962.

West, Ray B., Jr. *The Short Story in America: 1900-1950.* Twentieth-century Literature in America. Chicago: Regnery, 1952.（ウェスト、レイ・B．『アメリカの短編小説』瀧口直太郎、大橋吉之輔訳．東京、評論社、一九七一．）
Wyatt, David. *The Fall into Eden: Landscape and Imagination in California.* New York: Cambridge UP, 1986.
Yano, Shigeharu, Tetsumaro Hayashi, Richard F. Peterson, and Yasuo Hashiguchi, eds. *John Steinbeck: From Salinas to the World.* Tokyo: Gaku Shobo Press, 1986.（矢野重治他編『ジョン・スタインベック――サリーナスから世界に向けて』濱口脩、有木恭子、加藤好文訳．東京、旺史社、一九九二．）

和書

アレント、ハンナ『全体主義の起原3』大久保和郎、大島かおり訳．東京、みすず書房、一九八一．

有木恭子「キャシー・エイムズは謎の怪物か――『エデンの東』におけるキャシーと主題との関わりについての一考察」*Persica*第一二号（一九八五）：五一―六一．

――．「『エデンの東』の主題の構想をめぐって――キャシーの役割を中心に」Persica 第一九号（岡山英語英米文学会、一九九二）：三三―四五．

アンチオープ、ガブリエル、網野善彦、海老坂武「〈海〉から歴史を読みなおす――カリブ海・日本海・地中海」『〈複数文化〉のために――ポストコロニアリズムとクレオール性の現在』複数文化研究会編．京都、人文書院、一九九九．

『仏教聖典』東京、仏教伝道協会、一九六六．

ブレモン、クロード．『物語のメッセージ』審美文庫、阪上脩訳．東京、審美社、一九七五．

ド・フリーズ・アト．『イメージ・シンボル辞典』（*Dictionary of Symbols and Imagery*）荒このみ他訳．東京、大修館、一九八四．

浜本武雄「天の牧場」『スタインベック』20世紀英米文学案内、第22巻、石一郎編．東京、研究社、一九六七．

ハヤシ、テツマロ編『スタインベック作品論Ⅱ』井上謙治監訳．東京、英宝社、一九八二．

井上博嗣「『二十日鼠と人間』における夢とその崩壊」『アメリカ文学における夢と崩壊』井上博嗣編．大阪、創元社、一九八七．一二八―四一．

石島晴夫『カリブの海賊　ヘンリー・モーガン――海賊を裏切った海賊』東京、原書房、一九九二．

加藤光男「『エデンの東』――キャシーの実像」『スタインベック作家作品論――ハヤシテツマロ博士退職記念論文集』橋口保夫・白神栄子編．東京、英宝社、一九九五．二二二―四二．

河合隼雄『ユング心理学入門』東京、培風館、一九七九．

河合俊雄『現代思想の冒険者たち　第3巻　ユング――魂の現実性』東京、講談社、一九九八．

川本静子『〈新しい女〉たちの世紀末』東京、みすず書房、一九九九．

河野勝彦『デカルトと近代理性』京都、文理閣、一九八六．

川崎修『現代思想の冒険者たち　第17巻　アレント――公共性の復権』東京、講談社、一九九八．

小松和彦『新編・鬼の玉手箱』東京、福武文庫、一九九三．

車谷長吉『業柱抱き』東京、新潮社、一九九八．

ミルトン、ジョン．『失楽園』繁野天来訳．東京、新潮社、一九二九．

宮本倫好『大統領たちのアメリカ――指導者たちの現代史』東京、丸善、一九九七．

ムーン、ベヴァリー編．『元型と象徴の事典』東京、青土社、一九八五．

中山喜代市『スタインベック文学の研究――カリフォルニア時代』吹田、関西大学出版部、一九八九．

――．『スタインベック文学の研究Ⅱ――ポスト・カリフォルニア時代』吹田、関西大学出版部、一九九九．

――．「*The Winter of Our Discontent*について――成功と失敗の問題」『英文学論集』第三号（関西大学英文学会、一九六七）．五二一七〇．

仁熊恭子「『はつかねずみと人間』――夢をめぐって」*Persica* 第七号（岡山英文学会、一九八〇）．一〇五―一一二．

大谷立美監修『解説　アメリカ大統領の英語』第三巻．東京、アルク、一九九五．

佐野實「『エデンの東』再評価の試み」『静岡大学教養部研究報告　人文科学編』第一二号（一九七七年三月一〇日）．四七―五八．

清水氾「顕微鏡と望遠鏡――*Sweet Thursday*をめぐって」『奈良女子大学文学部英語英米文学論集』第二号（一九七六年三月三一日）．一―一三．

シモンズ、ロイ・S．「スタインベックの『たのしい木曜日』（一九五四）」『スタインベック作品論Ⅱ』中山喜代市訳．東京、英宝社、一九八二．一四〇―六四．

篠田靖子『アメリカ西部の女性史』東京、明石書店、一九九九．

鈴江璋子「Cathyを考える――『エデンの東』研究Ⅱ」『実践英文学』三一号．一九九一．一―一二．

――．「鏡の中のキャシー――『エデンの東』研究Ⅲ」『実践女子大学文学部紀要』三五集（一九九三年三月）．一三五―四六．

スタインベック、ジョン．『たのしい木曜日』清水氾、小林宏行、中山喜代市訳．東京、市民書房、一九八四．『スタインベック全集』第九巻．大阪、大阪教育図書、一九九六．（改訂版）

富山太佳夫『テキストの記号論』東京、南雲堂、一九八二．

スタインベック文献書誌

一次文献――小説、戯曲、ジャーナル、書簡、映画、インタビュー（出版年順）

Cup of Gold: A Life of Henry Morgan, Buccaneer, with Occasional Reference to History. New York: Robert M. McBride, 1929.

The Pastures of Heaven. New York: Brewer, Warren & Putnam, 1932.

To a God Unknown. New York: Robert O. Ballou, 1933.

Tortilla Flat. New York: Covici-Friede, 1935.

In Dubious Battle. New York: Covici-Friede, 1936.

Of Mice and Men. New York: Covici-Friede, 1937.

Of Mice and Men: A Play in Three Acts. New York: Covici-Friede, 1937.

The Red Pony. New York: Covici-Friede, 1937.

Their Blood Is Strong. San Francisco: Simon J. Lubin Society of California, 1938.

The Long Valley. New York: Viking Press, 1938.

Sea of Cortez: A Leisurely Journal of Travel and Research. New York: Viking Press, 1941. (Written with Edward F. Ricketts.)

The Grapes of Wrath. New York: Viking Press, 1939.

The Forgotten Village. New York: Viking Press, 1941.

Bombs Away: The Story of a Bomber Team. New York: Viking Press, 1942.

The Moon Is Down. New York: Viking Press, 1942.

The Moon Is Down: Play in Two Parts. New York: Dramatists Play Service, 1942.

Cannery Row. New York: Viking Press, 1945.

The Red Pony. Illustrations by Wesley Dennis. New York: Viking Press, 1945.

The Wayward Bus. New York: Viking Press, 1947.

The Pearl. New York: Viking Press, 1947.

A Russian Journal. New York: Viking Press, 1948.

The Log from the Sea of Cortez. New York: Viking Press, 1951.

Burning Bright: A Play in Story Form. New York: Viking Press, 1950.

Burning Bright: Acting Edition. New York: Dramatists Play Service, 1951.

East of Eden. New York: Viking Press, 1952.

Sweet Thursday. New York: Viking Press, 1954.

Un Américain à New-York et à Paris. French translation by Jean-François Rozan. Paris: Rene Juillard, 1956.

The Short Reign of Pippin IV: A Fabrication. New York: Viking Press, 1957.

Once There Was a War. New York: Viking Press, 1958.

The Winter of Our Discontent. New York: Viking Press, 1961.

Travels with Charley in Search of America. New York: Viking Press, 1962.

Speech Accepting the Nobel Prize for Literature. New York: Viking Press, 1962.

America and Americans. New York: Viking Press, 1966.

Journal of a Novel: The East of Eden Letters. New York: Viking Press, 1969.

The Portable Steinbeck. Edited by Pascal Covici, Jr. New York: Viking Press, 1971.

The Grapes of Wrath: Text and Criticism. The Viking Critical Library. Edited by Peter Lisca. New York: Viking Press, 1972.

Viva Zapata! Edited by Robert E. Morsberger. New York: Viking Press, 1975.

Steinbeck: A Life in Letters. Edited by Elaine Steinbeck and Robert Wallsten. New York: Viking Press, 1975.

The Acts of King Arthur and His Noble Knights. Edited by Chase Horton. New York: Farrar, Straus and Giroux, 1976.

Letters to Elizabeth. Edited by Florian Shasky and Susan Riggs. San Francisco: Book Club of California, 1978.

Steinbeck and Covici: The Story of a Friendship. Edited by Thomas Fensch. Middlebury, Vermont: Paul S. Eriksson, 1979.

Selected Essays of John Steinbeck. Edited by Hidekazu Hirose and Kiyoshi Nakayama. Tokyo: Shinozaki Shorin, 1981.

The Complete Works of John Steinbeck. 20 volumes. Edited by Yasuo Hashiguchi. Kyoto: Rinsen Book, 1985.

Uncollected Stories of John Steinbeck. Edited by Kiyoshi Nakayama. Tokyo: Nan'undo, 1986.

Conversation with John Steinbeck. Literary Conversation Series. Edited by Thomas Fensch. Jackson, MS: U of Mississippi P, 1988.

The Harvest Gypsies: On the Road to The Grapes of Wrath. Introduction by Charles Wollenberg. Berkeley, CA: Heyday Books, 1988.

Working Days: The Journal of The Grapes of Wrath. Edited by Robert DeMott. New York: Viking Press, 1989.

Zapata. Edited by Robert E. Morsberger. New York: Viking Penguin, 1993.

The Grapes of Wrath: Text and Criticism. The Viking Critical Library. 2nd ed. Edited by Peter Lisca and Kevin Hearle. New York: Viking Press, 1997.

翻案された戯曲、ミュージカル等

Pipe Dream. Music by Richard Rodgers; book and lyrics by Oscar Hammerstein II. New York: Viking Press, 1956. (Musical addaptation of *Sweet Thursday.*)

Of Mice and Men: A Musical Drama in Three Acts. By Carlisle Floyd. New York: Belwin-Mills, 1971.

Burnig Bright: Opera in Three Acts. Libretto. By Frank Lewin. Princeton, NJ: Parga Music, 1989.

John Steinbeck's The Grapes of Wrath. By Frank Galati. New York: Dramatists Play Service, 1991.

John Steinbeck's The Grapes of Wrath. By Frank Galati. New York: Penguin Books, 1991.

John Steinbeck's The Grapes of Wrath. By Frank Galati. Edited and annotated by Kiyoshi Nakayama and Hiromasa Takamura. Tokyo: Eicho-sha, 1995.

短編小説（*The Long Valley*に収録されていない作品）

"Fingers of Cloud: A Satire on College Protervity." *Stanford Spectator* 2. 5 (February 1924): 149, 161-164.

"Adventures in Arcademy: A Journey into the Ridiculous" *Stanford Spectator* 2. 9 (June 1924): 279, 291.

"The Gifts of Iban: A Short Story." *The Smokers Companion* 1 (March 1927): 18-18, 70-72. Rpt. in Nakayama 62-76.

"How Edith McGillcuddy Met R. L. Stevenson." *Harper's Magazine* 1095 (Aug. 1941): [252] 253-258. Rpt. in Nakayama 25-43.

"The Time the Wolves Ate the Vice-Principal." *'47 The Magazine of the Year* 1.1 (March 1947): 26-27. Rpt. in Nakayama 76, 79-80.

"The Miracle of Tepayac." *Collier's* 122 (25 Dec. 1948): 22-23. Rpt. in Nakayama 52-61.

"His Father." *The Reader's Digest* 55. 329 (September 1949): 19-20. Rpt. in Nakayama 2-6.

"The Summer Before." *Punch* 228 (25 May 1955) : 647-51. Rpt. in Nakayama 7-24.

"How Mr. Hogan Robbed a Bank." *Atlantic* 197 (March 1956), 58-61.

"Reunion at the Quiet Hotel." *Evening Standard* (25 Jan. 1958) : 9. Rpt. in Nakayama 46-51. Also as "Case of the Hotel Ghost— Or . . . What Are You Smoking in That Pipe, Mr. S.?" *Louisville Courier-Journal* (30 June 1957) : section 4, 3.

エッセイ、スピーチほか（ＡＢＣ順）

"About Ed Ricketts." *The Log from the Sea of Cortez.* vii-lxvii.

"Always Something to Do in Salinas." *Holiday* 17. 6 (June 1955): 58-59.

"Atque Vale." *Saturday Review* 43. 30 (23 July 1960): 13.

"Autobiography: Making of a New Yorker." *New York Times Magazine* 102 (1 February 1953): 26-27, 66-67. Rpt. in Hirose and Nakayama 1-11.

"Conversation at Sag Harbor." *Holiday* 29. 3 (March 1961): 60-61, 129-131, 133. Rpt. in Hirose and Nakayama 56-72.

"Critics, Critics, Burning Bright." *Saturday Review* 33 (11 November 1950): 20-21. Rpt. in Tedlock and Wicker 43-47.

"Dubious Battle in California." *Nation* 143 (12 September 1936): 302- 4.

El Gabilan, 1919 (Salinas High School Yearbook).

"Duel without Pistols." *Collier's* 130. 8 (23 August 1952): 13-15.

"Foreword" to "From Bringing in the Sheaves, by 'Windsor Drake,'" by Thomas A. Collins, *Journal of Modern Literature* 5.2 (April 1976): 211-13.

"The Golden Handcuff." *San Francisco Examiner* (23 November 1958): N23.

"The Harvest Gypsies." *San Francisco News* (8-12 Oct. 1936).

"High Drama of Bold Thrust through Ocean Floor." *Life* 50. 15 (14 Apr. 1961): 110-22.

"How to Tell Good Guys from Bad Guys." *The Reporter* 12.5 (10 Mar. 1955): 42-44. Rpt. in Hirose and Nakayama 38-44.

"I Go Back to Ireland." *Collier's* 131. 5 (31 Jan. 1953): 48-50. Rpt. in Hirose and Nakayama 73-82.

"Introduction." *The World of Li'l Abner.* By Al Capp. New York: Ballantine, 1953. i-iv.

"Jalopies I Cursed and Loved." *Holiday* 16. 1 (July 1954): 44-45, 89-90. Rpt. in Hirose and Nakayama 30-37.

"Letters to Alicia" *Newsday* (20 Nov. 1965~20 May 1967).

". . . Like Captured Fireflies." *CTA Journal* 51 (November, 1955): 7.

"My War with the Ospreys." *Holiday* 21. 3 (March 1957): 72-73, 163-165. Rpt. in Hirose and Nakayama 45-55.

"My Short Novels." Tedlock and Wicker 38-40.

"Nobel Prize Acceptance Speech." *The Portable Steinbeck.* Ed. Pascal Covici, Jr. New York: Viking Press, 1971. 690-92.

"The Novel Might Benefit by the Discipline and Terseness of the Drama." *Stage* 15 (January 1938): 50-51.

"Preface to the Compass Edition." *Story Writing* By Edith Ronald Mirrielees. New York: Viking Press, 1962.

"A Primer on the 30's." *Esquire* 53. 6 (June 1960): 85-93. Rpt. Hirose and Nakayama 12-29.

"Reflections on a Lunar Eclipse." *San Francisco Examiner Book Week* (6 Oct. 1963): 3.

"Some Thoughts on Juvenile Delinquency." *Saturday Review* 38 (28 May 1955): 22.

"The Soul and Guts of France." *Collier's* 130 (30 August 1952): 26-28, 30.

"Steinbeck's Suggestion for an Interview with Joseph Henry Jackson." *The Grapes of Wrath: Text and Criticism.* Edited by Peter Lisca (New York: Viking Press, 1972): 859-62.

"The Trial of Arthur Miller." *Esquire* 47. 6 (June 1957): 86.

二次文献——伝記、書誌、研究書（ＡＢＣ順）

伝　記

Benson, J. Jackson. *The True Adventures of John Steinbeck, Writer.* New York: Viking Press, 1984.

——. *Looking for Steinbeck's Ghost.* Norman, Oklahoma: U of Oklahoma P, 1989.

Ferrell, Keith. *John Steinbeck: The Voice of the Land.* New York: M. Evans & Company, 1986.

Florence, Donnë. *John Steinbeck: America's Author.* Berkeley Heights, NJ: Enslow Publishers, 2000.

Harmon, Robert B. *John Steinbeck: An Annotated Guide to Biographical Sources.* Lanham, Md: Scarecrow Press, 1996.

Kiernan, Thomas. *The Intricate Music: A Biography of John Steinbeck.* Boston: Little, Brown and Company, 1979.

O'Connor, Richard. *John Steinbeck.* New York: McGrow-Hill, 1970.

Parini, Jay. *John Steinbeck: A Biography.* London: Heinemann, 1994.

——. *John Steinbeck: A Biography.* New York: Henry Holt, 1995.

Sheffield, Carlton A. *Steinbeck: The Good Companion.* Portola Valley, California: American Lives Endowment, 1983.

Steinbeck, John, IV, and Nancy Summer Steinbeck. *The Other Side of Eden: Life with John Steinbeck.* Amherst, New York: Prometheus Books, 2001.

Valjean, Nelson. *John Steinbeck: The Errant Knight.* San Francisco: Chronicle Books, 1975.

書誌

DeMott, Robert J. *Steinbeck's Reading: A Catalogue of Books Owned and Borrowed.* New York: Garland, 1984.

Goldstone, Adrian H., and John R. Payne. *John Steinbeck: A Bibliographical Catalogue of the Adrian H. Goldstone Collection.* Austin: Humanities Research Center, U of Texas at Austin, 1975.

Harmon, Robert B. *The Grapes of Wrath: A Fifty Year Biographic Survey.* San Jose, CA: Steinbeck Research Center, San Jose State U, 1990.

——. *Steinbeck Bibliographies: An Annotated Guide.* Metuchen, NJ: Scarecrow Press, 1987.

Hayashi, Tetsumaro, comp. *John Steinbeck: A Concise Bibliography (1930-65).* Metuchen, NJ: Scarecrow Press, 1967.

——, comp. *A New Steinbeck Bibliography: 1929-1971.* Metuchen, NJ: Scarecrow Press, 1973.

——, comp. *A New Steinbeck Bibliography. Supplement I: 1971-1981.* Metuchen, NJ: Scarecrow Press, 1983.

Meyer, Michael, comp. *The Hayashi Steinbeck Bibliography: 1982-1996.* Scarecrow Author Bibliographies, No. 99. Lanham, Md.: Scarecrow Press, 1998.

Riggs, Susan, comp. and ed. *A Catalogue of the John Steinbeck Collection at Stanford University.* Stanford, CA: Stanford U Libraries, 1980.

研究書

Astro, Richard. *John Steinbeck and Edward F. Ricketts: The Shaping of a Novelist.* Minneapolis: U of Minnesota P, 1973.

——, and Tetsumaro Hayashi, eds. *Steinbeck: The Man and His Work.* Corvallis: Oregon State UP, 1971.

Beegel, Susan F., Susan Shillinglaw, and Wesley N. Tiffney, Jr., eds. *Steinbeck and the Environment: Interdisciplinary Approaches.* With a foreword by Elaine Steinbeck. Tuscaloosa: U of Alabama P, 1997.

Benson, Jackson J. "Environment as Meaning: John Steinbeck and the Great Central Valley." *Steinbeck Quarterly* 10.1 (Spring 1977): 12-20.

——. *Looking for Steinbeck's Ghost.* Norman: U of Oklahoma P, 1988.

——, ed. *The Short Novels of John Steinbeck: Critical Essays with a Checklist to Steinbeck Criticism.* Durham: Duke UP, 1990.

Bloom, Harold, ed. *John Steinbeck.* Modern Critical Views. New York: Chelsea House Publishers, 1987.

——. *John Steinbeck's The Grapes of Wrath.* Modern Critical Interpretations. New York: Chelsea House Publishers, 1987.

Coers, Donald V. *John Steinbeck as Propagandist: "The Moon Is Down" Goes to War.* Tuscaloosa: U of Alabama P, 1991.

Coers, Donald V., Paul D. Ruffin, and Robert J. DeMott, eds. *After The Grapes of Wrath: Essays on John Steinbeck. In Honor of Tetsumaro Hayashi.* Athens, Ohio: Ohio UP, 1995.

Davis, Robert Con, ed. *The Grapes of Wrath: A Collection of Critical Essays.* Twentieth Century Interpretations. Englewood Cliffs, NJ: Prentice-Hall, 1982.

Davis, Robert Murray, ed. *Steinbeck: A Collection of Critical Essays.* Twentieth Century Views. Englewood Cliffs, N J : Prentice-Hall, 1972.

DeMott, Robert J. *Steinbeck's Typewriter: Essays on His Art.* Troy, New York: Whitston Publishing Company, 1996.

Ditsky, John. *Essays on "East of Eden": Essays in Criticism.* Steinbeck Monograph Series, No. 7. Muncie, IN: Steinbeck Society of America, Ball State U, 1977.

——. *John Steinbeck: Life, Work, and Criticism.* Fredericton, N. B., Canada: York Press, 1985.

——. *Steinbeck and the Arthurian Theme.* Steinbeck Monograph Series No. 5. Muncie, IN: Ball State U, 1975.

——. *Steinbeck and the Critics.* Rochester, NY: Camden House, 2000.

——, ed. *Critical Essays on Steinbeck's The Grapes of Wrath.* Boston, MA: G. K. Hall, 1989.

Donohue, Agnes McNeill, ed. *A Casebook on The Grapes of Wrath.* New York: Thomas Y. Crowell, 1970.

Fontenrose, Joseph. *John Steinbeck: An Introduction and Interpretation.* American Authors and Critics Series. New York: Holt, Rinehart and Winston, 1963.

——. *Steinbeck's Unhappy Valley: A Study of The Pastures of Heaven.* Berkeley, CA, 1981.

French, Warren, ed. *A Companion to The Grapes of Wrath.* New York: Viking Press, 1963.

——. *John Steinbeck.* Twayne's United States Authors Series. New York: Twayne Publishers, 1961.

——. *John Steinbeck.* Twayne's United States Authors Series. 2nd. rev. ed. Boston: Twayne Publishers, 1975.

——. *John Steinbeck's Fiction Revisited.* Twayne's United States Authors Series. New York: Prentice Hall International, 1994.

——. *John Steinbeck's Nonfiction Revisited.* Twayne's United States Authors Series. New York: Twayne Publishers, 1996.

Gladstein, Mimi Reisel. *The Indestructible Woman in Faulkner, Hemingway, and Steinbeck.* Studies in Modern Literature, No. 45. Ann Arbor, Michigan: UMI Research Press, 1986.

Hayashi, Tetsumaro, ed. *John Steinbeck: The Years of Greatness, 1936-1939.* Tuscaloosa: U of Alabama P. 1993.

——, ed. *A New Study Guide to Steinbeck's Major Works, With Critical Explications.* Metuchen, NJ: Scarecrow Press, 1993.

——, ed. *Steinbeck and Hemingway: Dissertation Abstracts and Research Opportunities.* Metuchen, NJ: Scarecrow Press, 1980.

——, ed. *Steinbeck's Literary Dimension: A Guide to Comparative Studies.* Metuchen, NJ: Scarecrow Press, 1973.

——, ed. *Steinbeck's Literary Dimension: A Guide to Comparative Studies, Series II.* Metuchen, NJ: Scarecrow Press, 1991.

——, ed. *Steinbeck's Women: Essays in Criticism.* Steinbeck Monograph Series No. 9. Muncie, IN: Steinbeck Society of America, 1979.

——. *Steinbeck's World War II Fiction, "The Moon Is Down": Three Explications. Steinbeck Essay Series No. 1, 1986.* Muncie, IN: Steinbeck Research Institute, Ball State U, 1986.

——, ed. *A Study Guide to Steinbeck: A Handbook to His Major Works.* Metuchen, NJ: Scarecrow Press, 1974.

——, ed. *A Study Guide to Steinbeck (Part II).* Metuchen, NJ: Scarecrow Press, 1979.

——, and Bevery K. Simpson, eds. *John Steinbeck: Dissertation Abstracts and Research Opportunities.* Metuchen, NJ: Scarecrow Press, 1994.

Heavilin, Barbara A., ed. *The Critical Response to John Steinbeck's The Grapes of Wrath.* Critical Responses in Arts and Letters, Number 37. Westport, Conn.: Greenwood Press, 2000.

——, ed. *Steinbeck Yearbook: The Winter of Our Discontent.* Volume 1. Lewiston, New York: Edwin Mellen Press, 2000.

Hemp, Michael Kenneth. *Cannery Row: The History of Old Ocean View Avenue.* Monterey, CA: The History Company, 1986.

Hughes, Robert S., Jr. *Beyond The Red Pony: A Reader's Companion to Steinbeck's Complete Short Stories.* Metuchen, NJ: Scarecrow Press, 1987.

——. *John Steinbeck: A Study of Short Fiction.* Twayne's Studies in Short Fiction Series, No. 5. Boston: Twayne Publishers, 1989.

Hughes, Robert S., Jr. *John Steinbeck: A Study of the Short Fiction.* Boston: Twayne Publishers, 1986.

Johnson, Claudia Durst. *Understanding The Grapes of Wrath: A Student Casebook to Issues, Sources, and Historical Documents.* Westport, Conn.: Greenwood Press, 1999.

Jones, Lawrence William. *John Steinbeck as Fabulist.* Steinbeck Monograph Series, No. 3. Ed. Marston LaFrance. Muncie, IN: John Steinbeck Society of America, 1973.

Kasparek, Carol Ann. *Ethan's Quest within a Mythic Interpretation of John Steinbeck's The Winter of Our Discontent.* Diss. Ball State U, 1983. Ann Arbor: UMI, 1984. 8401282.

Knox, Maxine, and Mary Rodriguez. *Steinbeck's Street: Cannery Row.* San Rafael, CA: Presidio Press, 1980.

Levant, Howard. *The Novels of John Steinbeck: A Critical Study.* Columbia, MO: U of Missouri P, 1974.

Lewis, Cliff, and Carroll Britch, eds. *Rediscovering Steinbeck: Revisionist Views of His Art, Politics, and Intellect.* Studies in American Literature

Vol. 3. Lewiston, NY: Edwin Mellen Press, 1989.

Lisca, Peter, ed. *The Grapes of Wrath: Text and Criticism.* The Viking Critical Library. New York: Viking Press, 1972.

——. *John Steinbeck: Nature and Myth.* New York: Thomas Y. Crowell Company, 1978.

——. *The Wide World of John Steinbeck.* New Brunswick, NJ: Rutgers UP, 1958.

——, and Kevin Hearle, eds. *The Grapes of Wrath: Text and Criticism.* The Viking Critical Library. 2nd ed. New York: Viking Press, 1997.

McCarthy, Paul. *John Steinbeck.* New York: Frederick Ungar Publishing, 1980.

McElrath, Joseph R., Jr., Jesse S. Crisler, and Susan Shillinglaw, eds. *John Steinbeck: The Contemporary Reviews.* Cambridge: Cambridge UP, 1996.

Marks, Lester Jay. *Thematic Design in the Novels of John Steinbeck.* The Hague: Mouton, 1969.

Martin, Stoddard. *California Writers: Jack London, John Steinbeck, the Tough Guys.* London: Mcmillan, 1983.

Meyer, Michael J. *The Betrayal of Brotherhood in the Work of John Steinbeck.* Studies in American Literature, 33. Lewiston, New York: Edwin Mellen Press, 2000.

Millichap, Joseph R. *Steinbeck and Film.* New York: Frederick Ungar, 1983.

Moore, Harry T. *The Novels of John Steinbeck: A First Critical Study.* Chicago: Normandie House, 1939: 2nd ed., with a contemporary epilogue, Port Washington, New York: Kennikat, 1968.

Nakayama, Kiyoshi, Scott Pugh, and Shigeharu Yano, eds. *John Steinbeck: Asian Perspectives.* Osaka: Osaka Kyoiku Tosho, 1992.

Noble, Donald R. ed. *The Steinbeck Question: New Essays in Criticism.* Troy, New York: Whitston Publishing Company, 1993.

Owens, Louis D. *The Grapes of Wrath: Trouble in the Promised Land.* Twayne's Masterwork Studies. Boston: Twayne Publishers, 1989.

——. *John Steinbeck's Re-Vision of America.* Athens, GA: U of Georgia P, 1985.

Parini, Jay. *John Steinbeck: A Biography.* London: Heinemann, 1994.

——. *John Steinbeck: A Biography*. New York: Henry Holt, 1995.

Pratt, John Clark. *John Steinbeck: A Critical Essay.* Contemporary Writers in Christian Perspective. Grand Rapids, Michigan: William B. Eerdmans, 1970.

Simmonds, Roy S. *A Biographical and Critical Introduction of John Steinbeck.* Studies in American Literature, Vol. 36. Lewiston, New York: Edwin Mellen Press, 2000.

——. *John Steinbeck: The War Years, 1939-1945.* Lewisburg: Bucknell UP, 1996.

Tedlock, E. W., Jr., and C. V. Wicker. *Steinbeck and His Critics: A record of Twenty-Five Years.* Albuquerque: U of New Mexico P, 1957

Timmerman, John H. *The Dramatic Landscape of Steinbeck's Short Stories.* Norman: U of Oklahoma P, 1990.

——. *John Steinbeck's Fiction: The Aesthetics of the Road Taken.* Norman: U of Oklahoma P, 1986.

Watt. F. W. *Steinbeck, Writers and Critics.* London: Oliver and Boyd, 1962.

Wyatt, David, ed. *New Essays on The Grapes of Wrath.* Cambridge: Cambridge UP, 1990.

Yano, Shigeharu, Tetsumaro Hayashi, Richard F. Peterson, and Yasuo Hashiguchi, eds. *John Steinbeck: From Salinas to the World.* Tokyo: Gaku Shobo Press, 1986.

日本におけるスタインベック文献書誌（出版年順）

一次文献

Selected Essays of John Steinbeck. Edited by Hidekazu Hirose and Kiyoshi Nakayama. Tokyo: Shinozaki Shorin, 1981.

The Complete Works of John Steinbeck. 20 volumes. Edited by Yasuo Hashiguchi. Kyoto: Rinsen Book, 1985.

Uncollected Stories of John Steinbeck. Edited by Kiyoshi Nakayama. Tokyo: Nan'undo, 1986.

John Steinbeck's The Grapes of Wrath. By Frank Galati. Edited and annotated by Kiyoshi Nakayama and Hiromasa Takamura. Tokyo: Eicho-sha, 1995.

『スタインベック全集』全20巻、大阪、大阪教育図書、一九九六―二〇〇一.

『「怒りの葡萄」――劇団昴上演台本』フランク・ギャラーティ脚色、沼澤洽治訳、二〇〇〇.

二次文献

書　誌

Hashiguchi, Yasuo, and Koichi Kaida, comp. *A Catalogue of the Maurice Dunbar John Steinbeck Collction at Fukuoka University.* Okayama: Mikado Printing Office, 1992.

中山喜代市『日本におけるスタインベック文献書誌』(*Steinbeck in Japan: A Bibliography*) 吹田、関西大学出版部、一九九二.

研究書

伊藤悟『J・スタインベック試論』花叢書1、東京、花出版社、一九六二.

稲澤秀夫『スタインベック序説』東京、思潮社、一九六四.

稲澤秀夫『スタインベック論』東京、思潮社、一九六七.(右の増補版)

石一郎編『スタインベック』20世紀英米文学案内22、東京、研究社、一九六七.

稲澤秀夫『スタインベックの世界――「怒りの葡萄」と「エデンの東」』東京、思潮社、一九七八.(『スタインベック論』を改題したもの)

大竹勝、利沢行夫編『スタインベック研究』東京、荒地出版、一九八〇.

Shimomura, Noboru. *A Study of John Steinbeck: Mysticism in His Novels.* Tokyo: Hokuseido Press, 1982.

Yano, Shigeharu. *The Current of Steinbeck's World (1)～(5).* Tokyo: Seibido, 1978-86.

——, Tetsumaro Hayashi, Richard F. Peterson, and Yasuo Hashiguchi, eds. *John Steinbeck: From Salinas to the World.* Tokyo: Gaku Shobo Press, 1986.

江草久司編著『スタインベック研究――短篇小説論』東京、八潮出版社、一九八七.増補新版、一九九一.

中山喜代市『スタインベック文学の研究――カリフォルニア時代』吹田、関西大学出版部、1989、改訂二刷版、一九九〇.

高村博正『スタインベックと演劇』白羊宮叢書6、京都、あぽろん社、一九九〇.
Nakayama, Kiyoshi, Scott Pugh, and Shigeharu Yano, eds. *John Steinbeck: Asian Perspectives.* Osaka: Osaka Kyoiku Tosho, 1992.
山下光昭『スタインベックの小説』大阪、大阪教育図書、一九九四.
橋口保夫、白神栄子編『スタインベック・作家作品論』東京、英宝社、一九九五.
稲澤秀夫『ジョン・スタインベック文学の研究』東京、学習院大学、一九九六.
中山喜代市『スタインベック文学の研究Ⅱ——ポスト・カリフォルニア時代』吹田、関西大学出版部、一九九九.

翻訳書——伝記、研究書

坪井清彦監訳『スタインベック作品論』東京、英宝社、一九七八.［Hayashi, Tetsumaro, ed. *A Study Guide to Steinbeck: A Handbook to His Major Works.* Metuchen, NJ: Scarecrow Press, 1974.］
佐野實訳『J・スタインベック——遍歴の騎士』京都、山口書店、一九八一.［Valjean, Nelson. *John Steinbeck: The Errant Knight: An Intimate Biography of His California Years.* San Francisco: Chronicle Books, 1975.］
矢野重治訳『ジョン・スタインベック——東洋と西洋』東京、北星堂、一九八二.［Hayashi, Tetsumaro, et al., eds. *John Steinbeck: East and West.* Steinbeck Monograph Series, No. 8. Muncie, IN: The John Steinbeck Society of America, Ball State U, 1978.］
井上謙治監訳『スタインベック作品論Ⅱ』東京、英宝社、一九八二.［Hayashi, Tetsumaro, ed. *A Study Guide to Steinbeck (Part II).* Metuchen, NJ: Scarecrow Press, 1979.］
神戸春樹、木下高徳訳『ジョン・スタインベックの小説——その主題の構想』東京、北星堂、一九八三.［Marks, Lester Jay. *Thematic Design in the Novels of John Steinbeck.* The Hague: Mouton, 1969.］

乾幹雄訳『スタインベック研究——紀行文学研究論集』テツマロ・ハヤシ編、東京、開文社出版、一九八五．[Hayashi, Tetsumaro, ed. *Steinbeck's Travel Literature: Essays in Criticism.* Steinbeck Monograph Series, No. 10. Muncie, IN: The John Steinbeck Society of America, Ball State U, 1980.]

山下光昭訳『スタインベックの女性像』東京、旺史社、一九九一．[Hayashi, Tetsumaro, ed. *Steinbeck's Women: Essays in Criticism.* Steinbeck Monograph Series, No. 9. Muncie, IN: The John Steinbeck Society of America, Ball State U, 1979.]

坪井清彦、百瀬文雄訳『スタインベック全短編論——赤い小馬を超えて』東京、英宝社、一九九一．[Hughes, R. S. *Beyond the Red Pony: A Reader's Companion to Steinbeck's Complete Short Stories.* Metuchen, NJ: Scarecrow Press, 1987.]

濱口脩、有木恭子、加藤好文訳『ジョン・スタインベック——サリーナスから世界に向けて』東京、旺史社、一九九二．[Yano, Shigeharu, et al., eds. *John Steinbeck: From Salinas to the World.* Tokyo: Gaku Shobo, 1986.]

高村博正、T・J・オブライエン、成田龍雄訳『スタインベック短編研究——「長い谷間」論』テツマロ・ハヤシ編、京都、あぽろん社、一九九二．[Hayashi, Tetsumaro, ed. *A Study Guide to Steinbeck's The Long Valley.* Ann Arbor, MI: Pierian Press, 1976.]

浅野敏夫訳『スタインベックの創作論』テツマロ・ハヤシ編、東京、審美社、一九九二．[Tetsumaro Hayashi, ed. *John Steinbeck: On Writing.* Steinbeck Essay Series No. 2. Muncie, IN: The Steinbeck Research Institute, Ball State U, 1988.]

中山喜代市、中山喜満訳『「怒りのぶどう」を読む——アメリカのエデンの果て』大阪、関西大学出版部、一九九三．[Louis Owens. *The Grapes of Wrath: Trouble in the Promised Land.* Boston: Twayne Publishers, 1989.]

Hayashi, Tetsumaro（著）／白神栄子（訳）*Steinbeck's World War II Fiction,* "The Moon Is Down": *Three Explications*／『スタインベックの反戦小説「月は沈みぬ」論考』岡山、大学教育出版、一九九三．

有木恭子、川田郁子、掛川和嘉子訳『スタインベック研究——新しい短編小説論』大阪、大阪教育図書、一九九五．[Hayashi, Tetsumaro, and Thomas J. Moore, eds. *Steinbeck's "The Red Pony": Essays in Criticism.* Steinbeck Monograph Series, No. 13 (1988); Hayashi,

Tetsumaro, ed. *Steinbeck's Short Stories in "The Long Valley": Essays in Criticism.* Steinbeck Monograph Series, No. 15. Muncie, IN: The Steinbeck Research Institute, Ball State U, 1991.]

執筆者紹介（五〇音順）

有木《ありき》　恭子《きょうこ》（岡山短期大学）
井上《いのうえ》　稔浩《としひろ》（三重大学）
大須賀《おおすが》寿子《ひさこ》（明治大学大学院）
加藤《かとう》　好文《よしふみ》（愛媛大学）
金子《かねこ》　淳《じゅん》（秋田工業高等専門学校）
上《かみ》　優二《ゆうじ》（創価大学）
シモンズ、ロイ・S・（英国エセックス州、インデペンデント・スカラー）
新村《しんむら》　昭雄《あきお》（北九州大学）
立本《たてもと》　秀洋《しゅうよう》（関西大学大学院）
中山《なかやま》喜代市《きよし》（関西大学）
中山《なかやま》　喜満《よしみつ》（大阪音楽大学）
西前《にしまえ》　孝《たかし》（岡山大学）
藤田《ふじた》　佳信《よしのぶ》（藍野学院短期大学）
前田《まえだ》　譲治《じょうじ》（北九州大学）
牧野《まきの》　恵子《けいこ》（関西大学非常勤講師）

あとがき

本書は、表題の示すように「スタインベック（の全小説）を読みなおす」ことを目的のひとつとして書かれている。つまり、新しい視点から新しい研究方法によってスタインベックの小説を読みなおし、新たな読みの可能性を探ることである。本書に収録されている二一編の論文は先行研究を踏まえながら、独自の新しい論を展開しようとする意欲にあふれたものばかりである。この論文集のいまひとつの目的は、大学で卒業論文に取り組もうとしている学生たちや、日本においてスタインベック研究を志す人たちにとって、信頼できる指針の役目を果たすことにある。したがって、すべての論文は、まずその作品の背景を明らかにしたうえで、批評と評価を紹介するところから始め、つぎに梗概を示し、その後に作品研究に入るという手順を踏んでいる。このような構成になっているため、忙しい研究者にも、必要に応じた使い方をしていただきたいと願っている。

「引証文献」および「スタインベック文献書誌」には、スタインベック研究に必要な文献が網羅されているといっても過言ではない。このようにコンパクトにまとめられたスタインベックの文献リストは、学生のみならず、スタインベック研究者にとっても貴重な手引きとなるであろう。また「ジョン・スタインベック年譜」は、簡潔で、しかも過不足のない情報が盛り込まれているため、独立して読んでも作家スタインベックの「人と作品」がひと目で把握できるようになっている。

本書は、当初『スタインベックを読みなおす——主要作品論文集』として企画されたが、「スタインベックのアメリカ観」を明らかにする必要性から、『アメリカとアメリカ人』と『チャーリーとの旅』を加えることになった。さらに、スタインベック文学の本質に迫るためには、処女作『黄金の杯』や『天の牧場』を加えることも不可欠と思料され、そうなると、残るは二編のみ、これまであまり研究の対象にされなかった『爛々と燃える』や『ピピン四世の短い治世』をも含めることになった。ということで、本書は「スタインベックの『全小説』を読みなおす」ものへと発展的成長を遂げたのである。こういう経緯があり、執筆者のうち数名は、複数の章を担当することになった。

出版に際しては、多くの方がたのご協力とご援助をいただいた。寄稿者の方がたには、形式の統一をはかるため、数々の条件をのんでいただき、最終的な改筆にも快く応じていただいた。また、ロイ・S・シモンズ氏は本書のために、はるばるイギリスから原稿をお寄せいただいた。寄稿者の皆様には心からお礼申し上げるとともに、二〇〇一年春に本書の上梓の喜びを分かち合いたい。本書が二一世紀におけるスタインベック研究の新たな出発の礎となれば、私たちとしても望外の喜びというほかはない。

最後になったが、本書の出版を快くお引き受けくださり、何かとご配慮くださった開文社出版株式会社社長安居洋一氏に衷心から感謝の意を表したい。

編　者

二〇〇〇年秋

索　引

ア行

カ行

サ行

タ行

ナ行

ハ行

ヘミングウェイ, アーネスト（Ernest Hemingway） 160-62, 381
「殺し屋」（"The Killers"） 162
『われらの時代に』（*In Our Times*） 160-62
ペレス, ベティ（Betty Perez） 94, 105
ベンソン, ジャクソン・J.（Jackson J. Benson） 4-5, 22, 63, 86, 95, 99-100, 108, 118, 144, 228, 258, 322, 375, 377, 399, 454
The Short Novels of John Steinbeck 118, 228
The True Adventures of John Steinbeck, Writher（『真の冒険』） 4-5, 22, 95, 99-100, 108, 144, 322, 330, 377-78, 401, 412
Looking for Steinbeck's Ghost 399, 454
ベントン, ロバート・M.（Robert M. Benton） 252, 257
ヘンリー, O.（O. Henry） 46
ホイットマン, ウォルト（Walt Whitman） 181, 203
ポウ, エドガー・アラン（Edgar Allan Poe） 45, 49
ホーコン七世 227
ポスト・コロニアル批評 5, 12, 183
ホーソーン, ナサニエル（Nathaniel Hawthorne） 32
『七破風の家』（*The House of the Seven Gables*） 32
ホートン, ロッド（Rod Horton） 207, 210-11
Backgrounds of American Literary Thought 207
ホフスタッター, リチャード（Richard Hofstadter） 210
The Age of Reform 210

マ行

マイズナー, アーサー（Arthur Mizener） 415
マクエルラス 1, 3, 54, 93, 116, 139-42, 145-47, 153-54, 225, 327
John Steinbeck: The Contemporary Reviews 1, 3, 54, 93, 116, 138-42, 145-47, 153-54, 225, 327
マクダニエル, バーバラ（Barbara McDaniel） 351
"Alienation in *East of Eden*" 351
マクブライド, ロバート・M.（Robert M. McBride） 1
マーシャル, ノーマン（Norman Marshall） 152-56
マッカーシー, ポール（Paul McCarthy） 126, 146-48, 182, 188-89, 198, 416, 423
John Steinbeck 126, 146-48, 182, 188-89, 198, 416, 423
マッカーシー, ケヴィン（Kevin McCarthy） 416
"Witchcraft and Superstition in The Winter of Our Discontent" 416
マッケイ, ネリー・Y.（Nellie Y. McKay） 183
"Happy［?］Wife-and-Motherdom" 183
マッカーシー, デズモンド（Desmond MacCarthy） 146
マッキディ, シースル（Cicil Mackiddy） 100
マッキントッシュ＆オーティス（McIntosh and Otis） 22, 324, 349
マッキントッシュ, メイヴィス（Mavis McIntosh） 52-53, 58
マーティン, アーネスト（Ernest

Martin） 376
マーティン, ストダード（Stoddard Martin） 355
California Writers 355
マニー, クロード・エドモンド（Claude-Edmonde Magny） 117
『マヤ』（*Maya*） 155
マロリー, トマス（Thomas Malory） 72, 76, 79-80, 173
『アーサー王の死』（*Le Morte d'Arthur*） 72, 76-81, 91, 173
マン, トーマス（Thomas Mann） 23
『ブッデンブローク家の人々』（*Die Buddenbrooks*） 23
Manchester Guardian 140, 152
宮本倫好 449
『大統領たちのアメリカ』 449
ミラー, アマサ（Amasa Miller） 2, 5, 53, 60, 206, 285
ミラー, チャールズ・A.（Charles A. Miller） 206
Jefferson and Nature 206
ミラー, ヒリス（J. Hillis Miller） 285
"Narrative" 285
ミルトン, ジョン（John Milton） 95
『失楽園』（*Paradise Lost*） 35, 95-96, 98, 104-05, 108, 429
ムーア, ハリー・T.（Harry T. Moore） 93
メイヤー, マイケル・J.（Michael J. Meyer） 417
"Citizen Cain" 417
"Steinbeck's *The Winter of Our Discontent*" 417
メタフィクション 385
メルヴィル, ハーマン（Herman Melville） 328, 351
『白鯨』（*Moby-Dick*） 328, 351
モースバーガー, ロバート・E.（Robert E. Morsberger） 226-27, 287, 289, 297
"Steinbeck's *The Wayward Bus*" 287
"Steinbeck's Zapata: Revel versus Revolutionary" 226
"Steinbeck's Films" 227
Monterey Peninsula Herald 116

ヤ行

約束の地 174, 184
Yano, Shigeharu（矢野重治） 355
John Steinbeck: From Salinas to the World 355
ユング, カール（Carl Gustav Jung） 54, 258, 264, 311, 350, 387, 394, 416-18, 424-25, 429-33, 435-37
「リヒャルト・ヴィルヘルムを記念して」（"Richard Wilhelm: An Obituary"） 433
ユング心理学 264, 311, 350, 387, 394, 416-18, 424, 429-33, 435-37

ラ／ワ行

Library Journal 225
リアリズム 53, 54, 98, 102, 117, 165, 350
リケッツ, エドワード・F.（Edward F. Ricketts） 22, 61, 96, 247, 249, 277, 314, 330, 375, 384, 391, 394-96, 410-11, 413, 429, 433, 456
利沢行夫 118
「『はつかねずみと人間』――弱者の夢」 118
リスカ, ピーター（Peter Lisca） 13, 34, 55, 77-79, 94, 117, 161-62, 165, 182,

204, 208, 225, 247, 261, 288, 290, 324, 328, 354-55, 383, 398
The Wide World of John Steinbeck 77, 161, 182, 204, 247, 288, 324, 328, 354, 398
John Steinbeck: Nature and Myth 79, 354
Literary Digest 142
リーバー，トッド・M.（Todd M. Lieber） 416
リビドー 54, 150
リンドバーグ，チャールズ（Charles Lindbergh） 215
ルイス，クリフ（Cliff Lewis） 325
"*Burning Bright:* Shining Joe Saul" 325
Rediscovering Steinbeck 354
レヴァント，ハワード（Howard Levant） 5, 72, 78-79, 89, 95, 142, 182, 185, 191, 195, 398
The Novels of John Steinbeck: A Critical Study 5, 72, 78-79, 89, 95, 142, 182, 185, 191, 195, 398
レジスタンス 229-30, 447
レッサー，フランク（Frank Loessor） 329-30, 375
レトリック 229-30, 232, 235, 240, 244-45
ロジェク，ヘレン（Helen Lojek） 95, 103
ロジャーズ，リチャード（Richard Rodgers） 308, 322, 377
『オクラホマ！』（*Oklahoma!*） 308
ロスト・ジェネレーション 55
ロドリゲス，メアリ（Mary Rodriguez）
Steinbeck's Street: Cannery Row 396
ロバートソン，ジェイムズ（James Robertson） 206
American Myth 206
ロフティス，アン（Anne Loftis） 99
ワイアット，デイヴィッド（David Wyatt） 62, 66, 183
The Fall into Eden 62, 66
New Essays on The Grapes of Wrath 183
ワグナー，イーディス（Edith Wagner） 54
ワグナー兄弟（Jack and Max Wagner） 322
ワット，F. W.（F. W. Watt） 339, 398
One Act Play 141

ジョン・スタインベック年譜 (1902-1968)

1831　母方の祖父，サミュエル・ハミルトン(Samuel Hamilton)，北アイルランドにて出生.

1833　父方の祖父，ジョン・アドルフ・グロスシュタインベック(John Adolph Grosssteinbeck)，ドイツのデュッセルドルフ近くのウパータルにて出生.

1848　サミュエル，アメリカ合衆国へ移住.

1849　サミュエル，エリザベス・フェイゲン(Elizabeth Fagen)と結婚.

1856　6月1日，ジョン・アドルフ，エルサレムにおいてマサチューセッツ州レミンスター出身のアルマイラ・ディクソン(Almira Dickson, 1828-1933)と結婚．妻の家族とともにアメリカ合衆国へ渡り，ニュージャージー州に住む（姓をSteinbeckと変える）.

1862　4月23日，父ジョン・アーンスト・スタインベック(John Ernst Steinbeck)，フロリダ州セント・オーガスティンにて出生.

1866　12月11日，母オリーヴ・ブランチ・ハミルトン(Olive Blanch Hamilton)，カリフォルニア州サンノゼにて出生.

1873　サミュエル・ハミルトン，カリフォルニア州サリーナスの南，キングシティの近くに入植.

1874　ジョン・アドルフ，カリフォルニアへ移住．サリーナスの北東，ホリスターの近くで10エーカーの土地を購入.

1890　12月24日，ジョン・アーンストとオリーヴ結婚.

1892　4月14日，姉オリーヴ・エスター・スタインベック(Olive Esther Steinbeck)，キングシティにて出生.

1894　5月25日，姉エリザベス（ベス）・アン・スタインベック(Elizabeth Ann Steinbeck)，パソ・ロブレスにて出生.

1902　2月27日，ジョン・アーンスト・スタインベック(John Ernst

Steinbeck)，サリーナスにて出生．父ジョン・アーンスト38歳，母オリーヴ35歳，姉エスター9歳，ベス7歳．

1904　4月4日，サミュエル・ハミルトン，キングシティ近くの自宅にて死去（享年74歳）．

1905　1月9日，妹メアリー・ブランチ・スタインベック (Mary Blanch Steinbeck) 出生．

1908　サリーナス小学校（低学年クラス "Baby School"）入学．

1910　サリーナス・ウェストエンド小学校入学（3年生）．

1912　1学年飛び級をして，6年生となる．

1915　サリーナス・ユニオン高校入学．

1918　5月3日，エリザベス・フェイゲン・ハミルトン，パシフィック・グローヴにて死去（享年87歳）．

1919　サリーナス・ユニオン高校卒業，スタンフォード大学入学．

1923　父ジョン・アーンスト，モントレー郡収入役となる．妹メアリーとともに，スタンフォード大学ホプキンズ海洋研究所における夏期講座を受講．

1925　スタンフォード大学を中途退学し，海路パナマ経由でニューヨークへ出る．

1926　ニューヨークからカリフォルニアへ戻り，タホー湖畔にて『黄金の杯』執筆．

1928　夏，キャロル・ヘニング (Carol Henning) と会う．

1929　8月，『黄金の杯』(*Cup of Gold: A Life of Henry Morgan, Buccaneer, with Occasional Reference to History*) 出版．

1930　1月14日，親友カールトン・シェフィールド(Carlton A. Sheffield)の勧めで，キャロル・ヘニングとロサンゼルス郊外のグレンデイルにて結婚．10月，エドワード・F・リケッツ(Edward F. Ricketts)と会い，親友となる．父から生活費25ドルをもらって，パシフィック・グローヴ11番通147番地の家に住む．

1932　10月,『天の牧場』(*The Pastures of Heaven*) 出版.

1933　9月,『知られざる神に』(*To a God Unknown*) 出版.「赤い小馬」(“The Red Pony”),『ノース・アメリカン・レヴュー』(*North American Review*) 11月号,「偉大な山脈」(“The Great Mountain”), 同12月号に発表.

1934　2月19日, 母オリーヴ死去（享年67歳）. 父ジョン・アーンスト, モントレー郡収入役選挙で敗退.

1935　5月23日, 父ジョン・アーンスト死去（享年73歳）. 5月28日,『トーティーヤ・フラット』(*Tortilla Flat*) 出版. 出版社コヴィチ＝フリーディの共同経営者, パスカル・コヴィチ(Pascal Covici)と初めてサンフランシスコで会う. キャロルとメキシコ旅行（9月～12月）.

1936　1月15日,『疑わしき戦い』(*In Dubious Battle*) 出版. 夏, ロス・ガトスの新居に移転.

1937　2月6日,『はつかねずみと人間』(*Of Mice and Men*) 劇小説版を出版. キャロルとスカンジナビア, ソヴェート連邦旅行（5月～8月）. 8月,『はつかねずみと人間』戯曲版執筆. 9月,『赤い小馬』(*The Red Pony*, 3編のみ), 699部限定出版, 定価10ドル. 11月23日, 演劇『はつかねずみと人間』ミュージック・ボックス劇場にて初演（公演数207回）. 戯曲版も出版.

1938　4月,『彼らの血は強し』(*Their Blood Is Strong*) 出版. 5月, ニューヨーク演劇批評家協会賞受賞. 9月,『長い谷間』(*The Long Valley*) 出版［「赤い小馬」3編と「人びとを率いる者」(“The Leader of the People”)を含む］. 秋, ロス・ガトス郊外のビドゥル農場を購入して住む.

1939　1月, ナショナル文学芸術院会員に選ばれる. 4月14日,『怒りのぶどう』(*The Grapes of Wrath*) 出版. 5月, グウェンドリン（グウィン）・コンガー (Gwendolyn Conger) と知り合う. 12月, 映画

『はつかねずみと人間』ハリウッドにて封切.

1940　1月24日，映画『怒りのぶどう』ニューヨークのリヴォリ劇場にて封切．3月11日～4月20日，エド・リケッツ，キャロルとメキシコのカリフォルニア湾（コルテスの海）へ海洋生物採集旅行．5月6日，『怒りのぶどう』ピュリッツァ賞受賞．5月，アメリカン・ブックセラーズ協会賞受賞．

1941　5月，『忘れられた村』(*The Forgotten Village*) 出版．12月5日『コルテスの海――旅と調査の悠長な旅行記』(*Sea of Cortez: A Leisurely Journal of Travel and Research*) をエドワード・F・リケッツと共著で出版．4月，キャロルと別居．9月，グウィンとワシントンD.C.へ行き，その後ニューヨークのベドフォードホテルにて長期滞在し，『月は沈みぬ』を執筆（12月7日，真珠湾攻撃の日に脱稿）．

1942　3月6日，『月は沈みぬ』(*The Moon Is Down*) 劇小説版を出版．4月7日，マーティン・ベック劇場にて演劇『月は沈みぬ』初演（公演数71回，5月23日まで）．のちに戯曲版も出版．11月27日，『爆弾投下――爆撃機乗組員の物語』(*Bombs Away: The Story of a Bomber Team*) 出版．

1943　3月18日，キャロルと離婚．3月29日，グウィンと結婚．6月3日～10月15日，『ヘラルド・トリビューン』(*Herald Tribune*) 紙特派員としてヨーロッパ戦線へ出る．

1944　8月2日，長男トマス (Thomas) 誕生．

1945　1月2日，『キャナリー・ロウ』(*Cannery Row*)，9月，『赤い小馬』(*The Red Pony,* 全4編，挿し絵付) 出版．

1946　6月12日，次男ジョン (John, IV) 誕生．グウィンとスウェーデン，ノルウェー，フランス旅行．

1947　2月，『気まぐれバス』(*The Wayward Bus*) 出版．7月～9月，ロバート・キャパ (Robert Capa) とソ連訪問．9月，『ヴァンダービルト・クリニック』(*Vanderbilt Clinic*) 出版．11月，『真珠』(*The*

Pearl) 出版．

1948　4月，『ロシア紀行』(*A Russian Journal*) 出版．5月11日，エド・リケッツ死去（享年50歳）．10月，グウィンと離婚．11月23日，アメリカ芸術院会員に選ばれる．

1949　5月29日，イレイン・A・スコット (Elaine A. Scott) と出会う．12月，イレインとザカリー・スコット (Zachary Scott) 別居．スタインベックとイレインはニューヨークに居を定める．

1950　10月18日，演劇『爛々と燃える』初演（公演数13回）．10月20日，劇小説版『爛々と燃える』(*Burning Bright: A Play in Story Form*) 出版．12月21日，イレインとザカリー・スコットとの離婚成立．12月28日，イレインとニューヨークにて結婚．

1951　9月，『コルテスの海航海日誌』(*The Log from the Sea of Cortez*), 戯曲版『爛々と燃える』出版．

1952　2月7日，映画『サパタ万歳！』(*Viva Zapata!*)リヴォリ劇場にて封切．イレインとヨーロッパ旅行（3月下旬～8月31日）．9月，『エデンの東』(*East of Eden*) 出版．

1954　6月10日，『たのしい木曜日』(*Sweet Thursday*) 出版．イレインや子どもたちとヨーロッパ旅行（3月中旬～12月下旬，5月～9月，パリにて長期滞在）．

1955　3月，サグハーバーの別荘を購入．3月9日，映画『エデンの東』アスター劇場にて封切．11月30日，ミュージカル『パイプ・ドリーム』(*Pipe Dream*) サム・S・シューバート劇場にて初演（公演数246回，翌年の6月末まで）．『ポジターノ』(*Positano*)イタリア語版出版（英語版1959）．

1956　『ルイヴィル・クーリエ＝ジャーナル』(*Louisville Courier-Journal*) 紙の依頼で，8月，シカゴにおける民主党大会，サンフランシスコにおける共和党大会を取材．アドレー・スティーヴンスン (Adlai Stevenson)と初めて会う．*Un Américain à New-York et à Paris*

（フランス語版）出版．

1957　3月～7月，イレインや妹メアリーとヨーロッパ旅行．4月，『ピピン四世の短い治世』(*The Short Reign of Pippin IV: A Fabrication*) 出版．8月31日～9月10日，東京における第29回国際ペン大会に出席．

1958　9月，『かつて戦争があった』(*Once There Was a War*) 出版．

1959　2月～10月，イギリスのサマセット州ブルートンにてディスコーヴ・コテージを借りて滞在し，トマス・マロリー (Thomas Malory) の『アーサー王の死』(*Le Morte d'Arthur,* 1485) の現代語訳を執筆．

1960　9月23日～12月，愛犬チャーリーとアメリカ合衆国一周旅行．

1961　『われらが不満の冬』(*The Winter of Our Discontent*) 出版．9月8日，子どもたちを連れて世界一周旅行に出る．ミラノにて卒中で倒れ，世界一周旅行を断念．

1962　5月，ギリシアから帰国．6月，『チャーリーとの旅――アメリカを求めて』(*Travels with Charley in Search of America*) 出版．12月10日，ノーベル文学賞受賞．『ノーベル文学賞受賞演説』(*Speech Accepting the Nobel Prize for Literature*) 出版．

1963　10月～12月，スタインベック夫妻とエドワード・オールビー (Edward Albee)，文化使節としてソ連を訪問．

1964　10月14日，パスカル・コヴィチ死去（享年75歳）．

1965　1月23日，妹メアリー死去（享年60歳）．11月20日，『ニューズデイ』(*Newsday*) 紙上にて「アリシアへの手紙」("Letters to Alicia") 掲載開始（1967年5月20日まで）．

1966　10月12日，『アメリカとアメリカ人』(*America and Americans*) 出版．12月1日，イレインと東南アジアへの旅に出る．テツマロ・ハヤシ (Tetsumaro Hayashi) とプレストン・バイヤー (Preston Beyer) がJohn Steinbeck Bibliographical Societyを設立し，1968年に*Steinbeck*

*Newsletter*を発刊，1970年にJohn Steinbeck Society [of America]と名称変更し，*Steinbeck Quarterly*を発行（1993年まで）.

1967　4月初旬，ヴェトナムからの帰途，ホンコンで腰を痛めるが，再度来日．東京でジョンⅣと会い，その後京都を訪れ，都ホテルで一晩じゅう満開の桜を見て過ごした（イレイン・スタインベック夫人の談話　7/17/1984）.

1968　12月20日，心不全にて死去.

1969　『「エデンの東」創作日誌』(*Journal of a Novel: The East of Eden Letters*) 出版.

1975　『スタインベック書簡集』(*Steinbeck: A Life in Letters*) 出版．『サパタ万歳！』(*Viva Zapata!*) 出版.

1976　『アーサー王と気高い騎士たちの行伝』(*The Acts of King Arthur and His Noble Knights*)出版．8月19日～20日，第1回スタインベック国際会議 (The First International Steinbeck Congress "John Steinbeck: East and West") 九州大学にて開催．会議録，Tetsumaro Hayashi, Yasuo Hashiguchi, and Richard F. Peterson. eds., *John Steinbeck: East and West.* Steinbeck Monograph Series, No. 8 (Muncie, Indiana: The John Steinbeck Society of America, Ball State University, 1978); 矢野重治訳『ジョン・スタインベック——東洋と西洋』東京，北星堂，1982.

1977　5月，日本スタインベック協会設立．*The Steinbeck Newsletter*発行 (1978～).

1984　8月3日～7日，第2回スタインベック国際会議"John Steinbeck: From Salinas to the World," サリーナスにて開催．会議録，Shigeharu Yano, et al., eds. *John Steinbeck: From Salinas to the World* (Tokyo: Gaku Shobo Press, 1986); 濱口脩，有木恭子，加藤好文訳『ジョン・スタインベック——サリーナスから世界に向けて』東京，旺史社，1992.

1989　『「怒りのぶどう」創作日誌』(*Working Days: The Journals of The Grapes of Wrath*) 出版．3月16日～18日，『怒りのぶどう』出版50周年記念学際会議，サンノゼ・ステイト大学にて開催．

1990　5月27～30日，第3回スタインベック国際会議 “John Steinbeck: East and West II,” ホノルルのハワイアン・リージェント・ホテルにて開催．会議録，北アメリカ版Tetsumaro Hayashi, ed., *John Steinbeck: The Years of Greatness, 1936-1939* (Tuscaloosa: U of Alabama P, 1993); アジア版Kiyoshi Nakayama, Scott Pugh, and Shigeharu Yano, eds., *John Steinbeck: Asian Perspectives* (Osaka: Osaka Kyoiku Tosho, 1992).

1991　5月14日～17日，「スタインベックと環境」学際会議 (Steinbeck and the Environment: Interdisciplinary Conference)，マサチューセッツ州ナンタケット島にて，マサチューセッツ州立大学ナンタケット・フィールドスティションとサンノゼ・ステイト大学の共催で開催される．会議録，Susan F. Beegel, Susan Shillinglaw, and Wesley N. Tiffney, Jr., eds., *Steinbeck and the Environment: Interdisciplinary Approaches.* With a foreword by Elaine Steinbeck (Tuscaloosa: U of Alabama P, 1997).

1993　『サパタ』(*Zapata*) 出版．

1997　3月19日～23日，第4回スタインベック国際会議 “Beyond Boundaries: Steinbeck and the World,” サンノゼ・ステイト大学およびモントレーにて開催．会議録はアラバマ大学出版局から出版の予定．

2002　3月20日～23日，スタインベック生誕100年記念第5回国際会議 “John Steinbeck's Americas,” ニューヨークにて開催予定．

スタインベックを読みなおす　〔検印廃止〕

2001年3月22日　初版発行

監　修　中山喜代市
編著者　有木恭子
　　　　加藤好文
発行者　安居洋一
組　版　エディマン
印刷・製本　株式会社シナノ

〒160-0002　東京都新宿区坂町26
発行所　開文社出版株式会社
電話（03）3358-6288番・振替00160-0-52864

ISBN4-87571-962-0 C3098